Anonymos

Die kaiserliche Wiener Hof- und Staatsdruckerei bei der allgemeinen Industrie- und Kunstausstellung in Paris. 1855

Anonymos

Die kaiserliche Wiener Hof- und Staatsdruckerei bei der allgemeinen Industrie- und Kunstausstellung in Paris. 1855

Inktank publishing, 2018

www.inktank-publishing.com

ISBN/EAN: 9783747798980

EXPOSITION UNIVERSELLE DE 1855.

COMMISSION IMPÉRIALE.

LISTE GÉNÉRALE

PAR ORDRE ALPHABÉTIQUE

DES EXPOSANTS

INSCRITS AU CATALOGUE OFFICIEL.

PARIS.

IMPRIMERIE IMPÉRIALE.

1855.

ABRÉVIATIONS.

Acad	Académie.
Adm	Administration.
Adm. cent	Administration centrale.
Agr., agric	Agricole, agriculture.
Agron	Agronomique.
Anon	Anonyme.
Artill	Artillerie.
Artist	Artistique.
Assoc	Association.
Atel	Atelier.
B[on]	Baron.
Capit	Capitaine.
Ch. de fer	Chemin de fer.
Chev	Chevalier.
Colon	Colonies.
Comm	Commerce, commission.
Comp., Cie, C[y], Cie, Co.	Compagnie.
Cte	Comte.
Corporat	Corporation.
Constr	Construction.
Départ	Département.
D[r]	Directeur, docteur.
D[on]	Direction.
Duc	Ducal, ducale.
Encour	Encouragement.
Esp	Espagne.
Établ	Établissement.
Expl	Exploitation.
Fabr	Fabrication, fabrique.
Filat	Filature.
Fond	Fonderie.
Gouv[t]	Gouvernement.
H. fourn	Hauts fourneaux.
Hesse élect	Hesse électorale.
Hesse g.-duc	Hesse grand-ducale.
Houill	Houillères.
Ind	Industrie.
I., imp., impér	Impérial, impériale.
Mach	Machines.
Mme	Madame.
Mlle	Mademoiselle.
Manuf	Manufactures.
Mar	Marine, maritime.
Mis	Marquis.
Méc	Mécanique.
Milit	Militaire.
Mines d'arg	Mines d'argent.
N.-Galles	Nouvelle-Galles.
N[lle]	Nouvelle.
Pap	Papeterie, papier.
Rév	Révérend.
R., roy	Royal, royale.
Roy	Royaume.
Soc	Société.
Vap	Vapeur.
Vve	Veuve.
V[lle]-Montagne	Vieille-Montagne.

EXPOSITION UNIVERSELLE DE 1855.

LISTE GÉNÉRALE DES EXPOSANTS.

A

Pages.

Aabel (P.-P.). Norwége, n° 18 ... 538
Aaron-Michel. France, n° 5489 ... 123 et 463
Ab-Dosselam-Ould-Brahim. Algérie, n° 395 ... 208
Abat (T.). France, n° 4481 ... 101 et 4
Abate et Cléro de Clerville. Royaume-Uni, n° 640. 330
Abazaër (A.). France, n° 9346 ... 471
Abbot (M.-M.). Canada, n° 1 ... 495
Abbott (J.). Terre de Van-Diémen, n° 1 ... 493 et 494
Abel (A.). France, n° 2079 ... 50
Abel (L.). France, n° 8311 ... 176
Abele (G.) et Cie. Wurtemberg, n° 178 ... 444
Abels (F.). Prusse, n° 1232 ... 525
Abendroth (E.-C.). Hambourg, n° 67 ... 510
Abendroth (Dr O. R.). Saxe, n° 13 ... 424
Aberg (F.). Suède, n° 403 ... 537
Abd-el-Kader-ben-Hamed. Algérie, n° 393 ... 208
Abd-el-Kader-Ould-Mohamed-ben-Kroura. Algérie, n° 394 ... 208
Abd-el-Kader-Ould-Zin. Algérie, n° 417 ... 474
Abdallah-ben-Nsib. Algérie, n° 552 ... 210
Abdhoul-Rahman Khan. Inde, n° 38 ... 505
Abd-el-Oued. Algérie, n° 416 ... 474
Aberle (C.). Bade, n° 46 ... 262
Abraham. France, n° 4231 ... 459
Abraham aîné (A.). France, n° 1437 ... 450
Abraham frères. Pays-Bas, n° 417 ... 259
Abrens (H.). Autriche, n° 811 ... 245
Abrial (J.). Toscane, n° 71 ... 435 et 450
Abrial (P.) et Cie. France, n° 6911 ... 149
Abt frères. Suisse, n° 399 ... 299
Abt (H.-G.) fils et Cie. France, n° 8471 ... 179
Acad. roy. d'agriculture. Suède, n° 62 ... 530
Académie royale des géorgophiles. Toscane, n° 26. 434
Acad. roy. de la vallée Tibérine. Toscane, n° 27. 434
Accault (C.-V.-E.). France, n° 3930 ... 86
Acerete (R.). Espagne, n° 1 ... 307
Achard (A.). France, n° 1558 ... 39
Achon (J.). Espagne, n° 336 ... 313
Acker (A.). France, n° 9347 ... 471
Ackermann (E.). Prusse, n° 1268 ... 526
Ackermann-Laurance. France, n° 3412 ... 77
Ackermann et Violland. France, n° 8711 ... 183
Acklin (J.-B.). France, n° 1575 ... 39 et 452
Acquadro (P.-G.). États-Sardes, n° 101 ... 421
Adair (T.). Victoria, n° 24 ... 493
Adam. France, n° 9126 ... 192
Adam (A.). France, n° 8067 ... 172
Adam (G.). Prusse, n° 1290 ... 526
Adam (J.). Bavière, n° 139 ... 270
Adam (P.-F.-M.). France, n° 4430 ... 99
Adam (V.). France, n° 8442 ... 469
Adam (H.), Pache et Cie. France, n° 128 ... 6
Adams (F.). Nouvelle-Galles du Sud, n° 70 ... 490
Adams (F.-B.) et fils. Royaume-Uni, n° 371 ... 326
Adams et Cie. États-Unis, n° 100 ... 222 et 223
Adamy (A.). Prusse, n° 609 ... 403
Adan (E.). France, n° 8951 ... 188
Adcock (J.). Royaume-Uni, n° 360 ... 326
Adcock (J.). Royaume-Uni, n° 421 ... 327
Adelbert (I.). Royaume-Uni, n° 198 ... 323
Adèle (Mlle). Martinique, n° 38 ... 476
Adelino (J.-M.). Portugal, n° 216 ... 517
Adelmann (C.). Francfort-sur-le-Mein, n° 20 ... 318
Adelsward (Baron E.-S.). Suède, n° 1 ... 529
Aderman (C.-O.). Suède, n° 109 ... 531
Aders et Blumberg. Prusse, n° 1051 ... 413
Adie. Royaume-Uni, n° 388 ... 326
Adie (P.). Royaume-Uni, n° 389 ... 326
Adler (C.). Hambourg, n° 52 ... 363
Adler (E.). Autriche, n° 357 ... 235
Adler (F.). France, n° 9391 ... 198
Adler (V.). Autriche, n° 1091 ... 250
Adler frères. Prusse, n° 972 ... 411
Adlersparre (G.). Suède, n° 190 ... 533
Admin. de l'atelier de charité. Belgique, n° 491 ... 283
Admin. de la bergerie royale. Prusse, n° 190 ... 393
Admin. de la colonie. Guadeloupe, n° 48 ... 476 et 477
Admin. de la colonie. Guyane française, n° 158. 479 et 480
Admin. de la colonie. Océanie française, nos 190, 197, 198, 201, 202 ... 480
Admin de la colonie. Réunion, n° 67 ... 477 et 478
Admin. de la fonderie et de la fabrique de fer émaillé. Prusse, n° 610 ... 403
Admin. des fonderies de Stahlberg. Prusse, n° 116. 390
Admin. des mines de Bouxwiller. France, n° 2311. 56
Admin. des mines du Cte de Stollberg. Prusse, n° 45. 389
Admin. des mines du prince de Solms-Braunfels. Prusse, n° 46 ... 389
Admin. des mines et usines du duc d'Aremberg. Prusse, n° 47 ... 389
Adm. de l'usine de Heinrichssegen. Prusse, n° 117. 391
Admin. forestière de la Corse. France, n° 226 ... 9
Admin. générale des forêts. Portugal, n° 35 ... 513
Administration impériale des finances à Marmaros-Szigeth. Autriche, n° 1 ... 227
Adm. roy. des forges. Prusse, n° 48 ... 389 et 403
Adm. roy. des mines à Bochum. Prusse, n° 1 ... 388
Adm. roy. des mines d'Essen-Werden. Prusse, n° 2. 388
Adm. roy. des mines à Saarbrück. Prusse, n° 6 .. 388
Adm. R. des mines et forêts du Hartz. Hanovre, n° 1. 359
Adolphe (C.). France, n° 6060 ... 136
Adorno (J.). Mexique, n° 52 ... 372
Adrien (A.). France, n° 7741 ... 165
Adt frères. France, n° 8712 ... 183
Æconomides (G.). Grèce, n° 57 ... 356
Æconomopoulos (K.). Grèce, n° 27 ... 356
Æconomos (J. N.). Grèce, n° 105 ... 358
Aenian (Mme). Grèce, n° 114 ... 358

Pages.
Aerts (F. G.). Belgique, n° 690.......... 288 et 255
Aeschimann (E.). France, n° 2176.......... 52
Affonso (E. J.). Portugal, n° 317.......... 519
Affourtit (G. L.). France, n° 6641.......... 146
Affre (A.). France, n° 2123.......... 51
Agache (J. F.). France, n° 5348.......... 120
Agard aîné. France, n° 38.......... 4
Agard (F.), Prat (A.) et Cie. France, n° 139. 6 et 56
Agell (F.). Espagne, n° 484.......... 484
Aglave. France, n° 3333.......... 65
Agnellet frères. France, n° 8443.......... 469
Ahazhizh (I.). Autriche, n° 594.......... 240
Ahlhorn (C.). Suède, n° 325.......... 535
Ahlgren (P.). Suède, n° 55.......... 530
Ahmed-ben-Abdallah. Algérie, n° 527.......... 211
Ahmed-ben-Ayad. Algérie, n° 409.......... 209
Ahmed-ben-Bahbès. Algérie, n° 563.......... 211
Ahmed-ben-Belkassem. Algérie, n° 564.......... 211
Ahmed-ben-Embark. Algérie, n° 701.......... 212
Ahmed-ben-Habetta. Algérie, n° 663.......... 212
Ahmed-ben-Joussef. Algérie, n° 692.......... 212
Ahmed-ben-Karbouch. Algérie, n° 702.......... 212
Ahmed-ben-Khachi. Algérie, n° 566.......... 211
Ahmed-ben-Khaled. Algérie, n° 567.......... 211
Ahmed-ben-M'Sily. Algérie, n° 693.......... 212
Ahmed-ben-Rabbah. Algérie, n° 672.......... 212
Ahmed-ben-Seddik. Algérie, n° 510.......... 210
Ahmed-Bey-ben-Chensuf. Algérie, n° 664.......... 212
Ahmed-bou-Zian. Algérie, n° 473.......... 209
Ahmed-Flita. Algérie, n° 565.......... 211
Ahmed-Zin. Algérie, n° 568.......... 211
Ahmet-ben-Ali. Algérie, n° 190.......... 205
Ahmoub-Bourennen. Algérie, n° 511.......... 210
Ahrens (H.). Hambourg, n° 42.......... 363
Aichmayr (C.-A.). Autriche, n° 358.......... 235
Aïchouch. Algérie, n° 703.......... 212
Ailhaud fils et Cie. France, n° 6061.......... 135
Aillaud fils aîné. France, n° 3661.......... 82
Aimable (A.). Espagne, nos 117 et 446.... 309 et 315
Aimard (L.). France, n° 5349.......... 120
Aime-Bey. Égypte, n° 3.......... 483
Aindas (A.). France, n° 4351.......... 97
Ainsworth et Van Groningen. Pays-Bas, n° 168..... 382
Aire and Calder Glass Bottle Co. Roy.-Uni, n° 1187. 338
Aireks (Vve C.). France, n° 6062.......... 135
Aïssa-ben-Kousban. Algérie, n° 685.......... 212
Aïssa-ben-Otsman. Algérie, n° 487.......... 209
Aixhausen (F.). Autriche, n° 1067.......... 250
Aker (Atel. méc. d'), Steenstrup (P.). Norwége, n° 24 538
Akerstein (Vve J.). Suède, n° 189.......... 533
Akroyd (J.) et fils. Royaume-Uni, n° 1351.......... 341
Aksentijewics (Chev. P.) et fils. Autriche, n° 154 B. 231
Alaboisette (J.-B.-L.). France, n° 4242.......... 95
Alard (V.-F.). France, n° 5017.......... 113 et 104
Alauzet (P.). France, n° 1387.......... 34
Alazet (C.). France, n° 628.......... 18
Alba (S.). Autriche, n° 1092.......... 250
Albacete (A.). Espagne, n° 106.......... 308
Albani frères. États Sardes, n° 43 B.......... 527
Albani frères. Pays-Bas, n° 246.......... 384
Albanich (J.-G.). Autriche, n° 458.......... 237
Albert (E.). France, n° 7962.......... 169
Albert (J.). Bavière, n° 140.......... 270
Albert et Cie, Paul Boy fils aîné. N° 3549.......... 80
Alberti frères. Prusse, n° 973.......... 411
Albertin (G.) et Cie. États-Sardes, n° 67.......... 420
Albiñana (P.). Espagne, n° 460.......... 315
Albinet (E.-A.). France, n° 5608.......... 127
Albitès (T.). France, n° 5008.......... 113
Albouy (J.-A). France, n° 8472.......... 179
Alboy (L.-N.). France, n° 328.......... 11
Albrecht (J.-H.). Brême, n° 6.......... 361
Albrecht (R.). Saxe, n° 34.......... 425
Alcade (M.). France, n° 3662.......... 82
Alcade de Camaryana de Tera. Espagne, n° 124.... 309
Alcade de Moreruela de los Infanzones. Esp. n° 125. 309
Alcade de Roalès. Espagne, n° 126.......... 309
Alcade de Santa-Croya de Tera. Espagne, n° 127. 309
Alcain (B.). Guatemala, n° 1.......... 224
Alcock (G.). Nouvelle-Galles du Sud, n° 71.......... 490
Aldea (J) et Cie. Espagne, n° 491.......... 484
Alden (E.). États-Unis, n° 25.......... 220
Aldis (W.-N.). Nouvelle-Galles du Sud, n° 193.. 492
Alder et Meyer. Suisse, n° 346.......... 298 et 481
Aldorf (F.). Algérie, n° 449.......... 209
Aldred (T.). Royaume-Uni, n° 57.......... 320 et 333
Aldebert. France, n° 200.......... 447
Alessandri (L.-J.-T.). France, n° 8713.......... 183
Alexander (R.) et Cie. Royaume-Uni, n° 641.......... 330
Alexander et Cie. Belgique, n° 456.......... 283
Alexandre (F.). France, n° 8661.......... 182
Alexandre (J.-B.), n° 284.......... 447
Alexandre (N.). France, n° 9308.......... 196
Alexandre fils (E.). France, n° 9475.......... 199
Alexandre père et fils. France, n° 9421.......... 198
Alexandre et Cie. France, n° 8444.......... 469
Alfonso (J.). Espagne, n° 436.......... 314
Ali-bel-Hadj. Algérie, n° 331.......... 207
Ali-ben-Abbès. Algérie, n° 704.......... 212
Ali-ben-Abd-el-Azig. Algérie, n° 474.......... 209
Ali-ben-Arbi. Algérie, n° 488.......... 209
Ali-ben-Mohamed. Algérie, n° 569.......... 211
Ali-ben-Mustapha. Algérie, n° 16.......... 202
Alibran (F.). France, n° 1112.......... 450
Alinari frères. Toscane, n° 190.......... 433
Alioth (J.-S.) et Cie. Suisse, n° 247.......... 296
Alirol. France, n° 3550.......... 80
Alison (S.-S.). Royaume-Uni, n° 739.......... 332
Alitouch. Algérie, n° 512.......... 210
Alix (J.-B.). France, n° 5143.......... 116
Aljustrel (Maire d'). Portugal, n° 1 A.......... 513
Allain (I). France, n° 7888.......... 168
Allain-Moulard (L.-A.-F.). France, n° 8641... 181 et 470
Allain frères. France, n° 3072.......... 72
Allais (J). France, n° 329.......... 11
Allais (J.-B.). France, n° 812.......... 20
Allan (T.). Royaume-Uni, n° 498.......... 328
Allan et Badger. Royaume-Uni, n° 1802.......... 348
Allard (B.). Belgique, n° 421.......... 282
Allard-Collot (J.). France, n° 1937.......... 47
Allard et Claye. France, n° 2427.......... 58
Allard (P.-J.) père et fils. France, n° 4587.......... 103
Allart-Rousseau et Cie. France, n° 6063.......... 135
Allbrigt (A.). Royaume-Uni, n° 520.......... 328
Allcock (S.). Royaume-Uni, n° 58.......... 320
Alleau (S). France, n° 2080.......... 50
Allemand. Algérie, n° 1.......... 202
Allen (C.-B.). Royaume-Uni, n° 724.......... 486
Allen (E.-E.). Royaume-Uni, n° 120.......... 321
Allen et Holmes. Royaume-Uni, n° 1419.......... 343
Allen et Moore. Royaume-Uni, n° 1079.......... 337
Allendörffer (J.-C.). Hesse électorale, n° 10.... 367
Allenou et Veillet. France, n° 39.......... 4
Allerüp (M.-P.). Danemark, n° 10.......... 301
Allesch (M.). Autriche, n° 138.......... 230
Allhusen (C.) et Cie. Royaume-Uni, n° 521.......... 328
Allié (aîné et fils). France, n° 8473.......... 179
Allier (J.-B.-R.). France, n° 447.......... 14
Alliez et Berguer. Suisse, n° 25.......... 291
Allin (W.-S.). Royaume-Uni, n° 558.......... 329
Allinger (J.-L.). France, n° 9476.......... 199
Allioli (B.). France, n° 2081.......... 50
Allix père. France, n° 8901.......... 187 et 470
Allo (M.-F.). France, n° 7191.......... 154
Allport (Mme). Terre de Van-Diémen, n° 57.... 494
Allt (J.). Guyane anglaise, n° 6.......... 502
Alluaud aîné (F.). France, n° 5490.......... 123
Almanras fils. Espagne, n° 384.......... 318
Almeida, Silva et Cie. Portugal, n° 66.......... 514
Almgren (C.-A.). Suède, n° 344.......... 536
Almgren (K.-A.). Suède, n° 276.......... 535
Almirante (F.). Espagne, n° 128.......... 309

Pages.

Alner (Mme A.). Suède, nº 287... 535
Alphonsine (Mme). France, nº 8474... 179
Alquier père et fils. France, nº 6064... 135
Alsayo (F.). Espagne, nº 394... 314
Alscher (J.). Autriche, nº 812... 245
Alsia-beng-Badis. Algérie, nº 489... 209
Altairac et Cie. France, nº 4352... 97
Altenloh, Brinck et Cie. Prusse, nº 611... 403
Altherr (J.-G.). Suisse, nº 347... 298 et 482
Altorffer (J.-C. et W.). Pays-Bas, nº 418... 259
Alvarez (N.). Espagne, nº 438... 314
Alvarez fils et Pinillos. Espagne, nº 227... 311
Alvear (H.). Espagne, nos 129 et 256... 309 et 311
Alvès (J.-J.). Portugal, nº 218... 517
Alvès d'Azevedo (A.-F.). Port., nº 69... 513, 514 et 517
Alvès da Silveira (A.-J.). Portugal, nº 219... 517
Alvim (J. da C.-S.). Portugal, nº 70... 514
Alwis (J.). Ile de Ceylan, nº 32... 502 et 501
Alwis, Modliar. Ile de Ceylan, nº 33... 502
Alzina. Algérie, nº 18... 202
Alzina (A.). Algérie, nº 17... 202
Alzina (G.). Algérie, nº 19... 202
Amadieu (P.-F.). France, nº 629... 18 et 149
Amado (J.-J.-P.). Portugal, nº 36... 513
Aman (C.-F.). Suède, nº 345... 536
Amand (A.). Belgique, nº 10... 271
Amand frères et sœurs. Belgique, nº 11... 271
Amann (J.). Suisse, nº 256... 296
Amar-Mohamed-ben-Boncetta. Algérie, nº 665... 212
Amat-Frias et Vieta. Espagne, nº 360... 313
Ambard (P.). France, nº 4706... 106
Ambard fils (G.). France, nº 6642... 146
Amberdy (E.-A.). France, nº 8851... 186
Ambroise (P.). France, nº 9477... 199
Ambronn et Schreiber. Saxe, nº 22... 425
Ambrose (Clarissa). Guyane anglaise, nº 43... 508
Ambrozi (C.). Autriche, nº 359... 235
Amenc (L.). France, nº 2428... 58
Amiard (J.-L.). France, nº 982... 25
Amie (L.). France, nº 2605... 62
Amiel (C.). France, nº 4071... 90
Amiel (J.-B.). France, nº 2429... 58
Ammann (L.). Bavière, nº 125... 269
Ammann (W.). Bavière, nº 98... 269
Ammon (J.-P.). Bavière, nº 68... 268
Amony. Inde, nº 31... 505
Amoros (J.). Espagne, nº 430... 314
Amos (J.). France, nº 7539... 161
Amoureux (J.). France, nº 8902... 187
Amoureux (J.-J.). France, nº 1438... 450
Amouroux (J.-J.). France, nº 8952... 188
Ampenot (P.-E.). France, nº 2606... 62
Amsler (A.). Suisse, nº 257... 296
Amson (G.). France, nº 8895... 470
Amüller (E.-F.). France, nº 4243... 95
Amyot (F.). France, nº 9228... 194 et 471
Anca (Bon). États-Pontificaux, nº 44... 512
Anceaume (F.). France, nº 140... 6
Anceaux (E.). France, nº 6572... 464
Andant (T.). France, nº 2012... 49 et 52
Andelarre (Mis d'). France, nº 724... 448
Andelle (G.) et Cie. France, nº 5334... 120 et 463
Anderegg (T.). Suisse, nº 209... 295
Andersen (P.). Danemark, nº 11... 301 et 482
Anderson (C.). Royaume-Uni, nº 1496... 341
Andersson (A.). Suède, nº 326... 535
Andersson (A.). Suède, nº 346... 536
Andersson (C.-A.). Suède, nº 347... 536
Andersson (S.). Suède, nº 261... 534
Andersson (F.) et fils. Suède, nº 410... 537
Andouard (A.). France, nº 830... 11
Andral. Algérie, nº 256... 206
Andral (J.). France, nº 5238... 462
Andral (J.) et Courbebaisse (A.). France, nº 906... 23
André. Algérie, nº 208... 473
André (A.). États-Unis, nº 108... 222 et 223
André (C.). Belgique, nº 159... 275
André (E.). France, nº 2430... 58
André (J.). France, nº 6643... 146
André (J.-E.). France, nº 5609... 127
André (Mme M.-E.). France, nº 5335... 120
André (Vve J.-J.). France, nº 1642... 452 et 449
André fils, Gilles (A.). France, nº 4117... 92
André père et fils. France, nº 1641... 452
André (L.) et Cie. France, nº 3899... 85
Andreae (C.). Prusse, nº 927... 410
Andreis et Barberis. États Sardes, nº 116... 421
Andrényi (C.). Autriche, 460... 237
Andreoli (U.). États-Pontificaux, nº 61... 512
Andrès (S.-R.). Canada, nº 165... 497
Andrès (S. et R.) Canada, nº 2... 495
Andresen (P.). Prusse, nº 1269... 526
Andreucci (N.). France, nº 7536... 161
Andreux (J.-B.). France, nº 4509... 101
Andrews (M.). Royaume-Uni, nº 1497... 344
Andries (H.). Belgique, nº 492... 283
Andries et Wauters. Belgique, nº 457... 283
Andriessens frères (J. et F.). Pays-Bas, nº 355... 258
Andrieu (A.). France, nº 907... 23
Andrieuc (Marie). France, nº 7192... 154
Andrieux (H.). France, nº 725... 448
Andrieux (J.). France, nº 7193... 154
Andrieux, Vallée père, fils et Cie. France, nº 2845... 67
Andrikou (H.). Grèce, nº 96... 357
Andrillat-Muset (J.-C.). France, nº 2607... 62
Andriot (P.). France, nº 4990... 461
Andriveau-Goujon (G.-G.). France, nº 1972... 48
Andrucci père et fils. France, nº 3142... 455
Anfrie et Cie. France, nº 4707... 106
Angé. France, nº 7788... 466
Angelie (J.). France, nº 3817... 457
Angenscheidt (E.). France, nº 9590... 201
Anger (Mlle). France, nº 5239... 462
Anghirelli (J.). Toscane, nº 72... 435 et 436
Angiolini (L.-D.). Toscane, nº 85... 435
Anglade (A.). France, nº 1233... 31
Angliviel (J.). France, nº 6644... 146
Angot (P.-J.-B.). France, nº 2608... 63
Angrand (A.). France, nº 8852... 186
Angresius (F.-R.). Suède, nº 348... 536
Anicet. Guyane française, nº 170... 479
Ankarcrona (V.). Suède, nº 191... 533
Anker (P.-M.). Norwége, nº 65... 539
Annest (J.-S.). France, nº 5610... 127
Anquetin (L.-J.) et Giraud (L.-C). France, nº 8312... 176
Anthelme-Sallier aîné. France, nº 1576... 39
Anthoni (A.). Prusse, nº 762... 407
Anthracite coal Company. Royaume-Uni, nº 17... 319
Anthracite steam fuel Cy. Royaume-Uni, nº 18... 319
Antoine (A.) et Ce. France, nº 8119... 467
Antonelli (J.). Autriche, nº 1193... 252
Antoniou (A.). Grèce, nº 91... 357
Anus. Algérie, nº 332... 207
Anzubault (A.). France, nº 1080... 27
Aoun-ben-Snani. Algérie, nº 705... 212
Apol (H.). Pays-Bas, nº 211... 383
Apolis (L.). France, nº 2177... 52
Apollonio (A.). États Sardes, nº 23 B... 526
Apostopulo et Cie. Autriche, nº 360... 235
Apparutti-Mollerat (L.). France, nº 1234... 31
Appel (F.-A.). France, nº 9037... 190
Appelrath (C.). Prusse, nº 1052... 413
Appert (Chev.). France, nº 3551... 80
Appert, Mazurier et Cie. France, nº 5275... 119
Apprederis fils (L.). France, nº 2431... 59
Appolt frères. France, nº 2312... 56
Aquilina (L.). Algérie, nº 553... 210
Aquilon (O.-J.). Suède, nº 91... 531
Aranha (J.-F.). Portugal, nº 318... 519
Arbaud (Vve). France, nº 6645... 146
Arbenz et Senn. Suisse, nº 258... 296
Arbey et Robelin. France, nº 5350... 121

Pages.

Arboulius. (E.-G.). Suède, n° 215 533
Arbuthnot (W.-A.). Inde, n° 68 505
Arca (J.). États-Sardes, n° 48 527
Archambault (A). Canada, n° 166 497
Archambault (A.). France, n° 7999 170
Archer (T.-C.). Royaume-Uni, n° 442 327
Archer et Gruben. Iles d'Hawaï, n° 2 360
Ardant-Majambost (G.). France, n° 2313 57
Ardenne père. France, n° 4244 95
Ardiet (F.-L.). France, n° 8662 182
Ardillon (A.-G.). France, n° 4991 461
Ardisson. France, n° 8000 170
Ardoisière du moulin Ste-Anne. France, n° 4341 97
Ardoisières d'Angers. France, n° 4344 97
Ardoisières de Chattemou. France, n° 4342 97
Ardoisières de Rimogne. France, n° 4343 97
Ardoisières de Ste-Barbe. France, n° 4345 97
Ardoiun (A.). Canada, n° 208 498
Ardouin frères. France, n° 3231 74
Andrighetti (F.-P.). Belgique, n° 493 283
Arduin et Brun frères. États-Sardes, n° 115 A 421
Arduin et Chancel. France, n° 6646 146
Arendt (C.). Luxembourg, n° 12 369
Arendt (E.). Prusse, n° 763 407
Arène (J.). France, n° 3414 77
Aréra (N.-G.). France, n° 1690 41
Aresti (J.). Royaume-Uni, n° 1897 350
Argentin (A.) France, n° 8953 188
Arguera (J.). Espagne, n° 184 210
Aribat (J.-B.). France, n° 6647 146
Aribert (V.). France, n° 3871 85
Arkell (Mme.). Nouvelle-Galles du Sud, n° 1 489
Armaiz (F.-X.). Espagne, n° 250 311
Arman (J.-L.). France, n° 4232 459
Armand (J.-L.). France, n° 2846 67
Armand-Marey. France, n° 3818 457
Armé (M.). France, n° 4353 97
Armelin (F.). France, n° 331 11
Armellini (B.). Autriche, n° 996 248
Armengaud aîné (J.-E.). France, n° 8954 188
Armengaud jeune (C.). France, n° 9348 471
Armet de l'Isle (J.). France, n° 3073 72
Arnet, Steinheil et Viviem. France, n° 3931 86
Armitage. Ile de Ceylan, n° 3 501
Armitage (M. et H.) et Cie. Roy.-Uni, n° 1063 337
Armstrong (J.). Royaume-Uni, n° 1702 347
Armstrong (C.) et Cie. Royaume-Uni, n° 856 233
Armstrony (W.). Canada, n° 319 500
Arnander (C.-R.). Suède, n° 168 532
Arnaud. Algérie, n° 570 211
Arnaud (A.). France, n° 4708 106
Arnaud (C.). Algérie, n° 649 211
Arnaud (J.-L.-H.). France, n° 8903 187
Arnaud (P.). France, n° 4245 95
Arnaud (P.-P.). Suisse, n° 380 298
Arnaud-Soubeyran. France, n° 3751 83
Arnaud et Bouzon. France, n° 6065 135
Arnaud-Gaidan et Cie. France, n° 7511 160
Arnaud et Carrière père et fils. France, n° 4246 95
Arnaud et Touache frères. France, n° 824 21
Arnauld frères (C. et E.). France, n° 9613 473
Arnavielle (C.-C.). France, n° 3663 82
Arnavon (H.). France, n° 2432 59
Arnheim (S.-J.). Prusse, n° 615 403
Arnheiter (M.-M.). France, n° 599 16
Arnot. Ile Maurice, n° 11 508
Arnott (Dr.). Royaume-Uni, n° 452 .... 327 et 486
Arnott (R.). Guyane anglaise, n° 1 .... 502 et 503
Arnould (A.). France, n° 5578 463
Arnould (E.). France, n° 6066 135
Arnould (G.). Belgique, n° 4 271
Arnoult (G.). France, n° 9068 190
Arnoux (J.-S.). France, n° 3143 455
Arnstein et Eskèles. Autriche, n° 462 237
Arntzenius (G.-C.). Pays-Bas, n° 169 .... 382 et 258
Aron, Hesse et Mathieu (F.). France, n° 8271 176

Pages.

Arondel (D.). France, n° 7194 154
Arpin (A.-H.). France, n° 600 17
Arpin et fils. France, n° 5611 127
Arrault (H.). France, n° 4111 91
Arrighi (L.). France, n° 3232 74
Arrindell (W.). Guyane anglaise, n° 31 .... 502 et 503
Arrujat (F.). Espagne, nos 257 et 279 311
Arsenal de l'armée. Portugal, n° 1 B et 298. 518 et 519
Arsenal de la marine. Portugal, n° 37 513
Arsenal de la marine. Colonies portugaises, nos 411, 421 et 435 .... 521, 522 et 523
Arson (L.-F.-A.). France, n° 4247 95
Artaria et Fontaine. Bade, n° 95 A 480
Arthuis (J.). France, n° 1235 31
Artus (Mlle S.). Suisse, n° 391 299
Arvisee (L.-A.). France, n° 1439 450
Arvizet. Algérie, n° 20 202
Arza. Espagne, n° 314 312
Asbeck (C.) et Cie. Prusse, n° 542 401
Aschrott. (H-J.). Hesse électorale, n° 9 367
Aschrott (H.-S.). Nassau, n° 43 511
Ascoli (Hélène). Autriche, n° 913 247
Ash (Lieutenant). Canada, n° 216 498
Ash (C.) et fils. Royaume-Uni, n° 752 332
Ashford (W. et G.). Royaume-Uni, n° 154 322
Ashton (J.-P.). Canada, n° 186 498
Asile des aveugles. Suisse, n° 374 .... 298, 481 et 482
Asprey (C.). Royaume-Uni, n° 1854 349
Assailly (T.). France, n° 631 18
Asse (L.-A.). France, n° 9309 196
Asselin-Guillouet. France, n° 3819 457
Asselin de Monerville. Martinique, n° 2 476
Association des cordonniers. Portugal, nos 367, 370, 377, 380 et 390 .... 520 et 521
Association des serruriers. Prusse, n° 613 403
Association des tailleurs. Portugal, nos 371, 375 et 378 .... 520 et 521
Assoc. agr. de Shoalhaven. N.-Galles du Sud, n° 98. 491
Assoc. du drainage de l'Oise. France, n° 726 448
Assom frères (F. et T.). États-Sardes, n° 117 .... 421 et 526
Astier (V.). France, n° 3233 74
Aston (J.). Royaume-Uni, n° 1724 347
Aston (W.). Royaume-Uni, n° 1725 347
Astréoux fils (A.). France, n° 4354 97
Astresse (G.) et Perrain (J.-B.). France, n° 3752 83
Atel. de charité de la Providence. France, n° 7458. 466
Atelier de constr. de mach. Wurtemberg, n° 20 440
Atelier des Enfants pauvres, à Zittau. Saxe, n° 58 426
Ateliers du ch. de fer Léopold. Toscane, n° 46 434
Ateliers du ch. de fer Maria-Antonia. Toscane, n° 44. 434
Ateliers imp. du télégraphe. Autriche, n° 337 235
Atkinson (R.) et Cie. Royaume-Uni, n° 1366 342
Atloff (J.-G.). Royaume-Uni, n° 1755 348
Atzlinger (G.). Autriche, n° 681 .... 242 et 240
Aubagne (L.). France, n° 4588 103
Aubanel (A.-F.-L.-J.). France, n° 9229 194
Aubanel et Ce. France, n° 4355 97
Aubanel (A.) et Cie. France, n° 6067 135
Aubenas (A.). France, n° 3664 82
Aubergier (P.-H.). France, n° 3932 86
Aubert (A.-P.). France, n° 2284 454
Aubert (E.). Prusse, n° 305 396
Aubert (L.). France, n° 8904 187
Aubert (L.). France, n° 4456 459
Aubert (L.-D.). France, n° 2082 50
Aubert jeune (A.) France, n° 6913 .... 149 et 165
Aubert frères. Suisse, n° 27 291
Aubert (A.) et Gérard. France, n° 2573 61
Aubert et Klaftenberger. Royaume-Uni, n° 385 486
Aubert et Cie. France, n° 8313 176
Aubert (H.) et Cie. France, n° 4457 .... 459 et 455
Aubeux (L.-C.). France, n° 6068 135
Aubin (J.-B.-C.). France, n° 1219 31
Aubin (H.-F.). France, n° 259 9
Aubin-Baranger (N.). France, n° 2609 63
Aubin et Cie. Ile Maurice, n° 12 508

Pages.
Aubineau (G.-C.). France, n° 2178 52
Aubineau (H.). France, n° 3334 76
Aubrais jeune. France, n° 5612 127
Aubry (F.). France, n° 1440 .... 449 et 450
Aubry aîné (S.). France, n° 5438 122
Aubry-Febvrel. France, n° 7742 165
Aubry frères. France, n° 7743 165
Aubry père et fils. France, n° 4248 95
Aubry et Châteauneuf. France, n° 4709 106
Aubry jeune et Cie. France, n° 4589 103
Auchez, frères (L. et J.). France, n° 9478 199
Aucler (Vve) et Ledoux (P.). France, n° 3753 83
Aucoc (A.-L.-J.). France, n° 7540 161
Aucoc aîné (L.). France, n° 8820 et cl. 17 185
Aude (C.). France, n° 1471 37
Audemars (L.) Suisse, n° 28 291
Audifred (S.). France, n° 2926 69
Audoin (Vve A.). France, n° 3975 .... 87 et 459
Audoin et Cie. France, n° 3552 80
Andot (L.-F.-D.). France, n° 8821 185
Audoucet (Vve). France, n° 8272 176
Audouin (E.). France, n° 4710 106
Audoynaud (H.). France, n° 5538 125
Audrier. Algérie, n° 571 211
Augagnieur. France, n° 5613 127
Augan (M.). France, n° 3144 455
Augé. Algérie, n° 209 473
Auger (E.). France, n° 5614 127
Auger (S.-C.). France, n° 3234 74
Auger fils. France, n° 4993 461
Auget-Chedeaux (P.-G.). France, n° 7675 164
Auguet. Algérie, n° 340 207
Auguste (V.). France, n° 2285 454
Auguste (V.). France, n° 8930 470
Aujard (M.). France, n° 7676 .... 164 et 464
Auld et Buchanan. Royaume-Uni, n° 1289 340
Auld, Berrie et Mathieson. Royaume-Uni, n° 1270. 340
Auloy-Millerand. France, n° 7195 154
Aumont (E.). France, n° 4711 106
Aurand et Sudhaus. Prusse, n° 614 403
Aurel (M.). France, n° 9230 194

Pages.
Auréliani (A.). France, n° 2286 454
Aurenche (F.). France, n° 6649 146
Aurès (Mlle H.). France, n° 2433 59
Aurio (J.). France, n° 7889 168
Aury (L.-J.). France, n° 4118 92
Ausfeld (G.). Saxe-Gotha 2
Auspitz (Le petit-fils de L.). Autriche, n° 813 ... 245
Austani (D.). Autriche, n° 157 231
Austin (G.). Royaume-Uni, n° 1855 349
Austin (S.). Royaume-Uni, n° 1950 351
Austin (T.). Royaume-Uni, n° 1 319
Autier (V.). France, n° 4052 A .... et 450 458
Autran et Rochas. France, n° 6650 146
Auvenche (F.). France, n° 6651 146
Auvray (A.-M.). France, n° 3754 83
Auzoux (L.-C.). France, n° 4041 .... 89 et 458
Aventi (Comte F.-M.). États-Pontificaux, n° 7 ... 385
Averseng, Delorme et Cie. France, n° 8039 170
Avesque. Algérie, n° 257 206
Avet (M.-H.). États-Sardes, n° 181 423
Avignon (P.). France, n° 8314 176
Avignor aîné et fils. États-Sardes, n° 118 ... 421 et 526
Avinen (J.). France, n° 2124 51
Avisse (M.-A.). France, n° 8539 469
Avisseau (C.). France, n° 5539 125
Avisseau (C.-M.). France, n° 9479e 199
Avollo père et fils. États-Pontificaux, n° 47 512
Avoyne-Bainée (L.). France, n° 1191 30
Avril. France, n° 5615 127
Avril (G.). France, n° 5290 119
Avril (J.-B.). France, n° 295 11
Avril (Mme Z.). France, n° 7744 166
Avril frères. France, n° 9038 190
Avy (A.). France, n° 449 et cl. 11 .... 14 et 77
Ax (H.). Prusse, n° 764 407
Ax (J.-H.). Prusse, n° 765 407
Aylies. France, n° 3415 77
Aymé. France, n° 4994 461
Aymé (R.-M.). France, n° 967 449
Ayné frères. France, n° 6652 146
Aze (Mme). France, n° 2434 59

B

BAC

Baader (M.). Bavière, n° 15 .... 266 et 254
Baan (T.). Pays-Bas, n° 259 256
Baas (P.). Hesse, n° 61 366
Babin (A.). France, n° 3820 457
Babin-Schmidt. France, n° 8475 179
Baboneau et Cie. Suisse, n° 1 290
Baboneau (A.) et Cie. France, n° 4249 95
Babou (Les) Baer Sing et Ummur-Singh et le nawab
Mohamed-Yavol-Rlan, n° 39 505
Bacci frères. Toscane, n° 93 B 540
Bach-Pérès (A.). France, n° 8068 172
Bach frères. Luxembourg, n° 14 .... 369 et 510
Bachelet (L.-C.). France, n° 5047 .... 114 et 462
Bachmann (G.). France, n° 9480 199
Bachmann (S.). Suisse, n° 116 292
Bachner (F.). Autriche, n° 595 240
Bachollet et Cuvillier. France, n° 5048 114
Bachoud-Caillat (F.). France, n° 1415 35
Bachoven et Vollschwitz. Anhalt, n° 8 262
Bachrach (I.). Autriche, n° 281 233
Bädeker (J.). Prusse, n° 292 395
Backes (J.-F.) et Cie. Hesse, n° 7 367
Backus et Peaslee. États-Unis, n° 26 220
Bacofen (J.-J.) et fils. Suisse, n° 314 .... 297 et 481
Bacopoulos (N.). Grèce, n° 24 356
Bacot. France, n° 9127 192
Bacot (F.) et fils. France, n° 6070 135
Bacot (P.) et fils. France, n° 6069 .... 135 et 464
Bader (J.). Bavière, n° 102 269

BAI

Bader (J.-N.). Autriche, n° 338 235
Bader frères. Autriche, n° 914 247
Badham. Canada, n° 81 496
Badin (Mme E.). France, n° 8853 186
Badin, Lambert et Savoye. France, n° 6071 135
Badinand frères. France, n° 4119 92
Badini (R.). États-Pontificaux, n° 5 385
Badoil (G.) et Cie. France, n° 6914 149
Badoni (J.). Autriche, n° 3 227
Badoureau (M.-P.-L.). France, n° 9349 471
Baehrens (E.) et Cie. Prusse, n° 222 393
Baer frères. Suisse, n° 127 293
Baerthold (R.). Prusse, n° 766 407
Baeumler (F.). Bavière, n° 93 269
Bagge (J.-S.). Suède, n° 110 531
Baggeley (H.). Royaume-Uni, n° 1235 339
Bagot (E.). Royaume-Uni, n° 28 320
Bagriot (A.-F.). France, n° 8161 174
Bagshaw (R.). N° 928 334
Baile fils (J.). France, n° 1472 37
Bailey (W.) et fils. Royaume-Uni, n° 1020 487
Bailiant (J.). France, n° 8714 183
Baillargeon (P.). France, n° 1236 31
Baillès (J.). France, n° 7541 161
Baillet. France, n° 3416 77
Baillet (J.-B.-M.). France, n° 4092 91
Bailleul (E.). France, n° 7841 167
Baillière (J.-B.). France, n° 9231 .... 194 et 471
Bailliet et Schmidt. France, n° 7542 161

	Pages.
Baillon (C.-F.). France, n° 2435	59
Bailly (E.-M.). France, n°s 3755 et 7196	83 et 154
Bailly (H.). France, n° 4510	101
Bailly (L.-F.). France, n° 3756	83
Bailly (L.-F.). France, n° 3900	85
Bailly (P.-D.). France, n° 141	6
Bailly (V.). Prusse, n° 118	391
Bailly-Comte, père et fils aîné. France, n° 1691	41
Bailly et Renaud. France, n° 4712	106
Baissez-Chauvin. France, n° 7677	164
Baker (G.). Cap de Bonne-Espérance, n° 34	500
Baker (T.-K.). Royaume-Uni, n° 844	333
Baker (W.-L.). Royaume-Uni, n° 1021	336
Baker (W.) et Cie. Royaume-Uni, n° 1227	339
Baker, Tuckers et Cie. Royaume-Uni, n° 1452	343
Balaine (C.) et fils. France, n° 5049	114
Balakichens et Parassarouma. Inde française, n° 147.	479
Balandreau-Buy (J.-E.). France, n° 2610	63
Balard. Algérie, n° 156	204
Balatresi (J.). Toscane, n° 170	437
Balay (J.) France, n° 6916	149
Balay aîné. France, n° 6915	149
Balbi. États-Pontificaux, n° 66	512
Balbi-Piovera (Mis G.). États-Sardes, n° 119. 421 et	526
Balboni (A.). États-Pontificaux, n° 32	386
Balchen (H.). Norwége, n° 51	538
Balcke et Schramke. Prusse, n° 767	407
Balderrama. Mexique, n° 45	372
Baldesi frères. Toscane, n° 118	436 et 540
Baldi (J.). Toscane, n° 52	434
Baldini (L.). États-Pontificaux, n° 24	386
Baldit (J.). France, n° 2611	63
Baldner (F.). France, n° 9422	198
Baldus (E.). France, n° 9128	192
Baldwin (J.). Portugal, n° 75	514 et 520
Baldwin et fils. Royaume-Uni, n° 621	330
Baley (G.). France, n° 2612	63
Baligand (J.). France, n° 3235	74
Ball (C.). France, n° 2847	67
Ball (W.). Royaume-Uni, n° 68	321 et 323
Ball (T.) et Cie. Royaume-Uni, n° 1608	346
Ball aîné et Cie. France, n° 2848	67
Ballande-Fougedoire. France, n° 2849	67
Ballanesko (A.). Autriche, n° 361	235
Ballantine (J.). Royaume-Uni, n° 1181	338
Balleñn (J.). France, n° 4590	103
Balleidier (F.). France, n° 6917	149 et 465
Balliman (J.-J.). France, n° 1692	41
Ballot aîné (P.-L.-H.). France, n° 142	6
Bally (P.-A.). France, n° 1693	41
Bally-Schmitter. Suisse, n° 345	298
Bally et Cie. France, n°s 21 et 5291	4 et 119
Balme (C.). France, n° 7745	166
Balmon-Ferrière. France, n° 5616	127
Balmont et Cie. France, n° 6918	149
Balny jeune (J.-P.). France, n° 7890	168
Balog (P.-M.). Autriche, n° 915	247
Balp aîné. France, n° 7746	166
Balp aîné (J.-F.). France, n° 4120	92
Bals (P.). Belgique, n° 494	283
Balsapie (E.). Espagne, n° 449	315
Balté frères. France, n° 4507	14
Baltresqui (R.). Madère et Porto-Santo, n° 407	521
Baltresqui (R.). Portugal, n° 221	517
Baltzer (D.). France, n° 9039	190
Baltzer (J.-H.) et fils. Prusse, n° 276	395
Banc aîné (F.). France, n° 2125	51 et 454
Bance (B.). France, n° 9232	194
Bance (J.). France, n° 7197	154
Bance (Mme Ve A.). France, n° 3553	80
Bancilhon (F.). France, n° 7891	168
Bancourt (J.-B.). France, n° 451	14
Band (H.). Prusse, n° 1191	416
Bandeira (A.-A.). Portugal, n° 38	513
Bandini (A.). Toscane, n° 119	436
Bandisch (I.). Autriche, n° 1093	250
Bang (A.-C.-J.-L.). Danemark, n° 67	303
Bang (J.-D.). Danemark, n° 1	301
Bankart et fils. Royaume-Uni, n° 34	320
Banks et Hammond. N° 1726	347
Banon frères. France, n° 6072	135
Bansch. Algérie, n° 24	202
Banse (L.). France, n° 6654	146
Bansi (P.). Prusse, n° 484	400
Banting et fils. Royaume-Uni, n° 1681	347
Bänziger. Suisse, n° 348	298
Bänziger et Mozer. Suisse, n° 349	298 et 482
Bänziger (J.-J.) et Cie. Suisse, n° 216	295
Banziger-Kolp et Cie. Suisse, n° 228	295
Bapst et neveu. France, n° 5068	114
Bapterosses. (J.-F.). France, n° 5491	123
Baptiste (A.-J.). Portugal, n° 222	517
Baptiste (T.). Portugal, n° 306	519
Baqué (B.). France, n° 4713	106
Baquet (L.). France, n° 8551	180
Baragnon (P.-P.-L.). France, n° 8896	470
Barallon (P.). France, n° 4591	103
Baranger frères (H.-F. et S.). France, n° 6073	135
Barat (A.-M.). France, n° 1081	27
Barata (H.). Portugal, n° 223	517 et 514
Barbano (D.). États-Sardes, n° 183	423
Barbaroux (J.-B.). France, n° 771	20
Barbaroux de Mégy (J.). France, n° 5132	116
Barbat (L.). France, n° 9040	190
Barbaza, Jalabert et Cie. France, n° 6074	135 et 464
Barbe et Trouillieux. France, n° 6919	149
Barbe-Schmitz. France, n° 7678	164 et 40
Barbe (E.) et Cie. France, n° 6075	135
Barbé. Algérie, n° 204	206
Barbeau (J.). Canada, n° 291	499
Barbeaux (H.). France, n° 6076	135
Barbedienne (F.). France, n° 5144	116
Barber (S.). Royaume-Uni, n° 1803	348
Barber et frères. Canada, n° 262	499
Barberi (D.). États-Pontificaux, n° 48	512
Barberis (G.-B.). États-Sardes, n° 120	421
Barbet (H.) et Cie. France, n° 5617	127
Barbezat et Cie. France, n° 40	447
Barbier (C.). France, n° 2927	69
Barbier (C.). France, n° 5266	119 et 463
Barbier (J.-Z.). France, n° 452	14
Barbier (L.-V.). France, n° 8715	183
Barbier (L.-V.). France, n° 9591	201
Barbier (V.). France, n° 6077	135
Barbier (J. et D.). France, n° 7149	465
Barbier-Hanssens (L.-E.). Belgique, n° 258	278
Barbier-Mulier (M.-F.). Belgique, n° 422	282
Barbier-Walbonne (Mme). France, n° 9350	471
Barbier et Daubrée. France, n°s 825 et 2574. 21, 62 et	450
Barbizet (V.). France, n° 5439	122
Barbosa (J.-A. da S.). Portugal, n° 224	517
Barbosa (J.-M. da C.). Portugal, n° 76	514 et 517
Barbosa (P. da S.). Portugal, n° 225	517
Barbou (N.-V.-D.). France, n° 4714	106
Barbou (P.-T.). France, n° 1865	45
Barbou frères. France, n° 9310	196
Barbrel (A.). France, n° 7747	166
Barcelis (J.). Espagne, n° 185	210
Barck (Comtesse L.). Suède, n° 349	536
Bardies (J.). France, n° 9481	199
Bardin (L.). France, n° 1989	48
Bardon et Ritton. France, n° 6920	149
Bardot. France, n° 7789	466
Bardou (J.). France, n° 2850	67
Bardou (P.-G.). France, n° 1866	45
Bardy. France, n° 1237	31
Bardy (G.). France, n° 3821	457
Baré jeune (A.). France, n° 2613	63
Barette. France, n° 1694	41
Barge (Vve). Algérie, n° 22	202
Bargeat et Leingnies (E.). France, n° 6574	464
Barges fils. France, n° 8476	179

Pages.

Bargné (J.-P.). France, n° 3074 72
Barbeine (R.). Prusse, n° 1040 413
Baril fils. France, n° 7790 466
Barillot (F.). Prusse, n° 1118 414
Barin-Garsiau. France, n° 5618 127
Bariquand (L.-F.-J.). France, n° 1695 41
Barker (C.-S.). France, n° 9592 201
Barker (T.). N.-Galles du Sud, n°s 99 et 173.. 491 et 492
Barker. Victoria, n° 21 493
Barkman (P.-G.). Suède, n° 63 .... 530 et 532
Barlet et Bélingard jeune. France, n° 6921 149
Barlet et Cie. France, n° 6922 149
Barling (J.). Royaume-Uni, n° 740 332
Barneau-Vie et Cie. Algérie, n° 654 211
Barnes (J.-B.). Royaume-Uni, n° 522 328
Barnes (T. et W.). Royaume-Uni, n° 155 322
Barnett et Maltby. Royaume-Uni, n° 1609 346
Barnitz (D.-G.) et Gardner (M.-J.). États-Unis, n° 4 219
Barnoin frères. France, n° 6655 146
Barnouin (Cie de l'Harminote). Algérie, n° 441 209
Baron (F.). Portugal, n° 366 520
Baron (J.-B.). France, n° 3933 86
Baron (J.-B.). France, n° 4448 99
Baron (P.). France, n° 2436 59
Baron aîné. France, n° 5619 127
Baron-Chartier (L.-C.-N.). France, n° 4251 95
Baron et Gonon. France, n° 6923 149
Baroni (L.). Autriche, n° 362 235
Barraban-Touzet (A.). France, n° 6078 135
Barrabé et Doré. France, n° 2614 63
Barral (C.-E.). France, n° 6656 146
Barral (Dr.-F.-A.). Madère et Porto-Santo, n° 404. 521
Barral (L.). France, n° 3417 77
Barral et Lascour. France, n° 6657 146
Barralon et Brossard. France, n° 6924 149
Barran (J.). Espagne, n° 362 313
Barran (N.) et Cie. Espagne, n° 216 310
Barrande (J.-B.). France, n° 2615 63
Barras (J.). Espagne, n° 395 314
Barrat. Algérie, n° 23 202
Barrault (P.-J.-B.). France, n° 3901 85
Barre (E.). France, n° 2928 69
Barre (E.) et Cie. Prusse, n° 49 389
Barré (E.). France, n° 4052 B 458
Barré (Vve). France, n° 8315 176
Barreau (N.-A.-C.). France, n° 4250 95
Barreau et Cie. France, n° 7512 160
Barreis (A.). Espagne, n° 186 210
Barrelan, Veyrat et Bessac. France, n° 5579 463
Barrelon-Varraine. France, n° 4592 103
Barrena (J.). Cuba, n° 14 484
Barrère (B.). France, n° 9069 190
Barrès frères. France, n° 6658 146
Barrett, Exal et Andrewes. R.-Uni, n° 278.. 324 et 321
Barretto Commandeur (J.-F.). Portugal, n° 197.. 516
Barrey-Russin (P.-J.). France, n° 5492 123
Barri (A.). Espagne, n° 204 210
Barrier-Goupil (A.). France, n° 5620 127
Barrington (G.). Canada, n° 131 497
Barrochin (J.). France, n° 2013 49
Barrois (J.-P.-F.). France, n° 315 11
Barrow (H.). Royaume-Uni, n° 361 326
Barrow (L.-T.). Guyane anglaise, n° 57 503
Barruel (E.). France, n° 3145 .... 455 et 458
Barruncho (J.-P.). Portugal, n° 393 521
Barry (Sir C.). Royaume-Uni, n° 1022 336
Barry (J.-J.-G.). France, n° 3554 80
Barry (P.-M.). France, n° 2616 63
Barry, Landre, Lejeune, etc. France, n° 22.. 4 et 52
Barsham (W.) et Cie. Royaume-Uni, n° 642 330
Bartelmus (T.). Autriche, n° 682 242
Bartels et Mohrhardt. Saxe-Cobourg, n° 1 428
Barth (J.). Luxembourg, n° 5 369
Barth, Massing et Plichon. France, n° 6925 149
Barthe (J.). France, n° 453 14

Pages.

Barthel (J.-C.). Francfort-sur-le-Mein, n° 1 317
Barthel (N.). Belgique, n° 656 287
Barthélemy. France, n° 3822 457
Barthélemy (L.). France, n° 9351 471
Barthélemy (N.-F.). France, n° 4511 101
Barthélemy aîné. France, n° 7679 164
Bartholmé (T.). France, n° 434 14
Barthelmes (L.). Bavière, n° 111 269
Barthels-Feldhoff. Prusse, n° 738 406
Bartholmé (F.). Bavière, n° 31 267
Bartleet et fils. Royaume-Uni, n° 1005 336
Bartolommei (Mis F.). Toscane, n° 120 436
Bartram, Harwood et Cie. Royaume-Uni, n° 845. 333
Bartro fils. France, n° 3418 77
Bartsch fils (F.). Prusse, n° 375 397
Barwell (J.). Royaume-Uni, n° 1023 336
Bary (E.). France, n° 7198 154
Barye (A.-L.). France, n° 5145 116
Baschet (P.). France, n° 2028 453
Baselie (W.). Royaume-Uni, n° 1910 350
Basely (L.). France, n° 1696 41
Basile fils et Sion fils. France, n° 3555 80
Basin-Rousselet. France, n° 7543 161
Basnier (Cécile). France, n° 7199 154
Basquin (L.). France, n° 7200 .... 154 et 37
Basquin et Cie. France, n° 7201 154
Bassal (C.). France, n° 3419 77
Basse et Fischer. Prusse, n° 615 403
Basset (J.). France, n° 9070 190
Basset (L.-C.). France, n° 4996 461
Bassié (J.-B.). France, n° 7963 169
Bassot (C.-D.-M.-J.). France, n° 1040 26
Bastaert aîné. France, n° 2929 69
Bastide frères. France, n° 7544 161
Bastman (Mme T.). Suède, n° 350 536
Bastogi (P.). Toscane, n° 1 433
Bataille (V.). Guyane française, n° 159 479
Bataille aîné. France, n° 1697 41
Batalha (F.-R.). Portugal, n° 39 513
Batalha (F.-R.). Colonies portugaises, n° 412... 521
Bates (B.). États-Unis, n° 47 221
Batès (J.). Grèce, n° 12 355
Bathelot jeune (Vve). France, n° 4715 106
Bathier (V.). France, n° 8316 176
Bati (F.). Toscane, n° 123 436
Batide. Algérie, n° 201 206
Batis. France, n° 455 14
Bativeau (N.-A.). France, n° 4716 106
Batka (V.). Autriche, n° 363 .... 235, 234 et 239
Batllo frères. Espagne, n° 337 313
Bâton-Rambos (J.). France, n° 7545 161
Baton frères. France, n° 8477 179
Battagia (A.). Autriche, n° 997 248
Batten (J.-H.). Inde, n° 22 504
Battenberg (G.). France, n° 9233 194
Battermann (H.). Schaumbourg-Lippe, n° 2 430
Battiani (A.). France, n° 3823 457
Batty. Nouvelle-Galles du Sud, n° 72 490
Batty et Cie. Royaume-Uni, n° 696 331
Batz (G.-W.). Hesse, n° 50 365
Bauchart (A.-R.). France, n° 456 14
Bauchart (V.). France, n° 457 14
Bauchau de Baré (A.). Belgique, n° 239 277
Bauche. Mexique, n° 88 374
Baudaisé (J.). France, n° 9593 .... 201 et 87
Baudart-Juthion. France, n° 1547 38
Baudat (L.). France, n° 1220 31
Bauden (J. et W.). Canada, n° 187 498
Baudens. Algérie, n° 210 473
Baudet (J.-D.). France, n° 4593 103
Baudin (J.-N.). France, n° 1938 47
Baudin aîné et Jennesson. France, n° 5621. 127 et 154
Baudit (M.-A.). France, n° 4995 .... 461 et 470
Baudoin (A.). France, n° 5622 127
Baudoin (J.). France, n° 296 .... 11 et 453
Baudoin (M.). France, n° 4356 97

Pages.

Baudoin frères. France, n° 3146.......... 455 et 459
Baudoin et Cie. France, n° 2314............. 56 et 52
Baudon (F.). France, n° 2126................ 51
Baudon-Porchez. France, n° 2083............. 50
Baudrihaye (G.). Belgique, n° 606............ 286
Baudrin, Douely et Cie. France, n° 3335....... 76
Baudrit (A.). France, n° 4252................ 95
Baudron (A.-R.). France, n° 1165............. 29
Baudry (A.-T.). France, n° 4482.............. 101
Baudry-Lepelletier. France, n° 4997.......... 461
Baudry père (F). France, n° 7892............. 168
Bauer. Wurtemberg, n° 80..................... 442
Bauer (C.). Autriche, n° 464................. 237
Bauer (E.-J.). Autriche, n° 1232............. 253
Bauer (J.-C.). Francfort-sur-le-Mein, n° 21..... 318
Bauer (W.-F.). Danemark, n° 73............... 302
Bauer et Cie. Saxe, n° 67..................... 426
Bauer (T.) et Cie. Autriche, n° 814........... 245
Bauerkeller et Cie. France, n° 1973........ 48 et 186
Bauhof (J.). Autriche, n° 465................ 237
Baulant (C.-F.-A.). France, n° 8552........... 180
Bauleret (L.). France, n° 3236............... 74
Baum (G.). Autriche, n° 816.................. 245
Baum (L.). Autriche, n° 817.................. 245
Baumann (A.). Suisse, n° 392................. 299
Baumann (C.). Wurtemberg, n° 169............. 444
Baumann (F.). Prusse, n° 277................. 395
Baumann (J.). Suisse, n° 393................. 299
Baumann (W.). Wurtemberg, n° 170............. 445
Baumann et Maquet (F.). Prusse, n° 467....... 399
Baumann et Streuli. Suisse, n° 259........... 296
Baumer (F.-P.). Bade, n° 47.................. 262
Baumgarten (F.). Anhalt, Dessau et Cothen, n° 14..... 226
Baumgartner (A.). Bavière, n° 154............ 270
Baumgartner (J.). Autriche, n° 466........... 237
Baumgartner (J.). Autriche, n° 774........... 244
Baumier et Cie. France, n° 2617.............. 63
Baur frères. Wurtemberg, n° 82............... 442
Bause et Pommier. France, n° 5623............ 127
Bauvois (J.-B.). France, n° 8663............. 182
Bauwens (F.-L.). Royaume-Uni, n° 560......... 329
Baux (A.). France, n° 9351 B................. 471
Baux (A.) et fils. France, n° 2815........... 56
Banzon (F.). France, n° 4121................. 93
Bavozet (E.-P.). France, n° 5146............. 116
Bax fils aîné. France, n° 3237............... 74
Baxter (G.). Royaume-Uni, n° 1898............ 350
Baxter (R.). Royaume-Uni, n° 1756............ 348
Baxter frères et Cie. Royaume-Uni, n° 1498....... 344
Bayard (H.). France, n° 9129................. 192
Bayard (M.). Belgique, n° 362................ 280
Bayard frères. France, n° 6926............... 149
Bayard frères. France, n° 6927............... 149
Bayer frères. France, n° 1441................ 450
Bayley (T.-B.). Cap de Bonne-Espérance, n° 15... 500
Baymond (A.-E.). France, n° 2930............. 69
Bayno (G.). États-Sardes, n° 157 A......... 422 et 527
Bayon et Denis. France, n° 6929.............. 149
Bayon (M.) et Cie. France, n° 6928........... 149
Bayoud (A.-E.). France, n° 3147.............. 455
Bayvel jeune (L.-A.). France, n° 7619........ 163
Bayvet et Cie. France, n° 3336............... 76
Bayvet frères et Cie. France, n° 2619........ 63
Bazergue (G.). Uruguay, n° 1................. 225
Bazin (A.). France, n° 332 et cl. 2.......... 11
Bazin (A.-H.). France, n° 2618............... 63
Bazin (E.). France, n° 4072.................. 90
Bazin. (G.-B). France, n° 3337............... 76
Bazin (S.). France, n° 5351.................. 121
Bazin et Peulevey. France, n° 6079........... 135
Bean (S.). Canada, n° 263.................... 499
Beardshaw (G.). Royaume-Uni, n° 929......... 334
Bearn (J.). Royaume-Uni, n° 1757............. 348
Bearzi (A.). Autriche, n° 296................ 234
Béasse (P.-A.). France, n° 7546.............. 161

Pages.

Beatson (W.). Royaume-Uni, n° 523............ 328
Beau (E.). France, n° 9041................... 190
Beau (J.-B.). France, n° 1577................ 39
Beaubœuf (O.). France, n° 9406............... 198
Beaubrun-Destaing. Martinique, n° 21......... 476
Beaud (H.). France, n° 5050.................. 114
Beaudeloux (Mme). France, n° 8626............ 469
Beaufils. France, n° 7893.................... 168
Beauford (R.). Royaume-Uni, n° 1921.......... 350
Beaufort (Ve). France, n° 9594............... 201
Beaufort-Gossart (E.). France, n° 3075....... 72
Beaufour-Lemonnier. France, n° 8555.......... 180
Beaufré (J.) et Faido (A.). Autriche, n° 249.... 233
Beaugrand (F.). France, n° 5624.............. 127
Beaugrand (H.). France, n° 633............... 18
Beaulard (F.). France, n° 458................ 14
Beaulieu (M.). France, n° 7202............... 154
Beaumann (P.-A.). France, n° 143............. 6
Beaumel et fils. Suisse, n° 181.............. 294
Beaumevieille frères. France, n° 2620........ 63
Beaumont (I.). France, n° 3665............... 82
Beaumont (A.) et Mayer (A.). France, n° 2287.... 454
Beauprêtre. Algérie, n° 235.................. 473
Beauquesne (P.-E.). France, n° 8810.......... 470
Beauquis (F.-A.). France, n° 8317............ 176
Beaure (J.-B.). France, n° 2263.............. 54
Beaureaux fils (G.) et Cie. France, n° 8665..... 182
Beauséjour. Algérie, n° 247.................. 206
Beauvais (A.) France, n° 4357................ 98
Beauvais et Cie. France, n° 7680............. 164
Beauvoir et Ernotte. France, n° 7208......... 154
Beauvois (J.-B.). France, n° 8663............ 182
Beauvois (J.-B.-E.). France, n° 4253......... 95
Beauvois (Vve). France, n° 8642.............. 181
Beaux, Duhoux et Cie. France, n° 5292...... 119 et 127
Bécaille (T.). France, n° 4998............... 461
Béchard (F.-A.). France, n° 3976............. 87
Béchel. Algérie, n° 248...................... 206
Béchetoille (J.-B.). France, n° 2851......... 67
Bechtold frères. Autriche, n° 775......... 244 et 245
Béchu fils (E.-A.-A.). France, n° 826..... 21, 30 et 460
Beck (F.). Suède, n° 401..................... 537
Beck-Depurrois. France, n° 1627.............. 40
Beck père et fils. Belgique, n° 568....... 285 et 255
Beckenback (J.). Prusse, n° 974.............. 411
Becker (C.). Royaume-Uni, n° 362............. 326
Becker (D.). France, n° 1141................. 29
Becker (G.). Prusse, n° 278.................. 395
Becker (J.-P.). France, n° 3148.............. 455
Becker (G.) et Otto (A.). France, n° 8822.... 185
Becker (F.) et fils. Prusse, n° 1105......... 414
Becker (F.-A.), Sapp et Cie. Prusse, n° 1104... 414
Beckert (M.) et Cie. Saxe, n° 59............. 426
Beckfrüs (Comte C.). Suède, n° 64............ 530
Beckh (K.). Suisse, n° 106................... 292
Beckh frères. Prusse, n° 1014................ 412
Beckman (J.-A.). Suède, n° 228.............. 534
Becq et Cie. France, n° 4594................. 103
Becquerel (N.-M.-J.). France, n° 4122........ 92
Becquet (J.-F.). France, n° 1043............. 26
Bedford (F.). Royaume-Uni, n° 1951........... 351
Bedford (J.). Royaume-Uni, n° 971............ 338
Bedier (P.). France, n° 1238................. 31
Bedronici frères. Toscane, n° 121............ 436
Bédu frères et Ledoux-Bédu. France, n° 5625..... 127
Beduwé (J.). Prusse, n° 228.................. 393
Beekers (C.). Pays-Bas, n° 824............... 257
Beekhuis, Damsté et Cie. Pays-Bas, n° 57..... 380
Beer (A.). France, n° 6080................... 135
Beer-Morel. France, n° 6081.................. 135
Beermann (B.). Prusse, n° 508................ 400
Bégain (A.). France, n° 1473................. 37
Bégard (P.). France, n° 5240................. 462
Bégasse (C.). Belgique, n° 458............... 283
Beghin (L.-I.). France, n° 7204.............. 154
Begon (F.-J.). Belgique, n° 114.............. 273

Pages.

Begot (J.). France, n° 6082.......... 135
Bégué et Tournier. France, n° 7205.......... 154
Beguerie (J.) neveu. France, n° 8318.......... 176
Béguin (A.). France, n° 8854.......... 186
Béhague (A.). France, n° 459.......... 14
Béhague (T.). Belgique, n° 496.......... 283
Behm (G.) et Cie. Prusse, n° 504.......... 400 et 402
Behn (C.-F.). Lubeck, n° 2.......... 361
Behne (G.-E.). Prusse, n° 1122.......... 414
Behrend (B.). Prusse, n° 400.......... 398
Behrens (J.). Royaume-Uni, n° 1352.......... 341
Behrens (Mlle B.). Prusse, n° 496.......... 400
Behrens et Cie. Hambourg, n° 50.......... 363
Behringer (P.). Bavière, n° 82.......... 258 et 254
Behrling (F.). Suède, n° 402.......... 537
Beisiegel (P.). Autriche, n° 1094.......... 250
Beissbarth fils (G.-C.). Bavière, n° 129.......... 269
Beissel (Vve) et fils. Prusse, n° 601.......... 403
Beitter (G.). Wurtemberg, n° 191.......... 444
Bekking (J.-A.-M.). Pays-Bas, n° 280.......... 256
Bel-Gaïd. Algérie, n° 396.......... 208
Bel-Hamouchi. Algérie, n° 572.......... 211 et 210
Bel-Kassem-ben-Chotti. Algérie, n° 573.......... 211
Bel-Kassem-ben-Dahili. Algérie, n° 574.......... 211
Bélanger. Martinique, n° 3.......... 476
Belanger et Cie. France, n° 461.......... 14, 448 et 456
Bélaz (J.-L.). Suisse, n° 8.......... 290
Belgassem. Algérie, n° 490.......... 209
Belhommet frères. France, n° 2179.......... 52
Belhoste aîné (E.). France, n° 9190.......... 193
Bélicard (P.). France, n° 3422.......... 77
Bélin (J.). France, n° 7681.......... 164
Bélin (R.). France, n° 460.......... 14
Belin et Lebon. France, n° 3666.......... 82
Belin-Leprieur et Morizot. France, n° 9234.......... 195
Bell (A.-M.). Royaume-Uni, n° 1885.......... 350
Bell (T.). Royaume-Uni, n° 1481.......... 343
Bell (J.) et fils. Royaume-Uni, n° 933.......... 335
Bell (J.) et Cie. Royaume-Uni, n° 741.......... 332
Bella (F.). France, n° 333.......... 11
Bellamy (C.-E.). France, n° 7791.......... 466
Bellangé (A.-L.). France, n° 7964.......... 169
Bellangé (J.-F.-A.). France, n° 9311.......... 196
Bellanger et Dombret. France, n° 1239.......... 31
Bellard (L.). France, n° 4999.......... 461
Bellatin frères. Autriche, n° 1037.......... 249
Bellavoine (E.). France, n° 3077.......... 72
Belle. Algérie, n° 25.......... 202
Belle. Algérie, n° 211.......... 473
Bellest (E.). France, n° 6083.......... 135
Bellet (J.-J.). France, n° 3423.......... 77
Belleville-Grimblot et Cie. France, n° 827.......... 21
Bellieni (C.). France, n° 1990.......... 48
Bellin-Prilliez. France, n° 5626.......... 127
Bellingrath et Linckenbach. Prusse, n° 1021.......... 412
Bellino frères. États-Sardes, n° 121.......... 421 et 526
Belloc (A.). France, n° 4254.......... 95
Belloc (A.). France, n° 9130.......... 192
Belloche (F.-S.). France, n° 8664.......... 182
Bellois-Gomand. France, n° 3078.......... 72
Bellois-Gomand. France, n° 4717.......... 106 et 460
Bellon et Cie. France, n° 6930.......... 149
Bellon (J.) et Cie. France, n° 6931.......... 149
Belloni (F.). États-Pontificaux, n° 56.......... 512
Belloni-Ance (L.). Belgique, n° 561.......... 285
Bellosta (G.) et fils. États-Sardes, n° 58.......... 420 et 527
Bellot. France, n° 3824.......... 457
Bellot (C.) et Collière (O.). France, n° 6084.......... 135
Belloui (L.-B.). France, n° 1240.......... 31
Bellver et Cie. Espagne, n° 361.......... 313
Belly et Chevalier (L.). France, n° 828.......... 21
Belmont. Algérie, n° 21.......... 202
Belmonte (R.-R.). Espagne, n° 447.......... 315
Belorgé (P.-A.). France, n° 7792.......... 466
Below (F.). Prusse, n° 1261.......... 525
Bels-Sicard. France, n° 6085.......... 135

Pages.

Beltzung (J.-F.) et Glover (C.-C.). France, n° 5293.......... 119
Belvalette frères. France, n° 1044.......... 26
Ben-Aïssa. Algérie, n° 666.......... 212
Ben-Akkaz. Algérie, n° 667.......... 212
Ben-Ali-ben-Zirdjel. Algérie, n° 397.......... 208
Ben-Chabban. Algérie, n° 655.......... 211
Ben-Chérif-ben-Kobbi. Algérie, n° 513.......... 210
Ben-Debah. Algérie, n° 643.......... 211
Ben-Diaf. Algérie, n° 575.......... 211
Ben-Djelloul. Algérie, n° 576.......... 211
Ben-Hassen. Algérie, n° 577.......... 211
Ben-Naceur-ben-Salem. Algérie, n° 236.......... 478
Béna (F.). France, n° 5465.......... 123
Bénard (J.-P.). France, n° 3149.......... 455
Bénard (S.). France, n° 2029.......... 453
Bénard et Cie. France, n° 9235.......... 195
Benavides (F.). Espagne, n° 463.......... 483
Benckiser (J.-A.). Bade, n° 37.......... 262
Benczur (J.). Autriche, n° 582.......... 240
Bendaoud. Algérie, n° 333.......... 207 et 208
Bender (F.). Nassau, n° 34.......... 511
Bender (A.-E.). France, n° 5241.......... 462
Bender junior (C.). Prusse, n° 975.......... 411
Bender (J.-F.-E.). Wurtemberg, n° 93.......... 442
Beneck (E.) et Rochetti (P.). Autriche, n° 282.......... 233
Benecke (C.-H.). Prusse, n° 617.......... 403
Benedetti d'Ubaldo (J.). France, n° 462.......... 14
Benedict (J.-W.). États-Unis, n° 130.......... 223
Bénédictins. Autriche, n° 211.......... 232
Benedictus (S.). Pays-Bas, n° 419.......... 259
Benedig. Autriche, n° 818.......... 245
Beneke (C.). Lippe-Detmold, n° 1.......... 368
Beneke (C.). Prusse, n° 1262.......... 525
Benet (A.). France, n° 1698.......... 42
Bénet (P.). France, n° 634.......... 18
Benger (W.). Wurtemberg, n° 138.......... 444
Bengough frères. Royaume-Uni, n° 156.......... 322
Benham (J.-L.). et fils. Royaume-Uni, n° 469.......... 327
Benhams et Froud. Royaume-Uni, n° 1121.......... 337
Beni-Afeur. Algérie, n° 578.......... 211
Beni-Amran-Sofilia. Algérie, n° 579.......... 211
Beni-Caïd. Algérie, n° 580.......... 211
Beni-Foural. Algérie, n° 530.......... 210
Beni-Hamed. Algérie, n° 531.......... 210
Beni-Hamed. Algérie, n° 581.......... 211
Beni-Hassen. Algérie, n° 582.......... 211
Beni-Ideur. Algérie, n° 532.......... 210
Beni-Khtab. Algérie, n° 533.......... 210
Beni-Maad. Algérie, n° 534.......... 210
Beni-Merni. Algérie, n° 535.......... 210
Beni-Mzab-Bayoul-Mozabite-Mzab. Algérie, n° 238.......... 474
Beni-Ouarsous. Algérie, n° 720.......... 474
Beni-Ouazeddin. Algérie, n° 537.......... 210
Beni-Ourind (Tribu des). Algérie, n° 258.......... 206
Beni-Sekfat. Algérie, n° 538.......... 210
Beni-Senouss (Tribu des). Algérie, n° 381.......... 208
Beni-Siar. Algérie, n° 539.......... 210
Beni-Smiel (Tribu des). Algérie, n° 249.......... 206
Beni-Yahdel (tribu des). Algérie, n° 514.......... 210
Bénier fils. France, n° 7842.......... 167
Benigni (J.-B.). France, n° 42.......... 4
Benigni frères. France, n° 2437.......... 59
Benini et Michelagnoli. Toscane, n° 4.......... 433
Benker (G.-H.). Bavière, n° 112.......... 269
Benkowits (Marie). Autriche, n° 1038.......... 249
Benner-Brandt (G.). France, n° 6086.......... 135
Bennert et Bivort. Belgique, n° 399.......... 281
Bennett (J.). Royaume-Uni, n° 386.......... 486
Bennewitz (E.-A.). Saxe, n° 83.......... 426
Benninghauss (J.-C.). Prusse, n° 618.......... 403
Benoist (A.-D.). France, n° 3977.......... 87
Benoist frères. France, n° 1113.......... 450
Benoist et Cie. France, n° 6087.......... 135
Benoist-Malot et Walbaum (A.). France, n° 6088.......... 135
Benoit (A.). États-Sardes, n° 30.......... 419
Benoit-Desfossé. France, n° 5580.......... 463

Pages.

Benoît-Dulaurier (J.-P.). France, n° 1416 ... 35
Benoit-Gonin (V.). France, n° 5009 ... 113
Benoit-Mayer et Cie. France, n° 3825 ... 457
Benoit-Virlet et Virlet-Fournier. France, n° 3238 ... 74
Bense (C.). Brunswick, n° 3 ... 289
Bentall (E.-H.). Royaume-Uni, n° 69 ... 321
Bentes (I.-J.). Portugal, n° 77 ... 514
Bentès (Dr J.-I.-J.). Portugal, n° 78 ... 514
Bento de Queiros-Pinto. Portugal, n° 226 ... 517
Benton (L.-K.). Canada, n° 3 ... 495
Bentz et fils. France, n° 9071 ... 190
Béral (P.-J.). France, n° 3934 ... 86
Béranger frères. France, n° 4595 ... 103
Béranger et Cie. France, n° 772 ... 20
Beranger et Cie. France, n° 1142 ... 29
Bérard. France, n° 6932 ... 149
Bérard (A.-B.). France, n° 4428 ... 99
Bérard, Levainville (E.) et Cie. France, n° 1184. 30 et 450
Beraud. France, n° 4255 ... 95
Béraud-Gaillard. France, n° 2575 ... 62
Berben (M.). Pays-Bas, n° 273 ... 256
Berbey (S.). France, n° 3872 ... 85
Berce et Chapsal. France, n° 8162 ... 174
Berchon. Réunion, n° 84 ... 477
Berchoux. France, n° 6575 ... 464
Berchoux frères et Estragnat. France, n° 5627 ... 127
Berckmans (J.-F). Belgique, n° 53 ... 272
Berdan (H.). États-Unis, n° 48 ... 220
Berden (F.) et Cie. Belgique, n° 691 ... 288
Berdoulat (C.). France, n° 5018 ... 113
Bereghszaszy (A.). Autriche, n° 1233 ... 253
Berenbak (H.-W.). Pays-Bas, n° 219 ... 383
Berendorf père (J.) et fils. France, n° 1367 ... 34
Bérenger (A.). France, n° 6659 ... 146
Berens (A.-J.). Prusse, n° 401 ... 398
Beretta (D.). États-Pontificaux, n° 25 ... 386
Bereux (Mlle J.). France, n° 8905 ... 187
Berg (C.). Suisse, n° 30 ... 291
Berg (F.-J.). Suède, n° 111 ... 531
Berg (J.-F.). Suède, n° 262 ... 534
Berg (M.-F.). France, n° 334 ... 12
Berg (W.). Prusse, nos 619 et 1073 ... 403 et 413
Berg (W.-J.). Danemark, n° 7 ... 301
Berg-Düerich. Luxembourg, n° 18 ... 370
Bergé (J.). France, n° 5133 ... 116
Bergelin (J.-T.). Suède, n° 65 ... 530
Bergendahl (F.). Suède, n° 2 ... 529
Bergeon (P.). France, n° 1045 ... 26
Berger (A.-J.). France, n° 3902 ... 85
Berger (C.-A.). France, n° 4512 ... 101
Berger (F.). Anhalt, n° 2 ... 226
Berger (F.). France, n° 4123 ... 92
Berger (F.-A.). Prusse, n° 543 ... 401
Berger (J.). France, n° 335 ... 12
Berger-Walter (P.). France, n° 9207 ... 194
Berger von Lengecke (J.-P.-A.). Danem., n° 53. 303 et 482
Beregr (J.) et fils. Autriche, n° 819 ... 245
Bergen-Levrault (Vve) et fils. France, n° 9042. 190 et 450
Bergeras-Perrot. Algérie, n° 26 ... 202
Bergeret (E.). France, n° 2931 ... 69
Bergeret (J.-B.). France, n° 8050 ... 171
Bergeret-Seguin. France, n° 3424 ... 77
Bergeret (L.) et Morillon (L.). France, n° 3239 ... 74
Bergerie impér. de Gévrolles. France, n° 636 ... 18
Bergerie impér. de Rambouillet. France, n° 627 ... 17
Bergeron. France, n° 5352 ... 121
Bergeron (J.-B.-A.). France, n° 1991 ... 48
Bergeron (L.-E.). France, n° 2316 ... 56
Berghaus (T.). Prusse, n° 575 ... 402
Bergmann (C.-T.). France, n° 4718 ... 106
Bergmann et Cie. Prusse, n° 423 ... 398
Bergmann (J.-F.) et Cie. Prusse, n° 929 ... 410
Bergmark (R.). Suède, n° 126 ... 532
Bergsten (C.-P.). Suède, n° 140 ... 532
Bergstrom (J.-W.). Suède, n° 181 ... 533 et 534
Bergström (P.-N.). Suède, n° 141 ... 532 et 536

Pages.

Bergue (B.). France, n° 983 ... 25
Berguer (D.). Suisse, n° 151 ... 293
Bergues et Cie. Espagne, n° 363 et 396 ... 313 et 314
Beringer (B.). France, n° 4124 ... 92
Beriot (P.) et fils. France, n° 3667 ... 82 et 59
Berjot (F.). France, n° 3935 ... 86
Berlandier (P.-G.-A.). France, n° 8107 ... 173
Berlemont aîné. Belgique, n° 495 B ... 255
Berlier. Algérie, n° 259 ... 206
Berliet et Cie. France, n° 6933 ... 149
Berliner (A.). France, n° 9352 ... 471
Berlioz (F.) et Cie. France, n° 5276 ... 119
Berlize (B.-I.). France, n° 5069 ... 114
Bernadel (S.-P.). France, n° 9453 ... 199
Bernal (J.-M.). Espagne, n° 131 ... 309
Bernard. Algérie, n° 27 ... 202
Bernard. Algérie, n° 583 ... 211
Bernard (B.). Belgique, n° 631 ... 287
Bernard (D.-F.). France, n° 1867 ... 45
Bernard (E.). France, n° 2852 ... 67
Bernard (J.-B.). France, n° 3240 ... 74
Bernard (J.-F.). France, n° 3878 ... 85
Bernard (J.-J.-T.). France, n° 8855 ... 186
Bernard (L.). France, n° 984 ... 25
Bernard (L.). France, n° 4125 ... 92
Bernard (L.). France, n° 5242 ... 462
Bernard (L.-F.). France, n° 2127 ... 51
Bernard (Mme M.-T.). France, n° 5277 ... 119
Bernard aîné (M.). France, n° 1388 ... 34
Bernard fils. France, n° 2180 ... 52
Bernard-Escoffier fils. France, n° 2438 ... 59
Bernard (A.) et Bayart (L.). France, n° 7206 ... 154
Bernard, Collet et Dubois. France, n° 6576 ... 464
Bernard, Harpignies, Lequime et Cie. France, n° 3425 ... 77
Bernard frères. France, n° 3338 ... 76
Bernardel (N.). France, n° 3978 ... 87
Bernardin (C.-F.). France, n° 1699 ... 42
Berne (J.-B.). France, n° 7620 ... 163
Berne père et fils. France, n° 6934 ... 149
Berner (J.-H.). Norwége, n° 36 ... 538
Bernet (L.-S.) et Charoy-Vautrin. France, n° 336. 12
Bernhard (G.). Suède, n° 92 ... 531
Bernhardt (L.). France, n° 9482 ... 199
Berni et Melliard. Royaume-Uni, n° 1804 ... 348
Bernier (J.-K.). France, n° 2181 A ... 52 et 454
Bernier (T.-L.). France, n° 816 ... 11
Bernier aîné (J.). France, n° 1221 ... 31
Bernier-Degorgue (J.). France, n° 4596 ... 103
Bernier-Laffon (F.). France, n° 8319 ... 176
Bernimolin (N.) et frère. Belgique, n° 301. 279 et 255
Berninghauss (C.-F.). Prusse, n° 620 ... 403
Berninghauss fils (P.-F.). Prusse, n° 621 ... 403
Bernis. Algérie, n° 212 ... 473
Bernond (A.). Toscane, n° 191 ... 438 et 541
Bernot (E.). France, n° 4693 ... 460
Bernot (E.-M.-J.). France, n° 5353 ... 121
Bernot fils (E.). France, n° 5466 ... 123
Bernoville frères, Larsonnier frères et Chenest. France, n° 6089 ... 135
Beroud fils. France, n° 5628 ... 127
Berr (L.). Autriche, n° 339 ... 235
Berr et fils. France, n° 7682 ... 164
Berrie (A.). Royaume-Uni, n° 1462 ... 344
Berrier frères. France, n° 6090 ... 135
Berrolla (A.-F.). France, n° 1700 ... 42
Berrus frères (F.). France, n° 8955 ... 188
Bersotti (Dr G.). Toscane, n° 25 ... 434
Bertagne-Janssemin. France, n° 3241 ... 74
Bertaud. France, n° 5581 ... 463 et 453
Bertault et Dufour. France, n° 5147 ... 116
Bertaux (P.-N.). France, n° 3150 ... 455
Bertèche, Baudoux-Chesnon et Cie. France, n° 6091. 135
Bertel (V.-J.). France, n° 5629 ... 127
Berteville (A.). France, n° 8235 ... 175, 466 et 468
Berthault fils. France, n° 2621 ... 63

Pages.
Berthe (A.). France, n° 3426.................. 77
Berthe frères. France, n° 2317.................. 56
Berthé (J.-C.-A.). France, n° 4053.............. 458
Bertheau (Mme). Nouvelle-Galles du Sud, n° 194.. 492
Berthelot (N.). France, n° 1610................. 40
Bertherand-Sutaine et Cie. France, n° 6092....... 135
Berthet (J.-F.). France, n° 8823................ 185
Berthiault (J.-F.). France, n° 9072............. 190
Berthier (J.-M.). France, n° 2576............... 62
Berthier frères. France, nos 5630 et 6098... 127 et 135
Berthold (P.-A.). Suisse, n° 196................ 294
Berthollet (V.). France, n° 6935................ 149
Berthon-Bourlier frères. France, n° 4126........ 92
Berthot (Mme C.). France, n° 7683............... 164
Berthoud (A.-L.). France, n° 1701............... 42
Berthoud (C.-A.). France, n° 1702............... 42
Berti (Dr A.). Autriche, n° 547................. 239
Bertier (L.). Belgique, n° 406.................. 281
Bertin (F.). France, n° 8856.................... 186
Bertin (M.-P.-C.). France, nos 5427 et 3294. 77 et 119
Bertin-Godot. France, n° 1241................... 31
Bertin (Vve) et fils. France, n° 2318........... 56
Bertin et François. France, n° 2622............. 63
Bertin (A.-B.) et Heurtaulx (C.). France, n° 5631. 127
Bertinchamps. France, n° 1156................... 29
Bertolotto (G.). États-Sardes, n° 172........... 423
Bertolucci. France, n° 4256..................... 95
Berton. Algérie, n° 260......................... 206
Berton frères (H. et L.). France, n° 3428....... 77
Berton (P.-T.) père et fils. France, n° 813..... 21
Bertram (M.) et Schüren. Prusse, n° 544......... 401
Bertrand (F.). France, n° 3903.................. 85
Bertrand (F.). France, n° 4442.................. 99
Bertrand (J.). Belgique, n° 654................. 287
Bertrand (J.-A.). France, n° 3757............... 83
Bertrand (J.-P.). France, n° 6094............... 135
Bertrand (L.-H.). France, n° 5354............... 121
Bertrand (P.-P.). France, n° 829.......... 21 et 31
Bertrand aîné (T.-J.-M.). France, n° 3429....... 77
Bertrand-Geoffroy. France, n° 1079.............. 27
Bertrand-Provancher (J.-F.). France, n° 9353.... 471
Bertrand frères et Villain. France, n° 7207..... 154
Bertrand, Gayet et Dumontat. France, n° 6936... 149
Bertrand et Cie. France, n° 3242................ 74
Bertsch (A.). France, n° 9132................... 192
Bertschinger et Codina. Espagne, n° 485......... 484
Bertschinger et Cie. Suisse, n° 167............. 294
Bès (A.). France, n° 4597............... 103 et 31
Besançon-Carbillet. France, n° 145.............. 7
Besbie (C.); Stevenson (lieutenant); Michaël (lieutenant). Inde anglaise, n° 4........ 504
Bescausa (F.). Espagne, n° 296.................. 312
Beschorner (A.). Autriche, n° 1068.............. 250
Besenfelder (K.). Wurtemberg, n° 139............ 444
Besley et Cie. Royaume-Uni, n° 1952............. 351
Besnese Yrigoyen. Uruguay, n° 2................. 225
Besnier (P.). France, n° 3668................... 82
Besqueut (J.). France, n° 43.................... 4
Bessalié (H.-P.). Prusse, n° 1183............... 416
Bessant (L.-F.). France, n° 7872................ 167
Bessard (O.-J.-B.). France, n° 8320............. 176
Besset (J.). France, n° 3556.................... 80
Besset (P.). France, n° 4598.................... 103
Bessières (Mlle). France, n° 3430............... 77
Bessières (P.-P.-F.). France, n° 4127........... 92
Bessolo (A.). États-Sardes, n° 41............... 419
Besson (A.). Suisse, n° 368..................... 298
Besson (G.). France, n° 4720.................... 106
Besson (G.-A.). France, n° 9407................. 198
Besson frères. France, n° 4719.................. 106
Besson frères. France, n° 8478.................. 179
Best (H.-C.). Terre de Van-Diémen, n° 74........ 495
Best (J.-G.). Wurtemberg, n° 150................ 444
Best (J.) et Cie. France, n° 9236................ 195
Best, Hotelin et Cie. France, n° 9078........... 190
Bestoso. Algérie, n° 584........................ 211

Pages.
Bestozo. Algérie, n° 229........................ 473
Betbeder (P.-A.-M.). France, n° 9191............ 193
Beth (H.). France, n° 3431...................... 77
Bettanzoni (A.). États-Pontificaux, n° 16....... 385
Bettig (F.). Luxembourg, n° 22.................. 370
Bettini (D.). Autriche, n° 916.................. 247
Betz (F.-J.). France, n° 3243................... 74
Betz (C.) et Mielcke. Hesse, n° 66.............. 366
Beugger (J.). Suisse, n° 23..................... 291
Beugnot. France, n° 3826........................ 457
Beulke et Hesse. Prusse, n° 768................. 407
Beunon (L.-A.). France, n° 9483................. 199
Beurard (F.). France, n° 337.................... 12
Beurrey. Algérie, n° 148........................ 204
Beutelsbacher (G.). Wurtemberg, n° 171.......... 444
Beutler frères. Wurtemberg, n° 89............... 442
Beveridge. Royaume-Uni, n° 1523................. 344
Beverley (H.-C.). Nouv.-Galles du Sud, n° 161... 492
Bevilacqua (J.-A.). Autriche, n° 364............ 235
Bevington et Morris. Royaume-Uni, n° 589........ 329
Bevington et fils. Royaume-Uni, n° 1985......... 351
Bevis (J.). Canada, n° 281...................... 499
Beyer. Algérie, n° 28........................... 202
Beyer (C.). Brunswick, n° 9..................... 289
Beyer (Vve) et Cie. Saxe, n° 60................. 426
Beyerlé (D.-G.). France, n° 1868................ 45
Beylen (J.). Prusse, n° 722..................... 403
Beyney-Dufour. France, n° 8236.................. 175
Bezançon aîné (M.-D.). France, n° 2439.......... 59
Bezançon frères. France, n° 3079................ 72
Bezanger (J.-C.). France, n° 2853.... 67, 455 et 470
Beziab (J.-C.-M.). France, n° 894........ 22 et 469
Bhagbut; Sawootee; Lo Kinault; etc. Inde, n° 69. 505
Biais (A.-J.-N.). France, n° 7664............... 164
Bian (L.). France, n° 5632...................... 127
Bianchi (F.). Prusse, n° 525.................... 401
Bianchi (J.). France, n° 1992................... 48
Bianchi (U.-B.). France, n° 1939................ 47
Bianchini (G.). Toscane, n° 151......... 437 et 540
Bianconi (G.-G.) États-Pontificaux, n° 13....... 385
Biard (J.). France, n° 2854.......... 67, 455 et 470
Biauzon (L.). France, n° 908.................... 23
Bibet-Compart. France, n° 7150.................. 465
Bibet (B.) et Compare (J.). France, n° 6660..... 146
Bicheron frères. France, n° 8666................ 182
Bichet (S.). France, n° 338..................... 12
Bickford, Davey, Chanu et Cie. France, n° 3874.. 85
Bidard (L.). France, n° 1474.................... 37
Bidart. Algérie, n° 29.......................... 202
Bidart (Vve P.). France, n° 3979................ 87
Bidault. Algérie, n° 30......................... 202
Bidaux (Mlle A.). Suisse, n° 369................ 298
Bideau. France, n° 6577......................... 464
Bideller (C.). France, n° 9484.................. 199
Bidreman (P.). France, n° 2159.................. 52
Bidstrup-Nielsen (J.). Danemark, n° 12.......... 301
Bié (A.). France, n° 3151....................... 455
Bied (G.). France, n° 8108...................... 173
Biedermann (M.-L.) et Cie. Autriche, n° 820..... 245
Biegel (J.). Prusse, n° 119..................... 391
Biegelaar (J.). Pays-Bas, n° 124................ 381
Biehl frères. Bergedorf, près de Hambourg, n° 36.. 368
Bielefeld (A.). Prusse, n° 163.................. 392
Bienaymé (M.-H.). France, n° 1703............... 42
Bienert (F.). Autriche, n° 821.................. 245
Bienert (F.). Autriche, n° 1234................. 253
Bienfait (L.) et fils. Pays-Bas, n° 119......... 381
Bienvenu (N.). France, n° 8301.................. 469
Bienvenu aîné. France, n° 2623.................. 63
Bier. Algérie, n° 450........................... 209
Bier (G.). Prusse, n° 539....................... 401
Biester et Falcao. Portugal, n° 40.............. 513
Biétry (L.) et fils. France, n° 6095...... 135 et 464
Biette (A.). France, n° 1998.................... 48
Biezenaar (A.-J.). Pays-Bas, n° 176............. 382
Bigaglia (P.). Autriche, n° 733................. 243

Pages.

Bigg (T.). Royaume-Uni, n° 101... 321
Bigillion et Cie. France, n° 4257... 95
Bignard (F.-A.). France, n° 8716... 183
Bignon (J.-B.). France, n° 8069... 172
Bignoneau frères. France, n° 8717... 183
Bigo-Tilloy. France, n° 3339... 76
Bigot (E.). France, n° 5441... 122
Bigot-Dumaine (J.). France, n° 5010... 113
Bigot (C.) et Cie. France, n° 7965... 169
Bigourat. France, n° 9586... 201
Biguenet et frères. France, n° 4599... 103
Bibet (H.). Belgique, n° 217... 277
Biker (J.-J.). Portugal, n° 227... 517
Bikkers fils (A.). Pays-Bas, n° 269... 256
Bilande (J.-B.), n° 496... 283
Bilfinger (C.). Wurtemberg, n° 84... 442
Billamboz. Algérie, n° 585... 211
Billard (P.). France, n° 800... 20
Billard et fils. France, n° 3980... 87
Billau (F.), France, n° 463... 14
Billaz et Maumenée. France, n° 5325... 120
Billecoq (A.). France, n° 7684... 164
Billet (A.). France, n° 3432... 77
Billiard (H.). Belgique, n° 71... 273
Billiet et Huot. France, n° 6096... 135
Billings (E.). Canada, n° 4... 495
Billion (A.). France, n° 8321... 176
Billion (E.-H.). France, n° 6097... 135
Billon père et fils. France, n° 7208... 154 et 465
Bilordeaux (A.). France, n° 9133... 192
Bilstein (F.). Prusse, n° 623... 403
Bilstein et Höfken. Prusse, n° 576... 402
Binda (A.). Autriche, n° 1039... 249
Bindeles (J.). Autriche, n° 1194... 252
Binder (F.-W.). Wurtemberg, n° 140... 444
Binder fils (G.). Wurtemberg, n° 141... 444
Bineli (D.). Portugal, n° 228... 517
Binet. France, n° 3152... 455
Binet (B.-N.). France, n° 4513... 101
Binette (M.-A.). France, n° 464... 14 et 77
Binger (C.-E.). France, n° 727... 448
Binger (M.-H.) et fils. Pays-Bas, n° 239... 384
Bingham (J.). Canada, n° 82... 496
Bingham (R.-J.). France, n° 9134... 192
Biolley frères. États-Sardes, n° 99... 421, 419 et 527
Biolley (F.) et fils. Belgique, n° 460... 283, 276 et 255
Bion (V.). France, n° 5148... 116
Biondek (M.). Autriche, n° 1095... 250
Biondetti (A.-N.), France, n° 3981... 87
Biondetti (P.). États-Sardes, n° 83... 420
Biondetti (R.). France, n° 3983... 87
Biondetti (H.) père et fils. France, n° 3982... 87
Biondetti père et Biondetti fils. Belgique, n° 295. 279
Biot (L.). France, n° 5633... 127
Biquault et Delacour. France, n° 6019... 464
Birch (F.-R.). Norwége, n° 1... 537
Birch (G.). Royaume-Uni, n° 272... 324
Birch (L.). Belgique, n° 143... 274
Birkett. Nouvelle-Galles du Sud, n° 133... 491
Birkin (R.). Royaume-Uni, n° 1610... 346
Birkner et Hartmann. Bavière, n° 69... 268 et 254
Birmingham Patent Tube Co. Roy.-Uni, n° 1031. 336
Birnbaum (J.). Autriche, n° 998... 248
Birnböck (T.). Bavière, n° 142 B... 270
Biscarat (J.-B.). France, n° 297... 11
Bischoff (J.-A.). Prusse, n° 769... 407
Bischoff (C. et J.). Suisse, n° 260... 296
Bischoff frères. Suisse, n° 318... 297
Bisdee (J.). Terre de Van-Diémen, n° 31... 494
Bisetdz (J.). Norwége, n° 19... 538
Bishop (J.). Royaume-Uni, n° 1911... 350
Bisiau et Cie. France, n° 3340... 76
Bisiaux et Berthelon. France, n° 8109... 173
Biskra (Fabque indigène de). Algérie, n° 677... 212
Bison (J.-D.-A.). France, n° 8667... 182
Bissé et Cie. Belgique, n° 225... 277 et 255

Pages.

Bisseker (J.-J.). Royaume-Uni, n° 1080... 487
Bisson (A.). France, n° 5442... 122
Bisson (M.). Royaume-Uni, n° 1164... 487
Bisson frères. France, n° 9135... 192
Bisson père, fils et Guilbert. France, n° 7209... 154
Bisson, Vouzelle et Cie. France, n° 8273... 176
Bittner (D.). Autriche, n° 1235... 253
Bittner (F.-L.). Autriche, n° 365... 235 et 239
Bittner fils (L.). France, n° 9485... 199
Biwer (G.). France, n° 1192... 30
Bizet (C.-A.). France, n° 465... 14
Bizet (M.) et Gaultier de Claubry. France, n° 728. 448
Bizot (F.-F.-A.). France, n° 3557... 80
Bizouard. France, n° 3829... 457
Bizouard (A.). France, n° 8553... 180
Bjorklund junior (I.). Suède, n° 351... 536
Björkman (S.-E.). Suède, n° 353... 536
Björkman (Mlle A.). Suède, n° 352... 536
Blache et Cie. France, n° 6937... 149
Blachier frères. France, n° 6938... 149
Blachier et fils. France, n° 6661... 146
Blachon fils (J.). France, n° 4128... 92
Black (W.). France, n° 831... 21
Black et Gramm. Prusse, n° 1053... 413
Black (G.) et Bruneau (F.). France, n° 830... 21
Black (G.) et Cormont (F.). France, n° 3669... 82
Black (J.) et Cie. Royaume-Uni, n° 1290... 340 et 343
Blackborne (A.). Royaume-Uni, n° 1611... 346
Blackwell (S.). Royaume-Uni, n° 157... 322
Blackwell (S.-H.). Royaume-Uni, n° 29... 320
Bladin (F.). Suède, n° 229... 534
Blakesley-Lambley (C.). Mexique, n° 49... 372
Blain. Martinique, n° 31... 476
Blair (J.). Royaume-Uni, n° 829... 333
Blair (J. et W.). Royaume-Uni, n° 1805... 349
Blake (J.). Nouvelle-Galles du Sud, n° 2... 489
Blanc. France, n° 6662... 146
Blanc (J.). France, n° 266... 10
Blanc (J.-B.). France, n° 3984... 87
Blanc-Montbrun. France, n° 3433... 77
Blanc (J.-B.) et Blain. France, n° 2319... 56
Blanc et Cie. États-Sardes, n° 151... 422
Blanchard. France, n° 267... 10
Blanchard. France, n° 2855... 67
Blanchard. France, n° 7210... 154
Blanchard (Jeanne-Marie). France, n° 7211... 154
Blanchard (P.-C.). France, n° 7894... 168
Blanchard (T.). États-Unis, n° 114... 222
Blanchard (Mlle). Réunion, n° 122... 478
Blanchard-Millard (E.-P.). France, n° 7548... 161
Blanchard et Cie. France, n° 3153... 455
Blanchet. France, n° 44... 4
Blanchet. France, n° 317... 11
Blanchet (J.-B.). France, n° 7549... 161
Blanchet (P.). France, n° 7966... 169
Blanchet (R.). Suisse, n° 155... 293
Blanchet fils. France, n° 9486... 199 et 473
Blanchet frères (L.-A.-L.). France, n° 4483... 101
Blanchet frères et Kléber. France, n° 2856... 67
Blanchin. France, n° 3154... 455
Blanchon (L.). France, n° 6663... 146
Blancke (E.). Prusse, n° 505... 400
Blancq (A.). France, n° 7550... 161
Bland (W.). Nouvelle-Galles du Sud, n° 122... 491
Blandin. France, n° 2624... 68
Blanjot (J.-B.). France, n° 8556... 180
Blank (F.-D.). France, n° 8824... 185
Blankenburg (F.) et Cie. Prusse, n° 976... 411
Blankenhorn (R.). Bade, n° 48... 262
Blankenhorn frères. Bade, n° 49... 262
Blanpain frères. France, n° 6098... 135
Blanpied, Richard et Cie. France, n° 2181 B. 52, 59 et 454
Blanquart (E.) et Fockedey (H.). France, n° 9354. 471
Blanquet (A.). France, n° 1578... 39
Blanquier (J.). France, n° 339... 12
Blanvillain aîné (J.-L.). France, n° 9312... 196

Pages.

Blanzy et Cie. France, n° 4674 ... 104
Blard (A.) et Blard (T.). France, n° 8718 ... 183
Blaschke (J.). Autriche, n° 822 ... 245
Bläss (C.-B.). Wurtemberg, n° 48 ... 441 et 442
Bläss (C.-B.). Belgique, n° 290 ... 279
Blatter (H.). France, n° 1869 ... 45
Blaxland (J.). Nouvelle-Galles du Sud, n° 73 ... 490
Blazy-Jalliffier (L.-A.-E.). France, n° 2260 ... 54
Blech frères. France, n° 5634 ... 127
Blecher (J.-H.). Hambourg, n° 35 ... 363
Bleckman (J.-E.). Prusse, n° 577 ... 402
Bled frères et Cie. France, n° 3701 ... 82
Bleekrode (S.). Pays-Bas, n° 177 ... 382 et 256
Blell. Prusse, n° 172 B ... 523
Blériot-Lemaître (A.). France, n° 7212 ... 154
Blétery (J.). France, n° 2320 ... 56
Bleton (B.). France, n° 8811 ... 470
Bleuler et Cie. Suisse, n° 261 ... 296
Bleur. Algérie, n° 261 ... 206
Bleyenbeuft (J.-H.). Prusse, n° 376 ... 397
Bleyenbeuft-Hilliard (A.-F.). Prusse, n° 377 ... 397
Bleyfuesz (F.-J.) et fils. Belgique, n° 461 ... 283
Bligh (R.). Nouvelle-Galles du Sud, n° 3 ... 489
Blin (E.-A.). France, n° 1704 ... 42
Blin père, fils et Bloc. France, n° 6100 ... 135
Bliss (W.). Royaume-Uni, n° 1381 ... 342
Blivet (Marie). France, n° 7213 ... 154
Blivet (Marie-Thérèse). France, n° 7214 ... 154
Blixrud (Mme O.-C.). Norwége, n° 82 ... 539
Bloc (T.). France, n° 8280 ... 176
Bloch (J.). France, n° 801 ... 20
Bloch (M.). France, n° 4721 ... 106
Bloch (N.-C.). France, n° 3244 ... 74
Blois (L.). France, n° 4258 ... 95
Blokhuis (G.). Pays-Bas, n° 16 ... 378
Blom (Mlle V.). Norwége, n° 85 ... 539
Blomberg (J.). Suède, n° 169 ... 532
Blondeau (A.). France, n° 5355 ... 121
Blondeau-Billet. France, n° 6664 ... 146
Blondel (A). France, n° 9487 ... 199
Bloomer (C.). Royaume-Uni, n° 790 ... 332
Blösch (F.). Suisse, n° 191 ... 294
Blossier (J.). France, n° 7215 ... 154 et 465
Blot (H). France, n° 4113 ... 91
Blot (V.-M.). France, n° 1166 ... 29
Blot frères. France, n° 5070 ... 114
Blot (E.) et fils. France, n° 5635 ... 127
Bluet (E.) et Cie. France, n° 2932 ... 69
Bluit. Canada, n° 5 ... 495
Blume et Cie. Brunswick, n° 4 ... 289
Blumer (C.). France, n° 4358 ... 98
Blumer (P.) et Jenny. États-Pontificaux, n° 53 ... 512
Blundell, Spence et Cie. Royaume-Uni, n° 669 ... 331
Bluth (O.). Prusse, n° 1270 ... 526
Blyth (R.). Royaume-Uni, n° 158 ... 322
Board (M.). Nouvelle-Galles du Sud, n° 174 ... 492
Board of Works. Royaume-Uni, n° 59 ... 320
Boas frères et Cie. France, n° 6101 ... 134
Boatswain. Guyane anglaise, n° 7 ... 502
Boaventura (A.-F.). Portugal, n° 79 ... 514 et 517
Bob (L.). Bade, n° 26 ... 262
Bobée (F.-E.). France, n° 638 ... 18
Bobin aîné. France, n° 2625 ... 63
Bobot-Clérice (J.-L.). France, n° 5636 ... 127
Boccaccini (D.). États-Pontificaux, n° 6 ... 385
Boch-Buschmann. Luxembourg, n° 3 ... 369
Boch frères. Belgique, n° 416 ... 282 et 255
Boché (A.). France, n° 4514 ... 101
Boche (M.). France, n° 4129 ... 92
Bochud (F.-A.). France, n° 8479 ... 179
Bock (F.). Autriche, n° 1236 ... 253
Bock (L.). Autriche, n° 1069 ... 250
Bockhen (H.) et Cie. Belgique, n° 276 ... 278
Bocking frères. Prusse, n° 50 ... 389
Bockmühl (F.) fils. Prusse, n° 770 ... 407
Bocoup, Villard et Saunier. France, n° 6939 ... 149

Pages.

Bocquet (C.-F.). France, n° 1705 ... 42
Bocquet (V.). France, n° 2440 ... 59
Bocquet (A.) et Cie. France, n° 7459 ... 466
Bocquet (H.) et Cie. France, n° 2321 ... 56
Bodant. France, n° 2626 ... 63
Bodart (L.). Belgique, n° 194 ... 276
Bodemer et Cie. Prusse, nos 424 et 739 ... 398, 406 et 524
Bodereau (F.) et Cie. France, n° 1442 ... 450
Bodeur (J.-L.). France, n° 1940 ... 47
Bodin. France, n° 282 ... 10
Bodin (E.). France, n° 6102 ... 135
Bodin (H.). France, n° 5637 ... 127
Bodin (J.). France, n° 340 ... 12
Bodmer et Biber. Suisse, n° 117 ... 292
Bodoy (A.). France, n° 6940 ... 149
Boecker (P.). Prusse, n° 258 ... 394
Boecker (F.) et Cie. Prusse, n° 624 ... 403
Boehler (E.-L.) et fils. Saxe, n° 76 ... 426
Boehrer (B.). France, n° 9313 ... 196
Boella (F.). États-Sardes, nos 106 et 49 A ... 421 et 527
Boelsterli (C.) et Cie. Wurtemberg, n° 97 ... 443
Boeninger (A.). Prusse, n° 451 ... 399
Boensch. Algérie, n° 31 ... 202
Boer (F.-S.) et Cie. Pays-Bas, n° 325 ... 257
Boeri (C.). États-Sardes, n° 171 ... 423
Boeringer (P.). France, n° 6103 ... 135
Boeringer et Cie. France, n° 4359 ... 98
Boeris-Tealdi (V.). États-Sardes, n° 160 B ... 527
Boëtau (V.). France, n° 1941 ... 47
Bœuf (C.). France, n° 8274 ... 176
Bœuf fils. France, n° 5638 ... 127
Bogaert jeune (E.-N.). France, n° 5243 ... 462
Böge (A.). Prusse, n° 1054 ... 413
Boglioni (G.). États-Sardes, n° 198 A ... 423 et 527
Boguet (J.-B.) et Cie. France, n° 8825 ... 185
Bohin (B.). France, n° 8719 ... 183
Bohlbach (C.) et fils. Prusse, n° 788 B ... 525
Bohle et Hendery. Canada, n° 260 ... 499
Böhm (J.). Suisse, n° 385 ... 299
Böhm (J.-B.). Bavière, n° 46 ... 267
Böhm (T.). Bavière, n° 147 ... 270
Bohman (E.-J.). Suède, n° 327 ... 536
Bohn (H.-G.). Royaume-Uni, n° 1953 ... 351
Bohnstedt, Kind et Cie. Prusse, n° 560 ... 402
Böhringer. Wurtemberg, n° 49 ... 441
Böhringer frères. Wurtemberg, n° 110 ... 443
Boigeol-Japy. France, n° 5639 ... 127
Boigues (E.). France, n° 639 ... 18
Boigues, Rambourg et Cie. France, n° 45 ... 4
Boildieu (J.). France, n° 1443 ... 451
Boileau (L.-A.). France, n° 4458 ... 459
Boileau frères. France, n° 7551 ... 161
Boiliveau (H.). Suisse, n° 31 ... 291
Boin (J.-L.). France, n° 1242 ... 31
Boing, Röhr et Cie. Prusse, n° 51 ... 389
Boinot (F.). France, n° 7513 ... 160
Boireau (J.-P.-F.). France, n° 341 ... 12
Boiron-Malleval aîné. France, n° 5640 ... 127
Bois (A.). France, n° 6941 ... 149
Boisduval (Ve). France, n° 7685 ... 164
Boisricheux (De) (J.) et consorts. France, n° 23 ... 4
Boissau (F.). Belgique, n° 154 ... 275 et 254
Boisse (A.). France, n° 2 ... 3, 21 et 47
Boisseliers de Felleries (Les). France, n° 240 ... 9
Boisselot et fils. France, n° 9488 ... 199
Boisselot et Cie. Espagne, n° 462 ... 315
Boisserand (J.). France, n° 2627 ... 63
Boisset (P.). France, n° 4600 ... 103
Boisset (De) (P.). France, n° 201 ... 447
Boissière (A.). France, n° 5295 ... 119
Boissonneau fils. France, n° 5336 ... 120
Boissonneau père (A.). France, n° 4054 ... 458
Boissy (P.). France, n° 4130 ... 92
Boisy (S.-A.). France, n° 5582 ... 463
Boitard (P.). France, n° 4131 ... 92
Boiteau (V.). France, n° 2030 ... 453

Pages.

Boitouzet (J.-E.-F.). France, n° 9136 192
Boitteux et Cie. France, n° 8001 170
Boivin (F.). France, n° 4515 101
Boivin aîné. France, n° 8256 468
Boizet (J.-P.). France, n° 342 12
Bokor (F.). Autriche, n° 162 231
Boland (A.). France, n° 1243 31
Bölger (M.). Suisse, n° 249 296
Bölger et Ringevald. Suisse, n° 250 296
Bolinder (J. et C.-G.). Suède, n° 86 .... 531, 532 et 536
Bollard aîné et Ce. France, n° 7793 .... 466 et 464
Bollé et Letellier. France, n° 6104 135
Bolmida frères et Cie. États-Sardes, n° 122 421
Bolognini (Comte G.-G.-A.). Autriche, n° 283 ... 233
Bolognini-Rimediotti (A.). Toscane, n° 122 .. 436 et 540
Bols (E.-L.). Pays-Bas, n° 101 381
Bolsman (A.). Pays-Bas, n° 37 379
Bolten (J.-W.) et fils. Prusse, n° 778 407
Bolzani (A.-M.). Prusse, n° 208 .... 393 et 528
Bolzani et Cie. Autriche, n° 716 A 243
Bomamin (M.) et Peyron (J.). France, n° 1143 ... 29
Bomard. Algérie, n° 32 202
Bompard (E.). France, n° 1643 452
Bon (B.). France, n° 4233 459
Bon et Ce. France, n° 2933 69
Bonafous aîné et Cie. France, n° 6105 135
Bonafoux (A.). France, n° 2322 56
Bonafoux et Gaillard St-Ange. France, n° 2934 ... 69
Bonaplata (N.). Espagne, n° 258 311
Bonaplata (N.). Espagne, n° 197 210
Bonaplata (S.). Espagne, n° 338 318
Bonardel frères. Prusse, n° 272 395
Bonasse. Algérie, n° 142 204
Bonaventure, Ducessois et Cie. France, n° 9237 195
Bondon (F.-L.). France, n° 2857 ...... 67, 455 et 470
Bonebakker (A.) et fils. Pays-Bas, n° 146 382
Bonnelli (G.). États-Sardes, n° 27 419
Bonet-Diego. Algérie, n° 33 202
Bonet Laurent Desmazes. France, nos 466 et 3434. 14 et 77
Bonfils (J.-J.). France, n° 6106 136
Bonfort. Algérie, n° 418 474
Bongaerts (F.). Belgique, n° 424 282
Bongartz (A.). Prusse, n° 399 524
Bongrand (E.). France, n° 7547 .... 161 et 466
Bonhomme (N.). France, n° 7216 154
Bonhoure (J.). France, n° 3906 85
Boni (A.) et Cie. Autriche, n° 734 243
Bonichon (J.). France, n° 5356 121
Bonichon (T.-T.). France, n° 5357 121
Boniface (N.) et fils. France, n° 7217 ...... 154 et 465
Bonifas (J.-P.). France, n° 9489 199
Bonilla. Mexique, n° 46 372
Bonino (C.). États-Sardes, n° 84 420
Bonino (F.). États-Sardes, n° 71 A .... 420 et 527
Bonjean (J.). États-Sardes, n° 81 420
Bonnafoux, de Morangiers et de Rochemure. France, n° 110 .... 6 et 447
Bonnaire (E.). France, n° 8275 ...... 176, 467 et 469
Bonnal fils (L.). France, n° 6665 146
Bonnaud frères et Guinet. France, n° 4722 106
Bonnard (A.-F.). France, n° 3 3
Bonnard (D.). France, n° 4601 103
Bonnard (J.-B.). France, n° 8540 469
Bonnard (J.-B.). Portugal, n° 345 520
Bonnardel (L.) et Cie. Nassau, n° 1 510
Bonnaz (C.). France, n° 8720 183
Bonneau (C.). France, n° 7218 154
Bonneault (J.-P.). France, n° 985 25
Bonneels jeune (T.). Belgique, n° 296 279
Bonnefille (J.-F.). France, n° 1870 45
Bonnefou (F.). France, n° 5358 121
Bonnefond (Mme H.). France, n° 7686 164
Bonnefons. France, n° 202 447
Bonnefoy (E.). France, n° 6666 146
Bonnefoy (L.). France, n° 2441 59
Bonnefoy et Boex. Belgique, n° 611 286

Pages.

Bonnel (H.). France, n° 6107 136
Bonnemaison (F.). France, n° 1161 29
Bonnemaison (L.). France, n° 3435 77
Bonnemazon (D.). France, n° 7843 167
Bonnenfant (J.). France, n° 9490 199
Bonnesseur (C.-A.). France, n° 9192 193
Bonnet. Guadeloupe, n° 52 476
Bonnet (C.). Portugal, n° 80 ...... 514, 513, 516 et 517
Bonnet (E.-H.). France, n° 5443 122
Bonnet (J.). France, n° 601 17
Bonnet (J.). France, n° 3436 77
Bonnet (J.). France, n° 9491 199
Bonnet (J.-B.). France, n° 343 12
Bonnet (J.-B.-P.). France, n° 3080 .... 72 et 87
Bonnet (L.-J.). France, n° 298 11
Bonnet (S.). France, n° 299 11
Bonnet-Allion. France, n° 6108 .... 136 et 127
Bonnet et Cie. France, n° 8051 171
Bonnet (C.-J.) et Cie. France, n° 6942 149
Bonnet, Thomas frères et Julmann. France, n° 7794 466
Bonnaterre (S.-V.). France, n° 1444 451
Bonneton (R.). France, n° 6667 146
Bonnotte (A.-L.). France, n° 5149 116
Bonneville (C.). France, n° 8721 183
Bonneville (H.). France, n° 8722 183
Bonnin (P.-H.). France, n° 4602 103
Bonnotte (E.). France, n° 5150 116
Bonon et Alex frères. France, n° 6109 136
Bonte-Nys. Belgique, n° 497 284
Bontemps (B.). France, n° 1706 42
Bonus (W.-E.). Royaume-Uni, n° 559 329
Bonvallet frères. France, n° 3155 455
Bonwetsch (Marie). Wurtemberg, n° 153 444
Bony (P.-F.). France, n° 2628 63
Bonzel frères. France, n° 3081 72
Bonzel et Houriez (E.). France, n° 3670 82
Bonzel (F.-J.) et Cie. Prusse, n° 526 401
Boobbyer (J.-H.). Royaume-Uni, n° 1081 337
Boom (D.). Prusse, n° 452 399
Booth (J.). Canada, n° 209 498
Booth (H.) et Cie. Royaume-Uni, n° 314 325
Bootz (V.). France, n° 2629 63
Bootz-Laconduite. France, n° 4723 106
Booy (F.). Pays-Bas, n° 164 382
Boquel frères et Martin. France, n° 6578 464
Boquillon (N.). France, n° 1707 .... 42 et 454
Bor (P.-A.). France, n° 4055 458
Borbottoni (A.) et filles. Toscane, n° 185 ... 438 et 541
Borch (J.) et Cie. Espagne, n° 25 307
Borcherdt (T.-F.). Hambourg, n° 28 363
Bord (A.-J.-D.). France, n° 9492 199
Borde. Algérie, n° 586 211
Borde (E.). France, n° 3830 457
Bordeaux (L.). France, n° 1208 30
Bordeaux-Fournet (Vve) et fils. France, n° 6110. 136
Borderil jeune. France, n° 6111 136
Bordet (H.). France, n° 2577 62
Bordier (J.). France, n° 1244 31
Bordin. France, n° 3558 80
Bordon (C.). France, n° 2264 54
Borel. France, n° 1708 42
Borel (P.). Algérie, n° 398 208
Borel et Kohler. France, n° 3671 82
Borelli (G.-B.). États-Sardes, n° 42 419
Borelli (H.). États-Sardes, n° 128 .... 421 et 526
Borely-Lasapie. Algérie, n° 34 202
Börer et Pozzelius. Bavière, 34 .... 267 et 254
Boretti (M.). Toscane, n° 103 436
Borghesi (A.). Toscane, n° 51 434
Borgogni et Borgognini, Toscane, n° 144 .... 437 et 540
Borgognoni (A. et I.). États-Pontificaux, n° 19 ... 386
Borgström (L.). Suède, n° 280 534
Borie (P.). France, n° 5359 121
Borie (P.) et Cie. France, n° 1167 29
Borloz (D.). Suisse, n° 182 294
Bormann (F.-A.). Prusse, n° 771 407

Pages.

Bornand (E.) et Cie. Suisse, n° 32 ... 291
Bornand (M.-J.) et Cie. Suisse, n° 33 ... 291
Borne (B.-S.). France, n° 285 ... 447
Borne et Imbert. France, n° 3082 ... 72
Bornefeld (B.). Prusse, n° 740 ... 406
Bornefeld et Knöpges. Prusse, n° 772 ... 407
Bornefeld (G.) et Cie. Prusse, n° 741 ... 406
Bornèque (G.). France, n° 1644 ... 452
Bornèque (P.-J.). France, n° 5641 ... 127
Börner (H.). Prusse, n° 52 ... 389
Bornholdt (G.-C.-W.). Prusse, n° 256, 394, 393 et 395
Borough Wheel Works Company. R.-Uni, n° 192 .. 323
Borowy (J.) et Limmer. Autriche, n° 597 ... 240
Borrell frères. Espagne, n° 297 ... 312
Borrelli de Serres (J.). France, n° 4 ... 3
Borrini (M.). Toscane, n° 14 ... 433
Borrosch (A.) et Jasper. Autriche, n° 284 ... 233
Borsary (N.). France, n° 3985 ... 87
Borsig (A.). Prusse, n° 234 ... 394
Börsig (J.). Bade, n° 64 ... 263
Borst (A.). Wurtemberg, n° 116 ... 443
Bortier (P.). Belgique, n° 49 ... 272
Bory-Duplay. France, n° 4516 ... 101
Borysiekiewicz (F.). Autriche, n° 815 ... 245
Borzone (G.). États-Sardes, n° 154 ... 422
Boschat (Marie). France, n° 7219 ... 154
Boschetti (C.). Autriche, n° 468 ... 238
Bosquet (G.). France, n° 344 ... 12
Boss (C.). Suisse, n° 34 ... 291
Bossard (J.). Royaume-Uni, n° 590 ... 329
Bossé. France, n° 2630 ... 68
Bosselut (N.). France, n° 2182 ... 52
Bosshardt frères. Suisse, n° 262 ... 296
Bossi (J.). Autriche, n° 823 ... 245
Bossi (L.). Autriche, n° 297 ... 234
Bosson. Algérie, n° 334 ... 207
Bossut (H.). France, n° 3986 ... 87
Boston (J.). Canada, n° 6 ... 495
Botermans (J.). Pays-Bas, n° 205 ... 383
Bothams (J.-C.). Royaume-Uni, n° 121 ... 321
Botta (F.-T.). France, n° 1445 ... 451 et 454
Bötterling (W.). Prusse, n° 774 ... 407
Bottero (G.-B.). États-Sardes, n° 13 ... 418
Bottomley junior (M.) et Cie. Roy.-Uni, n° 1367. 342
Bottoni (Dr C.). États-Pontificaux, n° 10 ... 385
Botty-Tilman fils. France, n° 8480 ... 179
Bouasse-Lebel (Vve). France, n° 9074 ... 191
Bouault (C.). France, n° 467 ... 14
Boubée (J.). France, n° 2323 ... 56
Boucarut (J.-L.). France, n° 8002 ... 170
Bouchar (P.-P.). France, n° 7220 ... 154
Bouchard (E.). France, n° 2578 ... 62
Bouchard (P.). Canada, n° 54 ... 496
Bouchard (Mme). Canada, n° 269 ... 499
Bouchart-Florin. France, n° 6112 ... 136
Bouchard-Huzard (Mme Vve). France, n° 9238 ... 195
Boucher. Algérie, n° 35 ... 202
Boucher (A.). France, n° 986 ... 25
Boucher (A.). France, n° 8276 ... 176
Boucher (L.-S.-F.). France, n° 8931 ... 470
Boucher (T.). Belgique, n° 407 ... 281 et 255
Boucher frères. Belgique, n° 498 ... 284
Boucher-Besserve (P.-A.). France, n° 2858 ... 67
Boucher (Vve A.) et Boussard (P.). France, n° 8254. 176
Boucherie (J.-A.). France, n° 241 ... 9
Boucherie et Dumoulin-Dulys frères. France, n° 242. 9
Bouchet (A.). France, n° 3758 ... 83
Bouchez (C.-A.). France, n° 8723 ... 183
Bouchez-Pothier. France, n° 6113 ... 136
Bouchez frères et Dupont. France, n° 3341 ... 76
Bouchon (L.-A.). France, n° 1245 ... 31
Bouckh (V.-F.). France, n° 8956 ... 188
Boucly-Marchand (L.-S.). France, n° 5642 ... 127
Bourcoiran (P.). France, 8957 ... 188
Boucourt et Pitard. France, n° 3759 ... 83
Boudant frères. France, n° 3672 ... 82

Pages.

Boude et Robert. France, n° 146 ... 7
Boudet (F.). France, n° 6668 ... 146
Bou-Dhiaf-ben-Nouar. Algérie, n° 554 ... 210
Boudier (Vve) et fils. France, n° 3246 ... 74
Boudin (E.). France, n° 3559 ... 80
Boudin (F.-X.). France, n° 2935 ... 69 et 80
Boudin-Desvergées. France, n° 7221 ... 154
Boudon (L.). France, n° 6669 ... 146
Boudon (R.). Nassau, n° 2 ... 510
Boudon jeune. France, n° 6114 ... 136
Boudou. Martinique, n° 22 ... 476
Boudouris (N.). Grèce, n° 7 ... 355
Boudreaux (L.-A.-A.). France, n° 9208 ... 194
Boudrye (F.). États-Unis, n° 101 ... 222
Boudsocq (J.-B.-A.). France, n° 9423 ... 198
Bouet (J.). France, n° 6115 ... 136
Bouffard, Ferrier et Cie. France, n° 6116. 136 et 127
Bougenaux-Lolley (E.-D.). France, n° 8277 ... 176
Bougenier (H.). France, n° 9137 ... 192
Bougiars et Deboos. France, n° 6117 ... 136
Bougnol et Giran. France, n° 7621 ... 163
Bouguerel, Martenot et Cie. France, n° 46 ... 4
Bougy père et fils. France, n° 4724 ... 106
Bouhardet (P.-A.). France, n° 7895 ... 168
Bouhey (E.). France, n° 1446 ... 451
Bouhon (A.-C.) et Ligarde (V.). France, n° 2183 ... 52
Bouilland-Dupont (A.-G.) et Cie. France, n° 4725 ... 106
Bouillard (L.-F.-A.). France, n° 7222 ... 154
Bouille (P.-G.). France, n° 1193 ... 30
Bouillet. France, n° 8278 ... 176
Bouillet (P.-F.). France, n° 602 ... 17
Bouillet-Florin. France, n° 6118 ... 136
Bouillette et Hyvelin. France, n° 5071 ... 114
Bouilliant (H.-C.-A.). France, n° 4726 ... 106
Bouillin (F.). France, n° 4360 ... 98
Bouillon (P.-L.). France, n° 2128 ... 51
Bouillon jeune et fils et Cie. France, n° 47 ... 4
Bouin (Vve). France, n° 2859 ... 67
Bouis (D.). France, n° 3904 ... 85
Bouissin (L.). France, n° 129 ... 6
Boujatrakos (G.). Grèce, n° 90 ... 357
Bou-Khalfâ. Algérie, n° 587 ... 211
Boulan (A.). France, n° 7223 ... 154
Boulanger. Algérie, n° 148 ... 204
Boulanger (F.). France, n° 5267 ... 119
Boulanger frères. France, n° 8120 ... 467
Boulard (A.). France, n° 2860 ... 67
Boulard (A.-L.-C.). France, n° 3905 et 4431 .. 85 et 99
Boulard (P.-S.). France, n° 8322 ... 176
Boulard et Piednoir. France, n° 7224 ... 154
Boulat (Me Ve.) et fils. France, n° 6119 ... 136
Boulay (F.). France, n° 729 ... 448
Boulay-Lépine (A.). France, n° 1709 ... 42
Boulay (E.) et Bissey. France, n° 8958 ... 188
Bouleau et Pelhoton. France, n° 6943 ... 149
Boulenger frères. France, n° 5360 ... 121
Boulet. Algérie, n° 431 ... 474
Boulet. France, n° 4259 ... 95 et 7
Boulet (C.-J.). France, n° 8847 ... 470
Boulfroy (F.-J.). France, n° 8121 ... 467
Boulland (N.-L.). France, n° 4603 ... 103
Boullay (U.). France, n° 970 ... 449
Boullay-Vallory. France, n° 6120 ... 136
Boullé et Cie. France, n° 3245 ... 74
Boullenois (F. de). France, n° 6670 ... 146
Boullier (G.). France, n° 8323 ... 176
Boullier (F.) et Cie. France, n° 6121 ... 136
Boulmier. France, n° 4443 ... 99
Boulogne et Budan. Autriche, n° 1095 ... 250
Boulogne et Houpin. France, n° 2936 ... 69
Boulonnois (M.-M.). France, n° 5151 ... 116
Boulton (W.) et fils. Royaume-Uni, n° 1006 ... 336
Boulton, Baron et Cie. États-Unis, n° 102 ... 222
Bouman (J.-H.). Pays-Bas, n° 27 ... 379
Bou-Medin-el-Menouer. Algérie, n° 329 ... 207
Bou-Naas. Algérie, n° 536 ... 210

Pages.

Bou-Okkar. Algérie, n° 650 211
Bouneau (J.-F.). France, n° 212 .... 51 et 21
Bouquet (C.) et Desmaisons (J.). France, n° 6122 ... 136
Bouquet (J.-J.). France, n° 8122 467
Bouquié (F.). Belgique, n° 143 B 254
Bouquier et Chapitel. France, n° 8897 470
Bouquillard (H.-T.-T.). France, n° 2031 453
Bourcart (J.-J.) et fils. France, n° 5643 127
Bourdais aîné et Cie. France, n° 4459 459
Bourdaloue (P.). France, n° 5 3
Bourdeau (J.-J.). France, n° 8003 170
Bourdier (C.-A.). France, n° 1185 30
Bourdin (A.). France, n° 4132 92
Bourdin (A.-E.). France, n° 1710 42
Bourdin (A.-E.). France, n° 9239 195
Bourdon (E.). France, n° 971 449
Bourdon (E.). France, n° 2324 56
Bourdon (N.-A.). France, n° 5152 116
Bourdon-Quesnoy. France, n° 2184 .... 52 et 37
Bourrelle (E.-H.). France, n° 4727 106
Bourgarel (H.). France, n° 4432 99
Bourgain fils (J.-B.). France, n° 5134 116
Bourgaud et Cie. France, n° 4133 92
Bourgault du Coudray (E.). Ile Maurice, n° 14 .. 508
Bourgeois (A.). France, n° 5296 119
Bourgeois (F). France, n° 4728 106
Bourgeois (F.). France, n° 5153 116
Bourgeois (I). France, n° 3156 455
Bourgeois (J.). France, n° 8481 179
Bourgeois (L.). France, n° 6020 464
Bourgeois (L.-J.). France, n° 8668 182
Bourgeois aîné (F.). France, n° 8123 467
Bourgeois-Botz. France, n° 1475 37
Bourgeois-Payen. France, n° 1476 37
Bourgeois et Joly. France, n° 5644 127
Bourgeois (Vve J.) et Simon. France, n° 8234 ... 175
Bourgeois frères. France, n° 6123 136
Bourgerie-Villette. France, n° 5583 463
Bourgery - Thibert (Mme Vve M.-C.). France, n° 3987 87
Bourgogne (A.). France, n° 2185 53
Bourgogne (J.). France, n° 4042 89
Bourgogne (J.-R.). France, n° 7873 167
Bourgoin (L.-J.). France, n° 4056 458
Bourgoing (Bon P.-C.-A. de). France, n° 5154 ... 116
Bourgouin et Lesèvre. France, n° 7225 154
Bourguignon (P.). France, n° 2579 62
Bourguignon (Vve C.). France, n° 2325 56
Bouriot (N.). France, n° 3673 82
Bourjat (G.). France, n° 909 23
Bourjeaurd (P.). Royaume-Uni, n° 754 332
Bourlet et Cie. France, n° 3342 76
Bourliaud frères. France, n° 7748 166
Bourlier frères. France, n° 4604 103
Bourmancé (J.). France, n° 8698 .... 470 et 471
Bournak-ben-Siliani. Algérie, n° 588 211
Bournan-ben-Azzeddin. Algérie, n° 706 212
Bourne (J.) et fils. Royaume-Uni, n° 1202 339
Bourne (J.) et Cie. Royaume-Uni, n° 791 332
Bourquin (J.-P.). France, n° 9138 192
Bourreiff et Cie. France, n° 5584 463
Bourry (E.-A.). Suisse, n° 14 290
Bourse (H.). France, n° 987 25
Boursier (A.). France, n° 1711 42
Boursier-Coquillaux (A.). France, n° 7226 154
Bou-Salem. Algérie, n° 373 208
Bouscholte (G.-H.). Pays-Bas, n° 147 382
Bouscholte (J.-H.). Pays-Bas, n° 252 384
Bousfield (F.). N.-Galles du Sud, n° 100 ... 491 et 490
Bousfield (Mme). N.-Galles du Sud, n° 4 ..... 489 et 490
Bousquet (A.). France, n° 2937 69
Bousquet (A.). France, n° 7896 168
Bousquet jeune (J.). France, n° 6124 136
Boussard (F.). France, n° 1712 42
Bousset (J.). France, n° 1713 42
Bousselon (A.). France, n° 9139 192

Pages.

Boutard (J.-B.-A.). France, n° 6125 136
Boutard aîné (L.). France, n° 6671 146
Boutard et fils. France, n° 5645 127
Boutarel père et fils. France, n° 2938 69
Bouteille frères. France, n° 6126 136
Boutelleau et Cie. France, n° 3437 77
Boutet (L.). France, n° 7552 161
Bouthier et Cie. France, n° 2130 51
Bouthors et Dereins. France, n° 6021 464
Boutier et Cie. France, n° 2084 50
Boutigny (C.-C.). France, n° 2289 454
Boutigny (P.-H.). France, n° 972 449
Boutillier (F.-M.). France, n° 5585 463
Boutillot et Cie. France, n° 5646 127
Boutin et Cie. France, n° 2326 56
Boutmy père, fils et Cie. France, n° 48 4
Boutron (M.-F.). France, n° 7227 154
Boutron-Faguer (A.). France, n° 2442 59
Boutté (F.). France, n° 5000 461
Boutung (F.). France, n° 8124 467
Bouvard et Lançon. France, n° 6944 149
Bouveret. France, n° 5647 127
Bouvet père (J.-M.-J.-L.). France, n° 1447 451
Bouvet (H.-P.) et Laude aîné. France, n° 8052 171
Bouvier (H.). France, n° 2290 454
Bouvier (J.-B.). France, n° 6127 136
Bouvier fils aîné. France, n° 4603 .... 103 et 460
Bouvier-Gérard. Espagne, n° 477 .... 486 et 484
Bouvier (V.) et Lafitte. Espagne, n° 364 313
Bouvier (L.) et Vialleton. France, n° 6128 136
Bouvier frères. France, n° 6129 136
Bouvier et Cie. Espagne, n° 513 484
Bouvier (J.) et Cie. France, n° 1714 42
Bouvier, Gérard et Cie. Espagne, n° 228 311
Bouvières (E.). France, n° 5541 125
Bouvrain (A.). France, n° 640 18
Bouvy (A.). Belgique, n° 240 277
Bouwmeester (B.-J.). Pays-Bas, n° 218 383
Bouwmeester (D.-S.). Pays-Bas, n° 295 257
Bouzigues (J.). France, n° 1994 48
Bovard (J.). France, n° 3083 72
Bovet frères et Cie. Suisse, n° 35 291
Bovy (L.-M.). Suisse, n° 195 294
Bowerbank (Dr L.). Jamaïque, n° 10 ...... 508 et 507
Bowley (R.). Royaume-Uni, n° 904 A 486
Bowley (R.) et Cie. Royaume-Uni, n° 1790 .. 348 et 488
Bowling iron Co. Royaume-Uni, n° 30 320
Boy (J.). France, n° 5244 462
Boy fils aîné (P.). France, n° 2631 63
Boyard fils (L.-H.). France, n° 7553 161
Boyd (J.). Canada, n° 292 499
Boyd (J.). Van-Diémen, n° 6 .... 494, 493 et 495
Boyd (T.). Royaume-Uni, n° 1291 340
Boyenval-Blondel (B.). France, n° 2443 59
Boyer. Algérie, n° 149 204
Boyer (F.). France, n° 603 17
Boyer (F.-E.). France, n° 3157 .... 455 et 457
Boyer (J.). France, n° 5494 123
Boyer (J.-F.-C.). France, n° 2085 50
Boyer (P.). France, n° 832 21
Boyer (P.-F.). France, n° 2281 .... 55 et 454
Boyer (P.-F.). France, n° 2091 454
Boyer (T.). France, n° 6130 136
Boyer (W.). Ile Maurice, n° 2 508
Boyer-Chabanne (S.). France, n° 4517 101
Boyer et Deville. France, n° 3936 86
Boyer aîné et Lacour frères. France, n° 6131 136
Boyer et Lelong. France, n° 604 17
Boyer (N.-P.) et fils. France, n° 5155 116
Boyer aîné et Cie. France, n° 7228 154
Boyriven frères et Cie. France, n° 6945 149
Boysen (F.) et Cie. Hambourg, n° 5 362
Bozi et Cie. Royaume-Uni, n° 1524 344
Bozi frères et Cie. Prusse, n° 977 .... 411 et 525
Bozonnet et Marius Giaimo. Guyane franç., n° 160. 479
Brabant (F.). France, n° 3343 76

Pages.

Brabant (I.). France, n° 1715.... 42
Brabant-Hurez et fils. France, n° 2939.... 69
Brac de Laperrière (A.). France, n° 5361.... 121
Bracard (E.). France, n° 1246.... 31
Bracci (J.). Toscane, n° 93 C.... 540
Bracci de Cambini Pigliù (N.). Toscane, n° 34.... 434
Brace (H.). Royaume-Uni, n° 159.... 322
Bracegirdle et fils. Autriche, n° 298.... 234
Brackebusch et Herting. Hanovre, n° 17.... 361
Bracker et Seiler. Prusse, n° 1023.... 412
Bracq (A.) et Cie. France, n° 3438.... 77
Bracquaval (P.). France, n° 468.... 14
Bradebury et Evans. Royaume-Uni, n° 1954.... 351
Bradshaw, Hammond et Cie. R.-Uni, n° 1291 A. 487
Braet (C.-L.). Belgique, n° 226.... 277
Braeutignan (C.-W.). Prusse, n° 1180.... 416
Brag (M.). France, n° 7874.... 167
Braga (F.-J.) da Costa. Portugal, n° 2.... 513
Braga (J.-F.). Portugal, n° 3.... 513
Braghi et Cie. États-Sardes, n° 47.... 420
Brain (G.) et Cie. Royaume-Uni, n° 725.... 331
Braine (A.). France, n° 2444.... 59
Braithwaite et Cie. Royaume-Uni, n° 1312.... 341
Bramah et Cie. Royaume-Uni, n° 1082.... 337 et 322
Braña. Espagne, n° 326.... 313
Branco (L'abbé A.-J.-S.). Portugal, n° 81 et 331.... 514 et 520
Brand (P.-W.). Prusse, n° 578.... 402
Brandao (J.-A.). Portugal, n° 367.... 520
Brandegger (J.-A.). Wurtemberg, n° 36.... 441
Brandeis (R.-M.). Autriche, n° 307.... 234
Brandeis jeune (J.). Bavière, n° 70.... 268 et 254
Brandely (J.). France, n° 9355.... 471
Brändli (S.). Suisse, n° 210.... 295
Brandon (N.-D.). Pays-Bas, n° 53.... 379 et 256
Brandon et Laneuville (D.). France, n° 1401. 35 et 450
Brandus (G.), Dufour et Cie. France, n° 9240.... 195
Bransoulié fils (A.). France, n° 3247.... 74
Braquenié (A.) et Cie. France, n° 7514.... 160
Brasil (P.). France, n° 9493.... 199
Brassart (J.-B.). Belgique, n° 215.... 277
Brasseur (E.). Nassau, n° 3.... 510
Brasseur (E.). Belgique, n° 270.... 278
Brasseux (G.-J.-H.). France, n° 5245.... 462
Brastow (G.-O.). États-Unis, n° 115.... 222
Bratt (C.-M.). Suède, n° 142.... 532
Braubach (W.). Nassau, n° 4.... 510
Braun (A.). Autriche, n° 917.... 247
Braun (A.) France, n° 8959.... 188 et 471
Braun (F.). Autriche, n° 469.... 238
Braun (J.-H.). Prusse, n° 616 B.... 524
Braun (J.-M.). Prusse, n° 259.... 394
Braun (J.-N.). Wurtemberg, n° 27.... 441
Braun (M.). France, n° 1448.... 451
Braun (S.). France, n° 8960.... 188
Braun et Bloem. Prusse, n° 520.... 401
Brauneck (C.-G.). Prusse, n° 279.... 395
Brause et Cie. Prusse, n° 602.... 403
Braut (H.). France, n° 5072.... 114
Bravo (M.) et fils. Etats-Sardes, n° 124.... 421 et 426
Brazier-Coiffier. France, n° 4057.... 458
Brazzoduro (J.-J.). Autriche, n° 568.... 240
Bréauté. Algérie, n° 157.... 205
Bréauté et Tollé. France, n° 2861.... 67, 455 et 470
Breband, Salomon et Cie. France, n° 6946.... 150
Brebar (C.-R.). France, n° 4460.... 459
Bréchot (A.-J.). France, n° 833.... 21
Brechter (F.). Bade, n° 62.... 262
Bredemeyer (J.). Prusse, n° 285.... 395
Brederode (L.-T.-H.). Portugal, n° 4.... 513
Brédif frères (E.). France, n° 8324.... 176
Bregeon (A.-E.). France, n° 5156.... 116
Bréguet et Cie. France, n° 1716.... 42 et 54
Bréhon (F.-J.). France, n° 9356.... 471
Breitenbach (E.). Bavière, n° 36.... 267
Breitenstein (J.-B.). France, n° 1389.... 34

Pages.

Breitenstein (J.) et Cie. Suisse, n° 224.... 295
Breitfeld (C.-F.). Autriche, n° 250.... 233
Brelay (T.). France, n° 8040.... 171
Bremond fils. France, n° 7229.... 154
Brémond, Lugné, Moglia et Gastaldi. États-Sardes, n° 109.... 421
Brenguier frères. France, n° 8482.... 179
Brennan (P.). Canada, n° 167.... 497
Brennier aîné et Cie. France, n° 6132.... 136
Brepols et Dierckxzoon. Belgique, n° 259. 278 et 255
Breslmayer (J.). Autriche, n° 598.... 240
Bresseau et Gillet. France, n° 9494.... 199
Bresson (J.). France, n° 5362.... 121
Bresson (J.-B.). France, n° 3439.... 77
Bresson et Cartier frères. France, n° 5648.... 127
Bresson et Cie. Algérie, n° 158.... 205
Brest (P.-L.). France, n° 5363.... 121
Brest et Jourdan. Algérie, n° 262.... 206
Brestell (J.). Espagne, n° 259.... 311
Bret. France, n° 4134.... 92
Breteau (C.). France, n° 8557.... 180
Bretnacher (E.). France, n° 2632.... 63
Breton. France, n° 7844.... 167
Breton (C.-P.). France, n° 3760.... 83
Breton (H.). France, n° 3937.... 86
Breton (J.-D.). France, n° 9392.... 198
Breton (Ve M.). France, n° 4058.... 458
Breton frères. France, n° 1942.... 47 et 54
Breton et Mieslon. France, n° 2224.... 53 et 454
Breton frères et Cie. France, n° 2862.... 67
Bretting (C.). Bavière, n° 141.... 270
Breuil-Glaize (J.). France, n° 4135.... 92
Breuillac jeune. France, n° 8325.... 177
Breuninger (H.-C.). Wurtemberg, n° 61.... 442
Breuninger et fils. Wurtemberg, n° 76.... 442
Brevune. Algérie, n° 341.... 207
Brewster (Sir D.). Royaume-Uni, n° 390.... 326
Brezina (G.). Autriche, n° 471.... 238
Briand. France, n° 4136.... 92
Briant (J.-F.). France, n° 3560.... 80
Bricard et Gauthier. France, n° 1477.... 37 et 106
Bricart (L.-F.-A.). France, n° 8906.... 187
Brice. France, n° 730.... 448
Brice (L.-V.). France, n° 731.... 448
Brichard (E.-J.-P.). France, n° 1247.... 31
Briche-Vanbavincove. France, n° 6133.... 136
Brichon et Cie. France, n° 5246.... 462
Brick et Dietsch. France, n° 5649.... 127
Bricout-Molet. France, n° 7230.... 154
Bridges (C.). Cap de Bonne-Espér., n° 37.... 500
Bridges (R.-H.). Guyane anglaise, n° 44.... 503
Bridges (C.) et Decker (H.). Cap de B.-Esp., n° 8. 500
Bridgett et Cie. Royaume-Uni, n° 1456.... 343
Bridier (A.). France, n° 469.... 14
Bridoux (H.). France, n° 345.... 12
Brié (L.). France, n° 1478.... 37
Brieger (J.-G.). Prusse, n° 723.... 406
Briel (W.) et Fernie. Hesse, n° 1.... 364
Brière (A.). France, n° 2327.... 56
Brière et Jouby. France, n° 8848.... 470
Briffa. Algérie, n° 451.... 209
Briganti Bellini frères. États-Pontificaux, n° 26.. 386
Briggs (S.). Royaume-Uni, n° 932.... 335
Bright (R.). Royaume-Uni, n° 482.... 328
Bright et Cie. Royaume-Uni, n° 1541.... 488
Brilvet (C.-J.). France, n° 8070.... 172
Brin-Lalaux (P.-L.). France, n° 5650.... 127
Brinkopff (H.-W.). Danemark, n° 60.... 303
Brinck, Hafström et Cie. Suède, n° 143.... 532
Brincourt (H.) fils et Cie. France, n° 6134.... 136
Brinton et fils. Royaume-Uni, n° 1543.... 345
Briol et fils. France, n° 8484.... 179
Brion (C.-P.). France, n° 973.... 449
Briotot (F.-A.). France, n° 9314.... 196
Brioude, Sancefus et Cie. France, n° 3158.... 455
Briquet et Perrier. France, n° 2580.... 62

2.

Pages.

Brisbart-Gobert (A.-E.). France, n° 1417... 35 et 450
Brisbart (V.-R.) et Robert. France, n° 1717... 42
Brisgault père et fils aîné. France, n° 147...... 7
Brisou fils aîné (P.). France, n° 2633.......... 63
Brisset (E.). France, n° 1390................. 34
Brisset père (P.-D.). France, n° 1368......... 34
Brissonneau frères. France, n° 834........... 21
Britz (P.-M.). France, n° 1194............... 30
Brivot père et Boulard de Villeneuve (G.). France, n° 2863........................... 67
Brizart (M.) et Roger. France, n° 3440......... 77
Brizet (P.-A.). France, n° 8857............... 186
Bro (Baron O.). France, n° 5019............. 113
Brocard-Populus (L.). France, n° 148.......... 7
Brocchi (A.). France, n° 5495............... 123
Broch (Colonel T.). Norwége, n° 52........... 538
Brochier père et fils. France, n° 8326......... 177
Brochon (A.). France, n° 4729............... 106
Brochot (A.-V.). France, n° 2292............. 454
Brockhaus (F.-A.). Saxe, n° 93.............. 427
Brockhoff (F.). Prusse, n° 468.............. 399
Brocot (A.-G.). France, n° 1719.............. 42
Brocot (A.) et Delettrez. France, n° 1718...... 42
Brodbeck et Cie. Saxe, n° 35................ 425
Brodie (B.-C.). Royaume-Uni, n° 524.......... 328
Brodin (Mlle E.-E.). Suède, n° 282........... 535
Brodin (Mlle C.). Suède, n° 283.............. 535
Brodribb (W.-A.). Nouvelle-Galles du Sud, n° 5.............................. 489
Broers-Appo (L.-F.). Pays-Bas, n° 206........ 383
Brögger et Christie. Norwége, n° 115.......... 540
Broling (G.-A.). Suède, n° 354.............. 536
Bronfield-Smalbones (G.). Autriche, n° 165..... 231
Bromly (J.). États-Unis, n° 15............... 219
Brondet (Mme J.-M.). France, n° 3988.......... 87
Bronner (C.). Bade, n° 6.................... 261
Bronner (P.). Wurtemberg, n° 77.............. 442
Broot (C.). Royaume-Uni, n° 753.............. 332
Brook (J.) et frères. Royaume-Uni, n° 1252.... 340
Brooke (C.). Royaume-Uni, n° 499............. 328
Brookman et Langdon. Royaume-Uni, n° 670... 331
Brooks (F.-J.). Royaume-Uni, n° 1144......... 487
Brooks (T.). Royaume-Uni, n° 1444........... 343
Brooks (V.). Royaume-Uni, n° 1899........... 350
Brooks (E.) et fils. Royaume-Uni, n° 847....... 333
Broqua (G.). France, n° 8279............... 176 et 469
Brosche (C.-E.). Autriche, n° 366............ 235
Brosche (F.-X.) et fils. Autriche, n° 367....... 235
Bross (J.). Algérie, n° 338.................. 207
Brossard-Dalber. France, n° 4518............. 101
Brossard-Vidal (Mlle E.). France, n° 1943....... 47
Brossart (J.). France, n° 8483............... 179
Brosse et Cie. France, n° 6947.............. 150
Brosset aîné et de Boissieu. France, n° 6948..... 150
Brossier (P.). France, n° 149................ 7
Brossmann (F.). Autriche, n° 259 B........... 233
Brouard (M.). France, n° 8327............... 177
Brough (R.). Canada, n° 157............ 497 et 496
Broughton (A.-D.). Nouvelle-Galles du Sud, n° 6.. 489
Brousse (P.). France, n° 2940................ 69
Broutechoux. France, n° 7845................ 167
Broutta et Sagey. France, n° 470............ 14 et 74
Brow (J.). Algérie, n° 338 A................. 474
Brown (A.). Royaume-Uni, n° 308............. 325
Brown (F.). Van-Diémen, n° 2............. 493 et 494
Brown (G.-R. et T.). Royaume-Uni, n° 1595.... 345
Brown (J.). Nouvelle-Galles du Sud, n° 7...... 489
Brown (J.). Royaume-Uni, n° 222............. 498
Brown (J.). Nouvelle-Galle du Sud, n° 134..... 491
Brown (J.). Royaume-Uni, n° 1159............ 338
Brown (R.). Royaume-Uni, n° 223............. 498
Brown (R.). France, n° 5651................. 127
Brown (S.). États-Unis, n° 27................ 220
Brown (S.-R. et T.). Royaume-Uni, n° 1271.... 340
Brown et Polson. Royaume-Uni, n° 690........ 331
Brown, Sharps et Tyars. Royaume-Uni, n° 1596. 345

Brown (J. et H.) et Cie. Royaume-Uni, n° 1382.. 342
Browne et fils. Royaume-Uni, n° 249........... 324
Brownrigg (C.-C.). Île Maurice, n° 15......... 508
Brucklacher (H.). Wurtemberg, n° 94.......... 442
Brucklacher (H.). Wurtemberg, n° 142......... 444
Bruckmann (P.) et fils. Wurtemberg, n° 107... 443
Bruder frères. Bade, n° 97.................. 264
Bruère-Perin. France, n° 2445................ 59
Bruet (L.). France, n° 1720.................. 42
Bruggemann (F.-H.). Brême, n° 2.............. 361
Brügmann (W.) et Cie. Prusse, n° 776 B....... 525
Brugni (S.). Algérie, n° 159.............. 478 et 205
Brugnière père et fils. France, n° 6672....... 146 et 161
Brugnon (P.-J.-F.). France, n° 4606.......... 103
Bruguera et Buñol. Espagne, n° 339 et 365..... 313
Bruhier (V.). France, n° 7460............... 466
Bruin aîné (N.-A.). France, n° 5542.......... 125
Bruland (A.). France, n° 8125............... 467
Brulay (Mme E.). France, n° 8858............. 186
Brulé (L.). France, n° 1369.................. 34
Brull et fils. Autriche, n° 368............... 235
Brumauld (L'abbé). Algérie, n° 213.......... 473
Brun (J.-C.A.). France, n° 4137.............. 92
Brun (L.). France, n° 3441................... 77
Brun (S.). France, n° 4260.................. 96
Brun frères (G. et C.). États-Sardes, n° 17...... 418
Brun frères et fils et Denoyel. France, n° 5652... 127
Brun (A.) et Cie. France, n° 2941............. 69
Brun (Mme M.) et Cie. France, n° 8485......... 179
Brun (P.) et Cie. France, n° 7622............ 168
Brun (C.), Perod et Cie. France, n° 3761....... 83
Brunat. France, n° 6673..................... 146
Bruneau. France, n° 4461................... 459
Bruneau (L.-A.). France, n° 5020............. 113
Bruneaux aîné, père et fils. France, n° 6135.... 136 et 38
Bruneel de Vettere. Belgique, n° 500.......... 284
Brunel (F.). France, n° 4694................ 460
Brunel (J.). France, n° 4138................. 92
Brunel (J.). Royaume-Uni, n° 894............. 434
Brunel (L.-H.-R.). France, n° 8724........... 183
Brunet. France, n° 7231.................... 154
Brunet. France, n° 3442..................... 77
Brunet (P.). France, n° 243.................. 9
Brunet (V.). France, n° 3674................. 82
Brunet de la Grange (A.-A.-M.). France, n° 1995.............................. 48
Brunet et Serrat. Espagne, n° 412............ 314
Brunet, Corbaud et Cie. France, n° 6949....... 150
Brunet-Lecomte, Guichard et Cie. France, n° 6960. 150
Bruneteau (J.-B.). France, n° 9315........... 196
Brunette. France, n° 2086................... 50
Bruni (F.). France, n° 9424. 198
Brunier (S.-G.). France, n° 3443............. 77
Brunier fils (J.) et Cie. France, n° 2828....... 56
Brunlees (J.). Royaume-Uni, n° 889........... 334
Brunner (A.). Autriche, n° 599.............. 240
Brunner (D.). Autriche, n° 683.............. 242
Brunner (H.). Suisse, n° 234................ 205
Brunner (J.). France, n° 1871................ 45
Brunner (S.). Autriche, n° 1097 A............ 250
Brunner et Hoschek. Autriche, n° 369 A.... 235 et 250
Brunond (J.-B.). France, n° 773.............. 20
Brunot (Mlle M.-A.). France, n° 8191......... 174
Brunot (P.). France, n° 4730................ 106
Brunot et Lefebvre. France, n° 5653.......... 127
Brunot et Lefèvre. France, n° 6022........... 464
Bruphacher-Muller. Suisse, n° 263............ 296
Bruschetti da Cannero (G.). États-Sardes, n° 25. 419, 526 et 527
Brusewitz (F.). Suède, n° 255............... 534
Brutus (M.). France, n° 130.................. 6
Bruxelles fils. France, n° 5654.............. 127
Bruyant-Desplanques. France, n° 6136......... 136
Bruyer (C.-A.). France, n° 9316....... 12, 67 et 196
Bruyère (A.). France, n° 5444............... 122
Bruyère (J.-E.). France, n° 227............... 9

Pages.

Bruyère (J.-P.). France, n° 9317 ... 196
Bruyère (P.). France, n° 6674 ... 146
Bry (M.-E.-A.). France, n° 9043 ... 190
Bryan-Donkin et Cie. Royaume-Uni, n° 292 ... 325
Bryas (Marquis C. de). France, n° 318 ... 11
Bryce, Murrich (Mme) et Cie. Canada, n° 264 ... 499
Bryner (A.) et Cie. Suisse, n° 244 ... 296
Bubernicek (V.). Autriche, n° 716 B ... 243
Bucaille (P.-E.). France, n° 3762 ... 83
Buch (Mlle). Norwége, n° 88 ... 539
Buchan (J.). Nouvelle-Galles du Sud, n° 135 ... 491
Buchanau (A.). Guyane anglaise, n° 8 ... 502
Buchanan (J.). Nouvelle-Galles du Sud, n° 8 ... 489
Buchberger (J.). Autriche, n° 600 A ... 240
Bucher (M.). France, n° 9495 ... 199
Bucherer. Grèce, n° 60 ... 850
Bucherer (C.). Bade, n° 2 ... 261
Buchmann (G.). France, n° 8961 ... 188
Buchner (C.). Prusse, n° 247 ... 394
Büchner (W.). Hesse Gr. Ducale, n° 29 ... 365
Büchner (D.) et Kirsch. Saxe-Meiningen, n° 1 ... 431
Buch et fils. Royaume-Uni, n° 91 ... 321 et 331
Buckens (J.-G.). Belgique, n° 363 ... 280
Bucker (H.). Saxe, n° 30 ... 425
Bucker (J.). Pays-Bas, n° 245 ... 384
Bücking (J.-G.). Bavière, n° 113 ... 269
Buckley (H.). Nouvelle-Galles du Sud, n° 9 ... 489
Buckley et Cie. Royaume-Uni, n° 560 A ... 486
Buckton (J.) et Cie. Royaume-Uni, n° 259 ... 324
Buckton (J.) et Cie. Royaume-Uni, n° 1313 ... 341
Budan (F.-E.). France, n° 910 ... 23
Buderus fils (J.-W.). Nassau, n° 5 ... 510
Budin (R.-A.). France, n° 2634 ... 63
Budin-Signez. France, n° 6137 ... 136
Budker (A.). France, n° 8907 ... 187
Budy (A.). France, n° 4731 ... 106
Bueche, Boillat et Cie. Suisse, n° 36 ... 291
Buehl (A.) et Cie. Prusse, n° 485 ... 400
Bueno (P.). Espagne, n° 132 ... 809
Buès (J.-J.-B.), France, n° 24 ... 4
Buettner (E.). Saxe, n° 14 ... 424
Buff (H.). Suisse, n° 425 ... 300
Buffard (V.). France, n° 2942 ... 69
Buffault (A.-E.). France, n° 6138 ... 136
Buffet (F.). France, n° 6675 ... 146
Buffet (F.). France, n° 7151 ... 465
Buffet (L.-A.). France, n° 9393 ... 198
Buffet neveu. France, n° 6139 ... 136
Buffi (G.). Toscane, n° 89 ... 436 et 540
Bufnoir (G.). France, n° 2581 ... 62
Bugette (J.). France, n° 605 ... 17
Bugnol cadet. France, n° 8908 ... 187
Buhl (M. et A.). Autriche, n° 4 ... 227
Bühler (C.). Suisse, n° 128 ... 293
Buignet (G.-F..). France, n° 471 ... 14
Buignier (G.-S.-F.). France, n° 4675 ... 104
Buirette Saint-Hilaire. Inde française, n° 142 ... 478
Buissard (E.). France, n° 6676 ... 146
Buisson. Algérie, n° 387 ... 208
Buisson. France, n° 5655 et 6140 ... 127 et 136
Buisson. France, n° 6677 ... 146
Buisson et Robert (R.). France, n° 6678 ... 146 et 4
Buisson aîné et Cie. France, n° 6959 ... 150
Buissot frères. France, n° 8669 ... 182
Buix (H.). France, n° 6679 ... 146
Bujatti (F.). Autriche, n° 918 ... 247
Bulkley-Greene (J.). France, n° 9140 ... 192
Bull et Wilson. Royaume-Uni, n° 1314 ... 341
Bulli (J.-G.-A.). Toscane, n° 65 ... 435
Bullier (J.-P.-G.). France, n° 8962 ... 188
Bullock (L.). Royaume-Uni, n° 525 ... 328
Bullot (N.-L.). France, n° 1721 ... 42
Bulot et Cattin. France, n° 9357 ... 471
Bulot et Lhotellier. France, n° 6579 ... 464
Bülow (C.-W.). Danemark, n° 62 ... 303
Bulteau frères. France, n° 6141 ... 136
Bultel (F.). France, n° 1449 ... 451
Bultiau-Desbannets. France, n° 6142 ... 136
Bum. Autriche, n° 824 ... 245
Bündgens et Cie. Prusse, n° 777 ... 407
Bunel et Cie. France, n° 4261 ... 96 et 459
Bunnel frères (F. et A.). France, n° 2635 ... 63
Bnnning (J.-B.). Royaume-Uni, n° 905 ... 334
Bunte (P.). Pays-Bas, n° 281 ... 256
Buoninsegni frères. Toscane, n° 152 ... 437 et 540
Buquet (N.-A.). France, n° 8963 ... 188
Buquet (A.) et Garault (E.). France, n° 5001 ... 461
Burat et Loriol. France, n° 3989 ... 87
Burbach frères. Saxe-Gotha, n° 6 ... 429
Burch (J.). Royaume-Uni, n° 643 ... 330 et 332
Burchardt (B.) et fils. Prusse, n° 1067 ... 413 et 396
Burckhardt (D.). France, n° 9496 ... 200
Burckhardt et Müller. Prusse, n° 625 ... 403
Burckhardt (J.-B.) et fils. Suisse, n° 319 ... 297
Burdet (J.-M.). France, n° 1579 ... 39
Burdett (J.). Royaume-Uni, n° 493 ... 328
Burdin aîné. France, n° 4733 ... 106
Burdin fils aîné (J.-C.). France, n° 4732 ... 106
Burdin et Ducroux. France, n° 5364 ... 121
Bureau jeune (M.). France, n° 5656 ... 127
Bureau grand ducal et central pour l'économie rurale. Bade, n° 7 ... 261 et 262
Bureau I. de l'essai des monn^s. Autriche, n° 369 B. ... 236
Bureau topographique fédéral. Suisse, n° 107 ... 292
Bureau des travaux publics. Canada, n° 224 ... 498
Burel (E.). France, n° 974 ... 449
Burel (E.). France, n° 1944 ... 47
Burel (E.) et Elmering fils. France, n° 462 ... 459
Burgeff et Schweikart. Nassau, n° 44 ... 511
Bürgers et Cie. Prusse, n° 293 ... 395 et 394
Burgess (Mme). Van-Diémen, n° 61 ... 495
Burgess et Key. Royaume-Uni, n° 279 ... 324
Burgess (A.) et Cie. Royaume-Uni, n° 1308 ... 341
Burgh aîné et Cie. France, n° 2943 ... 69
Burgoff, Magnee et Cie. Pays-Bas, n° 296 ... 257
Bürgi (J.). Suisse, n° 108 ... 292
Burguin (P.). France, n° 5496 ... 123
Burgun, Schwerer et Cie. France, n° 5297 ... 119
Burgun, Walter, Berger et Cie. France, n° 5298. ... 119
Buren-Dubuisson (M.-A.-D.). France, n° 3938. 86 et 458
Bürk. Wurtemberg, n° 28 ... 441 et 442
Burkhards et Cie. États-Unis, n° 39 ... 220
Burkhardt et fils. Suisse, n° 312 ... 297
Bürkle (J.-F.). Wurtemberg, n° 57 ... 441
Burlinson (J.) et Cie. Royaume-Uni, n° 122 ... 321
Burlureaux. Algérie, n° 589 ... 211
Burn. Royaume-Uni, n° 315 ... 325
Burnay (Ve) et Burnay (J.-B.). Portugal, n° 198. ... 516
Burnel (J.). France, n° 8859 ... 186
Burney et Bellamy. Royaume-Uni, n° 792 ... 332
Burnichon (V). France, n° 774 ... 20
Burnier (F.-R.). Pays-Bas, n° 148 ... 382
Burt (H.-P.). France, n° 1082 ... 27
Bury (L.). France, n° 3444 ... 78
Busby (W.). Nouvelle-Galles du Sud, n° 74 ... 490
Busby (W.). Royaume-Uni, n° 70 ... 321 et 323
Busqueta et Sala. Espagne, n° 340 ... 313
Busquet. France, n° 228 ... 9
Busquet (Ve). France, n° 8630 ... 469
Bussard (J.-D.). France, n° 1722 ... 42
Busse frères. Prusse, n° 778 ... 407
Busser (N.). France, n° 1391 ... 34
Bussiennes (L). France, n° 606 ... 17
Busson (C.). France, n° 7232 ... 154
Busson (C.). France, n° 9425 ... 198
Busson (C.-A.). France, n° 1645 ... 452
Busson du Maurier (L). Royaume-Uni, n° 19 ... 319
Bustamente (B.). Mexique, n° 80 ... 373
Butenandt (A.-G.). Hambourg, n° 34 ... 363
Butler (J.-R.). Royaume-Uni, n° 1058 ... 337
Butruille et Cie. France, n° 7238 ... 154
Büttner (C.). Saxe-Cobourg, n° 4 ... 428

Pages.

Butschek et Graf. Autriche, n° 999 248
Butscheck (C.) et Cie. Autriche, n° 340 235
Butterley, Hobson et Cie. Royaume-Uni, n° 975 .. 335
Butterworth et Brooks. Royaume-Uni, n° 1291 B. 487
Buxtopf (E). France, n° 1538 38

Pages.

Buxtorf aîné. France, n° 3159 455
Buxtorf-Bischoff. Suisse, n° 320 297
Buys-Van-Cutsem. Belgique, n° 364 280
Buytendyk (J.-H.). Pays-Bas, n° 286 256
Buxton (C.). Royaume-Uni, n° 201 A 485

C

CAL

Cabal (A.) et Vaissière (J.). France, n° 472.. 14 et 78
Cabaleda (J.). Espagne, n° 193 210
Cabanel (E). France, n° 3445 78
Cabaneras (J.-A.). Espagne, n° 514 484
Cabanis (C.-A.). France, n° 8558 180
Cabanis (J.-F.). France, n° 3160 455
Cabannes et Roland. France, n° 3948 74
Cabassot. Algérie, n° 342 207
Cabirol (J.-M.). France, n° 2582 62
Cabot (J.). France, n° 356 12
Cabral (A.-M.-O.). Portugal, n° 41 513
Cabral (J.-M. da V.). Portugal, n° 230 517
Cabrit (A.). Suisse, n° 201 295
Cabrit et Roux. France, n° 6680 146
Cabrizas. Mexique, n° 97 374
Cacan (C.). France, n° 4059 458
Caccioni (P.-M.). États-Sardes, n° 15 A 526
Cachepoutre et Cie. France, n° 6681 146
Cacheux (J.). France, n° 814 21
Cachot et Feuvrier (L.). France, n° 2032... 453 et 466
Cadby (C.). Royaume-Uni, n° 1999 351
Cadell junior (T.). Nouvelle-Galles du Sud, n° 10. 489
Cadet-Coisenet (A.-L.). France, n° 1248... 31 et 450
Cadet et Cie. France, n° 4433 99
Cadi des Beni-Abbès. Algérie, n° 429 474
Cadou-Notramy (E.-F.). France, n° 4734 106
Caen frères (S. et J.). France, n° 7687 164
Caesar et Cie. Prusse, n° 626 403
Caffarelli (J.). France, n° 3831 457
Caffort et Grimes frères. France, n° 150 7
Cafres affranchis. Réunion, n° 180 478
Cagnet (F.). France, n° 7623 163
Cahen-Leudersdorff (A.). Prusse, n° 378 397
Cahn (D.). Royaume-Uni, n° 671 331
Cahouet et Morane. France, n° 1870 84
Cahravel. Algérie, n° 160 205
Caïd-ben-Djeman. Algérie, n° 590 211
Caïd-Salah. Algérie, n° 591 211
Cail (J.-F.) et Cie. France, n° 835 .... 21, 27 et 31
Cail, Halot et Cie. Belgique, n° 160... 275, 254 et 274
Cailar (J.-A.). France, n° 4735 106
Caillard. France, n° 4736 106
Caillard et Nicolas. France, n° 5657 128
Caillat (A.) et sœur. France, n° 5021 113
Caillau (B.) et Luppé jeune. France, n° 6143.. 136
Caillaud (P.). France, n° 3875 85
Caillaux (Mme A.). France, n° 8192 174
Cailleaux (O.). France, n° 8860 186
Caillet-Frangville. France, n° 6144 136
Cailliau père et fils. France, n° 3446 78
Caillier (A.). Algérie, n° 191 .... 205 et 204
Caille jeune. France, n° 3562 80
Caille et Prin. France, n° 3561 80
Cailloi et Gravier. Algérie, n° 36 202
Caillonde (J.-G.). France, n° 5157 116
Cailliot (S.) et fils. France, n° 5658 128
Cailly aîné (L.). France, n° 1723 42
Caird et Cie. Royaume-Uni, n° 813 333
Cairol (P.). France, n° 4361 98
Caistor (A.-B.). Royaume-Uni, n° 160 322
Calado (Vve). Portugal, n° 199 516
Calame-Gilabert (A.-L.). Suisse, n° 87 291
Calames (Dème de). Grèce, nos 31 et 37 356
Calande (E.). France, n° 5073 114

CAM

Calandra (C.). États-Sardes, n° 188 423
Calard (T.-F.). France, n° 1195 30
Calça (J.-P.). Portugal, n° 83 514
Calço e Pina (A.). Portugal, n° 84 514
Calça e Pina (A.). Portugal, n° 85.. 514, 513 et 517
Calcagno frères et Martinolo. États-Sardes, n° 52. 420
Caldas (B.-C.). Portugal, n° 231 517
Caldeira (J. d'A.). Portugal, n° 232 517
Calder (J.-E.). Van-Diémen, n° 42 .... 494 et 493
Caldwell (D.). Nouvelle-Galles du Sud, n° 101.. 491
Caley frères. Royaume-Uni, n° 1448 353
Calheiros (F.-C. de L.). Portugal, n° 86.. 514 et 517
Calheiros de Menezes (J.-L.). Portugal, n° 87... 514
Caligny (Mis A.-F. de). France, n° 911 23
Calla (C.-F.). France, nos 836, 1196 ...... 21, 30 et 106
Callaghan (W.). Royaume-Uni, n° 391 326
Callandre père et fils et Burle. France, n° 6145. 146
Callaud (J.-A.). France, n° 2033 453
Callaud-Bélisle, Nouel, de Tinan et Cie. France, n° 2864 67
Callebaut (C.). France, n° 8281 176
Callier (B.). France, n° 8699 470
Callion (F.). France, n° 4262 96
Callot (E.). France, n° 5022 113
Callou-Cammaerts (P.-A.). Belgique, n° 462, 283 et 286
Calmels. Inde française, n° 148 479
Calmettes (A.). France, n° 2329 56
Caloni (A.). France, n° 3563 80
Caloutas (C.). Grèce, n° 48 356
Calvat (F.) et Cie. France, n° 8330 177
Calvert (J.-S.). N.-Galles du Sud, n° 181.. 492, 489 et 490
Calvet-Rognint (F.-H.). France, n° 151 7
Calway (J.). Canada, n° 225 498
Calzada (J.). Espagne, n° 292 312
Cam (J.-C.). France, n° 1872 45
Camard (L.-D.-P.). France, n° 3763 83
Camaret (H.). France, n° 8861 186
Camaret (Mme R.). France, n° 8643 182
Cambi (Comte J.). Toscane, n° 74 .... 435 et 450
Cambier (E.). Belgique, n° 607 286
Cambier et Cie. Belgique, n° 12 271
Cambon cadet fils. France, n° 7554 161
Cambresy-Bassompierre (T.-J.). Belgique, n° 299. 279
Cambronne frères. France, n° 6146 .... 136 et 128
Camelin. Algérie, n° 592 211
Camichel et Cie. France, n° 3344 76
Camion (A.). France, n° 4737 106
Camman (J.-W.). Pays-Bas, n° 3 378
Camoës (J.-A. da C.). Portugal, n° 88..... 514 et 513
Camosso (P.). États-Sardes, nos 21, 125... 422, 526 et 527
Campa (N.). Mexique, n° 50 372
Campano (L.). Espagne, n° 448 315
Campbell (Colonel). Inde, n° 40 505
Campbell (E.-R.). Canada, n° 132 497
Campbell (W.-H.). Guyane anglaise, n° 60.. 503 et 502
Campbell, Harrisson et Lloyd. Roy.-Uni, n° 1429 343
Camphausen (J.-P.) et Küppers. Prusse, n° 779. 407
Campi (J.). France, n° 3447 78
Campina (A.-M.). Portugal, n° 89 514
Campionnet et Cie. France, n° 50 4
Campos (A.-J.-R.). Portugal, n° 5 513
Campos Mello et frères. Portugal, n° 332 520
Camproger et Linden (Mmes). France, n° 8486... 179

Pages.
Camps. Algérie, n° 37........ 209
Camps (T.). Espagne, n° 423........ 314
Campus (A.). États Sardes, n° 11 B........ 526
Camus, Réunion, n° 82........ 477
Camus (A.). France, n° 3564........ 80
Camus (A. et G.). France, n° 5659........ 128
Camus (E.). France, n° 3162........ 455
Camus (L.). France, n° 2186........ 58
Camus (P.-A.). France, n° 473........ 14
Camus (Vve) et fils. France, n° 4738........ 196
Camus et Cie. France, n° 7897........ 168
Camus (C.) et Cie, France, n° 1461........ 455
Canales (J.-M.). Espagne, n° 492........ 484
Candelot frères. France, n° 2446........ 59
Canelle-Lutel. France, n° 7795........ 466
Canexaly (E.). États-Unis, n° 74........ 221
Canfyn-Nimegeers (Vve). Belgique, n° 425........ 282
Canier (L.). France, n° 8826........ 185
Canizares (J.). Espagne, n° 109........ 309
Canlet (E.-F.). France, n° 1249........ 31
Canneau. France, n° 5586........ 463
Canny Chelamiah. Inde, n° 23........ 504
Canovas (D.). Espagne, n° 385........ 313
Canquil. Algérie, n° 344........ 208
Canson (E.). France, n° 815........ 21
Cantel (L.). États-Unis, n° 113........ 222
Cantero (J.-G.). Cuba, n° 28........ 485
Cantini (J.). France, n° 4268........ 96
Cantit (A.). Canada, n° 217........ 498
Canton d'El-Outaïab. Algérie, n° 540........ 210
Cantone, Arizio et Cie. États-Sardes, n° 24........ 419
Cantoni (C.). Autriche, n° 776........ 244
Cantrel (H.). France, n° 8670........ 183
Capblanco et Cie. Espagne, n° 94........ 308
Cape of Good Hope Mining Co. Cap de Bonne-Espérance, n° 1........ 500
Cape of Good Hope Mutual Mining Co. Cap de Bonne-Espérance, n° 3........ 500
Cape of Good Hope Mutual and South African Mining Co. Cap de Bonne-Espérance, n° 2........ 500
Capecchi (D.). Toscane, n° 104........ 436
Capell (Mmes). France, n° 7624........ 162
Capella (J.). Autriche, n° 259 A........ 233
Capelle. France, n° 5660........ 128
Capelle (J.-A.). France, n° 1479........ 37
Capelle aîné. France, n° 1250........ 31
Capello (G.), dit Montcalvo. États-Sardes, n° 178. 423
Capera (A.). Autriche, n° 1070........ 250
Caplain aîné (J.-B.-C.). France, n° 1646........ 452
Capoy frères. France, n° 5497........ 123
Cappelen (Vve de P.). Norwège, n° 21........ 538
Cappellemans (A.). Belgique, n° 614........ 286
Cappellemans aîné (J.-B.). Belgique, n° 418. 282 et 286
Cappellemans aîné, Deby et Cie. Belg., n° 218.. 277 et 281
Capper (E.-P.). Nouvelle-Galles du Sud, n° 102. 491
Cappon. France, n° 474........ 14
Caprichosa (La). Espagne, n° 327........ 313
Capron jeune (C.-E.). France, n° 3990........ 87
Capronnier. Belgique, n° 419........ 282
Captier (V.-E.). France, n° 9358........ 471
Caputi (J.). Toscane, n° 57........ 435
Caquet-Vauzelle, Naime et Cote. Fr., n° 6957. 150 et 465
Carbonneau (C.-J.-B.). France, n° 9075........ 191
Carcenac et Roy. France, n° 5661........ 128
Carcinac frères (H. et B.). France, n° 6580........ 464
Cardailhac cadet (P.). France, n° 1251........ 31
Cardeilhac (E.). France, n° 5023........ 462 et 460
Cardim (J.-E.). Portugal, n° 6........ 513
Cardon (E.). France, n° 4097........ 91
Cardon (L.-C.). France, n° 1392........ 35
Cardon (W.). France, n° 7461........ 466
Cardon frères. France, n° 7234........ 154
Cardon (Vve), Watré et Cie. France, n° 5662........ 128
Cardôso (J.-P.). Portugal, n° 307........ 519
Cardôzo et fils. Portugal, n° 308........ 519
Carel-Gentil. France, n° 5663........ 128
Carette (J.-P.). France, n° 8559........ 180
Carew (J.-W.). Royaume-Uni, n° 1939........ 488
Carganico (B.). France, n° 2636........ 62
Cargill et Cie. Royaume-Uni, n° 1463........ 343
Carillon (R.-D.). France, n° 1168........ 29
Carins (G.). Bavière, n° 60........ 268
Carisson (C.-A.). Suède, n° 355........ 536
Carlsson (Marie). Suède, n° 356........ 536
Carl (C.-J.) et Lallemand (L.-A.-J). Fr., n° 260. 9
Carle (A.-C.). France, n° 5002........ 461
Carles (H.-R.). Royaume-Uni, n° 1814........ 349
Carles (I.). Belgique, n° 644........ 287
Carles (J.). France, n° 3249........ 74
Carles (J.-P.). France, n° 9359........ 471
Carlier (A.-J.). France, n° 8898........ 470
Carlier (F.). Belgique, n° 365........ 280
Carlier jeune (A.-N.). France, n° 9076........ 191
Carlier (J.) et Cie. France, n° 2330........ 56
Carlile (J.) fils et Cie. Royaume-Uni, n° 1464... 343
Carmoy (L.). France, n° 4739........ 107
Carnet (F.-X.). France, n° 8964........ 188
Carnet et Saussier. France, n° 3565........ 80
Caroline du Sud (État de la). États-Unis, n° 110. 222
Caron (A.). France, n° 2065........ 50
Caron (A.). France, n° 4139........ 92
Caron (R.-E.) et Deblois (L.). Canada, n° 7... 495
Caron (F.) et Cie. Nassau, n° 39........ 511
Carpenter jeune (G.). États-Unis, n° 40........ 290
Carpenter et Cie. Royaume-Uni, n° 582........ 329
Carpentier (E.). France, n° 8725........ 183
Carpentier (J.-L.-J.-N.). France, n° 1580........ 39
Carpentier-Hoyer. France, n° 347........ 12
Carpentier frères. France, n° 5664........ 128
Carpentier et Cie. France, n° 4740........ 107
Carpi (A.). Toscane, n° 15........ 433
Carquillat (M.-M.). France, n° 6956........ 150
Carr (H.). Royaume-Uni, n° 31........ 320 et 323
Carr (J.). Canada, n° 168........ 497 et 499
Carranza (P.). Espagne, n° 133........ 309
Carre (A.). France, n° 1873........ 45
Carré (F.-V.). France, n° 988........ 25
Carré (J.-F.). France, n° 8726........ 183
Carré (P.-A.-O.). France, n° 4741........ 107
Carré (P.-C). France, n° 2447........ 59
Carrée (J.). France, n° 475........ 14
Carreño frères. Espagne, n° 208........ 210
Carrera (F. de Asis). Espagne, n° 503........ 484
Carrère (B.). France, n° 6147........ 136
Carrero (F.). Espagne, n° 110........ 309
Carrett, Marshall et Cie. Royaume-Uni, n° 123.. 321
Carrier-Rouge. France, n° 5158........ 116
Carrière (F.). France, n° 6682........ 146
Carrilho (E. de M.). Portugal, n° 233........ 517
Carrillo et Benfield. Mexique, n° 62........ 373
Carriol-Baron et fils aîné. France, n° 6148........ 136
Carrolis (J.). France, n° 1418........ 35
Carrosserie du Chemin-Vert. France, n° 1046... 26
Carroz (R.). France, n° 6149........ 136
Carruthers (G.). Portugal, n° 234........ 517
Carstanjen (J.). Prusse, n° 527........ 401
Carstanjen fils (A.-F.). Prusse, n° 454........ 399
Carstanjen (C. et W.). Prusse, n° 453........ 399
Carstens (D.-H.). Lubeck, n° 1........ 361
Cart (J.). France, n° 1450........ 451
Cart (S.). France, n° 1724........ 42
Cartacci (P.) et fils. Toscane, n° 90........ 436
Cartallier frères. France, n° 2866........ 67 et 172
Carte (D^{r}). Royaume-Uni, n° 755........ 332
Carteron (J.-B.). France, n° 4093........ 91
Cartier (B.). France, n° 348........ 12
Cartois. Algérie, n° 343........ 208
Cartwright (H.-E.). Guyane anglaise, n° 2... 502 et 503
Cartwright et fils. Royaume-Uni, n° 1208........ 339
Cartwright, Hirons et Woodward. Royaume-Uni, n° 1145........ 338
Carvao (A.-F.). Portugal, n° 237........ 517

Pages.

Carvalho (J.-J. da S.). Portugal, n° 235....... 517
Carvalho (J.-P. d'A.). Portugal, n° 236....... 517
Carvalho Pacheco (F.-E. de C.). Portugal, n° 92.. 514
Carvalhosa (J.-F. d'A.). Portugal, n° 94... 514 et 517
Carver (E.) et Cie. États-Unis, n° 30.......... 220
Carville (C.-L.-J.). France, n° 5366.......... 121
Carville (F.-A.-J.). France, n° 3691.......... 87
Carville-Moussel et Pastey. France, n° 5468..... 123
Carvin (J.). France, n° 7875............. 177
Carysto (Dème de). Grèce, nos 32 et 87..... 356 et 357
Casa d'industria. Autriche, n° 1071.......... 250
Casalis (M.-G.-M.). France, n° 837.......... 21
Casanova et fils. Espagne, n° 367.............. 313
Casanova (A.) et fils. Espagne, n° 366......... 313
Casas (J.) et Gran. Espagne, n° 433.......... 314
Caselski (D.). Toscane, n° 186............ 438 et 541
Casie Chetty, Moddliar. Ceylan, n° 34.......... 502
Casimir, Bartet et Adam. France, n° 5665...... 128
Casissa (F.). États-Sardes, n° 127......... 422 et 526
Caslon (H.-W.) et Cie. Royaume-Uni, n° 1955... 351
Casparson et Schmidt. Suède, n° 277.......... 535
Caspers et fils jeune. France, n° 9497.......... 200
Cassan (I.). France, n° 476.................. 14
Casse (J.) et fils. France, n° 7462............ 466
Cassel (J.). Autriche, n° 140................ 230
Cassés (J.). France, n° 5074.................. 114
Cassin (T.). France, n° 3345................ 76
Cassino (E.-F.) France, n° 9408............. 198
Cassoni (Dr B.). Autriche, n° 370.............. 236
Castagneto (E.). États-Sardes, n° 44.......... 419
Castanys (F.) et Cie. Espagne, n° 217......... 310
Castel (Mme Vve E.). France, n° 7515,........ 160
Castel et Mauricheau-Beaupré. France n° 2187. 53
Castellan (J.-M.-P.). France, n° 2944.......... 69
Castellani. États-Pontificaux, n° 49.......... 512
Castellar et Cie (A.-M.). Portugal, n° 238 B..... 517
Castelle (P.). France, n° 2331............... 56
Castellet (D.). Espagne, n° 368............ 313
Castello Branco (A.-J. d'Ab.). Portugal, n° 43... 514
Castello Branco (J.-B.). Portugal, n° 95... 514 et 517
Castelly-Coma (F.). Espagne, n° 437.......... 314
Castelmur, Perini et Cie. Toscane, n° 81.... 435 et 540
Castelyn (J.). France, n° 25................. 4
Casterman (J.) et fils. Belgique, n° 674........ 288
Castets (A.). France, n° 2332................. 56
Castiau et Cie. France, n° 3346................. 76
Castiau (A.) et Cie. France, n° 3448........... 78
Castillon, Algérie, n° 673................. 212
Castro (D.). Rép. de Costa-Rica, n° 4.......... 224
Castro (J. de M.). Espagne, n° 280.......... 211
Castro et frères. Portugal, n° 394.............. 521
Catala (J.-F.). France, n° 268............... 10
Catala (P.). France, n° 8560.................. 180
Catani (J.). Toscane, n° 63.................. 435
Catel (T.-V.). France, n° 8812................ 470
Catellan (H.). France, n° 3764.............. 83
Caternault, Caillié et Cie. France, n° 7235....... 154
Catessou (F.). France, n° 8329............... 177
Cathaly (L.). France, n° 8328................ 177
Cathelas (F.). France, n° 1874................ 45
Caton, Bertaud et Cie. France, n° 7898......... 168
Cattaneo (F.). Autriche, n° 371............... 236
Catteau (A.). France, n° 6150................ 136
Catteaux frères. Belgique, n° 426............. 282
Catz (P.-S.) et Cie. Pays-Bas, n° 6............ 378
Caudron (J.). France, n° 7236............... 155
Caulfield. Ile de Ceylan, n° 4................ 501
Caullet frères. France, n° 3347.............. 76
Caumes (M.-F.). France, n° 4742............ 107
Caune frères (A. et C.). France, n° 2448....... 59
Caunelle (A.). France, n° 4743.............. 106
Caury (B.). France, n° 2333................ 56
Causse (L.-G.-D.). France, n° 8541........... 469
Causse et Champagne. France, n° 6683.... 146 et 465
Caussemille-Dalmas. France, n° 2449.......... 59
Causserouge père et fils. France, n° 3765....... 83

Pages.

Caussin et Laurenson (A.). France, n° 5075.... 114
Cauvet (J.). France, n° 6151................ 136
Cauvez frères. France, n° 3348............... 76
Cauvez, Bourse et Cie. France, n° 3349........ 76
Cauvez, Miroux, Bocquillon et Cie. France, n° 3350........................... 76
Cavailli-Coll (A.). France, n° 9426........... 198
Cavan frères et Cie. Guyane anglaise, n° 45...... 503
Cavanas (J.-A.). Espagne, n° 426............. 314
Cavarroc et Larézias. France, n° 5076.......... 114
Cavasse. France, n° 9193.................. 193
Cavé (A.-E.). France, n° 1083............... 27
Cavigioli (C.). États-Sardes, n° 12 A...... 418 et 526
Cavrel-Bourgeois. France, n° 7516........... 160
Cavrois (A.). France, n° 4140............... 92
Cavy (A.) et Cie. France, n° 8282............ 176
Cazaban-Matagrin. France, n° 5666........... 128
Cazaben frères. France, n° 6152.............. 136
Cazal (R.-M.). France, n° 8671.............. 182
Cazalis (H.). France, n° 2335.............. 57
Cazalis-Allut (C.-L.). France, n° 3449......... 78
Cazanave (J.). France, n° 349.............. 12
Cazaux (B.) aîné. France, n° 4264............ 96
Cazaux (J.). France, n° 2637............... 63
Cazenove aîné (J.). France, n° 3250.......... 74
Cazes (J.). France, n° 642................. 18
Cazon (A.). France, n° 4109............... 91
Ceccato (M.). Autriche, n° 1097 B........... 250
Cecchini (J.). Autriche, n° 1195............ 252
Cecire (V.). France, n° 643................ 18
Cederbergh jeune (A.). Norwége, n° 83........ 539
Cétières (J.). France, n° 4607............. 103
Célis (P.-T.). France, n° 5051............. 114
Cellard et Thibaut. France, n° 51............ 4
Cellerin et Devillers. France, n° 1451......... 451
Cellier (F.). France, n° 3566................ 80
Cellier (J.-P.-A.). France, n° 8302........... 469
Cena (G.). États-Sardes, n° 168............ 422
Centeio (J.). Portugal, n° 44................ 514
Cerati (G.). France, n° 477................ 14
Cerbelaud (L.). France, n° 2131............. 51
Cercoeuil (L.-F.). France, n° 2945........... 69
Cercle de Guelma. Algérie, n° 541........... 210
Cerdeira (E.-A.-F.). Portugal, n° 238 A....... 517
Cerf-Lanzenberg. France, n° 2638............ 63
Cerf et Naxara. France, n° 8827............. 185
Cerfon fils. France, n° 6153................ 136
Cerletti (L.). Autriche, n° 372............... 236
Cerrotani (A.-G.). Toscane, n° 58............ 435
Ceru (B.). Toscane, n° 92................ 436 et 540
Ceruti (J.). Autriche, n° 1237............. 253
Céry-Billaut. France, n° 3251.............. 74
Cesar (J.). Autriche, n° 717............... 243
Cézar (L.-B.). France, n° 644.............. 18
Cézard (N.). France, n° 3351............... 76
Chabanit (F.). France, n° 6955.............. 150
Chabaud (A.). France, n° 6954.............. 150
Chabert (P.-A.). France, n° 5366........... 121
Chabert (P.-A.) et Cie. France, n° 2066........ 50
Chabod-Debouel (C.). Belgique, n° 488....... 283
Chabrand (J.). France, n° 3252.............. 74
Chabrand (L.). France, n° 3253.............. 74
Chabrié frère et sœur. France, n° 5003......... 461
Chabrol (P.-H.). France, n° 5498............ 123
Chabry (F.). France, n° 4141............... 92
Chace (O.-R.). États-Unis, n° 12............. 219
Chacel père et fils. Espagne, n° 245........... 311
Chadwich (D.). Royaume-Uni, n° 109.....321 et 485
Chadwick (J.). Royaume-Uni, n° 1430........ 343
Chadwick (F.) et Dickins (T.). Roy.-Uni, n° 334 325
Chaffaroux (C.-B.-F.). France, n° 7237....... 155
Chagot aîné (D.-A.). France, n° 8561......... 180
Chagot-Marin père et fils. France, n° 8562...... 180
Chagot (J.), Perret-Morin et Cie. France, nos 15 et 303................................3 et 447
Chagué père et fils. France, n° 2639........... 63

Pages.

Chaillot (C.). France, n° 4744................ 106
Chailloux (G.), et Lepage (A.). France, n° 645. 18
Chailly (G.). États-Pontificaux, n° 8.......... 385
Chaîne (J.-B.). France, n° 8253.............. 76
Chaissaigne (G.). France, n° 7517............ 160
Chaix (P.-A.). France, n° 7899............... 168
Chaix de Maurice. France, n° 478............. 14
Chaix et Julien. France, n° 5367............. 121
Chaix (N.) et Cie. France, n° 9241........... 195
Chalain (E.). France, n° 4265................ 96
Chalamel fils. France, n° 1559............... 39
Chalcis (Dème de). Grèce, n° 19.............. 355
Chaleyer (J.). France, n° 1209............... 30
Chaleyer fils (J.). France, n° 6953.......... 150
Chaligne (C.). France, n° 479................ 14
Challeton. France, n° 2067.............. 50 et 455
Challiot (E.). France, n° 9498............... 200
Chalmel (M.). France, n° 2640................ 63
Chalmin (J.). France, n° 2450................ 59
Chalmin (J.-B.). France, n° 5677......... 128 et 39
Chalon et Estienne. Toscane, n° 87....... 435 et 540
Châlon et Cie. France, n° 6684............... 146
Chalopin (M.-S.). France, n° 1419............ 35
Chambaud (J). France, n° 7555................ 161
Chambeau aîné (J.-F.). France n° 1568...... 39 et 21
Chambellan (J.-B.-F.). France, n° 8163....... 174
Chambelland (G.) et Cie. France, n° 6134..... 136
Chambers junior (W.). Royaume-Uni, n° 1211.. 339
Chambisseur (N.). France, n° 6155............ 136
Chambon (F.). France, n° 6952................ 150
Chambon (J.-V.). France, n° 989.............. 25
Chambon (Vve L.). France, n° 6685............ 146
Chambonnet (J.). France, n° 4745............. 106
Chambre (La) d'agriculture de Chartres, France, n° 607.................................. 17
Chambre de comm. de Bordeaux. France, n° 3450. 78
Chambre de comm. de Brünn. Autriche, n° 308.. 234
Chambre de comm. à Lemberg. Autriche, n° f.227 et 234
Chambre de comm. de Lodi. Autriche, n° 166... 231
Chambre de comm. de Milan. Autriche, n° 309.. 234
Chambre de comm. d'Oedenbourg. Autriche, n° 472 238
Chambre de comm. d'Olmütz. Autriche, n° 310.. 234
Chambre de comm. de Presbourg. Autr., n° 311 A. 234
Chambre de commerce du Tyrol et du Voralberg. Autriche, n° 311 B.............................. 234
Chambre de comm. de Vienne. Autriche, n° 312.. 234
Chambre royale d'agriculture et de commerce de Chambéry. États-Sardes, n° 1.............. 418
Chambrelent (J.). France, n° 229............. 9
Chambry et Cie. France, n° 957............... 24
Champ (W.-J.-N.). Van-Diémen, n° 7........... 494
Champagne (A.). France, n° 6951.............. 150
Champagne et Rougier. France, n° 6950....... 150
Champailler (A.). France, n° 6961............ 150
Champailler fils aîné. France, n° 7749...... 166
Champoiller fils aîné. France, n° 5668....... 128
Champanhet (J.-M.-M.). France, n° 6686....... 146
Champenois (P.-D.). France, n° 2946.......... 69
Champigny (E.). France, n° 480............... 14
Champion (H.) France, n° 7238................ 155
Champion (L.-M.-V.). France, n° 6156......... 136
Champion (Ve P.-M.). France, n° 5587........ 463
Champneuf (F.-M.). France, n° 3567.......... 80
Champoiseau (N.). France, n° 6962............ 150
Champonnois (J.). France, n° 4463............ 459
Champonnois et Cie. France, n° 1252.......... 31
Chance frères et Cie. Royaume-Uni, n° 1196.... 339
Chandeson (L.-H.). France, n° 8727........... 182
Chandon de Romon. France, n° 646............ 18
Chaney frères. France, n° 52................. 4
Chaney frères. France, n° 4746............... 107
Chaney et Bouchet. France, n° 2641........... 63
Changea (F.). France, n° 6687................ 146
Changea-Longueville (G.). France, n° 8255.... 176
Chanial. France, n° 782...................... 448
Chanial (A.). France, n° 481................. 14
Chanot (G.). France, n° 9454................. 199
Chanson père et fils. France, n° 1253......... 31
Chantard (F.-C.). France, n° 3939............ 86
Chantepie (F.). France, n° 1022.............. 26
Chantepie (P.). France, n° 8728.............. 183
Chanteret (A.). France, n° 1254.............. 31
Chanton (A.). France, n° 8932................ 471
Chantraine (H.). Belgique, n° 366............ 280
Chautrier (P.-L.). France, n° 4444........... 99
Chanussot (D.). France, n° 4362.............. 98
Chapart (F.-D.). France, n° 2642............. 63
Chapel. Algérie, n° 38....................... 203
Chapelain (P.-A.). France, n° 1255........... 31
Chapelle (G.). France, n° 8445............... 469
Chapelle-Maillard (P.-F.). France, n° 5588..... 463
Chapellier (H.). Portugal, n° 239............ 517
Chapelon (E.). France, n° 4142............... 92
Chapiseau (A.-F.). France, n° 5004........... 461
Chapitre de la cathéd. de Gurk. Autriche, n° 600 B. 240
Chaplí (A.). Royaume-Uni, n° 256............. 324
Chapman (C.). Nouvelle-Galles du Sud, n° 127.. 491
Chapman et Hall. Royaume-Uni, n° 1955 A..... 488
Chapoton (P.). Royaume-Uni, n° 1431.......... 343
Chapp (M.). Algérie, n° 39................... 203
Chappart (N.-M.). France, n° 4505............ 101
Chappelier (A.). France, n° 7239............. 155
Chappellier (M.-J.-F.). France, n° 7240....... 155
Chappuis. France, n° 4608.................... 103
Chappuis-David. France, n° 8729.............. 183
Chappuy (L.). France, n° 5299................ 119
Chapron (L.-D.). France, n° 7688............. 164
Chapuis (E.). France, n° 2643................ 63
Chapuis frères. France, n° 4747.............. 106
Chapuis et Chossegros. France, n° 6963........ 150
Chapus et Richter (B.). France, n° 3084....... 72
Chaput jeune. France, n° 4519................ 101
Charageat (G.-E.). France, n° 8672........... 182
Charatte (H.). France, n° 7241............... 155
Charavel (J.-J.-B.). France, n° 7689......... 164
Charbin et Froubat. France, n° 6964.......... 150
Charbonnel (A.). France, n° 3568............. 80
Charbonnet (E.-A.). France, n° 4748.......... 107
Charbonnier (J.-B.). France, n° 3992......... 87
Charbonnier, Bourgongnon et Cie. France, n° 1084. 27
Charbonnières (E.). France, n° 2188.......... 52
Charcot-Saussier. France, n° 1047............ 26
Chardin (E.). France, n° 6688................ 146
Chardin-Gamard. France, n° 2451.............. 59
Chardon (A.). France, n° 6157................ 137
Chardon (H.). France, n° 1647................ 452
Chardon aîné (F.). France, n° 9242........... 195
Chardon jeune (M.-A.). France, n° 9077....... 191
Charlat et Destot. France, n° 3808........... 84
Charle-Albert. Belgique, n° 350.......... 280 et 255
Charles (A.). France, n° 3675................ 82
Charles (A.-A.). France, n° 5117............. 115
Charles (L.-S.). France, n° 1875............. 45
Charles-Benjamin. Guyane anglaise, n° 32...... 503
Charles et Werling. Luxembourg, n° 19... 370 et 510
Charles (S.) et Cie. France, n° 2132....... 51 et 455
Charles Novent (J.-M.) et Cie. Belgique, n° 302. 279
Charlet (J.-P.-A.). France, n° 8184.......... 468
Charlet et Colin. France, n° 3451............ 78
Charley (J. et W.) et Cie. Royaume-Uni, n° 1526. 344
Charlier. France, n° 4060.................... 458
Charlot fils (L.). France, n° 5024........... 113
Charmais (P.). France, n° 7900............... 168
Charmetant cadet (G.). France, n° 5368... 121 et 107
Charmois (C.). France, n° 7901............... 168
Charnard (G.-M.). France, n° 2189............ 53
Charnaux (P.-F.). France, n° 279............. 10
Charon. France, n° 1452...................... 451
Charon frères. France, n° 7902............... 168
Charpe (C.). France, n° 1256................. 32
Charpentier (G.-H.). France, n° 9243......... 195
Charpentier (N.-G.). France, n° 5159......... 116

Pages.
Charpentier-Courtin. France, n° 482 14
Charpiot (J.-C.). France, n° 912 23
Charrier. Algérie, n° 40 203
Charrier (A.-R.). France, n° 2190 53
Charrière. Guyane française, n° 161 479
Charrière fils (J.-J.). France, n° 3993 87
Charrière et Cie. France, n° 4484 101
Charters (J.) et Cie. Royaume-Uni, n° 1465 343
Chartier (P.). France, n° 5300 119
Chartier (V.-F.). France, n° 3163 455
Chartier et Dufour. France, n° 4266 96
Charton (E.), Hund (G.) et Cie. France, n° 4267. 96
Chartron père et fils. France, n° 6689 147
Charvet (C.). France, n° 8193 ...... 174, 466 et 468
Charvet (Vve I.) et fils. France, n° 4485 101
Chary (F.) et Lafendel (J.). France, n° 6158 ... 137
Chase (Mme). Van-Diémen, n° 56 494
Chassaing (P.). France, n° 152 7
Chassonnerie (J.). France, n° 4520 102
Chastanet et Cie. France, n° 8126 467
Chastel (J.-B.). France, n° 1725 42
Chastenet (E.). France, n° 6159 137
Chatagnon (E.-T.). France, n° 9360 471
Chatain (R.). France, n° 1420 35
Châtel (J.-A.). France, n° 1480 37
Châtel (V.). France, n° 3569 80
Châtel (V.). France, n° 733 448
Châtel jeune. France, n° 2293 454
Châtel-Gauchet. France, n° 6161 137
Châtel-Queillé. France, n° 6162 137
Châtel-Touyon. France, n° 6163 137
Chatelain. Algérie, n° 410 209
Chatelain (A.-J.). France, n° 1974 48
Châtelain-Féron. France, n° 6160 137
Châtelain-Gray. France, n° 8965 188
Chatelet jeune et fils. France, n° 4521 102
Chatelus-Dubost. France, n° 5669 128
Chatelus et Mouillard. France, n° 5670 128
Chatenet (M.). France, n° 2867 67
Chatenoud (C.). France, n° 8899 470
Chatwin et fils. Royaume-Uni, n° 1727 347
Chauchard (F.-H.). France, n° 286 .... 447 et 455
Chauchefoin et Cie. France, n° 5247 462
Chaudet et fils. France, n° 4268 96
Chaudun (J.-J.). France, n° 4143 92
Chauffriat père et fils. France, n° 4749 107
Chaufour (M.-J.-A.). France, n° 802 20
Chaufournerie de Saint-Denis. Réunion, n° 110 .. 478
Chaumonot et Cie. France, n° 8487 179
Chaumont (J.-R.). France, n° 3809 84
Chaumont (M.). France, n° 1371 34
Chaumont (P.). France, n° 1421 35
Chaurand (A.). France, n° 734 448
Chaussenot aîné (B.). France, n° 838 .... 21 et 85
Chaussenot jeune (J.-B.). France, n° 319 11
Chauvel (J.-B.). France, n° 7242 155
Chauvel et fils. France, n° 8488 179
Chauvellier (P.). France, n° 1023 26
Chauvière-Lebreton. France, n° 5671 128
Chauvin (E.). France, n° 26 4
Chauvin (P.-F.). France, n° 1481 37
Chavanne (Mme C.-A.-A.). France, n° 3994 87
Chavannes (A.). Suisse, n° 7 .... 290 et 481
Chavent (A.). France, n° 6965 150
Chaverondier (C.-M.-H.). France, n° 816 .. 21, 37 et 163
Chaverondier jeunes et Durand. France, n° 5672. 128
Chavin frère aîné. France, n° 1726 42
Chavineau (J.-L.). France, n° 1727 42
Chavy et Cie. France, n° 2191 53
Chawner et Newmann. Royaume-Uni, n° 161 322
Chazeau-Faye (J.). France, n° 4522 102
Chazelle (E.). France, n° 8333 177
Chazelle et Badoile. France, n° 5673 128
Chazelles. Guadeloupe, n° 56 477
Chebeaux (J.). France, n° 8966 188
Chedal aîné (A.). France, n° 2087 51

Pages.
Chédel (A.-L.). France, n° 1729 .... 42 et 453
Cheesman (R.). Canada, n° 296 498
Cheeswring Granite Co. Royaume-Uni, n° 863 ... 486
Chéguillaume et Cie. France, n° 5674 .... 128 et 137
Cheik d'Héina-d'El-Outaïa. Algérie, n° 555 210
Cheilley (J.). Royaume-Uni, n° 1758 348
Cheilley jeune (P.-A.). France, n° 8331 177
Chek-Arona. Algérie, n° 542 210
Chemalle aîné et Cauce. France, n° 1085 27
Chemin (F.). France, n° 975 449
Chemin (P.-C.). France, n° 775 21
Chemin père et fils. France, n° 6164 137
Chemische Fabrik. Hambourg, n° 58 510
Chemische Fabrik. Prusse, n° 308 396
Chenard frères. France, n° 8489 .... 179 et 469
Chenantais (C.). France, n° 6165 137
Chêne père et fils. France, n° 2088 51
Chénel (F.). France, n° 1257 32
Chénel (L.-F.). France, n° 1422 35
Chénel-Fourney. France, n° 5675 128
Chenevier (A.-L.). France, n° 1086 27
Chenevier et Chavot. France, n° 9044 190
Chenevier-Roux et Duressy. France, n° 6966 150
Chennevière (T.). France, n° 6167 137
Chennevière (T.). France, n° 6967 150
Chennevière (D.) et fils. France, n° 6166 137
Chenot. France, n° 4486 .... 101, 47 et 107
Chenu (L.-A.) et Pillias (F.). France, n° 3570. 80
Chéradame (A.-L.). France, n° 2583 62
Chermettle-Dumas (J.-L.). France, n° 803 20
Chéron (J.-J.). France, n° 1258 32
Cheron (L.-A.). France, n° 776 20
Chéron et Cie. France, n° 9209 194
Chéron fils (C.-L.) et Cie. France, n° 2644 63
Chérot. Algérie, n° 41 .... 203, 204 et 206
Chérot frères et Cie. France, n° 7243 155
Cherrière (J.-D.). France, n° 3676 82
Chéry. Réunion, n° 120 478
Chesnay (L.-H.). France, n° 2645 63
Chesneau (A.-J.). France, n° 1648 452
Chesneau frères. France, n° 9361 471
Chesneau, Diot et Marquet. France, n° 5676 128
Chesneaux (F.-A.). France, n° 1087 27
Chesny (Joséphine). France, n° 7244 155
Chesny (Suzanne). France, n° 7245 155
Chételat et Cie. France, n° 2452 59
Cheval (B.). France, n° 483 14
Chevalier (A.-E.). France, n° 9078 .... 191 et 471
Chevalier (C.). France, n° 1876 45
Chevalier (C.). France, n° 3832 457
Chevalier (J.). France, n° 350 12
Chevalier (P.-E.). France, n° 2183 51
Chevalier-Blineau. France, n° 8004 170
Chevalier et fils. Saxe, n° 23 425
Chevalier et Bely. France, n° 839 21
Chevalier (A.) et Berrier (L.). France, n° 5677. 128
Chevalier, Bouju et Cie. France, n° 4363 98
Chevallet (F.). France, n° 1088 27
Chevallet (J.-C.) père et fils aîné. France, n° 2947 69
Chevallier (L.-E.). France, n° 1144 .... 29 et 450
Chevallier (M.-V.). France, n° 5077 114
Chevallier-Asselineau (A.). France, n° 2646 63
Chevallier fils. France, nos 300, 3571 ...... 11, 80 et 85
Chevallier (E.) et Pillet (J.-B.). France, n° 1372 84
Chevandier et Vopelius. Bavière, n° 83 ..... 268 et 254
Chevassu (F.-C.-V.). France, n° 1728 42
Chevassu cadet, père et fils. France, n° 5011 113
Chevé (E.-J.-M.). France, n° 2014 49
Chevel jeune. France, n° 3833 457
Cheville (J.-A.). France, n° 8730 183
Chevillot frères. France, n° 2647 63
Chéviron aîné. Algérie, n° 161 205
Chevrier (L.-A.). France, n° 3677 82
Cheyssac (M.). France, n° 4750 107
Chézaud frères. France, n° 8862 186
Chiapas (Dép. de). Mexique, nos 35, 39, 41 372

Pages.

Chichizola (G.) et Cie. États-Sardes, n° 153. 422 et 527
Chifflot (F.-M.). France, n° 7903 168
Child (W.). Nouv.-Galles du Sud, n° 75 ... 490 et 492
Child (W.-H.). Royaume-Uni, n° 1834 349
Childs (J.). Nouvelle-Galles du Sud, n° 136 491
Chilliat (A.-E.). France, n° 6690 147
Chilson (G.). États-Unis, n° 5 .... 219 et 220
Chinard fils (C.). France, 6168 137
Chinic, Simard, Méthot et Cie. Canada, n° 162 497
Chiotin (J.-R.). France, n° 4144 92
Chiotti (C.). États-Sardes, n° 105 421
Chipier (J.-M.). France, n° 2948 69
Chippel (A.). France, n° 8127 467
Chippel-Fouasse. France, n° 8053 171
Chiquet (T.-E.) et Tavernier. France, n° 5025 113
Chirat. Algérie, n° 452 209
Chiraux (L.). France, nos 2453 et 3164 ... 59 et 455
Chirio et Mina. États-Sardes, n° 199 ...... 423 et 527
Chiris (A.). France, n° 2454 59
Chirol-Bizalion. France, n° 6691 147
Chirouze. Algérie, n° 263 206
Chisholm (J.). Guyane anglaise, n° 9 502
Chisholm (J.). Nouvelle-Galles du Sud, n° 76 490
Chitarin (L.). Autriche, n° 1098 250
Chitty (E.). Jamaïque, n° 4 507
Chobillon (J.). France, n° 5078 114
Chocqueel (F.). France, n° 2949 69
Chocqueel (L) et Marion. France, n° 2950 69
Chollet (P.-F.-E.). France, n° 8334 177
Chollet et Cie. France, n° 3572 .... 80 et 457
Chomel (M.). France, n° 1259 32
Chomel (N.), France, n° 6692 147
Chonneaux (E.-G.). France, n° 2455 59
Chopin-Dallery (J.-B.-M.). France, n° 1024 26
Chopin de Seraincourt (Cte C.). France, n° 3907 85
Choquart (C.-F.). France, n° 3678 82
Chosson et Cie. France, n° 8332 177
Chouilloux des Radrets (P.-V.). France, n° 9362. 471
Chouet (M.). France, n° 4269 96
Chouquet jeune (L.-H.). France, n° 8731 183
Chouteau (J.-P.). France, n° 2192 53
Chouvon (B.). France, n° 484 14
Choux (J.). France, n° 8385 177
Chowne (J.). Nouvelle-Galles du Sud, n° 155 491
Choyer (Abbé). France, n° 8128 467
Chrétien (M.-T.). France, n° 7846 167
Chrétien (Mme). France, n° 3452 78
Chrétien, Desbouchaud, Mastard, Vérit et Cie. France, n° 6169 137
Christiernsson (A.) et fils. Suède, n° 231 534
Christallnigg (Comte C.). Autriche, n° 6 ... 227 et 233
Christensen (C.-P.). Norwége, n° 20 538
Christensen (L.). Norwége, n° 53 538
Christensen (P.). Norwége, n° 25 538
Christian (H.-B.). Cap de Bonne-Espérance, n° 9 500
Christl (J.). Autriche, n° 1099 250
Christmann (A.). France, n° 8967 188
Christoffel (A.). Prusse, n° 775 B 525
Christoffel (L.). Prusse, n° 780 407
Christofle (C.) et Cie. France, n° 5052 114
Christophersen (J.)- Norwége, n° 97 539
Christophersen (S.). Norwége, n° 29 538
Chriten (T.). France, n° 5118 115
Chuard (M.) France, n° 3876 84
Chubb et fils. Royaume-Uni, n° 1083 337
Chuffart. Algérie, n° 42 203
Chupin et Cie. France, n° 4523 102
Church (G.). Royaume-Uni, n° 2007 351
Chwalla (A.) et Cie. Autriche, n° 920 247
Ciani (G.). Toscane, n° 97 .... 436 et 540
Ciaranfi (Dr M.). Toscane, n° 124 436
Ciardi (J.). Toscane, n° 73 435
Ciaudo (G.). États-Sardes, n° 169 .... 422 et 527
Cibiel (M.). France, n° 8336 177
Cirne (J.-J. de S.). Portugal, n° 346 520
Cisseville et Marette. France, n° 3908 85

Pages.

Claassen (P.-C.). Pays-Bas, n° 36 .... 379 et 256
Clabburn fils et Crisp. Royaume-Uni, n° 1384 ... 342
Claes frères. Belgique, n° 281 .... 278 et 272
Clair (P.). France, n° 777 20
Clair-Godfroy aîné. France, n° 9395 ...... 198 et 473
Claire de Saint-Allais (H.). France, n° 9363 471
Clairin (A.). France, n° 7876 167
Clamagéran et Roberty (J.). France, n° 5370 ... 121
Clapit (C.). France, n° 2951 69
Clapperton (W.) et Cie. Royaume-Uni, n° 1253 .. 340
Clarence (A.). Cap de Bonne-Espérance, n° 10 ... 500
Clark (J.). Canada, n° 83 496
Clark (W.-H.). Royaume-Uni, n° 623 330
Clark (Mme). Canada, n° 125 496
Clark (C. et J.). Royaume-Uni, n° 591 329
Clark (J. et J.). Royaume-Uni, n° 1254 340
Clark (J. et T.). Royaume-Uni, n° 1315 341
Clark (W.) et fils. Royaume-Uni, n° 162 322
Clark et Cie. Royaume-Uni, n° 1046 336
Clarke (A.). Victoria, n° 1 493
Clarke (C. et J.). Royaume-Uni, n° 1785 A 488
Clarke (J.). Royaume-Uni, n° 1612 A 488
Clarke (J.-A.). Royaume-Uni, n° 1683 347
Clarke (J.-P.). Royaume-Uni, n° 1255 340
Clarke (Jane). Royaume-Uni, n° 1428 343
Clarke (Mme E.). Royaume-Uni, n° 1612 346
Clarke (Capt. R.-E.). Victoria, n° 19 493
Clarke (Rév. W.-B.). Nouvelle-Galles du Sud, n° 11. 489
Clarke junior (J.) et Cie. Roy.-Uni, n° 1256. 340 et 487
Clason (J.-G.). Suède, n° 3 .... 529 et 534
Classen (S.-H.). France, n° 8863 186
Claude (L.-E.-J.). Belgique, n° 210 277
Claude frères (A.-S.). France, n° 8194 174
Claudet (J.-A.-F.). Royaume-Uni, n° 1922 350
Claudeville (E.) père et fils. France, n° 3680 ... 82
Claudin (C.). France, n° 3254 74
Claudin (F.). France, n° 4145 92
Claudot (J.). France, n° 4464 459
Claus (P.). Pays-Bas, n° 375 258
Claus (J.-B.) et Caron. Belgique, n° 282 278
Clausen. Danemark, n° 4 A 482
Clausolles (E.). Espagne, n° 298 .... 312 et 484
Clauss (A.). France, n° 5499 123
Claussen (H.-P.). Danemark, n° 83 304
Claustre. Algérie, n° 593 211
Clavelin (A.). France, n° 3454 78
Claverie (P.-A.). France, n° 3679 82
Clavon (X.-J.). France, n° 6693 147
Clay (J.). France, n° 7246 155
Clay (J.-T.). Royaume-Uni, n° 1354 341
Clay et Newman. Royaume-Uni, n° 41 320
Claye (J.-A.). France, n° 9244 195
Clayton (H.). Royaume-Uni, n° 251 324
Clayton, Shuttleworth et Cie. R.-Uni, n° 124. 321 et 324
Cleaver (F.-S.). Royaume-Uni, n° 561 329
Clech et Deroche. France, n° 1945 47
Cleirens (J.). Belgique, n° 632 .... 287 et 255
Clémenceau. France, n° 6170 137
Clémençon (Mme). France, n° 8195 175
Clemens et Butten. Pays-Bas, n° 326 257
Clément (A.). France, n° 4364 98
Clement (C.-E.). France, n° 5053 114
Clément (D.-L.). Danemark, n° 84 304
Clément (E.-A.). France, n° 1975 48
Clément (P.). France, n° 5469 123
Clément (P.). Grèce, n° 85 357
Clément frères. Espagne, n° 439 314
Cléments (J.). Royaume-Uni, n° 1970 351
Clenchard (J.-T.). France, n° 2952 69
Clenet (C.-F.). France, n° 1539 38
Clérambault (C.) et Lecomte. France, n° 6171 ... 137
Clerc (C.-A.). France, n° 3995 87
Clerc (F.). Algérie, n° 43 203
Clerc (H.). France, n° 6694 .... 147 et 137
Clerc (P.). France, n° 4524 102
Clerc et Taupin. France, n° 5470 122

Pages.

Clerc, Margeridon et Cie. France, n° 8071...... 172
Clerckayser (J.) et Cie. France, n° 3352........ 76
Clercx (A.). France, n° 8387.................. 177
Clerget (C.-E.). France, n° 8968......... 188 et 471
Clertan et Lavaille. France, n° 3940............ 86
Clibborn, Hill et Cie. Royaume-Uni, n° 1527.... 344
Clicquot (R.-M.). France, n° 4609....... 103 et 460
Cliff frères et Cie. France, n° 7750............ 166
Clifford (S.). Van-Diémen, n° 62.............. 495
Clin et Cie. France, n° 7152.................. 465
Cliquennois frères. France, n° 1048........... 26
Clochez (A.-F.). France, n° 1114.............. 450
Cloès (J.-N.). France, n° 8495................ 179
Cloete (J.-P.). Cap de Bonne-Espérance, n° 24.. 500
Cloquet (N.). Belgique, n° 38................. 272
Clos (P.) et Leembruggen. Pays-Bas, n° 376... 258
Clouchet (J.). France, n° 301 .... 11 et 32
Clouet (D.-J.-C.). France, n° 2648........... 63
Clouwez (C.). France, n° 4112................. 91
Cloux (L.-A.). France, n° 1877................ 45
Clowes (W.) et fils. Royaume-Uni, n° 1956.... 351
Cluchier (J.). France, n° 2953................ 69
Cnopf (F.). Bavière, n° 114................... 269
Coahuila (Dép. de). Mexique, n° 86........... 373
Coalbrooke irou Company. Roy.-Uni, n° 1178.... 338
Coate (J.) et Cie. Royaume-Uni, n° 1835....... 349
Coates (E.-J.). Royaume-Uni, n° 1644......... 346
Coats (J. et P.). Royaume-Uni, n° 1257....... 340
Cobbett (J.). Royaume-Uni, n° 562............ 329
Coblence (V.). France, n° 9364............... 471
Cochaud (veuve). France, n° 3909.............. 85
Coche, Villeminot-Huard et Cie. France, n° 6172. 137
Cochet (Mme J.-M.-L.). France, n° 8909........ 187
Cochet-Lacambre. France, n° 6581............. 464
Cochin (F.). France, n° 895................... 22
Cochius (E.-E.). Prusse, n° 306............... 396
Cochois et Colin. France, n° 7556............. 161
Cochran (Mlle). Canada, n° 293................ 499
Cockburn (J.). Inde, n° 32.................... 505
Cocker frères. Royaume-Uni, n° 915........... 334
Cocker et fils. Royaume-Uni, n° 925 334
Cocquelet, Foucamprez et Dubrag. France, n° 6173 137
Codina (P.). Espagne, n° 341.................. 313
Codrington (Lieut-col.). Inde, n° 41.......... 505
Coe (E.-F.). Royaume-Uni, n° 163............. 322
Cœlho (M.-J.). Portugal, n° 99............... 515
Coenen (M.). Belgique, n° 158................ 275
Coesnon (J.-L.). France, n° 8490.............. 179
Cœvœt (L.-F.). Belgique, n° 75............... 278
Coëz (D.-E.). France, n° 2954 69
Coez frères France, n° 3455................... 78
Coffetier (N.). France, n° 5543.............. 125
Coffey (J.-A.). Royaume-Uni, n° 478.......... 328
Coffin (A.). Canada, n° 84.................... 496
Cognard (Mme M.). France, n° 7690............. 164
Cogniard (V.-C.). France, n° 1730............. 42
Cohen (S.). Nouvelle-Galles du Sud, n° 175.... 492
Cohen (H.-S.). Danemark, n° 65............... 303
Cohen-Sotal. Algérie, n° 192.................. 205
Cohen (H) et Prudhomme (P.). France, n° 8491. 179
Cohen (J.) et Cie. Prusse, n° 579............. 402
Cohen et Cie et Berthelin. France, n° 7463...... 466
Cohin et Cie. France, n° 7247 et au-dessous..... 155
Cohn et Schreiner. Prusse, n° 781............ 407
Cohn (J.) et Cie. Prusse, n° 331.............. 397
Cohue (A.). France, n° 4751................... 107
Coignet (J.-F.) père et fils. France, n° 2336..... 57
Coint, Bavarot frères. France, n° 1482......... 37
Coirier père. France, n° 3834.................. 457
Coisne (N.-J.). France, n° 1393............... 35
Coisne (H.) et Cie. France, n° 6174........... 137
Col, fils et Cie. France, n° 2193.............. 53
Colard (L.). Belgique, n° 303.................. 279
Colard-Vienot (E.). France, n° 2015.......... 49
Colard frères (Les fils de). France, n° 5678.... 128
Colas. France, n° 58.......................... 4

Pages.

Colas (C.). France, n° 2337.................. 57
Colas (E.). France, n° 4365................... 98
Colas frères. France, n° 5005................ 461
Colas (Mme). France, n° 8257.................. 468
Colas (Mme J.). France, n° 8258.............. 468
Colbrun (C.). Prusse, n° 978.................. 411
Colby (Mme). Canada, n° 265................... 499
Colcomb (H.-D.-L.). France, n° 3085.......... 72
Colcombet (F.) et Cie. France, n° 6968........ 150
Colcombet frères et Cie. France, n° 6969........ 150
Colditz (Mlle A.-D.). Norwége, n° 86........... 539
Cole (H.). Royaume-Uni, n° 1957............. 351
Cole (T.). Royaume-Uni, n° 372............... 326
Coleman (R.). Royaume-Uni, n° 71............ 321
Coles (W.-F.). Royaume-Uni, n° 1759......... 348
Colette frères. France, n° 5679.............. 128
Colin (A.-M.). France, n° 485................ 14
Colin (C.). France, n° 8969.................. 188
Colin (J.-F.). France, n° 351.................. 12
Colin (L.-A.). France, n° 9499 200
Colin (R.-J.). France, n° 153.................. 7
Colin (C.) fils. Hesse, n° 8.................. 367
Collucchioni (A.-J.). Toscane, n° 32.......... 434
Collaço (G.-T.-M.). Portugal, n° 100...... 515 et 514
Colladon (D.). Suisse, n° 13............... 290 et 481
Collantes frères. Espagne, n° 2................ 307
Collard et Comte. France, n° 6970............. 150
Collardeau-Duhesume (C.-F.). France, n° 1946. 47
Collarès et frères. Portugal, n° 240........... 517
Collarès junior (J.-P.) et frère. Portugal, n° 364. 520
Collas (A.). France, n° 9079.................. 191
Collas (D.). Inde française, n° 143........... 478
Collas (J.). France, n° 2456.................. 59
Colleau (A.). France, n° 647................. 18
Colleau (E.). France, n° 648................. 18
Collége de France. France, n° 287............ 447
Collége de l'Université. Royaume-Uni, n° 782.... 332
Collet (C.). Inde, n° 43...................... 505
Collet (L.). France, n° 7904 .... 168 et 98
Collet (Jeanne). France, n° 7248.............. 155
Collet fils (P.). France, n° 1548.............. 38
Collet-Lefrancq. France, n° 7153.............. 465
Collet frères. France, n° 5500................ 123
Collet et Papin. France, n° 4752.............. 107
Collette (J.-A.). France, n° 8673............. 182
Collette (V.). Belgique, n° 305............... 279
Collette-Doncet (F.-J.). Belgique, n° 338....... 280
Colliander (E.). Suède, n° 144............... 532
Collin (A.). France, n° 5680.................. 128
Collin (A.-F.). France, n° 1731............... 42
Collin (C.). Prusse, n° 191................... 393
Collin et Cie. France, n° 5681............. 128 et 137
Collinet et Malapert. France, n° 608.......... 17
Collins (Dr.). Victoria, n° 2.................. 493
Collins (H.-G.). Royaume-Uni, n° 437........ 327
Collis (G.-R.). Royaume-Uni, n° 1146......... 338
Collonier (A.) et Fradin (C.). France, n° 2955.. 69
Collot frères. France, n° 1661 40
Collyer (R.-H.). Royaume-Uni, n° 38.......... 320
Colmet d'Aage (J.-B.-P.). France, n° 3941..... 86
Colnaghi (D.). Royaume-Uni, n° 1912......... 350
Colnot (J.-B.). France, n° 7751.............. 166
Colomb fils (A.). France, n° 5079............. 114
Colomb père (J.-P.-P.). France, n° 5080...... 114
Colombe (F.). France, n° 3877................ 84
Colombel père (P.-M.). France, n° 486........ 14
Colombet (S.-M.). France, n° 6695........... 147
Colombier père et fils. France, n° 6696........ 147
Colombo (G.). Autriche, n° 718.............. 243
Colombon père et fils. France, n° 6697......... 147
Colomès et Andure. France, 3681.............. 82
Colonie de Ponteba. Algérie, n° 44........... 203
Colonie agricole de Mettray. France, n° 352..... 12
Colson (A.). Algérie, n° 594.................. 211
Colson (M.). Belgique, n° 144................. 274
Colt (Colonel S.). État-Unis, n° 53............ 221

Pages.

Colte (S.). France, n° 4146. . . . 92
Colville (A.). France, n° 3086. . . . 72
Colvin (A.-V.). Guyane anglaise, n° 33. . . . 503
Comas-Navas. Espagne, n° 180. . . . 210
Comba (F.). États-Sardes, n° 85. . . . 420
Combe et Cie. Royaume-Uni, n° 328. . . . 325
Combes-Vidal (V.). France, n° 6175. . . . 137
Combès. Algérie, n° 345. . . . 208
Combier-Destre. France, n° 3766. . . . 83
Comboni frères. Autriche, n° 921. . . . 247
Cominazzi (M.). Autriche, n° 569 A. . . . 240
Comité d'agriculture à Alicante. Espagne, n° 111. 309
Comité d'agriculture de Cordoue. Espagne, nos 112, 119, 134, 198 et 260. . . . 309, 310, 311 et 483
Comité d'agriculture à Jerez. Espagne, n° 478. . . 484
Comité de Bahamas pour l'Exp. univ. Bahamas. . . 494
Comité de Barbades pour l'Exp. univ. Barbades. . 495
Comité de Batna. Algérie, n° 595. . . . 211 et 210
Comité de Copenhague pour l'Exposition universelle. Danemark, n° 4. . . . 301
Comité de Dalécarlie pour l'Exp. univ. Suède, n° 5. 529
Comité pour l'Exposition univ. Espagne, n° 464. . 483
Comité pour l'Exp. univ. Ceylan, n° 5. . . . 501 et 502
Comité pour l'Exposition universelle. Guyane anglaise, n° 10. . . . 502, 503 et 504
Comité de Norköping pour l'Exposition universelle. Suède, n° 67. . . . 530 et 532
Comité de la province de Dalécarlie. Suède, n° 104. 531, 534 et 536
Comité de la province de Jemtland pour l'Exposition universelle. Suède, n° 357. . . . 536
Comité de la province de Wermland pour l'Exposition universelle. Suède, n° 6. . . . 529, 530 et 531
Comité de Sunderland. Royaume-Uni, n° 20. . . . 319
Comité de la ville de Carlskrona pour l'Exposition universelle. Suède, n° 358. . . . 536
Comité de la ville de Malmö pour l'Exposition universelle. Suède, n° 359. . . . 566
Comité central de l'agr. de Hesse, à Darmstadt, n° 3 364
Comité central de la Suède pour l'Exposition universelle. Suède, n° 4. . . 529, 531, 532, 535 et 536
Comité exécutif de la Tasmanie. Van-Diémen, n° 8. . . . 494, 493 et 495
Comité local de Sunderland. Roy.-Uni, n° 814. . 333
Commandant de Djijelli. Algérie, n° 596. . . . 211 et 210
Commanderie du bagne de la Corogne. Esp., n° 455. 315
Commeau (A.). France, n° 353. . . . 12
Commelin (H.). France, n° 354. . . . 12
Commines de Marsilly (C.-P.-A.) et Chobrzinski. France, n° 2294. . . . 454
Commissaires des États de l'Union. États-Unis, nos 52, 78 et 124. . . . 121 et 222
Commissaires de la Nouv.-Galles du Sud pour l'Exp. univ. Nouv.-Galles du Sud, n° 77. . . 490, 489 et 492
Commissaires de la prov. de Victoria. Victoria, n° 3. 493
Commissaire civil, à Maskara. Algérie, n° 402. . . 209
Commissaires royaux pour l'Exposition universelle de 1851. Royaume-Uni, n° 864. . . . 334 et 344
Commission d'agriculture et de commerce de Pondichéry. Inde française, n° 140. . . . 478 et 479
Commission centrale portugaise. Portugal, nos 7, 45, 101, 241, 318, 347 et 368. . 513, 514, 515, 517, 519 et 520
Commission Filiale de Borda. Portugal, n° 8. . . . 513
Commission Filiale de Coïmbre. Portugal, n° 9. 513, 514 et 515
Commission Filiale d'Estremoz. Portugal, n° 10. 513
Commission Filiale de Mora. Portugal, n° 102. . . 515
Commission géolog. du Canada. Canada, n° 8. 495 et 498
Commission impériale pour la recherche des mines. Autriche, n° 7. . . . 227
Commission provinciale de Puerto-Rico. Nos 1, 2, 3, 4, 5, 6, 7, 8, 9, 10. . . . 315
Commission roy. de l'agr. Wurtemberg, n° 10. . 440
Communauté de religieuses. États-Pontificaux, n° 42 386
Communauté du St-Cœur de Marie. France, n° 7691 164

Pages.

Commune de Mautern. Autriche, n° 8. . . . 227
Commune de Nanes. Autriche, n° 1100. . . . 250
Commune de Neufelden. Autriche, n° 167. . . . 231
Commune de Neusiedlam-See. Autriche, n° 473. 238 et 231
Commune de Sarkany. Autriche, n° 168. . . . 231
Communes de la val. de Vicdessos. France, n° 17. 3
Compagnano (C.). Toscane, n° 189. . . . 438
Comp. des ardoisières de Shipton. Canada, n° 227. 498
Compagnie de la baie d'Hudson. Canada, n° 55. . 496
Compagnie du bassin d'Aubin. France, n° 6. . . . 3
Compagnie de Bottino. Toscane, n° 13. . . . 433
Compagnie du Canada. Canada, n° 85. . . . 496
Compagnie du canal de Trollhättan. Suède, n° 206. 533
Compagnie de caoutchouc de Montréal. Canada, n° 169. . . . 497
Compagnie du chemin de fer du Grand-Tronc. Canada, n° 228. . . . 498
Comp. du ch. de fer du Nord. France, n° 1115. 450
Compagnie du chemin de fer Victor Emmanuel. France, n° 1089. . . . 27
Compagnie d'exportation de Wurtemberg. Wurtemberg, n° 148 B. . . . 542
Comp. pour la fabr. des draps fins. Autriche, n° 825 245
Comp. de la fab. de Smedjeholmen. Suède, n° 267. . 534
Comp. des fab. de tissus de coton. Suède, n° 263. 534
Comp. de la factorerie de Motala. Suède, n° 87. 531 et 529
Compagnie des fers de Cipaquira. Grenade, n° 1. 224
Cie de filature et de tissage de Lordello. Portugal, n° 190. . . . 516 et 520
Compagnie de Finboda. Suède, n° 56. . . . 530
Compagnie de Floreffe. Belgique, n° 400. . . . 281
Compagnie de fonderie de Marmora. Canada, n° 9. 495
Cie des forges d'Audincourt. France, n° 4753. 107 et 92
Cie des forges de Framont. France, n° 54. . . . 4 et 56
Cie des hauts fourn. de Rioupéroux. France, n° 55. 5
Compagnie des houilles de la rivière de Douglas. Terre de Van-Diémen, n° 3. . . . 493
Cie des houilles de St.-Côme. France, n° 204. . . . 447
Compagnie des Indes-Orientales. Inde, nos 1, 5, 12, 15, 18, 19, 21, 24, 33, 37, 42, 61, 62, 63, 70, 90, 94, 97, 103, 109, 111, 113, 118, 122 et 124. . . . 504, 505 et 506
Compagnie des Indes-Orientales; Rajah de Vizianagrum, etc. Inde, n° 7. . . . 504
Compagnie des Indes-Orientales; Ramsay et Hannay (majors); Layard, Birdmore, Holroyd (cap.), Cheap-Begbie et Mackay. Inde, n° 6. . 504
Cie internationale des mines. Canada, n° 14. . . . 496
Cie das Lizirias. Portugal, n° 11. . . . 513 et 515
Compagnie de Margig. Algérie, n° 241. . . . 206
Cie Mariquita et New-Grenade. Nouvelle-Grenade, n° 2. . . . 214
Compagnie d'Ourscamp. France, n° 5682. . . . 128
Compagnie de la Persévérance. Portugal, n° 12. . 513
Cie de Roche-la-Molière et Firminy. France, n° 28. 4
Cie de Torres-Novas. Portugal, n° 348. . . . 520
Compagnie des mines d'Anzin. France, n° 205. . . 447
Cie des mines de la baie de Cuivre. Canada, n° 10. 495
Cie des mines de la Chazotte. France, n° 27. . . . 4
Cie des mines de Douchy. France, n° 1157. . . . 29
Cie des mines de l'Escarpelle. France, n° 206. . . . 447
Compagnie des mines de Fahlun. Suède, n° 8. . . 529
Cie des mines de Gustaf et Carlberg. Suède, n° 9. 529
Compagnie des mines de Khemis. Algérie, n° 413. 474
Compagnie des mines de Montréal. Canada, n° 11. 495
Compagnie des mines de Mousaïa. Algérie, n° 3. . 202
Cie des mines de l'Outaouais. Canada, n° 12. . . . 496
Compagnie des mines de Québec et du Lac Supérieur. Canada, n° 13. . . . 496
Compagnie des mines du Rouban. Algérie, n° 412. 474
Cie des mines de cuivre de Bathurst. N.-Galles du Sud, n° 12. . . . 489
Cie des mines de cuivre de Carangarai. N.-Galles du Sud, n° 13. . . . 489

Pages.

Cie des mines de cuivre d'Ophir. N.-Galles du Sud, n° 14 489
Compagnie des mines de cuivre de l'Oued-Allélah. Algérie, n° 2 202
Cie des mines de fer de Fitz-Roy. N.-Galles du Sud, n° 15 .... 489 et 492
Cie des mines de houille et de cuivre de Newcastle. N.-Galles du Sud, n° 16 489
Cie des mines et usines de l'Alélick. Algérie, n° 442. 209
Cie du monopole du tabac. Portugal, n° 200 517
Compagnie des moulins d'Alby. France, n° 3322. 75
Cie des moulins de Moissac. France, n° 3255 74
Compagnie des salines de Cette. France, n° 154 .. 7
Compagnie des salines de l'Est. France, n° 155. 7 et 56
Cie des terres et des mines de Peel-River. N.-Galles du Sud, n° 17 489
Cie des usines de Garpenberg. Suède, n° 10. 529 et 531
Cie des usines de Holm et de Graminge. Suède, n° 11 529
Compagnie de l'usine de Lofeers. Suède, n° 7 529
Cie des usines d'Uddeholm. Suède, n° 12. 529, 530 et 533
Cie des usines de zinc de Gladbach. Prusse, n° 120 391
Cie de la verrerie de Penchot. France, n° 5278 ... 119
Cie générale des Barytes. France, n° 2338 56
Cie linière du Pont-Remy. France, n° 7464 466
Cie lisbonnaise de filature et de tissage. N° 324 519
Cie lusitanienne d'exploitation des mines. Portugal, n° 13 513
Cie lyonnaise des mines de fer. France, n° 207 ... 447
Cie minière à Asturiana. Espagne, n° 26 307
Cie minière du Morbihan. France, n° 111 .... 6 et 447
Cie minière et métallurgique à Asturiana. Espagne, n° 18 307
Compagnie réunie de navigation à vapeur de Hambourg à Magdebourg. Prusse, n° 240 394
Cie scanienne de raffinerie de sucre. Suède, n° 170. 531
Cie sucrière d'Australie. N.-Galles du Sud, n° 137. 491
Company (J.). Espagne, n° 435 314
Compazieu (P.). France, n° 1732 42
Compire (E.) et Cie. France, n° 8338 177
Comtet, Deschamps et Cie. États-Sardes, nos 91. 421 et 527
Conard (V.). France, n° 5683 138
Conde (J.-B.). Espagne, n° 27 307
Condert. Algérie, n° 346 208
Condren jeune et Marcelot. France, n° 2649 63
Conery. Jamaïque, n° 14 508
Congos (G.). Grèce, n° 51 356
Conié et Martin. France, n° 3573 80
Conil-Lacoste aîné. France, n° 9080 190
Coninckx (C.). Belgique, n° 227 277
Connell (Mme). Royaume-Uni, n° 1165 487
Connelot (T.-N.). France, n° 1968 48
Conrad fils (J.-C.). France, n° 2339 56
Conradsen (R.). Danemark, n° 40 302
Conseil-Lamy (P.-A.). France, n° 649 18
Conseil des colonies. Colonies portugaises, nos 410, 413, 415, 417, 418, 419, 420, 422, 424, 426, 428, 430, 431, 432, 433, 434, 436, 437, 438, 439, 440, 441 .... 521, 522 et 523
Conseil des colonies. Madère et Porto-Santo, n° 405 521
Conseil du duché de Cornouailles. Roy.-Uni, n° 2. 319
Conseil municipal de Lisbonne. Portugal, n° 103. 515 et 520
Conseil royal des mines. Prusse, n° 3 388
Consentius et Cie. Prusse, n° 627 403
Constant (J.-F.-G.). France, n° 3456 78
Constant (J.). France, n° 4061 .... 458 et 457
Constant (Mme) et Jourdan. France, n° 8259 468
Constant (F.) et fils. France, n° 6176 464
Constantin. Portugal, n° 369 520
Constantin (N.-S.). France, n° 9245 195
Contaxaki (E.). Grèce, n° 99 357
Contaxaki (Mlle E.), Joannidès (X), Constantinou (J.), Zosimas (A.), Sirmakésis (D.), Glinis (D.). Grèce, n° 119 358
Conte fils et Cie. France, n° 2868 67
Contessouse (A.). France, n° 7905 168
Conti (C.). Autriche, n° 1196 252
Conti (C.). Toscane, n° 179 .... 438 et 540
Contour (A.-F.). France, n° 7557 161
Contrebreille (Yvonne). France, n° 7249 155
Conty (A.). France, n° 1260 32
Conver (C.). France, n° 2457 59
Converset-Cadas (J.-B.-N.). France, n° 355 12
Cook (W.). Royaume-Uni, n° 199 323
Cook fils et Cie. Royaume-Uni, n° 1355 341
Cooke (T.). Royaume-Uni, n° 392 326
Cooke (J.) et fils. Royaume-Uni, n° 563 329
Coombe (B.). Royaume-Uni, n° 316 325
Coombs (J.). Canada, n° 133 497
Cooper (D. et J.). Royaume-Uni, n° 1316 341
Cooper (R.). Suède, nos 145 et 192 .... 532 et 533
Coopers (W.) et Cie. Royaume-Uni, n° 1710 347
Cooppal et Cie. Belgique, n° 332 279
Cooreman (A.-J.). Belgique, n° 501 284
Copanitzas (E.). Grèce, n° 38 356
Cope et Collinson. Royaume-Uni, n° 1084 337
Copeland (W.-T.). Royaume-Uni, n° 1236 339
Copello. Algérie, n° 453 209
Coppin-Lejeune. France, n° 2650 63
Coppo (G.). États-Sardes, n° 185 423
Copsomanikakis. Grèce, n° 42 356
Coquatrix (J.-B.). France, n° 976 449
Coquatrix (I.) et Boulanger (E.). France, n° 6177. 137
Coquelin (P.). France, n° 1733 42
Coquenet (P.-J.). Pays-Bas, n° 167 382
Coquerel. Algérie, n° 182 .... 205 et 204
Coquerel et Cie. Algérie, n° 224 473
Coqueriaux frères. France, n° 2134 61
Coquet (A.). France, n° 2651 63
Coquet-Duclos. France, n° 5684 128
Coquet-Vivien (P.-F.). France, n° 7558 161
Cora frères (J. et L.). États-Sardes, n° 71 C 527
Corbella, Delucca et Cie. États-Sardes, n° 92 421
Corbet (R.-J.). Royaume-Uni, n° 117 321
Corbissas (J.). France, n° 2652 63
Corcoran (B.) et Cie. Royaume-Uni, n° 280 324
Cordebart et fils. France, n° 4360 98
Corderie royale. Portugal, n° 349 520
Cordeweener (W.). Pays-Bas, n° 382 258
Cordier (A.-B.). France, n° 9500 200
Cordier frères. France, n° 5685 128
Cordier frères. France, n° 8185 468
Cordier, Ribon, Limbourg. Algérie, n° 694 212
Cordier et Maisons. Algérie, n° 45 203
Cordonnier (L.). France, n° 6178 137
Cordonnier-Jacquart (A.). France, n° 1261 32
Cordouan (P.-L.). France, n° 4147 92
Corinthe (Dème de). Grèce, n° 71 357
Cork et Edge. Royaume-Uni, n° 1212 339
Cormann et Cie. Belgique, n° 366 B 255
Cormier et Cie. France, n° 2295 454
Corné (J.-J.). France, n° 8563 180
Corneil, Bez et Courtois. France, n° 8732 183
Corneille-Vallée (P.-V.). France, n° 2458 59
Cornel (M.). Prusse, nos 1213 A et 1041 B. 524 et 525
Cornelis (P). France, n° 356 12
Cornell, Lyell et Webster. Royaume-Uni, n° 1457 363
Cornette. France, n° 4754 107
Cornforth (J.). Royaume-Uni, n° 1032 336
Cornillac (C.). France, n° 9246 195
Cornilleau aîné, n° 7250 155
Cornillier, Chauveau et Cie. France, n° 3574 80
Cornillon (J.-H.). France, n° 5160 116
Cornillot (A). France, n° 4115 91
Corniquel (C.-M.). France, n° 2653 63
Cornu (E.). France, n° 9365 471
Cornu (veuve). France, n° 2340 56
Cornu fils aîné. France, n° 7625 163
Cornud et Cie. France, n° 6698 147
Cornuel (A.-N.). France, n° 5544 125

Pages.

Coromilos. Grèce, n° 121 ... 358
Corominas (J.). Espagne, n°s 397 et 515.. 314 et 484
Coroucet (C.). France, n° 3457 ... 78
Corplet (C.-A.). France, n° 5248 ... 462
Corporation des cloutiers de la ville de Steyer. Autriche, n° 684 ... 242
Corporation des cordiers. Autriche, n° 1000 ... 248
Corporation des cordonniers, à Debreczin. Autriche, n° 1101 ... 250
Corporat. des couteliers de Steyer. Autriche, n° 601. 240
Corporat. des drapiers de Bielitz. Autriche, n° 826. 245
Corporat. des drapiers de Wischau. Autriche, n° 827. 245
Corporation de Liverpool. Royaume-Uni, n° 1174. 338
Corporation des Nègres. Algérie, n° 193 ... 205
Corporation des savonniers. Autriche, n° 373 ... 236
Corporation des tanneurs. Autriche, n° 374 ... 236
Corps d'artillerie, à Truvia. Espagne, n° 308. 312 et 307
Corradini (G.). États-Pontificaux, n° 17 ... 386
Corrêa (B.-A.). Portugal, n° 370 ... 520
Corrêa (E.-P.). Portugal, n° 319 ... 519
Corrêa (V.-G.) et frères. Portugal, n°s 104 et 333. 515 et 520
Correaux (J.-B.). France, n° 8733 ... 183
Correvon (L.). Suisse, n° 170 ... 294
Corry (J. et L.). Royaume-Uni, n° 592 ... 330
Corsar frères. Royaume-Uni, n° 1482 ... 344
Corse et May. Canada, n° 86 ... 496
Corselas (A.). Espagne, n° 135 ... 309
Corsini (L.). Toscane, n° 59 ... 435
Corsini (Prince T.). Toscane, n° 35 ... 434
Corsino (J. da F.). Portugal, n° 334 ... 520
Cortès (P.). France, n° 58 ... 5
Corti frères. Autriche, n° 923 ... 247
Cortina (J.). Espagne, n° 261 ... 311
Corts (G.). Prusse, n° 580 ... 402
Corzilius (J.). Nassau, n° 52 ... 511
Cosack (J.). Prusse, n° 121 ... 391
Cosimini (J.-B.). Toscane, n° 94 ... 436 et 540
Cosnier et Lachèze. France, n° 9247 ... 195
Cosnuau (J.-M.). France, n° 1210 ... 30
Cosquin (J.-T.). France, n° 9081 ... 191
Cosse et Imhaus. France, n° 6179 ... 137
Cosson (Mme M.-R.). France, n° 7906 ... 168
Cosson-Corby (A). France, n° 5026 ... 113
Costa (G.-B.). États-Sardes, n° 59 ... 420
Costa (L.). Algérie, n° 443 ... 209
Costa (M). États-Sardes, n° 160 A ... 422
Costa (Vve P.-M.). Portugal, n° 105 ... 515 et 517
Costalier. Algérie, n° 46 ... 203
Costallat (Louise). France, n° 7559 ... 161
Costallat-Bouchard (A.-A.). France, n° 8644 ... 182
Coste (A.). France, n° 5328 ... 120
Coste (F.). Belgique, n° 408 ... 281
Coste (Marie-Françoise). France, n° 7251 ... 155
Costé aîné. France, n° 2654 ... 63
Costello (J.). Royaume-Uni, n° 41 A ... 485 et 488
Côte-Roy. France, n° 5686 ... 128
Cotel (J.-L.-A.). France, n° 990 ... 25
Cotelle (J.). France, n° 8129 ... 467
Cotillon (F.). France, n° 9248 ... 195
Coto. Mexique, n° 106 ... 225
Cotoner (F.). Espagne, n° 262 ... 311
Cottam et Hallen. Royaume-Uni, n°s 72 et 1085. 321 et 337
Cottam jeune et Cie. Royaume-Uni, n° 1664 ... 347
Cottan et Cie. France, n° 2459 ... 59
Cottard (E.) et Louvet (F.). France, n° 2655 ... 63
Cottereau frères et Cie. France, n° 6180 ... 137
Cotterill (E.). Royaume-Uni, n° 1086 ... 337
Cottin (Vve C.). France, n° 8196 ... 174
Cotto (J.-M.). France, n° 2656 ... 63
Cotton (J.-A.-A.). France, n° 1116 ... 450
Cotton-Cotton. France, n° 5687 ... 128
Cottrill (C.). Royaume-Uni, n° 865 ... 334
Couchemon (G.). Guyane anglaise, n° 11 .. 502 et 503
Couchot. France, n° 6181 ... 137
Couchoud (A.) et Bethenod (P). France, n° 6971. 150
Coucke-Lefebvre (A.). Belgique, n° 569 ... 285
Coucke, Sonck et Cie. France, n° 7252 ... 155
Couder (A.-B.). France, n° 9366 ... 471
Couder (A.-J.-B.). France, n° 8970 ... 188
Coudere (J.-A.). France, n° 357 ... 12
Coudere (A.) et Soucaret. France, n° 6700 ... 147
Coudère jeune. France, n° 6182 ... 137
Coudière (A.). France, n° 3575 ... 80
Coulaux et Cie. France, n° 4610 ... 103 et 92
Coulbois fils. France, n° 2657 ... 63
Coulombe (F.). France, n° 5688 ... 128
Coulon. France, n° 4466 ... 459
Coulon (A.). France, n° 5161 ... 116
Coulon (A.). France, n° 4367 ... 98
Coulon (J.-B.-L.-J.). France, n° 2460 ... 59
Coulson (W.). Royaume-Uni, n° 273 ... 324
Coumes (J.-A.). France, n° 7 ... 3
Coumont (P. et E.). Belgique, n° 468 ... 283
Couppier (J.). France, n° 9141 ... 192
Couraléau frères. France, n° 8496 ... 179
Courmont frères. France, n° 6582 ... 464
Cournery et Cie. France, n° 2341 ... 56
Cournier (U). France, n° 358 ... 12
Courquoin (L.-E.). France, n° 8813 ... 470
Courrent (J.). France, n° 4502 ... 101
Courrière (C.-A.-L.). France, n° 5689 ... 128
Coursin (Mme). France, n° 3886 ... 85
Court (J.-L.). France, n° 6183 ... 137
Court-Gadol (L.). France, n° 2342 ... 56
Courtade. France, n° 8130 ... 467
Courtauld (S.) et Cie. Royaume-Uni, n° 1422 ... 343
Courtejaire (C.). France, n° 487 ... 14
Courtel (Mathurine). France, n° 7253 ... 155
Courtépée-Duchesnoy (Vve). France, n° 2658 ... 63
Courtet (J.) et Cie. France, n°s 7665 et 7796. 164 et 466
Courtial (F.). France, n° 2956 ... 69
Courtillet (M.-H.). France, n° 359 ... 12
Courtin-Raoult (F.-E.). France, n° 3576 ... 80
Courtois (A). France, n° 4270 ... 96
Courtois (C.-E.). France, n° 2659 ... 63
Courtois aîné (A). France, n° 9409 ... 198
Courtois-Antoine (D.). France, n° 9410 ... 198
Courtois-Gérard (C.-J.). France, n° 488 ... 14
Courty (A). France, n° 7692 ... 164
Courvoisier (O.). Suisse, n° 39 ... 291
Courvoisier (P.). France, n° 8446 ... 469
Courvoisier et Cie. France, n° 3835 ... 457
Courvoisier (H.) et Cie. Suisse, n° 38 ... 291
Cousin (C.). France, n° 9142 ... 192
Cousin (L.-J.-G.). France, n° 2296 ... 454
Cousin-Pollet (J.). France, n° 489 ... 14
Cousin frères. France, n° 817 ... 21
Cousin et Nouzilles. Algérie, n° 419 ... 474
Cousturian (A.). France, n° 230 ... 9
Coutant (E.). France, n° 840 ... 21
Coutant (P.). France, n° 8131 ... 467
Coutant Le Seigneur et Cie. France, n° 1090 ... 27
Coutaret-Denise (C.). France, n° 4525 ... 102
Couteaux (A.-L.). France, n° 8971 ... 188
Coutinho (F. da C.-C.-V.). Portugal, n° 14 ... 513
Couturat et Guivet. France, n° 7560 ... 161
Couture (Mme). Canada, n° 294 ... 499
Couturier (A.). France, n° 1373 ... 84
Couturier (J.). France, n° 9411 ... 198
Couturier (Mme) France, n° 8252 ... 175
Couturier-Fournier (F.). France, n° 4148 ... 92
Couturier (A.) et Renauld (A.). France, n° 6972. 150
Couturier, Hauth et Cie. France, n° 2061 ... 50
Couty (A.). France, n° 2660 ... 63
Couty (E.). France, n° 2160 ... 52
Couty fils. France, n° 5690 ... 128 et 464
Couvrette (M.). Canada, n° 134 ... 497
Couvreur (A.). Belgique, n° 351 ... 280
Couy (A.). Guyane française, n° 162 ... 479
Covini (J.). Autriche, n° 474 ... 238

Pages.

Cowan et fils. Royaume-Uni, n° 564.... 329
Cowan (A.) et fils. Royaume-Uni, n° 624.... 330
Cox (E.). Nouvelle-Galles du Sud, n° 105.... 491
Cox (F.). Van-Diémen, n° 4.... 493 et 494
Cox (G.). Nouvelle-Galles du Sud, n° 103.... 491
Cox (G.). Nouvelle-Galles du Sud, n° 104.... 491
Cox frères. Royaume-Uni, n° 1483.... 344
Cox (E.) et Cie. France, n° 5691.... 128
Coxen (C.). Nouvelle-Galles du Sud, n° 78.... 490
Coxeter (J.). Royaume-Uni, n° 756.... 332
Cozens et Greatrex. Royaume-Uni, n° 593.... 330
Cozette-Quevremont. France, n° 1878.... 45
Crabtree. Royaume-Uni, n° 309.... 325
Crace (J.-G.). Royaume-Uni, n° 1665.... 347
Cramer (Vve A.-C.). Prusse, n° 307.... 396 et 524
Cramer fils (J.-C.). Prusse, n° 521.... 401
Cramet (C.-J.). France, n° 361.... 12
Cramet, Cadet. France, n° 360.... 12
Crampton (J.-B.). Royaume-Uni, n° 793.... 333
Crampton (T.-R.). Roy.-Uni, n° 218 et 499 A. 323 et 486
Crapoix (J.). France, n° 7847.... 167
Cravau (J.). Belgique, n° 242.... 277
Craven et Harrop. Royaume-Uni, n° 1365.... 487
Crawford (H.-M.). États-Unis, n° 131.... 223
Crawford (W.). Canada, n° 188.... 498
Crawford (W.). Nouvelle-Galles du Sud, n° 18.. 489
Creak (J.). Royaume-Uni, n° 1760.... 348
Crébessac. France, n° 3458.... 78
Cremer (J.). France, n° 7967.... 169
Cremer (G.) et Cie. Royaume-Uni, n° 1761.... 348
Cremière-Large (P.-L.-H.). France, n° 8283.... 176
Crémière (G.) et Cie. France, n° 4611.... 103 et 460
Crepet (N.). France, n° 5692.... 128
Crepet jeune et Maygre (A.). France, n° 6973.. 150
Crepet (B.) et Granger (J.). France, n° 6974... 150
Crépet et Cie. France, n° 4612.... 103
Crespel (T.). France, n° 735.... 448
Crespel Dellisse. France, n° 3353.... 76
Crespin. France, n° 3354.... 76
Crespin (A.). France, n° 7254.... 155 et 150
Crespin-Capelle. France, n° 5693.... 128
Crespo (R), Peguero (A), Matores (A). Espagne, n° 3. 307
Cresson-Vion et Choquet. France, n° 6583.... 464
Crétal (A.) et Gallard (E.). France, n° 8734.... 183
Crétin (J.-P.). France, n° 4613.... 103
Creuzé (J.). France, n° 4149.... 92
Crew (Mlle). Jamaïque, n° 16.... 508
Crié (A.). France, n° 7255.... 155
Crière (A.). France, n° 9367.... 471
Crignies (A.-B.). France, n° 4234.... 459
Crignon père et fils et Hue. France, n° 6584.... 464
Crippa (Z.). Autriche, n° 251.... 233
Cripps (J. et W.). Royaume-Uni, n° 296.... 325
Crispo (A.). États-Sardes, n° 115 B.... 527
Crispo (J.-V.). États-Sardes, n° 10 A.... 526 et 527
Cristalleries de Baccarat. France, n° 5327.... 120
Cristalleries de Saint-Louis. France, n° 5326. 120 et 463
Cristof (J.). Autriche, n° 169.... 231
Cristofoli (A.) et Cie. Autriche, n° 1072.... 250
Critchley, Brinsley et Cie. Royaume-Uni, n° 1432. 343
Croake (W.). Terre de Van-Diémen, n° 63.... 495
Croc père et fils. France, n° 7518.... 160
Crocco frères (C. et L.). États-Sardes, n° 155... 422
Crocées, Sparte, Lageia, Tripolis, Nauplie (Les dêmes de). Grèce, n° 6.... 355
Crochut (R.). France, n° 8132.... 467
Croco (F.). France, n° 6184.... 137
Croft (G.). Portugal, n° 15.... 513 et 517
Croft (H.). Canada, n° 210.... 498
Croggon et Cie. Royaume-Uni, n° 1317.... 341 et 487
Croisat (Mme V.) et Cie. France, n° 8564.... 180
Croizat (H.) et Cie. France, n° 6975.... 150
Crombez-Féyerick (L.-A.-G.). France, n° 59.... 5
Crombie (J. et J.). Royaume-Uni, n° 1386.... 342
Crona (J.-A.). Suède, n° 328.... 536
Cronier père et fils. France, n° 2957.... 69

Pages.

Croon frères. Prusse, n° 742.... 406
Cropet (P.). France, n° 9501.... 200
Croppi (E.). France, n° 2089.... 51
Cros (J.). Espagne, n° 218.... 311
Cros (V.). France, n° 1374.... 84
Croset (G.). France, n° 8005.... 170
Cross (G.). Canada, n° 87.... 496
Cross (W.). Royaume-Uni, n° 1387.... 342
Crosse (J.). Luxembourg, n° 11.... 369
Crosskill (W.). Royaume-Uni, n° 73.. 321, 323 et 324
Crossley (J.). Royaume-Uni, n° 334 A.... 486
Crossley (J.) et fils. Royaume-Uni, n° 1544.... 345
Crousse père et fils. France, n° 9082.... 191
Croutelle, Rogelet, Gand et Grandjean. France, n° 6185.... 137
Croutte (A.) et Cie. France, n° 1734.... 42
Crouvès (M.). Réunion, n° 69.... 477
Crouzet (C.). France, nos 4271 et 8972.... 96 et 188
Crozet (B.). France, n° 4150.... 92
Crozet et Ricord. Algérie, n° 700.... 474
Crozier aîné (J.-A.). France, n° 3577.... 80
Cruchet (M.-V.). France, n° 8006.... 170
Crucifix (E.). France, n° 8339.... 177
Crucy. Algérie, n° 47.... 203
Crum (W.) et Cie. Royaume-Uni, n° 1292.... 340
Crummenert (W.). Prusse, n° 628.... 403
Crussard (J.-C.). France, n° 490.... 14
Cryns (J.). Pays-Bas, n° 287.... 256
Cuadra (L.), Guatemala, n° 5.... 225
Cubain et Cie. France, n° 4755.... 107 et 460
Cubisole. France, n° 9368.... 471
Cuchillo frères. Espagne, n° 482.... 484
Cudrue (F.-J.-J.). France, n° 4467.... 459
Cuende (F.). Algérie, n° 444.... 209
Cuenin (J.-L.) et fils. France, n° 3942.... 86
Cuenod (H.). Suisse, n° 156.... 293
Cuff (R.). Royaume-Uni, n° 164.... 322
Cugnac (Mis A. de). France, n° 3459.... 78
Cuillier (L.-E.). France, n° 3682.... 82
Cuillier (P.). France, n° 4756.... 107
Cuillierier et Gerfaux. France, n° 8497.... 176
Cultivateurs liniers (Vingt). France, n° 7456.... 159
Cumming (J.). France, n° 841.... 21 et 32
Cumont-Duclercq. Belgique, n° 502.... 284
Cumplido (Y.). Mexique, n° 103.... 374
Cundall (J.). Royaume-Uni, n° 1923.... 350
Cunha et Sa (F.-P.). Portugal, n° 108.... 515
Cunin-Gridaine (L.) père et fils. France, n° 6186. 137
Cuntze (H.). Prusse, n° 332.... 397
Cuny. Algérie, n° 347.... 208
Cuny (G.). France, n° 491.... 14
Cuny-Marchal. France, n° 7256.... 155
Cure (J.). France, n° 1483.... 37
Curé (P.-E.). Belgique, n° 667.... 287
Curet. France, n° 1049.... 26
Curieux fils. France, n° 5694.... 128
Curjard (T.-E.). Hambourg, n° 47.... 363
Curmer (A.-A.). France, n° 9249.... 195
Curmer (H.-L.). France, n° 9250.... 195 et 471
Curry (C.). Guyane anglaise, n° 12.... 502 et 503
Curt (G.-E.-C.). France, n° 2135.... 51
Curtet (A. et J.). États-Sardes, n° 113.... 421
Curtis (Mme). Nouvelle-Galles du Sud, n° 138.... 491
Curtis (P.). Nouvelle-Galles du Sud, n° 176.... 492
Curtius (J.). Prusse, n° 434.... 399
Cushing (Mme). Canada, n° 282.... 499
Cuspinera (S.). Espagne, n° 520.... 484
Cussac (J.). France, n° 1649.... 452
Cussinel (L.). France, n° 6976.... 150
Cusson-Pourcher (G.). France, n° 4151.... 92
Cusson-Saint-Joannis. France, n° 4526.... 102
Custer (C.) et Schachtler. Suisse, n° 143.. 293 et 296
Cutillas (P.). Espagne, n° 136.... 309
Cutivel (A.), Weisé et Cie. Bade, n° 38.... 262
Cutts, Chesterman et Cie. Royaume-Uni, n° 363. 326
Cuvelier (A.). France, n° 9143.... 192

Pages.

Cuvelier (E.). France, n° 1091................ 27
Cuvelier (J.-B.) et fils. Belgique, n° 284........ 278
Cuvellier-Seré. France, n° 2461............... 59
Cuvillier-Boitin (Mme A.). France, n° 8565..... 180
Cuypers (J.-F.). Pays-Bas, n° 257............. 384
Cuypers et Stoltzenberg. Pays-Bas, n° 396...... 259
Cuyt (A.). Belgique, n° 162................... 275

Pages.

Cyr (L.-M.). Canada, n° 15................... 496
Czampula (V.). Autriche, n° 1102............. 250
Czarnikow et Reitzenstein. Prusse, n° 528....... 401
Czerveny (V.-F.). Autriche, n° 1228........... 253
Czerwenka (F.). Autriche, n° 375............. 236
Czignay (F.). Autriche, n° 548............... 239
Czmelik (J.). Autriche, n° 1103.............. 250

D

DAL

D'Abreu. Portugal, n° 65..................... 514
D'Abreu (J.-S.-C.). Portugal, n° 215.......... 517
D'Abreu (M.-A.). Portugal, n° 195........516 et 519
Dachés-Duverger et Ménager, n° 6187.......... 137
Da Costa (I. dos S.-P.). Portugal, n° 107..515 et 514
Da Costa Almeida (A.-R.). Portugal, n° 106... 515
Da Cunha (E.-X.). Portugal, n° 201........... 517
Da Cunha e Sa (A.-J.). Portugal, n° 242....... 517
Dael (G.). Hesse grand-ducale, n° 36.......... 365
Da Esperança (Vicomte). Portugal, n° 109..... 515
Daeublin (B.). Bade, n° 50.................. 262
Da Fonseca (E.-A.). Portugal, n° 355......... 520
Da Fonseca (R.-C.). Portugal, n° 24.......... 513
Da Fonseca (F.-J.). Portugal, n° 47.......514 et 515
Da Fonseca (J.-B.-U.). Portugal, n° 46........ 514
Da Fonseca (J.-M.). Portugal, n° 251......... 518
Da Fonseca (J.-P.). Portugal, n° 252......... 518
Da Fonseca Vaz (A.-P.). Portugal, n° 117..515 et 518
Da Fonte Arcada, (Vicomte). Portugal, n° 253.. 518
Da Fonte Boã (Vicomte). Portugal, n° 28.. 515 et 518
D'Afrique (F.-F.). France, n° 5081........... 114
Dagan (A.). France, n° 492.................. 14
Dagand. Algérie, n° 446..................... 209
Dagand (M.). États-Sardes, n° 198 B......... 207
Dagg (J.). Canada, n° 88.................... 496
Dagnall et Tilbury. Royaume-Uni, n° 1466. 343 et 347
Da Graciosa (Comte). Portugal, n° 133....515 et 518
Dagrin et Philippe. France, n° 8133.......... 467
Daguet (T). Suisse, n° 102.................. 292
Daguzan (P.). France, n° 7561............... 161
Dahl (A.). Prusse, n° 1106.................. 414
Dahl (J.-F.). Norwége, n° 116............... 540
Dahlberg (H.). Suède, n° 216................ 533
Dahlbom (P.-A.). Suède, n° 207.............. 533
Dahlgren (G.). Suède, n° 249................ 534
Dahlgren (V.). Suède, n° 112..............531 et 537
Dahlstrom (F.-C.). Hambourg, n° 55.......... 363
D'Aignan d'Empaillon. France, n° 3413....... 77
Daigre fils (J.). France, n° 7562...........161 et 62
Dailhe (M.). France, n° 6701................ 147
Dailly (J.-F.). France, n° 4614.............. 103
Dain, Watts et Cie. Royaume-Uni, n° 1733...... 488
Daire (L.-A.-J.-B.). France, n° 5006.......... 461
Dal (J.). Pays-Bas, n° 356.................. 258
Dal-Ceré (A.) et Cie. Autriche, 376........... 236
D'Albon (A.). France, n° 4705................ 106
Daldrieu (J.). France, n° 1735............... 42
D'Alemeno-Cornali. France, n° 446............ 14
Daleux frères. France, n° 4104............... 91
Dalgleish, Falconer et Cie. Roy-Uni, n° 1293. 340 et 487
Dalhoff (J.-B.). Danemark, n° 44............. 302
Dalhuisen (H.). Pays-Bas, n 282.............. 256
Dallas (P.). Royaume-Uni, n° 1281............ 340
Dallemer. Algérie, n° 162.................... 205
Dallier (J.-J.). France, n° 2068.............. 50
Dallon (Capt. E.-J.). Inde, n° 71............. 505
Dalmas (L.-N.). France, n° 4757.............. 107
Dalmau (F.). Espagne, n° 207................. 210
D'Almay (R.). Autriche, n° 155............... 231
D'Almeida (A.-C.). Portugal, n° 217.......... 517
D'Almeida (A.-H.). Portugal, n° 67........... 514
D'Almeida (J.). Portugal, n° 184............. 516

DAN

D'Almeida (J.-V.). Portugal, n° 68........... 514
D'Almeida (R.-J.). Portugal, n° 363.......... 520
D'Almeida (S.-B.). Portugal, n° 176.......... 516
Dalmon (V.). Autriche, n° 9369............... 471
D'Alsème frères. France, n° 6571.....464, 465 et 466
Dalton (Cap.). Inde, n° 25.................. 504
Dalton et Holyroyd; Among. Inde, n° 34....... 505
Da Luz (L.-J.). Portugal, n° 325............. 519
D'Alvito (Comte baron). Portugal, n° 71....... 514
Daly (Mlle). Royaume-Uni, n° 1961 A.......... 488
Daly (C.). France, n° 9251.................. 195
Da Maia (J.-T.-P.). Portugal, n° 268......... 518
Damainville (A.-F.). France, n° 321.......... 11
Da Matta (B.-A.-P.). Portugal, n° 144........ 515
Damazio (J.-V.). Portugal, n° 320............ 519
D'Ambly (C.) et Cie. Wurtemberg, n° 166...... 444
D'Ambly, Fouquet et Cie. Wurtemberg, n° 26... 441
Dambry (J.-B.-R.). France, n° 4226.......... 94
Damei frères. France, n° 3171............... 455
Damême (A.-L.). France, n° 2462............. 59
Dameron (L.). France, n° 1050............... 26
Dames d'Athènes. Grèce, n° 110.............. 358
Dames carmélites et MM. Kuchelbecker. France, n° 5545........................125 et 463
Damianos (C.). Grèce, n° 61................. 356
Damien-Peyre. France, n° 1581.............. 39
Damiens-Duvillier (A.-F.). France, n° 1736.... 42
Damiron et Cie. France, n° 6977..........150 et 137
Damoiseau (A.). France, n° 5371............. 121
Damoiseau (L.). France, n° 3996............. 88
Damon (L.). France, n° 1222..........31, 12 et 147
D'Amorin (J.-P.). Portugal, n° 302........... 519
Da Motta (A.-F.). Portugal, n° 275........... 518
Damour (J.-E.-X.). France, n° 7154.......... 465
Dancet (L.). États-Sardes, n° 31............ 419
Dancré (P.). Belgique, n° 238............... 277
Dandoy (L.). Belgique, n° 307............... 279
Dandoy-Maillard, Lucq et Cie. France, n° 4758.. 107
D'Andrade (A.-A.). Portugal, n° 295.......... 519
D'Andrade (Dr A.-P.-S.). Portugal, n° 220..... 517
D'Andrade (J.-C.). Portugal, n° 72........... 514
D'Andrade (J.-J.). Portugal, n° 73........... 514
D'Andrassy (Comte G.). Autriche, nos 2, 156 et 459.........................227, 231 et 237
Dandrieu. Algérie, n° 265................... 206
Danduran (A.). France, n° 3943.............. 86
Danel (L.). France, n° 9370................. 471
Danery (A.). France, n° 1650................ 452
Dangar et Cie. Nouvelle-Galles du Sud, n° 139.. 491
D'Angelis (H.). France, n° 715.............. 19
D'Angosse (Mis C.). France, n° 41............ 4
Danguy (E.). France, n° 9371................ 471
Danguy jeune. France, n° 1651............... 452
Danicourt-Huet. France, n° 493.............. 14
Daniel (H.). France, n° 2463................ 59
Daniel (E.) jeune et Lesourd. France, n° 4676.. 105
Daniel, Ricard et Bertholon. France, n° 131.... 6
Daniel (A.) et Cie. France, n° 2343.......... 56
Daniele (Mme Ste E.). Royaume-Uni, n° 691..... 331
Daniell (M.-M.). Royaume-Uni, n° 1197.. 330 et 487
Daniels (F.-J.). Prusse, n° 472.............. 400
Daniels (A.) et fils. Prusse, n° 782.......... 407

3

Pages.

Daninger (J.). Autriche, n° 475 ... 238
Danjard (L.-F.-A.). France, n° 8814 ... 470
D'Anjou de la Garonne. France, n° 3878 ... 85
Danloy (Ve). France, n° 4759 ... 107
Dann et Herr. Royaume-Uni, n° 1614 ... 346 et 488
Danneau (D.-J.). Belgique, n° 55 B ... 272
Dannebecq (J.-B.-N.). France, n° 8054 ... 171
Dannet et Cie. France, n° 6188 ... 137
Dannoux. Algérie, n° 264 ... 206
Da Nobrega (I.-M.). Portugal, n° 151 ... 515 et 518
Danoratt. Royaume-Uni, n° 140 ... 322
Dansac (P.). France, n° 156 ... 7
Danse-Compagnon. France, n° 2661 ... 63
D'Antoine (Abbé). Martinique, n° 19 ... 476
Dänzer et fils. Bavière, n° 48 ... 267
Daperon (A.). France, n° 2297 ... 454
Dapsy (G.). Autriche, n° 142 ... 230
Darado-Canovas (S.). Espagne, n° 139 ... 309
Daran (S.). France, n° 4487 ... 16
D'Arbalestier. France, n° 630 ... 18
Darbishire frères. Royaume-Uni, n° 1528 ... 344
D'Arblade du Mellan. France, n° 448 ... 14
Darblade de Millan. France, n° 494 A ... 14
Darblay jeune (A.-S.). France, n° 1262 ... 32
Darbo (F.). France, n° 3887 ... 85
Darbour-Janrot (E.-W.). France, n° 4677 ... 104
Darche. France, n° 495 ... 14 et 448
Darche et Corbière. France, n° 1263 ... 22
Dard (P.-A.). France, n° 1611 ... 40
Dardé (G.). Espagne, n° 299 ... 312
Dardé (J.). Espagne, n° 431 ... 314
Dardé frères. Espagne, n° 517 ... 484
Dardenne, Pierdon et Bondu. France, n° 7257 ... 155
Dardonville. France, n° 5249 ... 462
Dardonville (A.-V.). France, n° 4062 ... 458
Dardy et Combes. France, n° 2136 ... 51
Dargan (W.) et Cie. Royaume-Uni, n° 1467 ... 313
Dargaud. Algérie, n° 48 ... 203
D'Argyle (Le duc). Royaume-Uni, n° 33 ... 320
Darru (E.). Algérie, n° 49 ... 203
Dargaud et Cie. France, n° 7848 ... 267
Dargent (A.). France, n° 1117 ... 450
Darier (H.). Suisse, n° 171 ... 294
Darier frères. Suisse, n° 20 ... 291
Darii (H.). France, n° 496 ... 14
Darin (Mlle H.). Suède, n° 288 ... 535
Darin (Mlle M.). Suède, n° 289 ... 535
Darlay et Latreille. France, n° 5082 ... 115
D'Arlincourt fils. France, n° 109 ... 6
D'Arlos (Comte L.). France, nos 6648 et 7248 ... 465
Darnaudat (J.-B.-C.). France, n° 362 ... 12
Darnet (D.). France, n° 8197 ... 175, 466 et 468
Darnet (H.-E.). France, n° 1947 ... 47
Darnet (L.-A.). France, n° 4368 ... 98
Da Rocha (F.-A.). Portugal, n° 284 ... 518
Daroles père et fils. France, n° 3460 ... 78
Da Roza (S.-A.). Portugal, n° 32 ... 513 et 516
Darras-Lemoire (D.). France, n° 6189 ... 137
Darras-Villomont. France, n° 6023 ... 464
Dart et fils. Royaume-Uni, n° 1590 ... 345 et 487
Dartein (A.-T.). France, n° 3461 ... 78
Dartevelle et Mounoury. Belgique, n° 570 ... 285 et 255
Darthenay (J.). France, n° 8910 ... 187
Dartois (E.). France, n° 9144 ... 192
Darvieu aîné, Talmall et Cie. France, n° 6702 ... 147
Darviot-Chicotot. France, n° 3578 ... 80
D'Arx (J.-G.). France, n° 4992 ... 461
Dascalopoulos (B.-J.). Grèce, n° 43 ... 356
Daser (J.-L.). Wurtemberg, n° 11 ... 440, 442 et 443
Da Silva (A.-M.). Portugal, n° 386 ... 521
Da Silva (C.-F.). Portugal, n° 212 ... 517
Da Silva (J.-F.). Portugal, n° 178 ... 516
Da Silva (J.-J.). Portugal, n° 343 ... 520
Da Silva (J.-M.). Portugal, n° 177 ... 516
Da Silva (M.-J.-A.). Portugal, n° 342 ... 520
Da Silva et fils (E.-A.). Portugal, n° 312 ... 519

Pages.

Da Silveira (J.-H.-). Madère et Porto-Santo, n° 408 ... 521
Dassaud-Saint-Joannis (P.). France, n° 4527 ... 102
Dastis et fils. France, n° 6190 ... 137
Dastre (E.). Cap de Bonne-Espérance, n° 25 ... 500
Date (H. et H.). Canada, n° 252 ... 499
Dathis (L.). France, n° 5695 ... 128
Dato-Perez (C.). Espagne, n° 138 ... 309
Daubert et Dumarest. France, n° 7907 ... 168
Daubier-Cantior. France, n° 8198 ... 174
Daubie et Cie. France, n° 60 ... 5
Daubrée (A.). France, n° 5250 ... 462
Daud (J.-E.). États-Sardes, n° 163 B ... 527
Daudé (F.-J.-G.). France, n° 8199 ... 174
Daudet-Queirety (J.). France, n° 6978 ... 150
Daudier père et fils. France, n° 7563 ... 161 et 137
Daudré (A.-J.-B.). France, n° 7258 ... 155
Daudrieu (P.-M.-A.). France, n° 8072 ... 172
Daumont (J.-A.). France, n° 8566 ... 180
Daun (Comte H.). Autriche, n° 170 ... 231
Dauphinot-Pérard. France, n° 6191 ... 137
Daurel (H.). France, n° 3462 ... 78
Dauriac (M.). France, n° 778 ... 20
Daussin-Poirel. France, n° 3683 ... 82
Dautard. France, n° 3836 ... 457
Dautremer (F.-J.). France, n° 7259 ... 155
Dauvergne (A.-H.-A.). France, n° 3997 ... 88
Dauvergne (L.). France, n° 8499 ... 179
Dauvois (C.). France, n° 2869 ... 67, 455 et 470
Daux (E.). France, n° 5083 ... 115
Davantès (P.-E.). France, n° 61 ... 5
Da Veiga (C.-F.). Portugal, n° 63 ... 514, 516 et 519
Daveluy (E.). Belgique, n° 664 ... 287
Davenport (J.-T.). Royaume-Uni, n° 742 ... 332
David. France, n° 650 ... 18
David (C.). France, n° 244 ... 9
David (C.-B.). Belgique, n° 503 ... 284
David (L.-F.-F.). France, n° 4073 ... 90
David (J.-B.). France, n° 7626 ... 163 et 150
David (J.-F.). France, n° 2958 ... 69
David (Mlle M.). France, n° 4761 ... 107
David et Silber. Prusse, n° 783 ... 407
David (A.) et Cie. France, n° 4760 ... 107
David-Labbez et Cie. France, n° 6585 ... 464
David frères et Cie. France, n° 6192 ... 137
Davidson (D.). États-Unis, n° 79 ... 222
Davidson et Wilson. Royaume-Uni, n° 1856 A ... 488
Davies (W.). Royaume-Uni, n° 1645 ... 346
Davies-Rowland. Terre de Van-Diémen, n° 9 ... 494
Davies et fils. Royaume-Uni, n° 200 ... 323
Davignon (C.). France, n° 981 ... 25
Davillier frères, Sanson et Cie. France, n° 5696 ... 128
Davin (F.). France, n° 6193 ... 137
Davis (Mme). Canada, n° 295 ... 499
Davis (M.). Royaume-Uni, n° 193 ... 323
Davis (W.) et fils. Royaume-Uni, n° 373 ... 326
Davy (A.). Royaume-Uni, n° 935 ... 335
Davy (E.). Royaume-Uni, n° 329 ... 325
Davy fils aîné. France, n° 8340 ... 177
Davy, Macmurdo et Cie. Royaume-Uni, n° 525 A ... 486
Dawans et Orban (H.). Belgique, n° 367 ... 280 et 281
Dawant (Ve) et Cie. France, n° 6194 ... 137
Dawn (W.). Royaume-Uni, n° 1886 ... 350
Daws et fils. Canada, n° 89 ... 496
Dawson (J.). Canada, n° 253 ... 499
Dawson (T.). Nouvelle-Galles du Sud, n° 162 ... 492
Dawson (A.) et Cie. Royaume-Uni, n° 594 ... 330
Day (W.). États-Unis, n° 128 ... 223
Day junior (T.). Nouv.-Galles du Sud, n° 79 ... 490
Day (J.) et fils. Royaume-Uni, n° 1368 ... 342
Day (W.) et fils. Royaume-Uni, n° 1900 ... 350
Dayander et Schmidt. Prusse, n° 729 ... 406
Dayme (A.). France, n° 4972 ... 96
Dazeik (E. ben G.). États-Pontificaux, n° 67 ... 512
D'Azevedo (J.-R.). Portugal, n° 74 ... 514
D'Azevedo Bobone (D.-J.). Portugal, n° 299 ... 519 et 520
De Adamovich (J.-C.). Autr., n° 154 A ... 231, 230 et 237

Pages.

Deaddé (L.). France, n° 2662 ... 63
Deak (J.). Autriche, n° 583 ... 240
De Alba (J.). Espagne, n° 291 ... 312
De Almanza (V.). Espagne, n° 247 ... 311
De Ameluxen frères. Prusse, n° 435 ... 399
Dean (R.). Canada, n° 146 ... 497
Dean (J.) et fils. Royaume-Uni, n° 697 ... 331
Deane, Adams et Deane. Royaume-Uni, n° 848 .. 333
De Angyal (E.). Autriche, n° 461 ... 237
De Arza (B.). Espagne, n° 17 ... 307
De Augusz (Baron A.). Autriche, n° 463 ... 237
Debacker et Deslandes. France, n° 7797 ... 466
Debailleux (A.-J.). France, n° 3355 ... 76
Debain (A.). France, n° 9502 ... 200
Debain (A.-F.). France, n° 5027 ... 113
De Ball (J.-L.) et Cie. Prusse, n° 928 ... 410
De Banneville (Marquis). France, n° 6653 ... 146
De Baratta (Chev. C.). Autriche, n° 158 ... 231 et 237
Debard. Algérie, n° 50 ... 203
De Barkoczy (Comte J.). Autriche, n° 159 ... 231
De Bartenstein (Baron J.). Autriche, n° 160 ... 231
De Barthelat (Mlle L.). France, n° 632 ... 18 et 39
Debary Mériau. France, n° 6979 ... 150
De Bary (J.) et Bischoff. Suisse, n° 315 ... 297 et 482
De Bast (C.). Belgique, n° 423 ... 282
De Bastard (baronne). France, n° 3420 ... 77
Debatiste (P.). France, n° 1264 ... 32
De Bauat frères. Pays-Bas, n° 349 ... 256 et 258
De Baussaux (F.-N.). France, n° 968 ... 449 et 458
De Bavay (P.). Belgique, nos 118 et 361 .. 274 et 280
De Bay. France, n° 5540 ... 125
Debbeld-Pellerin et Cie. France, n° 7693 ... 164
De Beaufort (Vve E.). France, n° 8554 ... 180
De Beaujeu (A.-L.). France, n° 969 ... 449
De Beauregard (Comte D.). France, n° 3421 ... 77
De Beausobre et Molvaut. France, n° 3076 ... 72
Del Beccario (L.). Toscane, n° 149 ... 437 et 540
Debeet et Cie. France, n° 5372 ... 120
De Begin (M.-L.-A.). France, n° 2288 ... 454
De Behr frères. Belgique, n° 459 ... 283 et 255
De Bellay (J.-F.). France, n° 144 ... 7
De Bentzmann père et fils. France, n° 635 ... 18 et 146
De Bérenger (Mlle R.-I.-M.). France, n° 9131 ... 192
De Bergue (C.). Royaume-Uni, n° 219 ... 323 et 325
Debergue et Gillotin. France, n° 1484 ... 37
Debergue frères et Cie. France, n° 5697 ... 128
De Bertin et Talrich (J.-V.-J.). France, n° 10106. 459
De Bétencourt (J.-J.). Portugal, n° 337 ... 520
De Bettignies (M.). France, n° 5493 ... 123
De Beucker (J.). Belgique, n° 70 ... 273
De Beurmann (Baron J.). France, n° 3827 ... 457
De Beuvrand. France, n° 3828 ... 457
De Beuzenval (Comte). France, n° 5440 ... 122
De Bey (W.-M.-N.). Prusse, n° 1039 ... 412
De Bimard. France, n° 637 ... 18
Debisschop-Grau. France, n° 7519 ... 160
De Bissy (C.). Ile Maurice, n° 5 ... 508
De Blacas (Comte L.). Autriche, n° 161 ... 231 et 230
De Blieux (E.) et Cie. France, n° 6099 ... 135
De Bloc (A.) (Feschotte). Pays-Bas, n° 192. 283 et 259
De Blücher-Wahlstadt (Comtesse Marie). Autriche, n° 467 ... 237 et 231
De Boeck (L.-J.). Belgique, n° 54 ... 272
De Bogusz (Chev. F.). Autriche, n° 139 ... 230
De Boisricheux (J.) et consorts. France, n° 23 ... 4
De Boisset (P.). France, n° 201 ... 447
De Boissimon (C.) et Cie. France, n° 5467 ... 123
Debon et Cie. France, n° 3166 ... 455
Debonne (A.) et Cie. France, n° 208 ... 447 et 455
De Bont (P.-A.). Pays-Bas, n° 109 ... 381
De Bont et Leyten. Pays-Bas, n° 110 ... 381
De Bosscher et frères. Belgique, n° 72 ... 273
De Boucherville (R.). Ile Maurice, n° 13 ... 508
De Boullenois (F.). France, n° 6670 ... 146
De Bourgoing (Bon P.-C.-A.). France, n° 5154 .. 116
De Brabandere (P.-F.). Belgique, n° 499 ... 284
Debray (J.-B.). France, n° 8447 ... 469
De Brederode (M.-T.-H.). Portugal, n° 82 ... 514
De Bretton (Comte C.). Autriche, n° 164 .. 231, 235, 240 et 247
De Bretzenhein (Prince F.). Autriche, n° 470 ... 238
De Brewer (P.-A.). Prusse, n° 156 ... 392
De Brito (J.). Portugal, n° 229 ... 517
De Bronno Bronski (Comte). France, n° 641. 18 et 146
Debrunner (J.) et Cie. Suisse, n° 400 ... 299
De Bruyn (J.). Belgique, n° 74 ... 273
De Bruyn (J.). Pays-Bas, n° 212 ... 383
Debry-Renvez. France, n° 4468 ... 460 et 467
De Bryas (Mlle C.). France, n° 318 ... 11
Debu fils aîné (P.-N.). France, n° 5698 ... 128
Debuchy. France, n° 5699 ... 128
Debuchy (F.). France, n° 7260 ... 155
De Buquoy (Comte). Autriche, n° 735 ... 243
De Burchardi (F.). Saxe, n° 5 ... 424
De Burgk (Baron C.-F.-A.). Saxe, n° 1 ... 424
De Buyer (R.). France, n° 49 ... 4
Decaen (A.). Mexique, n° 104 ... 374
Decaën (Mme E.) et Cie. France, n° 5445 ... 122
De Caligny (Mlle A.-F.). France, n° 911 ... 23
De Cambray-Digny (Comte C.). Toscane, n° 28 .. 434
De Campos (J.-F.-R.). Portugal, n° 90 ... 514 et 517
De Canson frères. France. n° 2865 ... 67
De Capella (V.). Espagne, n° 293 ... 312
Décapol (A.). France, n° 7261 ... 155
De Carvalho (D.-N.). Portugal, n° 91 ... 514
De Carvalho (J.-B.-P.). Portugal, n° 93 ... 514 et 517
De Carvalho (J.-C.). Portugal, n° 42 ... 514 et 517
De Castello Branco (Vicomte). Portugal, n° 96 .. 514
De Castro (A.-J.). Portugal, n° 97 ... 514
De Castro (M.). Espagne, n° 137 ... 309
De Caters (C.). Belgique, n° 161 ... 275
De Causans et Cie. France, n° 112 ... 6
Decaux (P.). France, n° 6195 ... 137
Decaux (P.) et Lesueur (A.). France, n° 19 ... 4
De Cavaillon (F.-J.). France, n° 2334 ... 56
De Celsing (L.-G.). Suède, n° 66 ... 530 et 533
De Certeau (F.). France, n° 113 ... 6
Dechamp (C.). Guyane française, n° 163 ... 479
Dechamp (J.). Guyane française, n° 164 ... 479
Dechamps-Taziaux. Belgique, n° 464 ... 283 et 255
Dechanet père et fils. France, n° 62 ... 5 et 27
Dechany (L.-V.). France, n° 4762 ... 107
De Châteaubourg (Baron C.-L.-F.). France, n° 5369. 121
Dechavanne-Jacquemont. France, n° 5700 ... 128
De Chestret de Haneffe (Bon H.). Belgique, n° 55 A. 272
De Cheveste (J.-R.). Espagne, n° 310 ... 312
De Chimay (Prince). Belgique, n° 28 ... 272
Déchorain jeune. France, n° 779 ... 20
De Clamouse (V.-P.). Portugal, n° 98 ... 514 et 517
De Clarens (A.). France, n° 3453 et cl. 3 ... 78 et 14
De Clercq (H.). Pays-Bas, n° 75 ... 380 et 257
De Clippèle (C.). Belgique, n° 571 ... 285
Decock, Waltrelot et Baudoin. Belgique, n° 504. 284 et 255
Deconchy (P.-F.). France, n° 7849 ... 166
De Congiovi (L.). États-Sardes, n° 71 B ... 527
De Conninck (L.-J.-G.). France, n° 4465 ... 459
De Corberon (Comte). Autriche, n° 922 ... 247
De Cornoléra (Mme M.). Royaume-Uni, n° 1663. 346
De Cosnac (Marquis J.-A.). France, n° 6699 ... 147
De Coster (H.). Belgique, n° 533 ... 287
Decoster (P.-A.). France, n° 842 ... 21
Decottegnie-Dazin. France, n° 6196 ... 137
Decottignies (C.). France, n° 1652 ... 452
Decoudun (Vve) et Bardies aîné. France, n° 2298. 454
Du Couëdic (Comte). France, n° 740 ... 448
Decourcelle (L.-E.). France, n° 9083 ... 191
De Courtiolles d'Angleville (R.-E.-A.). France, n° 320 ... 11
Decouzon père et fils. France, n° 4528 ... 102
Decq (J.-L.). France, n° 2464 ... 59
Décret (G.-J.). France, n° 302 ... 11
Decroix (H.) et Turlotte. France, n° 8341 ... 177

3.

Pages.

Decrombecque-Guislain. France, n° 363........ 12
Decuignères (J.-A.). France, n° 1976.......... 48
De Damazetovitch (C.). Autriche, n° 1197..... 252
De Dampierre (Comtesse). France, n° 8631..... 469
De Dedovic (E.). Prusse, n° 192.............. 393
De Derblin et Pehl. Bade, n° 89.............. 264
De Dickmann (Baron E.). Autriche, n° 9....... 227
De Diébitsch (C.). Prusse, n° 709............ 406
De Diego Perez (R.). Espagne, n° 369......... 313
De Ditfurth (Baron G.). Bavière, n° 4......... 266
De Dürrich. Wurtemberg, n° 37................ 441
De Dzieduszycki (Comte V.). Autriche, n° 924 B. 247
Deek (J.-A.). France, n° 3463................ 78
De Donnhof (Comte L.). Autriche, n° 603...... 240
De Dundonald (Comte). Royaume-Uni, n° 501... 328
Deed (J.-S.). Royaume-Uni, n° 595........... 330
De Ervedosa (Vicomtesse). Portugal, n° 245.... 517
De Falkenhain (Comte T.). Autriche, n° 177.... 231
De Fallois (C.-T.). France, n° 7628.......... 163
De Faria (M.-M.). Portugal, n° 112........... 515
De Farrobo (Comte). Portugal, n° 19.......... 513
Defaux (M.-J.). France, n° 651............... 18
Defay (J.-B.) et Cie. France, n° 2959......... 69
De Félix. France, n° 6716.................... 147
De Ferbeaux de Mazères (Comte). France, n° 3479. 78
Defernez. France, n° 322..................... 11
De Ferrare et Cie. Belgique, n° 409........... 281
De Ficalho (Mis). Portugal, n° 22.. 513, 514, 515 et 518
De Figueiredo (J.-J.). Portugal, n° 23....... 513
De Figueredo (Dr B.-P.). Portugal, n° 250..... 518
Deffrennes-Delcourt. France, n° 5701......... 128
Deffrennes-Duplouix. France, n° 5702......... 128
Deffry (J.-N.). France, n° 1653.............. 452
Déflassieux frères et Peillon. France, n° 63..... 5
De Flondor (J.). Autriche, n° 490............ 238
De Florimont (J.). Guyane anglaise, n° 34...... 503
Defonds (E). France, n° 9372................. 471
Defontaine (E.) et Cie. France, n° 3256....... 74
De Fontenay (A.) et Mercier (A.). France, n° 1105. 449
De Franqueville. Algérie, n° 273............. 206
De Frarière. (A.). France, n° 653............ 18
Defrenne (Sophie). Belgique, n° 572.......... 285
Defries et fils. Royaume-Uni, n° 1189........ 339
De Fuisseaux (N.). Belgique, n° 410.......... 282
De Gabriac (O.). France, n° 514.............. 15
De Garcia (Vve) et fils. Espagne, n° 519...... 484
Degardin (Mme). France, n° 8542.............. 469
Dégardin (V.-A.-M.). France, n° 157.......... 6
De Gée, Gernaert et Cie. Belgique, n° 273...... 278
De Gemini (P.-A.). France, n° 2482........... 60
Degerman (J.). France, n° 6197............... 137
De Germay frères. France, n° 654............. 18
Degers (J.-M.). France, n° 6703.............. 147
De Geyerstam (C). Suède, n° 18............... 529
D'Egger (Comte). Autriche, n° 14.... 227, 236 et 240
D'Egger (Comte G.). Autriche, n° 13. 227, 236 et 240
De Gilles (A.-A.). France, n° 745............ 448
De Gournay (Mlle). France, n° 7703........... 164
Degousée et Laurent (C.). France, n° 1454..... 451
De Goyon (P.). France, n° 3599............... 81
De Goyriena. Guyane française, n° 174........ 479
De Gozdowicz (Chev. A.). Autriche, n° 1132.... 251
De Grammont (F.). France, n° 73.............. 5
Degrange (E.). France, n° 4763............... 107
De Granrut frères. France, n° 5305........... 119
De Grave (J.-B.). Belgique, n° 115....... 274 et 254
Degris (E.). France, n° 8342................. 177
Degryse-Quaghebeur (L.). Belgique, n° 77..... 273
Deguigné et Mollein. Réunion, n° 90.......... 477
De Haan (J.) et fils. Pays-Bas, n° 289........ 256
Dehaene. France, n° 497...................... 14
De Hagenow (F.). Prusse, n° 282....... 395 et 400
De Harrach (Comte). Autriche, nos 644 et 1014. 243 et 248
Dehaut (F.). France, n° 2960................. 69
Dehaynin père et fils. Belgique, n° 199....... 276
Dehaulme (V.). Réunion, n° 91................ 477

Pages.

De Hemptinne (J.). Belgique, n° 436.......... 282
De Hennault (J.-B.) et fils. Belgique, n° 198.... 276
Deheselle (A.-J.). Belgique, n° 465........... 283
De Heusch (Baron A.). Belgique, n° 88........ 273
Dehin (J.-J.). Belgique, n° 620.............. 286
Dehmel (H.). Prusse, n° 333.................. 397
Dehn (N.-L.) et Cie. Danemark, n° 66.......... 303
De Hoevel (W.). Prusse, n° 7................. 388
De Hoffsten (S.-E.). Suède, n° 26............ 529
De Hohenlohe-Oeringhen (Prince H.). Prusse, n° 63. 389 et 523
De Homeyer (E.-F.). Prusse, n° 499........... 400
De Hoon (J.). Belgique, n° 608............... 286
De Hoselt (J.-J.-M.). Prusse, n° 155 B........ 523
Deichstetter (F.). Autriche, n° 602........... 240
Deikha-bens-Ahmed. Algérie, n° 491........... 209
De Imaz (J.-M.). Espagne, n° 30.............. 307
D'Einsiedel (La fonderie du Cte). Prusse, n° 710. 406
Deiss (E.). France, n° 2344.................. 56
Deiss et Lehne. Hesse, n° 34 A............... 260
De Jacomini (W.). Autriche, n° 49............ 228
De Jager (E.). Pays-Bas, n° 332.............. 257
De Jalics (F.-A.). Autriche, n° 498........... 238
Dejean et Cie. France, n° 2663........... 63 et 455
Déjeante (P.-B.). Portugal, n° 16........ 513 et 520
Déjeante (P.-B.) et Bonnet (C.). Portugal, n° 17. 513
De Jong (L.). Pays-Bas, n° 369............... 258
Dejonge (F.). France, n° 9145................ 192
De Jongh (T.). Pays-Bas, n° 235.............. 384
Déjou (J.). France, n° 736................... 448
De Kaiserstein (Bon F.). Autriche, n° 52...... 228
De Kalmberg (Mlle E.). Suède, n° 303......... 535
De Kalmberg (Mlle J.). Suède, n° 304......... 535
De Kaunitz (Ad. des dom. du Cte). Autriche, n° 187. 231
De Keirsschieter et Maes. Belgique, n° 513.. 284 et 255
De Kemenyffi (J.). Autriche, n° 189.......... 231
D'Ekensteen (F.). Suède, n° 69............... 530
Dekerckhove (Mme E.), atelier de charité. Belgique, n° 565................ 285 et 255
De Kervéguen (L.). Réunion, n° 96............ 478
Dekeyn frères. Belgique, n° 337.............. 280
De Keyser (F.-L.). Belgique, n° 440.......... 282
De Keyser (M.). Belgique, n° 471............. 283
Dekeyser-Dumortier (S.). Belgique, n° 171. 275 et 254
De Kinsky (Prince F.). Autriche, n° 190....... 231
De Kiss (F.). Autriche, n° 191............... 231
De Klinglin (Bon) et Cie. France, n° 5309...... 120
De Koppy (Bon W.). Prusse, n° 178............ 392
De Kovacs (F.). Autriche, n° 192............. 231
De Kress (G.-L.). Hesse grand-ducale, n° 12.... 364
De Kubinyi (A.). Autriche, n° 147............ 230
Delabarre (A.). France, n° 10190............. 461
De Labarrère (L.). France, n° 533........ 15 et 78
De Labbaye (J.-M.). France, n° 9415.......... 198
De la Bèche (Sir H.-T.). Royaume-Uni, n° 3.... 319
Delabouglise et Rochat. France, n° 2664....... 63
Delabrierre-Vincent. France, n° 2465......... 59
De Labroüe (E.). France, n° 5189............. 117
De la Cervera (J.). Cuba, n° 29.............. 485
Delachaise (P.). France, n° 1560............. 39
De la Chaussée (C.). France, n° 4114......... 91
De Lacolonge (L.-O.). France, n° 961......... 24
Delacombe (J.-G.). France, n° 1265....... 32 et 47
De Lacombe (J.-L.). France, n° 3496.......... 79
Delacour. France, n° 6704.................... 147
Delacour (C.). France, n° 3945............... 86
Delacour (H.). France, n° 6198............... 137
Delacour fils (T.). France, n° 7798.......... 466
Delacour et Janvier. France, n° 3579......... 80
Delacretaz (S.) fils et gendre. France, n° 2345.. 56
De la Cretaz et Fourcade. France, n° 2346 et 3165. 56, 454 et 455
Delacroix (C.-A.). France, n° 8567........... 180
De la Cuetara (H.). Espagne, n° 251.......... 311
De Laer (C.). Prusse, n° 197................. 393
De Laère (L.). France, n° 8593............... 181

Pages.
Delafontaine (A.-M.). France, n° 5162........ 116
Delafontaine et Dettwiller. France, n° 3684.... 82
Delaforge (E.-C.). France, n° 1186....... 30 et 450
Delâge jeune (J.). France, n° 4764............ 107
Delage-Montignac (F.-J.-J.). France, n° 269.... 10
De Lagercrantz (Mlle L.). Suède, n° 305....... 535
De la Gherardesca (Cte U.). Toscane, n° 153.... 437
De Lagrange (Comte). France, n° 5310........ 120
Delagrange (C.-A.). France, n° 3767.......... 83
Delagrange (O.). France, n° 1266............ 32
Delahais. France, n° 8735................ 183
Delahaye (D.). France, n° 1187.............. 30
Delahaye (N.-H.). France, n° 9373............ 471
De la Hodde frères. France, n° 5601.......... 463
Delahousse (D.) et Cie. France, n° 4765....... 107
Delahubaudière et Cie. France, n° 5471......... 123
Delail (G.). France, n° 8448............... 469
De Laire (A.) et Cie. France, n° 6028.......... 464
De Lairesse de Rasquinet (S.). Belgique, n° 208. 277
Delaistre (Vve C.). France, n° 3810.......... 84
Delajoux (R.). Suisse, n° 401............... 299
Delajuveny (A.) et Cie. France, n° 5163....... 116
Delalain (J.). France, n° 9252............... 195
Delalande-Saulgeot. France, n° 8251.......... 175
De Laleu (G.-O.). France, n° 4303....... 96 et 89
De la Lombardière. France, n° 760........... 448
De la Loyère (E.). France, n° 6744....... 148 et 13
Delamain (P.). France, n° 9084.............. 191
Delamalle (Vve). France, n° 303............. 11
Delamare (A.). France, n° 2961.............. 69
Delamarre-Deboutteville (F.). France, n° 5703.. 128
De Lambert (Mme). Algérie, nos 219 et 461. 209, 210, 473 et 474
Delame, Lelièvre et fils. France, n° 7262....... 155
De Laminet (Chevalier M.). Autriche, n° 956.... 247
Delamorinière et Michelet. France, n° 2962...... 69
De la Motte (P.). Royaume-Uni, n° 1924........ 350
Delange et Mathieu. France, n° 6199........... 138
De Langen, Folkers et Cie. Pays-Bas, n° 129. 381 et 258
Delannoy-Behague (E.). Belgique, n° 78........ 273
Delannoy-Destombe. France, n° 5704.......... 128
Delannoy et Cie. France, n° 3356............. 76
Delanoue (J.). France, n° 304............... 11
De la Paz y Moreson. Cuba, n° 13............ 484
Delapchier-Buttet. France, n° 2194........... 53
De la Peña (J.). Espagne, n° 141............. 309
Delaplace (E.). France, n° 8134............. 467
Delaporte (Y.). France, n° 3257............. 74
Delaporte jeune (J.-C.). France, n° 4766....... 107
De la Purification (M.). Portugal, n° 283....... 518
Delarbre (F.). France, n° 231............... 9
Delarbre (Vve V.). France, n° 6705........... 147
De Larderel (Comte F.). Toscane, n° 16........ 433
De Larisch-Mönnich (Comte H.). Autriche, n° 196. 231, 228, 236 et 243
Delarivière (F.). France, n° 1455............. 451
Delarivière (P.-C.). France, n° 3888.......... 85
De Larnage (Comte). France, n° 2161....... 52 et 79
Delarnelle-Hervilly. France, n° 5705.......... 128
De la Roche (J.-M.). France, n° 2091......... 50
De la Roche aîné (J.). France, n° 2090........ 50
Delaroche frères. Belgique, n° 201........... 276
De la Romagère. France, n° 35.............. 4
Delaroque (L). France, n° 8498............. 179
De la Rose (Mlle C. C.). Suède, n° 360......... 536
Delarrus (F.-G.). France, n° 2092............ 50
Delarue (E.). France, n° 2347............... 56
De la Rue (W.). Royaume-Uni, n° 393......... 326
Delarue frères (A.). France, n° 6200.......... 138
De la Rüe et Cie. Royaume-Uni, n° 1866....... 349
De la Touche et Roussigné. France, n° 2665.... 64
Delatre (C.). France, n° 1485............... 37
Delattre. Algérie, n° 267.................. 206
Delattre (A.). Belgique, n° 163............. 275
Delattre (H.-V.). France, n° 991............. 25
Delattre fils (L.). France, n° 6201............ 138
Delattre-Derville (E.) France, n° 364.......... 12
Delattre frères. France, n° 1542............. 38
Delattre (H.) père et fils. France, n° 6202...... 138
De Latuillerie. Martinique, n° 7............. 476
Delaunay (J.) et Cie. France, n° 3087...... 72 et 455
De Laurès (L.-G.). France, n° 7582.......... 162
Delaval (C.). France, n° 4695.............. 460
De Lavalette. France, n° 4394.............. 98
Delaveau. Réunion, n° 86.................. 477
Delavelle (I.). France, n° 1486.............. 37
Delavennat-Hugon. France, n° 8736........... 183
Delavigne (A.-L.). France, n° 5706........... 128
Delay. Algérie, n° 454................... 209
Delaye (J.-F.). France, n° 1051............. 26
Delaye (P.-V.). France, n° 8973............. 188
Delbanco (M.-E.). Suède, n° 171............ 532
Delbès (A.) et frères. France, n° 8449......... 469
Delbos (J.-L.-G.). France, n° 209........... 447
Delcambre (A.). France, n° 1453............. 451
Delcambre (I.). Belgique, n° 172..... 275, 276 et 254
Delcambre (A.) et Cie. France, n° 7752........ 166
Delcasse (G.). France, n° 655.......... 18, 448 et 457
Del Castillo y Povea (E.). Espagne, n° 398.. 314 et 484
Delcourt (L.). France, n° 3357.............. 76
Delcourt (L.) et Cie. France, n° 7465.......... 466
Delcroix-Mangin (R.-A.). France, n° 4767...... 107
Deldalle (A.). France, n° 6203.............. 138
Delebarre (J.). France, n° 4469.............. 460
Delebart et Lardemer. France, n° 5707......... 128
Delebourse (C.-B.-V.). France, n° 4235........ 459
Delecourt (J.), Vve Bechet et Cie. France, n° 5119. 115
De Lenkey (A.) et Cie. Autriche, n° 510........ 238
De Lentillac. France, n° 399................ 13
De Lépine (A.). France, n° 10424............ 472
Del Bondio (J.-P.). Autriche, n° 163.......... 231
Delépine (A.-T.). France, n° 1737............ 42
Delépine et Canchy. France, n° 1738.......... 42
Deleplanque (J.). France, n° 2348........... 57
Delepoulle frères. France, n° 6204........... 138
De Lerber (M.). Suisse, n° 15 B..... 290, 295 et 481
Delesalle et Cie. France, n° 5164............ 117
Delessert (B.). France, n° 9146............. 192
Delestre (A.) et Cie. France, n° 3088......... 72
Deleto. Algérie, n° 250.................. 206
Delétoile fils (E.-J.-B.). France, n° 7564....... 161
Déletoille (A.). France, n° 7799............. 466
Delettre-Gras et fils. France, n° 210....... 447 et 471
Delcuil et fils. France, n° 1662.............. 41
Deleveau fils aîné. France, n° 2195.......... 53 et 59
Delevingne et Callewaert. Belgique, n° 675..... 288
Delfosse (J.). Belgique, n° 357............. 280
Delfosse frères. France, n° 6205............ 138
Delhaye et Cie. France, n° 5279............. 119
Delhomme. France, n° 5373................ 121
Delicado (F.-J.). Portugal, n° 243............ 517
De Lichtenstein (Chancellerie de S. A. le Prince). Autriche, n° 201.................. 232 et 230
Délicourt et Cie. France, n° 8073............ 172
Deligny (E.). France, n° 498............... 14
De Liljestrale (Mlle C.). Suède, n° 375........ 536
De Liljestrale (Mlle E.). Suède, n° 307........ 535
Délimann (L.). France, n° 1739............. 42
Delion (A.). France, n° 843................ 21
De Lipski (Comte I. de Lipe). Prusse, n° 180... 392
Delisle aîné. Réunion, n° 115............... 478
De l'Isle de Sales et Cie. France, n° 2371.... 57 et 53
Delisse (T.). France, n° 977................ 449
Delius (C.). Prusse, n° 796 B.............. 525
Delivet (J.). France, n° 5708............... 128
Dell' Acqua (C.). Autriche, n° 313........... 234
Della-Ripa (L.). Toscane, n° 125....... 436 et 540
Delloy-Lelièvre (C.-J.). France, n° 7263....... 155
Delloye (C.). Belgique, n° 13............... 271
Delloye-Dautrebande (F.). Belgique, n° 368.... 280
Delloye-Matthieu (C.). Belgique, n° 370....... 280
Delloye-Masson (E.) et Cie. Belgique, n° 369.... 280

Pages.

Delloye (O.) et Cie. Belgique, n° 371 280
Del Lungo (J.). Toscane, n° 176 .... 438 et 540
Delmar (Baron). Ile de Ceylan, n° 11 501
Delmas (A.). France, n° 4768 107
Delmas (E.). France, n° 7908 168
Delmas (J.-J.). France, n° 1740 42
Delmas (V.). France, n° 10191 461
Delmas père et fils. France, n° 4488 121
Delmas (J.) et Cie. France, n° 3768 84
Delmon (Mme M.-A.). France, n° 8250 ... 175 et 161
Delmonte (J.-B.). France, n° 158 7
Delmonte et Cie. Algérie, n° 242 206
Delmotte (B.). Belgique, n° 271 278
Delobel-Wattine. France, n° 5709 128
De Lobkowitz (Prince), duc de Randnitz. Autriche, n° 723 243
Delom de Montgrand. France, n° 499 14
Delon (J.-E.). France, n° 7565 161
Delon-Alboy. France, n° 2666 64
Delongueil (F.-H.-E.). France, n° 1052 26
De Longuiers. France, n° 3916 86
Delor (J.-B.). France, nos 232 et 245 9
Delor fils (A. et J.). France, n° 6206 138
De Lorenzi (J.-B.). Autriche, n° 1248 253
De Lorge (G.). Belgique, n° 384 281
Delorme (A.). France, n° 2963 69
Deloute et Cie. France, n° 114 .... 6 et 9
De Louvencourt (Comte C.). Belgique, n° 39 ... 272
De Louvrié. France, n° 4880 109
De Loys (J.-F.). France, n° 5873 182
Delpech (N.). France, n° 913 23
Delperdanche (V.). Belgique, n° 349 A 255
Delpeuch et Denize. France, n° 1612 40
Delpit (J.-A.). États-Unis, n° 132 223
Delporte (P.). France, n° 1582 39
Delpurch (A.). France, n° 2137 51
Delputte (L.). France, n° 6207 139
Delpy (P.). France, n° 914 23
Del Sarte (F.-A.-N.). France, n° 9595 201
Delsipé. France, n° 8674 182
Delsol (J.-T.). France, n° 9085 191
Del Solar de Espinosa (Baron). Espagne, n° 289. 312
Delstanche (P.-F.). Belgique, n° 56 272
Delstanche (R.) et Leroy. Belgique, n° 211 277
De Luna (R.). Espagne, n° 489 484
De Lüttwitz (Baron). Prusse, n° 181 392
De Lutzow. Algérie, n° 612 211
Delval. Réunion, n° 118 478
Delval (V.). France, n° 2349 57
Delvart. France, n° 1394 35
Delvigne (C.). France, n° 3358 76
Delvigne (D.-G.-J.). Belgique, n° 29 272
Delvigne (H.-G.). France, n° 4153 92
Delwart. France, n° 1741 A .... 42 et 453
Delys (J.-M.). France, n° 2667 64
De Maeyer (J.-B.). Belgique, n° 300. 279, 272, 274 et 278
De Majo (S.). Autriche, n° 349 235
Demalle et Cie. France, n° 4769 107
De Manneville (L.-T.). France, n° 253 9
Demans et Cie. France, n° 4770 107
De Marchi (A.). Autriche, n° 289 234
De Marezell et Spitzer. Autriche, n° 290 234
De Maré (B.). Suède, n° 201 .... 533 et 534
De Mariguan (T.). France, n° 3510 79
Demarne et Delaunay. France, n° 8343 177
Demarteau (H.). Belgique, n° 623 286
De Martin (J.-J.). France, n° 179 .... 7 et 79
De Masquard (E.). France, n° 6749 148
De Massas (C.). France, n° 274 10
Demassiot (A.). France, n° 8344 177
De Mauduit (J.). France, n° 2904 68
Demdew (J.). Van-Diémen, n° 75 495
De Medicis (W.-P.). Danemark, n° 81 303
De Medina-Cœli et de Cardona (Duc). Espagne, n° 470 483
De Meinertzhagen et Kreuser frères. Prusse, n° 77. 390

Pages.

De Mello (A.-J.-T.). Colonies portugaises, nos 414, 423, 429 522
De Mello (L.-M.-P.). Portugal, n° 338 520
Demelun (Vve) et fils. France, n° 2196 .... 58 et 64
De Mendonça (F.-C.). Portugal, n° 273 518
Demengeot. France, n° 9086 .... 191 et 471
De Menezes (J.-T.-T.). Portugal, n° 50 .... 514 et 515
Demersemann et Cie. France, n° 7264 155
De Merx de Corbais (Mme). Belgique, n° 30 272
Dèmes de Grèce. Grèce, nos 16, 17, 18, 29, 53 et 59 .... 355 et 356
Démétracarakos (Mme). Grèce, n° 125 509
Demetrios (P.). Grèce, n° 36 .... 356 et 358
Demetrovits (J.). Autriche, n° 377 236
Demeulenaere (E.). Belgique, n° 505 284
Demeur (E.). Belgique, n° 195 276
De Meyer (P.). Pays-Bas, n° 154 382
De Miguel (T.). Espagne, nos 206, 215, 320 et 429 .... 310, 312 et 314
De Milly (L.-A.). France, n° 2393 .... 58 et 54
Demilly et Cie. France, n° 5374 121
Deminuuid et Cie. France, n° 4273 96
Deming (D.-D.). États-Unis, n° 75 221
De Minutoli (Baron A.). Prusse, n° 1165 416
De Mira (J.-P.). Portugal, n° 148 515
Demmer (P.-G.). Autriche, n° 1104 250
De Mniszek (Comte). Autriche, n° 753 244
De Molnar (E.). Autriche, n° 208 232
Demonbray jeune. France, n° 5710 128
Demonceaux-Giroud. France, n° 5711 129
Demond (R.). France, n° 737 448
Demont (E.-A.). France, n° 2466 59
Demont (L.). Suisse, n° 9 290
De Montagnac (E.). France, n° 6404 142
De Montaignac (P.). France, n° 942 23
De Montaud (Vicomte P.). France, n° 4200 93
De Montbrou (A.). France, n° 88 5
De Montebello (A.). Algérie, n° 561 210
De Montreuil (Baron A.-E.). France, n° 563 16
De Moor (P.) et fils. Pays-Bas, n° 347 258
De Moreau (J.). Belgique, n° 14 271
De Morin (E.). France, n° 564 .... 16 et 7
De Mörner (Mlles U. et I.). Suède, n° 310 535
De Morny (Comte). France, n° 325 11
De Mortemart (Baron). France, n° 223 447
Demortres (R.). France, n° 4369 98
De Mot et Cie. France, n° 7392 157
De Moura (G.-J.-T.). Portugal, n° 150 515
Demuth frères. Autriche, n° 828 245
De Myttenaere (M.). Belgique, n° 443 282
Denaud (F.-A.). France, n° 3947 86
Denave-Ronat frères. France, n° 5712 129
Dencker (J.-H.). Hanovre, n° 12 359
Denegri (G.-B.). États-Sardes, n° 128 .... 422 et 526
Deneirouse-Boisglavy (E.) et Cie. France, n° 6208. 138
Denet (E.). France, n° 1267 32
De Neuwall (Chev.). Autriche, n° 510 238
Deneux-Michaux et fils. France, n° 7466 466
D'Enfert frères. France, n° 3175 456
De Nias (M.). Belgique, n° 587 A 255
Deniel (P.). France, n° 1948 47
Denier. Algérie, n° 51 203
Denière fils. France, n° 5165 117
De Nil (C.-J.). Belgique, n° 94 273
Denina (V.). États-Sardes, n° 129 .... 422 et 526
Denis (F.). Belgique, n° 57 .... 254 et 273
Denis (Joséphine). Belgique, n° 562 285
Denis (J.-B.). Belgique, n° 58 273
Denis (N.-J.). France, n° 4771 107
Denison (Sir W.). Terre de Van-Diémen, n° 10 .. 494
Denize (C.). France, n° 1741 B .... 42 et 453
Denizot (J.-B.). France, n° 978 449
Denizot fils (E.). France, n° 1211 31
Dennis (G.). Guyane anglaise, n° 13 502
De Nogué et Cie. Algérie, n° 562 211
Dent-Allcroft et Cie. Royaume-Uni, n° 1762 348

Pages.

Denwelle (C.). France, n° 5268 119
Deny (L.). France, n° 4615 103
D'Enzenberg (Comte). Autriche, n° 687 242
De Palmella (Duc). Portugal, n° 277. 518, 516 et 520
De Papai (L.). Autriche, n° 98 229
Deparis (A.-J.). France, n° 365 12
Département du Calvados. France, n° 4274 96
De Pass (A. et E.). Cap de Bonne-Espérance, n° 18. 500
Depaule (E.). France, n° 6209 138
De Paum (N.). Belgique, n° 348 B 280
De Pazzi (G.). Toscane, n° 154 437
Dépensier (H.). France, n° 5166 117
Dépierre frères. Suisse, n° 350 298
De Pitteurs-Hiégaerts. Belgique, n° 99 B 254
Deplanche (Mme). France, n° 8303 469
Deplasse (J.-B.). France, n° 7265 155
De Ploeg (A.). Belgique, n° 297 279
Depoilly (F.-J.). France, n° 8737 183
De Pollone (Comte). États-Sardes, n° 16 B 526
Depont (B.). France, n° 7968 169
De Ponthieux (A.). France, n° 10093 458
De Pontin (Mlle M.). Suède, n° 391 537
De Poorter (H.). Belgique, n° 221 277
Dépôt de l'artill. R. à Stockholm. Suède, n° 193. 533
Dépôt de la guerre. France, n° 1971 48
Dépôt de la marine R. à Stockholm. Suède, n° 194. 533
De Potoki (Comte A.). Autriche, n° 521 238
De Poul (H.). France, n° 6448 143
De Pourtalès (Comte R.). France, n° 5419 122
Deppner (A.). Autriche, n° 171 231
Depret-Guisgand (L.-J.). France, n° 6210 138
De Prittwitz (M.). Prusse, n° 236 394
De Probstner (A.). Autriche, n° 563 239
De Proença (J.-F.-T.). Portugal, n° 57 514
De Puibusque. Canada, n° 325 500
Dequenne et Cie. France, n° 4616 103
De Querrieu (Marquis). France, n° 1 447
De Quitzow (D.). Prusse, n° 1291 526
Dequoy (J.) et Cie. France, n° 7266 155
De Rajka (B.). Autriche, n° 103 229
De Rambures (A.). France, n° 10449 472
De Ratzersberg-Wartemburg (L.). Autriche, n° 220 232
Derazey (J.-J.). France, n° 9455 199
Derche (A.-V.). Belgique, n° 427 282
Derdier (Vve A.). France, n° 4772 107
Deregis (G.). États-Sardes, n° 21 A .... 419 et 526
Deregnaucourt. France, n° 1583 39
Dereks et Barbotte. France, n° 8864 186
Dereure (E.) et Cie. France, n° 3258 74
De Reverony Saint-Cyr (Baron C.). Suède, n° 213. 533
De Reverony Saint-Cyr (Bon H.). Suède, n° 79. 530 et 534
Dergoten (J.-L.). Pays-Bas, n° 134 381
De Riencourt (H.). France, n° 4336 97
De Riese de Stallburg (Bon G.-F.). Autriche, n° 292. 234, 232 et 239
Dering (G.-E.). Royaume-Uni, n° 500 328
Dering (Mme). Belgique, n° 291 279
De Ripalda (Comte). Espagne, nos 142 et 201. 309 et 310
De Ripalda (Cte) et Rubio (H.). Espagne, n° 295. 312
D'Erkenteel, Delforge et Cie. Belgique, n° 372. 280 et 255
Dercks et Barbotte. France, n° 8864 186
Derlon (C.-T.). France, n° 1268 32
Derniame (A.-A.-J.). France, n° 9253 195
De Robiac et Cie. France, n° 34 4
De Robillard (V.). Ile Maurice, n° 33 509
De Rode (F.). Hambourg, n° 56 363
Derois (F.). France, n° 8738 183
De Romberg (G.). Prusse, n° 86 390
Deron (F.). Belgique, n° 670 287
Derondel (J.-L.). France, n° 8911 187
De Rontaunay (J.). Réunion, n° 103 478
De Rou-Collette. Belgique, n° 206 276
De Rosse (Comte). Royaume-Uni, n° 410 327
Derosselle (J.-A.). France, n° 4617 103
De Rothschild (Direction des forges du baron). Autriche, nos 106 et 591 .... 229 et 240

Pages.

Deroubaix (H.). Belgique, n° 506 284
Deroubaix (H.). France, n° 6211 138
Deroubaix, Jenar et Cie. Belgiq., nos 213 et 232. 277 et 255
De Rougé (Vicomte L.). France, n° 327 11
Deroussy. Algérie, n° 52 203
Derradj-bel-Aïfa. Algérie, n° 644 .... 211 et 212
Derradji-ben-Kerath. Algérie, n° 597 211
Derrick (H.). Canada, n° 90 496
Derrien (E.). France, n° 305 11
Derriey (F.-C.). France, n° 9255 195
Derriey (J.). France, n° 1197 30
Derriey (J.-C.). France, n° 9254 195
De Rudenschöld (Mlle la Csse E.). Suède, n° 315. 535
De Ruolz (H.) et de Fontenay (A.). France, n° 5065 114
Déruque (A.). France, n° 5713 129
Dervaux-Lefebvre (F.). France, n° 1025 26
Dervèze-Bény. France, n° 7267 155
Dervillé et Cie. France, n° 4275 96
Dervillée-Williame (E.-S.). France, n° 7566 161
Desaint (L.-C.). France, n° 1269 .. 32, 96, 450 et 460
De Saint-Amans (H.). France, n° 5574 126
De Saint-Charles. France, n° 238 9
De St-Geniès (Mlle M.). France, n° 625 .... 17 et 79
De Saint-Genois (Cte L.). Autriche, n° 529. 239 et 230
De Saint-Gilles (C.-P.) et Ruflier (A). France, nos 1604 et 2016 .... 40 et 49
De Saint-Hubert. Luxembourg, n° 2 369
De Saint-Hubert (E.). Belgique, nos 40 et 254. 272 et 284
De Saint-Marsault (Cte H.). France, n° 583 16
De Saint-Ours (H.). France, n° 722 19
De Saint-Ours (J.-E.). France, n° 98 5
Desaitre. Algérie, n° 266 206
De Salles (A.-F.). Portugal, n° 61 ... 514, 516 et 519
Desanaïke, Modliar. Ile de Ceylan, n° 35 502
De Sandoval (D.-T.). France, n° 3741 83
De Sa Nogueira (A.). Madère et Porto-Santo, n° 406 521
De Sa Nogueira (A.). Portugal, n° 170 ... 516, 517, 518, 519 et 520
De Sa Nogueira (A.). Colonies portug., nos 416 et 425. 522
De Sa Nogueira (E.). Portugal, n° 174 516
De Sa Nogueira (F.). Portugal, n° 171 516
De Sa Nogueira (H.). Portugal, n° 173 516
De Sa Nogueira (M.). Portugal, n° 172. 516, 514 et 520
De Sappel. France, n° 3533 79
Desartre (I.-R.). France, n° 5167 117
Désauges (A.). France, n° 4370 98
Desbeaux (C.). France, n° 9596 201
Desbeaux (F.-H.). France, n° 3580 80
Desbordes (C.-L.). France, n° 2034 .... 453 et 449
Desbordes (L.-F.). France, n° 844 .... 21 et 47
Desbrisseaux et Memain. France, n° 3089 72
Descamps (Mme F.). France, n° 3168 455
Descamps l'aîné. France, n° 7268 155
Descartes (J.). France, n° 8135 467
Descat frères (C.-G. et C.). France, n° 3167 455
Descaves (N.). France, n° 5269 119
Deschamps. Inde, n° 114 506
Deschamps (R.). France, n° 5714 129
Deschamps neveu (A.). France, n° 9374 471
Deschamps-Contamine (Ve). France, n° 6212 138
Deschamps-Hauss. France, n° 8345 177
Deschamps-Scellier (A.-T.-J.). France, n° 7694 .. 164
Deschamps (A.) et Coste (G.). France, n° 6213. 138
Deschamps et Ovelacq. Belgique, n° 428 282
Deschamps et Cie. France, n° 9412 198
De Schaumbourg-Lippe (Direction des mines du prince). Autriche, n° 111 .... 229 et 232
Deschaux (A.). France, n° 2964 69
Deschênes (P.). France, n° 5375 121
Deschiens (E.). Ile Maurice, n° 16 508
De Schonborn (Cte). Autriche, n° 226 .... 232 et 243
De Schreibers (Chev. J.). Autriche, n° 228 232
De Schwarzenberg (Adm. des forges du prince). Autriche, n° 114 .... 230, 232 et 241
Desclines. Réunion, n° 119 478
Descols (P.). France, n° 2299 454

Pages.

Descombes (A.). Suisse, n° 40.......... 291
Descottes et fils. France, n° 896.......... 22
Descoublanc. Martinique, n° 5.......... 476
Descreux jeune (A.). France, n° 4619.......... 103
Descreux (M.) frères. France, n° 4618.......... 103
Descreux père et fils. France, n° 4620.......... 103
De Sedlnitzky (Héritiers de la comtesse Anne M.). Autriche, n° 229.......... 232
De Semodoes (Cte). Portugal, n° 341.......... 520
Désérable (Mme L.). France, n° 7753.......... 166
De Serre (J.). France, n° 4339.......... 97
Desert (A.). France, n° 5715.......... 129
Des Étangs (Mme). Réunion, n° 93.......... 477
Desfossé (J.). France, n° 8074.......... 172
Desgenétais frères. France, n° 5716.......... 129
Desguilhiens (J.). France, n° 738.......... 448
Deshaulles de Courcy (C.-A.-H.). France, n° 4154. 92
Deshayes (A.). France, n° 1423.......... 35 et 40
Deshayes (F.). France, n° 2965.......... 69
Deshayes (L.). France, n° 4441.......... 99
Deshommes (J.). France, n° 7269.......... 155
De Silbernagl (Baron J.). Autriche, n° 660.......... 241
De Silva Mello (D.-J.). Portugal, n° 193.......... 516
De Sina (Baron J.). Autriche, n° 534.......... 239
Désir et Arquiche. France, n° 5168.......... 117
Desjardin-Lieux (C.-D.). France, n° 10192.......... 461
Desjardins de Morainville. France, n° 5337.. 463 et 458
De Skrbensky (Comte A.). Autriche, n° 230.......... 232
Deslinsel (A.). France, n° 3360.......... 76
Deslinsel (A.). France, n° 3464.......... 78
Deslinsel (E.). France, n° 3361.......... 76
Deslinsel père et fils. France, n° 3359.......... 76
Desmanet de Biesme (Vte C.). Belgique, n° 338.. 280
Desmarquest (F.) et Cie. France, n° 6980.......... 150
De Smedt (Mme). France, n° 10370.......... 468
Desmedt (V.). Belgique, n° 566.......... 285
Desmet (E.) et Cie. Belgique, n° 429.......... 282
Desmons frères (R. et H.). France, n° 4678.......... 105
Desmortreux (J.-F.). France, n° 6214.......... 138
Desmoutis, Chapuis et Cie. France, n° 4773.......... 107
Desnoyers (Vve P.). France, n° 4470.......... 460
De Sobradiel (Comte). Espagne, n° 202.......... 210
De Sobral (Comte). Portugal, n° 179.......... 516
Desolle fils (M.-F.). France, n° 8055.......... 171
Desolle père (P.-F.). France, n° 7877.......... 167
De Sorcy (F.). France, n° 5226.......... 118
De Soveral (L.-P.). Portugal, n° 289 B.......... 519
De Souza (E.-L.). Portugal, n° 34.......... 513
De Souza (J.-C.). Portugal, n° 290.......... 519
De Soyza, Modliard. Ile de Ceylan, n° 8.......... 501
De Soyza et Pieris. Ile de Ceylan, n° 27.......... 501
D'Espaux et Orssand. Algérie, n° 556.......... 210
D'Espérel (M.). France, n° 652.......... 18
D'Espeuilles (Marquis). France, n° 5474.......... 123
De Spiegel. Prusse, n° 187 B.......... 523
Despierres (A.). France, n° 9318.......... 196
Desplanques (E.-A.). France, n° 6215.......... 138
Desplas (H.). France, n° 1628.......... 40
Desport. France, n° 1270.......... 32
Desprats (F.-L.). France, n° 5028.......... 114
Despret (A.) et Cie. France, n° 4489.......... 101
Desprez (J.-A. et B.). Belgique, n° 139.......... 274
Desprez-Collin et Laurence (G.-A.). France, n° 7800.......... 466
De Sprinzenstein (Comtesse Vve A.). Prusse, n° 206. 393
Desq (P.) et Cie. France, n° 6981.......... 150
D'Esquille (F.-D. de Monestrol). France, n° 5012 113
Desreux (L.). France, n° 500.......... 15
Desroches (E.). France, n° 7520.......... 160
Desrosiers père et fils. France, n° 9256.......... 195
Desrues (J.). France, n° 5169.......... 117
Dessagne (G.). France, n° 4155.......... 92
Dessaigne (A.). France, n° 2870.......... 67 et 196
Dessaigne cadet et Blanc. France, n° 2966.......... 69
Dessain (H.). Belgique, n° 676.......... 288
Dessaint et Dalissart frères. France, n° 5717.......... 129

Pages.

Dessales (A.-J.). France, n° 2300.......... 454 et 462
Dessapt-Gouret (S.). France, n° 4529.......... 109
Dessauer (F.). Bavière, n° 25.......... 267
Dessorre. Algérie, n° 598.......... 212
De Stauffenberg (Baron). Bavière, n° 4 B.......... 253
Desteuque et Bouchez. France, n° 6216.......... 138
Destibeaux (H.). France, n° 2668.......... 64
De Stolberg-Wernigerode (Cte). Prusse, n° 682.. 405
Destombes (F.). France, n° 6217.......... 138
De Strachwitz (Fabrique de sucre du comte M.). Autriche, n° 536.......... 239
De Strombeck. Brunswick, n° 1.......... 289
De Surville (C.). France, n° 10053.......... 458
De Sussex (F.-S.) et Cie. France, nos 314 et 2413. 10, 58, 119 et 448
Desvaux frères. France, n° 2669.......... 64
Desvignes. Algérie, n° 150.......... 204
Desvignes père et fils. France, n° 8865.......... 186
Deswarte-Dathis (R.). France, n° 3465.......... 78
Deswastenne et Cie. France, n° 3362.......... 76
De Szechény (Comte F.). Autriche, n° 240.......... 232
De Szilassy. Autriche, n° 241.......... 232
Détaille (F.-A.). France, n° 8136.......... 467
De Talmours. France, n° 5531.......... 124
Détan (A.). France, n° 6218.......... 138
Dételle. Guyane française, n° 171.......... 479
Determes. Inde française, n° 144.......... 478
De Thoré (L.). Martinique, n° 18.......... 476
De Thouron (Baron). France, n° 591.......... 16
De Thun (Comte). Autriche, n° 769.......... 244
De Thun-Hohenstein (Cte F.). Autriche, n° 242. 232 et 239
De Thurn-Vallesussina (Cte G.). Autriche, n° 124. 230
Detillieux (C.) et Cie. Prusse, n° 53.......... 389
Detir (N.) et Cie. France, n° 9503.......... 200
Detouche (C.-L.) et Houdin (J.-F.). France, n° 1742 42
Detourbet et Bruguin. France, n° 5170.......... 117
Détraux, Bouquillon et Cie. France, n° 7270.......... 155
De Tschammer (Baron). Prusse, n° 213 B.......... 523
De Türk (A.). Prusse, n° 209.......... 393
Deu (G.). Espagne, n° 483.......... 484
Deussen (J.). Prusse, n° 784.......... 407
Deutgen (H.). Pays-Bas, n° 283.......... 256
Deutz (F). Anhalt, Dessau et Cöthen, n° 4.......... 226
Deuzy (F.) et Cie. France, n° 2871.......... 67
De Valladares (P. d'O. C.). Portugal, n° 294.. 519
Devanha comb works Co. Royaume-Uni, n° 1836.. 349
Devantay (I). Suisse, n° 10.......... 290
Dévaquet (J.). France, n° 9504.......... 200
Devaranne (S. P.) et fils. Prusse, n° 708.......... 406
Devarenne (G.) France, n° 8739.......... 183
De Varody (C.). Autriche, n° 246.......... 233
De Vars (L.). Costa-Rica, n° 3.......... 224
De Vasconcellos (F.-A.). Açores, n° 403.......... 521
De Vasconcellos (J.-J.-D.-L.). Portugal, n° 362.. 520
De Veauce (Baron M.). France, n° 5274.......... 119
Deveaux (M.). France, n° 270.......... 10
Devee Sahan; Chumba Mull et Loll Chund; Bodoo Mullich, etc. Inde, n° 98.......... 506
Deverinne (J.). Inde, n° 105.......... 506
Devers. France, n° 5547.......... 125
Deverdun (G.-C.). France, n° 5546... 125, 462 et 463
Deverny (T.). France, n° 7801.......... 466
Devèse frères et Cie. France, n° 366.......... 12
Devicque (H.). France, n° 4371.......... 98 et 459
De Vigier. France, n° 9806.......... 448
De Villa Cova (Baron). Portugal, n° 301.......... 519
Devillaine, Madinier et Breguet. France, n° 5718. 129
De Villaire (E.). France, n° 7662.......... 164
Deville (J.-P.). France, n° 8056.......... 172
Deville aîné (A.). France, n° 845.......... 21
De Ville-Thiry (J.-B.-H.). Belgique, n° 669.......... 287
Devillebichot (J.). France, n° 3466.......... 78
De Villemur (J.-A.). France, n° 4038.......... 88
De Villeneuve (A.). Prusse, n° 1200.......... 524
De Villeneuve (H.-B.). France, n° 4349.......... 97
De Villeneuve (L.-H.). France, n° 7453.......... 159

Pages.

Déviller et Sélerin. France, n° 9375........... 471
De Villeroi (B.). France, n° 9452........... 199
Devillers (E.). France, n° 9319........... 196
Devillers sœurs (Mmes). France, n° 7567........ 161
Devinck. France, n° 1271........... 32
De Violaine frères. France, n° 5324........... 120
Devisme (L.-F.). France, n° 4156........... 92
Devlin (J.-D.). Royaume-Uni, n° 1763........... 348
Devloo (B.). France, n° 9376........... 471
De Vogué (Marquis). France, n° 106..... 6, 99 et 459
Devold (O.-A.). Norwége, nos 69 et 76........ 539
Devonshire Great consolidated Copper mining Co. Royaume-Uni, n° 35........... 320
De Vooys (G.-N.). Pays-Bas, n° 226........... 384
Devos-Frétigny. Belgique, n° 178........... 275
Devot (J.). France, n° 5719........... 129
Devrange (J.-P.). France, n° 8866........... 186
De Vrière (Baronne). Belgique, n° 107........... 273
Devroëde (P.-J.). France, n° 367........... 12
De Wohlfelt (F.). Suède, n° 205........... 533
De Wahrendorff (Baron H.-G.). Suède, n° 227.. 534
De Wahrendorff (Baron M.). Suède, n° 84. 531 et 533
Dewaleyne frères. France, n° 2350........... 57
Dewar (J.). Royaume-Uni, n° 698........... 331
Dewarlez-Delos. France, n° 2138........... 51
De Weichs (Baron C.). Autriche, n° 542........ 239
De Wendel (Vve). France, n° 107........... 6
Deweweirne (J.-J.). Belgique, n° 265........... 278
Dewhurst (S.) et Cie. Royaume-Uni, n° 1293 B.. 487
De Winnicky (Chev. F.). Autriche, n° 247..... 233
Dewolf (D). Belgique, n° 79........... 273
Dewsnap (J.). Royaume-Uni, n° 1856........... 349
De Wulf (C.). Belgique, n° 391........... 281
Dexheimer (P.). France, n° 7969........... 179
Dey (A.) et Cie. Prusse, n° 473........... 400
Deydier (C.-P.). France, n° 6706........... 147
Deydier (Ve V.-M.). France, n° 10193........ 461
Deyeux (N.-T.). France, n° 5472........... 123
Deyrolle (A.). France, n° 1997........... 48
De Zalusky (Comte J.). Autriche, n° 248... 233 et 231
De Zamoyski (Comte A.). Autriche, n° 153..... 231
Dezaux-Lacour (A.-L.). France, n° 2670...... 64
Dezelus (J.-I.). France, n° 2265........... 54
De Zichy-Ferraris (Comte E.). Autriche, n° 545.. 239
De Ziegler-Klipphausen (Baron T.). Prusse, n° 210. 393
Dezobry. France, n° 3581........... 80
De Zois (Ve du baron C.). Autriche, n° 137..... 230
Dezutter (Mme). Belgique, n° 574......... 285 et 255
Dhal jeune (Ve E.). Prusse, n° 529........... 401
D'Hangest (H.-F.). France, n° 8304........... 469
Dhaussy. France, n° 3363........... 76
D'Havrincourt (Mis). France, n° 748........... 448
Dhema-ben-Ali-bel-Arbi. Algérie, n° 543........ 210
D'Hérissard (A.-F.). France, n° 1298........... 32
D'Herlincourt (L.). France, n° 523........... 15
D'Hoy (C.). Belgique, n° 671........... 287
D'Huart (Baron). France, n° 1171........... 29
D'Huicque (J.-N.). France, n° 716........... 19
D'Huicque (R.). France, n° 3491........... 78
D'Hunnolstein (Cte). France, n° 76........... 5
Diamandi (G.-A.). Autriche, n° 829........... 245
Dias (A. d'O.). Portugal, n° 300........... 519
Dias (J.). Portugal, n° 371........... 520
Dias Monteiro (A.-J.) Portugal, n° 18........... 513
Diaz (G.). Espagne, n° 281........... 312
Diaz (H.). Espagne, n° 263........... 311
Diaz (J.). Espagne, n° 315........... 312
Diaz (R.). Cuba, n° 15........... 484
Diaz Pedregal (F.). Cuba, n° 16.......... 484 et 485
Diaz de Villegas (J.). Cuba, n° 30........... 485
Di Bartolomeo (C.). États-Pontificaux, n° 71.... 512
Dick (A.). Royaume-Uni, n° 394........... 326
Dickenson et Hewatt. Van-Diémen, n° 82........ 494
Dickert (T.). Prusse, n° 294........... 395
Dickes (W.). Royaume-Uni, n° 1901........... 350
Dickhoff et Salm. Pays-Bas, n° 149........... 382

Pages.

Dickinson (J.). Royaume-Uni, n° 422........... 327
Dickmann et Cie. Prusse, n° 379........... 398
Dickson (A.). Canada, nos 16 et 56........... 496
Dicksons et Laings. Royaume-Uni, n° 1388...... 342
Dida (J.-N.). France, n° 8501........... 179
Didelot (Mme V.). France, n° 8568........... 180
Didier. Martinique, n° 32........... 476
Didier (F.). Prusse, n° 724........... 406
Didier (M.). France, n° 4530........... 102
Didier (M.-J.). France, n° 3998........... 89
Didier (P.). France, n° 4157........... 93
Didier (P.-P.). France, n° 9257........... 195
Didot frères (F.). France, nos 3169 et 9377.. 455 et 471
Didron (J.-H.). Suède, n° 146........... 532
Didron (R.-C.). France, n° 5135........... 116
Didron aîné. France, n° 5548........... 125
Diebering (H.). Oldenbourg, n° 3........ 376 et 270
Diédérichs (A.). France, n° 4490........... 102
Diederichs frères (P.-A.). Pays-Bas, n° 81.. 380 et 257
Diego (De) Perez (R.). Espagne, n° 369........ 313
Diehl (C.). France, n° 8828........... 185
Dieke et Kugel. Prusse, n° 1074........... 413
Diélaine père. France, n° 3769........... 84
Diemont (J.-J.) et fils. Pays-Bas, n° 4........ 378
Dien (C.). France, n° 1879........... 45
Diergardt (F.). Prusse, n° 930........... 410
Dierman (L.). Belgique, n° 430........... 282
Dierman-Seth (F.). Belgique, n° 431........... 282
Dierzer (Les héritiers de J.). Autriche, n° 777. 244 et 245
Dies (G.). États-Pontificaux, n° 57........... 512
Dietelbach (A.). Wurtemberg, n° 187........ 444
Dieterich (C.-F.). Wurtemberg, n° 188........ 444
Dietrich (E.). France, n° 3582........... 80
Diétrich (F.-X.). France, n° 3944........... 86
Dietrich (Ve) et fils. France, n° 4774........ 107
Dietsch (J.-G.) et Cie. France, n° 6219........ 138
Dietsche (A.). France, n° 1272........... 32
Dietsche-Alois. Bade, n° 23 B........... 261
Dietz (A.). Luxembourg, n° 7........... 369
Dietz (A.). Belgique, n° 227 B........... 255
Dietz (C.). France, n° 846........... 21
Dietz (C.-F.). France, n° 3467........... 78
Dietz (C.-F.). Prusse, n° 1283........... 526
Dietz (C.-F.). Saxe-Cobourg, n° 5 A........... 528
Dietz (J.-C.). France, n° 9505........... 200
Dietz (H.) et Cie. Autriche, n° 1105........... 250
Dietze (C.). Anhalt, Dessau et Cothen, n° 13... 226
Dieu et Peltier (Vve). France, n° 2671........ 64
Dieul (P.). France, n° 1487........... 37
Dieulefait. Algérie, n° 53........... 203
Diez (E.). Autriche, n° 378........... 236 et 242
Digard (E.-A.). France, n° 4775........... 107
Digard (J.). France, n° 1273........... 32
Digeon (L.). France, n° 323........... 11
Digeon (R.-M.). France, n° 9087........... 191
Digoin. France, n° 739........... 448
Dillenseger et Patry. France, n° 2035........ 453
Dillier frères. France, n° 6586........... 464
Dillon (E.). Guyane anglaise, n° 14........... 502
Dillon (J.). Canada, n° 91........... 496
Dimitrievits (J.). Autriche, n° 924 A........... 247
Din-ben-Yaya. Algérie, n° 439........... 474
Dinant et Huette. France, n° 3583........... 80
Dinglinger (A.-F.). Prusse, n° 1015........... 412
Dion (M.-M.) et Lepage. Canada, n° 147........ 497
Diondonnat (J.). France, n° 1584........... 39
Dionisy (J.-M.). Pays-Bas, n° 421........... 259
Dioré (J.). Ile Maurice, n° 17........... 508
Diot (J.-B.). France, n° 4372........... 98
Drs du chemin de fer Grand-Tronc. Canada, n° 229. 498
Directeurs de la Compagnie des mines de Belabula. Nouvelle-Galles du Sud, n° 19........... 489
Direction de la fabrique de produits agricoles de Loburg. Prusse, n° 211........... 393
Don des houillères de Höganas. Suède, n° 256.... 534
Don de l'Institut des aveugles. Pays-Bas, n° 230. 379 et 384

Pages.

Direction du jardin grand-ducal et central d'agriculture. Bade, n° 8 261
Direction des rentes estanquées. Espagne, n° 95... 308
Direction générale des mines et des salines en Bavière. Bavière, n° 1 .... 265 et 253
Direction royale du commerce du Groënland et des Faeröe. Danemark, n° 2 .... 301, 302 et 303
Direction royale des nouvelles prisons cellulaires. Prusse, n° 1152 .... 415, 394, 404 et 414
Dirmoser (V.). Autriche, n° 830 245
Disdéri et Cie. France, n° 9147 192
Disdier (J.-A.) et Cie. France, n° 1274 32
Dissous (L.-S.). France, n° 8450 469
District de Blidah; mines de Mouzaïa. Algérie, n° 10. 202
District de Manchester et de Salfort. Royaume-Uni, nos 1258 et 1806 .... 340, 341, 329, 343, 349 et 488
District métallifère de Milianah. Algérie, n° 8... 202
District métallifère de Ténès. Algérie, n° 9 202
Dithmer (H.-H.). Danemark, n° 49 302
Ditt (M.-C.). Bavière, n° 28 267
Dittmann frères. Wurtemberg, n° 62 442
Dittmar frères. Wurtemberg, n° 90. 442, 443, 445 et 542
D'Ivernois et Matthey. France, n° 8590 181
Divoir-Leclercq. France, n° 4158 93
Dixon. Pays-Bas. N° 299 257
Dixon (J.) et fils. Royaume-Uni, n° 1117 337
Dixon et Whiting. Royaume-Uni, n° 596 330
Dixon et Cie. Royaume-Uni, n° 1545 345
Dixon (R.) et Cie. France, n° 1488 37
Dizerens (F.-L.). Suisse, n° 123 293
Djemaoui-ben-Bel-Kassem et Kletma. Algérie, n° 508 210
Doane (J.-C.). Canada, n° 320 500
Doat (L.). France, n° 3468 78
Dobbé (V.). France, n° 5120 115
Dobbelaere-Hulin (P.-B.). Belgique, n° 507 284
Dobignard (P.-V.). France, n° 2139 51
Dobigny et de Lacour. France, n° 3999 88
Dobler, Warnery et Morlot. France, nos 6220 et 7155 .... 138 et 465
Dobson (F.-S.). Terre de Van-Diémen. n° 11. 494 et 495
Dobson (J.-L.). Royaume-Uni, n° 1546 345
Doctor (M.) fils. Francfort-sur-le-Mein, n° 11... 317
Dodds et fils. Royaume-Uni, n° 1064 337
Döé frères et Cie. France, n° 4776 107
Dœbel (H.-J.). Prusse, n° 988 B 525
Doerr (J.). Bade, n° 9 261
Doës (O.). Suisse, n° 409 300
Doeschade (D.). Pays-Bas, n° 178 382
Dognin fils et Isaac. France, n° 6983 .... 150 et 164
Dognin fils, Isaac et Roque frères. France, 6984. 150
Doin (A.). France, n° 5301 119
Doisy (A.). France, n° 5302 119
Dolan (D.). Royaume-Uni, n° 1646 346
Dolfi (J.). Toscane, n° 66 435
D'Oliveira (Dr A.). Portugal, n° 207 517
D'Oliveira (E.-J.). Portugal, n° 304 A 519
D'Oliveira (J.-A.). Portugal, n° 152 515
D'Oliveira (L.-A.). Portugal, n° 276 518
D'Oliveira junior (J.). Portugal, n° 53 514
D'Oliveira-Pimentel (J.-M.). Portugal, n° 208... 517
D'Oliveira-Pimentel (L.-C.). Portugal, n° 153. 515 et 520
D'Olivier (L.) et Cie. France, n° 9172 193
Dolles (J.). Hesse, n° 37 365
Dollfus (Vve P.). France, n° 5720 129
Dollfus-Dettwiller. France, n° 6221 138
Dollfus et Nifenecker. France, n° 2967 69
Dollfus, Mieg et Cie. France, n° 5721 129
Domage et Bertrand. France, n° 2467 59
Domaines de S. M. l'emp. Ferdinand. Autriche, n° 172. 231
Domaines de Paskau. Autriche, n° 173 ..... 231 et 238
Domaines (Adm. ducale des) et Dorr. Nassau, n° 47. 511
Domaine imp. de Brandeis. Autriche, n° 142 230
Domaison (P.). France, n° 6222 138
Domeny (L.-J.). France, n° 9506 200
Domeq (P.). Espagne, n° 493 484
Domer (A.). France, n° 2672 64

Pages.

Domingolle (P.). France, n° 9427 198
Dominguez (E.). Espagne, n° 465 483
Dominici frères. France, n° 6707 147
Do Monte (J.-E.). Portugal, n° 274 518
Don frères et Cie. Royaume-Uni, n° 1499 344
Donadoni (A.-F.). Autriche, n° 10 227
Donaldson (J.). Nouvelle-Galles du Sud, n° 182. 492
Donaldsone (J.). Canada, n° 17 496
Donat (A.) et Cie. France, n° 6985 150
Donat (J.) et Cie. France, n° 6986 150
Donau et fils. France, n° 2673 64
Donau (F.) et Cie. France, n° 4276 96
Donet (C.). France, n° 1880 .... 45 et 53
Doney (C.). Toscane, n° 80 .... 435 et 540
Donguy (D.). France, n° 979 449
Doni-Yahia (Tribu des). Algérie, n° 251 206
Doniol de Barlière. France, n° 501 15
Donker (D.-J.). Pays-Bas, n° 364 258
Donne et fils. Royaume-Uni, n° 1134 ...... 338 et 487
Donzel et Maussier. France, n° 6987 150
Dooremans (L.) et fils. Pays-Bas, nos 82 et 300. 380 et 257
Dopfeld et Beuzard. France, n° 4777 107
Dopfeld et Beuzard. France, n° 4778 107
Doppler (J.). Autriche, n° 11 227
Dopter (J.-V.-M.). France, n° 9045 190
Dordigny (J.-E.). France, n° 2351 57
Doré (A.). France, n° 3090 .... 72, 94 et 138
Doré (M.-F.). France, n° 1663 41
Dorel (A.). France, n° 656 18
Dorel frères. France, n° 657 18
Doret (A.). Autriche, n° 476 238
Dorémieux et Miroux. France, n° 4779 107
Dorenlot (J.). France, n° 5722 129
Doresse. France, n° 4780 107
Doret (L.). Belgique, n° 466 .... 283 et 255
Dorey (J.-F.). France, n° 1489 37
Dorléans (A.-N.). France, n° 1743 42
Dörler (J.-G.). Suisse, n° 351 298
Dormizer (L.). Autriche, n° 778 244
Dormoy (A.). France, n° 4781 107
Dorner (F.). Autriche, n° 174 231
Dörner et Hess. Hesse, n° 19 365
Dorph (Mlle S.). Suède, n° 361 536
Dörr et Reinhardt. Hesse, n° 20 365
Dörtenbach et Schauber. Wurtemberg, n° 24 441
Dorticos (P.-E.). Cuba, n° 31 485
Dorval (H.). France, n° 4782 107
Dorvault. France, n° 3948 86
Dorwin (J.-W.). Canada, n° 57 496
Dosnon (G.-C.). France, n° 3091 72
Dos-Reis (J.-A.). Portugal, n° 168 516
Dos-Reis (J.-J.). Portugal, n° 383 521
Dos-Santos (J.-C.). Portugal, n° 62 ... 514, 516 et 517
Dos-Santos (J.-J.-J.). Portugal, n° 33. 513, 514, 516, 519 et 520
Dos-Santos (V.-V.). Portugal, n° 310 519
Dotin (C.). France, n° 5084 115
Dotrès, Clavé et Fabra. Espagne, n° 386 314
Dotrès et Cie. Espagne, n° 387 314
Dotter (J.). Autriche, n° 831 245
Doublet (E.-H.). France, n° 9378 471
Douchement (F.). France, n° 4783 107
Doué et Cie. France, n° 3685 82
Douge cadet. France, n° 2674 64
Douglas. Victoria, n° 8 493
Douglas (J.). Canada, n° 18 496
Douglas fils (J.-S.). Hambourg, n° 9 362
Douillet (E.). France, n° 8137 467
Douillet (T.). France, n° 4784 107
Douillot (G.). France, n° 9597 201
Douin (H.). France, n° 7802 466
Doulton et Cie. Royaume-Uni, n° 1228 339
Douris-Migeon (P.). France, n° 4531 102
Dournai et Cie. France, n° 2468 59
Doursont et Cie. France, n° 64 5
Douzy (P.-A.). France, n° 1881 45

Pages.

Doveri et Gamucci. Toscane, n° 100 ... 436
Dovillers frères. France, n° 502 ... 15
Dovizielli (P.). États-Pontificaux, n° 43 ... 386
Dow (A.). Royaume-Uni, n° 1837 ... 349
Dowie (J.) et Cie. Royaume-Uni, n° 1764 ... 348
Downing (S.-J.). Royaume-Uni, n° 220 ... 323
Doye (J.-F.-D.). France, n° 4159 ... 93
Doyen frères. États-Sardes, n° 195 ... 423
Doyon. Martinique, n° 13 ... 476
Draaisma (D.). Pays-Bas, n° 46 ... 379
Dragola (I.). Autriche, n° 175 ... 231
Draper (R. et H.). Royaume-Uni, n° 597 ... 330
Dropier et fils. France, n° 4000 ... 88
Draps (A.). France, n° 7695 ... 164
Drault (F.-A.). France, n° 5085 ... 115
Dray (W.) et Cie. Royaume-Uni, n° 281 ... 324
Dresler. Francfort-sur-le-Mein, n° 22 ... 318
Dresler fils (G.-A.), Prusse, n° 743 ... 406
Dresser (D.). Prusse, n° 979 ... 411
Dresser aîné (J.-H.). Prusse, n° 54 ... 389 et 523
Dreux (A.). France, n° 3259 ... 74
Drévelle (L.). France, n° 6024 ... 464
Drevermann et fils. Prusse, n° 562 ... 402
Drevet fils (C.-A.). France, n° 1629 ... 40
Drevon (H.). Royaume-Uni, n° 644 ... 330
Drevon (J.-C.). France, n° 2675 ... 64
Drevon frères. France, n° 2968 ... 69
Drewitz (E.) et Rudolphe. Prusse, n° 248 ... 394
Drewsen (C. et M.). Danemark, n° 35 ... 302
Drewsen (H.-C.). Danemark, n° 25 ... 302
Dreyer frères. France, n° 1490 ... 36
Dreyfous (F.). France, n° 6223 ... 138
Dreyfus (Les fils d'I.). Suisse, n° 321 ... 297
Dreyfus, Werth et Cie. France, n° 5723 ... 129
Dreyse et Collenbusch. Prusse, n° 522 ... 401 et 404
Drieu (J.-A.). Royaume-Uni, n° 339 ... 325
Driver (C.-H.). Royaume-Uni, n° 1887 ... 350
Drocourt (P.). France, n° 1744 ... 42
Drog (A.). Autriche, n° 1106 ... 250
Drogue, Saunier et Binoux. France, n° 6988 ... 150
Droinet (F.), Overluyn et Cie. France, n° 1664. ... 41
Drost. France, n° 4500 ... 102
Drouard (J.). France, n° 3170 ... 455
Drope (L.). Pays-Bas, n° 354 ... 258
Drouat (L.). France, n° 8007 ... 170
Drouault (C.). France, n° 159 ... 7
Drouet (A.-E.). France, n° 2676 ... 64
Droubin (H.-J.-B.). France, n° 2017 ... 49
Droüin (V.). France, n° 8346 ... 177
Drouin et Brossier. France, n° 2352 ... 57
Drouin (R.), Drouin (G.) et Duditlieux (A.). France, n° 1092 ... 27
Droulers et Agache. France, n° 7271 ... 155
Droulet (B.). France, n° 5724 ... 129
Droulus (A.). France, nos 5725 et 6224. 129, 138 et 155
Drouven (J.) et Cie. Prusse, n° 486 ... 400
Droux (L.). France, n° 2197 ... 53, 34 et 59
Droux fils (L.). France, n° 5376 ... 121
Droux (L.) et Cie. France, n° 2469 ... 59
Droz (A.). France, n° 4001 ... 88
Droz (B.). France, n° 1745 ... 42
Droz (C.). Suisse, n° 43 ... 291
Droz (C.-J.). France, n° 1746 ... 42
Droz et Jourde. France, n° 3770 ... 84
Droz-Jeannot et fils. Suisse, n° 44 ... 291
Druge et Bertholon. France, n° 4785 ... 107
Drugeon (A.). France, n° 8008 ... 179
Druitt (E.). Nouvelle-Galles du Sud, n° 20 ... 489
Druitt (J.). Nouvelle-Galles du Sud, n° 106 ... 491
Drum (W.). Canada, n° 283 ... 499
Drure jeune. France, n° 8138 ... 467
Dry (R.). Van-Diémen, n° 33 ... 494
Dryander (L.-G.). France, n° 5501 ... 123
Duarte (L.-A.) Espagne, n° 140 ... 309
Dubar-Delespaul. France, n° 5727 ... 129
Dubarle (E.). France, n° 3686 ... 82

Pages.

Dubeau (J.). Canada, n° 58 ... 496
Dubeau et Puéch. France, n° 2198 ... 53
Dubec (A.). France, n° 6225 ... 138
Dubois. Guadeloupe, n° 60 ... 477
Dubois. Algérie, n° 348 ... 208
Du Bois (A.). Suisse, 413 ... 299
Dubois (A.-L.-V.). France, n° 5727 ... 129
Dubois (A.-L.-V.). France, n° 7696 ... 164
Du Bois (C.-A.). Prusse, n° 436 ... 399
Dubois (C.-L.). France, n° 7850 ... 167
Dubois (F.). France, n° 261 ... 9
Dubois (G.). Belgique, n° 80 ... 273
Dubois (J.). France, n° 1275 ... 32
Du Bois (J.-E.). Hanovre, n° 13 ... 359
Dubois (J.-L.). France, n° 1747 ... 43
Dubois (N.-G.-M.-L.). France, n° 8200. 174, 466 et 468
Dubois (T.-R.). France, n° 2199 ... 53
Dubois (U.). France, n° 1456 ... 451
Dubois fils. France, n° 3584 ... 80
Dubois et Soulas. France, n° 5171 ... 117
Dubois et fils. France, n° 2677 ... 64
Dubois et Cie. France, n° 2470 ... 59
Dubois (R.) et Cie. France, n° 2872 ... 67
Duboisé. Réunion, n° 92 ... 477
Dubos (P.-A.). France, n° 8569 ... 180
Dubosc (F.). France, n° 2353 ... 57
Duboscq (L.-J.). France, n° 1882 ... 85
Dubost. Espagne, n° 237 ... 311
Dubost (P.). Espagne, n° 440 ... 314
Dubost père et fils. France, n° 8502 ... 179
Dubost, Chambost et Cie. France, n° 5728 ... 129
Dubouchage (G.). Algérie, n° 557 ... 210
Duboucheix (J.). France, n° 4786 ... 107
Dubouchet (D.) et Cie. France, n° 6989 ... 150
Dubouloy fils aîné (L.-H.). France, n° 8570 ... 180
Dubourdieu (R.). France, n° 5377 ... 121
Dubourg. France, n° 246 ... 9
Dubourg (P.). Algérie, n° 599 ... 211
Dubourg (S.), Barral et Cie. France, n° 6990 ... 150
Dubout fils aîné. France, n° 5729 ... 129
Dubray (J.-A.). France, n° 915 ... 23
Dubreuil (J.-N.). France, n° 3687 ... 82
Dubreuil (J.-N.). France, n° 8974 ... 189
Du Breuille, D. Lefebvre et de Fitte. France, n° 368 ... 12
Dubrule fils. France, n° 1540 ... 38
Dubrulle (A.-N.). France, n° 2200 ... 53
Dubrulle (C.). France, n° 1491 ... 37
Dubuget (F.). France, n° 8571 ... 180
Dubuisson fils aîné (J.). France, n° 4787 ... 107
Dubus (F.). France, n° 9428 ... 198
Dubus (T.). France, n° 8115 ... 173
Dubus aîné (C.). France, n° 1654 ... 452
Dubzky (Cte.). Autriche, n° 685 ... 242
Ducamp (L.). France, n° 4373 ... 98
Ducasse (D.). France, n° 503 ... 15 et 78
Ducassé (C.). France, n° 3469 ... 78
Ducel (J.-J.). France, n° 4788 ... 107
Du Chastel (Cte). Belgique, n° 668 ... 287 et 255
Du Chastel (Mis). Martinique, n° 4 ... 476
Duchataux (V.-E.). France, n° 3364 ... 76
Duchateau et Cie. France, n° 5172 ... 117
Duchaufour-Achez. France, n° 1492 ... 37
Duchauffour-Perin. France, n° 4789 ... 107
Duché (J.) et Cie. France, n° 5378 ... 121
Duché, Duché jeune, Brière et Cie. France, n° 6226. ... 138
Duchemin (F.). France, n° 3585 ... 80
Duchemin (J.-A.). France, n° 5589 ... 463
Duchemin aîné (T.). France, n° 7272 ... 155
Duchêne (J.-J.). Belgique, n° 59 ... 273
Duchêne (V.). France, n° 9456 ... 199
Duchêne aîné. France, n° 8543 ... 469
Duchesne (E.-N.). France, n° 4236 ... 459
Duchesne (J.-L.). France, n° 3092 ... 72
Duchesne-Bettinger. France, n° 8572 ... 180
Duchesne-Fournet. France, n° 6227 ... 138

Pages.

Duchesne-Rogelet. France, n° 6228........ 138
Duchesnes (P.). France, n° 5590........ 463
Duchet (A.) et Cie. France, n° 5303........ 119
Ducis frères. France, n° 6991........ 150
Duck (G.). Autriche, n° 379........ 236
Duclos (C.-E.). France, n° 2584........ 62
Duclos (J.). France, n° 4160........ 93
Duclos (L.-J.). France, n° 818........ 21
Duclos et Destigny. France, nos 2036 et 2301. 453 et 454
Duclos et Marchand. France, n° 8503........ 179
Duclot (H.). France, n° 8041........ 171
Ducly (Vve). France, n° 7697........ 164
Ducommun (J.-L.). France, n° 1748........ 43
Ducommun (T.-L.). France, n° 4434........ 99
Ducommun et Dubied. France, n° 1457........ 451
Ducor (E.). France, n° 1569........ 39
Ducoroy, Rose et Cie. France, n° 8009........ 170
Ducournau jeune (J.). France, nos 1145 et 1162.. 29
Ducourtioux (T.-L.). France, n° 4063........ 458
Ducray (B.). France, n° 3470........ 78
Ducrest et Le Gros. France, n° 2140........ 51
Ducroquet (C.-V.). France, n° 9320........ 197 et 67
Ducroquet (P.-A.). France, n° 9429........ 198
Ducrot (B.). France, n° 4532........ 102
Ducrot (M.-G.). France, n° 8675........ 182
Ducrot (P.). France, n° 369........ 12
Ducrot et Boiste. France, n° 8975........ 188
Ducruy (J.) et fils. France, n° 8504........ 179
Ducruy (J.) fils et Veyron. France, n° 2678........ 64
Duda (J.-F.). Autriche, n° 477........ 238
Duden (H.) et Cie. Prusse, n° 530........ 401
Duelli (J.-N.). Bade, n° 87........ 264
Dueñas (R.). La Havane, n° 17........ 484
Duez frères. France, n° 847........ 21
Dufailly (V.-J.-J.). France, n° 9210........ 194
Dufaville et Cie. Royaume-Uni, n° 526........ 328
Dufay (H.). France, n° 7273........ 155
Dufay (A.) frères et fils, France. n° 2873........ 67
Duffailly. France, n° 4471........ 460
Duffau-Bonzeau. France, n° 3471........ 78
Dufil (J.). France, n° 3688........ 82
Dufort (G.-D.). France, n° 3472........ 78
Dufossé (J.-B.-X.). France, n° 8347........ 177
Dufossée (D.-J.-B.). France, n° 8348........ 177
Dufour (F.-B.). France, n° 4790........ 107
Dufour (J.). Belgique, n° 396........ 281
Dufour (J.-L.). France, n° 5136........ 116
Dufour (L.-E.). France, n° 3689........ 82
Dufour (P.). Belgique, n° 60 A........ 273, 274 et 254
Dufour (S.-A.-J.). Pays-Bas, n° 223........ 383
Dufour-Borcard (J.). Suisse, n° 11........ 290
Dufour fils. France, n° 5730........ 129
Dufour (E.) et Gauchez jeune. France, n° 4161. 93
Dufour et Cie. Suisse, n° 264........ 296
Dufour et Cie. France, n° 3586........ 80
Dufour et Cie. France, n° 4277........ 96
Dufranc (D.). Belgique, n° 634........ 287
Dufresné. France, n° 2201........ 58
Dufresne et Aumoitte. France, n° 4278........ 96
Dufrien (F.-C.). France, n° 7274........ 155
Dugard (W.) jeune. Royaume-Uni, n° 165........ 322
Duggin (T.-B.). Guyane anglaise, n° 3........ 502 et 503
Dugland (V.-C.). France, n° 1198........ 30 et 450
Du Graty (A.). Confédération argentine, n° 1... 223
Duguay (J.-I.). France, n° 370........ 12
Duhamel (A.-A.). France, n° 8505........ 179
Duhamel frères. France, n° 7275........ 155
Duhamel fils et Cie. France, n° 5591........ 463
Duhamel-Housez. France, n° 6229........ 138
Duhayon, Brunfaut et Cie. Belgique, n° 575.... 285
Duhet (M.-F.). France, n° 1493........ 37
Duhil (A.). France, n° 6230........ 138
Duhil aîné (L.). France, n° 2679........ 64
Dujardin (J.). France, n° 2302........ 454
Dujardin (L.). France, n° 9088........ 191 et 471
Dujardin (L.). France, n° 1118........ 450

Pages.

Dujardin (P.-A.-J.). France, n° 2266........ 54
Dujardin-Collette. France, n° 1549........ 38
Dujardin (E.) et Alamigeon jeune. France, n° 2874 67
Dujariez (E.-J.-M.). France, n° 9413........ 198
Dujoncquoy (A.) et fils. France, n° 7568........ 162
Dulac, Bourguignon et Cie. France, n° 8167.... 174
Duley (J.) et fils. Royaume-Uni, n° 470........ 327
Dulieu (P.-J.). France, n° 7276........ 155
Dulos. France, n° 9379........ 472
Dültgen frères. Prusse, n° 559........ 402
Dulud (J.-M.). France, n° 8075........ 172
Dumaine (A.). France, n° 2875........ 67
Dumaine (X.). France, n° 6708........ 147
Dumand et Foster. France, n° 3093........ 72
Dumas (A.-A.). France, n° 8076........ 172
Dumas (B.). France, n° 3587........ 80
Dumas (J.). Espagne, n° 466........ 483
Dumas (O.). France, n° 1749........ 43
Dumas (J.). France, n° 5379........ 121
Dumas-Dassaud. France, n° 4533........ 103
Dumas-Frémy (C.-L.). France, n° 160........ 7
Dumas-Giraud. France, n° 5380........ 121
Dumas père et fils. France, n° 6231........ 138
Dumas et Girard. France, n° 4534........ 102
Dumas, Berger et Cie. France, n° 29........ 4 et 96
Duméril, Leurs fils et Cie. France, n° 5381..... 121
Dumesnil (P.). France, n° 4452........ 100
Dümmich (P.). Hesse, n° 60........ 366
Dümmler (F.). Prusse, n° 1170........ 416
Dumolard et Vialez (C.). France, n° 4279........ 96
Dumond (A.). France, n° 2202........ 53
Dumon (F.). Belgique, n° 621........ 286
Dumont. Algérie, n° 328........ 207
Dumont. France, n° 4791........ 107
Dumont. France, n° 4792........ 107
Dumont (A.). Belgique, n° 1........ 271
Dumont (A.-A.). France, n° 8676........ 182
Dumont (C.). France, nos 897 et 980........ 23 et 449
Dumont (C.). France, n° 1119........ 450
Dumont (C.). Hesse, n° 6........ 364
Dumont (E.-H.). France, n° 5592........ 463
Dumont (G.-A.). France, n° 371........ 12
Dumont (J.). France, n° 3473........ 79
Dumont (L.-P.-P.-C.). France, n° 9089........ 191
Dumont jeune. France, n° 8867........ 186
Dumont-Hibert (F.). France, n° 6232........ 138
Dumont-Pettrelle (F.-D.). France, n° 8010........ 170
Dumont et Cie. France, n° 65........ 5
Dumonteil (E.). France, n° 6992........ 150
Dumontel. Guyane française, n° 179........ 479
Dumontier (R.-A.). France, n° 5473........ 123
Dumor-Masson. France, n° 6233........ 139
Dumortier (L.). France, n° 7277........ 155
Dumortier-Delepierre. France, n° 6234.... 138 et 160
Dumortier et Cie. France, n° 5731........ 129
Dumouchel (E.-F.). France, n° 1750........ 43
Dumoulin (A.-J.-A.). France, n° 1883........ 45
Du Moulin (B.). Pays-Bas, n° 145........ 382
Dumoulin (Mme S.). France, n° 8201........ 174
Dumoulin (S.). France, n° 3094........ 72
Dumoulin (Ve W.-A.) et fils. Pays-Bas, n° 404.. 259
Dumoutier (L.). France, n° 1655........ 452
Dumrath (H.). Suède, n° 208........ 533
Dumurget et Cie. Algérie, n° 438........ 474
Dunaime (J.-A.). France, n° 1053........ 26
Dunand-Narat. France, n° 9258........ 195
Dünbier (F.). Prusse, n° 785........ 407
Duncan (J.). Ile Maurice, n° 6........ 508
Duncan (D.) et Cie. Royaume-Uni, n° 1484..... 344
Duncker (J.). Prusse, n° 603........ 403 et 404
Dundas (G.). Royaume-Uni, n° 834........ 486
Duneau et Charpentier. France, n° 6235........ 138
Dunial (L.). France, n° 780........ 20
Dunkel (P.). Prusse, n° 1042........ 413
Dunlop (J.). Royaume-Uni, n° 166........ 322
Dunn (P.). Canada, n° 148........ 497

Pages.

Dunn et Cie. Royaume-Uni, n° 527 328
Dunn, Hattersley et Cie. Royaume-Uni, n° 221 .. 328
Dunnicliffe (J.-D.). Royaume-Uni, n° 1615 346
Dunoyer (J.). France, n° 66 5
Dunst (J.-M.). Pays-Bas, n° 422 259
Dupaigne (E.-F.). France, n° 306 11
Dupain (F.-R.). France, n° 247 9
Dupasquier. France, n° 2037 453
Dupasquier (J.). Suisse, n° 21 291
Dupasquier (J.-P.). France, n° 8057 172
Duperly (C). France, n° 7698 164
Dupéron et Cie. France, n° 2471 59
Duperray. France, n° 5732 129
Dupetit-Delarue. France, n° 1458 451
Dupin (F.). France, n° 8573 180
Dupin (L.). France, n° 8110 173
Dupire (Vve) et Dumont. France, n° 5304 119
Dupisre (J.-B.). France, n° 6236 138
Dupisre-Duhamel. France, n° 6237 138
Duplan et Salles. France, n° 5178 117
Duplany (P.). France, n° 4435 99
Duplessis. France, n° 5382 447
Duplessy (L.). France, n° 5382 121
Duployez de Sonnet (E.). États-Sardes, n° 191 ... 423
Dupluvinage (P.-J.). France, n° 916 23
Dupont (A.). France, n° 8139 467
Dupont (C.). France, n° 7278 155
Dupont (E.). France, n° 4280 96
Dupont (E.). France, n° 7970 169
Dupont (F.). France, n° 504 .... 15 et 155
Dupont (J. M.). France, n° 7909 168
Dupont (L.-N.). France, n° 7156 465
Dupont (P.). France, n° 9259 .... 195 et 34
Dupont (Vve). France, n° 6587 464
Dupont-Poulet (L.). France, n° 5733 129
Dupont et Deschamps. France, n° 8740 183
Dupont et Dreyfus. France, n° 67 5
Dupont et Cie. France, n° 5734 129
Dupont père et fils et Cie. France, n° 6588 .. 464 et 452
Duport (C.). France, n° 7279 155
Duppa (T.-D.-L.). Royaume-Uni, n° 274 324
Duprat (A.). France, n° 1459 451
Dupré. France, n° 3172 455
Dupré (T.). France, n° 6025 464
Dupressoir (P.-N.). France, n° 5446 122
Dupuis (H.-L.-C.). Suisse, n° 124 293
Dupuis (J.-C.). France, n° 4374 98
Dupuis (S.). France, n° 8349 177
Dupuis-Petit (L.-A.). France, n° 7280 155
Dupuy. France, n° 68 5
Dupuy (C.). France, n° 4793 107
Dupuy (L'abbé D.). France, n° 505 .... 15 et 78
Dupuy (L.). France, n° 3588 80
Dupuy et Giraud. France, n° 9090 191
Dupuy et Cie. France, n° 9046 .... 186 et 190
Duquairoux-Lebrun (L.). France, n° 9507 200
Duquennoy-Wattel (M.). France, n° 6238 138
Durafour (J.-M.). France, n° 5121 115
Durafour neveu. France, n° 4794 107
Duran (L.). Grenade, n° 7 224
Duran (L.). France, n° 3474 79
Durand (A.). France, n° 1585 39
Durand (A.). France, n° 2203 53
Durand (C.-N.). France, n° 659 18
Durand (C.-P.). Prusse, n° 1107 414
Durand (E.). France, n° 3771 84
Durand (E.-P.). France, n° 8140 467
Durand (F.). France, n° 1656 .... 452 et 448
Durand (F.). France, n° 3260 75
Durand (F.). France, n° 5029 118
Durand (G. et C.). France, n° 161 7
Durand (J.). France, n° 2204 53
Durand (J.-B.). France, n° 3690 82
Durand (L.-G.). France, n° 3589 81
Durand (L.-J.). France, n° 4795 108
Durand (M.). France, n° 9380 472

Pages.

Durand (P.). France, n° 2681 64
Durand (P.-H.). France, n° 8042 171
Durand (Mlle R.). France, n° 7754 166
Durand (S.). Algérie, n° 656 211
Durand (Y.-M.). France, n° 507 15
Durand-Besnard. France, n° 8058 172
Durand-Chancerel. France, n° 2682 64
Durand frères (A.-L.). France, n° 2680 64
Durand et Bal. France, n° 1494 36
Durand et Cie. France, n° 4679 105
Durand (A.) et Cie. France, n° 4074 90
Durandeau (J.) et Chauveau. France, n° 2876 .. 68
Durant (L.). France, n° 506 15
Durant de Bellegarde (N.-F.). France, n° 372 ... 12
Durant frères. France, n° 6993 150
Duranton (J.-B.). France, n° 8202 174
Durel. France, n° 3365 76
Durel (P.-F.). France, n° 2473 59
Durel (J.) et Cie. France, n° 3475 78
Durenne fils. France, n° 4796 108
Duret. France, n° 5735 129
Duret (C.-F.-A.). France, n° 2683 64
Duret aîné. France, n° 2877 .... 68 et 455
Duret-Gérant (J.) et Cie. France, n° 3837 457
Durheim (C.). Suisse, n° 420 299
Durié (F.). France, n° 8141 467
Durié, Delabre, Desmoulins et Cie. France, n° 1884. 45
Durieu (E.). France, n° 7851 167
Duriez fils. France, n° 5736 129
Duriez-Destombes. France, n° 6239 138
Durin (W.). Prusse, n° 1055 413
Duron (C.). France, n° 5251 462
Durot (C. et H.-F.). France, n° 8350 177
Durousseau (C.-F.). France, n° 7699 164
Duroy (A.-M.). France, n° 7281 155
Duroy (J.-L.-P.). France, n° 9260 195
Durozier (A.-M.). France, n° 3095 72
Durr et Cie. Suisse, n° 129 293
Durselen frères. Prusse, n° 931 410
Durval (H.). Toscane, n° 17 433
Dusauchoit (E.). Belgique, n° 244 277
Du Sautoy (G.) et Cie. France, n° 6240 138
Duseigneur (E.). France, n°s 660 et 1561. 18, 39 et 147
Du Seixo (Baron). Portugal, n° 286 519
Dussaix (F.). France, n° 9584 201
Dussauce (A.). France, n° 8976 ...... 188, 467 et 471
Dussaux (J.-F.). France, n° 9508 200
Dussaux (V.) et Drouet. France, n° 6241 138
Dussol (J.-J.). France, n° 6709 .... 147 et 162
Dutartre (A.-B.). France, n° 1395 35
Dutéis (R.). France, n° 8574 180
Dutéis (X.). France, n° 9261 195
Dutel (J.-B.-E.). France, n° 5447 122
Dutemple, Basinan et Cie. France, n° 3366 77
Dutertre (A.). France, n° 5737 .... 129 et 138
Dutertre (A.). Suisse, n° 197 294
Dutertre frères. France, n° 5593 463
Dutfoy (A.-J.). France, n° 2969 69
Duthy (P.-J.-P.). France, n° 5280 .... 119 et 463
Dutillet (L.-V.). France, n° 4162 93
Dutot (F.). France, n° 9614 473
Dutour (B.). France, n° 6710 147
Dutournier (J.-N.). France, n° 373 12
Dutreive. France, n° 5738 129
Dutreix (L.). France, n° 781 20
Du Tremblay (V.) et Givord. France, n° 889 22
Dutrou (E.-P.). France, n° 1949 47
Dutrou fils (J.-B.). France, n° 6994 150
Duval (A.). France, n° 1460 451
Duval (A.). France, n° 6711 147
Duval (C.). Algérie, n° 230 473
Duval (C.-P.). France, n° 9598 201
Duval (L.). France, n° 3772 84
Duval (L.-A.). France, n° 8868 186
Duval (L.-V.). France, n° 1276 32
Duval (P.). France, n° 4163 .... 93 et 190

Pages.

Duval (Vve) et fils. France, n° 7282 155
Duvelleroy (P.). France, n° 8677 182
Duvergé. Algérie, n° 54 203
Duverger (E.). France, n° 9262 195
Duverger (G.). France, n° 4002 88
Duvière. France, n° 5739 129
Duvillers-Chasseloup (F.). France, n° 741 448
Duvillier-Delattre. France, n° 6242 138
Duvillier-Limaire (V.). France, n° 848 21
Duvoir (J.-M.). France, n° 1277 32
Duvoir (N.). France, n° 9830 .... 449 et 451
Duvoir (R.) et Cie. France, n° 2093 50
Duvoir-Leblanc. France, n° 2094 .... 50 et 100
Duyk fils (J.-F.). Belgique, n° 349 B .... 280 et 255
Duyvis (J.-S.). Pays-Bas, n° 323 257
D'User (C.-C.). Algérie, n° 600 211
Dyblie. Norwége, n° 29 538
Dybowski (J.). France, n° 2472 59
Dyckhoff. France, n° 849 21
Dyonnet (C.-A.). France, n° 9091 191
Dyonnet frères. France, n° 1495 87
Dyserinck (J.-H.). Pays-Bas, n° 127 381

E

Early et Cie. Royaume-Uni, n° 1344 341
Eossie (W.). Royaume-Uni, n° 222 323
East (T.) et fils. Royaume-Uni, n° 598 330
Easton et Amos. Royaume-Uni, n° 141 322
Eastwood (J.). Royaume-Uni, n° 223 323
Eaux minérales de Nassau. Nassau, n° 46 511
Eaux minérales de Mascara. Algérie, n° 434 474
Ebart frères. Prusse, n° 403 398
Ebbinghaus (C.-D.). Prusse, n° 404 398
Ebbinghaus (F.-W.). Prusse, n° 405 398
Ebbinghauss (H.-C.). Prusse, n° 545 401
Ebbinghaus et Schrimpff. Prusse, n° 629 403
Ebel (F.). Prusse, n° 1024 412
Ebenböck (P.). Bavière, n° 23 .... 267 et 254
Ebenezer (S.). Canada, n° 296 499
Eble. Wurtemberg, n° 38 441
Ebner (Adm^{on} des mines de S.). Autriche, n° 12. 227
Ebrehart-Rousseau. France, n° 5383 121
Ebsworth et Cie. Nouv.-Galles du Sud, n° 107 ... 491
Écarnot (L.-J.-B.). France, n° 2267 54
Eck (L.). Algérie, n° 437 474
Eck et Durand. France, n° 5174 117
Eck (D.) et Cie. France, n° 2970 69
Eckart (I.). Canada, n° 297 499
Eckart (J.-M.) et Cie. Wurtemberg, n° 63 442
Eckelt (C.). Autriche, n° 1107 250
Eckert (W.) et Cie. Francfort-sur-le-Mein, n° 2 .. 317
Eckhardt frères. Saxe, n° 36 425
Eckstein (H.-M.). Autriche, n° 380 236
École agricole de Tirynthe. Grèce, n° 23 356
École d'agricutlture de Julpa. Suède, n° 68 530
École américaine. Grèce, n° 118 358
Ecole d'apprentissage de la Providence. France, n° 7803 466
École des arts de Madras (Dir. Dr.H.). Inde, n° 20, 504
École des arts et métiers de Chalmers. Suède, n° 98 .... 531 et 537
École de broderie de Bleistadt. Autriche, n° 1040. 249
École de broderie de Gossengrün. Autriche, n° 1041. 249
École de broderie de Trinkseifen. Autriche, n° 1042. 249
École de broderie de Zinwald. Autriche, n° 1043. 249
École pour la culture du lin. Prusse, n° 173 392
École de dentelles des enf. pauv. France, n° 7755. 166
École pour la fabrication de dentelles de crin et de paille. Autriche, n° 1044 249
Ecole pour la fabrication de dentelles et broderies au fuseau. Autriche, n° 1045 249
École pour les fileurs à la main, et École normale pour leurs précepteurs. Prusse, n° 980 411
École forestière à Villaviciosa. Espagne, n° 108 ... 308
Ecole impériale d'arts et métiers d'Aix. France, n° 9831 .... 449, 451 et 41
École impériale d'arts et métiers d'Angers. France, n° 9832 .... 449 et 461
École impériale d'arts et métiers de Châlons. France, n° 9833 449
École impériale des mines. France, n° 211 447
École impériale supérieure d'économie rurale. Autriche, n° 176 231
École industrielle du rév. Thurston. Ile de Ceylan, n° 19 .... 501 et 502
École des mines. Mexique, n° 1 371
École des mines à Fahlun. Suède, n° 99 .... 531 et 529
École normale primaire. France, n° 742 448
École pour ouvrages en paille. Autriche, n° 1108. 250
École polytechnique. Danemark, n° 6 301
École pour tissage de damas. Autriche, n° 925 ... 247
Édan (P.-A.). France, n° 8011 170
Edberg (C.-K.). Suède, n° 329 536
Edel et Hartmann. France, n° 7283 155
Édeline (F.). France, n° 5740 129
Eder (C.). Autriche, n° 381 236
Eder (M.). Bavière, n° 130 269
Eder (P.). Bade, n° 10 261
Edet fils (T.-A.). France, n° 3173 455
Edge et fils. Royaume-Uni, n° 1065 337
Edgington (B.). Royaume-Uni, n° 830 333
Edhofer (J.). Autriche, n° 1109 250
Edholm (F.). Suède, n° 362 536
Edlund (E.). Suède, n° 127 532
Edmiston et fils. Royaume-Uni, n° 1746 348
Edmond (J.). Guyane française, n° 172 479
Edward (A. et D.) et Cie. Royaume-Uni, n° 1500. 348
Edwards (T.). Royaume-Uni, n° 458 327
Edwards (W. et R.). Canada, n° 135 497
Edwards (F.) et fils. Royaume-Uni, n° 453 327
Eeckelaers (L.). Belgique, n° 228 277
Eeles et fils. Royaume-Uni, n° 1971 351
Effert (P.). Prusse, n° 249 394
Ege (Vve) et fils. France, n° 9509 200
Egeberg, Westyé et Cie. Norwége, n° 12 537
Egells (F.-A.). Prusse, n° 220 393
Eger et Cie. Saxe, n° 87 425
Egestorff (G.). Hanovre, n° 4 359
Egger (J.-B.). Autriche, n° 686 242
Eggerlé (A.). France, n° 3476 78
Eggert (F.) et Sonnert (A.). Bavière, n° 90 A ... 269
Eggert (A.) et Cie. Autriche. n° 15 227
Eggerth (J.). Autriche, n° 382 236
Egli (J.-C.). Suisse, n° 265 296
Egrot fils (E.-M.). France, n° 10194 461
Eguilles (D.), Couillard et Cie. France, n° 2354. 57
Ehinger (A.). Autriche, n° 779 244
Ehinger (J.). France, n° 8977 188
Ehmann, Hering et Görger fils. France, n° 2084. 64
Ehnle (J.-P.). Pays-Bas, n° 150 382
Ehnle (Vve G.) et fils. Pays-Bas, n° 151 .... 382 et 258
Ehrenberg (F.). Autriche, n° 478 A 238
Ehrenberg (J.-F.). Suède, n° 330 536
Eichelbaum (C.). Prusse, n° 981 411
Eichler (G.). Prusse, n° 1169 416
Eichthal (Baron d'). Bavière, n° 2 .... 266 et 253
Eichthal (Baron C.-L.-M. d'). Bavière, n° 32. 267 et 254
Eickholt (Les héritiers d'Ant.). Prusse, n° 982 ... 411

Pages.

Eickhorn fils (J.-F.). Prusse, n° 506 …… 400
Eide (H.-P.-S.). Norwége, n° 77 …… 539
Eigruber (M.). Autriche, n° 604 …… 240
Einhauser (J.). Autriche, n° 260 A …… 233
Eisdell et Ashcomb. Inde, n°s 115 et 119 …… 506
Eisenmenger (G.-F.). Bavière, n° 16 …… 266
Eisler (B. et J.). Autriche, n° 143 …… 230
Ekelsbeke (J.). Belgique, n° 508 …… 284
Ekenstam (G.-F.). Suède, n° 13 …… 529
Ekman (G.). Suède, n° 14 …… 529 et 533
El-Arbi-ben-Achour. Algérie, n° 707 …… 212
Elarbi-ben-Ahmed-ben-Youssef. Algérie, n° 508 …… 210
El-Azizi. Algérie, n° 686 …… 212
El-bajd-Hamed. Algérie, n° 601 …… 211
El Bechir-ben-Ahmed. Algérie, n° 504 …… 210
Elbers (J.-H.). Prusse, n° 786 …… 407
Elce (J.) et Cie. Royaume-Uni, n° 317 …… 325
Elcké (F.). France, n° 9510 …… 200
El-Djemouai-ben-Bel-Kassem. Algérie, n° 675 …… 212
Eldridge (A.). Nouv.-Galles du Sud, n° 140. 491 et 490
Eldriton. Nouvelle-Galles du Sud, n° 21 …… 489
Electric telegraph Company. Royaume-Uni, n° 502. 328
Éleusis (Dème d'). Grèce, n° 14 …… 355
Eleveld (G.). Pays-Bas, n° 357 …… 258
El-Hadj-ben-Hoimgar. Algérie, n° 708 …… 212
El-Hadj-Mohamed-ben-Bou-Amar. Algérie, n° 645. 211
El-Hadj-Mohamed-Elib. Algérie, n° 336 …… 207
Eliaers (A.). États-Unis, n° 70 …… 221
Élias (J.). Pays-Bas, n° 179 …… 382
Eliasson (L.-J.). Suède, n° 268 …… 534
Eliot et Sigle. France, n° 2062 …… 50
Elkington, Mason et Cie. Royaume-Uni, n° 1147 …… 338
Ellam (B.). Royaume-Uni, n° 167 …… 322
Ellerman (A.). Pays-Bas, n° 261 …… 256
Elliby (W.) et Cie. Royaume-Uni, n° 1122 …… 338
Elliot frères. Royaume-Uni, n° 395 …… 326
Ellis (Sophia A.). Royaume-Uni, n° 1822 …… 349
Ellis, Berry (W.) et Prestwidge. Jamaïque, n° 2 …… 507
Ellis, Everington et Cie. Royaume-Uni, n° 1378. 487
Elliston. Van-Diémen, n° 64 …… 495
El-Madani-ben-Hamouda. Algérie, n° 492 …… 209
El-Mahin. Algérie, n° 515 …… 210
El-Massaoud-ben-Si-Ahmed. Algérie, n° 695 …… 212
Elmquist (J.-F.). Suède, n° 128 …… 532 et 534
Eloffe et Cie. France, n° 8 …… 3
Éloin (F.). Belgique, n° 5 …… 271
Eloy (L.-J.). France, n° 917 …… 23
Elsler (A.). Prusse, n° 1271 …… 526
Elsmore, Forster et Cie. Royaume-Uni, n° 1213 …… 339
Elsner (R.-W.). Prusse, n° 297 …… 396
Embark-ben-Messaoud. Algérie, n° 494 …… 210
Embarka-bents-Ahmed. Algérie, n° 493 …… 210
Émeric (C.). France, n° 918 …… 23
Émerson (L.). Inde, n° 8 …… 504
Emery Rougier. France, n° 2038 …… 453
Emmanuel (N.). Grèce, n° 25 …… 356
Emmerich et Georger fils (J.-B.). France, n° 3174. 455
Enaux aîné. France, n° 4797 …… 108
Encarnaçao (J.-E.). Portugal, n° 244 …… 517
Endemann et Cie. Prusse, n° 8 …… 388
Enderlein. Algérie, n° 55 …… 203
Enequist (Mlle S.). Suède, n° 290 …… 535
Enfer (E.). France, n° 958 …… 24 et 449
Engel. Autriche, n° 832 …… 245
Engel (G.). Prusse, n° 1025 …… 412
Engel (H.). Autriche, n° 1198 …… 252
Engel (J.). États-Unis, n° 125 …… 222
Engel (J.-J.). France, n° 5594 …… 463
Engelbrecht (G.-F.). Suède, n° 291 …… 535
Engeler (H.-M.) et fils. Prusse, n° 1123 …… 414
Engelhardt (F.). Hesse, n° 44 …… 365
Engelmann (S.). Autriche, n° 478 B …… 238
Engelmann (C.) et fils. Prusse, n° 932 …… 410
Engelmann et Graf. France, n° 9047 …… 190
Engels (H.-W.-M.). Hambourg, n° 39 …… 363
Engerth (G.). Autriche, n° 260 B …… 233

Pages.

England (E.-H.). Royaume-Uni, n° 758 …… 332
England (G.) et Cie. Royaume-Uni, n° 234 A …… 485
English copper Company. Royaume-Uni, n° 36 …… 320
Ennoual. Algérie, n° 676 …… 212
Enrich et Cie. Espagne, n° 28 …… 307
Enschedé (J.) et fils. Pays-Bas, n° 247 …… 384 et 259
Entenza Palacio (J.). Cuba, n° 32 …… 485
Enthoven (L.-J.) et Cie. Pays-Bas, n° 136 …… 381
Épitalon frères. France, n° 6995 …… 150
Epkens (G.) et Cie. Pays-Bas, n° 112 …… 381
Eppner. Prusse, n° 1202 …… 524
Epting (I.). Wurtemberg, n° 85 …… 442
Era iron foundry Company. États-Unis, n° 8 …… 219
Érard (J.-B.-P.-O.). France, n° 9511 …… 200
Erard (P.). Royaume-Uni, n° 1989 …… 351
Erath (A.). Autriche, n° 383 …… 236
Erbe (L.). Wurtemberg, n° 39 …… 441
Erckens fils. Prusse, n° 789 …… 407
Erhard (P.). France, n° 8500 …… 179 et 469
Erhard (V.). France, n° 5741 …… 129
Erhard-Schièble. France, n° 9381 …… 472
Éric. Algérie, n° 56 …… 203
Erich (C.-A.). Bavière, n° 42 …… 267 et 254
Erichsen (C.). Nouvelle-Galles du Sud, n° 168 …… 492
Ericsdotter (Catherine). Suède, n° 292 …… 535
Ericsson (N.). Suède, n° 209 …… 533
Ericsson (A.) et Cie. Suède, n° 363 …… 536
Erikson (S.). Suède, n° 264 …… 534
Erkelens (P.). Pays-Bas, n°s 128 et 350 …… 258 et 381
Erkens (F.). Prusse, n° 787 B …… 525
Erlenbusch (G.). Wurtemberg, n° 25 …… 441
Ermeler (W.) et Cie. Prusse, n° 455 …… 399
Ermen et Engels. Prusse, n° 744 …… 406
Ernhoffer (F.). Autriche, n° 1239 …… 253
Ernie et Couderc. France, n° 5502 …… 123
Ernoux (C.-H.). France, n° 4087 …… 91
Ernst (G.). Saxe-Gotha, n° 9 …… 429
Ernst (H.-R.). France, n° 1885 …… 45
Ernst (J.-R.). Suisse, n° 266 …… 296 et 481
Ernst et Korn. Prusse, n° 1171 …… 476
Erum (L.-A.). France, n° 1223 …… 31
Ertel (T.) et fils. Bavière, n° 17 …… 266 et 254
Ervens (P.). Prusse, n° 790 …… 407
Escafit (A.). France, n° 1224 …… 31 et 450
Escalante (R.). Costa-Rica, n° 2 …… 224
Escales frères. Bavière, n° 94 …… 269
De l'Escalopier (Comte C.). France, n° 7910 …… 168
Escoffier (B.). France, n° 4798 …… 108
Escoffier (F.). France, n° 4164 …… 93
Escudero (J.). Espagne, n° 399 …… 314
Escudero et Cie. Espagne, n° 413 …… 314
Eslanger (L.-B.). France, n° 9512 …… 200
Esmark (S.-C.). Norwége, n° 34 …… 538
Esnouf (M.-A.). France, n° 1054 …… 26
Esnouf et Mauger. Royaume-Uni, n° 831 …… 333
Espermüller aîné (C.). Bavière, n° 71 A …… 268
España Industrial. Espagne, n° 342 …… 313
Espil (S.). France, n° 6243 …… 138
Espinasse (A.). France, n° 2355 …… 57
Espinasse (Vve A.). France, n° 3477 …… 78
Esplin (J.-S.). Royaume-Uni, n° 1485 …… 344
Espouy (J.-B.). France, n° 1586 …… 39
Espy fils (D.). France, n° 69 …… 5
Esquiron (T.). France, n° 3590 …… 80
Esser (M.-F.). Hesse, n° 45 …… 365
Essig (S.). France, n° 212 …… 447
Essigmann (M.). Autriche, n° 1001 …… 248
Essique et Delamarre. France, n° 4680 …… 105
Esslinger (E.-W.). Prusse, n° 1181 …… 416
Estève (C.). France, n° 661 …… 18
Estève (H.). France, n° 2685 …… 64
Estibal (J.). France, n° 3773 …… 84 et 457
Estibot. Algérie, n° 335 …… 207
Estieu (B.). France, n° 1461 A …… 451
Estienne et Irroy fils. France, n° 4491 …… 101
Estival (P.). France, n° 4681 …… 105

Pages.
Estivant frères. France, n° 4799 108
Estivant et Bidou fils. France, n° 2686 64
Estivant et Parent (A.). France, n° 2356 57
Estragnat aîné et Van-Hende. France, n° 5742 129
Estragnat frères et Roux. France, n° 5743 129
Estruch (J.-O.). Espagne, n° 510 484
Esturgot. Algérie, n° 268 206
Établissement industriel de Christiania pour les femmes indigentes. Norwége, n° 98 539
Établissement des pauvres de Florence. Toscane, n° 6 433 et 437
Établissement de Saint-Joseph, à Verviers. Belgique, n° 576 285
Étard (J.-C.). France, n° 280 10 et 25
Eude (L.) et Vieugué. France, n° 6589 464
Evaldres (H.). France, n° 5595 463
Evans (D.). Royaume-Uni, n° 1294 340
Evans (W.). Royaume-Uni, n° 55 320
Evans (W.). Canada, n° 92 496
Evans fils et Cie. Royaume-Uni, n° 471 327
Évêché de Gurk. Autriche, n° 16 227
Évêque (L') de Tasmanie. Van-Diémen, n° 12 494
Evernert (J.) et sœurs. Belgique, n° 577 285
Everitt (A.) et fils. Royaume-Uni, n° 1034 336
Evers (A.-H.). Suède, n° 70 530
Eversteyn (J.). Pays-Bas, n° 232 384
Pages.
Evette (H.). France, n° 7284 155
Évrard (E.-F.). France, n° 7569 162
Évrard (E.-N.). France, n° 1886 45
Évrard (G.-J.). France, n° 8142 467
Évrard (J.-B.). France, n° 9834 449
Évrard (M.). France, n° 1665 41 et 50
Évrard (M.) et Grosrenaud (P.-L.). France, n° 819 21
Évrat (A.). France, n° 5448 122
Évrot-Cadet neveu (J.). États-Sardes, n° 34 A. 419 et 527
Ewart (D.). Jamaïque, n° 17 508
Ewart (W.) et fils. Royaume-Uni, n° 1468 243
Ewing (A.-O.) et Cie. Royaume-Uni, n° 645 330
Exbrayat (A.). France, n° 1278 32
Exmelin et Arlot aîné. France, n° 992 25
Exploitation du système Hugues. France, n° 2474 59
Exploitations communales de pierres puddings. Belgique, n° 41 272
Eyds-Limbourg (E.). Luxembourg, n° 8 369
Eylertz (P.-J.). Prusse, n° 55 389
Eymieu père et fils. France, n° 6712 147
Eynaud. Algérie, n° 455 209
Eyraud (C.). France, n° 4165 93
Eyre (Major). Inde, n° 16 504
Eyriès. Guyane française, n° 165 479
Eyssérie (P.). France, n° 3774 84

F

FAB FAL

Faasse (P.-A.). France, n° 5122 115
Faber (A.-W.). Bavière, n° 37 267 et 254
Faber (F.). Wurtemberg, n° 81 442
Fabian (C.-G.). Prusse, n° 1065 413
Fabian (M.). Prusse, n° 630 404
Fabik (G.). Autriche, n° 384 236
Fabre (A.). Algérie, n° 544 210
Fabre (J.-A.). France, n°s 508 et 609 15 et 17
Fabre et Kunemann. France, n° 1950 47 et 453
Fabregas. Espagne, n° 343 313
Fabregas (F.). Espagne, n° 400 314
Fabrique d'allumettes chimiques de Jonköping. Suède, n° 129 532
Fabrique de bougies stéariques. Autriche, n° 341 A. 235
Fabrique de la maison de force. Nassau, n° 48 511
Fabrique de lettres prismatiques émaillées et de métal. Autriche, n° 1199 252
Fabrique de liqueurs. Autriche, n° 479 238
Fabrique de machines de la Cie du chemin de fer de l'État. Autriche, n° 261 233
Fabrique de Mieres. Espagne, n° 19 307
Fabrique de Nogent. France, n° 4535 102
Fabrique d'objets de terre cuite de Wagram. Autriche, n° 736 243
Fabrique de papiers de Meuden. Prusse, n° 406 398
Fabr. de porcelaine de Prague. Autriche, n° 787 243
Fabrique de produits chimiques. Autriche, n° 387 236
Fabrique de Sargadelos. Esp., n°s 20 et 328 307 et 313
Fabrique de savons, chandelles et produits chimiques. Autriche, n° 391 236
Fabrique de sucre du Park. Autriche, n° 481 238
Fabrique de sucre de Wisternitz. Autriche, n° 482 238
Fabrique de sucre de betterave de Troppau. Autriche, n° 480 238
Fabr. de tissus à la mécanique. Norwége, n° 70 539
Fabr. de tissus de la mais. de corr. Norwége, n° 78 539
Fabr. de toiles à voiles de Fiume. Autriche, n° 1002 248
Fabr. de tôles de Wöllerdorf (Soc. de la). Autr., n° 17 227
Fabrique de Truvia. Espagne, n° 4 307
Fabrique (La) de waggons suisses. Suisse, n° 16 290
Fabrique de zinc de Nericie. Suède, n° 15 529
Fabrique imp. des tabacs. Autriche, n° 385 236
Fabrique imp. de papiers. Autriche, n° 386 236
Fabrique Lenense-Asturiana. Espagne, n° 313 312
Fabrique le Watt. Prusse, n° 309 396
Fabrique mécanique de bois de teinture de Josephsthal. Autriche, n° 388 236
Fabr. méc. d'huile de Josephsthal. Autriche, n° 390 236
Fabrique mécanique de papiers de Josephsthal. Autriche, n° 389 236
Fabrique roy. de porcelaine. Danemark, n° 50 302
Fabrique roy. de Thomar. Portugal, n° 191 516 et 519
Fabry (J.). France, n° 4696 460
Fabry (A.) et Colson (M.). Belgique, n° 3 271
Fabulet (M.). France, n° 7985 155
Facchini frères (P. et C.). États-Pontific., n° 33 386
Facilides et Cie. Saxe, n° 38 425
Facio. Algérie, n° 269 206
Fadenilhe (W.). Royaume-Uni, n° 699 331
Faenger (O.). Prusse, n° 1199 524
Faero. Océanie française, n° 191 480
Faes-Gluntz (Mme). France, n° 8260 468
Fagulde (P.). France, n° 3691 82
Fagard. Algérie, n° 57 203
Fages. Algérie, n° 58 203
Fages (L.). France, n° 4281 96
Faget (B.). France, n° 4800 108
Fagris (P.). France, n° 7286 156
Fahndrich (C.-W.). Prusse, n° 791 407
Faienciers de Saint-Clément. France, n° 5462 823
Faille (P.-R.). France, n° 9321 197
Fairbairn et fils. Royaume-Uni, n° 124 A. 485
Fairburn (W.). Royaume-Uni, n° 224 123
Fairfax (W.). Nouvelle-Galles du Sud, n° 195 492
Fairon (J.). Belgique, n° 187 276
Faisca (J. dos R.). Portugal, n° 110 515
Faivre (A.). France, n° 162 7
Faivre (J.). France, n° 9513 200
Faivre aîné (L.). France, n° 7627 163
Faivre-Bauzon (P.). France, n° 662 18
Falaiseau de Beauplan (L.). France, n° 7852 167
Falatieu et Chavanne. France, n° 4801 108, 447 et 460
Falcao (L. de P.-C.-F.). Portugal, n° 111 515 et 517
Falcini (L.). Toscane, n° 162 437
Falga jeune (J.). France, n° 509 15
Falisse et Trapmann. Belgique, n° 308 279 et 275

Pages.

Falk (E.). Suède, n° 364 536
Falkenmeyer (H.). Nassau, n° 6 510
Fallander (N.). Suède, n° 282 534
Fallempin et Cie. France, n° 2039 453
Faller, Tritscheller et Cie. Autriche, n° 1110 250
Fallot (N.-F.). France, n° 610 17
Fandrem (O.-C.). Norwége, n° 99 539
Fanfernot et Dulac. France, n° 2971 69
Fanien et fils. France, n° 8351 177
Fanon (J.-L.). France, n° 993 26
Fara fils et Châteauneuf. France, n° 6996 150
Faraday et fils. Royaume-Uni, n° 1190 339
Farcot (M.-J.-D.). France, n° 850 21
Farelo (F.). Espagne, n° 518 484
Faret (J.). France, n° 1751 43
Faret et Lobry. France, n° 3261 74
Farge (P.). France, n° 6997 150
Farge et Fournier. France, n° 2972 69
Farge, Pétiniaud, Blanchard et Cie. France, n° 5503 124
Faria et Damazio. Portugal, n° 309 519
Farina (F.-M.). Prusse, n° 334 397
Farina (J.-A.). Prusse, n° 335 397
Farina (J.-M.). Prusse, n° 336 397
Farina (J.-M.). Prusse, n° 337 397
Farina (J.-M.). Prusse, n° 338 397
Farina (J.-M.). Prusse, n° 339 397
Farina (J.-M.). Prusse, n° 340 397
Farina (J.-M.). Prusse, n° 341 397
Farina (J.-M.). Prusse, n° 342 397
Farina (J.-M.). Prusse, n° 343 397
Farina (J.-M.). Prusse, n° 344 397
Farinaux (I.). France, n° 851 21
Farinaux jeune (A.). France, n° 959 24
Farjat (B.). France, n° 8043 171
Farjon (H.). France, n° 6713 147
Farlow (C.). Royaume-Uni, n° 60 320
Farmer et Deblaquière. Canada, n° 59 496
Farnalier (C.). France, n° 3096 72
Farnet. Algérie, n° 11 202
Farngruber (A.). Autriche, n° 605 240
Farr (J.-M.). Wurtemberg, n° 101 443
Farran (T.), Courant et Cie. France, n° 7287 156
Farrand frères. France, n° 5744 129
Farre (C.). France, n° 3838 457
Farrow (C.). Royaume-Uni, n° 282 324
Fasbender (J.). Prusse, n° 345 397
Faseth (F.). Autriche, n° 483 238
Fashold (L.). Autriche, n° 926 247
Fastier (L.-A.). France, n° 3839 457
Fasting (J.) et Schmidt (P.). Danemark, n° 85 304
Fastré (J.-F.). Belgique, n° 83 273
Fastré (T.-J.). France, n° 1951 47
Fathma. Algérie, n° 495 210
Fathma-ben-Embarek. Algérie, n° 709 212
Fau (J.). France, n° 3591 80
Fauchet (T.-N.). France, n° 960 .... 24 et 30
Fauconnier (E.). Belgique, n° 432 282
Fauconnier (F.-L.). France, n° 1146 29
Fauconnier-Delire (Vve). Belgique, n° 373 281
Faugeyroux (J.-B.). France, n° 2878 68
Faulquier cadet. France, n° 2205 .... 58 et 59
Faun (J.). Royaume-Uni, n° 1106 A 487
Fauquet-Lemaître (P.-A.). France, n° 5745 129
Fauquet-Lemaître et Cie. France, n° 5746 .. 129 et 156
Fauquet (E.), Risler et Cie. France, n° 5747 129
Fauquier. France, n° 8544 469
Fauquier (L.-F.). France, n° 8741 183
Faurax (C.-E.). France, n° 1055 26
Faure. France, n° 271 10
Faure. France, n° 7911 168
Faure (A.). Cap de Bonne-Espérance, n° 16 500
Faure (F.). France, n° 1279 32
Faure (J.). France, n° 994 25
Faure (J.). France, n° 4621 103
Faure (L.). France, n° 510 15
Faure (L.). France, n° 3097 72
Faure (L.). France, n° 6714 147
Faure (P.). France, n° 9882 472
Faure-Heinrich. France, n° 1752 43
Faure (E.) et frère. France, n° 6715 147
Faure (P.) et Escoffier. France, n° 2973 69
Faure et Cie. France, n° 919 23
Faure, Soumet et Cie. France, n° 4802 108
Fauré et Cie. France, n° 2687 64
Fauset (T.). Guyane anglaise, n° 16 .... 502 et 503
Faussemagne (J.-M.). France, n° 2357 57
Faussillon dit Laroze. France, n° 8143 467
Faust (F.). Autriche, n° 341 B 235
Fauth (J.-M.). Wurtemberg, n° 143 444
Fauveau (J.-B.). France, n° 307 11
Fauveau (L.-F.-J.). France, n° 6244 138
Fauvel (H.) aîné et Cie. France, n° 2303 454
Fauvelle (E.-A.). France, n° 743 448
Fauvelle-Delebarre. France, n° 8742 183
Fauvelle, Mathieu et Cie. France, n° 3367 76
Fave (D.). Algérie, n° 233 473
Favelier (A.-C.). France, n° 5137 .... 116 et 174
Favien et Neveux. France, n° 5030 113
Favier (J.-B.). France, n° 3889 85
Favier et Foley. France, n° 7629 163
Favier père et Cie. France, n° 2974 69
Favre. Algérie, n° 59 203
Favre (D.). Suisse, n° 183 294
Favre (H.-A.). Suisse, n° 46 291
Favre et Jöransön. France, n° 3478 78
Favrel (A.). France, n° 1462 451
Favrel (A.-F.-J.). France, n° 4803 108
Favrot et Cie. France, n° 2475 59
Fawcett (S.). Royaume-Uni, n° 1547 345
Fawcett (W.) et Cie. Royaume-Uni, n° 1548 345
Fayard. Algérie, n° 243 206
Faye. France, n° 5748 129
Faye (P.-C.). France, n° 5175 117
Fayet (D.-J.). France, n° 8678 182
Fayet (J.). France, n° 2095 .... 50 et 58
Fayet-Baron. France, n° 4804 108
Fayeton fils et Morin. France, n° 6998 150
Fayolle (N.) et Cie. France, n° 6999 151
Fayon (J.-B.). France, n° 3262 74
Fayot et Pierrefeu frères. France, n° 5749 129
Fazon (V.). France, n° 8829 185
Féau-Béchard (A.) et fils. France, n° 2975 69
Féaux et Riedel. Prusse, n° 792 407
Febvrel (E.). France, n° 7288 156
Fechner (F.). Prusse, n° 1116 414
Fecht (W). Wurtemberg, n° 179 444
Feer (F.) et Cie. Suisse, n° 322 297
Feetham et Cie. Royaume-Uni, n° 454 327
Fehr (J.-J.). Bavière, n° 56 A 254
Feil (C.). France, n° 5338 120
Feilberg (P.-D.). Danemark, n° 21 301
Feile (W.). Hesse grand-ducale, n° 68 366
Feilhammer (F.). Autriche, n° 1200 252
Feilner (T.-C.) et Cie. Prusse, n° 725 406
Feio (M.-J. de S.). Portugal, n° 113 .... 515 et 518
Feixidor (N.). Espagne, n° 494 484
Fejoes (J.). Autriche, n° 484 238
Felber (C.-F.). France, n° 1056 26
Felber (I.). Autriche, n° 178 231
Feldman (J.) et Cie. Pays-Bas, n° 377 258
Feldtrappe frères. France, n° 9092 191
Felhoen-Van-Thieghem. Belgique, n° 578 285
Felici (L.). Toscane, n° 125 .... 436 et 540
Féline (A.). France, n° 2040 453
Felis (M.). Espagne, n° 21 307
Félix (J.). France, n° 8869 186
Félix-Hunerelle. France, n° 3176 456
Feller (A.). Prusse, n° 793 407
Fels (J.). Autriche, n° 833 245
Felsing (H.). Hesse grand-ducale, n° 77 366
Feiten et Guillaume. Prusse, n° 631 .... 404 et 411

4

Pages.

Felthauss (J.-H.). Prusse, n° 122.............. 391
Femmiger (C.). Autriche, n° 392.............. 236
Fenestre (S.). France, n° 511.............. 15
Fenn (J.). États-Unis, n° 87.............. 222
Fenoux (P.-G.). France, n° 8870.............. 186
Fenton fils et Cie. Royaume-Uni, n° 1529....... 344
Fenzi (C.). Toscane, n° 7.............. 433
Fenzi (E.). Toscane, n° 5.............. 433
Feo (N.). Cuba, n° 34.............. 485
Feoli (A). États-Pontificaux, n° 27.............. 386
Feraud père et fils. France, n° 1562.......... 39
Feray et Cie. France, n° 7289......... 156, 129 et 450
Ferazin. États-Sardes, n° 164.............. 492
Ferdenzoni (Dr L.). États-Pontificaux, n° 40.... 386
Ferdinandeum (Institut national). Autriche, n° 314. 234
Fereday (Rév. J.). T. de Van-Diémen, n° 13. 494 et 495
Ferguson (W.-J.). Canada, n° 126.......... 497
Ferguson (W.-P.). France, n° 5750.......... 129
Ferguson et Cie. France, n° 7756.......... 166
Ferhat-ben-Bou-Abdallah. Algérie, n° 668....... 212
Ferie (V.). Autriche, n° 1003.............. 248
Ferim et Robin. Portugal, n° 395.............. 521
Ferlaut (M.-M.). France, n° 7290.............. 156
Fermant et Cie. France, n° 5751.............. 129
Fermier (L.). France, n° 2041.............. 453
Fernandès (M.-J.). Portugal, n° 114.......... 515
Fernandez. États Pontificaux, n° 68.......... 512
Fernandez (G.). Espagne, n° 434.............. 314
Fernandez (J.). Algérie, n° 225.............. 473
Fernandez-Guillen (J.-R.). Espagne, n° 229.... 311
Fernandez-Varquez. Espagne, n° 199.......... 210
Fernando. Ceylan, n° 23.............. 501
Fernie (E.-W.). France, n° 115.............. 6
Féron (J.-F.). France, n° 4375.............. 98
Féron (P.). France, n° 4064.............. 458
Feronelle (L.) et Cie. France, n° 5752.......... 129
Ferouelle et Rolland. France, n° 5753.......... 129
Ferrand. Algérie, n° 151.............. 204
Ferrand (M.-G.). France, n° 3098.............. 72
Ferrand-Lamotte. France, n° 2879.............. 68
Ferranderis (A.). Pays-Bas, n° 227.............. 384
Ferrari (F.). Autriche, n° 927.............. 247
Ferré (J.-B.). Algérie, n° 270.............. 206
Ferré aîné. (P.-A.). France, n° 611.............. 17
Ferreira (J.-B.). Portugal, n° 246.............. 518
Ferreira (J.-J. de S.). Portugal, n° 115.......... 515
Ferreira (T.-J.). Portugal, n° 372 A.......... 520
Ferreira-Pinto-Basto (J.). Portugal, n° 247. 518 et 519
Ferreira-Pinto-Basto (J.). Portugal, n° 20.. 513 et 519
Ferreira-Pinto-Basto (J.). Portugal, n° 248..... 518
Ferreira-Pinto-Basto et Cie. Portugal, n° 249.. 518, 513, 517 et 519
Ferreira de Souza (B.-J.). Portugal, n° 202..... 517
Ferrer (J.). Espagne, n° 401.............. 314
Ferrer et Sendrich. Cuba, n° 33.............. 485
Ferres (J.). Victoria, n° 20.............. 493
Ferrier. Algérie, n° 271.............. 206
Ferrier (C.). France, n° 9148.............. 192
Ferrier (D.-E.-V.). France, n° 1753.......... 43
Ferrier (E.). France, n° 6245.............. 139
Ferrière (C.). France, n° 5754.............. 129
Ferrière et Clauzel. France, n° 7630.......... 163
Ferrigni (J.). Toscane, n° 148.......... 437 et 540
Ferris et Arkins. Nouv.-Galles du Sud, n° 22. 489 et 491
Ferron (P.-J.) et Cie. Jamaïque, n° 11.......... 508
Ferry (A.-H.). France, n° 4282.............. 96
Ferry (E.). France, n° 3177.............. 456
Ferry fils et Zeder. France, n° 6246.......... 139
Fert (J.-S.). France, n° 1057.............. 26
Fery (P.-A.). France, n° 512.............. 15
Féry (A.) et Élie (L.). Réunion, n° 94.......... 477
Fesneau-Petibeau (J.-J.). France, n° 3099...... 72
Fesquet, Rousseau, Palluit, etc. France, n° 163. 7
Fessard (L.-B.). France, n° 8933.............. 471
Fessol (A.). France, n° 1163.............. 29
Fest (E.). Autriche, n° 18.............. 227

Pages.

Festugières et Cie. France, n° 70.............. 5
Feth (G.). France, n° 2042.............. 453
Fétu (J.). France, n° 5252.............. 462
Fétu fils aîné et Cie. Belgique, n° 119......274 et 254
Fétu et Deliége. Belgique, n° 179.........275 et 255
Feuerheerd (D.-M.). Portugal, n° 21......513 et 516
Feuillet (N.). France, n° 1463.............. 451
Feuigen frères. Prusse, n° 794.............. 407
Feuquières et Marguerite. France, n° 5176...... 117
Fevez (L.). France, n° 5755.............. 129
Fevez (P.), Allelix et Cie. France, n° 6590..... 464
Fèvre (G.-D.). France, n° 3910.............. 86
Fey et Martin. France, n° 7000.............. 151
Feyat et Cie. France, n° 6247.............. 139
Feyeux (N.-D.-M.). France, n° 3263.......74 et 456
Fial (J.). Autriche, n° 834.............. 245
Fiala (W.-J.). Autriche, n° 393.............. 236
Fialeix. France, n° 5549.............. 125
Fichet (A.). France, n° 4805.............. 108
Fichet (C.). France, n° 2018.............. 49
Fichet (J.-I.). France, n° 1280.............. 32
Fichot (A.). France, n° 4065.............. 458
Fichot (C.-A.). France, n° 8575.............. 180
Fichtner (J.). Autriche, n° 315.............. 234
Fichtner (J.) et fils. Autriche, n° 179.......... 231
Fickenscher (B.). Autriche, n° 835.......... 245
Fiedler (E.-H.). Autriche, n° 485.......... 238
Fiedler (F.). Autriche, n° 1111.............. 250
Field (R.) et fils. Royaume-Uni, n° 396....... 326
Fieron aîné (J.-F.). France, n° 4806.......... 108
Fiévet (C.). Prusse, n° 367.............. 397
Fichter et fils. Suisse, n° 323.............. 297
Fierz (W.) et Cie. Suisse, n° 267.............. 296
Fieux fils aîné. France, n° 2688.............. 64
Fiévet (C.). France, n° 513.............. 15
Fiévet-Levalleux. France, n° 1496.......... 37
Fiévet-Mahieux. France, n° 7291.............. 156
Fiffy-Benjamin. Guyane anglaise, n° 17........ 502
Figon (L.-R.). France, n° 6717.............. 147
Figuera (N.) et Cie. France, n° 2358.......... 57
Figuérou (L.). France, n° 116.............. 6
Figuier et Chapon fils. France, n° 6248........ 139
Filature de Bone. Algérie, n° 682.............. 212
Filature de coton d'Aul. Autriche, n° 780...... 244
Filature de coton de Pottendorf. Autriche, n° 782. 244
Filature de coton de Schlan. Autriche, n° 783.... 244
Filature de lin de Friedland. Autriche, n° 1004.. 248
Filature de lin de Hidja. Autriche, n° 928 B..... 247
Filature de lin de Krumau. Autriche, n° 1005... 248
Filature de lin de Lambach. Autriche, n° 1006... 248
Filature de lin de Pottendorf. Autriche, n° 1007.. 248
Filature de Nydalen. Norwége, n° 71.......... 539
Filature de Rosenlund. Suède, n° 265.......... 534
Filature de soie-fleuret à la mécanique. Autriche, n° 928 A.............. 247
Filature de Zinkendorf. Autriche, n° 929....... 247
Filature et teinturerie de coton de Heidenschaft. Autriche, n° 781.............. 244
Filature mécanique de lin de Schœnberg. Autriche, n° 1008.............. 248
Filature mécanique de lin de Wiesenberg. Autriche, n° 1009 A.............. 248
Filature royale de la Société séricicole. Grèce, n° 124.............. 509
Filippi (C.). France, n° 6718.............. 147
Filippi (F.). Toscane, n° 36.............. 434
Filippi (J.). Toscane, n° 67.............. 435
Fillion (Vve H.). France, n° 8978.............. 188
Fillon (J.-G.). France, n° 8743.............. 183
Fillon-Bondevin et Chometton. France, n° 1120.. 450
Filloz-Clément (J.). France, n° 8745.......... 183
Filoleau (C.). France, n° 920.............. 28
Filoque fils (D.-E.). France, n° 1497.......... 37
Finaz (F.). Suisse, n° 164.............. 294
Filsjean (H.). France, n° 8744.............. 183
Fincham (J.). Royaume-Uni, n° 815.......... 333

Pages.
Fincken (I.). France, n° 4376 98
Finckenhagen. Norwége, n° 13 537
Finckh (J.-G.). Wurtemberg, n° 117 463
Finer (Mlle S.). Suède, n° 365 536
Fink (J.). Autriche, n° 930 247
Finlayson (F.) et Cie. Royaume-Uni, n° 1272 340
Fino (G.). États-Sardes, n° 190 423
Finzi-Magrini (B.-S.). États-Pontificaux, n° 11 385
Fiolet (L.). France, n° 5384 121
Fion (J.). France, n° 5756 129
Fion (V.). France, n° 1630 40
Fiorentino (A.-B.). Toscane, n° 146 .... 437 et 540
Fioroni (M.). Autriche, n° 1112 250
Firmenich (E.). France, n° 2359 57
Firmin (L.). France, n° 1754 43
Firmin et fils. Royaume-Uni, n° 1728 347
Firth (J.) et fils. Royaume-Uni, n° 977 335
Fisch frères. Suisse, n° 352 A 482
Fischel et Dubs (M.). Autriche, n° 486 238
Fischer (B.). Autriche, n° 688 .... 242 et 234
Fischer (C.). Autriche, n° 738 243
Fischer (C.). Wurtemberg, n° 180 444
Fischer (C.-H.). Prusse, n° 711 406
Fischer (G.). Prusse, n° 1061 413
Fischer (J.). Suède, n° 147 532
Fischer (M.). Autriche, n° 739 243
Fischer (Mme). Canada, n° 298 499
Fischer (S.). Autriche, n° 180 231
Fischer (T.). Hesse électorale, n° 13 260
Fischer jeune (G.). France, n° 5757 129
Fischer de Röslerstamm (E.). Autriche, n° 487 238
Fischer et Kluge. Bavière, n° 135 270
Fischer (L.) et Kieulin. France, n° 5758 129
Fisher (E.). Royaume-Uni, n° 646 330
Fisher (J.). Canada, n° 93 496
Fisher (J.). Canada, n° 171 497
Fisher (N.) et fils. Royaume-Uni, n° 599 330
Fiter (J.). Espagne, n° 427 314
Fitts (C.). Canada, n° 189 498
Fitz-Roy (Sir C.). Nouvelle-Galles du Sud, n° 23 489
Fitze et Sutter. Suisse, n° 352 B .... 298 et 482
Fiuzas. Portugal, n° 116 515
Fixon (E.). France, n° 9149 192
Fizes (H.). France, n° 2689 64
Flachat (J.). France, n° 4166 93
Flachat fils (A.). France, n° 7001 151
Flachsbereitungs-Anstalt. Prusse, nos 212 et 983 .... 393 et 411
Flageollet (J.-B.). France, n° 820 21
Flages (G.) et Cie. France, n° 10195 461
Flaissier frères. France, n° 7521 160
Flamant et fils. France, n° 6249 139
Flamant (C.) et Lavoisey. France, n° 6250 139
Flamet (J.-L.). France, n° 4003 88
Flamich (Vve d'A.). Autriche, n° 931 247
Flandin (A.). France, n° 8249 175
Flandorffer (I.). Autriche, n° 488 238
Flautin (C.-M.). France, n° 2206 53
Flateau (J.-J.). Prusse, n° 174 392
Flather (D.) et fils. Royaume-Uni, n° 978 335
Flaud (H.). France, n° 852 .... 21 et 449
Flaust (N.-C.). France, n° 4237 459
Flavigny (C.). France, n° 6251 .... 139 et 464
Fléchelle (L.-F.-X.-B.). France, n° 4004 88
Flegel (J.-G.). Saxe, n° 91 427
Fleisch (N.). Bavière, n° 115 269
Fleischer (J.) et fils. Autriche, n° 489 .... 238 et 236
Fleming (J.). Canada, n° 94 496
Fleming (A.-A.) et Cie. Royaume-Uni, n° 672 331
Flett (H.). Nouvelle-Galles du Sud, n° 108 491
Fleuland et Van Hoytema. Pays-Bas, n° 329 257
Fleulard et Cie. Belgique, n° 292 279
Fleuret (L.-A.). France, n° 1613 40
Fleury (E.). France, n° 3178 456
Fleury (L.). France, n° 1058 26
Fleury (P.). France, n° 2476 59
Pages.
Fleury (R.-J.). France, n° 5504 124
Fleury-Desnoyelles. France, n° 8746 183
Fleury-Gascoin. France, n° 10196 461
Fleury frères. France, n° 1498 37
Fleury (C.) et Grass. France, n° 8576 180
Fleury-Dehamme et Cie. France, n° 8679 182
Flobert (L.-N.-A.). France, n° 4167 93
Flöge (G.). Autriche, n° 1113 250
Floquet (A.-C.). France, n° 1281 32
Florange (E.-H.). France, n° 5054 114
Florange (G.). France, n° 7912 168
Florence (J.). Belgique, n° 692 288
Flores (J.) et Roguer. Espagne, n° 453 315
Florian (C.). Autriche, n° 836 245
Florimond (J.). France, n° 8577 180
Florin (J.). France, n° 6252 139
Florin (L.). France, n° 6253 139
Florin (A.) et Job (L.-T.). France, n° 7804 466
Floris (D.). Réunion, n° 87 477
Floris (J.). États-Sardes, n° 15 B 526
Florkin et Cie. Belgique, n° 272 .... 278 et 255
Flory. France, n° 612 17
Flotz-Eberle (J.-E.). Francfort-sur-le-Mein, n° 17 318
Floury (L.-J.). France, n° 4066 458
Fluchier (E.). France, n° 7292 156
Fluckallié, Kienholt. Suisse, n° 394 299
Flury (J.). Suisse, n° 268 296
Focke (A.) et fils. Autriche, n° 1114 250
Fockink (W.). Pays-Bas, n° 102 381
Foerster (J.). Prusse, n° 56 389
Foerster et Grempler. Prusse, n° 474 400
Foëx (L.) et Cie. France, n° 5055 114
Foczmayer (P.). Autriche, n° 491 238
Fogg (Mlle S.-A.). Terre de Van-Diémen, n° 76 495
Fogliardi (J.-B.). Suisse, n° 251 A 481
Foiret (P.-A.). France, n° 1887 46
Foit (P.). Autriche, n° 1009 B 248
Foix (J.). France, n° 9263 195
Folcker (G.-G.). Suède, n° 148 532
Folcker (G.-T.). Suède, n° 950 534
Follet (J.-B.). France, n° 1666 41
Follet frères. Belgique, n° 180 276
Follet père et fils. France, n° 5550 125
Follie (R.). France, n° 7666 164
Folliot fils (E.-V.). France, n° 2690 64
Follum (L.). Norwége, n° 43 538
Fölser (L.). Autriche, n° 1010 248
Fond père et fils. France, n° 2976 70
Fonderie barcelonaise. Espagne, n° 319 313
Fonderie de canons de l'État. Belgique, n° 309 279
Fonderie de fer royale. Prusse, n° 632 404
Fonderie de Hornsö. Suède, n° 16 529
Fonderie de laiton d'Acheurain (Adm. imp. de la). Autriche, n° 689 242
Fonderies de Romilly. France, n° 4963 111
Fonderie de Scheld. Nassau, n° 7 510
Fonderie et forge imp. de cuivre de Felsœbanya. Autriche, n° 30 228
Fond. imp. d'argent de Czernowitz. Autriche, n° 19 227
Fond. imp. d'argent de Ferenczely. Autriche, n° 20 227
Fond. imp. d'argent de Kremnitz. Autriche, n° 21 227
Fond. imp. d'argent de Neusohl. Autriche, n° 22 227
Fond. imp. d'argent de Stadtgrund. Autriche, n° 23 227
Fond. imp. de cuivre d'Altgebirg. Autriche, n° 24 227
Fond. imp. de cuivre de Csiklova. Autriche, n° 25 227
Fond. imp. de cuivre de Dognaeska. Autriche, n° 26 227
Fond. imp. de cuivre de Moldova. Autriche, n° 27 227
Fond. imp. de cuivre de Szaszka. Autriche, n° 28 227
Fond. imp. de cuivre de Tajova. Autriche, n° 29 228
Fonderies royales de Lohe. Prusse, n° 123 391
Fondet aîné (J.-B.). France, n° 2304 454
Fondeur (A.-A.). France, n° 374 12
Foujallaz-Forestier (F.). Suisse, n° 157 293
Fonorella (F.). Espagne, n° 113 309
Fonrobert (F.). Prusse, n° 368 397
Fonrobert (L.) et Pruckner. Prusse, n° 369 397

Pages.

Fons et Soler. Espagne, nº 508 484
Fonseka Mohandiram. Ile de Ceylan, nº 36 502
Font (D.). Espagne, nº 402 314
Font (D.-J.). Espagne, nº 506 484
Font et Chambeyron. France, nº 7002 151
Font y del Sol et Cie. Espagne, nº 467 483
Fontaine (A.-C.). France, nº 2207 49
Fontaine (C.-F.). France, nº 2208 53
Fontaine (F.). France, nº 7008 151
Fontaine (F.). France, nº 8077 172
Fontaine (F.). France, nº 8248 175
Fontaine (H.). France, nº 1396 35
Fontaine (J.). France, nº 8352 177
Fontaine (J.). France, nº 8751 183
Fontaine (J.-C.). France, nº 4472 460
Fontaine (J.-J.). France, nº 4697 460
Fontaine (P.-J.). France, nº 1158 29
Fontaine (U.). France, nº 875 12
Fontaine-Deverly (A.). France, nº 2477 60
Fontaine et Bouvines. France, nº 2585 62
Fontaine (J.) et Cie. France, nº 4807 108
Fontaine, Canu et Cie. France, nº 4808 108
Fontana (M.-L.). France, nº 8979 188
Fontana (B.) et Cie. États-Sardes, nº 102 421
Fontenau (F.). France, nº 4238 459
Fonteneau frères. France, nº 7293 156
Fontenelle (J.). France, nº 1282 82
Fontenelle-Hubert. Algérie, nº 460 209
Fonteret père et fils. France, nº 5759 129
Fontrobert (S.). France, nº 2977 70
Fonvieille (J.-D.). France, nº 9514 200
Font (J.) et Cie. Royaume-Uni, nº 1433 343
Foothorape, Showell et Shenton. Roy.-Uni, nº 1857 349
Foradori (J.). Autriche, nº 1240 .... 253 et 250
Foray (L.). Pays-Bas, nº 207 383
Forbes. Ile de Ceylan, nos 25 et 29 501
Forbes (C.-C.). Nouvelle-Galles du Sud, nº 80 490
Forbes et Hutchison. Royaume-Uni, nº 1390 342
Forcella, Funch et Merlini. Toscane, nº 188 438
Forchheimer fils (L.). Autriche, nº 839 245
Forcioli (B.). France, nº 3480 78
Ford (D.). Royaume-Uni, nº 1647 346
Forest (E.). France, nº 5760 129
Forest cadet. France, nº 5761 129
Forest-Treppoz. France, nº 7700 164
Forest et Maréchal. France, nº 2978 70
Forest (M.), Canel et Cie. France, nº 7004 151
Forestié père et fils. France, nº 9264 195
Forestier frères. France, nº 10197 461
Forgeais-Duhamel. France, nº 2860 57
Forge de Neuberg (Adm. imp. de la). Autriche, nº 35 228
Forge de Söderfoss. Suède, nº 195 533
Forge dite Phenischütte. Autriche, nº 118 230
Forge dite Stephanshütte. Autriche, nº 119 230
Forge imp. de Kartengstadt. Autriche, nº 37 228
Forge imp. de Neusohl. Autriche, nº 39 228
Forge imp. de Reschitza. Autriche, nº 41. 228, 233 et 242
Forges de Dobriz (Adm. imp. des). Autriche, nº 33. 228
Forges d'Ebenau (Adm. imp. des). Autriche, nº 31. 228
Forges d'Eibiswald (Adm. imp. des). Autriche, nº 32. 228
Forges de Kleinboden (Adm. imp. des). Autriche, nº 34 228
Forges de la Loire et de l'Ardèche. France, nº 56. 5
Forges suédoises. Suède, nº 17 529
Forges imp. à Bogsan. Autriche, nº 36 228
Forges imp. à Maravicza. Autriche, nº 38 228
Forges imp. de Rhonitz. Autriche, nº 40 228
Forges imp. de Werfen au Pongau (Adm. des). Autriche, nº 42 228
Forget (P.-N.). France, nº 4168 93
Formento (C.). États-Sardes, nº 180 .... 422 et 526
Forrer-Biedermann (G.). Suisse, nº 269 296
Forrest (J.) et fils. Royaume-Uni, nº 1616 346
Forrester (F.-W.). Portugal, nº 187 .... 516 et 520
Forrester (G.-O.). Portugal, nº 321 .... 519 et 520
Forrester (J.). Portugal, nº 188 .... 515 et 516

Pages.

Forrester (J.-J.). Portugal, nº 25. 513, 514, 515 516, 518 et 519
Forrester fils (J.-J.). Portugal, nº 192 .... 516 et 515
Forssberg (Vve E.-C.). Suède, nº 293 .... 535 et 536
Forssell (D.). Suède, nº 366 536
Forssgren (A.). Suède, nº 233 534
Forsslund (Mlle H.-A.). Suède, nº 294 535
Forst (C.). Autriche, nº 719 243
Förster (A.). Autriche, nº 784 244
Förster (C.-J.). Autriche, nº 837 245
Förster (E.). Autriche, nº 838 245
Forster (J.-C.). Suisse, nº 238 295
Förster (Établiss. artist. de L.). Autriche, nº 1201. 252
Forster (Mme). Nouvelle-Galles du Sud, nº 183 492
Forster jeune (J.). Autriche, nº 785 244
Forsyth (W.). Nouvelle-Galles du Sud, nº 24 489
Fort. Algérie, nº 163 205
Fort (M.). France, nº 6254 139
Forteau-Gandrille. France, nº 376 12
Fortey (J.). Nouvelle-Galles du Sud, nº 128 491
Fortier (F.-A.). France, nº 9150 192
Fortier-Beaulieu (P.-L.-A.). France, nº 2691 64
Fortier et Maillard. France, nº 6255 139
Fortin-Hermann (L.-A. et E.-I.-R.). France, nos 1888 et 2209 .... 46 et 53
Fortin et Cie. France, nº 6256 .... 139 et 464
Fortner (F.-X.). Bavière, nº 103 269
Fortoul (P.) et Banon (H.). France, nº 3592 80
Fossoly (J.). France, nº 3692 82
Fossey (J.-A.). France, nº 7971 170
Fossi et Bruscoli. Toscane, nos 140 et 145 .... 437 et 540
Foster (H.). Canada, nº 19 496
Fosterson et Duncum. Royaume-Uni, nº 1815 349
Foubert (J.-L.). France, nº 5385 121
Foucamprez frères et Cie. France, nº 6719 147
Foucault. Algérie, nº 60 203
Foucault. Algérie, nº 399 209
Foucault (L.). France, nº 1998 48
Foucault (P.-F.-V.). France, nº 2019 49
Fouchard (Vve). France, nº 4283 96
Fouché. Martinique, nº 28 476
Fouché (J.). France, nº 8980 .... 188 et 471
Foucher (L.-L.). France, nº 1397 35
Fouchet (E.). France, nº 4005 88
Foucoin (L.). France, nº 8353 177
Fougeirol (A.). France, nº 6720 147
Fougerat-Verrière. France, nº 5762 129
Fougère-Parquin. France, nº 5253 462
Fougerol et Cie. France, nº 7522 160
Fouilloux et Mardienne. France, nº 4809 108
Fouju (P.-L.-G.). France, nº 3840 457
Fould (I.). France, nº 3264 74
Foulfoin (M.-N.). France, nº 7294 156
Fouque (H.). France, nº 5505 124
Foulquié (A.) et Cie. France, nº 7570 .... 162 et 466
Fouqueau-Lecompte (A.). France, nº 7913 168
Fouqueau-Pellegrin. France, nº 3265 74
Fouquerolle (F.-A.). France, nº 4067 458
Fouques aîné. France, nº 3693 82
Fouquet (P.). France, nº 4810 108
Fouragnan. France, nº 5386 121
Fourcade (F.). France, nº 377 12
Fourcroy (L.). France, nº 1657 452
Fourdinois (A.-J.). France, nº 7972 170
Fouré (A.). France, nº 7295 156
Fourgassié-Vidal. France, nº 663 18
Fournaise (H.). France, nos 1614 et 1667 .... 40 et 41
Fourneaux (J.-L.-N.). France, nº 9430 198
Fournel (P.). France, nº 4169 93
Fourner (A.). Grèce, nº 81 357
Fournet (J.). France, nº 1283 32
Fournet (J.-L.). France, nº 7296 156
Fournier (F.). France, nº 2210 53
Fournier (J.-B.). France, nº 5763 129
Fournier (L.-A.). France, nº 664 18
Fournier (P.). France, nº 8506 179

Pages.
Fournier (P.-H.-F.). France, n° 1284 … 32
Fournier (T.-C.). France, n° 4377 … 98
Fournier (J.-J.-O.). France, n° 5013 … 113
Fournier-Bouttevin. France, n° 6257 … 139
Fournier de Lempdes fils (C.-V.-F.). France, n° 4006 88
Fournier-Vardon (M.-R.-H.). France, n° 7757 … 166
Fournier et Gardel. France, n° 9151 … 192
Fournival (C.). France, n° 6258 … 139
Fournival (E.). France, n° 6591 … 454
Fourraignan (J.). France, n° 3481 … 78
Fourtier (A.). France, n° 8354 … 177
Foussat frères et Cie. France, n° 3266 … 74
Foussier (J.). France, n° 3890 … 85
Fowell (W.). Van-Diémen, n° 55 … 494
Fowke (F.). Royaume-Uni, n° 832 … 333
Fowler (J.). Royaume-Uni, n° 890 … 334
Fowler et Preterre. États-Unis, n° 48 … 221
Fownes frères. Royaume-Uni, n° 1765 … 348
Fox (C.-J.). Canada, n° 172 … 497
Fox (J.-F.). France, n° 5387 … 121
Fox (N.-W.). Canada, n° 230 … 498
Fox (J.-J.) et Cie. Royaume-Uni, n° 1319 … 341
Fox (S.) et Cie. Royaume-Uni, n° 916 … 334
Foxwell (D.). Royaume-Uni, n° 310 … 325
Foye-Davenne et Cie. France, n° 7803 … 466
Fraenkel (J.). France, n° 2979 … 70
Fraenkel (S.). Prusse, n° 1003 … 412
Fraigneau (A.). France, n° 1755 … 43
Fraigneux frères. Belgique, n° 374 … 281
Frain (Domaine de). Autriche, n° 43 … 228
Fraisant (Mme J.) et Cie. France, n° 3841 … 457
Fraisse, Vaillant et Marsais. France, n° 7005 … 151
Fraissenon (H.). France, n° 4170 … 93
Franc-Magnan fils. France, n° 2361 … 57
Franc père, fils et Martelin. France, n° 6259. … 139, 464 et 465
França (S.-T.). Portugal, n° 119 … 515 et 518
Franceschi (M.) et Guira. France, n° 117 … 6 et 447
Franceschini (J.). Toscane, n° 126 … 437 et 540
Francfort (P.). France, n° 7701 … 164
Franche (C.-L.). France, n° 9515 … 200
Franche (H.). France, n° 1587 … 39
Franchet. Réunion, n° 85 … 477
Franchino (E.) père et fils. Ét.-Sardes, n° 33 A. 419 et 527
Franchomme et Bourgeois. France, n° 3179 … 456
Franchot. France, n° 9835 … 449
Francillon. France, n° 2982 … 70
Francis (A.) et Crow (J.). Victoria, n° 16 … 493
Franck-Alexander. France, n° 8284 … 176
Francke (J.-B.). Belgique, n° 579 … 285
Franco (J.-M.). Portugal, n° 26 … 513
Franco (L.). Espagne, n° 143 … 309
Franco (V.-J.-P.). Portugal, n° 120 … 515 et 518
François-Grégoire. France, n° 3482 … 78
François-Laurent. France, n° 8012 … 170
François-Villain (E.-S.). France, n° 921 … 23 et 86
François-Xavier (Père capucin). Ét.-Sardes, n° 194 B 527
Francoz (A.). France, n° 8355 … 177
Francoz (G.). Mexique, n° 107 … 225
Francoz et Prault. Mexique, n° 108 … 225
Frandon (J.-B.). France, n° 6260 … 139
Franfort. France, n° 118 … 6
Frangoulis (N.-D.). Grèce, n° 83 … 357
Frank (C.). Bavière, n° 116 … 269
Frank (C.-M.). Autriche, n° 1115 … 250
Frank (F.). Autriche, n° 932 … 247
Frank (J.). Autriche, n° 933 … 247
Frank et Bœringer. France, n° 2980 … 70 et 455
Frankland. Royaume-Uni, n° 528 … 328
Franquebalme (A.). France, n° 6721 … 147
Frantin (E.). France, n° 3842 … 457
Franzini frères. Autriche, n° 181 … 231
Fraser (D.). Royaume-Uni, n° 1486 … 344
Fray (M.). France, n° 5031 … 113
Fraycenon aîné (M.). France, n° 8830 … 185
Frèche. Algérie, n° 61 … 203

Pages.
Frécot (A.-A.). France, n° 1952 … 47
Frédéric. Algérie, n° 62 … 203
Frédéric (J.-B.). Algérie, n° 215 … 473
Frediani (Les héritiers de C.). Toscane, n° 18 … 433
Freese (B.-M.). Suède, n° 284 … 535
Frei (J.). Bade, n° 11 … 261
Freire (A.-E.-B.). Portugal, n° 121 … 518 et 515
Freire (J. da C.). Portugal, n° 122 … 515
Freire (M.-T.-V.). Portugal, n° 254 … 518 et 515
Freitel (P.). France, n° 2305 … 454
Frélaut (J.). France, n° 7297 … 156
Frélut et Leyrit. France, n° 3775 … 84
Fremiet (J.-B.). France, n° 3593 … 80
Frémont (A.). France, n° 1026 … 26
Frenaux (N.). France, n° 4449 … 99
Frent. France, n° 2306 … 454
Freppa (J.). Toscane, n° 114 … 436 et 540
Frèrejean (B.) et Balmain (A.). États-Sardes, n° 5 418
Frérot (A.). France, n° 7571 … 163
Frese (A.). Autriche, n° 1116 … 250
Fressanges (J.-R.-W.). Ile Maurice, n° 3 … 508
Frestel (J.-A.). France, n° 4536 … 102
Frétigny (L.). Belgique, n° 433 … 282
Fréville. France, n° 3368 … 76
Fréville, Ménard et Cie. France, n° 3369 … 76
Frey (C.). Wurtemberg, n° 28 … 441
Frey (J.-A.). Suisse, n° 426 … 300
Frey (J.-F. et J.). Suisse, n° 324 … 297
Frey (M.). Norwége, n° 100 … 539
Frey fils (P.-A.). France, n° 853 … 22 et 38
Frey, Witz et Cie. France, n° 5764 … 130
Freyberger (J.). Autriche, n° 1117 … 250
Freyenschlag (J.). Autriche, n° 606 … 240
Freyenschlag (M.). Autriche, n° 607 … 240
Freyssinet (J.). France, n° 665 … 18
Freyvogel et Heusler. Suisse, n° 325 … 297
Frezon fils aîné (J.-B.-C.). France, n° 2981 … 70
Frias (J.). Espagne, n° 96 … 308
Frias et Cie. Espagne, n° 370 … 313
Frichot (P.-A.). France, n° 4682 … 105 et 460
Friday-Bergen (Mme). Guyane anglaise, n° 35 … 503
Friedberg (J.). Autriche, n° 934 … 247
Friedeberg fils (S.). Prusse, n° 705 … 405
Friederich (J.-F.). Pays-Bas, n° 220 … 383
Friedheim (S.-M.) fils. Prusse, n° 797 … 408
Friedländer (H.). Prusse, n° 1214 … 524
Friedländer jeune (J.). Prusse, n° 380 … 398
Friedler (C.). Autriche, n° 492 … 238
Friedmann (J.). Francfort-sur-le-Mein, n° 7. 317 et 260
Friedrich (H.). Saxe, n° 28 … 425
Friedrich (J.). Autriche, n° 1118 … 250
Friedrichsen (K.-A.). Hambourg, n° 2 … 362 et 363
Fries (C.-A.). Bade, n° 41 … 262
Fries-Reber (J.). France, n° 2983 … 70 et 455
Friess (C.). France, n° 4284 … 96
Friess (G.-C.). France, n° 2692 … 64
Frinault (J.-H.). France, n° 3891 … 85
Frischling-Arbesser et Cie. Autriche, n° 935 … 247
Frisk et Cie. Suède, n° 130 … 532
Frison (J.) et Cie. Belgique, n° 401 … 281
Fritz (J.). Autriche, n° 1119 … 250
Frochard (T.-E.). France, n° 1615 … 40
Frodsham (C.). Royaume-Uni, n° 375 … 326
Frodsham et Baker. Royaume-Uni, n° 376 … 326
Frœly (P.-A.). France, n° 4692 … 103
Frœschel (I.). Autriche, n° 493 … 238
Froger (V.). France, n° 9383 … 472
Froger-Appert frères. France, n° 5765 … 130
Froger de l'Éguille (A.). France, n° 233 … 9
Froger-Lelogenis et Robillard. France, n° 5766 … 130
Fröhlich et Hohlfeld. Prusse, n° 1089 … 414
Frölich (F.-M.). Norwége, n° 14 … 537
Fromantault (C.). France, n° 8356 … 177
Froment (G.-A.). France, n° 1953 … 47
Froment (Mmes). France, n° 8545 … 469
Froment-Meurice. France, n° 5032 … 113

Pages.

Fromillon (A.). France, n° 8357 177
Frommann (M.). Hesse, n° 74 .... 366 et 260
Frommartz (J.-H.). Prusse, n° 531 401
Fromont (L.-M.-H.). France, n° 9265 195
Froment, Fontaine et Brault. France, n° 1285 32
Frontin aîné et Cie. France, n° 2880 68
Frouin. France, n° 7572 162
Fruitier. Algérie, n° 63 203
Fry (O.). Nouvelle-Galles du Sud, n° 25 489
Fry (J.-S.) et fils. Royaume-Uni, n° 705 331
Fry (W.) et Cie. Roy.-Uni, n°s 1369 et 1669 .. 342 et 347
Fuchs (M.). Autriche, n° 1120 250
Fuchs (J.) et fils. Autriche, n° 1046 249
Fuchss (A.) et fils. Saxe, n° 77 426
Fuchs (G.-L.) et fils. Bavière, n° 72 268
Fuchs (L.). Belgique, n° 352 280
Fudickar (H.). Prusse, n° 798 408
Fuenfgeld (G.). Bade, n° 51 262
Fuentes Moya (F.). Espagne, n° 144 309
Fugini (L.). Autriche, n° 608 240
Fulda (E.). Prusse, n° 241 394
Füldner (C.-J.). Hesse, n° 4 .... 364 et 260
Fulton et Smith. Victoria, n° 22 493
Fumet (C.-F.). France, n° 3811 84

Pages.

Fumey (J.-M.). France, n° 1756 43
Fumière (V.) et Fortin. France, n° 1499 37
Fumouze-Albespeyres. France, n° 4068 458
Funcke et Hueck. Prusse, n° 235 .... 394 et 404
Funcke (Vve) et Mancy. Prusse, n° 310 396
Fundicion Barcelonesa. Espagne, n° 209 210
Funk (J.-G.-H.). Francfort-sur-le-Mein, n° 13 .. 317
Funke (R.). Prusse, n° 933 410
Fucchi. France, n° 7973 170
Furne (C.). France, n° 9266 195
Furnion jeune (E.). France, n° 7008 151
Furnion père et fils aîné. France, n° 7007 151
Furniss (G.-W.). Royaume-Uni, n° 1838 349
Furstenberg (L.) et Cie. Suède, n° 269 534
Fürstenhoff (E.). France, n° 8578 181
Furtado (F.-P.-M.). Portugal, n° 123 515
Furter et Brunner. Suisse, n° 239 296
Fürth (B.). Autriche, n° 342 235
Furtner (F.). Autriche, n° 609 240
Fusina (V.). Autriche, n° 584 .... 240 et 233
Fuyère (M.-C.). France, n° 4811 108
Fyfe (H.) et fils. Royaume-Uni, n° 1282 340
Fyrwald (C.-J.-M.). Suède, n° 295 535
Fytche (Major). Inde, n°s 44, 72 et 91 .... 505 et 506

G

GAI

Gabaldoni (V.). États-Sardes, n° 131 422
Gabarou frères. France, n° 6261 139
Gabler frères. Wurtemberg, n° 108 443
Gabriac (O.). France, n° 514 15
Gabriel (S.). France, n° 7631 163
Gabus (P.-F.). France, n° 1757 43
Gâche aîné. France, n° 854 22
Gadault (C.-J.-B.). France, n° 9431 .... 198 et 473
Gademann (H.). Bavière, n° 39 .... 254 et 267
Gademann et Cie. Bavière, n° 38 .... 254 et 267
Gadol (A.). France, n° 2362 57
Gaffard (J.-B.-R.). France, n° 3949 87
Gaffard (P.-A.). France, n° 4069 .... 458 et 457
Gaffée (F.). France, n° 613 17
Gagin (P.). France, n° 2586 .... 62 et 455
Gagnant (N.). France, n° 8360 177
Gagne (J.-P.). France, n° 995 25
Gagneaux frères. France, n° 5177 117
Gagnery (J.-A.). France, n° 9194 193
Gagnière (V.). France, n° 7758 166
Gago-Roperuelos (E.). Espagne, n° 300 312
Gago-Roperuelos (M.). Espagne, n° 145 309
Gai (F.). Toscane, n° 106 A .... 436 et 540
Gaidon jeune. France, n° 9516 200
Gaidon neveu (E.). France, n° 9517 200
Gaïewski (A.-T.). France, n° 1668 .... 41 et 450
Gaignoux (Mme). France, n° 7806 466
Gaillard (A). France, n° 3776 84
Gaillard (G.). France, n° 3777 84
Gaillard (I.). France, n° 164 7
Gaillard (L.-A.). France, n° 5596 463
Gaillard (N.). France, n° 8451 469
Gaillard fils (C.). France, n° 4812 108
Gaillard-Lajoue (J.-B.-J.). France, n° 9457 199
Gaillard frères. France, n° 2211 .... 53 et 57
Gaillard père et fils. France, n° 7670 .... 164 et 465
Gaillard et Dubois. France, n° 10070 458
Gaillard fils aîné, Petit et Halbou (A.). France, n° 165 7
Gaillard et Cie. France, n° 3594 80
Gaillard (J.) et Cie. France, n° 7009 151
Gaillard de Romanet, Lestrange et Cie. France, n° 5388 121
Gaillet (L.). France, n° 3879 85
Gaillet-Baronnet (C.-L.). France, n° 6592 464

GAL

Gailliard (L.-C.-C.). Belgique, n° 375 281
Gaimes, Sanders et Nicols. Roy.-Uni, n° 1807. 349 et 488
Gaissac (A.). Espagne, n° 210 210
Gaissad (F.). France, n° 8579 181
Gaitas-Morin (T.). France, n° 7632 163
Gaittet et Belbatte. France, n° 9267 195
Galante (H.) et Cie. France, n° 4007 88
Galao (J.-C.). Portugal, n° 124 515
Galbiati (G.). Autriche, n° 1047 249
Galbrun. Algérie, n° 349 208
Galette et Cie. France, n° 3843 457
Galetti (A.). Toscane, n° 174 438
Galiat (D.). France, n° 2693 64
Galibert (A.). France, n° 1669 41
Galibert (C.). France, n° 2694 64
Galibert (P.-H.). France, n° 7467 .... 466 et 458
Galie et Cie. Espagne, n° 371 313
Galice (G.). France, n° 3483 78
Galimard (N.-A.). France, n° 5551 125
Galimard (E.) père et fils. France, n° 6792 147
Gallimberti (C. de G.). États-Sardes, n° 132 422
Galindo (A.). Espagne, n° 495 484
Galindo (E.). Espagne, n° 457 315
Galinier (T.). France, n° 4285 96
Gallahuc (A.-E.). États-Unis, n° 28 220
Gallais (Marie). France, n° 7298 156
Galland (F.). France, n° 515 15
Galland (L.) et Rocchegiani. États-Pontificaux, n° 18 .... 386 et 512
Gallardo-Bastant (L.). Espagne, n° 468 483
Galle (J.-M.). France, n° 1758 43
Callé (P.-H.). Pays-Bas, n° 383 258
Gallé-Reinemer. France, n° 5506 124
Gallet et Dubus. France, n° 1658 452
Galletti (Général). États-Sardes, n° 12 B 526
Gallibour (C.). France, n° 2096 50
Gallicher (L.). France, n° 9 3
Gallien (L.-E.). France, n° 2984 70
Gallien (N.). France, n° 2695 64
Galliet. Algérie, n° 64 203
Galliot (E.). France, n° 5475 123
Gallizioli (B.). Autriche, n° 585 240
Gallizioli (J.). Autriche, n° 394 236
Gallois (J.-B.). France, n° 4813 108

Pages.

Gallois (J.-P.-B.). France, n° 5178 117
Gallus (M.). Norwége, n° 44 538
Galopin (F.). France, n° 3595 80
Galopin (P.). France, n° 3596 80
Galpin. Algérie, n° 4 202
Galster (L.). Prusse, n° 1143 415
Galy-Cazalat (A.). France, n° 855 22
Gamalié fils. France, n° 7573 162
Gambaro (B.). États-Sardes, n° 61 420
Gambey (J.). France, n° 1759 43
Gambey (Vve). France, n° 1889 46
Gambier (L.). France, n° 1760 43
Gamble (W.). Canada, n° 190 498
Gamble (J.-W.). Canada, n° 60 496
Gamboa (F.). Portugal, n° 125 515
Gameiro (J.-C. da S.). Portugal, n° 203 517
Gambut (G.). France, n° 5597 463
Gamet (L.). France, n° 8116 .... 173 et 185
Gamounet-Debolande. France, n° 6593 464
Gampus (P.). Autriche, n° 610 240
Ganahl (C.) et Cie. Autriche, n° 786 244
Gand (C.-A. et C.-N.-E.). France, n° 9458 199
Ganderth (H.). France, n° 1761 43
Gandillot aîné. France, n° 4814 .... 108 et 460
Gandillot et Cie. France, n° 4814 108
Gandon (C.). France, n° 2696 64
Gandoyer. Algérie, n° 65 203
Gandrieau et Cie. France, n° 8546 469
Ganeval, Boudier et Donninger. France, n° 8747 183
Gangel (C.-N.-A.). France, n° 9048 190
Ganicbot (F.). France, n° 1563 39
Ganivet-Roy. France, n° 8752 183
Gantard-Boero. Algérie, n° 194 205
Gantier (L.-Y.-A.). France, n° 5179 117
Gantillon (D.). France, n° 2985 70
Ganton (N.). Belgique, n° 202 276
Gantron (B.-J.). France, n° 1570 39
Ganz (A.). Autriche, n° 690 242
Ganzin. Algérie, n° 231 473
Gapais (P.). France, n° 2697 64
Garaizabal (J.). Espagne, n° 242 311
Garapon (L.). France, n° 4623 103
Garassino (D.-P.). États-Sardes, n° 72 A 527
Garat (P.-L.). France, n° 782 20
Garaudy père et fils et Cie. France, n° 5138 116
Garay et Cie. Mexique, n° 83 373
Garbai (J.-P.). France, n° 8748 183
Garbé. Algérie, n° 274 206
Garbin (G.). Autriche, n° 840 245
Garcia. Algérie, n° 350 208
Garcia (D.). Cuba, n° 45 485
Garcia (M.). Espagne, n° 146 309
Garcia del Olmo (T.). Espagne, n° 456 315
Garcia Iscalbalzeta frères. Mexique, n° 67 373
Gard-Deglesne. France, n° 2698 64
Garde. France, n° 213 447
Garde (F.). France, n° 4624 103
Garde (F.). France, n° 5598 463
Garden et fils. Royaume-Uni, n° 168 322
Gardet (A.-A.). France, n° 8871 186
Gardin-Hutinot (H.-A.). France, n° 3267 74
Gardinier (W.-A.). Van-Diémen, n° 46 494
Gardissal (J.-J.). France, n° 1286 32
Gardner et Bezley. Royaume-Uni, n° 1272 A 487
Garet (G.). France, n° 8900 470
Garfias (M.-J.-S.). Portugal, n° 126 .... 515 et 518
Garfit (T.) et fils. Royaume-Uni, n° 979 335
Gariot (P.-C.). Algérie, n° 216 473
Garland, Leydley et Cie. Portugal, n° 204 517
Garnache (C.). France, n° 1424 35
Garnache (P.). France, n° 1425 35
Garnaud (F.-E.). France, n° 5552 195
Garner (D.). Royaume-Uni, n° 1766 348
Garneray (L.-A.). France, n° 8981 188
Garnett (H.-T.). Guyane anglaise, n° 46 503
Garnier. France, n° 8849 470
Garnier (C.-A.). France, n° 804 20
Garnier (C.-A.). France, n° 5954 462
Garnier (C.-F.-M.). France, n° 1398 35
Garnier (E.). France, n° 4815 108
Garnier (F.-A.). France, n° 2043 453
Garnier (F.-T.). France, n° 4286 96
Garnier (P.). France, n° 996 25
Garnier (P.). France, n° 1762 .... 43, 54 et 453
Garnier frères. France, n° 9384 472
Garnier et Salmon. France, n° 9093 191
Garnier-Thiébaut. France, n° 7299 155
Garnier-Valetti (F.). États-Sardes, n° 187 423
Garnot (A.). France, n° 8753 .... 183 et 470
Garnstrom (C.-A.). Suède, n° 100 531
Garollo (A.). Autriche, n° 569 B 240
Garrand (F.). France, n° 7914 168
Garrard (R. et S.) et Cie. Royaume-Uni, n° 1135 338
Garrau (P.-A.-C.). France, n° 4287 96
Garrett (R.) et fils. Royaume-Uni, n° 74 .... 321 et 324
Garrigues. Algérie, n° 456 209
Garrigues (Y.-A.). France, n° 4816 108
Garrisson oncle et neveu. France, n° 6262 139
Garro (C.). Espagne, n° 403 314
Garrot. Algérie, n° 152 204
Garsiau, Camus et fils. France, n° 7300 156
Garside (J.). États-Unis, n° 59 221
Gartner jeune (J.-F.). Autriche, n° 494 238
Garton et Jarvis. Royaume-Uni, n° 472 327
Gärttner (C.). Wurtemberg, n° 86 442
Garzoni (Marquis J.). Toscane, n° 37 434
Gary (I.). France, n° 71 5
Gary (L.). France, n° 2882 68
Gasc (J.-B.) et Sulisse (F.). France, n° 8013 171
Gascon neveu et Albrespy (A.). France, n° 7010 151
Gaslinne-Renette (L.-J.). France, n° 4171 93
Gaspard (P.-A.). France, n° 9094 191
Gasparoni (A.). Autriche, n° 343 235
Gassaud, Burron et Cie. France, n° 5767 130
Gasne (L.). Canada, n° 191 498
Gasse frères. France, n° 6263 139
Gasselin. Algérie, n° 278 206
Gassiot (J.). Royaume-Uni, n° 503 328
Gassol (S.) et Porta. Espagne, n° 147 309
Gasté (L.). France, n° 9385 472
Gastinel. Égypte, n° 5 483
Gastond (J.-A.). France, n° 2363 57
Gates et Cie. France, n° 4288 96
Gates et Georges. Royaume-Uni, n° 1648 346
Gatinois. Algérie, n° 351 208
Gattei (T.). Autriche, n° 1202 252
Gatteyrias-Deroure. France, n° 4537 102
Gatteyrias-Giraud. France, n° 6264 139
Gatti (G.-B.). États-Pontificaux, n° 41 385
Gattiker (J.). France, n° 8982 180
Gaubert (B.). France, n° 7915 168
Gaucher (J.-B.-P.). France, n° 8358 177
Gaucheraud frères. France, n° 10071 453
Gaucheron-Greffier. France, n° 6265 139
Gauckler (P.-F.). France, n° 3484 78
Gaudard (E.). France, n° 8359 177
Gaudchaux-Picard fils. France, n° 6594 464
Gaudermen (C.). France, n° 2478 60
Gaudet du Fresne (J.). France, n° 8580 181
Gaudier (R.). France, n° 5769 130
Gaudin (M.-A.-A.). France, n° 5339 120
Gaudin (M.-H.). France, n° 5056 114
Gaudin (A.) et frère. France, n° 9152 192
Gaudonnet (M.). France, n° 9518 200
Gaudonnet (P.). France, n° 9519 200
Gaudrieau. France, n° 8507 179
Gaudy (T.). France, n° 4378 98
Gauillet, Aubry et Dumarcet. France, n° 8508 179
Gaultier et Dalsheim. France, n° 8164 174
Gaultier de Claubry et Verrier (N.). France, n° 1121 450
Gaumé. France, n° 9153 190
Gaumont (C.-J.-B.). France, n° 1763 43

Pages.

Gaupillat, Illig, Guindorff et Massé. France, n° 4227 ... 94 et 175
Gauran. Algérie, n° 66 ... 203
Gauran (Marguerite). N° 67 ... 203
Gauran (Mme). Algérie, n° 217 ... 473
Gauret et Lory. France, n° 2479 ... 60
Gaussen (M.) et Cie. France, n° 6266 ... 139
Gaussen jeune, Fargeton et Cie. France, n° 6267 ... 139
Gaussens. Algérie, n° 352 ... 208
Gautherin. Algérie, n° 657 ... 212
Gauthey frères. Espagne, n° 187 ... 310
Gauthier (E.). France, n° 3100 ... 72
Gauthier (E.). France, n° 6268 ... 139
Gauthier (E.). Canada, n° 299 ... 499
Gauthier (J.). France, n° 2699 ... 64
Gauthier (L.-J.-B.). France, n° 997 ... 25
Gauthier (P.-E.-A.). France, n° 9268 ... 195
Gauthier fils (J.). France, n° 1500 ... 37
Gautier (B.). France, n° 8983 ... 188
Gautier (C.). France, n° 4379 ... 98
Gautier (E.-M.). France, n° 3101 ... 72
Gautier (F.). France, n° 5180 ... 117
Gautier (L.). France, n° 4380 ... 98
Gautier (M.-L.). France, n° 4625 ... 103
Gautier (P.). France, n° 8361 ... 177
Gautier d'Aubeterre. Algérie, n° 457 ... 209
Gautier-Bouchard. France, n° 2364 ... 57
Gautier fils (P.). France, n° 4817 ... 108
Gautier et Lenoir. France, n° 5181 ... 117
Gautrot aîné (P.-L.). France, n° 9394 ... 198
Gauvain (J.). France, n° 4172 ... 93
Gauvain (J.) et Couty. France, n° 5599 ... 463
Gauvin (A.-D.). France, n° 2700 ... 64
Gauvreau (P.). Canada, n° 281 ... 498
Gauze. Algérie, n° 275 ... 206
Gavage (L.). Belgique, n° 358 ... 280
Gavazzi (P.). Autriche, n° 936 ... 247
Gaveau (J.-G.). France, n° 9520 ... 200
Gavelot (L.-Q.). France, n° 2883 ... 68
Gavard (A.). France, n° 8984 ... 188
Gavini (S.). France, n° 3102 ... 72 et 80
Gavioli (L.). France, n° 9521 ... 200
Gavotti-Ortelli (Louise). Autriche, n° 1048 ... 249
Gawkroger et Hynam. Royaume-Uni, n° 42 ... 320
Gay (G.). États-Sardes, n° 39 ... 419
Gay fils et Cie. France, n° 8261 ... 468
Gayer (J.). France, n° 4173 ... 93
Gaymard et Gérault. France, n° 9322 ... 197
Gayrand (L.-A.). France, n° 2701 ... 64
Gazagnaire. Algérie, n° 68 ... 203
Gazel (E.). France, n° 1093 ... 27
Gazin (J.). France, n° 516 ... 15
Geersen (D.). France, n° 517 ... 15
Gebel (W.-H.). Pays-Bas, n° 58 ... 380
Gebhard (H.). Wurtemberg, n° 41 ... 441
Gebhardt et Wirh. Prusse, n° 799 ... 408
Geck (A.-T.). Prusse, n° 633 ... 404
Gee (W.-B.). Nouvelle-Galles du Sud, n° 109 ... 491
Geesink (A.-J.). Pays-Bas, n° 65 ... 380
Geffrier, Walmez et Delisle frères. France, n° 7759 ... 166 et 466
Geffrier, Walmez, Delisle frères et Cie. Belgique, n° 580 ... 285 et 255
Gehricke (C.). Prusse, n° 302 ... 396
Geibl (H.). Autriche, n° 1203 ... 252
Geiger (Z.). France, n° 8203 ... 174
Geill (G.-F.) et Cie. Belgique, n° 339 ... 280
Geiser (R.). Suisse, n° 105 ... 292
Geiss (M.). Prusse, n° 712 ... 406
Geissele (C.-F.). Wurtemberg, n° 163 ... 444
Geissler (B.). Autriche, n° 586 ... 240
Geisssler (C.-S.). Prusse, n° 800 ... 408
Geissler (E.). Prusse, n° 801 ... 408
Geissler (F.). Prusse, n° 735 ... 406
Geissler (W.). Pays-Bas, n° 47 ... 379
Geissler (H.) et Cie. Prusse, n° 286 ... 395

Pages.

Geissmann (J.) et Cie. Suisse, n° 403 ... 299
Gélas (L.) et Cie. France, n° 7011 ... 151
Gelas frères et Cie. France, n° 2212 ... 53 et 60
Gelbert, Llanos et Cie. Espagne, n° 372 et 414. 313 et 314
Gelder (R.-B.). Pays-Bas, n° 284 ... 256
Gelin (V.-M.). France, n° 2097 ... 50
Géllot. France, n° 5770 ... 130
Gellé (C.). France, n° 2480 ... 60 et 76
Gellé aîné (J.-B.-A.). France, n° 2481 ... 60 et 455
Gellée frères. France, n° 8872 ... 186
Gellertsen (C.-W.). Suède, n° 131 ... 532
Gellin (A.). France, n° 8078 ... 172 et 119
Gelot (J.). France, n° 8144 ... 467
Geluk (A.). Pays-Bas, n° 17 ... 378
Gely aîné et Gely gendre. France, n° 2986 ... 70
Gemier fils et Cie. France, n° 7012 ... 151
Gemünder (G.). États-Unis, n° 88 ... 222
Gémy (P.). France, n° 8831 ... 185 et 460
Genas (E.-H.). France, n° 2702 ... 64
Genbeaux (B.). France, n° 1631 ... 40
Gencin (P.-M.). France, n° 9195 ... 193
Gencz et Moll. France, n° 8754 ... 183 et 455
Gendre et Lorieux. États-Unis, n° 133 ... 223
Gendry (F.). France, n° 8362 ... 177
Geneste (J.-T.). France, n° 4228 ... 94
Genet-Mathieu. France, n° 3268 ... 74
Genétreau (H.-A.). France, n° 1027 ... 26
Genevois. États-Pontificaux, n° 45 ... 512
Genevoix (J.). France, n° 3597 ... 80
Genicoud frères. États-Sardes, n° 133 ... 422
Génie civil. Réunion, n° 125 ... 478
Genin (F.). États-Sardes, n° 62 ... 420
Genin fils. France, n° 783 ... 20
Gennary, Enriex et Payat. France, n° 4881 ... 98
Gennevois (J.-B.). France, n° 7574 ... 162
Gennote (L.). Belgique, n° 294 ... 279
Genot et Cie. France, n° 5476 ... 123
Genoux (F.). France, n° 8079 ... 172
Genret (Y.-A.). France, n° 3844 ... 457
Genta (P.-J.). États-Sardes, n° 73 ... 420
Gentel. Algérie, n° 602 ... 211
Gential. Algérie, n° 276 ... 206
Gentil (J.-M.). Portugal, n° 255 ... 518
Gentilhomme (H.-J.). France, n° 5086 ... 115
Gentilli-Assereto et Cie. Autriche, n° 395 ... 236
Genuit (F-L.-G.). France, n° 1426 ... 35
Genzana (A.). États-Sardes, n° 177 ... 423
Geoffray et Chanel. France, n° 6269 ... 139
Geoffroy (F.-N.). France, n° 3269 ... 74
Geoffroy et Cie. France, n° 5449 ... 122
Georganta (Mme C.). Grèce, n° 115 ... 358
Georgantas (A.). Grèce, n° 100 ... 357
George (A.-A.). France, n° 856 ... 22
George (J.-B.). France, n° 8749 ... 183
George et Cie. France, n° 8832 ... 185
George (C.) et Cie. France, n° 2213 ... 53
Georgé (H.) père et fils. France, n° 3880. 85, 17 et 27
Georgeault (F.). France, n° 7301 ... 156
Georget (A.). France, n° 2703 ... 64
Georgiadès (C.). Grèce, n° 54 ... 356
Georgiou (A.). Grèce, n° 101 ... 357
Georgiou (B.). Grèce, n° 97 ... 357
Geraldes (J.-J.-Vaz.-P.). Portugal, n° 127 ... 515
Gérard. France, n° 2704 ... 64
Gérard (A.). Prusse, n° 1184 ... 416
Gérard (A.-J.). Belgique, n° 196 ... 276
Gérard (C.). France, n° 1287 ... 32
Gérard (J.). Portugal, n° 128 ... 515
Gérard (J.-J.). France, n° 5389 ... 121
Gerard (C.) et Cantegny. France, n° 6270 ... 139
Gérard (V^e^) et fils. France, n° 4698 ... 460
Gérard (C.) et Cie. France, n° 4626 ... 103
Gérard-Dubois et Cie. Belgique, n° 467 ... 283 et 255
Gerard-Gofflot. Belgique, n° 245 ... 277
Gerardi (L.). Autriche, n° 182 ... 231
Gérardin (J.). France, n° 1094 ... 27

Pages.

Gerardot. Algérie, n° 69 203
Geraud (B.). France, n° 5771 130
Gerband (D.-A.). France, n° 5087 115
Gerbet (F.). France, n° 6271 139
Gerboullet (Vve E.). France, n° 8645 182
Gerdes (A.). Prusse, n° 634 404
Gérente (A.). France, n° 5553 125
Gerésme (A.-G.). France, n° 8204 174
Gerhard (M.). Prusse, n° 745 406
Gérhard (F.) et Cie. France, n° 4289 96
Gericke (G.). Prusse, n° 1084 526
Gerin fils. France, n° 378 12
Gerin et Rosset. France, n° 6723 147
Geringer et Cie. Réunion, n° 70 .... 477 et 478
Gerinon fils. France, n° 7013 151
Gerling (A.). Prusse, n° 487 400
Germain (J.). France, n° 4818 108
Germain (P.-M.). France, n° 998 25
Germain fils (P.). France, n° 7575 .... 162 et 466
Germain-Colin. France, n° 5772 130
Germain-Lair (Mme Vve). France, n° 5773 130
Germain et Peyre. France, n° 7807 466
German (Mlle M.-J.). France, n° 8985 188
Germay (De) frères. France, n° 654 18
Germe (L.). France, n° 5774 130
Gerothwohl et Tanner. France, n° 9154 192
Gerrard (A.). Royaume-Uni, nos 377 et 423 327
Gerresheim et Neef. Prusse, n° 563 402
Gerritsen (F.-K.). Pays-Bas, n° 197 383
Gerritsen et Steevers. Pays-Bas, n° 358 258
Géruzet. Inde française, n° 150 479
Géruzet (A.). France, n° 7853 167
Géruzet (J.). Belgique, n° 665 .... 287 et 255
Gervais (A.). France, n° 2141 51
Gervaisot (L.). France, n° 8581 181
Gervat (J.). France, n° 805 20
Gerville (G.-A.). Hambourg, n° 45 363
Gesell et Cie. Bade, n° 24 261
Geslalter (S.). Autriche, n° 396 236
Gessner (E.). Saxe, n° 10 424
Gessner (E.) et Poll (G.). Autriche, n° 495. 238 et 228
Gevelot. France, n° 4299 94
Gevers-Deynoot (D.-R.). Pays-Bas, n° 262 256
Gevers et Schmidt. Prusse, n° 802 .... 408 et 525
Gevers et Cie. France, n° 3370 76
Geyer (Les héritiers de B.-A.). Suède, n° 257 534
Geyer (W. et E.). Saxe-Altenbourg, n° 2 528
Geyling (C.). Autriche, n° 740 243
Ghesquière (J.). Belgique, n° 85 273
Ghiglieri (C.) et Cie. Autriche, n° 937 247
Ghirky (A.). Autriche, n° 570 240
Giacobino (G.). États-Sardes, n° 16 A .... 418 et 526
Giamboni (L.). Toscane, n° 75 435
Giampasquini (P.). Toscane, n° 101 A .... 436 et 540
Giard (J.-A.). France, n° 2884 68
Gibbons (H.). États-Unis, n° 76 221
Gibbs (G.). Royaume-Uni, n° 849 333
Gibbs (J.). Royaume-Uni, n° 1998 351
Gibelin (A.). France, n° 744 448
Gibelin et fils. France, n° 6724 147
Gibello (G.). États-Sardes, n° 36 419
Gibert (A.). France, n° 614 17
Gibiel (M.). France, n° 8336 177
Gibon (L.). France, n° 5390 121
Gibory (F.-D.). France, n° 1890 46
Gibory (F.-F.). France, n° 8305 469
Gibson (D.). T. de Van-Diémen, n° 34 494
Gibson (Dr). Royaume-Uni, n° 759 332
Gibson (W.). Suède, n° 71 530
Gibus et Cie. France, n° 5507 124
Gick (J.-G.). Hesse Grand-Ducale, n° 70 366
Gie (J.-C.). Cap de Bonne-Espérance, n° 17 500
Giebeler (C.). Nassau, n° 8 510
Giergl frères. Autriche, n° 1204 252
Gierke (C.). Autriche, n° 252 233
Gierlings frères. Prusse, n° 934 410
Giesbers (J.-M.). Pays-Bas, n° 359 258
Giese et Dollmann. France, n° 2214 53
Giesecke et Devrient. Saxe, n° 94 427
Giesler (H.). Prusse, n° 381 398
Giesler (N.-H.). Prusse, n° 437 399
Giess (X.). France, n° 3485 78
Gigarel (Mathurine). France, n° 7302.0 156
Gigot et Boisotau. France, n° 6272 139
Giguet (F.-A.). France, n° 1288 32
Gilain-Wattel (A.). France, n° 6273 139
Gilardi (D.) et fils. États-Sardes, n° 194 A.. 194 et 527
Gilardino (G.). États-Sardes, n° 204 .... 423 et 527
Gilardoni (J.). Autriche, n° 549 239
Gilardoni frères. France, n° 5391 121
Gilbert (C.-I.). France, n° 8080 172
Gilbert (G.). France, n° 5392 121
Gilbert (J.-T.). Guyane anglaise, n° 58 .... 503 et 504
Gilbert Taylor et Peck. Royaume-Uni, n° 1767 .. 348
Gilbert et Cie. France, n° 3103 72
Gilbert et Cie. France, n° 6274 139
Gilby (J.). Royaume-Uni, n° 850 333
Gilka (C.-J.-A.). Prusse, n° 475 400
Gill (J.). Royaume-Uni, n° 647 330
Gill (W.) et fils. Royaume-Uni, n° 1839 349
Gill et Bishop. Royaume-Uni, n° 1320 341
Gillan (H.-A.). France, n° 8262 468
Gillard (A.). France, n° 2705 64
Gillard (H.). Belgique, n° 285 278
Gillart (E.). France, n° 3104 72
Gillberg (Mlle M.-A.). Suède, n° 296 535
Gille (C.-F.). France, n° 3950 87
Gille (J.-M.). France, n° 5508 124
Gillet (A.). France, n° 3598 80
Gillet (A.-P.). France, n° 281 10
Gillet (J.-B.). France, n° 1289 32
Gillet (L.-F.). France, n° 10198 461
Gillet (M.-N.). France, n° 10072 458
Gillet d'Auriac (P.-C.-G.-E.). France, n° 8306 .. 469
Gillet et Pierron. France, n° 2987 70
Gillier et Micolon. France, n° 7014 151
Gillming (M.) et fils. Autriche, n° 397 236
Gillon fils. France, n° 8363 177
Gillot. Algérie, n° 353 208
Gillot. France, n° 5255 462
Gillot (F.). France, n° 9095 191
Gillow et Cie. Royaume-Uni, n° 1667 367
Gilmour et Roberts. Royaume-Uni, n° 648 330
Gilot (F.). France, n° 1764 43
Gilquin (P.-G.). France, n° 166 7
Gilson (J.-B.). France, n° 9522 200
Gimbert (Vve) et Robert (E.). France, n° 6275. 139
Gimenez y Oguendo (F.). Espagne, n° 29 307
Gindre et Cie. France, n° 7015 151
Gingall (W.-J.). Royaume-Uni, n° 74 A 485
Gingembre et Damiron (F.). France, n° 1212 30
Gingras (E.). Canada, n° 136 497
Gingras (P.). Canada, n° 173 498
Ginguené (P.). France, n° 7303 156
Ginori (Marquis L.). Toscane, n° 113. 436, 434, 435 et 540
Ginot (J.-M.). France, n° 288 .... 447, 461 et 463
Gion (D.-I.). France, n° 10073 458
Giordana, Grandidier et Salussolia. États-Sardes, n° 196 423
Giorgi (G.). Royaume-Uni, nos 866 et 1648 .. 333 et 488
Giot (P.). France, n° 518 .... 15 et 89
Giovagnoli (J.). Toscane, n° 96 .... 436 et 540
Giovanazzi (J.). Autriche, n° 938 247
Giovanini (G.). États-Pontificaux, n° 15 .... 385 et 512
Giovanetti (L.). Toscane, n° 193 .... 438 et 541
Girao (J.-M. d'A). Portugal, n° 129 .... 515 et 518
Girard (A.). France, n° 3881 85
Girard (X.-F.). France, n° 4819 108
Girard (Mme Vve M.). France, n° 2885 68
Girard père (A.-H.). France, n° 2365 57
Girard-Thibault (F.). France, n° 7808 466

Pages.

Girard-Viault (Mme). France, n° 8509 179
Girard et Gauthier. France, n° 7016 151
Girard et Cie. France, n° 5775 130
Girard neveu, Poizat (C.), Sève et Cie. France, n° 7017 151
Girardet (C.). Autriche, n° 1121 251
Girardi (M.). États-Sardes, n° 19 419
Girardias (E.). Martinique, n° 33 476
Girardin. Algérie, n° 277 206
Girardin (E.). France, n° 7702 164
Girardot (C.-E.). France, n° 3778 84
Giraud. Algérie, n° 70 203
Giraud (H.). France, n° 8582 181
Giraud (H.). Martinique, n° 20 476
Giraud (L.-G.). France, n° 2707 64
Giraud (V.). France, n° 784 20
Giraud aîné (J.-P.-S.). France, n° 2708 64
Giraud fils (Vve). France, n° 5776 130
Giraud jeune. France, n° 2706 64
Giraud-Cuvelier. France, n° 3371 76
Giraud-Dhaussy. France, n° 3372 76
Giraud (A.) et Cie. France, n° 7018 151
Girault (E.-A.). France, n° 2270 74
Girault (J.-F.-M.). France, n° 3105 72
Gire (E.). France, n° 2162 52
Giret-Naquet. France, n° 2483 60
Girod (A.). France, n° 1588 ..... 39 et 9
Girod (A.). France, n° 4008 88
Girod (J.). États-Sardes, n° 60 420
Girod de l'Ain (F.). France, n° 666 18
Girod, Eleman et Cie. Pays-Bas, n° 263 256
Girodon (A.). France, n° 7019 151
Girollet (F.). France, n° 8986 188
Giron frères. France, n° 7020 151
Girondeau-Tallard. France, n° 2215 53
Girondot (C.). France, n° 1399 35
Giroud (L.). Suisse, n° 48 291
Giroud-d'Argout. France, n° 1632 40
Giroux (A.). France, n° 9155 192
Giroux (F.). France, n° 1891 46
Giroux (O.). Canada, n, 211 498
Giroux et Cie. France, n° 8486 178
Giroux (A.) et Cie. France, n° 8833 185
Girouy (C.-J.). France, n° 3106 72
Gisclard (J.-J.). France, n° 2484 60
Giselon (E.-A.-D.). France, n° 5450 122
Giton-Rouillard (Ve), Damourette et Cie. France, n° 2709 64
Giton-Lefranc. France, n° 7760 166
Giuletti (J.). Autriche, n° 285 233
Giuriato (A.-J.). Autriche, n° 400 236
Give. France, n° 5777 130
Givelet (H.). France, n° 6595 465
Gjerling (Mme R.). Suède, n° 367 536
Gjerulfsen (O.). Norwége, n° 101 539
Glaçon (N.-P.). France, n° 4382 98
Glaisher (J.). Royaume-Uni, n° 424 327
Glasford (G.). Canada, n° 137 497
Glass (G.-M.). Royaume-Uni, n° 529 328
Glénard (E.) et Cie. France, n° 8364 177
Glénisson et Van-Génechten. Belgique, n° 260. 278 et 255
Glenny (C.) Royaume-Uni, n° 1579 345
Glidt (H.). Prusse, n° 57 389
Gloesner. Belgique, n° 215 B 255
Gloger (C.-W.-L.). Prusse, n° 166 392
Gloriod (L.). France, n° 1427 35
Glosimodt (O.-O.). Norwége, n° 89 539
Glot et Bontemps. Mexique, n° 44 372
Glover (T.). Royaume-Uni, n° 110 321
Glück (A.). Wurtemberg, n° 164 444
Glüer (L.). Prusse, n° 1141 415
Glynn (H.), Richer et Cie. France, n° 2886 68
Gmelin (C.-A.). Bade, n° 52 262
Gmelin jeune (A.). Wurtemberg, n° 167 444
Gnauck (E.). Saxe, n° 68 426
Gnoepff (R.). Suisse, n° 326 297

Pages.

Gobbe (O.), Fogt (A.) et Cie. France, n° 5281 119
Göbel (F.). Prusse, n° 635 404
Gobert (A.). France, n° 2988 70
Gobert (Mme Ve). France, n° 2989 ..... 70 et 455
Göbl (M.) et Cie. Autriche, n° 691 242
Goblet (H.-F.). Royaume-Uni, n° 1617 346
Goby. Algérie, n° 71 208
Goby (A.). France, n° 2485 60
Godard (A.). France, n° 8365 177
Godard (C.). Belgique, n° 277 278
Godard (P.-H.). France, n° 9096 191
Godard (A.) et Bontemps frères. France, n° 7304. 156
Godard et Cie. France, n° 3779 84
Godard-Réau (G.-F.). France, n° 308 11
Godchaux frères. Luxembourg, n° 15 370
Goddard (M.). Guyane anglaise, n° 18 502
Godde neveu. France, n° 5780 130
Godde aîné et fils. France, n° 5778 130
Godde jeune et Cie. France, n° 5779 130
Godefroy. Inde française, n° 145 478
Godefroy (L.). France, n° 2990 70
Godefroy (P.-J.-M.). France, n° 2991 70
Godefroy (J. et J.) frères. Belgique, n° 340 280
Godemard-Meynier et Cie. France, n° 7021 151
Godenius et Cie. Suède, n° 258 534
Godet (A.). France, n° 9386 472
Godet (C.). France, n° 9387 472
Godet (J.). France, n° 6276 139
Godfrey-Rhodes et Cie. Iles d'Hawaï, n° 3 360
Godhair frères. Autriche, n° 841 245
Godin (N.-P.). France, n° 7917 168
Godin (P.-J.). France, n° 4820 108
Godin (S.). France, n° 5477 123
Godin aîné (P.). France, n° 667 18
Godin (J.-L.) et fils. Belgique, n° 261 278
Godin (A.) et Pecquereau. France, n° 7916 168
Godin-Lemaire et Cie. Belgique, n° 376 281
Godin-Lemaire (J.-B.-A.). France, n° 2142 51
Godin-Theullier (F.-N.). France, n° 5478 123
Godin-Vie. France, n° 5479 123
Godinho (A.-M.). Portugal, n° 130 515
Godinho (E.-N.). Portugal, n° 396 521
Godinho (J.-M.). Portugal, n° 131 515
Godme frères (E. et V.). France, n° 6026 464
Godrant frères. France, n° 1464 451
Godschmidt (J.-P.). Prusse, n° 564 402
Gœbel (J.-P. et D.). Prusse, n° 546 401
Goebel et Martin. France, n° 8834 185
Goedewage (P.). Pays-Bas, n° 165 382
Goehring et Boehme. Saxe, n° 18 425
Goens et Vertongen. Belgique, n° 509 284
Goésin (J.-E.). France, n° 9388 472
Goethals fils (J.). Belgique, n° 434 282
Goethals-Laforce. Belgique, n° 468 283
Goetz et Jahn. Prusse, n° 804 408
Goetzinger (A.). Prusse, n° 1139 415
Goffier-Besseyre. France, n° 3107 72
Gogarten (J.). Prusse, n° 581 402
Goggin (C.). Royaume-Uni, n° 1166 338
Goggin (J.). Royaume-Uni, n° 1167 338
Gogibus (N.). France, n° 519 15
Gohin. Algérie, n° 603 211
Gohin aîné. France, n° 6277 139
Goin (A.). France, n° 9389 472
Goizès frères et neveu. France, n° 6278 139
Golay (F.). Suisse, n° 49 291
Golay-Leresche (A.). Suisse, n° 50 291
Golaz (L.-E.). France, n° 1954 47
Goldbeck (A.-H.). Prusse, n° 1086 414
Goldenberg et Seyffert. Prusse, n° 935 410
Goldenberg (G.) et Cie. France, n° 4538 102
Goldsmith (Capitaine). T. de Van-Diémen, n° 14. 494
Goldschmidt (H.-S.). Autriche, n° 720 243
Goldstein (J.-A.). Autriche, n° 398 236
Göler de Ravensbourg (Bon V.). Bade, nos 53 et 94. 262 et 264

Pages.

Goltdammer (C.). Prusse, n° 157............. 392
Gombault et Cie. France, n° 4821............. 108
Gombeau (L.). France, n° 9523............. 200
Gomès (A.-V.) Portugal, n° 256............. 518
Gomès (J.-L.). Portugal, n° 257............. 518
Gomez (Mme A.). Espagne, n° 283............. 312
Gomez de Tejada. Espagne, n° 118............. 309
Gomperiz (Mlle B.). Hambourg, n° 48............. 363
Gondre et Cie. France, n° 7022............. 151
Gonelle frères. France, n° 8987............. 188
Gonin (A.). Toscane, n° 180.............438 et 540
Gonnet fils. France, n° 6279............. 139
Gonon (E.). France, n° 5182............. 117
Gonon (J.). France, n° 1589............. 39
Gonon et Fayolle. France, n° 7023............. 151
Gonon, Rémilleux et Gerinon. France, n° 7024.. 151
Gonsse (C.-L.). France, n° 5256............. 462
Gontard (C.-P.). France, n° 1765............. 43
Gontbier-Dreyfus et Cie. France, n° 9323............. 197
Gonthyn (A.). Belgique, n° 153............. 275
Gontier. France, n° 668............. 18
Gontzwiller (C.). France, n° 8988............. 188
Gonzalès (F.). Espagne, n° 148............. 309
Gonzales-Carvajas (M.). N° 18............. 484
Gonzales del Real (P.). Cuba, n° 19............. 484
Goodbehere et Cie. Royaume-Uni, n° 794............. 333
Goodby et Chatwin. Royaume-Uni, n° 1066............. 337
Goodyear (C.). France, n° 2587............. 62
Goodyear (C.). Etats-Unis, n° 41............. 220
Goodyear (C.). Royaume-Uni, n° 583............. 329
Goorissen (P.-G.). Pays-Bas, n° 137............. 381
Goossens (C.-A.). Belgique, n° 510............. 284
Goovaertz (J.). Belgique, n° 645............. 287
Gordon (E.). Royaume-Uni, n° 1768............. 348
Gordon (J.). Guyane anglaise, n° 47............. 503
Gordon (P.). Espagne, n° 496............. 484
Göringer (F.). Bade, nos 54 et 65.............262 et 263
Gorjao (P.-N.). Portugal, n° 132.............515 et 518
Gorjupp (F.). Autriche, n° 183............. 231
Görlitz (L.). Oldenbourg, n° 6............. 376
Gorozabal (F.). Cuba, n° 35............. 485
Gorvel (Yvonne). France, n° 7305............. 156
Gory (F.). France, n° 2887............. 68
Goschler (C.). France, n° 1159............. 29
Gosse (F.-A.). France, n° 5509............. 124
Gosse de Billy (Q.-A.). France, n° 138.............6 et 35
Gossein-Jodon (Mme). France, n° 8985............. 176
Gosselin et Cartigny frères. France, n° 3373............. 76
Gosset (F.). France, n° 8815............. 470
Gossin frères. France, n° 5554............. 125
Gossleth (F.). Autriche, n° 399.............236 et 240
Gossot-Fauleau (J.-B.). France, n° 1290............. 32
Gott (B.) et fils. Royaume-Uni, n° 1321............. 341
Gottbill (Les héritiers de C.). Prusse, n° 125............. 391
Gottesmann (B.) et fils. Autriche, n° 44............. 228
Gottschalk (A.) et Lindstedt. Autriche, n° 692.. 242
Götzly (Z.). Suisse, n° 51............. 291
Gouazou (E.). France, n° 4075............. 90
Goube-Piérache. France, n° 2710............. 64
Goubillon. Algérie, n° 72............. 203
Gouda, Scheidel et Cie. Francf.-s.-le-Mein, n° 14. 317
Goudeau (C.). Belgique, n° 189............. 276
Goudier (A.). France, n° 1059............. 26
Goudin. Guyane française, n° 173............. 479
Gouel (A.-A.). France, n° 2044............. 453
Goujon (Mathurine). France, n° 7306............. 156
Gouguenheim (Vve L.) et Hesse (J.). France, n° 8205.............174, 466 et 468
Gouille. Algérie, n° 187............. 205
Gouin (L.-H.). France, n° 4174............. 93
Gouin (E.) et Cie. France, n° 1095..27, 29, 37 et 460
Gouiraud. Algérie, n° 388............. 208
Gould (J. et F.). Royaume-Uni, n° 1618............. 346
Gouliart (M.). France, n° 9599............. 201
Goulmy (P.-V.). Pays-Bas, n° 330............. 257
Goumy et Cie. France, n° 13............. 447
Gounant (F.-X.). France, n° 1766............. 43
Goupil (A.) et Guillain. France, n° 4290............. 96
Goupil et Cie. France, n° 9097............. 191
Gouraud (J.). France, n° 2711............. 64
Gouraud fils cadet (A.). France, n° 2712............. 64
Gourbeillon (Rd). Nouv.-Galles du Sud, n° 196.. 492
Gourbeyre-Tournilbas. France, n° 2888............. 68
Gourdet (E.-P.). France, n° 8111............. 173
Gourdiart (J.). France, n° 5781............. 130
Gourdin (A.). France, n° 5139............. 116
Gourdin (F.). France, n° 379............. 12
Gourdin (J.). France, n° 1767............. 43
Gourdin frères. France, n° 6280............. 139
Gourdin et Cie. France, n° 8165............. 174
Gouré jeune et Grandjean. France, n° 6281............. 139
Gourguechon (L.-N.). France, n° 4383............. 98
Gourjon (G.-T.). France, n° 1955............. 47
Gourju (A.). France, n° 72............. 5
Gourlay (Capitaine). T. de Van-Diémen, n° 15... 494
Gourlie (W.) et fils. Royaume-Uni, n° 1295............. 340
Gournalet. Algérie, n° 73............. 203
Gournès. Algérie, n° 74............. 203
Goury frères et Cie. France, n° 4492............. 101
Goussel jeune (J.). France, n° 4822............. 108
Goussel. Algérie, n° 279............. 206
Gousset. France, n° 3180............. 456
Gousset frères. France, n° 167............. 7
Gout (A.). France, n° 2992............. 70
Goutière (C.). France, n° 3271............. 74
Goutzwiller (C.). France, n° 9390............. 472
Gouvernement hellène. Grèce, nos 1, 3, 4 et 9... 355
Gouvernement tunisien. Tunis, n°............. 541
Gouverneur des Indes orientales (S. Exc. le), M. Duymaer Van Twist. Pays-Bas, n° 233. 384 et 259
Gouvion (D.). France, n° 520............. 15
Gouvion-Deroy. France, n° 3374............. 76
Gouvion-Deroy. France, n° 3487............. 78
Gouvion-Joseph et Cie. France, n° 3375............. 76
Goux (Abbé). Martinique, n° 6............. 476
Gouvy frères et Cie. Prusse, n° 547............. 401
Gouzy et Barillier. France, n° 8510............. 179
Govan (W.) et fils. Royaume-Uni, n° 1273............. 340
Gow (J.). Nouvelle-Galles du Sud, n° 197............. 492
Gowland (G.). Royaume-Uni, n° 424 A............. 486
Goyard (P.). France, n° 4823............. 108
Goyers frères (J. et H.). Belgique, n° 622............. 286
Goyon (P. de). France, n° 3599............. 81
Goyriena (De). Guyane française, n° 174............. 479
Graamans (H.-E.). Pays-Bas, n° 288............. 256
Grabhorn (B.). Suisse, n° 24............. 291
Graciet. Algérie, n° 75............. 203
Gracieuse-Penin. France, n° 3694............. 82
Gradé. France, n° 8850............. 470
Grados (L.) et Fugère (Vve). France, n° 10199.. 461
Graeger et Karmrod. Prusse, n° 1215............. 524
Grafe et Neviandt. Prusse, n° 805............. 408
Grafström (C.-J.). Suède, n° 172.............533 et 531
Grah (F.). Prusse, n° 636............. 404
Graham. Canada, n° 95............. 496
Graham, Jackson et Graham. Royaume-Uni, n° 1684.............347 et 345
Graillat. Algérie, n° 280............. 206
Graillon (P.) et Graillon (F.). France, n° 8755.. 184
Grall frères. France, n° 2713............. 64
Gram (Capitaine J.-B.). Norwége, n° 90............. 539
Grömiger, Zündt et Cie. Suisse, n° 225............. 295
Gran (J.). Espagne, n° 230............. 311
Grau (P.) et Barnola. Espagne, n° 388............. 314
Granados (P.-D.). Grenade, n° 12............. 224
Grancher (L.). France, n° 5782............. 130
Grand (J.). France, n° 1096............. 27
Grand frères. France, n° 7025............. 151
Grandbarbe (M.). France, n° 8989............. 188
Grandcolas et Laurent. France, n° 3488............. 78
Grande (J.-A.-D.). Portugal, n° 134.......515 et 518
Grand'homme (W.). Hesse Grand-Ducale, n° 67. 366

Pages.

Grandidier fils (J.-J.). France, n° 4473.... 460 et 450
Grandjean. Algérie, n° 188.................... 205
Grandjean (H.). Suisse, nos 12 et 52....... 290 et 291
Grandjean (Vve). France, n° 8632.............. 469
Grandjean-Perrenoud (H.). Suisse, n° 414...... 299
Grandjon fils (J.). France, n° 9459........... 199
Grandmottet (S.). France, n° 8756............ 184
Grandpérin (J.-L.). France, n° 1097.......... 27
Grandperrin (F.-V.). France, n° 2045......... 453
Grandpierre (F.). France, n° 7854............ 167
Grange (F.). États-Sardes, n° 6.......... 418 et 526
Grange-Frestier. France, n° 4539............. 102
Granger (E.). France, n° 4175................ 93
Granger (J.). France, n° 4384................ 98
Granger (P.). France, n° 3272................ 74
Granger frères. France, n° 4683,............. 105
Granger-Genesley (C.). France, n° 2216........ 53
Grangeray. France, n° 1501................... 37
Grangier (J.). France, n° 380................ 12
Grangier (M.). France, n° 8583............... 181
Grangier frères. France, n° 7026............. 151
Grangoir père et fils. France, n° 4824........ 108
Gränicher (S.). Suisse, n° 125.......... 293 et 481
Granier fils (C.). France, n° 6725............ 147
Grant (J.). T. de Van-Diémen, n° 5........... 493
Grant et Hall. Canada, n° 61.................. 496
Grantil jeune et Didion (C.). France, n° 8081.... 172
Granville (Comte). Royaume-Uni, n° 4.......... 319
Grar et Cie. France, n° 3376.......... 76, 32 et 52
Gras (J.-M.). France, n° 4385................. 98
Grashoff (M.). Prusse, n° 175................. 392
Grass (A.). Prusse, n° 806.................... 408
Grass (Margarèthe). Prusse, n° 347............ 397
Grassel (A.). Bavière, n° 108................. 269
Grasset (J.-D.). Suisse, n° 119............... 292
Grasset aîné (L.-A.). France, n° 4493......... 101
Grasset et Cie. France, n° 5784............... 130
Grasset-Avril. France, n° 5783................ 130
Grassmayer (J.). Autriche, n° 299............. 234
Grassot et Cie. France, n° 7807............... 156
Grassy (J.). Maurice, n° 8 508
Grataloup (J.-B.) et Cie. France, n° 7027...... 151
Gratien de Savoye (L.-F.). France, n° 1291.... 32
Gratiot. France, n° 9269............... 195 et 471
Grattepain (J.-A.). France, n° 8366........... 177
Graux (J.-L.). France, n° 669................. 18
Graux-Marly. France, n° 5183.................. 117
Graves et Cie. Royaume-Uni, n° 1915........... 350
Gravet (F.-F.). France, n° 1892............... 46
Gravier. France, n° 1060...................... 26
Gravier. Martinique, n° 14.................... 476
Gravier et Caillol. Algérie, n° 76............ 203
Gray (J.). Royaume-Uni, n° 397................ 326
Gray (J.). Royaume-Uni, n° 726................ 331
Gray (T.-W.). Royaume-Uni, n° 125............. 322
Gray (A.) et fils. Royaume-Uni, n° 1091....... 337
Gray et Halford. Royaume-Uni, n° 760.......... 332
Great Nugget vein Co. N.-Galles du Sud, n° 26.. 489
Gréau et Cie. France, n° 7576................. 162
Greaves (E.). Royaume-Uni, n° 2008............ 351
Greaves (J.-W.). Royaume-Uni, n° 867.......... 334
Grebe (J.-G.). Pays-Bas, n° 365............... 258
Grébel et Cie. France, n° 10200...... 461, 448 et 450
Grebus (V.). France, n° 5785.................. 130
Greck (Mme C.). Cuba, n° 46................... 485
Greef (F.-W.). Prusse, n° 936................. 410
Greeff fils (J.-P.). Prusse, n° 1077.......... 413
Greeff-Bredt et Cie. Prusse, n° 1076.......... 413
Greely (H.). États-Unis, n° 80................ 222
Green (A.). Royaume-Uni, n° 939............... 335
Green (C.-H.). Nouvelle-Galles du Sud, n° 27... 489
Green (J.), Beasely. États-Unis, n° 81........ 222
Green (S.). Royaume-Uni, n° 1229.............. 339
Greener (W.). Royaume-Uni, n° 835...... 332 et 320
Greffier (F.-A.). France, n° 8913 187
Gregg (I.). États-Unis, n° 18................. 219

Pages.

Grégoir-Geloen (N.-G.). Belgique, n° 581.. 285 et 255
Grégoire (C.). France, n° 381................. 12
Grégoire (M.-V.). France, n° 9585 201
Grégoire et Masson. France, n° 5306........... 120
Gregorini (J.-A.). Autriche, n° 611........... 240
Greiner (G.). France, n° 3951................. 87
Greiner (J.-G.). Prusse, n° 1203.............. 524
Grelbin (A.). France, n° 2993................. 70
Greliche (P.). France, n° 5123................ 116
Grellet (A.). France, n° 7523................. 160
Grellet père et fils. France, n° 1465.......... 451
Grellet-Balguerie. Guadeloupe, n° 49...... 476 et 477
Grellier (T.). France, n° 2486................ 60
Grellou (H.). France, n° 8166................. 174
Grélot et Cie. Réunion, n° 88................. 477
Grémailly (J.). France, n° 3600............... 81
Grenet (A.-A.). France, n° 785................ 20
Grenet (J.-P.). France, n° 10400.............. 470
Grenet (Vve). France, n° 2366................. 57
Grengel (F.). Prusse, n° 230.................. 394
Grenier. Algérie, n° 281...................... 206
Grenier (F.-A.). France, n° 2143.............. 51
Grenier (G.-A.). France, n° 119............... 6
Grenier (J.-P.). France, n° 922............... 23
Grenim (F.). Bavière, n° 49... .... 267 et 254
Grenu (H.). France, nos 4176 et 4239...... 93 et 459
Gresland (C.). France, n° 5786................ 130
Greslé (H.). France, n° 2217.................. 53
Gresset (Mme). France, n° 8307................ 469
Gresset (N.). France, n° 20................... 4
Gresset frères (J. et J.). France, n° 1893..... 46
Gresset frères et fils. France, n° 382......... 12
Gressmann (G.). Saxe-Cotha, n° 4.............. 429
Greuner (L.). Prusse, n° 158........... 392 et 393
Greuse (C.-J.-A.). Belgique, n° 677........... 288
Greuter frères et Rieter. Suisse, n° 144....... 293
Grevink. Pays-Bas, n° 152..................... 382
Grey (M.). France, n° 3601.................... 81
Gribbon (E.-P.). Royaume-Uni, n° 875.......... 334
Gribel (A.) et Cie. France, n° 4386........... 98
Grice et Weston. Royaume-Uni, n° 1066 A....... 487
Grichois (J.-P.-P.). France, n° 5033.......... 113
Gries (F.-W.). Prusse, n° 637................. 404
Griffith (Dr). Royaume-Uni, n° 5.............. 319
Griffiths (J.). Royaume-Uni, n° 1925.......... 350
Griffiths (J.-F.) et Cie. Royaume-Uni, n° 1047... 336
Grignon-Meusnier. France, n° 5184............. 117
Grillet (F.-E.). France, n° 3780.............. 84
Grillet aîné et Pin. France, n° 6282.......... 139
Grima. Algérie, n° 458........................ 209
Grimaud. France, n° 5787...................... 130
Grimaud. Réunion, n° 127...................... 478
Grimaud (A.). Réunion, n° 128................. 478
Grimaud (B.-P.). France, n° 9098.............. 191
Grimaud fils (A.). États-Sardes, n° 53........ 420
Grimenez (P.). Espagne, n° 282................ 312
Gringoire (Mlle E.). France, n° 8263.......... 468
Gripouilleau (A.). France, n° 4043............ 89
Grisar frères. Nassau, n° 9............ 510 et 511
Grisard (P.). Belgique, n° 15................. 271
Grisaud-Chambost. France, n° 5788............. 130
Grisel (L.). Suisse, n° 53.................... 291
Griseri (V.). États-Sardes, n° 18............. 418
Grison (N.-A.). France, n° 2218............... 53
Grison (P.). France, n° 4825.................. 108
Grison et Hennequin. France, n° 2714.......... 64
Gritzka (T.). Prusse, n° 1087................. 414
Griva (M.). États-Sardes, n° 176.............. 423
Griveau-Rolland. France, n° 5789.............. 130
Grivel (G.). France, n° 5790.................. 130
Grivot (P.-F). France, n° 5185................ 117
Grob-Schmild (J.-J.-A.). France, n° 4627...... 103
Gröber (A.). Wurtemberg, n° 109......... 443 et 445
Grodhaus (F.-B.). Hesse Grand-Ducale, n° 15... 365
Groeber (F.). Wurtemberg, n° 144.............. 444
Grœschke (C.-A.). Prusse, n° 807.............. 408

Pages.

Groetz (I.). Autriche, n° 1241 253
Gröger frères. Autriche, n° 1011 248
Groh (J.). Autriche, n° 1123 251
Grohmann (J.). Autriche, n° 721 243
Grohmann (J.). Autriche, n° 741 243
Grohmann (J.) et fils. Autriche, n° 787 244
Groll (A.). Autriche, n° 1205 252
Groll (Joséphine). Bavière, n° 67 268
Grolleau-Deville. France, n° 2994 70
Grollemund (L.) et Cie. France, n° 3273 74
Grondard (C.). France, n° 3695 82
Grondel (S.). France, n° 74 5
Gronneberg (J.-M.). Norwége, n° 26 538
Gropengiesser (H.-C.). Hanovre, n° 5 359
Gros (J.-L.-B.). France, n° 7974 170
Gros-Jenny. France, n° 5791 130
Gros-Vivant. France, n° 4009 88
Gros, Odier, Roman et Cie. France, n° 5792 130
Grosbeillot (X.). France, n° 7808 156
Grosclaude (C.-H.). Suisse, n° 54 291
Gross (C.). Wurtemberg, n° 184 444
Gross (H.). Bade, n° 35 262
Grosse. France, n° 5600 463
Grosse (H.-L.). Prusse, n° 407 398
Grosse frères. France, n° 1956 47
Grosselin (A.) et Cie. France, n° 1977 48
Grosset (J.). France, n° 4291 96
Grosskopf (G.). Autriche, n° 1124 251
Grossmann et Wagner. France, n° 3181 456
Grossmann (J.) père et fils. Suisse, n° 211 295
Grossmith (W.-R.). Royaume-Uni, n° 777 486
Grosvenor (W.). Royaume-Uni, n° 1449 343
Grosvenor (W.). Nouvelle-Galles du Sud, n° 28 489
Grote (H.-C.). Prusse, n° 1026 412
Grotz fils (D.). Wurtemberg, n° 87 442
Grötz et Cie. Wurtemberg, n° 111 443
Groulon (E.-E.). France, n° 615 17
Groult jeune (T.). France, n° 3274 74
Groult et Vicaire. France, n° 10201 461
Grousseau (L.). Mexique, n° 77 373
Groustel frères (A. et F.-F.). France, n° 1169 29
Grout et Cie. Royaume-Uni, n° 1423 343
Grouvelle (P.). France, n° 2307 454
Grove (W.-R.). Royaume-Uni, n° 504 328
Grover, Baker et Cie. États-Unis, n° 33 220
Gruaz (L.). France, n° 2268 54
Grub. Royaume-Uni, n° 398 326
Grube et Carri. Prusse, n° 937 410
Grübel (L.). Bavière, n° 109 269
Gruber (E.). Bavière, n° 56 268
Gruber et Philippi. Autriche, n° 939 247
Grucy (A.-J.). France, n° 10074 458
Gruel-Engelmann. France, n° 9324 197
Grügl (R.). Autriche, n° 693 242
Gruin (J.-E.). France, n° 4826 108
Gruintgens fils aîné. France, n° 7633 163
Grün (F.-J.). France, n° 1659 452
Gründer (F.). Prusse, n° 808 408
Grundmann (F.). Prusse, n° 58 389
Grundy (J. et E.). Royaume-Uni, n° 1349 .. 487 et 488
Grundy (R.). Nouvelle-Galles du Sud, n° 29 489
Grüne (W.). Prusse, n° 425 398
Grüner (F.-G.). Saxe, n° 24 425
Gruner (L.). Royaume-Uni, n° 1888 350
Gruner et Cie. Wurtemberg, n° 58 .... 441 et 542
Grunert (C.) et fils. Saxe, n° 27 425
Grünhut (A.). Autriche, n° 1049 249
Grünthal (Z.-A.). Prusse, n° 1153 415
Grupe (L.). Hambourg, n° 76 510
Grutzmacher fils (G.-F.). Prusse, n° 382 398
Gruyer (L.-V.). France, n° 1633 40
Grymonprez-Raepsaet. France, n° 6283 139
Gschnitzer (M.). Autriche, n° 842 245
Guala (G). États-Sardes, n° 167 .... 422 et 527
Gualla (F.). Autriche, n° 722 243
Gualtierotti (Mme C.). Toscane, n° 60 435
Guanajuato (Département de). Mexique, n° 7. 371 et 373
Guanteliat (L.). France, n° 4010 88
Guarro (A.). Espagne, n° 512 484
Guaymard (M.) et Hackenberger. France, n° 8206. 175
Gueit. Algérie, n° 459 209
Gueit. Algérie, n° 683 212
Guell, Ramis et Cie. Espagne, n° 344 313
Guélon-Chabance (S.). France, n° 4684 105
Guélon-Trioullier. France, n° 4540 102
Guende aîné. France, n° 3182 456
Gueneau (C.-C.). France, n° 4827 108
Guénin (F.). France, n° 1292 32
Guennebaut (F.-R.). France, n° 670 18
Guenon-Decouzon. France, n° 4541 102
Guérard (J.). France, n° 4828 108
Guérard-Deslauriers (C.). France, n° 2487 60
Gueret (D.-D.) et Gueret (O.). France, n° 7918. 168
Guérin (A.-J.-L.-J.). France, n° 1466 451
Guérin (C.). France, n° 5088 115
Guérin (E.). France, n° 1098 27
Guérin (F.). France, n° 7919 168
Guérin (J.). France, n° 6726 147
Guérin (J.-A.-F.). France, n° 3275 74
Guérin (J.-B.-A.). France, n° 923 23
Guérin (J.-C.-B.). France, n° 4177 93
Guérin (J.-J.-B.). France, n° 1999 48
Guérin (L.). France, n° 7468 166
Guérin (M.). France, n° 1061 26
Guérin (S.). France, n° 7634 163
Guérin aîné. France, n° 2098 50
Guerin-Bazilie (Mlle). France, n° 8646 182
Guérin-Boutron (L.). France, n° 3696 82
Guérin-Lacouture (F.-E.). France, n° 2715 64
Guérin Le Guern (H.). France, n° 7309 156
Guérin-Menneville et Robert (E.). France, n° 671. 18
Guérin (A.-L.) et Cie. France, n° 3183 456
Guérin neveu (S.), Laget et Cie. France, n° 7635. 163
Guérineau (L.-R.-H. et A.-A.). France, n° 2046. 453
Guerlin-Houel et Sombret. France, n° 2716 64
Guerney (J.). États-Unis, n° 82 222
Guéroult. France, n° 3184 456
Guéroult (N.). France, n° 2995 70
Guéroult (A.) et Clausse. France, n° 8750 183
Guerra (J. da C.). Portugal, n° 258 518
Guerre. France, n° 4542 102
Guerre (L.). France, n° 1768 43
Guerrée (V.). France, n° 1213 30
Guerrero (Département de). Mexique, n° 22 371
Guerrier-Bonnet. France, n° 3276 74
Guersant (A.) et Cie. France, n° 8584 181
Guerveno (Marie-M.). France, n° 7310 156
Guesde. Guadeloupe, n° 53 476
Guesdon. Algérie, n° 477 209
Guesné (J.-M.). France, n° 9156 192
Guesnier et Ningler. France, n° 10410 472
Guesnu (J.). France, n° 9049 190
Guétrot (R.-F.). France, n° 9196 193
Gueurel (G.). France, n° 2308 454
Gueutal (G.-F.). France, n° 4628 103
Gueutal (N.) et fils. France, n° 4629 104
Gueutal (P.) et fils. France, n° 4630 104
Gueuvin, Bouchon et Cie. France, n° 168 7
Guével frères. France, n° 5393 121
Gueyton (A.). France, n° 5057 114
Guibal (A.). France, n° 383 12
Guibal (T.). Belgique, n° 125 274
Guibal (G.) et Cie. France, n° 2588 62
Guibert (N.-V.). France, n° 1293 32
Guiberteau. France, n° 3277 74
Guibout (J.) et Cie. France, n° 7667 164
Guichard (A.). France, n° 8757 184
Guichard (A.-A.). France, n° 8044 171
Guichard (E.-A.-D.). France, n° 8082 172
Guichard (J.). Suisse, n° 378 298
Guichard (J.) et Barret (J.). France, n° 7636 163
Guichené (Abbé). France, n° 9615 473

Pages.

Guichené (F.). France, n° 9600.... 201
Guidi (T.). Toscane, n° 163.... 437
Guidon (L.). France, n° 3602.... 81
Guignard-Gougeard (A.). France, n° 2367.... 57
Guignet (C.-O.). France, n° 746.... 448
Guignet (C.-O.). France, n° 10202.... 461
Guignet (J.). France, n° 8547.... 469
Guigou père, fils et Cie. France, n° 6727.... 147
Guiguet (L.). France, n° 8990.... 189
Guibéry-Deslandelles. France, n° 3603.... 81
Guilbert fils (T.-A.). France, n° 8758.... 184
Guilbert et Watteau. France, n° 6284.... 139 et 151
Guilbert fils aîné et Gâche aîné. France, n° 4098.. 91
Guilélouvette (Vve). France, n° 7920.... 168
Guillard (L.). France, n° 4829.... 108
Guillard (Mme V.). France, n° 8207.... 175
Guillard (Vve). France, n° 8912.... 187
Guillat (F.). France, n° 8367.... 177
Guillaudin (E.). France, n° 5089.... 115
Guillaume (J.-A.). France, n° 8247.... 175
Guillaume (R.). France, n° 2219.... 53
Guillaume (V.). France, n° 924.... 23
Guillaume fils. France, n° 8368.... 177
Guillaume père et fils. France, n° 6285.... 139
Guillaume, Étienne et Cie. France, n° 7809.... 466
Guillaumin et Cie. France, n° 9270.... 195
Guillaumon (J.-A.). France, n° 5394.... 121
Guillaumot (A.) et Cie. France, n° 5257.... 462
Guillemain (J.-I.). France, n° 1957.... 47 et 453
Guillemain (J.-P.). France, n° 1894.... 46
Guillemé. France, n° 3781.... 84
Guillemet aîné. France, n° 5793.... 130
Guillemin (P.). France, n° 4178.... 93
Guillemin fils et Minary. France, n° 1147.... 29
Guillemont (L.-A.). France, n° 2220.... 53
Guillemot (C.-A.). France, n° 2000.... 49
Guillemot (H.). France, n° 3604.... 81
Guillemot (L.-O.). France, n° 7668.... 164 et 466
Guillermond (A.-A.). France, n° 3952.... 87
Guillet. France, n° 169.... 7
Guillet (F.). France, n° 4387.... 98
Guillet (J.). France, n° 4830.... 108
Guillet fils cadet (J.-P.). France, n° 3865.... 457
Guillet et Cardon. France, n° 7669.... 164
Guillier (J.). France, n° 2488.... 60
Guillier et Hubert. France, n° 6286.... 139
Guillin (A.). France, n° 6287.... 139
Guillom (C.) et Cie. France, n° 8759.... 184
Guillon (B.). France, n° 4831.... 108
Guillon-Casaubon. France, n° 8585.... 181
Guillot jeune (J.-A.). France, n° 2717.... 64
Guillotaux frères. France, n° 3278.... 74
Guillou (M.-L.). France, n° 8369.... 177
Guillou (P.). France, n° 2996.... 70
Guilloud. France, n° 8759.... 184
Guillond (C.) et Cie. France, n° 1502.... 37
Guillout (E.). France, n° 3279.... 74
Guilloux (Jeanne). France, n° 7311.... 156
Guilmard (J.-D.). France, n° 8991.... 189
Guilmard (Mme). Belgique, n° 624.... 286
Guilmard (Mlle C.). Belgique, n° 625.... 286
Guimarnès (A.-L.). Portugal, n° 261.... 518
Guimaraès (J.-B.-P.). Portugal, n° 260.... 518
Guimaraes (L.-E.-T.). Portugal, n° 296.... 519
Guimaraès (M.-M.). Portugal, n° 259.... 518
Guimaraès e Silva (E.-P.). Portugal, n° 350.... 520
Guimbal-Lhéritier. France, n° 925.... 23
Guimet (J.-B.). France, n° 2997.... 70
Guinaut (J.-L.). France, n° 5395.... 121
Guinon (N.). France, n° 2998.... 70
Guiot (A-A.). France, n° 214.... 447
Guiraud. Algérie, n° 604.... 211
Guire (A.). France, n° 2144.... 51
Guise et Rollet. France, n° 7028.... 151
Guislain (A.-J.). France, n° 2145.... 51 et 108
Guittard (V.). France, n° 6596.... 465
Guittard fils (L.). France, n° 6597.... 465
Guittonneau. France, n° 170.... 7
Gullia (C.-B.). États-Sardes, n° 184.... 423
Gumbleton (H.). Nouvelle-Galles du Sud, n° 110. 491
Gundelach (J.-J.). Norwége, n° 102.... 539
Gunkel (L.). Hesse électorale, n° 1 A.... 260
Gunter (B.). Algérie, n° 147.... 204
Günther (B.). Autriche, n° 253.... 233
Gunther (F.-A.). Prusse, n° 383.... 398
Günther (G.). Autriche, n° 262.... 233
Gunther (C.). Autriche, n° 940.... 247
Günther (M.). Autriche, n° 843.... 245
Günzl (V.). Autriche, n° 1125.... 251
Gurizna (J.). Espagne, n° 373.... 313
Gurlt (W.) et Cie. Prusse, n° 303.... 396
Gurnès. Algérie, n° 77.... 203
Gürtler. Autriche, n° 844.... 245
Gürtler (F.). Autriche, n° 742.... 243
Gusat (J.). Autriche, n° 401.... 236
Gusman (A.). France, n° 9099.... 191
Gussoni (F.). États-Sardes, n° 93.... 421
Gust (H.). Prusse, n° 1201.... 524
Gutekunst (F.). Wurtemberg, n° 40 B.... 542
Guthing (F.). Prusse, n° 1192.... 523
Guthman-Capron (C.). France, n° 9601.... 201
Gutierrez (M.). Mexique, n° 71.... 373 et 374
Gutike (P.). Prusse, n° 1230.... 524
Gutmann (A.) et Cie. Wurtemberg, n° 112.... 443
Güttler (W.). Prusse, n° 149.... 391
Gutzeit (J.). France, n° 3489.... 78
Guy (A.). France, n° 171.... 7
Guy (J.). Canada, n° 232.... 498
Guyader (A.-J.). France, n° 521.... 15
Guyard (L.-A.). France, n° 4506.... 101
Guyau-Barbot. France, n° 7312.... 156
Guye (C.-E.). Suisse, n° 56.... 291
Guyetant (Mme). États-Pontificaux, n° 61 B.... 512
Guynet et Becquet. France, n° 7313.... 156
Guyon (E.-C.-E.). France, n° 6288.... 139
Guyonnet. France, n° 8760.... 184
Guyot (C.-V.). France, n° 8208.... 175
Guyot-Dumain (T.). France, n° 6598.... 465
Guyot-Giraud. France, n° 3377.... 76
Guyot de Grandmaison (P.-P.). France, n° 2221. 53
Guyotin (L.). France, n° 6289.... 139
Guyoux (J.-M.-V.). France, n° 1958.... 47
Gwynne fils et Cie. Royaume-Uni, n° 142.... 322
Gydac (Dr B.). Nouvelle-Galles du Sud, n° 30.... 489
Gyllenkrook (Baron T.). Suède, n° 368.... 536
Gysi (F.). Suisse, n° 110.... 292
Gyssens (F.-J.). France, n° 9396.... 198

H

HAA

Haag (C.). Brunswick, n° 8 A.... 481
Haag (H.-F.). Wurtemberg, n° 193 B.... 542
Haan (C.) et fils. Prusse, n° 809.... 408
Haardt (F.-W.). Prusse, n° 227.... 393
Haarbaus (R.). France, n° 9325.... 197
Haarmann (A. et J.). Prusse, n° 458.... 399
Haas. Wurtemberg, n° 14.... 440 et 542
Haas (D.). France, n° 1670.... 41
Haas (J.). France, n° 8548.... 469
Haas (L.). Nassau, n° 10.... 510
Haas (L.-F.) et fils. Prusse, n° 810.... 408
Haas (P.) et fils. Autriche, n° 1050.... 249 et 247

Pages.
Haas (J.-P.) et Cie. Wurtemberg, n° 173....... 445
Haase (A.). Autriche, n° 496.......... 238
Haase (W.). Prusse, n° 811.......... 408
Haball et fils. Autriche, n° 550.......... 239
Habary et Devillez frères. France, n° 1170...... 29
Haberland (G.-A.). Prusse, n° 812.......... 408
Haberneck. Autriche, n° 845.......... 245
Habert (A). France, n° 7921.......... 168
Habitants (Les) de la Guitière. France, n° 172. 7
Habitants (Les) de Kandy. Ile de Ceylan, n° 12. 501
Habtmann (Anne-M.). Autriche, n° 612....... 241
Hache (A.) et Pepin-Leballeur. France, n° 5510. 124
Hachette (Vve A.-M.). France, n° 5340........ 120
Hackel et Geber. Autriche, n° 1206.......... 252
Hackzell (Mlle E.). Suède, n° 369.......... 536
Hadden (A.) et fils. Royaume-Uni, n° 1549...... 345
Hadj-Ahmed-ben-Hammout. Algérie, n° 195.... 205
Hadj-Bourari. Algérie, n° 375.......... 208
Hadj-Braham-ben-Salem. Algérie, n° 374....... 208
Hadj-Kada. Algérie, n° 400.......... 209
Hadj-Mohamed-Bakhtsi. Algérie, n° 337........ 207
Hadrot jeune (J.-L.) et Cie. France, n° 2222.... 53
Haeberlé cadet (E.). France, n° 2718........ 64
Haeck (Clémence). Belgique, n° 581.......... 285
Haecken-Plomdeur (C.) Belgique, n° 310....... 279
Haeffely (H.) fils. France, n° 2999.......... 70
Haegele et Lutz. Wurtemberg, n° 199.......... 444
Haenlein (T.). Autriche, n° 1196.......... 251
Haenlein frères. Francfort-sur-le-Mein, n° 4.... 317
Haertel (H.-C.). Saxe, n° 70.......... 426
Haffner frères. France, n° 4832.......... 108
Hagen (F.). Prusse, n° 638.......... 404
Hagen (J.-F.). Norwége, n° 72.......... 559
Hager (G.). Prusse, n° 1016.......... 412
Hager (J.-G.). Pays-Bas, n° 28.......... 379
Hagg (N.). Suède, n° 210 B.......... 533
Haggard (W.-D.). Royaume-Uni, n° 399........ 326
Hägglund. Suède, n° 37.......... 536
Hagioblasites (S.). Grèce, n° 55.......... 356
Hagström (G.). Suède, n° 370.......... 536
Haguenthal. France, n° 10411.......... 472
Hagues, Cook et Wormald. Roy.-Uni, n° 1312... 341
Hahn (C.-G.). Bavière, n° 117.......... 269
Hahnel (C.-E.). Suède, n° 297.......... 535
Haible (E.). Danemark, n° 42.......... 302 et 482
Haidinger frères. Autriche, n° 743.......... 243
Haïem-ben-Sadoun. Algérie, n° 377.......... 208
Haïem-Kenenzia. Algérie, n° 378.......... 208
Haïn (J.). Autriche, n° 263.......... 233
Halary fils (A.). France, n° 9414.......... 198
Halbedel (D.). France, n° 8083.......... 172
Halbique (L.-A.). France, n° 3953.......... 87
Halbous (S.). Algérie, n° 226.......... 473
Haldy et Cie. Prusse, n° 9.......... 388
Hale (J.). Royaume-Uni, n° 169.......... 322
Hale et Cie. Royaume-Uni, n° 1092.......... 337
Halff (M.). France, n° 8209.......... 175
Halima-bens-Messaoud. Algérie, n° 496.......... 210
Halkett et Adam. Royaume-Uni, n° 1469........ 343
Hall (A.). États-Unis, n° 89.......... 222 et 220
Hall (C.-W.). Terre de Van-Diémen, n° 16..... 494
Hall (G.-F.). Royaume-Uni, n° 378.......... 326
Hall (H.). Cap de Bonne-Espérance, n° 4...... 500
Hall (J. et T.). Royaume-Uni, n° 1649........ 346
Hall (S.). Royaume-Uni, n° 1769.......... 348
Hall frères. France, n° 5794.......... 130
Hall et Alderson. Nouv.-Galles du Sud, n° 129. 491 et 492
Hall et Virtue. Royaume-Uni, n° 1916.......... 350
Hall, Sloane et Coppi. Toscane, n° 8.......... 433
Hallade (L.-C.-F.). France, n° 5090.......... 115
Haller (C.). Wurtemberg, n° 29.......... 441
Haller (J.-C.). Prusse, n° 459.......... 399
Haller (Mme). Terre de Van-Diémen, n° 65..... 495
Hallet (V.-A.-G.). France, n° 9836.......... 449
Halley (L.-G.). France, n° 5091.......... 115
Halley et Cie. France, n° 2099.......... 50
Pages.
Halliday (J.). Canada, n° 62.......... 496
Hallié. France, n° 1294.......... 32
Hallot (H.). France, n° 2489.......... 60
Hallot jeune, fils. (F.). France, n° 5058....... 114
Hallstrom (O.-G.). Suède, n° 101.......... 531
Halo et Cie. France, n° 4099.......... 91
Haloche. Algérie, n° 78.......... 203
Halphen (Les héritiers de S.). France, n° 215... 447
Halphen (C.) et Cie. France, n° 5059.......... 114
Hals frères. Norwége, n° 191.......... 540
Halter (J.). Wurtemberg, n° 161.......... 444
Hamacher (L.-C.). France, n° 858.......... 21
Hamann. (A.) Prusse, n° 242.......... 394
Hamar (L.). Autriche, n° 551.......... 239
Hamard (J.-V.). France, n° 2223.......... 53
Hamberg (O.-P.). Suède, n° 113.......... 531
Hambloch (J.). Prusse, n° 59.......... 389 et 401
Hamel (L.). Royaume-Uni, n° 1296.......... 340
Hamelin (J.-B.). France, n° 6728.......... 147
Hamelin (S.) et Bellon (A.). France, n° 5795... 130
Hamet (H.). France, n° 672.......... 18
Hamilton (G.). Nouvelle-Galles du Sud, n° 141.. 491
Hamilton (Baron H.). Suède, n° 19........ 529 et 533
Hamilton (Comte H.-D.). Suède, n° 20........ 529
Hamilton (Comte J.-E.). Suède, n° 21........ 529
Hamilton (Sir R.). Inde, n° 73.......... 505
Hamian (Tribu de Zebdou-). Algérie, n° 252.... 206
Hamm (G.). France, n° 859.......... 22
Hamm (Dr G.). Saxe, n° 7.......... 224
Hamma. Algérie, n° 696.......... 212
Hammacher (P.) et Cie. Prusse, n° 813........ 408
Hammelmann (C.). France, n° 8210.......... 175
Hammer (E.). Prusse, n° 814.......... 408
Hammer (J.). Autriche, n° 552.......... 239
Hammond, Turner et Cie. Royaume-Uni, n° 1729. 347
Hamoir (G.). France, n° 522.......... 15
Hamoir-Boursier. France, n° 3378.......... 76
Hamon (P.-P.). France, n° 4543.......... 102
Hamon-Amar-ben-Boucetta. Algérie, n° 480..... 209
Hamon-ben-Roustan. Algérie, n° 382.......... 208
Hamon-Dufougeray. France, n° 7314.......... 156
Hamou. Algérie, n° 516.......... 210
Hamoud. Algérie, n° 517.......... 210
Hanappier (Victorine). France, n° 8652........ 470
Hancock (C.-F.). Royaume-Uni, n° 1136...... 338
Hanff (S.) et Cie. Prusse, n° 815.......... 408
Hanfstangl (F.). Bavière, n° 142 A.......... 270
Hanhart (M. et N.). Royaume-Uni, n° 1902..... 350
Hanhart (R.). Suisse, n° 129 B.......... 481
Haniel (F.). Prusse, n° 10.......... 388
Hannah (A.). Royaume-Uni, n° 275.......... 324
Hannes (A.). Prusse, n° 438.......... 399
Hanou (E.-J.). France, n° 8846.......... 457
Hanoye (L.-H.). France, n° 4474.......... 460
Hanseu (A.). Suède, n° 210.......... 533
Hansen (H.-F.). Norwége, n° 103.......... 539
Hansen (J.-F.) et Rames. Suède, n° 234....... 534
Hansotte-Delloye (Vve G.). Belgique, n° 219.... 277
Hanssen (F.). Norwége, n° 45.......... 538
Hanssens-Hap (B.). Belgique, n° 469. 283, 284 et 286
Hansson (G.). Suède, n° 105.......... 531
Hauus-Porel et Cie. France, n° 173.......... 7
Haond (A.). France, n° 4292.......... 96
Haque-Haisselin (M.). France, n° 5796........ 130
Haraud (1.). France, n° 8589.......... 181 et 469
Harang (A.-E.). France, n° 8511.......... 579
Haranger (J.-L.). France, n° 898.......... 23
Harbander junior (C.). Autriche, n° 1012...... 248
Harbander senior (C.). Autriche, n° 1013...... 248
Hardcastle (G.). Royaume-Uni, n° 43.......... 320
Harden (J.). Cap de Bonne-Espérance, n° 11.... 500
Harding-Cocker. France, n° 1543.......... 38
Harding et Cockson. Royaume-Uni, n° 1237..... 339
Hardmann (J.) et Cie. Royaume-Uni, n° 1248... 339
Hardorff (H.-R.). Hambourg, n° 59.......... 510
Hardouin. Réunion, n° 112.......... 478

Pages.

Hardouin et fils. France, n° 8145 467
Hardtmann frères. Wurtemberg, n° 118 443
Hardtmuth (L. et C.). Autriche, n° 402 236
Hardy (F.-M.). France, n° 4105 91
Hardy (J.-E.-V.). France, n° 10203 461
Hardy (L.-F.). France, n° 10401 470
Hardy (N.). France, n° 2719 64
Hardy de Saint-Omer. Martinique, n° 34 476
Hare (A.). Canada, n° 284 499
Hare (S.). Royaume-Uni, n° 761 332
Hare (J.) et Cie. Royaume-Uni, n° 565 329
Harel (S.). France, n° 2490 60
Haremaker, Buis et Cie. Pays-Bas, n° 301 257
Hargreave et Nusseys. Royaume-Uni, n° 1323 341
Harkey (L.-M.). France, n° 2100 50
Harkort (P.) et fils. Prusse, n° 1193 523
Harland (G.). Royaume-Uni, n° 1770 348
Harler (G.). Autriche, n° 788 244
Harmbouck et Cie. France, n° 6290 139
Harmel (F.). France, n° 6291 139
Harmel frères. France, n° 6292 139
Harnett (W.). Royaume-Uni, n° 762 332
Haro (E.-F.). France, n° 3108 72
Harper (Mme). Canada, n° 272 499
Harpignies, Delannoy et Cie. France, n° 3490 78
Harpke (A.). Autriche, n° 941 237
Harriday (J.). États-Unis, n° 116 222
Harris (J.). Royaume-Uni, n° 1958 351
Harris (Sir S.). Royaume-Uni, n° 505 328
Harrison (C.-C.). États-Unis, n° 83 222
Harrisson (C.). Royaume-Uni, n° 1550 345
Harrop, Taylor et Cie. Royaume-Uni, n° 1441 488
Hart (J.). Royaume-Uni, n° 340 .... 325 et 343
Hart et fils. Royaume-Uni, n° 1067 337
Hartkopf (F.) et Cie. Prusse, n° 509 .... 400 et 403
Hartl (G.). Autriche, n° 403 236
Hartley (J.) et Cie. Royaume-Uni, n° 1198 339
Hartmann (F.). Prusse, n° 231 394
Hartmann (F.-A.). Prusse, n° 348 397
Hartmann (G.-A.). Norwége, n° 63 538
Hartmann (J.-J.). Bavière, n° 101 269
Hartmann (L.). Autriche, n° 1127 251
Hartmann (L.). Suisse, n° 404 299
Hartmann (R.). Saxe, n° 9 424
Hartmann-Suiger. France, n° 8992 189
Hartmann et fils. France, n° 5797 130
Hartmann et Cie. France, n° 6293 140
Hartogenais (M.). Pays-Bas, n° 302 257
Hartwagner (F.). Autriche, n° 404 236
Hartweck (E.). France, n° 8993 189
Hartwick (Mme A.). Suède, n° 298 535
Hartwig (B.). Suède, n° 173 533
Harvey (D.). Royaume-Uni, n° 816 333
Harvey (G. et A.). Royaume-Uni, n° 261 324
Harvey (J.-K.). Royaume-Uni, n° 1890 350
Harvey (W.-J.). Royaume-Uni, n° 836 333
Haselbach (J.-T.). Prusse, n° 1272 526
Haselmann (I.). Autriche, n° 942 247
Haselwander (J.). Bavière, n° 150 270
Hasenclever et Cie. Prusse, n° 311 396
Hasenklever. France, n° 3847 457
Hasperg et Schäfer. Hambourg, n° 6 363
Hasse. Algérie, n° 605 211
Hasselgren (L.-C.). Suède, n° 404 537
Hasselquist (T.) et Cie. Autriche, n° 694 242
Hassenmajer (J.-F.) et Zahn. Wurtemberg, n° 64. 442
Hassenteufeld (M.-E.). Autriche, n° 1128 251
Hasslawer et Fiolet. France, n° 5451 122
Hasslinger (F.). Bade, n° 85 263
Hastier de Jolivette. France, n° 4293 96
Hastings (J.). France, n° 1295 32
Haston et Cie. Inde, n° 110 506
Hattat (A.). France, n° 8084 172
Hattersley (J.). Roy.-Uni, nos 1035 et 313 A. 336 et 486
Hattersley et Parkinson. Royaume-Uni, n° 1503. 344
Hatton fils (M.). France, n° 5798 130

Pages.

Haucisein et fils. Wurtemberg, n° 98 443
Haunet (E.). France, n° 1296 32
Haunstrup (J.-C.). Danemark, n° 63 303
Haupt (L.). Autriche, n° 1015 248
Haurie. Algérie, n° 164 205
Hauschild (C.). Prusse, n° 642 .... 404, 523 et 524
Hauschild (M.). Saxe, n° 31 425
Hausen (C.-B.). Danemark, n° 58 .... 303 et 482
Hauser (C.). Autriche, n° 789 244
Hauser (J.). Autriche, n° 613 241
Hauser (J. de J.). Suisse, n° 130 293
Hauser (R.). Suisse, n° 126 293
Hausmann (F.). France, n° 1216 524
Haussmann (A.-W.). Prusse, n° 706 405
Haussmann (F.). Autriche, n° 1016 248
Haussmann (N.-V.). France, n° 747 448
Haussoullier et Cie. France, n° 2491 60
Hauthal (J.-G.) et Cie. Hambourg, n° 37 363
Hauts fourneaux de Denain et d'Anzin France, n° 102 7
Hauts fourneaux de Maubeuge. France, n° 4964. 111
Havard. France, n° 5799 130
Havard frères. France, n° 3893 85
Havard (Vve) et Loyer. France, n° 3892 85
Havé (F.-D.). France, nos 999 et 4388 .... 25 et 98
Haviland et Cie. France, n° 5511 124
Havrincourt (Marquis d'). France, n° 748 448
Haward (M.). Portugal, n° 48 .... 514 et 515
Hawcroft et fils. Royaume-Uni, n° 940 .... 335 et 486
Hawke (N.). France, n° 5555 125
Hawkes (W.-R.). Terre de Van-Diémen, n° 17 .. 494
Hawkins (Capitaine). T. de Van-Diémen, n° 58. 495
Hawkins (J.). Royaume-Uni, n° 171 322
Hawthorne (J.). Royaume-Uni, n° 673 331
Hay (Mme). Nouvelle-Galles du Sud, n° 81 490
Hay père et fils. France, n° 7315 156
Haydt (F.). Autriche, n° 405 236
Häydler (J.). Autriche, n° 846 245
Hayem aîné (S.). France, n° 8211 175
Hayes (G.). Royaume-Uni, n° 763 332
Hayes et Cie. Nouvelle-Galles du Sud, n° 142 ... 491
Hayes (F.-W.) et Cie. Royaume-Uni, n° 1468 A. 488
Hayez (M.-J.-F.). Belgique, n° 678 288
Hayet-Jacquemard (C.). France, n° 9050 190
Hayley. Guyane anglaise, n° 20 502
Haynnax (Major); Mac Clelland (D.); Thurdburn (H.); Begbie (P.); Rajah Pentob Chundsing. Inde, n° 9 504
Hayot. France, n° 1122 450
Hayois aîné (F.). Belgique, n° 283 278
Hayot. Martinique, n° 37 476
Hays (J.-A.). France, n° 4544 102
Hayward et fils. Royaume-Uni, n° 1093 337
Hazard (A.). France, n° 3605 81
Hazard (N.). France, n° 5800 130
Hazard père et fils. France, n° 6294 140
Hazelius (Colonel J.-A.). Suède, n° 114 531
Heald (B.). Royaume-Uni, n° 1891 350
Hearle (J.-G.). Canada, n° 174 498
Hearn et Potter. Canada, n° 159 497
Heath (T.). États-Unis, n° 84 222
Hebb (A.). Royaume-Uni, n° 1619 346
Hebbelynck frères et sœurs. Belgique, n° 435 282
Hébert (G.). France, n° 5801 130
Hebert (J.-B.). France, n° 1978 48
Hébert (J.-G.). France, n° 8286 176
Hébert (L.). France, n° 2069 50
Hébert (L.-A.). France, n° 2492 60
Hébert (S.). France, n° 5329 120
Hébert (S.-V.). France, n° 5060 114
Hébert (Vve). France, n° 8761 184
Hebert fils (E.-F.). France, n° 6295 140
Hechinger (G.). Bavière, n° 84 269
Heckel (G.). Prusse, n° 639 .... 404 et 411
Heckel (Héritiers). Bavière, n° 73 .... 268 et 254
Heckel (L.) et Cie. France, n° 7029 151

Pages.

Hecker (G.) et fils. Saxe, n° 69 426
Heckert (C.). Prusse, n° 722 406
Heckman. Prusse, n° 640 .... 404 et 524
Hector (J.-J.). France, n° 6729 147
Hedengren (O.-G.). Suède, n° 72 530
Hedenström (W.). Suède, n° 235 534
Hedgberg (O.-H.). Terre de Van-Diémen, n° 47 494
Hédiard (A.). France, n° 860 22
Hédiart (J.-B.). France, n° 1468 451
Hédiart jeune (J.-H.). France, n° 1467 451
Hedinger (C.). Wurtemberg, n° 177 444
Hedlund (G.). Suède, n° 236 534
Heer-Cramer (H.). Suisse, n° 382 298
Hefti frères. Suisse, n° 245 296
Hegenbarth (A.). Autriche, n° 745 243
Hegle (C.). Belgique, n° 635 287
Heidsieck (L.-A.). Prusse, n° 984 411
Heidt (J.) et Cie. Belgique, n° 278 278
Heighington et Lawrence. Royaume-Uni, n° 837 333
Heigl (G.). Bavière, n° 35 .... 254 et 267
Heilbronn (L.). Bavière, n° 85 269
Heiligenthal (J.-I.) et Cie. France, n° 7855 167
Heiliger et Cie. Prusse, n° 1022 B 525
Heiller (J.-B.). France, n° 1564 39
Heiller (J.-B.). France, n° 8370 .... 177, 467 et 469
Heillier (J.-B.). France, n° 8370 .... 467 et 469
Heilmann (J.-J.). France, n° 9157 192
Heilmann frères. France, n° 3000 70
Heim (G.). Wurtemberg, n° 1 440
Heim frères. Hesse grand-ducale, n° 8 364
Heimann (J.-L.). France, n° 5092 115
Heimbach. Prusse, n° 1249 525
Heimbeck (F.). Norwége, n° 73 539
Heimendahl jeune (G.). Prusse, n° 921 410
Heindl (A.). Autriche, n° 614 241
Heinhold (E.). France, n° 4833 .... 108 et 120
Heiniger (J.). Suisse, n° 240 296
Heinke (C.-E.). Royaume-Uni, n° 806 333
Heinrich (A.). Autriche, n° 45 228
Heinrich frères. Prusse, n° 816 408
Heinrich et Richter. Saxe, n° 81 426
Heinrichs (J.). Prusse, n° 60 389
Heinrigs (A.). Prusse, n° 1172 476
Heinritz (C.). Lubeck, n° 3 361
Heintze (Vve G.). Prusse, n° 1090 414
Heintze et Freudenberg. Bade, n° 39 262
Heinz (F. et A.). Autriche, n° 1017 248
Heinzen frères. Autriche, n° 406 236
Heis (G.) et Cie. Prusse, n° 384 398
Heischer et Cie. Bavière, n° 71 B 254
Heitz et Hoz. Suisse, n° 226 295
Helbecque, Dureau, Denisse et Cie. France, n° 3379 76
Helbronner (G.). France, n° 7704 165
Helbronner (Mme S.). France, n° 7705 .... 165 et 466
Held (G.). Prusse, n° 267 395
Heldenstein (F.). Belgique, n° 192 276
Helfricht. Algérie, n° 183 205
Helia (J.). Autriche, n° 1129 251
Heljestrand (C.-W.). Suède, n° 217 533
Hell (F.). Autriche, n° 1242 253
Hell (G.). Autriche, n° 943 247
Hell (J.). Autriche, n° 944 247
Hellard (G.). France, n° 2368 .... 57, 15 et 78
Heller (B.-J.). Autriche, n° 1130 251
Heller (E.). Prusse, n° 194 393
Heller (E.). Prusse, n° 195 393
Hellman (G.). Oldenbourg, n° 12 376
Hellmich (A.). Autriche, n° 46 228
Hellouin (P.). France, n° 384 A .... 12 et 448
Hellstrom (Mme C.-M.). Suède, n° 299 535
Helly (A.). France, n° 6730 147
Helm et Wade. Canada, n° 149 497
Helmeke (H.). Prusse, n° 1244 525
Helmers (J.-N.). Hambourg, n° 20 362
Helwert (J.). Wurtemberg, n° 194 444

Pages.

Hely (A.-A.). Royaume-Uni, n° 1926 350
Helzinger (J.-M.-E.). France, n° 5802 130
Hemingway (A. et W.). Royaume-Uni, n° 530 328
Hemming (S.). Royaume-Uni, n° 838 333
Hempel (O.). France, n° 1671 41
Hempel (O.-M.). Prusse, n° 215 393
Henckels (J.-A.). Prusse, n° 565 402
Henderkott (C.) fils. Prusse, n° 1027 412
Henderson (J.) Royaume-Uni, n° 1770 A 488
Henderson (R.). Royaume-Uni, n° 483 A 486
Henderson et Widnell. Royaume-Uni, n° 1552 345
Henderson (W.) et fils. Royaume-Uni, n° 566 329
Henderson et Cie. Canada, n° 300 499
Henderson et Cie. Royaume-Uni, n° 1551 345
Hendrichs (F.). Prusse, n° 817 408
Hendrickx. France, n° 1199 30
Hendrix (J.) et Cie, n° 397 259
Henery (W.-P. et T.). Guyane anglaise, n° 48 503
Hening (J.). Royaume-Uni, n° 1525 488
Henle (B.). Bavière, n° 11 266
Henley (W.-T.). Royaume-Uni, n° 506 328
Hennebelle (A.). France, n° 673 18
Hennebelle (J.-B.-D.). France, n° 674 18
Hennebutte et Cie. France, n° 2493 60
Hennecart (J.-F.). France, n° 7030 151
Hennes (G.). Prusse, n° 61 389
Hennige (J.). Prusse, n° 1224 524
Henning (A.). France, n° 1028 26
Henoc (C.-A.). France, n° 8586 181
Henrard-Cajot (G.). Belgique, n° 650 287
Henras. France, n° 3606 81
Henri (J.). Prusse, n° 1263 525
Henri (L.-A.). France, n° 1099 27
Henri (Vve). France, n° 4294 96
Henriel (F.). France, n° 1100 27
Henriot fils (L.) et Cie. France, n° 6296 140
Henriot frères et Cie. France, n° 6297 140
Henriques (Mlle E.). Suède, n° 300 535
Henry. France, n° 75 6
Henry (B.). Portugal, n° 262 518
Henry (C.). France, n° 1503 37
Henry (C.). France, n° 9460 199
Henry (E.). France, n° 749 448
Henry (F.). France, n° 5141 116
Henry (F.-J.). France, n° 3607 81
Henry (H.-F.). France, n° 8994 189
Henry (J.). France, n° 9602 201
Henry (J.-P.). France, n° 7856 167
Henry (L.-A.). France, n° 1123 450
Henry (P.). Belgique, n° 262 278
Henry aîné (C.). France, n° 5140 116
Henry fils (L.). France, n° 7812 467
Henry junior. Réunion, n° 113 478
Henry-Faudier (J.-L.-M.-R.). France, n° 216 447
Henry-Hayet (J.-A.). France, n° 5258 462
Henry-Le Paule (A.-M.). France, n° 1769 .... 43 et 54
Henry et fils. France, n° 3001 70
Henry et Demarson. France, n° 2494 60
Henry (E.) et Martin (J.). France, n° 9524. 200 et 473
Henry fils et Bompard. France, n° 5803 130
Henschel (C.-A.). Hesse électorale, n° 1 B .... 267 et 260
Hensel (J.). France, n° 9525 200
Hensel et Sickermann. Prusse, n° 582 401
Hensler (R.). Autriche, n° 847 245
Henslow (Professeur). Royaume-Uni, n° 443 327
Henslowe (F.-H.). Terre de Van-Diémen, n° 79 495
Henson (R.). Royaume-Uni, n° 868 334
Hentsch (J.). Bavière, n° 155 .... 270 et 253
Hentsch (J.-A.). Autriche, n° 945 247
Hentze, Rüggeberg et Sessinghaus. Prusse, n° 582 402
Henz (T.). Suisse, n° 178 294
Henzig. Luxembourg, n° 4 369
Héomet frères. France, n° 8146 467
Hepburn (J. et T.). Royaume Uni, n° 587 329
Hepner (A.) et Cie. France, n° 5804 130
Heppener (J.). Pays-Bas, n° 77 380

Pages.

Hepting (F.). Bade, n° 28 ... 262
Hérazck (J.) et fils. Danemark, n° 41 ... 302
Herb (A.). Bavière, n° 87 ... 269
Herbach (M.). France, n° 4834 ... 108
Herbeaumont (P.-F.). France, n° 7878 ... 167
Herbecq. France, n° 1297 ... 32
Herbecq frères. France, n° 4295 ... 96
Herbelot fils et Genet-Dufay. France, n° 5805 ... 130
Herberg (W.), Buschhaus et Cie. Prusse, n° 641 ... 404
Herbers. Prusse, n° 126 ... 391
Herbert (B.). France, n° 2720 ... 65 et 455
Herbert (F.-P.). Autriche, n° 407 ... 236
Herbert (I.). Autriche, n° 408 ... 236
Herbert (W.). Royaume-Uni, n° 1620 ... 342
Herbet et Cie. France, n° 3380 ... 76
Herbo fils. France, n° 3697 ... 82
Herbst et Gellin. France, n° 8078 ... 119 et 172
Herdevin (J.-M.). France, n° 861 ... 22
Herdtle (E.). Wurtemberg, n° 41 B ... 542
Herdman (J.-J.) et Cie. Royaume-Uni, n° 1470 ... 343
Herfeld (H.). Prusse, n° 176 ... 392
Hergl (A.). Bavière, n° 63 ... 268
Herguth (A.-F.-W.). Prusse, n° 985 ... 411
Héricart de Thury. Algérie, n° 282 ... 206
Héricourt (F.). France, n° 4389 ... 98
Hering (C.-G.) et Riebel (E.). France, n° 2163 ... 52
Herisé fils (H.). France, n° 7706 ... 165
Hermann (A.-T.). Brunswick, n° 10 ... 289
Hermann (G.). France, n° 9837 ... 449, 451 et 467
Hermann frères. France, n° 7031 ... 251
Hermann (W.) et Cie. Prusse, n° 1161. 415, 404 et 524
Hermanovska (M.-J.-F.). France, nos 10412 et 10296 ... 472 et 463
Hermans (M.-L.) et Cie. Pays-Bas, n° 33 ... 379
Hermant (E.). France, n° 8085 ... 172
Hermenegildo (F.). Mexique, n° 34 ... 372
Hermet (G.). France, n° 1000 ... 24
Hermite (H.-V.). France, n° 1959 ... 47
Hermitte (A.-F.-M.). France, n° 384 B. ... 12, 50, 168 et 448
Hermitte et Olagnier. France, n° 4296 ... 96
Hernandez (F.). Espagne, n° 149 ... 309
Hernandez (J.). Espagne, n° 479 ... 484
Hernandez (L.). Espagne, n° 150 ... 309
Hernandez (P.). Cuba, n° 36 ... 485
Herne et Thornthwaite. Royaume-Uni, n° 400 ... 326
Hernet. France, n° 7857 ... 167
Herold et Cie. France, n° 9526 ... 200
Héron (M.). France, n° 4011 ... 88
Hersé (G.). Bade, n° 79 ... 263
Herpin (A.-S.). France, n° 1469 ... 451
Herpin (F.). France, nos 8371 et 8372 ... 177
Herpin (J.-C.). France, n° 1470. ... 451, 447, 449, 453 et 458
Herpin-Leroy (L.-E.-H.). France, n° 8587 ... 181
Herr. Nassau, n° 49 ... 511
Herrebaut. Belgique, n° 86 ... 273
Herrel (M.). Bade, n° 12 ... 261
Herrenschmidt (J.-F.). France, n° 2721 ... 65
Herrera (J.-A.). Espagne, n° 151 ... 309
Herrmann (F.-G.). Saxe, n° 71 ... 426
Herrmann (F.-G.) et fils. Saxe, n° 39 ... 425
Herry. Belgique, n° 285 B ... 255
Herschel (J.-F.) et Herschel (P.-E.). Pays-Bas, n° 18 ... 378
Herschell (J.) Royaume-Uni, n° 864 ... 326
Herschmann (H.). Autriche, n° 848 ... 245
Herse (A.) et Mainé (E.). France, n° 9527 ... 200
Herstall (C.) et Cie. Prusse, n° 349 ... 397
Hertel de Cournoyer. Guyane française, n° 175 ... 479
Hertenstein (J.). France, n° 8147 ... 467
Hertlein (J.-L.). Bavière, n° 110 ... 269
Hertmans (A.-E.). France, n° 9528 ... 200
Hervé père. France, n° 3185 ... 456
Hervé-Larcher. France, n° 7341 ... 157 et 465
Hervé frères. France, n° 2369 ... 57
Hervieu (J.-D.). France, n° 524 ... 15 et 78

Pages.

Herz (H.). France, n° 9529 ... 200
Herz (H.-E.). Autriche, n° 497 ... 238
Herzfeld fils (J.). Prusse, n° 746 ... 407
Herzig (J.). Autriche, n° 946 ... 247
Herzog (A.). France, n° 5806 ... 130
Herzog et Cie. Suisse, n° 212 ... 295
Heslot. France, n° 2020 ... 49
Hesnault (A.) et frères. Belgique, n° 246 ... 277
Hess (A.). Hambourg, n° 17 ... 362
Hess (C.) et frères. France, n° 6298 ... 140
Hess (F.) et Cie. Wurtemberg, n° 73 ... 442
Hesse fils (F.-A.). Nassau, nos 40 et 51 ... 511
Hesse fils jeune. France, n° 8186 ... 465
Hesshaimer (J.-L. et A.). Autriche, n° 144. 230 et 239
Hesterberg (F.) et fils. Prusse, n° 549 ... 401
Hett (A.). Royaume-Uni, n° 784 ... 332
Hettich (G.). Bade, n° 29 ... 262
Hetzel et Cie. Suisse, n° 251 ... 296
Hetzer (C.). Autriche, n° 947 ... 247
Heu (E.). France, n° 8762 ... 184
Heucken (C.) et Cie. Prusse, n° 385 ... 398
Heude (T.-E.). France, n° 8763 ... 184
Heudier (T.-H.). France, n° 4835 ... 108
Heugel et Cie. France, n° 9100 ... 191
Heukensfeldt (J.). Pays-Bas, n° 185 ... 383 et 259
Heully (G.). France, n° 8148 ... 467
Heumann (Successeurs de J.-B.). Suisse, n° 217 ... 295
Heurlin (S.). Suède, n° 405 ... 537
Heurtier fils (C.). France, n° 4631 ... 104
Heus (H. de) et fils. Pays-Bas, n° 360 ... 258
Heusch (E.). Prusse, n° 260 ... 394
Heusch (J.). Prusse, n° 818 ... 408
Heusch (A.) et fils. Prusse, n° 268 ... 395
Heusler (J.-C.). Duché de Nassau, n° 11 ... 510
Heutelbeck et Duncker. Prusse, n° 643 ... 404
Heutte-Selot (Vve). France, n° 3002 ... 70
Heyd (A.). France, n° 3280 ... 74
Heyde (G.-W.). Suède, n° 106 ... 531
Heykenskiöld (C.-D.). Suède, n° 23 ... 529
Heykenskiöld (S.). Suède, n° 24 ... 529
Heykenskiöld (T.). Suède, n° 22 ... 529
Heyl (C.). Hesse grand-ducale, n° 21 ... 365
Heyl (P.). Nassau, n° 12 ... 510
Heymann. Nassau, n° 13 ... 510
Heymann (J.). Prusse, n° 312 ... 396
Heymann et Alexander. Royaume-Uni, n° 1621 ... 346
Heymann (C.) et Cie. Prusse, n° 938 ... 410
Heyndrickx-Dermeuil. France, n° 6299 ... 140
Heyrim. France, n° 289 ... 447
Heyse (D.). Pays-Bas, n° 240 ... 384
Heyum (S.), Laugenbach et fils. Francfort-sur-le-Mein, n° 8 ... 260 et 317
Heywood, Higginbotham et Smith. Royaume-Uni, n° 1711 ... 347
Hezard (L.). France, n° 9101 ... 191
Hibaud (A.). France, n° 525 ... 15
Hilton et Cheppy. Réunion, n° 95 ... 478
Hiby (G.). Prusse, n° 1194 ... 523
Hickson (W.) et fils. Royaume-Uni, n° 1771 ... 348
Hierlemann (A.). Wurtemberg, n° 18 ... 440
Hierta (L.-J.) et Michaelson (J.). Suède, n° 132 ... 532
Hierzenberger (G.). Autriche, n° 615 ... 241
Hierzenberger (T.). Autriche, n° 616 ... 241
Hiess (F.). Autriche, n° 1131 ... 251
Hiessleiter (A.-J.). Suède, n° 149 ... 532
Hietel (J.-A.). Saxe, n° 78 ... 426
Higgins. Canada, n° 254 ... 499
Higham (J.). Royaume-Uni, n° 567 ... 329
Higonnet (G.). France, n° 6300 ... 140
Higonet (Général baron). France, n° 750 ... 448
Hilb (D.). Bade, n° 86 ... 263
Hildebrand (A.). France, n° 4836 ... 108
Hildebrand (A.). France, n° 4837 ... 108
Hildebrand frères. Bade, n° 45 ... 262
Hilger frères. Prusse, n° 819 ... 408
Hiljé (E.) Van Heusden. Pays-Bas, n° 216 ... 383

Pages.
Hill (J.). Royaume-Uni, n° 483.............. 486
Hill (J.-V.). Royaume-Uni, n° 981............ 335
Hill frères. Royaume-Uni, n° 172............. 322
Hillas (F.). Royaume-Uni, n° 568............. 329
Hiller (P.) et Cie. Prusse, n° 350............ 397
Hillette. France, n° 9877.................... 451
Hilliard et Dickson. Canada, n° 233.......... 498
Hillmann (N.). Autriche, n° 790.............. 244
Hilly (J.). Nouvelle-Galles du Sud, n° 198..... 492
Hilton (J. et H.). Canada, n° 285............ 499
Himely (S.). France, n° 9102................. 191
Himmelbauer (A.) et Cie. Autriche, n° 344. 235 et 236
Hinaut-Col et Cie. France, n° 5807....... 130 et 165
Hind (J.) et fils. Royaume-Uni, n° 1504....... 344
Hindermann-Mérian (J.-J.). Suisse, n° 327..... 297
Hine, Mundella et Cie. Royaume-Uni, n° 1581.. 345
Hingman (J.-H.). Pays-Bas, n° 236............ 384
Hinrichs (F.-C.). Saxe, n° 95................ 427
Hinshaw (W.) et Cie. Royaume-Uni, n° 1356... 341
Hipp (M.). Suisse, n° 120............293, 291 et 481
Hipp (H.-G.) et Better. Prusse, n° 939......... 410
Hippel (C.-P.), France, n° 8149............... 467
Hirault (G.). États-Sardes, n° 186............ 423
Hirner et Singer. Autriche, n° 1132........... 251
Hirrlinger (G.). Wurtemberg, n° 151.......... 444
Hirsch. Prusse, n° 193....................523 et 524
Hirsch (A.-H.). Autriche, n° 409.............. 236
Hirsch (F.). Autriche, n° 1133................ 251
Hirsch (I.-M.). Portugal, n° 372 B............ 520
Hirschborn (G.). Bade, n° 42 A............... 480
Hirsche (F.-J.). Autriche, n° 695............. 242
Hirschfeld (F.-B.). Saxe, n° 96............... 427
Hirschfeld (H.). Anhalt, n° 10................ 226
Hirsh (I.-M.) et frère. Portugal, n° 194...516 et 517
Hirst et Brooke. Royaume-Uni, n° 531........ 328
Hirt (C.). France, n° 1770..................... 43
Hitch (M.). N° 1840........................... 349
Hjolmansson (Mlle G.). Suède, n° 301......... 535
Hjort (P.-F.). Suède, n° 93................... 531
Hlawatsch (C.). Autriche, n° 849.............. 245
Hobbs (Docteur). Nouv.-Galles du Sud, n° 156.. 491
Hobbs et Cie. Royaume-Uni, n° 1094........... 337
Hober (W.). Bade, n° 42...................... 262
Hocédé (J.) et Cie. France, n° 5452......122 et 463
Hochapfel (J.-C.). France, n° 8764............ 184
Hochart (L.). France, n° 526................... 15
Hochedlinger (J.). Autriche, n° 264........... 233
Hochet (J.-M.). France, n° 385................. 12
Hock (A.). France, n° 6731.................... 147
Hock (A.). Wurtemberg, n° 21................. 440
Hocker (R.-W.). Prusse, n° 940............... 410
Hocking (J.). Nouvelle-Galles du Sud, n° 184... 492
Hodges (R.-E.). Royaume-Uni, nos 584 et 835 A..........................329 et 486
Hodges (T.). Royaume-Uni, n° 1024............ 336
Hodgson. Royaume-Uni, n° 816 A.............. 486
Hodgson (T.). États-Unis, n° 71............... 221
Hodin (M.). France, n° 9103................... 192
Hoefer (P.). France, n° 7975.................. 170
Hoeg (C.). Norwége, n° 30.................... 538
Hoeg (O.-A.). Norwége, n° 84................. 539
Hoen-Bernard (J.). France, n° 4475........... 460
Hoening (F.). Prusse, n° 820.................. 408
Hoeninghaus et Meyer. Prusse, n° 821......... 408
Hoepfner (J.). Autriche, n° 948............... 247
Hoesch et fils. Prusse, n° 409................. 398
Hofer (J.). Autriche, n° 1074.................. 250
Hofer (H.) et Cie. France, n° 5808............ 130
Hoff (C.). France, n° 4240.................... 459
Hoff (C.). Pays-Bas, n° 405.................. 259
Hoff (C.). Prusse, n° 941..................... 410
Hoffken (F.-W.). Prusse, n° 1029............. 412
Hoffman (A.). France, n° 2047................ 453
Hoffman (G.-L.). Suède, n° 331.............. 536
Hoffman (J.-D.). Suède, n° 25................ 529
Hoffmann (A.). Prusse, n° 510................ 400
Hoffmann (C.). Prusse, n° 261................. 394
Hoffmann (C.-G.). Autriche, n° 345........... 235
Hoffmann (C.-T.). Suède, n° 270.............. 534
Hoffmann (E.). Prusse, n° 823................ 408
Hoffmann (E.). Suisse, n° 328................ 297
Hoffmann (H.) France, n° 8373............... 177
Hoffmann (Mme M.). Suède, n° 302........... 535
Hoffmann (P.-H.). Suède, n° 196.............. 533
Hoffmann (W.). Prusse, n° 488................ 400
Hoffmann aîné (C.-W.). Prusse, n° 1124....... 415
Hoffmann-Forty (F.). France, n° 3782........... 84
Hoffmann et Eberhardt. Prusse, n° 1204....... 524
Hoffmann (R.) et Cie. Prusse, n° 62............ 389
Hoffmann, Goenner et Cie. Prusse, n° 822..... 408
Hofmann (G.-W.). Hesse grand-duc., n° 34 B. 365 et 260
Hofmann (H.). Bade, n° 84.................... 263
Hofmann (E.) et Cie. Prusse, n° 223...... 398 et 402
Hofmayer sœurs. France, n° 8633............. 469
Hogan et Cie, Nouvelle-Galles du Sud, n° 130.... 491
Hogarth (J.). Nouvelle-Galles du Sud, n° 169... 492
Hogendoorn (G.). Pays-Bas, n° 7.... 378, 256 et 258
Hogg. Royaume-Uni, n° 742 A................. 486
Hohn et Staubli. Suisse, n° 271.............. 296
Hohwu (A.). Pays-Bas, n° 41.................. 379
Holegray et Alary. France, n° 290............. 447
Holbeck (E.-M.). Portugal, n° 189........ 516 et 518
Holden (G.-K.). Nouvelle-Galles du Sud, n° 31.. 489
Holden (J.) et Cie. Royaume-Uni, n° 1274...... 340
Hölder (O.). Bavière, n° 118.................. 269
Holderegger et Zellweger. Suisse, n° 219. 295, 481 et 482
Holdsworth (T.) et Cie. Royaume-Uni, n° 1260.. 487
Hole (N.-O.). Norwége, n° 58................. 538
Holenia (Héritiers de F.). Autriche, n° 47...... 228
Holingue frères. France, n° 1771.............. 43
Holland (H.). Royaume-Uni, n° 1827.......... 349
Holland (M.). Canada, n° 138................. 497
Holland et fils. Royaume-Uni, n° 1671........ 347
Holland (S.) et Cie. Royaume-Uni, n° 869...... 334
Hollard (J.). France, n° 2890.................. 68
Höller (A. et E.). Prusse, n° 511......... 400 et 402
Hollet (V.-A.-G.). France, n° 857............... 22
Holliger frères. France, n° 4390............... 98
Hollingworth (J.). Inde, n° 26................ 504
Hollingworth (T.-J.). Royaume-Uni, n° 625.... 330
Hollins (E.). Royaume-Uni, n° 1263........... 340
Hollins (P.). Royaume-Uni, n° 1946........... 351
Hollinshed (A.). Nouvelle-Galles du Sud, n° 111. 491 et 492
Holloway (M.-M.). Royaume-Uni, n° 1972...... 351
Holm (C.-A.). Suède, n° 88................... 531
Holm (U.). Danemark, n° 36.................. 302
Holmberg (M.-O.). Suède, n° 115............. 531
Holmblad (L.-P.). Danemark, n° 22...... 301 et 303
Holmboe (H.). Norwége, n° 54................ 538
Holmen (G.). Norwége, n° 91.................. 539
Holmes (G.). Nouvelle-Galles du Sud, n° 32.... 489
Holmes (H. et A.). Royaume-Uni, n° 201....... 323
Holmes et Taylor. États-Unis, n° 13........... 219
Holst. Norwége, n° 59....................... 538
Holst et Kooy. Pays-Bas, n° 114...... 381, 379 et 258
Holterhof (E.) et Cie. Nassau, n° 14........... 510
Holton (M.). États-Unis, n° 44................ 220
Holtring (W.) et Cie. Prusse, n° 370........... 397
Holtzer (J.). France, n° 4494.................. 101
Holtzer aîné et fils. France, n° 4495.......... 101
Holzhauer et Sieber. Wurtemberg, n° 40....... 441
Holzel (E.). Autriche, n° 1207................ 252
Holzstam (F.). Prusse, n° 986................ 411
Holzwarth (Ve J.). Wurtemberg, n° 46........ 441
Homan, Harvey et Cie. Royaume-Uni, n° 1747.. 348
Homberg (A.) et Engel. France, n° 8150....... 467
Homer (L.). France, n° 2164................... 52
Hommel-Esser (F.). Suisse, n° 111............ 292
Homolle et Quévenne. France, n° 3954......... 87
Homen (C.). France, n° 7316................. 156
Honhon (G.). Belgique, n° 655............... 257

5.

Pages.

Honing-Breet (C. et J.). Pays-Bas, n° 304 257
Honnorat (E. fils d'André). France, n° 6301 140
Honorable (L') compagnie des orfèvres de la cité de Londres. Royaume-Uni, n° 1137 338
Honoré (C.). France, n° 6302 140
Honoré (E.). France, n° 5602 463
Honoré (L.) et Cie. France, n° 5809 130
Honriez et Cie. France, n° 3381 77
Hood (J.-D.). Canada, n° 335 500
Hood (R.-L.). Terre de Van-Diémen, n° 18. 494 et 495
Hood (R.-V.). Terre de Van-Diémen, n° 54 494
Hood et fils. Royaume-Uni, n° 74 B 485
Hood et frères. Canada, n° 218 498
Hook (C.). Royaume-Uni, n° 1773 348
Hook (J.). Royaume-Uni, n° 1774 348
Hoole (H.-E.). Royaume-Uni, n° 456 327
Hoole, Staniforth et Cie. Royaume-Uni, n° 917 .. 334
Hooper (G.), Carroz et Tabourier. France, n° 7032 . 151
Hooper et Cie. Royaume-Uni, n° 202 323
Hooreman-Cambier. Belgique, n° 437 282
Hope (A.). Mexique, n° 84 373
Hôpital de Guy. Royaume-Uni, n° 786 332
Hopkin (W.). France, n° 5810 130
Hopkin et Williams. Royaume-Uni, 532 328
Hopkins. Terre de Van-Diémen, n° 35 494
Hopkins (J.-H.) et fils. Royaume-Uni, n° 1048 .. 336
Hopkinson (J. et J.). Royaume-Uni, n° 1997 ... 351
Hopps. Norwége, n° 117 540
Hoppe (J.). Royaume-Uni, n° 1775 348
Hoppe jeune (F.). Wurtemberg, n° 22 441
Hoppe fils (S.). Prusse, n° 512 .... 401 et 402
Hordé frères. France, n° 6600 465
Hordé (J.) et Vasseur. France, n° 6599 465
Hordez (E.). France, n° 6027 464
Horem (Vve) et Denis aîné. France, n° 5811 130
Horn (L.). Prusse, n° 1273 526
Hornborstel (C.-G.) et Cie. Autriche, n° 949 247
Hornemann (A.). Prusse, n° 177 392
Hornsby (R.) et fils. Roy.-Uni, n° 75. 321, 322 et 324
Hornung et Möller (H.-P.). Danemark, n° 89 .. 304
Horny (J.). Autriche, n° 850 245
Horrer (M.-L.). France, n° 7707 165
Horsfall (J.). Royaume-Uni, n° 1035 A ... 487 et 488
Horsfall (W.). Royaume-Uni, n° 318 325
Horsky (F.). Autriche, n° 184 231
Horstmann et Cie. Prusse, nos 127 et 314 .... 391 et 396
Horstmeyer (L.). Prusse, n° 1046 413
Hort. Océanie française, n° 199 480
Hortet. France, n° 3911 86
Hortwitz (D.). Hambourg, n° 77 510
Hosch (A.). Hesse grand-ducale, n° 56 366
Hoschek (Les fils de J.). Autriche, n° 851 A 246
Hospice apostolique de Saint-Michel, à Ripa, n° 36. 386
Hospice dépositaire de Saint-Omer (Les enfants de l'). France, n° 7469 466
Hosten (J.-B.) et Cie. Belgique, n° 438 282
Hösterey (G.). Prusse, n° 1078 413
Hostin (J.-B.). France, n° 8914 187
Hotz frères. Suisse, n° 252 296
Houdaille (L.). France, n° 386 12
Houdebine (H.) et Cie. France, n° 5186 117
Houdeville (A.). France, n° 675 18
Houdon-Hurel (V.-J.). France, n° 8045 171
Houel (G.). France, n° 527 15
Houette (A.) et Cie. France, n° 2722 65
Houget (J.-D.) et Teston (C.). Belgique, n° 188. 276
Houghton et Wallace. Canada, n° 175 498
Houillère Carolinenglück. Prusse, n° 159 392
Houillère Crone (Les prop. de la). Prusse, n° 11. 388
Houillère Freie Vogel et Unverhofft (Les propriétaires de la). Prusse, n° 12 388
Houillère Friedrich Wilhelm (Les propriétaires de la). Prusse, n° 13 388
Houillère Glückauf (Les prop. de la). Prusse, n° 16. 388
Houillère Hasenwinkel et Himmelskroner Erbstollen (Les propriétaires de la). Prusse, n° 17 .. 388
Houillère de Gewalt. Prusse, n° 15 388
Houillère de Hundsnocken (Les propriétaires de la). Prusse, n° 18 388
Houillère de Kalksiepen. Prusse, n° 19 388
Houillère de Krusenberg. Prusse, n° 20 388
Houillère de Kunstwerk. Prusse, n° 21 388
Houillère Louise (Les prop. de la). Prusse, n° 22. 388
Houillère Louisenglück (Les propriétaires de la). Prusse, n° 23 388
Houillère de Salzer et Neuack (Les propriétaires de la). Prusse, n° 24 388
Houillère Schurbank et Charlottenburg (Les propriétaires de la). Prusse, n° 64 389
Houillère de Steingatt. Prusse, n° 25 388
Houillère Vereinitge Charlotte (Les propriétaires de la). Prusse, n° 26 388
Houillère Vereinigte Engelsburg. (Les propriétaires de la). Prusse, n° 27 388
Houillère Vereinigte Hamburg (Les propriétaires de la). Prusse, n° 28 388
Houillère Vereinigte Präsident (Les propriétaires de la). Prusse, n° 30 389
Houillère Vereinigte Sellerbeck (Les propriétaires de la). Prusse, n° 31 389
Houillère Vereinigte Wassersnacheppe. Prusse, n° 32. 389
Houillère Vereinigte Wiesche. Prusse, n° 33 389
Houillère Victoria Mathias. Prusse, n° 34 389
Houillères Vereinigte Nachtigall et Aufgottgewagt (Les propriétaires des). Prusse, n° 29 388
Houillère générale. Prusse, n° 14 388
Houillères et fonderies de l'Aveyron. France, n° 57. 5
Houldsworth (J.). Royaume-Uni, n° 354 326
Houlès père et fils et Cormouls. France, n° 6303 .. 140
Houlet (F.-C.). France, n° 3698 82
Houllier-Blanchard. France, n° 10025 459
Houmain. Algérie, n° 283 206
Hourblin-Doyen. France, n° 6304 140
Houssard-Jonquet (J.-L.). France, n° 3109 72
Houssay (F.-P.). France, n° 676 18
Houssay frères. France, n° 4838 108
Houssiaux (H.-G.). France, n° 10413 472
Houtard (F.) et Cie. France, n° 5307 120
Houtret (B.). France, n° 2495 60
Houyet (A.). Belgique, n° 164 ...... 275, 274 et 254
Houyet aîné et Cie. France, n° 3281 74
Houzeau-Muiron (Vve) et fils. France, n° 2496 .. 60
Hovyn et Lacointa. France, n° 7570 466
Howard (J. et F.). Royaume-Uni, n° 76 321
Howards et Kent. Royaume-Uni, n° 743 332
Howarth (J.). Royaume-Uni, n° 982 335
Howe (J.) et Cie. Royaume-Uni, n° 649 330
Howton (G.-W.). Royaume-Uni, n° 1685 347
Hoy (H.). Danemark, n° 46 .... 302 et 482
Hoyer et fils. Oldenbourg, n° 2 376
Hoyle (T.) et fils. Royaume-Uni, n° 1296 A 487
Hoynis frères. Belgique, n° 203 276
Hoyos (F.). France, n° 3848 457
Hoyoux (T.-M.). France, n° 9603 201
Hress et Simon. France, n° 9839 449
Hruschka (F.) et fils. Autriche, n° 1018 249
Huard (J.-A.). France, n° 3282 75
Huard frères. France, n° 1772 43
Huart (H.). France, n° 9878 451
Huart (H.-J.). France, n° 9879 451
Hubaine (A.). France, n° 786 20
Hubel (H.-E.). France, n° 7922 168
Hubel (J.-E.). France, n° 5259 462
Hubel (R.). Suisse, n° 375 298
Huber (G.). Bade, n° 66 263
Huber (J.-J.). Suisse, n° 18 290
Huber (M.). Bavière, n° 40 .... 267 et 254
Huber (S.). Autriche, n° 851 B 245
Huber (U.). Autriche, n° 410 A 236
Huber frères. France, n° 9211 194
Hubert. France, n° 272 10
Hubert (A.). France, n° 5395 121

Pages.

Hubert (C.). France, n° 30 4
Hubert (C.). Royaume-Uni, n° 1776 348
Hubert (H.). France, n° 862 22
Hubert (J.-A.-A.). France, n° 9326 197
Hubert (S.). Autriche, n° 286 233
Hubert fils (J.-A.). France, n° 5187 117
Hubert-Delisle. Réunion, n° 71 477
Hubert-Ménage. France, n° 7726 .... 165 et 466
Huby (L.). France, n° 4839 109
Hucher (E.) et Monnoyer (C.). France, n° 9051 190
Huck (J.-M.). France, n° 1299 32
Hudde (F.-E.). France, n° 1773 43
Hudels (I.-A.). France, n° 2001 49
Hudetz (V.). Autriche, n° 185 231
Hudson. Canada, n° 219 498
Hudson (S.). Royaume-Uni, n° 170 322
Hudson et Bousfield. Royaume-Uni, n° 1324 341
Hue-Beaulieu. France, n° 4297 97
Hue (J.) et Bourdon (P.). France, n° 5812 130
Hueber (F.). Autriche, n° 696 242
Hueck (C. et T.). Prusse, n° 583 402
Hueck (D. et A.). Prusse, n° 824 408
Hueffer (H.). Saxe, n° 40 425
Huelin et fils. Espagne, n° 497 484
Huelse (E.-R.). Saxe, n° 88 426
Huet (C.). France, n° 8873 187
Huet (F.). Algérie, n° 701 474
Huet (J.). France, n° 4685 105
Huet (Z.-E.). France, n° 7761 166
Huet (Vve A.). France, n° 7637 163
Huet-Jacquemin. France, n° 7708 165
Hüffer et Morkramer. Prusse, n° 825 .... 408 et 525
Huffmann frères. Prusse, n° 826 408
Huffzky (Vve de V.). Autriche, n° 746 243
Hügelin fils (J.). France, n° 2101 50
Hugershoff (F.). Saxe, n° 11 424
Hughes. Victoria, n° 14 493
Hughes (Mme). T. de Van-Diémen, n° 19 494
Hughes (T.). Royaume-Uni, n° 1230 339
Hughes (W.). Royaume-Uni, n° 1959 351
Hughes et Denham. Royaume-Uni, n° 1996 351
Hughes et Kimber. Royaume-Uni, , n° 1049 336
Hugo et Cie. France, n° 2723 65
Hugon (P.). France, n° 6305 140
Hugon-Roydor. France, n° 9212 .... 194 et 471
Hugot (L.-F.). France, n° 5813 130
Huguenin (A.). Suisse, n° 57 291
Huguenin-Vuillemin (J.). Suisse, n° 2 .... 290 et 481
Hugues aîné. France, n° 1497 60
Huguet (J.-B.) et Vaté (P.-B.). France, n° 1400. .... 5 et 39
Huguet (G.) et Cie. France, n° 6306 140
Huicks et Wells. Royaume-Uni, n° 1006 A. 487
Huillard (A.) aîné. France, n° 2370 57
Huisgen (F. et A.). Prusse, n° 942 410
Hulbert (J.) et Burdon (J.-A.). France, n° 8995 189
Hull (H.-M.). T. de Van-Diémen, n° 43 .... 494 et 493
Hullmandel et Walton. Royaume-Uni, n° 1903 350
Hulot (A.). France, n° 2269 55
Hulot-Harmel (R.-C.). France, n° 4840 109
Hulscher (W.) et fils. Pays-Bas, n° 67 380
Hulstkamp et fils et Molyn. Pays-Bas, n° 331 257
Hult (J.). Suède, n° 197 533

Pages.

Humbert (Cap. T.-N.). France, n° 10026 429
Humbert de Molard (L.-A.). France, n° 9158 193
Humbert père et fils. France, n° 387 13
Humbert (A.) et frères. France, n° 7317 156
Humbert-Lerviller. France. n° 3699 82
Hummel (C.). Prusse, n° 426 399
Hummel (J.) et Cie. Wurtemberg, n° 59 .... 441 et 440
Humphreys (H.). Royaume-Uni, n° 600 330
Humphries (G.-H.). Royaume-Uni, n° 1553 345
Humphries (J.). Nouvelle-Galles du Sud, n° 82 490
Humphries (T.). Royaume-Uni, n° 1554 345
Hundt (F.). Prusse, n° 1162 415
Hunez (H.). France, n° 528 15
Huni-Stettler. Suisse, n° 272 296
Hüni et Hubert. Suisse, n° 427 300
Hunt (D.-S.). Victoria, n° 4 493
Hunt (J.). France, n° 1188 30
Hunt et Roskell. Royaume-Uni, n° 1138 338
Hunten (J.-A.-F.). Hambourg, n° 32 363
Hunter (A.). Guyane anglaise, n° 21 502
Hunter (Dr). Inde, nos 116 et 123 506
Huntley et Palmer. Royaume-Uni, n° 692 331
Huntzinger (F.). France, n° 1895 46
Hunziker et Cie. Suisse, n° 227 295
Huré (A.). France, n° 3700 82
Hurel (C.-E.). France, n° 1062 27
Hurelle (W.). Royaume-Uni, n° 53 320
Huret (L.). France, n° 7879 167
Huret (Mlle C.). France, n° 8915 187
Hurel-Lasalle et Cie. France, n° 7471 466
Hurez (F.-D.). France, n° 2102 50
Hurlet and campsie Alum Co. Roy.-Uni, n° 533 328
Hurlimann (J.), n° 205 295
Hürlimann, Trumpler et Cie. Suisse, n° 273 296
Hurou-Desmarest (J.). France, n° 2724 65
Hurtado (V.). Grenade, n° 8 224
Hurtel. Océanie française, n° 192 480
Hurtrel et Cie. France, n° 1300 32
Hurwood (G.). Royaume-Uni, n° 283 .... 324 et 333
Hussenet (M.-A.). France, n° 926 23
Hussenot (J.-A.-M.). France, n° 4476 460
Hussenot, Berne et Bernard. France, n° 6411 142
Hussenot-Damel. France, n° 8246 175
Hussey (O.). États-Unis, n° 22 220
Hussler (J.). Victoria, n° 17 493
Husson, Buthod et Thibouville. France, n° 9432 199
Hussy (J.-R.). Suisse, n° 213 .... 295 et 481
Hutan-Chéron (J.-L.). France, n° 5480 123
Hutchinson (Dr). Victoria, n° 15 493
Hutchinson (Dr J.). Victoria, n° 23 493
Hutchinson et Morrison. Canada, n° 234 498
Hutchinson, Henderson et Cie. France, n° 2589 62
Hutin (C.-E.). France, n° 677 18
Hutin et Lachanal. France, n° 2625 65
Hüttenbein (H.). Prusse, n° 550 .... 401 et 398
Hüttenmüller (P.). Prusse, n° 410 398
Hutter (P.) et Cie. France, n° 5282 118
Hutton. Victoria, n° 9 493
Huvet-Beauvais (F.). France, n° 6307 140
Huxhams et Brown. Royaume-Uni, n° 284 325
Hye-Hoys et Cie. Belgique, n° 511 284
Hylas-Lemoine. France, n° 5481 123
Hypate (Dème d'). Grèce, n° 72 357

I

Iacta (E.-G.-G.). France, n° 5093 115
Ianiezari (I.). Autriche, n° 186 .... 231, 238 et 247
Ibach (A.) et fils. Prusse, n° 1185 416
Iberg (G.). Suisse, n° 112 292
Iberia (La). Espagne, n° 214 310
Ibbotson frères et Cie. Royaume-Uni, n° 918 334
Ibled frères et Cie. France, n° 3701 82
Ibry (C.). France, n° 9880 451
Iddemalgodde-Rattemahatmeya. Ceylan, n° 41. 502 et 501
Idiers (N.-J.). Belgique, n° 266 278
Idler (E.). Canada, n° 192 498
Idril (L.). France, n° 7048 .... 151 et 465

Pages.
Ienny et Cie. Suisse, n° 235 295
Iglésia (A.). Belgique, n° 341 280
Iglesia (M.) Espagne, n° 115 309
Ihm. Hesse Grand-Ducale, n° 22 A 260
Ihm (F.) Hesse Grand-Ducale, n° 16 365
Ihm, Bohm et Pfaltz. Hesse Gr.-Duc., n° 22 B. 365 et 260
Ihnken (J.-H.). Oldenbourg, n° 1 376
Ile del Carmen (Territoire de l'). Mexique, n° 17. 371
Illiani (T.). France, n° 4298 96
Illig (A.). Autriche, n° 553 239
Illuch (J.-D.). Espagne, n° 441 314
Imbault (Vve C.-P.). France, n° 2726 65
Imbert et Bonnefond. France, n° 3003 70
Imbert (Vve) et Pascal fils. France, n° 6308 140
Imbs (J.) et Cie. France, n° 6732 .... 147 et 162
Imhaus. Réunion, n° 72 .... 477 et 478
Imhoff (L.). Suisse, n° 152 293
Imlin (F.). France, n° 10075 458
Imperatori. États-Sardes, n° 134 .... 422 et 526
Imperatori (E.) et Cie. États-Sardes, n° 135 422
Imprimerie impériale à Vienne. Autriche, n° 1208 252
Imprimerie impériale de France. France, n° 9227. 194
Ince (J.). Royaume-Uni, n° 588 329
Indebetou (O. et H.). Suède, n° 271 535
Indermuhle (Mme). Suisse, n° 353 298
Indri (A.). Autriche, n° 1243 253
Industrial quincallera. Espagne, n° 452 314
Ingénieur des mines de Hien de la encina. Espagne, n° 77 308
Ingénieur des mines de Valence. Espagne, n° 311. 312
Ingénieur des mines de Zamora. Espagne, n° 22 et 324 .... 307 et 312
Ingénieur ordre de Philippeville. Algérie, n° 486. 209
Inlay (F.) Canada, n° 20 496
Inspecteur des mines d'Alméria. Espagne, n° 31 .. 307
Inspecteur des mines de Linarès. Espagne, n° 32. 307
Inspecteur des mines de Madrid. Espagne, n° 97 .. 308
Inspecteur des mines de Murcie. Espagne, n° 98 .. 308
Inspecteur des mines de Rio-Tinto. Espagne, n° 33. 307
Inspecteur des mines de Valence. Espagne, n° 329. 313
Inspection des carrières de la Seine. France, n° 16. 3
Inspection des mines à Barcelone. Espagne, n° 469. 483
Institut agricole catalan. Espagne, n° 152 309
Institut agricole de Ferrare. États-Pontificaux, n° 9 385
Institut agricole d'Ultuna. Suède, n° 73 530
Institut de broderie à Beuren. Wurtemberg, n° 154 444
Institut impérial de géologie. Autriche, n° 48 228
Institut imp. milit. de géographie. Autriche. n° 316. 234
Institut impérial et royal technique de Toscane. Toscane, n° 2 .... 433, 434 et 436
Institut philosophique de Bristol. Roy.-Uni, n° 6 ... 319
Institut royal des arts et métiers. Prusse, n° 1245 525
Institut royal technique. États-Sardes, n° 2 418
Institut royal des sourds-muets et aveugles. Suède, n° 126 531
Institut royal pour l'agriculture et l'art forestier. Wurtemberg, n° 4 440
Institut vétérinaire de Stockholm. Suède, n° 182 .. 533
Institution des aveugles. France, n° 8934 470
Institution des aveugles à Milan. Autriche, n° 1051. 249
Institution de Sainte-Marie-alla-Pace. Autriche, n° 265 233
Institution des sourds-muets. France, n° 8935 470
Institution nationale de sauvetage. Roy.-Uni, n° 807 333
Intendance du gouvernement. Ile de Ceylan, n° 20 501
Intendance royale générale des mines de Hartz et adm. ducale du Brunswick. Hanovre, n° 2 359
Irat (J.-M.). France, n° 3492 78
Irigoyen (J.-B.). France, n° 6309 140
Irish valuation office. Royaume-Uni, n° 64 321
Ironside (Mlle A.-E.-S.). N.-Galles du Sud, n° 199 492
Irvine et Bryce. Royaume-Uni, n° 534 329
Irwin (E.). Royaume-Uni, n° 1325 341
Isaac (C.). France, n° 5814 130
Isambert (J.). France, n° 8588 181
Isaura (M.). Espagne, n° 317 312
Isberg (Mlle S.). Suède, n° 406 537
Ischebeck frères. Prusse, n° 167 392
Iseglio (G.). États-Sardes, n° 201 428
Isella (G.). États-Sardes, n° 94 421
Isler (P.) et fils. Suisse, n° 407 299
Isler et Meyer. Suisse, n° 406 299
Isler (J.) et Cie. Suisse, n° 405 299
Ismael-ben-Mustapha-Kodja et Hamet-ben-Mamo. Algérie, n° 144 204
Ismael-Pacha (Prince). Égypte, n° 4 483
Isnard-Desjardins (M.-J.). France, n° 9104 191
Isnard-Maubert (L.). France, n° 3186 456
Isoard (M.-F.) et Cie. France, n° 863 22
Issaurat-Leroux. France, n° 9530 200
Issmayer (J.-H.). Bavière, n° 126 269
Itsos (A.). Grèce, n° 102 358
Itzigsohn (M.). Prusse, n° 1250 525
Itzigsohn (J. et A.). Prusse, n° 827 408
Iungfleisch (P.-C.). France, n° 4841 109
Ivon (L.). France, n° 5815 130
Ivonnet. France, n° 9271 195
Izabal (V.). France, n° 9531 200
Izart cousins. France, n° 6310 140

J

JAC

Jabert (A.). France, n° 4299 96
Jabouin aîné (B.). France, n° 8151 467
Jaccard (A.). Suisse, n° 415 299
Jaccard (U.). France, n° 1774 43
Jaccard frères. Suisse, n° 430 300
Jaccoux (J.-M.). France, n° 8152 467
Jackman (G.). Canada, n° 21 496
Jackson (P.-R.). Royaume-Uni, n° 226 323
Jackson (T.). Royaume-Uni, n° 1841 349
Jackson (W.). Royaume-Uni, n° 1842 349
Jackson (G.) et fils. Royaume-Uni, n° 1697 347
Jackson (J.) fils et Cie. France, n° 4501 101
Jackson (W.) et Cie. Royaume-Uni, n° 983 335
Jackson frères et Gérin. France, n° 4632 104
Jacmart (E.-J.). France, n° 2590 62
Jacob. Algérie, n° 79 203
Jacob (C.). France, n° 3004 70
Jacob (C.). France, n° 10414 472
Jacob (Dr.). Royaume-Uni, n° 764 332
Jacob (F.-F.). France, n° 1428 35
Jacob (J.-A.). France, n° 1775 43
Jacob (P.). France, n° 5512 124
Jacob Kalfoun. Algérie, n° 383 208
Jacobber. France, n° 5513 124
Jacobi (J.). Danemark, n° 68 303
Jacobi (L.). Prusse, n° 291 395
Jacobi (Mme A.-M.). France, n° 8212 175
Jacobi, Haniel et Huyssen. Prusse, n° 65 389
Jacobs (J.). Pays-Bas, n° 87 380
Jacobs (E. et M.-A.). Pays-Bas, n° 305 257
Jacobs (J. et A.). Pays-Bas, n° 306 257
Jacobs et Bering. Prusse, n° 943 410
Jacobsen (J.). Danemark, n° 87 304
Jacobsön (O.). Norwége, n° 28 538
Jacobsson (L.-A.). Suède, n° 150 532
Jacobsson (Mlle C. H.). Suède, n° 372 536
Jacoby (M.) et Berenhart. Roy-Uni, n° 1622 .. 346
Jacoby, Haniel et Huyssen. Nassau, n° 15 510

Pages.

Jacomelli (R.). Toscane, n° 68 435
Jacometti (Mme C.). États-Pontificaux, n° 62 512
Jacomme et Dufat. France, n° 9052 190
Ja. A (A.). France, n° 2048 453
Jacotôt (C.). France, n° 8014 171
Jacqmain (G.). Belgique, n° 666 287
Jacquand père et fils. France, n° 3187 456
Jacquemart, Queyvroy et Cie. France, n° 4842 109
Jacquemet (C.-L.). France, n° 7318 156
Jacquemet, Bonnefont père et fils. France, n° 529 15
Jacquemin (P.). France, n° 3608 81
Jacquemin (V.). France, n° 616 17
Jacquemin (L.) et frères. France, n° 5341 ..... 120 et 46
Jacquemin-Gaudard. France, n° 6311 140
Jacquemot-Mariatte. France, n° 8765 184
Jacques. Algérie, n° 354 ..... 474 et 208
Jacques-Ajou. Algérie, n° 284 206
Jacques-David. Algérie, n° 285 206
Jacquesson et fils. France, n° 1301 32
Jacquet (A.-L.-F.). France, n° 2372 57
Jacquet (M.-R.). France, n° 9433 198
Jacquet aîné (N.-J.). France, n° 9881 451
Jacquet-Robillard. France, n° 388 13
Jacquin (A.). France, n° 1777 43
Jacquinot (F.) et Cie. France, n° 134 ..... 6 et 447
Jacquot (C.). France, n° 9451 199
Jacquot (F.). Belgique, n° 439 282
Jacquot (H.). France, n° 1776 43
Jacquot frères et neveux. France, n° 217 447
Jaene (R.). Prusse, n° 1144 415
Jaffé frères. Royaume-Uni, n° 1506 344
Jaffré (L.-H.). France, n° 8916 187
Jaffro (Jeanne-Marie). France, n° 7319 156
Jaffus aîné et Cie. France, n° 2373 57
Jäger (C.). Prusse, n° 433 399
Jahan-Manchon. France, n° 5260 462
Jahn (J.-G.). Brême, n° 5 361
Jaillon, Moinier et Cie. France, n° 2498. 60, 53 et 455
Jakson frères, Petin, Gaudet et Cie. France, n° 77. 5
Jalisco (Dép. de). Mexique, nos 63, 69, 79 373
Jallot. Réunion, n° 73 477
Jamar (A.). Belgique, n° 679 288
Jame, Bianchi et Duseigneur. France, n° 6733 147
James. Royaume-Uni, n° 436 327
James (F.). Royaume-Uni, n° 173 322
James (J.). Royaume-Uni, n° 1007 336
James (W.-H.). Royaume-Uni, n° 1183 338
James, Jabey. Royaume-Uni, n° 143 322
Jameson (D.). Inde, n° 35 505
Jamin (J.-T.). France, n° 1896 46
Jammes. Guadeloupe, n° 57 477
Jammes (M.). France, n° 7577 162
Jan (J.). France, n° 8917 187
Janauscheck (G.-F.) et Chorin (J.). Autriche, n° 317 234
Jandin (C.) et Duval (A.). France, n° 7033 151
Jänecke frères et Scheemann (F.). Hanovre, n° 10. 359
Janin. France, n° 1302 32
Janin et Falsan. France, n° 7034 151
Janisson fils. France, n° 5816 130
Janke frères. Autriche, n° 847 243
Janowitz (S.). Autriche, n° 1134 251
Jans (G.). Belgique, n° 145 A 254
Jansen (A.). Belgique, n° 311 279
Jansen (J.-G.). Prusse, n° 829 408
Jansen et Klingelnberg. Prusse, n° 828 408
Janson. France, n° 5817 130
Jansse (T.). France, n° 5261 462
Janssens frères. Pays-Bas, n° 307 257
Jansson (J.). Suède, n° 332 536
Jansson (P.). Suède, n° 373 536
Jantzen (G.-E.). Prusse, n° 1125 415
Jantzen (J.-C.-F.). Hambourg, n° 72 510
Janus (H.-G.). France, n° 9532 200
Janvier. France, n° 864 22
Janvier. France, n° 1124 A 450

Pages.

Janvier. France, n° 5262 462
Japuis (J.). France, n° 3005 70
Japuis père et fils, et Gros. France, n° 3006 70
Japy fils (L.). France, n° 1778 43
Japy frères. France, n° 4843 ..... 109, 23 et 43
Jaquelin (J.-P.). France, n° 7976 170
Jaques (L.) et fils. Suisse, n° 431 300
Jaquet (A.). France, n° 8591 181
Jaquet (H.). Suisse, n° 172 294
Jaqueton frères. France, n° 4545 102
Jaquetti (J.-M.). France, n° 1172 29
Jardeaux-Ray (Mme) et Leroy (A.). France, n° 10415 472
Jardin (L.). France, n° 7320 156
Jardin bot. de Coimbre (Dir. du). Portugal, n° 49. 514
Jardin bot. de Sydney. Nouvelle-Galles du Sud, n° 83 ..... 490 et 491
Jardine, Skinner et Cie. Inde, n° 106 506
Jardinier et fils. France, n° 4844 109
Jaren (J.-A.). Cuba, n° 42 485
Jarosson (A.) et Cie. France, n° 2499 60
Jarra (M.-A.). Portugal, n° 133 515
Jarre (J.). France, n° 4179 93
Jarrett (G.). Royaume-Uni, n° 297 325
Jarrin (C.). France, n° 2309 454
Jarrosson et Gonin. France, n° 7035 151
Jarry. France, n° 2892 68
Jarry aîné (L.-G.). France, n° 5094 ..... 115 et 462
Jarvie (R.). Cap de Bonne-Espérance, n° 36 500
Jarvis (F.-W.). Canada, n° 96 496
Jarvis (W.-B.). Canada, n° 235 498
Jasche (Dr C.-F.). Prusse, n° 4 388
Jaspar (J.). Belgique, n° 197 276
Jastrzebski (F.). Belgique, n° 693 288
Jaubert (E.). France, n° 9053 190
Jaudt (A.). Hanovre, n° 21 270
Jaulin (L.-J.). France, n° 9533 200
Jaumendreu et Cie. Espagne, n° 345 313
Jaunin (Louise) et Cie. Suisse, n° 61 291
Jaunin-Forestier (F.). Suisse, n° 158 ..... 293 et 481
Javal (E.) France, n° 899 23
Javal (J.) et Julienne. France, n° 1173 29
Javal (B.) et Neymark (A.). France, n° 6312 140
Javal (J.) et Cie. France, n° 132 6
Javelier et Clément. France, n° 4633 104
Javelle-Magand frères. France, n° 4180 93
Javelle-Merley (M.). France, n° 4181 93
Jay (G.). Royaume-Uni, n° 1309 341
Jay (J.-B.-A.). France, n° 8512 179
Jeakes (W.). Royaume-Uni, n° 455 327
Jean (B.). France, n° 2310 454
Jean (B.). France, n° 9838 449
Jean (E.). France, n° 4300 96
Jean (H.). France, n° 3283 75
Jean (J.-A.-L.). France, n° 2727 65
Jean et Kellermann. France, n° 1124 B 450
Jeandel (P.-N.). France, n° 9462 199
Jeanjan. France, n° 3284 75
Jeanjean (L.). France, n° 1101 27
Jeanneret frères. Suisse, n° 387 299
Jeannides (X.). Grèce, n° 56 356
Jeannin (P.-A.-A.). France, n° 7923 168
Jeanningros frères. France, n° 4546 102
Jeannot (J.). France, n° 8374 177
Jeanrenaud (G.-H.). Suisse, n° 62 291
Jeanselme jeune (A.). France, n° 8153 467
Jeanselme père et fils. France, n° 7924 168
Jeanti et Prevost. France, n° 3382 76
Jecker (A.). France, n° 1897 47
Jedlick, Csapo et Hamar. Autriche, n° 346 235
Jeffels. Cap de Bonne-Espérance, n° 26 500
Jeffriès (J.). Canada, n° 97 497
Jégoux (Le Sabazec, fme J.). France, n° 7321 156
Jehin (H.-J.). Belgique, n° 651 287
Jekoutz (J.). Autriche, n° 50 228
Jelie. Belgique, n° 512 284
Jenesson et Cie. France, n° 3912 86

Pages.
Jenken (W.). Pays-Bas, n° 264 ... 256
Jenking (T.). Canada, n° 301 ... 499
Jenkins, Hill et Jenkins. Royaume-Uni, n° 1036 ... 330
Jennens et Bettridge. Royaume-Uni, n° 1858 ... 349
Jennings (H.-C.). Royaume-Uni, n° 569 ... 329
Jennings (S.-D.). T. de Van-Diémen, n° 26 ... 494
Jenot (J.-J.). France, n° 5397 ... 121
Jentoft (J.-C.). Norwége, n° 46 ... 538
Jepson (T.). Hambourg, n° 38 ... 363
Jeric (W.), Ritschell et Stoczek. Autriche, n° 1020 ... 249
Jérôme (A.). France, n° 1303 ... 32
Jérôme frères (T. et J.-B.). France, n° 751 ... 448
Jéromme (F.-V.). France, n° 9882 ... 451
Jérosme (Mme O.). France, n° 8634 ... 470
Jervis (Dr J.-R.). Grenade, n° 3 ... 224
Jeschner (G.). Prusse, n° 507 ... 400
Jeslein (J.-B.). Belgique, n° 173 ... 275
Jesson-Mazille (H.-J.-B.). France, n° 6313 ... 140
Jest (C.). États-Sardes, n° 43 ... 419
Jeugnaux. France, n° 8816 ... 470
Jeunes Malgaches de la Ressource. Réunion, n° 111 ... 478
Jexmayr (I.). Autriche, n° 697 ... 242
Jimenez (F.). Cuba, n° 37 ... 485
Jimenez (M.). Espagne, n° 432 ... 314
Joanne (B.). France, n° 8936 ... 471
Joannis (S.) et Devèze. France, n° 389 ... 13
Joannou (P.). Grèce, n° 111 ... 358
Job (L.-T.). France, n° 3188 ... 456
Jobard (J.-B.-A.-M.). Belgique, n° 127. 274, 277 et 279
Jobey (H.). France, n° 7322 ... 156
Jobey (I.). France, n° 7323 ... 156 et 39
Jobst (F.). Wurtemberg, n° 50 ... 441 et 542
Jockers (N.). Bade, n° 13 ... 261
Jodocus (R.). Prusse, n° 494 ... 400
Jæger (F.-J.). Autriche, n° 1019 ... 249
Jærissen (R.). Pays-Bas, n° 333 ... 257
Joffre fils. Algérie, n° 545 ... 210
Joffre père. Algérie, n° 606 ... 211
Jegnet (P.-F.). France, n° 4099 ... 460
Johannot (F.). France, n° 2893 ... 68
Johanny (G.). Autriche, n° 145 ... 230
Johanny-Abboë (W.-A.). Prusse, n° 830 ... 408
Johansson (J.). Suède, n° 133 ... 532
Johansson (M.). Suède, n° 272 ... 535
Johnholtz (Vve). Guyane française, n° 176 ... 479
Johns et Cie. Suède, n° 151 ... 532
Johnson (J.-R.). Royaume-Uni, n° 298 ... 325
Johnson (W.). Nouvelle-Galles du Sud, n° 33 ... 489
Johnson et Matthey. Royaume-Uni, n° 1123 ... 338
Johnson (R.) et frères. Royaume-Uni, n° 1037 ... 336
Johnsson (C.-M.). Suède, n° 237 ... 534
Johnston et Carlisle. Royaume-Uni, n° 1507 ... 344
Johnstone (J.). Royaume-Uni, n° 1393 ... 342
Join-Lambert (E.). France, n° 6314 ... 140
Joineau (E.-H.). France, n° 10416 ... 472
Joiris (P.). Belgique, n° 379 ... 381
Jolibois (J.-B.). France, n° 3609 ... 81
Joliet (H.). France, n° 6315 ... 140
Jolivard et Chéreau. France, n° 6316 ... 140
Jolivet (L.-A.). France, n° 4507 ... 460
Jollet (H.). France, n° 6317 ... 140
Jollet (P.). France, n° 6318 ... 140
Jollet-Souchois. France, n° 9054 ... 190
Jolly (A.-F.). France, n° 2500 ... 60
Jolly (C.-W.). Royaume-Uni, n° 203 ... 323
Jolly (F.). France, n° 1429 et 3702 ... 35 et 82
Jolly fils aîné. France, n° 2002 ... 49
Joly (C.). France, n° 2103 ... 51
Joly (G.). France, n° 3850 ... 457
Joly (J.-A.). France, n° 1779 ... 43
Joly (J.-M.). France, n° 4076 ... 90
Joly (L.). France, n° 3849 ... 457
Joly (P.-F.). France, n° 4477 ... 460
Joly sœurs. France, n° 8213 ... 175
Joly (C.) et Cie. France, n° 3189 ... 456
Joly (C.) et Cie. Belgique, n° 380 ... 281

Pages.
Joly-Villenet (N.). France, n° 1304 ... 33
Jomeau. France, n° 9990 ... 454
Jomeau (L.-S.). France, n° 10204 ... 461
Joncas (P.). France, n° 8513 ... 179
Jones (D.-F.). Canada, n° 267 ... 499
Jones (H.-H.). Guyane anglaise, n° 4 ... 502
Jones (J.-C.). Royaume-Uni, n° 1995 ... 351
Jones (Mme J.). Canada, n° 286 ... 499
Jones (P.). Canada, n° 302 ... 499
Jones (S.). Victoria, n° 18 ... 493
Jones (T.). Victoria, n° 25 ... 493
Jones (W.). Royaume-Uni, n° 1816 ... 349
Jones (W.-D.). Royaume-Uni, n° 174 ... 322
Jones frères. Belgique, n° 140 ... 274
Jones, White et Mac Curdy. États-Unis, n° 45 ... 220
Jonet et de Dorlodot. Belgique, n° 402 ... 281
Jonglet (P.-A.), Hottelard et Dargent. France, n° 7709 ... 165
Jonglez-Hovelacque. France, n° 7324 ... 157
Jons (P.). Norwége, n° 118 ... 540
Jonsson (O.-A.). Suède, n° 218 ... 533
Jonsson (A.). Suède, n° 374 ... 536
Joo (J.). Autriche, n° 499 ... 238
Jordan (J.-F.). Bavière, nos 50 et 119. 267, 269 et 254
Jordan et fils. Autriche, n° 500 ... 238
Jordan (J.) et fils. Hesse Grand-Ducale, n° 7 ... 364
Jore fils aîné (C.-F.). France, n° 5818 ... 130
Joret (P.). France, n° 3610 ... 81
Jorez fils (L.). Belgique, n° 229 ... 277
Jorge (J.). Mexique, n° 89 ... 374
Jorissen (L.). Belgique, n° 165 ... 275
Joseph (H.). France, n° 2049 ... 453
Joseph (J.). France, n° 8112 ... 173
Joseph-Jeannot (U.). Suisse, n° 63 ... 291
Joset-Lefèvre. France, n° 4845 ... 109
Josselin (A.-H.). France, n° 7345 ... 156
Josselin (J.-J.). France, n° 8914 ... 175
Josselin fils. France, n° 10402 ... 470
Josserand (L.). France, n° 5398 ... 121
Josset (L.-M.). France, n° 2728 ... 65
Josson (J.) et Honniez-Bonzel. France, n° 5399 ... 121
Josson (N.) et Delangle. Belgique, n° 411 ... 282
Jost (A.-F.). Prusse, n° 1069 ... 413
Jostrup (J.-U.-H.). Norwége, n° 68 ... 539
Jouanneau (A.). France, n° 2729 ... 65
Jouanoutot. Algérie, n° 165 ... 205
Joubert. Algérie, n° 244 ... 206
Joubert (Caroline). Royaume-Uni, n° 1735 ... 347
Joubert, Bonnaire et Cie. France, n° 7326 ... 157
Jouffray aîné et fils. France, n° 1375 ... 34
Jouhannaud et Dubois. France, n° 5514 ... 124
Joubet (P.-A.). France, n° 5270 ... 119
Jouin (P.) et frère. Belgique, n° 89 ... 273
Jourdain (A.). France, n° 9105 ... 191
Jourdain (A.-H.). France, n° 2730 ... 65
Jourdain (J.-E.). France, n° 8215 ... 175
Jourdain (P.-H.). France, n° 3611 ... 81
Jourdain (W.-D.). Royaume-Uni, n° 650 ... 330
Jourdain (X.). France, n° 5819 ... 130
Jourdain (F.) et fils. France, n° 6320 ... 140
Jourdain-Defontaine. France, n° 7327 ... 156
Jourdan. France, n° 530 ... 15
Jourdan (A.). France, n° 6319 ... 140 et 464
Journault (J.), Monnier-Aufray et Cie. France, n° 4301 ... 96
Journaux-Leblond (J.-F.). France, n° 1616 ... 40
Journé (P.). France, n° 7328 ... 157
Journeaux (A.). France, n° 8015 ... 171
Journet. Algérie, n° 287 ... 206
Journet (P.) et Cie. France, n° 2894 ... 68
Journeux (J.-M.). France, n° 865 ... 22 et 168
Journiac (J.). France, n° 3493 ... 78
Journiat (J.). France, n° 8680 ... 182
Journou-Riberon. France, n° 4547 ... 102
Journoud père et fils. France, 7036 ... 151
Jousse (C.-S.). France, n° 678 ... 18 et 147

Pages.

Joustra (F.). Pays-Bas, n° 308 257
Jouve (L.). Belgique, n° 128 274
Jouve-Delorme. France, n° 8635 470
Jouve-Legrand. France, n° 8817 470
Jouvensel (J.-F.). France, n° 4846 109
Jouvin fils (J.-C.). France, n° 8377 177
Jouvin et Cie. France, n° 8375 177
Jouvin (Ve X.) et Cie. France, n° 8376 .... 177 et 469
Jouzel-Arondel. France, n° 7329 150
Jowitt (T.). Royaume-Uni, n° 919 334
Joyeux (C.) et Laune. France, n° 7578 162
Joyot. Algérie, n° 286 206
Jozereau fils et Cie. France, n° 8996 189
Juan, Ramon, Lucra et Cie. Espagne, n° 246 311
Judson (J.). États-Unis, n° 111 222
Juengst (A.). Saxe, n° 8 424
Juhel et Marguillier. France, n° 8168 174
Juhel-Desmares. France, n° 6321 140
Juhel-Pontdegreenne (Mme Ve). France, n° 6323 140
Juhellé-Raisin. France, n° 6322 140
Juhos (J.-J.). Autriche, n° 51 228
Juignié (L.-A.). France, n° 7710 165
Juilliermoud. France, n° 10076 458
Julian (P.). Guyane anglaise, n° 22 502
Julien (J.-B.-F.). France, n° 8592 181
Julien (J.-L.-A.). France, n° 2374 57
Julien (J.-N.). France, n° 1590 39
Julien et Cie. France, n° 7762 166
Jullien (F.). France, n° 8514 179
Juilien (J. et A.). France, n° 6324 140
Jullien (L.). Belgique, n° 137 274
Jullien et fils. France, n° 5515 124
Jullien, Delon et Roustan. France, n° 8169 174
Jully (K.). Canada, n° 250 449
Jumeau (P.-F.). France, n° 8918 187
Jumillard (L.). France, n° 7579 162
Jumon (V.). France, n° 7037 151
Jundt (J.) et fils. France, n° 2895 .... 68, 455 et 470
Jundzill (A.). Suisse, n° 103 .... 292 et 481
Junet aîné. France, n° 5820 131
Junet jeune. France, n° 5821 131
Jung fils (J.-L.). Prusse, n° 66 389
Jung (C.) et Cie. Prusse, n° 584 402
Jung (R.) et Cie. Prusse, n° 922 410
Jung-Bahador (Général). Inde, n° 45 505
Jung-Bahdran (H.-H.). Inde, n° 64 505
Jungbluth (E.). Prusse, n° 831 408
Jungbluth (W.). Prusse, n° 386 398
Junker. Bavière, n° 18 .... 266 et 254
Junod (L.). France, n° 8016 171
Junod (T.). France, n° 4012 88
Junod frères. Suisse, n° 64 291
Junoy (J.) et frères. Espagne, n° 374 313
Juquel (J.) et Cie. France, n° 4847 109
Jürgensen (L.-U.). Danemark, n° 15 301
Jürst (H.-A.) et Cie. Prusse, n° 1246 525
Jusseraud (K.). France, n° 120 6
Just (I.). Autriche, n° 571 240
Just (P.-N.). Norwége, n° 55 538
Justault de Bellevigue, Gerly et Erizard. France, n° 9106 191
Jutier (J.-B.-A.). France, n° 8783 84
Juzaud-Roux jeune (F.). France, n° 4302 96

K

KAP — KEI

Kaczanowski et Thierry. Algérie, n° 80 203
Kada-Klouck. Algérie, n° 288 206
Kaddour-ben-Marabet et Mohamed-ben-Kadj-Kaddour. Algérie, n° 239 474
Kaddour-ben-Masir. Algérie, n° 558 210
Kadour-si-ben-Aouda. Algérie, n° 326 207
Kaecke fils (F.). Prusse, n° 832 408
Kaemmerer (J.-P.). Pays-Bas, n° 130 381
Kaemmerer (J.) et Cie. France, n° 3110 72
Kaeppelin (E.-F.). France, n° 9055 190
Kägi-Fierz (I.). Suisse, n° 274 296
Kahlbaum (C.-A.-F.). Prusse, n° 477 400
Kahle (F.). Prusse, n° 713 406
Kahn (J.) et Cie. Prusse, n° 645 404
Kaiser (A). Pays-Bas, n° 42 379
Kaiser (G.). Autriche, n° 347 235
Kaisleir et Kruik. Pays-Bas, n° 258 384
Kalb jeune (P.-C.). Bavière, n° 19 266
Kalbrunner (H.). Autriche, n° 501 238
Kalfus (J.). Autriche, n° 1135 B 251
Kalil et Fournier. France, n° 4848 109
Kalou (Mme). Grèce, n° 116 358
Kaltenbach (L.). Bade, n° 30 262
Kaltenecker (J.-L.) et fils. Bavière, n° 62 268
Kämerer (C.). Wurtemberg, n° 78 442
Kammel (C.) et Cie. Autriche, n° 502 238
Kämmerer (E.). Prusse, n° 251 394
Kammerer (H). France, n° 7977 170
Kamp et Cie. Prusse, n° 67 389
Kamphius (J.). Pays-Bas, n° 398 259
Kampmann (L.-C.). France, n° 8515 179
Kane (G.). Royaume-Uni, n° 174 A 485
Kanéguissert (N.). France, n° 9434 198
Kanelopoulos (S.). Grèce, n° 103 358
Kapetanakis (P.-J.). Grèce, n° 35 356
Kapetanakis (P.-J.). Grèce, n° 40 356
Kapiezka (C.). Autriche, n° 1136 B 251
Kapp (A.) et Staudinger (L.). France, n° 8836 185
Karcher (J.-J.). France, n° 5822 131
Karcher (H.) et Westermann. France, n° 4849 109
Karouki (Mme). Grèce, n° 98 357
Karr (E.) et Cie. France, n° 2165 52
Kasriel (L.-M.). France, n° 9435 198
Kassowitz (J.-H.). Autriche, n° 503 238
Kasten (A.-H.). Suède, n° 57 530
Kastly (J.). France, n° 4182 93
Kathan (P.). Bavière, n° 107 A 269
Katz (H.). Prusse, n° 551 402
Katz frères. Anhalt, Dessau et Cothen, n° 15 226
Kauffmann (H.). Prusse, n° 834 .... 408 et 525
Kauffmann fils (J.-C.). Wurtemberg, n° 113 443
Kaufmann et Gutmann frères. Wurtemberg, n° 126 443
Kaulek et Mignon. France, n° 4850 109
Kausler (E.-F.) et Cie. Wurtemberg, n° 74 442
Kauwerz (P.) et Cie. Belgique, n° 470 .... 283, 276 et 255
Kavalier (F.). Autriche, n° 748 243
Kayat Abdoal. Inde, n° 74 505
Kayhess et Cie. Cap de Bonne-Espérance, n° 21 50
Kayser (A.). Prusse, n° 835 408
Kayser (F.). Saxe, n° 15 425
Kayser (X.). et Cie. France, n° 5823 131
Kayser jeune (L.) et Cie. Prusse, n° 128 391
Keefer (S.). Canada, n° 236 498
Keefer (T.-C.). Canada, nos 160 et 176 .... 497 et 498
Keelhoff (J.). Belgique, n° 51 272
Keen (R.-J). Royaume-Uni, n° 401 326
Keene (Mlle). Nouvelle-Galles du Sud, n° 84 490
Keene (W.). Nouvelle-Galles du Sud, n° 34 489
Kehrwand (M.). Suisse, n° 131 293
Keigel (A.). Suisse, n° 184 294
Keil (K.-F.-C.). Pays-Bas, n° 138 .... 381, 257 et 258
Keil (J.) et Rudezinski (E.). Autriche, n° 188 231
Keiser et Schmidt. Prusse, n° 304 396
Keith et Cie. Royaume-Uni, n° 1450 342

Pages.

Keller (A.). Belgique, nº 377 .... 281 et 282
Keller (A.). États-Sardes, nº 186 422
Keller (H.). Francfort-sur-le-Mein, nº 24 .... 318 et 260
Keller (J.). France, nº 7858 167
Keller (Dr W.). Prusse, nº 476 400
Keller (J.) et Cie. Autriche, nº 852 246
Kelsall et Bartlemore. Royaume-Uni, nº 1357 342
Kelsen (P.-E.). France, nº 9436 .... 198 et 473
Kemble (H.-J.). Jamaïque, nº 5 507
Kemp, Stone et Cie. Royaume-Uni, nº 1434 343
Kempe (T.). Royaume-Uni, nº 1445 343
Kempner (M.). Autriche, nº 146 230
Kempton (A.). Canada, nº 93 497
Kendall (H.). Prusse, nº 351 397
Kendell (I.) et Cie. Royaume-Uni, nº 1672 347
Kennedy (D.). Canada, nº 212 498
Kennedy (J.). Guyane anglaise, nº 35 503
Kennedy (W.). Canada, nº 63 496
Kenoo Saboo Seeba. Inde anglaise, nº 69 505
Kenrick (A.) et fils. Royaume-Uni, nº 1096 337
Kent (G.). Royaume-Uni, nº 716 331
Kent (I.-H.). Royaume-Uni, nº 744 332
Kent (G.-B.) et Cie. Royaume-Uni, nº 1843 349
Kenyon (J.) et Cie. Royaume-Uni, nº 984 335
Kephalinaiou (J.). Grèce, nº 92 357
Keppel (J.). Autriche, nº 950 247
Keppler (G.). Wurtemberg, nº 127 443
Kerby (J.). Royaume-Uni, nº 1777 348
Kern (G.-D.). Wurtemberg, nº 65 442
Kern (J.). Suisse, nº 113 292
Kern (L.). Nassau, nº 35 511
Kern (J.) et Schervier. Prusse, nº 262 394
Kerr (G.-H.). Victoria, nº 26 493
Kerr (J.-H.). Victoria, nº 27 493
Kerr (Hon. W.-W.-R.). Maurice, nº 18 508
Kerr et Clark. Royaume-Uni, nº 1259 340
Kerr et Scott. Royaume-Uni, nº 1394 342
Kerr et Cie. Royaume-Uni, nº 1233 339
Kerremans-Casterman (A.). Belgique, nº 220 277
Kerschbaumer (F.). Autriche, nº 617 241
Kersham (T.). Royaume-Uni, nº 1700 488
Kershaw (S. et H.). Royaume-Uni, nº 1358 342
Kersten (A.). Prusse, nº 1053 413
Korvinka (L.-J.). France, nº 251 9
Keseg-ben-el-Hadj-Abdallah. Algérie, nº 710 212
Kessel frères. Prusse, nº 371 397
Kesseler, Sampf et Cie. Prusse, nº 649 404
Kesselkaul (I.-H.). Prusse, nº 833 408
Kesselmyer et Mellodew. Royaume-Uni, nº 1265 487
Kessler (F.). France, nº 5824 131
Kessler (I.). Saxe, nº 79 426
Kessler (L.). France, nº 2373 57
Kessler (L.). France, nº 3190 456
Kessler (G.) et Friedlander (I.). Prusse, nº 1167 B. 526
Kestemont (J.-B.). Belgique, nº 129 274
Kesterton (E.). Royaume-Uni, nº 204 323
Kestner (C.). France, nº 2376 57
Ketley (J.). Guyane anglaise, nº 55 503
Ketterer-Douville (C.). France, nº 1780 43
Ketterl (E.). Autriche, nº 1135 A 251
Kettling (P.-C.). Prusse, nº 1079 .... 414 et 404
Khadidja-bent-si-Rabah. Algérie, nº 497 210
Kheim. France, nº 9833 451
Kielinger (J.). Bavière, nº 135 270
Kiendl (A.). Autriche, nº 1944 253
Kiener frères. France, nº 2896 68
Kienle (E.). Wurtemberg, nº 152 444
Kientzy (C.). France, nº 1634 40
Kientzy, Griner père et fils. France, nº 5308 120
Kierkegaard (N.-E.). Suède, nº 198 533
Kietaibl (F.). Autriche, nº 1135 A 251
Kilburn (D.-S.). Van-Diémen, nº 77 495
Kilburn (W.-E.). Royaume-Uni, nº 1926 A 488
Kilian (H.). Prusse, nº 1166 416
Killander (F.). Suède, nº 27 529
Kilman (O.-J.). Suède, nº 74 530

Pages.

Kimmig (C.). Bade, nº 67 263
Kimuye. Inde anglaise, nº 69 505
Kind (J.-C.). Saxe, nº 6 424
Kindt (H.). France, nº 531 15
King (C.-M.-A.). Nouv.-Galles du Sud, nº 35 489
King (D.). États-Unis, nº 54 A 221
King (J.). Nouvelle-Galles du Sud, nº 171 .... 492 et 491
King (J.-T.). États-Unis, nº 38 220
King (T.-D.). Royaume-Uni, nº 402 326
King (W.-E.). Nouvelle-Galles du Sud, nº 36 489
King et Peach. Royaume-Uni, nº 985 335
King (J.-H.) et Cie. Royaume-Uni, nº 1960 351
Kingsbury (J.). Royaume-Uni, nº 941 335
Kingsford (C.). Royaume-Uni, nº 292 A 486
Kingsly (N.-W.). États-Unis, nº 46 220
Kirby, Beard et Cie. Royaume-Uni, nº 1008 336
Kirchhofer (J.-G.). Suisse, nº 354 298
Kirchhoff (A.-W.). Danemark, nº 83 304
Kirchlehner (B.) et fils. Autriche, nº 411 A 236
Kiriakou (T.). Grèce, nº 123 509
Kirkwood (A.). Royaume-Uni, nº 631 330
Kirner, Brugger et Cie. Bale, nº 22 261
Kirsch (C.). Prusse, nº 257 394
Kirsch (C.). Prusse, nº 1225 524
Kirsch (F.-J.). Autriche, nº 854 246
Kirstein (C.). Prusse, nº 987 411
Kissel père (J.). France, nº 7925 169
Kissel et Krumbholz. Wurtemberg, nº 128 443
Kiszewski (A.). Prusse, nº 923 410
Kitschelt (A.). Autriche, nº 698 242
Kittenwaitz (C.). Autriche, nº 951 247
Kittery (A.). Maurice, nº 19 .... 508 et 509
Kittner. Autriche, nº 855 246
Kjerrulf (G.). Suède, nº 28 529
Kjölstad (G.-N.). Norwége, nº 47 538
Klaus frères. Prusse, nº 566 402
Klaschke (J.-D.). Autriche, nº 856 246
Klasing (C.-W.). Prusse, nº 250 394
Klasing et Bongard (T.). Prusse, nº 551 402
Klee (J.). Prusse, nº 315 396
Kleemann (G.). Wurtemberg, nº 159 444
Kleemann (M.) et fils. Bavière, nº 43 267
Klehe (L.). Bade, nº 3 261
Klein (A.). Autriche, nº 1137 251
Klein (J.-B.). France, nº 7978 170
Klein (J.-G.). Wurtemberg, nº 181 444
Klein (P.). France, nº 3037 70
Klein (P.-A.) France, nº 3312 81
Klein (P.-J.). France, nº 4634 104
Klein (T.). Autriche, nº 837 246
Klein frères. Prusse, nºs 68 et 1233. 389, 401, 395 et 525
Kleinoschegg frères. Autriche, nº 504 238
Kleinholt (A.). France, nº 4478 460
Kleinjasper (J.-F.). France, nº 9334 200
Klemm (T.). Wurtemberg, nº 66 .... 442 et 440
Klemmer (N.-H.). France, nº 9535 200
Klemming (G.). Suède, nº 233 534
Klenck (A.). France, nº 5825 131
Klenner (M.). Autriche, nº 1138 251
Klerk de Reus (L.). Pays-Bas, nº 334 257
Klett et Cie. Bavière, nº 64 A 254
Kleuter (P.). Prusse, nº 585 402
Klewitz, Brockhaus et Cie. Prusse, nº 646 404
Kline (C.). États-Unis, nº 37 220
Klingberg (J.-A.). Suède, nº 199 533
Klingenberg. Norwége, nº 15 537
Klinger (L.). Autriche, nº 952 247
Klippel (G.). France, nº 9536 200
Kloesmeyer (W.) et Kloos (H.). Pays-Bas, nº 213 383
Klopman Baerselman (J.-W.). Pays-Bas, nº 91 380
Klose et Feltrin. Prusse, nº 1028 412
Kloss (E.). Prusse, nº 1182 416
Klotz (M.). France, nº 8549 469
Klotz (J.), Weil et Cie. France, nº 5503 463
Klotz, Brunschwig, Henlé et Cie. France, nº 8216. 175
Knapp et Schnéegans. France, nº 3111 72

Pages.

Knatz (C.). Francfort-sur-le-Mein, n° 23 318
Knauer (G.). Bavière, n° 57 268
Knecht (E.-F.). France, n° 7979 170
Knecht (J.). Suisse, n° 416 299
Knee (A.). Autriche, n° 266 233
Kneib (A.). France, n° 7926 169
Kneiu (R.). Prusse, n° 352 397
Kneiss (C.). France, n° 9537 200
Kneller (L.). Prusse, n° 372 397
Knepper (G.) et Cie. Autriche, n° 411 B 236
Kneleman (J.-H.). Pays-Bas, n° 351 258
Knight (F.-W.). Royaume-Uni, n° 37 485
Knight et fils. Royaume-Uni, n° 570 329
Knight et fils. Royaume-Uni, n° 425 327
Knipe (J.-A.). Royaume-Uni, n° 7 319
Knoblauch jeune (F.). Wurtemberg, n° 174 444
Knocke (A.). Bavière, n° 51 A 254
Knoderer (C.). France, n° 2731 65
Knoderer (C.). France, n° 3191 456
Knödgen frères. Nassau, n° 53 511
Knoll (L.). Prusse, n° 714 406
Knoph (M.-E.). Norwége, n° 92 539
Knopp (L.). Autriche, n° 1209 252
Knops (A.). Prusse, n° 837 408
Knorr (F.). Bavière, n° 95 269
Knosp (R.). Wurtemberg, n° 75 442
Knowles (R.-J.). Guyane angl., n° 5 .. 502, 503 et 504
Knox (W.-J.). Canada, n° 99 497
Knudsen (C.). Danemark, n° 88 304
Knupfer et Steinhauser. Reuss, branche aînée, n° 1 417
Köbele (C.). Bade, n° 16 261
Köbele (G.). Bade, n° 15 261
Köbig et Kruthoffer. Francfort-sur-le-Mein, n° 15. 317
Köch (C.-A.). Prusse, n° 411 398
Koch et Cie. Suisse, n° 355 298
Koch (F.-W.) et Cie. Prusse, n° 586 .... 402 et 524
Koehler (J.-A.). France, n° 6325 140
Kock (G.-L.). France, n° 9159 193
Kockum (F.-H.). Suède, n° 102 .... 531 et 532
Koeborn (C.-D.). Prusse, n° 408 398
Koechlin (F.). France, n° 5826 131
Koechlin (H.-A.). France, n° 3008 70
Koechlin (I.). France, n° 5827 131
Koechlin frères. France, n° 3009 70
Koechlin et fils. Suisse, n° 329 .... 297 et 482
Kœchlin (P.) et fils. Bade, n° 82 263
Kœchlin (A.) et Cie. France, n° 1125 .. 450, 451 et 452
Koechlin, Dollfus et frères. France, n° 6326 140
Kœhl (J.-B.). France, n° 5828 131
Koehl et Koechlin. France, n° 5829 131
Kœhler (A.). Prusse, n° 707 405
Kœhler (F.). France, n° 9327 197
Kœlbb (B.) et Trem (T.). Autriche, n° 1075 250
Kœnaart (A.-J.-C.). Pays-Bas, n° 340 257
Kœnig (C.). Autriche, n° 348 235
Kœnig (E.), dit Leroy. France, n° 4013 88
Kœnig frères. Suisse, n° 65 291
Kœnig (N.) et frères. France, n° 5830 131
Kœnig (A.) et Cie. Belgique, n° 554 285
Kœrnbach (C.). Prusse, n° 1198 523
Kœrner (F.). Autriche, n° 505 238
Koerner (H.) et Cie. Prusse, n° 160 392
Koeseler (V.) et Cie. France, n° 7330 156
Kœster (H.). Prusse, n° 316 396
Kofler (H.) et Cie. Autriche, n° 953 247
Kohl (J.). Prusse, n° 1047 413
Kohlaas fils (P.-A.). Prusse, n° 1195 523
Kohler (A.) et fils. Suisse, n° 162 293
Kohlstadt (F.) et Cie. Prusse, n° 129 391
Kohn (M.-J.). Bavière, n° 29 .... 267 et 254
Kok Ankersmit (P.). Pays-Bas, n° 76 .... 380 et 257
Kolbe (L.) et Cie. Hesse, n° 58 366
Koldenwey (G.). Prusse, n° 353 .... 397 et 524
Kolenati (Docteur). Autriche, n° 53 .... 228 et 231
Kolesch (H.). Prusse, n° 647 404
Kölle (T.). Wurtemberg, n° 43 441

Pages.

Köllner (A.). Prusse, n° 761 .... 407 et 412.
Köllreutter (F.). Suisse, n° 356 298
Kolm (J.). Autriche, n° 618 241
Kone (P.). Canada, n° 321 500
Konider-ben-Guidoum. Algérie, n° 607 212
König (G.). Prusse, n° 537 401
König (I.-F.). Hesse, n° 23 365
König (J.-G.). Prusse, n° 1096 414
König (L.). Prusse, n° 1091 414
König et Rosing. Prusse, n° 648 404
Königs et Bücklers. Prusse, n° 989 .... 411 et 403
Konitzky (F.). Brême, n° 4 361
Könnemann (A.). Prusse, n° 460 399
Konrad (A.) et fils. Autriche, n° 858 246
Kons (J.). France, n° 4831 109
Konstantoulakis (K.). Grèce, n° 84 357
Koopmans (K.). Pays-Bas, n° 170 382
Kooy (P.). Pays-Bas, n° 97 380
Kopetzky. Autriche, n° 859 246
Koppe (A.). Prusse, n° 1133 415
Kormode (R.-Q.). Van-Diémen, n° 37 494
Korn (R. et A.). Prusse, n° 387 398
Kornbach (C.). Prusse, n° 232 394
Körner (G.-W.). Prusse, n° 1173 476
Kortenoever (J.). Pays-Bas, n° 180 382
Kosciesky. France, n° 324 11
Kostelnik (V.). Autriche, n° 791 244
Koster (A.-L.). Pays-Bas, n° 277 256
Köster (J.-M.) et fils. Prusse, n° 1019 412
Kostner (A.). Autriche, n° 954 247
Kotz (J.). Bavière, n° 7 .... 266 et 253
Kounavis (J.). Grèce, n° 104 358
Kousson. Algérie, n° 355 208
Kouzouloudis (J.). Grèce, n° 68 356
Kozak (J.). Autriche, n° 699 242
Krabbe (H.) et fils. Pays-Bas, n° 139 .... 382 et 258
Krach frères. Autriche, n° 1139 251
Krachpeltz (D.). France, n° 9107 191
Kraemer (A.). Prusse, n° 69 389
Kraemer (E.). Prusse, n° 388 398
Kraemer (H.). Prusse, n° 389 398
Kraemer frères. Prusse, n° 70 389
Kraetzschmer (F.). Saxe, n° 90 427
Krafft (D.). Bade, n° 55 262
Krafft frères. Bade, n° 56 262
Kraft (E.) et fils. Autriche, n° 318 234
Krahnen (H.). Prusse, n° 179 392
Krahnstöver (E.-B.). Hambourg, n° 23 362
Kramer (A.). Suisse, n° 66 291
Kramer (C.-A.). Prusse, n° 1062 413
Kramer (F.). Prusse, n° 1163 415
Krammer (J.-B.). Autriche, n° 860 246
Kramsta (C.-G.) et fils. Prusse, n° 990 411
Krantz (A.). Prusse, n° 295 395
Krantz (J.-J.) et fils. Pays-Bas, n° 378 258
Kratky (J.-J.). Autriche, n° 1021 249
Kratz (C.-G.). Prusse, n° 567 402
Kratz et Burk. Saxe, n° 41 425
Krause (E.-G.). Prusse, n° 838 408
Krausnick (F.). Prusse, n° 1048 413
Krauss (G.-F.). Suisse, n° 357 298
Krauss (H.). France, n° 3010 70
Krauss (J.). Autriche, n° 193 231
Krauss (W.). Wurtemberg, n° 99 443
Krebs (G.). Prusse, n° 1134 415
Krebs (R.). Autriche, n° 1210 252
Kreichgauer (A). France, n° 7711 165
Kreisser (E.). France, n° 5188 .... 117 et 170
Krempel (P.) et Hegemann. Prusse, n° 130 B 523
Kretschmar (C.-A.). Autriche, n° 1140 251
Kretz (H.). France, n° 1063 27
Kretzschmar (E.). Saxe, n° 92 427
Kreuger (Vice-amiral J.-H.). Suède, n° 117 531
Kreuter (F.). Autriche, n° 194 231
Kreuthaller (La plâtrière de). Autriche, n° 587 240
Kreutz (J.). Prusse, n° 71 .... 389 et 402

Pages.

Kreyenbielt (P.). France, n° 7980 170
Kreymborg et Cie. Oldenbourg, n° 13 376
Krieg (J.-G.). Bade, n° 17 261
Kriegelstein (J.-G.). France, n° 9538 200
Krill (C.). Algérie, n° 82 203
Krille (F.-M.). Danemark, n° 16 301
Krimmelbein (F.) et Bredt. Prusse, n° 427 398
Krischer (J.). Prusse, n° 695 405
Krister (C.). Prusse, n° 734 406
Kristian (I.). Autriche, n° 1141 251
Krog (A.-C.). Norwége, n° 37 .... *538 et 539
Krog (F.). Norwége, n° 31 538
Krogmann frères. Oldenboug, n° 14 376
Kröll (C.). Hesse, n° 39 365
Kroll (J.-B.) aîné. France, n° 9604 201
Kronenberg (W.-F.). Pays-Bas, n° 186 .... 383 et 258
Krönig (C.-T.). Prusse, n° 944 410
Krönig (F.-W.) et fils. Prusse, n° 991 411
Kropf (O.). Prusse, n° 238 B 526
Kropff (O.). Prusse, n° 478 400
Kropp (J.-M.). Brême, n° 1 351
Krotz (F.). Bade, n° 77 .... 263 et 480
Krsek (J.). Autriche, n° 1052 249
Krückmann (C.-L.). Prusse, n° 1251 et 833 B .. 525
Krug (J.-M.). Electorat de Hesse, n° 6 367
Krugmann et Haarhaus. Prusse, n° 839 408
Kruines (M.-F.). France, n° 1898 46
Krumleirk (L.). Prusse, n° 298 396
Krupp (F.). Prusse, n° 552 .... 402 et 401
Krupski. Algérie, n° 608 212
Krüss (E.-J.). Hambourg, n° 4 362
Ksours (Les). Algérie, n° 401 .... 474 et 209
Ktenas (S.). Grèce, n° 49 .... 356 et 355
Kubenyi (G.). Autriche, n° 195 A 231
Kubli (F.). Suisse, n° 236 295
Kuchenreuter (J.-A.). Bavière, n° 54 ..... 268 et 254
Kuebler (J.-D.). Wurtemberg, n° 145 444
Kuenzel et Birkner. Saxe, n° 42 425
Kuenzer et Cie. Bade, nos 57 et 61 262
Kueres (G.). Autriche, n° 195 B 231
Kuetgens (G.) et fils. Prusse, n° 840 408
Kufferath (C.). Prusse, n° 650 404
Küfferle (A.) et Wiesner (J.). Autriche, n° 1023. 249
Küffner (J.). Bavière, n° 120 269
Kugge (F.-A.-E.). France, n° 2104 51
Kugler (J.-N.). Autriche, n° 749 243
Kuher (J.). France, n° 1001 25
Kühling (C.). Prusse, n° 1186 416
Kuhlman frères. Prusse, n° 651 404
Kuhlmann (A.). Autriche, n° 1053 249
Kuhlmann et Cie. France, n° 2377 .... 57 et 455
Kuhn (E.). Bavière, n° 74 268
Kühn (E.). Prusse, n° 1165 415
Kuhn (F.-A.). Autriche, n° 1024 249
Kuhn (G.). Wurtemberg, n° 15 440
Kuhn et fils. Suisse, n° 358 298
Kühn (C.) et fils. Prusse, n° 1285 526
Kuhne (C.-H.). Pays-Bas, n° 189 383
Kuhr (W.). Cap de Bonne-Espérance, n° 27 500
Kuip (D.-S.). Pays-Bas, n° 224 384
Kuister-Margaron. France, n° 7038 151
Kulcke, Moll et Hirche. Prusse, n° 1252 525
Kullberg (V.). Suède, n° 118 531
Kumpf (I.). Autriche, n° 1142 251
Kums (E.). Belgique, n° 514 284
Kundert (F.). Suisse, n° 417 299
Kunisch (I.). Autriche, n° 1143 251
Künne (A.). Prusse, n° 696 405
Künne (J.-G.). Prusse, n° 1234 525
Künne et Cie. Prusse, n° 652 404
Kunst (J.-A.). Prusse, n° 1227 524
Künstler (P.-H.). Wurtemberg, n° 12 440
Kuntz (J.-L.). France, n° 7927 169
Kuntze (F.). Saxe, n° 21 425
Kunz (F.). Suisse, n° 104 292
Kunz (T.). Nassau, n° 16 510
Kunzer (J.). France, n° 6327 140
Kuper (W.) et Cie. Royaume-Uni, n° 507 328
Kupfer (C.). Suisse, n° 388 299
Küpter (H.). Prusse, n° 196 393
Kurtz (A.-E.). France, n° 4686 105
Kurtz (C.-A.). France, n° 3011 70
Kurtz (F.). Autriche, n° 619 241
Kurtz (G.-E.). France, n° 1214 30
Kutzer (J.). Autriche, n° 412 236
Kuylman (J.-C.). Pays-Bas, n° 399 259
Kveton (J.). Autriche, n° 1076 250
Kwiech (J.). Autriche, n° 506 238
Kyhn (A.). Danemark, n° 41 B 482
Kylberg (H.-W.). Suède, n° 75 .... 530 et 529
Kyriakos (J.-K.). Grèce, n° 30 356
Kyriakoula (Maria). Grèce, n° 86 357

L

LAC

Labadens (B.). France, n° 3613 81
Labarroque (A.) et Cie. France, n° 3946 .... 86 et 458
Labarre (J.-V.). France, n° 532 15
Labat. Algérie, n° 218 473
Labatie (L.). France, n° 6734 147
Labatt et Cie. Suède, n° 219 533
Labaume (R.). France, n° 218 447
Labbé et Legendre. France, n° 4852 109
Labbez (D.). France, n° 6328 140
Labiche-Boudoin. France, n° 3285 75
Laborde (J.-B.). France, n° 9539 200
Laborde de Goiets. France, n° 3494 78
Laboulaye (C.) et Cie. France, n° 9272 195
Labouré-Gontard et Lefebvre. France, n° 3852 ... 457
Labouré-Joly. France, n° 3851 457
Laboureau (C.-G.). France, n° 1376 .... 34 et 450
Laboureau et Cie. France, n° 7810 466
Labrosse frères. France, n° 6329 140
La Brugnière (J.-B.). France, n° 8627 469
Labuske (O.). Hanovre, n° 6 359
Lacarrière (A.). France, n° 5263 462
Lacassagne (J.). France, n° 1591 39
Lacaze (P.). France, n° 390 13
Lacaze du Sentet. France, n° 3495 78
Lacderich et Goetz. France, n° 5831 131
Lacerda (R.-V. de S.). Portugal, n° 27 513
Lachapelle et Levarlet. France, n° 6330 140
Lacharme (L.). États-Unis, n° 103 222
Lachave (J.-J.-A.). France, n° 927 .... 23 et 189
Lachenal (M.). Suisse, n° 376 298
Lachez (F.). France, n° 7712 165
Lackner (F.). Autriche, n° 1144 251
Laclaverie de Seré (L.). France, n° 3784 84
Lacoin (Vve) et fils. France, n° 4077 90
Lacombe (A.). France, n° 1126 450
Lacombe (Mme). Canada, nos 193 et 206 .... 498 et 499
Lacombe (P.) et Degrand (C.). France, n° 6331 .. 140
Lacombe (L.-J.-P.) et Yvos. France, n° 5604 463
Lacoste et Delmas. France, n° 7331 156
Lacoste père et Bouilhane. France, n° 6735 147
Lacôte sœurs. France, n° 5832 131
Lacour (P.-R.). France, n° 2501 60
Lacrèche-Dessapt (J.). France, n° 4548 102
Lacretelle (Colonel). Algérie, n° 420 474
Lacroix. Algérie, n° 83 203
Lacroix (A.). France, n° 5605 463

Pages.

Lacroix (A.). France, n° 7713 ... 165 et 466
Lacroix (H.). France, n° 6736 ... 147
Lacroix (Mme). France, n° 8059 ... 172
Lacroix-Lassez (V.-E.). France, n° 7332 ... 156
Lacroix frères. France, n° 806 ... 20
Lacroix frères. France, n° 2897 ... 68
Lacroix père et fils. France, n° 9240 .. 449, 451 et 452
Lacroux (A. C.). France, n° 534 ... 15
Ladd (C.-P.). Canada, n° 127 ... 497 et 499
Ladd (W.). Royaume-Uni, n° 403 ... 326
Ladd (A.-W.) et Cie. États-Unis, n° 90 ... 222
Ladé et fils. Nassau, n° 45 ... 511
Ladoubée-Lejeune (C.). Belgique, n° 131 .. 274 et 278
Ladrix (A.). Algérie, n° 84 ... 203
Lafaye (P.). France, n° 5606 ... 463
Lafeber (F.) et fils. Pays-Bas, n° 181 ... 382
Laffargue (F.). France, n° 1305 ... 33
Laffek (J.). Autriche, n° 1145 ... 251
Laffineur (F.). France, n° 5482 ... 123
Laffineur (H.). France, n° 5483 ... 123
Lafforgne (P.). France, n° 3497 ... 79
Lafin. Espagne, n° 442 ... 314
Lafitte (Mme). Réunion, n° 74 ... 477
Lafitte-Perron. France, n° 535 ... 15
Laflamme (A.). Canada, n° 177 ... 498
Lafleur (A.-A.). France, n° 2050 ... 453
Lafon-Rilliet. Algérie, n° 227 ... 473
Lafont. Algérie, n° 609 ... 211
Laforce (J.-J.). France, n° 5400 ... 121
Laforest et Boudeville. France, n° 4853 ... 109
Lafosse et Béchet (Mmes). France, n° 8264 ... 468
Lafourcade. Algérie, n° 85 ... 203
Lagache (J.). France, n° 6332 ... 140 et 156
Lagache et Dessin. France, n° 5833 ... 131
Lagarde-Maneuvrier. France, n° 4549 ... 102
Lagasca (J.-P.). Espagne, n° 99 ... 308
Lagasta (M.). Espagne, n° 34 ... 307
Lagutz (C.). Prusse, n° 461 ... 399
Lageman (C.) et Cie. Prusse, n° 439 ... 399
Lagergren (H.-F.). Suède, n° 29 ... 529
Lagergren (P.). Suède, n° 89 ... 531
Lagier. Algérie, n° 289 ... 206
La G lanlaie frères, Moriol et Danet. France, n° 2378 ... 57
Lagneaux (L.-E.). France, n° 8378 ... 177
Lagneaux (L.-J.). France, n° 8379 ... 177
Lagnier (J.-P.). France, n° 8017 ... 171
Lago. France, n° 2051 ... 453
Lagorio (X.-P.). Espagne, n° 264 ... 311
Lagourgue. Réunion, n° 97 ... 478
Lagoutte (J.-M.). France, n° 78 ... 5
Lagrèze (G.-E.). France, n° 4183 ... 93
Laharragne. Océanie française, n° 193 ... 480
La Housse (F.-J.). France, n° 10419 ... 472
Labausse-d'Issy (J.). France, n° 2021 ... 49
Lahaye (J.). France, n° 7859 ... 166 et 467
Lahoche et Pannier. France, n° 5516 ... 124
Lahousse-Delmotte. Belgique, n° 90 ... 273
Lahrmann (A.-G.). Hambourg, n° 10 ... 362
Lahure (C.). France, n° 10417 ... 472
Lahure (O.). France, n° 3383 ... 76
Laigneau (D.). France, n° 5061 ... 114
Laigneau (M.-J.). France, n° 7333 ... 156
Laignier (G.). États-Sardes. n° 156 ... 422
Lailler (E.-H.). France, n° 536 ... 15
Lainé (A.). France, n° 4391 ... 98
Lainé (D.). France, n° 3012 ... 70
Lainé (J.-B.). France, n° 10027 ... 459
Lainé (Jeanne-Marie). France, n° 7334 ... 156
Lainé (Jeanne-Marie). France, n° 8874 ... 186
Lainé (T.). France, n° 1029 ... 26
Lainé-Laroche et Max-Richard. France, n° 7335 .. 156
Laing et Ewon. Royaume-Uni, n° 1508 ... 344
Lainglet (J.). Belgique, n° 626 ... 286
Lainguel (D.). France, n° 5834 ... 131
Laird et Thomson. Royaume-Uni, n° 1359 ... 342
Lajoie (J.-A.). France, n° 8018 ... 171

Pages.

Lakdahr-ben-Ahmed. Algérie, n° 498 ... 210
Lalagade (J.-P.-D.). France, n° 4014 ... 88
Lalement (T.). France, n° 4015 ... 88
Lalizel aîné (G.). France, n° 5835 ... 131
Lallabe (J.-P.) et Cie. Espagne, n° 116 ... 309
Lalleman. Algérie, n° 290 ... 207
Lalleman. France, n° 537 ... 15
Lallemand (J.). France, n° 3192 ... 456
Lallemand frère et sœur. France, n° 79 ... 5
Lallemant (H.-V.). France, n° 7714 ... 165
Lallement-Maréchal (P.). France, n° 4687 ... 105
Lallier (J.-J.). France, n° 7336 ... 156 et 38
Lalmand (F.-J.). Belgique, n° 612 ... 286
Lamal (P.). Belgique, n° 381 ... 281
Lamarche (G.-A.). Prusse, n° 72 ... 389
Lamarche et Schwarz. Bavière, n° 3 ... 266 et 253
Lamasse (F.) et Cie. France, n° 2225 et cl. 10. 53 et 60
Lamatsch (Dr J.). Autriche, n° 554 ... 239
Lamb (J.). Royaume-Uni, n° 627 ... 330
Lamb (R.). Nouvelle-Galles du Sud, n° 85 ... 490
Lambardi (A.). Toscane, n° 169 ... 437 et 540
Lambert (A.). France, n° 4854 ... 109
Lambert (E.). France, n° 2105 ... 51
Lambert (F.). France, n° 8046 ... 171
Lambert (G.-H.). Pays-Bas, n° 309 ... 257
Lambert (C.). Belgique, n° 204 ... 276
Lambert (H.). France, n° 6737 ... 147
Lambert (J.-F.). France, n° 4855 ... 109
Lambert (L.). Suisse, n° 3 ... 290
Lambert (V.). France, n° 8875 ... 186
Lambert et Butler. Royaume-Uni, n° 685 ... 331
Lambert frères. France, n° 7337 ... 157
Lambert frères. France, n° 8516 ... 180
Lambert (T.) et fils. Royaume-Uni, n° 126 ... 322
Lambert (Vve) et fils. France, n° 1617 ... 40
Lambert et Cie. France, n° 6738 ... 147
Lamberti (L.) oncle et neveu. Autriche, n° 955 .. 247 et 231
Lamberts (W.). Prusse, n° 1177 ... 476
Lamberty (G.). Belgique, n° 42 ... 272
Lamberty (J.). Belgique, n° 43 ... 272
Lambertz (A.). Prusse, n° 747 ... 407
Lambin et Vve Prax. France, n° 1002 ... 25
Lamblin (C.). France, n° 3853 ... 457
Lamblin (P.). France, n° 1781 ... 43
Lambois et Suzan. Algérie, nos 86 et 220 ... 203 et 473
Lambot (J.-L.). France, n° 4094 ... 91
Lambourg (R.). France, n° 5556 ... 125
Lambruschini (Abbé R.). Toscane, n° 29 ... 434
Lamèle et Sélec. Réunion, n° 75 ... 477 et 478
Lameyer (W.). Hanovre, n° 14 ... 360
Lamfried (G.-A.). Prusse, n° 1264 ... 525
Lami (J.-F.). France, n° 2502 ... 60 et 15
Lami (P.-M.). France, n° 2106 ... 51
Lami et Lacroix. France, n° 1899 ... 46
Lamiche (F.-B.). France, n° 9160 ... 193
Lamie (Dème de). Grèce, nos 76 et 89 ... 357
Laming. France, n° 2379 ... 57
Laming (T.). Royaume-Uni, n° 735 ... 332
Lamiral (E.). France, n° 4088 ... 91
Lamort (J.). Luxembourg, n° 17 ... 370 et 369
La Mothe (B.-J.). États-Unis, n° 10 ... 219
Lamotte (C.-P.). France, n° 8154 ... 467
Lamotte (G.). France, n° 3894 ... 85
Lamotte-Lafleur (C.-J.). France, n° 2003 ... 49
Lamouche (A.). Canada, n° 64 ... 496
Lamouche-Desfossé (J.-M.). France, n° 5607 ... 463
Lamourette (P.) et Desvignes. France, n° 6333 .. 140
Lamoureux et Lesslin. France, n° 6334 ... 140 et 131
Lampe et Cie. Suède, n° 152 ... 533
Lampes (L.-J.). France, n° 538 ... 15
Lamy (A.). France, n° 10077 ... 458
Lamy (H.). France, n° 3614 ... 81
Lamy frères. France, n° 1782 ... 43
Lamy-Godard frères. France, n° 5836 ... 131
Lamy-Joz frères. France, n° 1783 ... 43 et 84

Pages.
Lamy et Lacroix. France, n° 1784 .... 43 et 84
Lancaster (R.). Canada, n° 22 496
Lancestre (E.). France, n° 5567 125
Lancestre (J.-P.). France, n° 5401 121
Lançon fils. France, n° 1785 43
Landa (L.). France, n° 9056 .... 70 et 190
Landais (J.). France, n° 3854 457
Landais (J.). France, n° 5558 125
Landau (S.). Prusse, n° 161 392
Landeau, Noyers et Cie. France, n°s 4338 et 4479. 97, 459 et 460
Landelle (P.). N° 291 .... 447 et 450
Landenberger (J.-M.). Wurtemberg, n° 114 443
Landerer et Burkhardt. Suisse, n° 408 299
Landis (H.). Suisse, n° 275 296
Landmann. Algérie, n° 87 203
Landmann-Ledoux. France, n° 3013 70
Landmark (Capitaine J.). Norwége, n° 56 538
Landolt et Cie. Suisse, n° 276 296
Landon (A.) et Cie. France, n° 2503 60
Landquist (C.-W.). Suède, n° 107 531
Landron frères. France, n° 2732 65
Landry jeune, Brun et Cie. France, n° 7039 151
Landstrom (C.). Suède, n° 335 536
Landwehr (H.). Prusse, n° 945 410
Lane (J.). Royaume-Uni, n° 1927 350
Lane (T.). Royaume-Uni, n° 1859 349
Lanéry (M.). France, n° 1592 39
Lanet de Limancey (E.). France, n° 2052 .. 453 et 450
La Neuville (V.). France, n° 1660 452
Lanfrey et Baud (C.). France, n° 4856 109
Lang. Royaume-Uni, n° 851 333
Lang (A.-F.). Wurtemberg, n° 129 443
Lang (J.). Autriche, n° 793 244
Lang (L.). Bade, n° 72 263
Lang (L.). France, n° 4857 109
Lang (T.). N.-Galles du Sud, n°s 37 et 185. 489 et 492
Lang (Les héritiers de G.). Bavière, n° 121 269
Lang (B.) et fils. Suisse, n° 241 296
Lang (F.) et fils. Autriche, n° 792 244
Langadas (A.-N.). Grèce, n° 62 .... 356 et 357
Langalle (E.-D.). France, n° 9884 451
Langdale (F.-F.) et Benns (W.-E.). Roy.-Uni, n° 571. 329
Langdon (W.). Royaume-Uni, n° 175 322
Lange (T.). Prusse, n° 1080 414
Lange (V.). Autriche, n° 1166 251
Lange-Desmoulin (J.-B.-C.). France, n° 3112 72
Lange (Vve) et Van Ek (J.). Pays-Bas, n° 234. 384 et 259
Lange (C.) et Cie. Anhalt, Dessau et Cothen, n° 11. 226
Langelot (C.-A.). France, n° 2146 51
Langemeier (G.). Suède, n° 333 536
Langen (J.). Prusse, n° 992 411
Langen (J.-J.). Prusse, n° 74 390
Langen (Les héritiers de H.-A.). Prusse, n° 73 .. 390
Langenbeck et Wex. Prusse, n° 1081 414
Langenbeck et Cie. Prusse, n° 946 410
Langenhagen frères. France, n° 8517 180
Langenscheid et Droste. Prusse, n° 653 404
Langer (N.-W.). Autriche, n° 794 244
Langethal (G.). Prusse, n° 1097 414
Langevin (Mme P.). Canada, n° 273 499
Langevin (T.). France, n° 9108 191
Langevin et Cie. France, n° 6739 147
Langfeldt (J.). France, n° 8019 171
Langgaard (O.). Hambourg, n° 26 362
Langlade (J.) et Hellwig (H.). France, n° 2733 .. 65
Langlassé (P.-E.). France, n° 5190 117
Langlois (A.-F.). France, n° 9841 449
Langlois (H.). France, n° 1979 .... 48 et 453
Langlois (H.). France, n° 10292 463
Langlois (J.-G.). France, n° 8647 182
Langlois (L.). France, n° 7928 169
Langlois (P.). France, n° 2380 57
Langlois-Defaux. Algérie, n° 196 205
Langlois frères. France, n° 4858 109
Langlois et Frené. France, n° 1504 37
Langlois et Leclerq. France, n° 9273 195
Langlois fils et Cayron. France, n° 2504 60
Langrenay (F.). France, n° 752 448
Langry (A.). France, n° 1786 43
Languedocq. France, n° 4700 460
Languille (P.). France, n° 7338 157
Laniel frères. France, n° 7339 157
Lanne (E.). France, n° 4550 102
Lannebit. France, n° 787 20
Lancé (Marie-Ollive). France, n° 7340 157
Lanquepin-Balardy. France, n° 8766 184
Lansel (L.-A.-A.). France, n° 2107 51
Lansot-Malorey (D.). France, n° 2734 65
Lantein et Cie. France, n° 6335 .... 140 et 464
Lantoine (H.-A.). France, n° 3703 82
Lanusse aîné. France, n° 3498 79
Lanza (J.). États-Sardes, n° 54 420
Lanza frères et Cie. États-Sardes, n° 40 419
Laoureux (G.-J.). Belgique, n° 472 .... 283 et 276
Lapaix (J.-A.). France, n° 9463 199
Laperlier. Algérie, n° 166 205
Laperouse aîné (P.). France, n° 80 5
Lapeyre neveu et Dulheau. France, n° 7040 151
Lapeyre (J.), Kob et Cie. France, n° 8155 467
Lapeyrie. France, n° 1980 48
Lapierre père et fils. France, n° 6740 147
Lapique (M.-P.). France, n° 4392 .... 98 et 33
Laplanche (J.). France, n° 1306 33
Lapoquiotte (Mlle). Martinique, n° 24 476
Laporta (R.-F.) et Cie. Autriche, n° 1054 249
Laporte. France, n° 1900 46
Laporte (Vve) et fils. France, n° 6336 140
Lapostolet frères. France, n° 3286 75
Lapouple (B.). France, n° 8380 178
Lapworth et Cie. Royaume-Uni, n° 1555 345
Laquis (D.). France, n° 5191 117
Larbaud (A. C.). France, n° 8919 187
Larbaud (C.). France, n° 4551 102
Larbaud (N.). France, n° 3913 86
Larbaud aîné (C.-A.). France, n° 3785 84
Larcher (A.). France, n° 3193 456
Larcher (A.). France, n° 9991 454
Larcher (F.-A. de S.). Portugal, n° 136. . 515, 516 et 528
Larcher (J.). Portugal, n° 137 .... 515 et 518
Larcher et beaux-frères. Portugal, n° 335 520
Larcher et neveux. Portugal, n° 336 .... 520 et 516
Larcher (A.) et Cie. France, n° 7041 151
Larcher, Foure et Cie. France, n° 7042 151
Lard (A.-J.-J.). France, n° 8997 189
Lardière (J.). France, n° 9328 197
Lardière et Cie. France, n° 6337 140
Lardinelli. États-Pontificaux, n° 28 386
Lardinois (N.-C.). Belgique, n° 312 .... 279 et 255
Lardner (A.). Nouvelle-Galles du Sud, n° 86 490
Larenaudière (C.-P.-F.). France, n° 3113 72
Larenzo (N.). Confédération argentine, n° 2 223
Larger et Cie. France, n° 5837 131
Larguèze fils aîné. France, n° 2735 65
Larible (A.). France, n° 1787 43
Larible (B.). France, n° 5838 131
Larieux, Dronsart et Cie. France, n° 3384 76
Larisch (A.). Autriche, n° 861 246
Larivière (A.). Canada, n° 139 497
Larivière (F.). France, n° 4552 102
Larivière (I.). France, n° 807 20
Larivière (J.-N.). France, n° 1672 41
Larivière (Vve Louise). France, n° 6338 141
Larivière-Deprez (L.). Belgique, n° 636. 287, 276 et 255
Larmande (E.). France, n° 4304 96
Larmier (J.-B.). France, n° 8381 177
Laroche (A.). France, n° 5192 117
Laroche (C.). Algérie, n° 462 209
Laroche (E.). France, n° 8998 189
Laroche et Lacroix. France, n° 1377 34
Laroche frères. France, n° 2898 68
Laroche-Joubert, Dumergue et Cie. France, n° 2899 68

Pages.
Larocque (A.). France, n° 2381 57
Larondie (J.). France, n° 753 448
Laroque et Jaquemet. France, n° 7524 160
La Roue (J.-P.-L.). France, n° 8999 189
Larrout et Bengel. France, n° 2226 53
Larrieu-Estellé. France, n° 7043 151
Larrieux (J.-B.). France, n° 4186 93
Larrivé (P.-M.-E.). France, n° 8170 174
Larroche (G.). France, n° 3499 79
Larroque (E.). France, n° 7715 165
Larsch (C.). Prusse, n° 75 390
Larsen (H.-W.). Danemark, n° 29 302
Larsen (J.-C.). Danemark, n° 51 302
Larsen (J.-P.). Norwége, n° 35 538
Larsen (L.). Danemark, n° 64 303
Larsen et Cie. Danemark, n° 54 303
Larue et Richard. France, n° 2736 65
Larue (A.) et Cie. Canada, n° 23 496
Larzet (C.). France, n° 2053 453
Lasala (V.). Espagne, n° 200 210
Lasalle (J.). France, n° 7860 167
Laselve et Cie. France, n° 81 5
Lasnier (A). France, n° 3704 82
Lassalvétat (N.-H.). France, n° 3616 81
Lassel (F.). Autriche, n° 197 232
Lassell (W.). Royaume-Uni, n° 404 326
Lassen (H.). Prusse, n° 1178 416
Lassence (A.). Belgique, n° 382 281
Lasserre (J.-F.). France, n° 4016 88
Lasserre (V.). France, n° 82 5
Lassmann (J.-G.) et fils. Prusse, n° 993 411
Lasscunery (E.). France, n° 5839 131
Lasscunery et Cie. France, n° 5840 131
Lassut. Algérie, n° 291 207
Lastennet (P.-A.). France, n° 8086 172
Lasvignes et Cie. France, n° 4085 104
Latache (A.). France, n° 6330 140
Lateillin (J.). France, n° 5095 115
L'Atlas, Pays-Bas, n° 21 .... 378, 256 et 257
Latoix (G.) et Bestard. Suisse, n° 202 265
Latouche (A.). France, n° 2737 .... 65 et 455
Latouche (M.-A.) France, n° 1111 28
Latouche (R.). France, n° 2738 65
Latouche (A.) et Cie. France, n° 6601 405
Latour frères (P. et M.). France, n° 8452 469
Latune et Cie. France, n° 2500 68
Laubenière (J.). France, n° 10205 461
Laubereau (F.-J.). France, n° 866 22
Lauchet (C.). France, n° 3882 85
Laude jeune (S.-A.). France, n° 7880 166
Laudet (F.). France, n° 4393 98
Laudet (G.-J.-B.). France, n° 1102 27
Laudet (Vve Jeanne). France, n° 7342 157
Laudet (dit Beaufay), Scubart et Cie. France, n° 5402 121
Lauenstein et Cie. Hambourg, n° 3 362
Lauer (J.). Autriche, n° 158 232
Lauezzari (C.). Prusse, n° 748 407
Laufer (F.) et Cie. Prusse, n° 1108 414
Laugier (J.-P.). France, n° 679 18
Lauguelet. Algérie, n° 427 474
Laulenié frères. France, n° 83 5
Laulo (O.-J.). Norwége, n° 104 539
Laumaillier (J.-B.). France, n° 5841 131
Laumain et Briquet. France, n° 2270 54
Laumeau (A.). France, n° 4859 109
Launé (E.). Autriche, n° 200 234
Launois (J.). France, n° 3705 82
Laur (J.-A.). France, n° 1501 46
Laura (F.-T.). France, n° 2227 53
Laurand (P.). France, n° 4636 104
Laurant et Callamant. Algérie, n° 232 473
Laure (H.). France, n° 548 15
Laurenn (L.). France, n° 5193 117
Laurell (G.). Suède, n° 289 534
Laurence (H.). France, n° 7580 162
Laurençot (E.). France, n° 8767 184
Laurens (A.-C.) et Thomas (L.-P.). France, n° 962 .... 24 et 52
Laurent (A.). France, n° 2218 53
Laurent (A.). France, n° 8384 178
Laurent (B.). France, n° 4860 109
Laurent (D.). Canada, n° 101 497
Laurent (D.-L.). France, n° 391 13
Laurent (Marie-Joséphe). France, n° 7343 157
Laurent (Mme P.). France, n° 5560 126
Laurent aîné (F.-X.-J.). France, n° 754 448
Laurent frères. France, n° 8518 180
Laurent frères et beau-frère. France, n° 4861 109
Laurent (H.) et fils. France, n° 7813 467
Laurent (J.-B.) et fils. France, n° 7814 467
Laurent et Deberny. France, n° 9274 195
Laurent et Leruth. France, n° 8837 185
Laurent (F.) et Casthelaz. France, n° 2382 57
Laurent, Dinar et Cie. France, n° 6340 140
Laurent, Gsell et Cie. France, n° 5559 125
Laurenzi (L.) et Cie. Autriche, n° 267 233
Laurel frères. Algérie, n° 202 206
Laurel frères. France, n° 7582 162
Laury (G.-J.-J.). France, n° 2147 .... 51 et 454
Lausmann (J.-W.). Autriche, n° 1245 253
Laussédat, Serre et Alligre. France, n° 9213 194
Lausser père et fils. France, n° 8453 469
Lausseure (J.) et Cie. France, n° 3855 457
Lautard (P.). France, n° 392 13
Lauteren (C.). Hesse, n° 40 .... 365 et 260
Lauterjurg (C.-W.). Prusse, n° 568 402
Laux frères. Nassau, n° 17 510
Lavaissière-Buisneau (A.). France, n° 8681 182
Laval. Algérie, n° 610 211
Laval (J.-M.). France, n° 4185 93
Laval et Gravier. France, n° 7525 161
Lavalard frères. France, n° 7815 467
Lavalle (J.). France, n° 309 11
Lavenchy (F.). Inde, n° 99 506
Laveissière (J.-J.) et fils. France, n° 4862 109
Laverdant (E.). Ile Maurice, n° 20 508
Laverdet (M.-G.). France, n° 9161 193
Lavergne (L.-J.). France, n° 1673 41
Lavers (J.-V.). Nouvelle-Galles du Sud, n° 143 491
Lavie (F.). Algérie, n° 463 209
Lavie fils. Algérie, n° 611 .... 211 et 212
Lavigne (A.). France, n° 7638 163
Laville et Peumaroux. France, n° 8519 180
Lavocat (L.-C.). France, n° 7583 162
Lavocat et Cie. France, n° 1103 27
Lavoie (A.). Canada, n° 65 496
Lavoie (J.). Canada, n° 66 496
Lavoisy (A.-D.). France, n° 393 13
Lavoute. Algérie, n° 478 209
Law (J.). Royaume-Uni, n° 1124 338
Lawrence et Cie. Royaume-Uni, n° 736 332
Lawrie (T.). Royaume-Uni, n° 1672 A 488
Lawson (F.). Canada, n° 194 498
Lawson et Cie. France, n° 9275 195
Lawson et Cie. Royaume-Uni, n° 1972 A 488
Layard. Ile de Ceylan, n° 6 .... 501 et 502
Layard (Mme). Ile de Ceylan, n° 31 502
Layard, Power, Pieris, de Soyza et autres. Ile de Ceylan, n° 37 502
Laydet aîné et Cie. France, n° 2739 .... 65 et 177
Loyel. France, n° 1122 450
Lays (Les héritiers de M.). Autriche, n° 199 232
Lazarotti (A.). France, n° 3500 79
Lazaretti frères. France, n° 2740 65
Lea (W. et J.). Royaume-Uni, n° 1097 337
Leaf (W.). Victoria, n° 28 493
Léauté et David. France, n° 3287 75
Learmonth (T.). Victoria, n° 10 493
Leather (J.-W.). Royaume-Uni, nos 879 et 891 .... 334 et 486
Lébadée (Dème de). Grèce, n° 20 356

Pages.
Leboigne (H.). Royaume-Uni, n° 706.......... 331
Lebailly-Morel. France, n° 9741.............. 65
Lebatard (F.-A.). France, n° 262............... 9
Lebaudy (A.). France, n° 3706............... 82
Lebbe-Baetman. Belgique, n° 91............... 273
Lebbe-Packier-Tamley. Ile de Ceylan, n° 1..... 501
Le Beau (T.). Royaume-Uni, n° 1928......... 350
Lebée (E.), Coulon et Rousseau, n° 7716.. 165 et 466
Lebègue et Mailliet. France, n° 6341........... 141
Lebel (F.). France, n° 4395................. 98
Le Bel (J.-A.). France, n° 219............... 447
Lebel (L.). France, n° 4078................ 90
Lebel et Cie. France, n° 7861............... 167
Leber (J.-P.). Bavière, n° 86 A.............. 269
Lebeuf, Milliet et Cie. France, n° 5453........ 122
Lebigre (S.-V.). France, n° 1307............ 33
Leblan (Al.). France, n° 6342.............. 141
Leblanc (A.). France, n° 3288............... 75
Le Blanc (A.-C.). France, n° 9000........... 189
Leblanc (B.-C.). France, n° 1593............ 39
Leblanc (C.-M.-A.). France, n° 5194......... 117
Le Bleis (H.-M.-A.). France, n° 3289......... 75
Leblon-Dansette (H.-J.). France, n° 5843. 131 et 157
Leblond (C.-M.). France, n° 1003............ 25
Leblond (J.-D.). France, n° 9197........... 193
Leblond (J.-I.). France, n° 5843........... 131
Leblond (L.). France, n° 4688.............. 105
Le Blondel. France, n° 10418............... 472
Lebobe, Callou et Cie. France, n° 3914....... 86
Lebœuf (A.). France, n° 7344........... 157 et 465
Lebœuf (N.). France, n° 5844.............. 131
Le Bon frères et Grangier. Belgique, n° 31...... 272
Le Bonniec (F.). France, n° 539............ 15
Le Borgne et Dutour. France, n° 8520.......... 180
Leborgne (P.) et fils. États-Sardes, n° 7....... 418
Le Bot (T.-R.). France, n° 2054............ 453
Lebouc (J.-L.-J.). France, n° 4863.......... 109
Le Boulanger (L.). France, n° 7763.......... 166
Leboulanger et Aubert. France, n° 4637........ 104
Leboullanger (L.-J.-C.). France, n° 5845....... 131
Le Bourgeois (F.-M.). France, n° 2505........ 60
Le Bourhis (Marie). France, n° 7345.......... 157
Lebrethon et Cie. France, n° 4305........... 96
Le Breton (H.). France, n° 755............. 448
Le Breton (L.-L.). France, n° 10153......... 460
Lebreton (J.) fils. France, n° 4553.......... 102
Lebrun (A.). France, n° 4864.............. 109
Lebrun (A.). France, n° 5034.............. 113
Lebrun (A.-F.). Belgique, n° 605........... 286
Lebrun (A.-N.). France, n° 1902........... 46
Lebrun (D.-P.). France, n° 1788........... 43
Lebrun (F.). France, n° 8636.............. 470
Lebrun (J.). France, n° 3615.............. 81
Lebrun (J.-A.). France, n° 4306........... 96
Lebrun (J.-B.-D.). France, n° 1903......... 46
Lebrun (P.). Belgique, n° 486............. 283
Lebrun (Vve) et fils. France, n° 4396........ 98
Lecandier. Algérie, n° 292.............. 207
Lecat (F.-A.). France, n° 1127............ 450
Lecat-Bulin. France, n° 540.............. 15
Lecavelier. France, n° 9198............... 193
Lecavelier (G.). France, n° 3501............ 79
Lecerf (A.). France, n° 2742.............. 65
Lecerf (F.). France, n° 4866.............. 109
Lecerf (H.). France, n° 2108.............. 51
Lecerf et Cie. France, n° 5846.............. 131
Le Cesne (T.). Portugal, n° 28............. 513
Lechanoy (Catherine). France, n° 7346........ 157
Lechantre (V.). France, n° 4638........... 104
Lecharpentier. France, n° 8637............. 470
Lecharpentier (E.). France, n° 4865......... 109
Lechartier (C.). France, n° 680............ 18
Lechesne (A.-J.-B.). France, n° 5264..... 462 et 472
Le Chevalier (Isabelle). France, n° 7347....... 157
Le Chevallier (L.-J.). France, n° 1789........ 43
Pages.
Lechiche. France, n° 3131 B................. 455
Lechner (M.). Autriche, n° 620.............. 241
Lechner et Morgenstern. Prusse, n° 841........ 480
Leclaire de Lopitau (E.-M.). France, n° 7981... 170
Lecler frères (G. et J.). France, n° 5311........ 120
Leclerc (G.). France, n° 5847.............. 131
Leclerc (H.). France, n° 928.............. 23
Leclerc (P.). France, n° 1128........... 450 et 457
Leclerc (T.). France, n° 1129.............. 450
Leclerc frères. France, n° 7348.......... 465 et 459
Leclercq (A.-J.). Belgique, n° 342.......... 280
Leclercq (F.-P.). France, n° 5195........... 117
Leclercq (J.). France, n° 4186............. 93
Leclercq (J.). France, n° 5561.............. 126
Leclercq (N.). Belgique, n° 637............ 287
Leclère-Allart et fils. France, n° 6343......... 141
Leclère-Collot. France, n° 8287............. 176
Leclère (A.) et Cie. France, n° 9276.......... 196
Leclère frères et Cie. France, n° 4307......... 96
Leclézio (E.). Ile Maurice, n° 22........... 508
Leclézio (H.). Ile Maurice, n° 21........... 508
Lecocq (J.-J.). Portugal, n° 263............ 518
Lecocq (N.-H.). France, n° 4867............ 108
Lecœur (P.-L.). France, n° 9930............. 452
Lecœur fils aîné (P.-S.). France, n° 3014...... 70
Le Cointe (A.-J.-L.). France, n° 5096........ 115
Lecointe (J.). France, n° 867.............. 22
Lecompte (A.). Algérie, n° 509............. 210
Lecompte (A.-J.). France, n° 7349........... 157
Lecomte (C.-R.-L.). France, n° 1674.......... 41
Lecomte (C. et L.). Belgique, n° 583......... 285
Lecomte (F.). France, n° 3786.............. 84
Lecomte (J.-P.). France, n° 3856........... 457
Lecomte (L.-H.). France, n° 808............ 20
Lecomte et Cie. France, n° 2506............ 60
Le Conte (E.-F.). France, n° 3015.......... 70
Leconte (H.). France, n° 1790............. 43
Leconte (J.-C.). France, n° 6344........... 141
Leconte (P.). France, n° 5849............. 131
Leconte-Dupond. France, n° 3290............ 75
Leconte-Masson. France, n° 5848........... 131
Leconte-Fleury et fils. France, n° 3194....... 456
Leconte aîné et Cie. France, n° 3955....... 87 et 57
Lecoq. France, n° 756..................... 448
Lecoq (E.-F.). France, n° 1402............ 35
Lecoq (L.-M.). France, n° 3707............ 82
Lecoq (Marie-Suzanne). France, n° 7350....... 157
Lecoq et Bargoing. France, n° 3708.......... 82
Lecoq et Berlon. Algérie, n° 559........... 210
Le Cornec (P.-J.). France, n° 541........... 15
Le Corre (Marie). France, n° 7351.......... 157
Lecouëdic (Anne-Marie). France, n° 7352...... 157
Lecoultre (A.). Suisse, n° 432............ 301
Lecoultre (G.). Suisse, n° 185............ 294
Lecoultre (J.). Suisse, n° 178 B........... 481
Lecoultre (U.). Suisse, n° 69............. 292
Lecoultre-Perey (A.). Suisse, n° 68......... 291
Lecoultre-Sublet (L.). Suisse, n° 434....... 300
Lecoultre (A.) et fils. Suisse, n° 67........ 291
Lecoultre (D.) et fils. Suisse, n° 433....... 300
Lecourt (A.) et Cie. France, n° 9057......... 190
Lecouteux (H.). France, n° 868............ 22
Lecoutre (P.-F.-V.). France, n° 4445........ 99
Le Crosnier (M.-L.). France, n° 2507........ 60
Lécu (F.-N.) et Richy (E.). France, n° 9162.... 193
Lecus-Hubert (F.-J.). France, n° 3385........ 76
Lécuyer (F.). France, n° 1200............. 30
Lécuyer (F.-J.). France, n° 9992........... 454
Le Cyre (A.) et Cie. France, n° 7764......... 166
Ledanseur (L.-P.-J.). France, n° 3195........ 456
Le Denmat (Yvonne). France, n° 7353........ 157
Ledentu (E.). France, n° 10420............ 472
Ledion (J.-J.). France, n° 9214............ 194
Ledocte et Cie. Belgique, n° 60 B.......... 254
Ledoux. France, n° 9329.................. 197
Ledoux (C.-B.). France, n° 2591........... 62

Pages.

Ledoux (F.-L.). France, n° 6345.............. 141
Ledoux (M.-G.). France, n° 4868.............. 109
Ledoux (L.-F.) et Cie. France, n° 4308........ 96
Ledru (A.). France, n° 4309.................. 97
Leduc (C.). Canada, n° 140................... 497
Leduc (C.-G.). France, n° 9885........ 451 et 457
Leduc (I.). France, n° 1618.............. 40 et 43
Leduc (L.). France, n° 3386.................. 76
Leduc frères. Belgique, n° 230............... 277
Leduncq (F.-F.). France, n° 2055............. 453
Lee. Jamaïque, n° 13......................... 508
Lee (J.). France, n° 5850.................... 131
Lee (T.-C.). Canada, n° 220.................. 498
Lee (G.) et fils. Royaume-Uni, n° 1310....... 487
Lee (H.) et fils. Royaume-Uni, n° 1808....... 349
Lee (D.) et Cie. Royaume-Uni, n° 1293 A...... 487
Leech. Nouvelle-Galles du Sud, n° 87......... 490
Leefers (J.-L.). Pays-Bas, n° 51............. 379
Leemann (J.) et fils. Autriche, n° 957....... 247
Leeming (J.). Canada, n° 237................. 498
Leenarts (J.). Pays-Bas, n° 406.............. 259
Leetch (J.). Royaume-Uni, n° 852............. 333
Leeuw (H.). Pays-Bas, n° 423................. 259
Lefaucheux. France, n° 4187.................. 98
Lefaucheux (A.). France, n° 8385............. 178
Lefaure (L.-F.-A.). France, n° 10128......... 459
Lefébure (A.). France, n° 7765............... 166
Lefébure (A.). France, n° 7766............... 166
Lefébure (M.). France, n° 2383............... 57
Lefebvre (A.-P.). France, n° 1791............ 43
Lefebvre (A.-S.). France, n° 10078........... 458
Lefebvre (E.-E.). France, n° 10421........... 472
Lefebvre (F.). France, n° 2743............... 65
Lefebvre (H.). France, n° 394................ 13
Lefebvre (J.-C.). France, n° 929............. 23
Lefebvre (L.-J.). Pays-Bas, n° 198........... 383
Lefebvre (L.-J.-Q.). France. n° 1675......... 40
Lefebvre (P.-F.). France, n° 1792............ 43
Lefebvre (Augustine). France, n° 8245........ 175
Lefebvre-Garriel. France, n° 6347............ 141
Lefebvre-Garriel (F.-H.). France, n° 6348..... 141
Lefebvre-Josset (L.-A.). France, n° 2744..... 65
Lefebvre-Pinchon. France, n° 6602............ 465
Lefebvre-Ducatteau frères. France, n° 6346..... 141
Lefebvre (J.) et Plé. France, n° 5851........ 131
Lefebvre et Cie. France, n° 5283............. 119
Lefebvre (A.) et Cie. France, n° 2384....... 57 et 79
Lefebvre (C.) et Cie. France, n° 7881........ 167
Lefebvre (T.) et Cie. France, n° 3114........ 72
Lefebvre (V.) et Cie. Belgique, n° 383....... 281
Lefèvre (A.). France, n° 757................. 448
Lefèvre (A.-A.). France, n° 4044............. 89
Lefèvre (C.). France, n° 7354................ 157
Lefèvre (C.). France, n° 9540................ 200
Lefèvre (C.-A.-F.). France, n° 5852.......... 131
Lefèvre (C.-B.). France, n° 2508............. 60
Lefèvre (E.). France, n° 10422............... 472
Lefèvre (J.-C.-A.). France, n° 2271.......... 54
Lefèvre (J.-E.-J.). France, n° 5196.......... 117
Lefèvre (L.-A.). France, n° 5097............. 115
Lefèvre (P.). France, n° 395................. 13
Lefèvre (V.). France, n° 8876........... 186 et 196
Lefèvre (Mme). Réunion, n° 129............... 478
Lefèvre-Lacroix. France, n° 1635............. 40
Lefèvre-Lefebvre. France, n° 4869....... 109 et 460
Lefèvre et Bourdon. France, n° 6349.......... 141
Lefèvre (F.-A.-L.) et L'Adeuil. France, n° 1308. 33
Lefort (L.-A.). France, n° 1505.............. 37
Lefort (L.-F.). France, n° 6029......... 464 et 467
Lefort (P.-H.). France, n° 1904.............. 46
Lefort (V.-T.). France, n° 8768.............. 184
Lefort-Camus (J.-B.). France, n° 4689........ 105
Lefort et Vauquelin. France, n° 6350......... 141
Lefort aîné, Javey et Cie. France, n° 8594.. 181 et 469
Lefour (L.-G.). France, n° 2509.............. 60
Lefournier-Raullin. France, n° 6351.......... 141

Pages.

Lefranc (V.). France, n° 3956............. 87 et 458
Lefranc-Thirion (T.). France, n° 1309 et 5853. 33 et 131
Lefranc et Cie. France, n° 3115.............. 72
Lefrançois (L.-B.). France, n° 10206......... 461
Lefrançois (U.). France, n° 3016............. 70
Lefrançois (L.) et Cie. France, n° 1506....... 37
Légal (F.). France, nos 1310 et 2166...... 33 et 52
Légal (J.-V.). France, n° 869................ 22
Légal (R.). France, n° 2746.................. 65
Legardeur (P.-A.). France, n° 4639........... 104
Légat (R.). France, n° 6741.................. 147
Le Gavrian (A.). France, n° 870.............. 22
Legendre. (A.). France, n° 1311.......... 33 et 167
Legendre (A.-A.). France, n° 7584............ 162
Legendre (C.). France, n° 1312............... 33
Legendre et Morin. France, n° 10079.......... 458
Legentil-Parent (A.-A.-J.). France, n° 930..... 23
Le Goff (Jeanne-M.). France, n° 7355......... 157
Le Goffe (J.). France, n° 542................ 15
Le Goffe (Jeanne-M.). France, n° 7356........ 157
Legorgeu (J.-J.). France, n° 4397............ 98
Le Gost (A.). France, n° 5197................ 117
Le Goupy (M.). France, n° 7357............... 157
Legoux (A.). France, n° 1215................. 31
Legradi (J.). Autriche, n° 1246.............. 253
Legrand (A.). France, n° 1004................ 25
Legrand (A.-O.). France, n° 1793............. 43
Legrand (M.). France, n° 9277........... 196 et 471
Legrand (N.). France, n° 5854................ 131
Legrand (T.). France, n° 5855................ 131
Le Grand-Belleroche. Martinique, n° 39....... 476
Legrand et Talbert. France, n° 4116.......... 92
Legrand (T.) et fils. France, n° 6352........ 141
Le Gras (L.). France, n° 8521................ 180
Legras (Mme E.). France, n° 7717............. 165
Legras-Julien (F.) et fils. France, n° 3017..... 70
Le Gray (J.-B.-G.). France, n° 9163.......... 193
Legris, Choisy et Ligon. France, n° 2167..... 52
Legris (M.) et Bruyant (E.). France, n° 6353... 141
Legros (A.). France, n° 2229................. 53
Legros (F.). France, n° 871.................. 22
Legros (P.). France, n° 396.................. 13
Legros fils aîné. France, n° 9931............ 452
Le Guillou, Penanroz et Cie. France, n° 3617... 81
Leharivel père et fils. France, n° 7358...... 157
Le Helley (Jeanne-M.). France, n° 7359....... 157
Le Helloco (Anne). France, n° 7360........... 157
Le Helloco (Annette). France, n° 7361........ 157
Lehmann (D.-J.). Prusse, n° 842.............. 408
Lehmann (F.-G.). Saxe, n° 43................. 425
Lehmann (M.). Prusse, n° 1217................ 524
Lehmann (R.). Prusse, n° 198................. 393
Lehmann et Kugler. Hesse Grand-Ducale, n° 13.. 364
Lehmann et Mohr. Prusse, n° 1286............. 526
Lehomtel. France, n° 5265.................... 462
Lehoult et Cie. France, n° 5856.............. 131
Lehr (J.). France, n° 5857................... 131
Lehrkind, Falkenroth et Cie. Prusse, n° 553.... 409
Lehuby (P.-C.). France, n° 9278.............. 196
Lehugeur (E.) et Cie. France, n° 5858........ 131
Leibenfrost (F.). Autriche, n° 507........... 238
Leibinger (M.). Wurtemberg, n° 182........... 444
Leichel (W.). Prusse, n° 216................. 393
Leidenfrost (E.). Autriche, n° 862........... 246
Leigh, Dobson et Barlow. Royaume-Uni, n° 319. 325
Leighton (J.). Royaume-Uni, n° 1892.......... 350
Leighton fils et Hodge. Royaume-Uni, n° 1973... 351
Leimbach (C.). Autriche, n° 588.............. 240
Leistner (G.-L.). France, n° 3196............ 456
Leitao (J.-M.). Portugal, n° 138........ 515 et 518
Leitao neveu (J.-M.). Portugal, n° 264....... 518
Leitao et Almeida. Portugal, n° 265.......... 518
Leite (H.-J.). Portugal, n° 373.............. 520
Leite (O.-S.). Portugal, n° 374.............. 520
Leite et Soarès (Mmes). Açores, n° 402 A...... 521
Leitenberger (F.). Autriche, n° 795.......... 244

6

Pages.

Leiter (J.). Autriche, n° 700.................... 242
Leitoure (Vve). France, n° 3709.................... 82
Lejeune (A.). Suisse, n° 198.................... 294
Lejeune (E.). France, n° 8550.................... 469
Lejeune (F.). France, n° 10403.................... 470
Lejeune (H.). France, n° 4870.................... 109
Lejeune frères. France, n° 2747.................... 65
Lejeune-Mathon (V^e.). France, n° 6354.................... 141
Lejeune (J.) et Cie. France, n° 2148.................... 52
Le Laisaut (C.-P.-A.). France, n° 1960.................... 47
Lelaudée (Dème de). Grèce, n° 46.................... 356
Lejarge, Auger et Cie. France, n° 6355.................... 141
Le Lièvre (H.). Royaume-Uni, n° 652.................... 330
Lelogé (E.). France, n° 4436.................... 99
Lelong (A.-E.). France, n° 5124.................... 116
Lelong (J.). N° 3.................... 223
Lelorieux (V.). France, n° 1064.................... 26
Le Lorrain (J.-A.). Martinique, n° 16.................... 476
Leloup (E.-F.). France, n° 9215.................... 194
Leloup (P.-M.). France, n° 397.................... 13
Leloup-Parazon. France, n° 5403.................... 122
Leloutre (J.). France, n° 4871.................... 109
Lemaigre (L.-N.). France, n° 8060.................... 172
Lemaire (A.). France, n° 5198.................... 117
Lemaire (L.). France, n° 9001.................... 189
Lemaire (L.-A.). France, n° 8020.................... 171
Lemaire (M.-A.). France, n° 758.................... 448
Lemaire (P.). France, n° 1676.................... 41
Lemaire-Doimé. France, n° 8920.................... 187
Lemaire-Dupetitvieux. France, n° 8171..... 174 et 468
Lemaire père et fils. Belgique, n° 313.................... 279
Lemaire et Coppin frères. France, n° 7639.................... 163
Lemaistre (E. M.). France, n° 2510.................... 60
Lemaistre (P.-M.). France, n° 1794.................... 43
Le Maitre. France, n° 2748.................... 65
Lemaitre (E.). France, n° 5860.................... 131
Lemaître (V.). France, n° 5861.................... 131
Lemaître (E.). France, n° 9058.................... 190
Le Maître (Isabelle). France, n° 7363.................... 157
Lemaitre-Demeestère. France, n° 7362.................... 157
Leman (A.) et Cie. France, n° 7364.................... 157
Le Marchand (J.-L.) France, n° 6031.................... 464
Lemarchand (J.-W.). Pays-Bas, n° 407.................... 259
Lemarchand (L.-J.-F.). France, n° 1430.................... 35
Lemare (Vve Marguerite). France, n° 2149.................... 52
Le Mare (J.) et fils. Royaume-Uni, n° 1425.................... 343
Le Masson (E.). France, n° 2749.................... 65
Lemasson (F.-R.-V.). France, n° 8217.................... 175
Lemasson et Moineau. France, n° 8156.................... 467
Lemböck (G.). Autriche, n° 1247.................... 253
Lemée (F.). France, n° 1507.................... 37
Lemenestrel (C.-E.). France, n° 9886.................... 451
Lemer, Dupriez et Cie. France, n° 3389.................... 76
Lemercier (R.-J.). France, n° 9059.................... 190
Lemerre (C.). France, n° 6603.................... 465
Lemesle (A.-P.). France, n° 4310.................... 97
Lemesle (D.). France, n° 8172.................... 174
Lemesle (R.). France, n° 7862.................... 167
Lemesle-Montet (R.-C.). France, n° 3618.................... 81
Lemesre frères. France, n° 1508.................... 37
Lemettre-Bodin. France, n° 6356.................... 141
Le Meur (Yvonne). France, n° 7365.................... 157
Lemielle (T.). France, n° 9842.................... 449
Lemière (H.). Ile Maurice, n° 1.................... 508
Lemieux (H.-J.). Canada, n° 238.................... 498
Lemille (J.). Belgique, n° 314.................... 279
Le Mire père et fils. France, n° 7045.................... 151
Lemoine. Algérie, n° 146.................... 204
Lemoine (A.). France, n° 7929.................... 169
Lemoine (C.-F.). France, n° 1104.................... 27
Lemoine (J.-T.). France, n° 6030.................... 464
Lemoine (J.-V.). France, n° 5098.................... 115
Lemoine (L.). Canada, n° 128.................... 497
Lemoine (N.). France, n° 2901.................... 68
Lemoine (T.-M.). France, n° 7922.................... 170
Lemoine père et fils. France, n° 8117.................... 173

Pages.

Lemoine-Tanrade (J.-E.). France, n° 3787.................... 84
Lemonnier (G.). France, n° 5099.................... 115
Lemonnier jeune et fils. France, n° 5852.................... 131
Lemonnier-Chennevière (M.-R.-J.). France, n° 6357 141
Lemonnier-Jully. France, n° 1313.................... 33
Lemonnier et Sternaux. France, n° 8638.................... 470
Lemore (F.). France, n° 7767.................... 166
Lempereur. Martinique, n° 15.................... 476
Lenassi (R.-A.). Autriche, n° 958.................... 247
Lenck (S.). Autriche, n° 508.................... 238
Lendecke (J.-H.-W.). Autriche, n° 509.................... 238
Lenders (C.). Belgique, n° 315.................... 279
Lenègre (A.). France, n° 9330.................... 197
Lenègre (A.). France, n° 10423.................... 472
Lenicolais aîné. France, n° 4872.................... 109 et 460
Lenigan (Mme E.). Royaume-Uni, n° 1823.................... 349
Lenning (J.). Suède, n° 273.................... 535
Lenning et Cie. Hesse Grand-Ducale, n° 14.................... 364
Lennmark (A.). Suède, n° 411.................... 537
Lennon (W.). Royaume-Uni, n° 176.................... 322
Lenoble. France, n° 10379.................... 469
Lenoble (J.). France, n° 398.................... 13
Lenoir (A.-L.). France, n° 4188.................... 93
Lenoir (A.-L.) France, n° 8173.................... 174
Lenoir (G.-A.). Autriche, n° 319.................... 234
Lenoir (P.). France, n° 1795.................... 43
Lenormand (A.). France, n° 6358.................... 141
Lenormand (J.). France, n° 3018.................... 70
Lenormand (Margarita). États-Sardes, n° 182.................... 493
Lenot (V.). France, n° 6604.................... 465
Lenôtre (L.-J.). France, n° 3915.................... 86
Lensi (J.) et fils. Toscane, n° 147.................... 437 et 540
Lenssen (J.). Autriche, n° 413.................... 236
Lentz et Houdart. France, n° 9541.................... 200
Leolie (J.). Canada, n° 239.................... 498
Leon y Rico (R.). Espagne, n° 487.................... 484
Léon (C.) et Rico. Espagne, n° 100.................... 308
Léonard. Belgique, n° 673.................... 287
Léonard (Adèle). France, n° 7718.................... 165
Léonard (C.). France, n° 7882.................... 168
Léonard (P.). Canada, n° 195.................... 498
Leoncini (P.). Toscane, n° 171.................... 437
Leonhard (J.-P.). Nassau, n° 56.................... 511
Léopold (J.) et Cie. France, n° 174.................... 7
Lepage. Belgique, n° 316.................... 279
Lepage (J.-H.). France, n° 4640.................... 104
Lepage-Moutier. France, n° 4189.................... 93
Lepage (L.-J.) et Lévêque (N.). Canada, n° 178. 498
Lepage frères. France, n° 263.................... 9
Lepaintheur (E.). France, n° 1550.................... 38
Lepan (T.). France, n° 4873.................... 109
Le Parquois fils aîné. France, n° 6359.................... 141
Lepaul (C.-R.). France, n° 4874.................... 109
Lepaul-Landanges. France, n° 4554.................... 102
Lepaulle, Neuville et Goutier-Féart. France, n° 6360.................... 141
Le Péchoux (J.-M.). France, n° 543.................... 15
Le Pellec (L.). France, n° 544.................... 15
Le Pelletier (P.). France, n° 4398.................... 98
Lepelletier (V.). Algérie, n° 88.................... 203
Lepelletier (D.) père et fils et Dubois. France, n° 6361.................... 141, 464 et 465
Le Pelletier (P.) et Cie. France, n° 7863.................... 167
Lepelley (L.-G.). France, n° 2750.................... 65
Le Perdriel (F.-M.). France, n° 10080.................... 458
Lepère (F.-A.). France, n° 1431.................... 36
Le Petit (L.-A.). France, n° 4311.................... 97
Lepicard aîné. France, n° 5863.................... 131
Lepicard jeune. France, n° 5864.................... 131
Lépicier (C.-B.). France, n° 8174.................... 174
Lépine (J.). France, n° 4555.................... 102
Leplanquais (P.-F.). France, n° 10081.................... 458
Leplat-Demoulet. France, n° 6362.................... 141
Leplat-Desvavrin. France, n° 6363.................... 141
Leplay et Cie. France, n° 3502.................... 79
Lepollart (C.). France, n° 3503.................... 79

Pages.

Lepori (T.). Toscane, n° 127............ 437 et 540
Le Pottier (Vve). France, n° 7366............ 157
Lepoutre (A.). France, n° 6364.............. 141
Lepoutre-Parent. France, n° 7046.............. 151
Lepper (G.). Bavière, n° 75.............. 268 et 254
Lepreux. France, n° 400.................. 13 et 451
Leprevost. Algérie, n° 89................... 203
Le Prod'homme-Desjardins. France, n° 401...... 18
Lepuschitz (J.). Autriche, n° 200.............. 232
Lequin (A.-L.-T.). France, n° 4312.......... 97
Lequin (F.-G.). France, n° 681.............. 18
Lequin et Gruyer (A.). France, n° 8682....... 182
Lequin et Yersin. Suisse, n° 70............... 292
Léquipar et Therniset. France, n° 3390........ 76
Leras (J.-P.-N.). France, n° 2109............ 51
Le Ray (A.). France, n° 2751.............. 65
Leray (J.-B.). France, n° 8157............. 467
Lerdo de Tejada (M.). Mexique, n° 54......... 372
Lerebours (N.-M.-P.). France, n° 1905........ 46
Leresche et Golay. Suisse, n° 186............ 294
Leriche (A.). France, n° 963............... 24
Leriche (J.-B.-L.). France, n° 1130.......... 450
Lerolle frères. France, n° 5199.......... 117 et 462
Leros (P.-L.). France, n° 8838............... 185
Lerosey. France, n° 6365................... 141
Leroux. France, n° 3857................... 457
Leroux (E.). France, n° 2752............... 65
Leroux (F.). France, n° 7883............... 168
Leroux (J.). France, n° 1796............... 44
Leroux (J.-C.). France, n° 1509............ 37
Leroux (J.-L.). France, n° 4190............ 93
Leroux-Berthelemot. France, n° 6366.......... 141
Leroux-Delenou. France, n° 6367............. 141
Leroux-Leplat. France, n° 6368.............. 141
Leroux-Maugin. France, n° 3957............. 87
Leroux (A.) père et fils. France, n° 4399... 98 et 196
Leroy. France, n° 2272..................... 54 et 44
Leroy. France, n° 3504.................. 79
Leroy (A.-F.). France, n° 5865............. 131
Leroy (B.-J.). France, n° 759............. 448
Leroy (C.-F.). France, n° 10293............. 463
Leroy (C.-L.). France, n° 9002............. 189
Leroy (F.). France, n° 7047.............. 151
Leroy (H.) France, n° 3895.............. 85
Leroy (I.). France, n° 8087.............. 172
Leroy (J.). France, n° 9216.............. 194
Leroy (T.). France, n° 8769.............. 184
Leroy (V.). France, n° 3505.............. 79
Leroy (Mme). France, n° 7816.............. 467
Leroy (Vve). France, n° 3116.............. 72
Leroy jeune. France, n° 1314.............. 33
Leroy-Dubois. France, n° 545.............. 15
Leroy-Notta (Mme). France n° 8308 469
Leroy-Soyer (Vve). France, n° 5312........... 120
Leroy et fils. France, n° 1797.............. 44
Leroy père et fils. France, n° 3387........... 76
Lesade. Martinique, n° 40.................. 476
Lesage. Algérie, n° 90.................... 203
Lesage (F.-L.). France, n° 1378............. 34
Lesage (J.). France, n° 3118............... 73
Lesage (M.-.O.-B.). France, n° 931........... 23
Lesage-Maille. France, n° 6369.............. 141
Lesauvage frères. France, n° 4079............ 90
Leschenault du Vilars. France, n° 6742........ 147
Lescoche (L.-A.). France, n° 8454............ 469
Lescornet et Cie. France, n° 7367............ 157
Lescure (H.). France, n° 4875.............. 109
Lescuyer, Lannois et Mallée. France, nos 8021 et 8937.............................171 et 471
Le Secq (H.). France, n° 9164............... 193
Leserre (A.). France, n° 6370 141
Leseure (N.). France, n° 7719............165 et 466
Leseurre (P.). France, n° 3710............... 82
Lesieur (A.-J.-B.). France, n° 1798 44
Lesieur (F.-A.). France, n° 8382............. 178
Leslie (G.-F.). Nouvelle-Galles du Sud, n° 123.. 491
Leslie (Mme). Nouvelle-Galles du Sud, n° 144... 491
Lesme frères. France, n° 5517.............. 124
Lesobre, Menard et Cie. France, n° 9993. 454, 451 et 457
Lesourd-Delisle (A.). France, n° 4313......... 97
Lespérance (J.). Canada, n° 213............. 498
Lespès (P.). France, n° 2511............... 61
Lespiault fils. France, n° 9165.............. 193
Lespiaut (A.). France, n° 264.............. 9
Lesquereux (Mme F.). Suisse, n° 370.......... 298
Lesquilbet (F.-S.). France, n° 248. 9
Lessens, Donay et Cie. France, n° 3391........ 76
Lessens frères (A. et H.). France, n° 2385...... 57
Lessertois. France, n° 932................. 23
Lestandin (J.-A.). France, n° 4876............ 109
Lestor-Stordeur. Belgique, n° 123............ 274
L'Estrange. Royaume-Uni, n° 765............ 332
Lesturgeon (M.-J.). France, n° 7368.......... 157
Lesueur (A.-J.). France, n° 10260........... 462
Lesueur-Gosselin. France, n° 6371............ 141
Letailleur (P.-D.). France, n° 2745........... 65
Létang père et fils. France, n° 10207.......... 461
Letarrouilly. France, n° 9994............... 454
Leteinturier-Barbot. France, n° 6372......... 141
Letellier (E.). France, n° 7768............. 166
Leterme (J.-B.). France, n° 9437............ 198
Letessier (E.) et Berthelot (P.). France, n° 2056. 453
Letestu (J.-M.). France, n° 933............. 23
Letestu (J.-M.). France, n° 1131............ 450
Lethuillier-Pinel (P.-F.). France, n° 9843..... 449
Letillois (F.-L.-G.). France, n° 2512......... 60
Létoffé. France, n° 8639.................. 470
Letourneau (V.), Parent (A.) et Hamet (T.). France, n° 8175.......................... 176
Létrange-David et Cie. France, n° 4877........ 109
Létrange (E.) et Cie. Prusse, n° 131.......... 391
Letroteur (A.). France, n° 4878.............. 109
Letta (L.-A.). France, n° 3788.............. 84
Letuvé (J.-A.). France, n° 7983.............. 170
Letz (F.-L.). France, n° 3958............... 87
Leubat et Juvet. Suisse, n° 71............. 292
Leube frères. Wurtemberg, n° 91............ 442
Leuchars (W.). Royaume-Uni, n° 1867......... 346
Leuderdorf (A.-C.). Prusse, n° 1218.......... 524
Leudolph (T.). France, n° 8158.............. 467
Leuenberger (J.) et fils. Suisse, n° 72........ 292
Leullier. France, n° 5518.................. 124
Leumann frères. Suisse, n° 228............295 et 298
Leurent frères et sœurs. France, nos 5866 et 7369.............................131 et 157
Levard (P.-C.). France, n° 1799............. 44
Levarlet (P.-A.). France, n° 175............. 7
Levavasseur (C.). France, n° 5867............ 131
Levavasseur (J.). France, n° 5868............ 131
Levavasseur (V.). Réunion, n° 116............ 476
Léveillé (C.-F.). France, nos 3019 et 5869..70 et 131
Leven père et fils. France, n° 2733........... 65
Levens. Algérie, n° 167................... 205
Lévêque (N.). France, n° 4314.............. 95
Lévêque (A.). France, n° 8159.............. 468
Lévêque (C.). Canada, n° 67............... 496
Lévêque (G.). Canada, n° 68............... 496
Lévêque (I.-H.). France, n° 4879............ 109
Lévêque (J.-M.). France, n° 249............. 9
Levêque (P.). France, n° 9279.............. 196
Leverd (A.). France, n° 2592.............. 62
Levergeois (C.). France, n° 402.............. 13
Le Verger (M.). France, n° 546.............. 15
Leverkns (Docteur C.). Prusse, n° 440......... 399
Levesque, Edmeades et Cie. Roy.-Uni, n° 1993... 351
Leviels frères. France, n° 4100.............. 91
Levien (J.-M.). Royaume-Uni, n° 1686........ 357
Levieux (J.). Île Maurice, n° 4 508
Levieux-Lavallière et Albert (L.). France, n° 9003 189
Le Vigier (H.). France, n° 250.............. 9
Levillayer (H.). France, n° 8265............. 468
Levin (G.). Suède, n° 211.................. 532

6.

Pages.

Levinson (M.). Royaume-Uni, n° 1844........ 349
Levionnois-Dekens. Belgique, n° 489.......... 283
Levis et Salomon. France, n° 8640.......... 470
Levisson (Les fils de M.). Suède, n° 153........ 533
Lévy (C.). France, n° 176................ 7 et 109
Levy (H.). Jamaïque, n° 18.................. 508
Levy et Aron. Prusse, n° 843.................. 408
Levy (H.) et fils. France, n° 3291.............. 75
Lévy et Cie. France, n° 2593.................. 62
Lévy et Cie. France, n° 5313.................. 120
Levy et Cie. France, n° 7049.................. 151
Levy frères et Cie. France, n° 5200............ 117
Lewenhaupt (Comte C.-M.). Suède, n° 154..... 532
Lewis et Barthe. Royaume-Uni, n° 727.......... 331
Lewis (F.) et fils. Royaume-Uni, n° 262........ 324
Lexcellent aîné (F.-P.). France, n° 7930....... 169
Lexhime (A.). Belgique, n° 182................ 276
Leydecker (Mme Vve B.-C.). France, n° 1961.... 47
Leydied frères. France, n° 6743............... 147
Leyonhufoud (Mlle la Bnne M. de). Suède, n° 306.. 535
Leys (I.). France, n° 3619.................... 81
Leyser (G.-M.-L.). Saxe, n° 12................. 424
Leyvraz (L.) et Cie. Suisse, n° 177............. 294
Lezie (C.). France, n° 547.................... 15
Lezinsky (M.-J.). Pays-Bas, n° 196....... 383 et 259
L'Herbet (M.) et Delcros. France, n° 121....... 6
Lhéritier (F.). France, n° 7931................ 169
L'Herminez (D.) et Cie. France, n° 6373........ 141
Lherminier (J.-P.-V.). France, n° 4191......... 93
Lherminier (L.-F.). France, n° 3711........... 82
L'Hernauld (R.). France, n° 1030.............. 26
L'Heureux (P.-A.). France, n° 5859............ 131
Lheureux (P.-U.). France, n° 9844....... 449 et 451
Lhoest (C.-V.). France, n° 9199............... 193
Lhoest Weustenraadt et Cie. Pays-Bas, n° 310.... 257
L'Homme (J.). France, n° 1510................ 37
Lhomme-Lefort (A.-F.). France, n° 617.......... 17
Lhonneux frères. Belgique, n° 317............. 279
L'Hopital (C.-N.). France, n° 4017............ 88
Lhosselleric, Wartelle et Cie. France, n° 3388... 76
Lhotel. France, n° 7817....................... 467
Lhotel (L.). France, n° 3197.................. 456
L'Huiller Jray (N.). France, n° 1379...... 34 et 450
L'Huillier (C.) et Cie. France, n° 3117........ 72
Lhuillier (E.). France, n° 8288............... 176
L'Huillier (F.). Autriche, n° 287.............. 234
Lhuillier fils et Cie. France, n° 7526.......... 161
Lhurier (P.). France, n° 2902.................. 68
Liabeuf-Sauron. France, n° 4315............... 97
Liaou-ben-Kemoun. Algérie, n° 403.............. 209
Liard (J.-L.). Belgique, n° 120................ 274
Libaud jeune et fils. France, n° 5870.......... 131
Libeaud-Bréchet. France, n° 682.......... 19 et 148
Liberopoulos. Grèce, n° 70.................... 356
Libert-Hill et Cie. France, n° 4690............ 105
Liberty et Tomlinson. Royaume-Uni, n° 1623.... 346
Libotte (O.). Belgique, n° 124................ 274
Lichtenauer. Bavière, n° 156.............. 270 et 253
Lichtenauer (Vve M.) et fils. Autriche, n° 1055.. 249
Liddington (J.). Nouvelle-Galles du Sud, n° 145. 491
Lieb (F.) et Cie. Wurtemberg, n° 146........... 444
Lieber (E.). Autriche, n° 288.................. 234
Lieber et Monvoisin. Ile Maurice, n° 23......... 508
Liebermann (J.-A.-J.). France, n° 1315......... 33
Liebermann et Auerbach. Prusse, n° 947......... 410
Liebieg (F.). Autriche, n° 414................. 236
Liebieg (J.) et Cie. Autriche, n° 863....... 246 et 245
Liebl (V.). Autriche, n° 511................... 238
Liebrecht et Cie. Prusse, n° 558.............. 402
Liedel (G.). Saxe-Meiningen, n° 2.............. 431
Lieder. Autriche, n° 621...................... 241
Liégeard (J.-B.). France, n° 3858.............. 457
Liégeois (P.-F.). France, n° 7370.............. 157
Liénard (C.). Ile Maurice, n° 9.......... 508 et 509
Liénard (E.). Ile Maurice, n° 24............... 508
Liénard (P.). Ile Maurice, n° 38............... 509

Pages.

Liénard (V.). France, n° 1800................. 44
Liénard-Chaffaux (Vve). Belgique, n° 441....... 282
Lierdeman (H.). France, n° 2150............... 52
Liesching. Ile de Ceylan, n° 2................ 501
Liesching et Corasse. France, n° 7864.......... 167
Lietz (F.). Autriche, n° 622.................. 241
Lieutaud père et fils. France, n° 821.......... 21
Liévain (L.). Belgique, n° 642................ 287
Lievendag (G.-A.). Pays-Bas, n° 131........... 381
Lièvre (E.). France, n° 5871.................. 131
Ligarde (J.-P.-V.). France, n° 10208........... 461
Liger-Bélair. France, n° 3859................. 457
Lignières (J.-P.-J.). France, n° 2022........... 49
Lignières (P.). France, n° 6374................ 141
Lima (J. d'A.). Portugal, n° 322.............. 519
Limage (J.-F.). France, n° 8088.............. 182
Limal-Boutron. France, n° 7720................ 165
Limare (E.). France, n° 872................... 22
Limbery (N.). Algérie, n° 526................. 210
Limet et Cie. France, n° 4641................. 104
Limon (Anne-Marie). France, n° 7371........... 157
Limon (Jeanne-Françoise). France, n° 7372..... 157
Limonaire (A.). France, n° 9542............... 200
Limousin-Lamothe (J.). France, n° 3506........ 79
Linant-Bey et Mouleg-Bey. Égypte, n° 6........ 483
Linck (L.). Prusse, n° 587.................... 402
Lincke (Mlle W.). Suède, n° 376............... 536
Lincoln (W.-S.) et fils. Royaume-Uni, n° 40 A.. 485
Lindau et Winterfeld. Prusse, n° 456........... 399
Lindberg (P.-L). Suède, n° 94................. 531
Linden (J.). Pays-Bas, n° 341................. 257
Lindenberg (J.). Cap de Bonne-Espérance, n° 35. 500
Lindenberg (J.-E.). Prusse, n° 589............ 402
Lindenberg frères et Cie. Prusse, n° 588....... 402
Lindenlaub (C.). Bade, n° 78.................. 263
Linder (B.). Prusse, n° 569................... 402
Linder (F.-A.). France, n° 3790................ 84
Linder (F.-T.). France, n° 3789................ 84
Linderoth (G.-G.). Suède, n° 119.............. 531
Lindgens et fils. Prusse, n° 317............... 396
Lindgren (Mlle C.). Suède, n° 308.............. 535
Lindheim (Admon des mines et forges de H.-D.).
Autriche, n° 54............................ 228
Lindman (B.). Suède, n° 183.................. 533
Lindner (F.). Autriche, n° 864................ 246
Lindow (H.). Autriche, n° 959................. 247
Lindquist (C.-M.). Suède, n° 76............... 530
Lindqvist (H.-T.). Suède, n° 377.............. 536
Lindroth (C.). Suède, n° 175.................. 533
Lindsay (C.). Canada, n° 129.................. 497
Lindsay (G.). Royaume-Uni, n° 535.............. 329
Lindsay et Cie. Royaume-Uni, n° 1275...... 340 et 487
Line (W. et J.). Royaume-Uni, n° 1778.......... 348
Lingenbrinck et Vennemann. Prusse, n° 948.... 410
Linklater (J. et R.). Royaume-Uni, n° 1597.... 345
Linnstedt (F.-G.). France, n° 9995............. 454
Lintillac (P.-J.). France, n° 220.............. 447
Linz (J.-L.). Bavière, n° 76............. 268 et 254
Linzelberger et Cie. Autriche, n° 410 B......... 236
Linzeler (C.-T.-P.). France, n° 8700........... 470
Liogier. Algérie, n° 203...................... 206
Lion (L.). France, n° 8218.............. 175 et 468
Lion frères. France, n° 6375............ 141 et 464
Lion (E.) et Ribaillier. France, n° 7373....... 157
Lionnet (E.-E.). France, n° 8113.............. 173
Lionnet frères. France, n° 5062............... 114
Liot (C.). Martinique, n° 8................... 476
Liotier. Algérie, n° 293...................... 207
Lipowitz (A.). Prusse, n° 318................. 396
Lippens (P.). Belgique, n° 216................ 277
Lippmann (I.). France, n° 2754................ 65
Lippmann (J.). Prusse, n° 845 B.............. 525
Lipscombe (E.-T.). Van-Diémen, n° 49.......... 494
Liquipar et Chemiset. France, n° 3507......... 79
Liré (T.). France, n° 2151.................... 52
Lirsch (J.). Autriche, n° 1147................ 251

Pages.
Lister (G.). Royaume-Uni, n° 601 330
Lister (S.-C.). Royaume-Uni, n° 320 325
Lister et Holden. France, n° 6376 141
Little. Canada, n° 240 498
Little (R.-J.). Royaume-Uni, n° 766 332
Littmann (E.). Suède, n° 120 531
Litzendorf (J.-B.). Hesse, n° 62 366
Livain (P.-J.-A.). Belgique, n° 555 285
Livio (Mlle M.). France, n° 8649 182
Livizzani. États-Pontificaux, n° 63 512
Lizarbe (G.). Espagne, n° 231 311
Lizarbe (P.). Espagne, n° 211 210
Lizeray (A.-R.) et Cie. France, n° 4316 97
Ljungberg (A.). Suède, n° 378 536
Ljungberg (E.-A.). Suède, n° 184 533
Ljunggren (G.). Suède, n° 191 531
Ljunglöf (J.-F.). Suède, n° 155 532
Llampallas y Guix. Espagne, n° 516 484
Llanos (E.). Espagne, n° 284 312
Llanos et Lafuente. Espagne, n° 232 311
Llopis, Vallée et Cie. Espagne, n° 488 484
Lloubes (A.). France, n° 717 19
Lloyd (C.). Van-Diémen, n° 20 494
Lloyd (G.). Royaume-Uni, n° 150 322
Lloyd (S.). Royaume-Uni, n° 227 323
Lloyd et Summerfield. Royaume-Uni, n° 1199 339
Llusa (B.) et Cie. Espagne, n° 415 314
Lob (A.). Prusse, n° 844 408
Lobin (L.) et Cie. France, n° 5562 126
Locatelli (P.). Autriche, n° 1148 251
Lobry et Poiton. Pays-Bas, n° 342 257
Löchner (J.-F.). Prusse, n° 846 408
Lock (J.-R.). Royaume-Uni, n° 1929 350
Lockhart (C.). Nouvelle-Galles du Sud, n° 38 489
Locke (J.). Royaume-Uni, n° 1397 342
Locker frères. Autriche, n° 865 246
Locksiepen (W. et J.). Prusse, n° 654 404
Loddé (A.-A.). France, n° 8047 171
Loddé (J.-C.). France, n° 9543 200
Lodibert fils et Bovet. France, n° 6377 141
Loeffel (A.). Bade, n° 18 261
Lœffler (F.). Autriche, n° 268 A 233
Loesch (R.). Saxe, n° 44 425
Loevenich (P.). Prusse, n° 354 397
Loeventhal et Cie. Prusse, n° 702 405
Löffler (J.-P.). Autriche, n° 202 232
Logan (J.). Canada, n° 24 496
Logan (J.). Canada, n° 100 497
Logeman (W.-H.). Pays-Bas, n° 48 379
Logeman (W.-H.) et Van Wetteren. Pays-Bas, n° 49 379
Loger (C.-A.-E.). France, n° 4192 93
Lohmann (F.). Prusse, n° 554 402
Löhmann (R.). Prusse, n° 287 395
Löhr (C.). Prusse, n° 847 408
Lohse (E.). Saxe, n° 45 .... 425 et 528
Loiseau (C.-E.). France, n° 3119 73
Loiseau (J.-B.). France, n° 7769 161
Loiseau (L.-F.-A.). France, n° 2273 54
Loiseau aîné (A.-F.-M.). France, n° 1005 25
Loison (J.). France, n° 1316 33
Loisons aîné (V.). France, n° 4556 102
Lokajicek (F.). Autriche, n° 1149 251
Lo Kinsault. Inde anglaise, n° 69 505
Lolagnier (B.-A.). France, n° 2755 65
Lomax (R.) et Cie. Prusse, n° 319 396
Lombard. Algérie, n° 356 208
Lombard (A.). France, n° 4018 88
Lombardi (R.). États-Sardes, n° 103 421
Lombezzi (P.). Toscane, n° 128 437
Lombré (J.). France, n° 5872 .... 132 et 81
Lon (P.). France, n° 3712 83
Loncke Haese (C.-L.). Belgique, n° 615 286
London Manure Company. Royaume-Uni, n° 66 485
London and Penzance serpentine Co. Royaume-Uni, n° 1650 346
Long (G.). Royaume-Uni, n° 1809 349

Pages.
Long (H.). France, n° 9887 451
Long (L.-A.-F.). France, n° 122 6
Longland. Nouvelle-Galles du Sud, n° 124 491
Longman et Cie. Royaume-Uni, n° 1960 A 488
Longuet (C.-T.-E.). France, n° 9281 196
Longuet-Lecomte fils aîné et Jansen. France, n° 3791 84
Longueville (G.). France, n° 8219 175
Lönngren (A.). Suède, n° 134 532
Lonquety frères et Cie et Tellier. France, n° 1619 40
Loos (F.-C.). Bavière, n° 61 268
Loos (T.). France, n° 9932 452
Loosen (J.-G.). Prusse, n° 320 396
Lopes (J.-M.). Portugal, n° 139 515
Lopès (P.-J.). Portugal, n° 266 518
Lopez (A.). Espagne, nos 265 et 389 .... 311 et 314
Lopez (E.). Grenade, n° 9 224
Lopez (J.). Espagne, nos 153 et 154 309
Lopez de Aguilar (Mme S.). Espagne, n° 450 315
Lopez-Mollinedo (G.). Espagne, n° 5 307
Lopez-Prebe (V.). Espagne, n° 219 311
Lord (J.). Van-Diémen, n° 40 494
Loréal (L.) et Cie. France, n° 8595 181
Lorent (A.). Autriche, n° 1211 252
Lorentz (E.-F.). France, n° 4480 460
Lorenz (Fils de F.) et Aichmann. Autriche, n° 415 236
Lorenzetti (R.). Toscane, n° 93 A .... 436 et 540
Lorieux (F.-L.). France, n° 1906 46
Lorilleux père et fils. France, n° 3120 73
Lorimier. France, n° 1801 44
Lorin fils (A.). France, n° 1031 26
Lormier (N.). France, n° 6378 141
Loron (P.-A.). France, n° 4193 93
Lorriot (A.-J.-B.). France, n° 1317 33
Lortic (P.-M.). France, n° 9331 197
Loseby (E.-T.). Royaume-Uni, n° 379 326
Loser (F.). Hesse, n° 49 365
Lossandières (Vve). Réunion, n° 76 477
Losschmidt (F.). Autriche, n° 1249 253
Losseau-Leblanc. France, n° 6379 141
Lossen fils (A.). Nassau, nos 21 et 22 510
Lossen frères. Prusse, n° 76 390
Losting (J.-L.). Norwége, n° 93 .... 539 et 538
Lot (L.). France, n° 9397 196
Lothion (Q.). France, n° 252 9
Löthner (J.-N.). Suède, n° 30 529
Lottin (A.). France, n° 10261 462
Lottin de Laval (P.-V.). France, n° 9200 194
Lotz aîné. France, n° 1318 33
Lotz fils aîné. France, n° 873 22
Louchet (C.-J.). France, n° 5201 117
Louesse (J.). France, n° 2004 49
Louilliet (F.-B.). France, n° 9280 196
Louis (C.). France, n° 900 23
Louis (F.). Belgique, n° 166 275
Louis (J.). France, n° 404 13
Louis Blais fils (J.). France, n° 4080 90
Louit frères et Cie. France, n° 3620 81
Loupe (D.). France, n° 9996 454
Lourdereau (E.). France, n° 9004 189
Loureiro (J.-A.). Portugal, n° 29 513
Loustau fils et Dussaq. France, n° 1319 33
Louvel (F.). France, n° 8383 176
Louvet (A.). France, n° 7640 163
Louvet (P.-N.). France, n° 4642 104
Louvet et Rebulet. France, n° 8244 175
Louvié (B.) et Yelli (J.-B.). France, n° 3198 436
Louviot (J.). France, n° 7721 165
Louvrier (J.-J.). Pays-Bas, n° 424 259
Louvrier Saint-Mary. Guyane française, n° 166 479
Louvrier père et fils. France, n° 1320 33
Louw (J.). Cap de Bonne-Espérance, n° 22 500
Lovati et Cie. Autriche, n° 960 247
Lovegrove (T.-Y.). États-Unis, n° 61 221
Loven (C.). Suède, n° 122 531
Low (A.). Royaume-Uni, n° 1471 343

Pages.
Lowe (J.-G.). Guyane anglaise, n° 37 503
Lowe (S.). Royaume-Uni, n° 177 322
Löwen et Nordsieck. Prusse, n° 848 409
Löwenhjelm (Comte G.). Suède, n° 334 536
Lowes (W.). Van-Diémen, n° 50 494
Lowson (A.). Royaume-Uni, n° 1487 344
Loyd (R.-W.). Royaume-Uni, n° 31 A 485
Loyre (P.-M.). France, n° 618 17
Loysel (E.). Royaume-Uni, n° 473 .... 327, 322 et 350
Loysel (F.-L.). France, n° 7770 166
Lozey fils (N.). France, n° 3199 456
Lübbert (E.). Prusse, n° 199 393
Lubet-Barbin (C.). France, n° 3508 79
Lubienski (C.). France, n° 9005 189
Luc (C.-L.). France, n° 7932 169
Lucardie (J.-M.). Pays-Bas, n° 366 258
Lucas. France, n° 10383 470
Lucas (J.-W.). Guyane anglaise, n° 49 503
Lucas (L.-P.). France, n° 2005 49
Lucas (M.). Prusse, n° 441 399
Lucas frères. France, n° 6380 141
Lucas (C.) et Cie. Royaume-Uni, n° 1748 348
Luce (P.-N.). France, n° 7865 167
Luce (Mme). Algérie, n° 185 205
Luce-Villiard. France, n° 7585 162
Lucet et Cie. États-Sardes, n° 74 A 527
Luchsinger. Elmer et Oertly. Suisse, n° 237 295
Lücke (A.-F.). Prusse, n° 1070 413
Lucky frères et Cie. Guyane anglaise, n° 50 503
Lucq (A.) et Rosa. France, n° 4400 98
Lucy (E.). France, n° 10262 462
Lüders (H.). Brunswick, n° 6 289
Ludwig (E.). Wurtemberg, n° 60 441
Ludwig (F.). Autriche, n° 416 236
Ludwig (F.). Autriche n° 1150 251
Lueder et Kisker. Prusse, n° 994 411
Luer (J.-G.-A.). France, n° 4019 88
Luci (C.). France, n° 7933 169
Luff (G.) et fils. Royaume-Uni, n° 1992 351
Lugné et Cie. États-Sardes, n° 4 418
Lühne (A.). Autriche, n° 1151 251
Luigi (G.). États-Pontificaux, n° 50 512
Luiz (J.). Madère et Porto-Santo, n° 409 521
Luizy-Desforges (L.-J.). France, n° 3392 77
Lullier (C.). France, n° 9464 199

Pages.
Lumgair (B.) et fils. Royaume-Uni, n° 1488 344
Lund (C.-L.-A.). Belgique, n° 126 274
Lundberg (J.-F.). Suède, n° 240 534
Lundberg (Mme C.). Suède, n° 379 536
Lundgren (F.-F.-O.). Suède, n° 380 536
Lundgren (L.-P.). Suède, n° 285 535
Lundgren (P.-W.). Suède, n° 156 532
Lundhquist (G.-A.). Suède, n° 31 529
Lundquist (A.). Suède, n° 381 536
Luneschloss (P.-D.). Prusse, n° 513 .... 401 et 402
Luppens (J.-F.). Belgique, n° 120 B 254
Luppold (G.). Prusse, n° 497 .... 400 et 402
Lupton (W.) et Cie. Royaume-Uni, n° 1328 341
Luques (C.). France, n° 934 23
Lurasco (C.-P.). Pays-Bas, n° 162 382
Lurtz (J.-G.). Bavière, n° 146 B 270
Luscan frères et Cie. France, n° 7050 151
Luschka. Autriche, n° 268 B 233
Lusk (A.). Prusse, n° 1119 414
Lussigny frères. France, n° 7374 157
Lusson (A.). France, n° 5563 126
Lussy et Cie. Suisse, n° 277 296
Luthie et Cranenburg. Pays-Bas, n° 400 259
Lüttig (C.). Prusse, n° 288 395
Lüttringhaus (G.) et Cie. Prusse, n° 1135 415
Luttrupp et Andersson. Suède, n° 135 532
Lutun fils. France, n° 3020 70
Lutwyche et George. Royaume-Uni, n° 602 330
Lutz (F.). Prusse, n° 655 404
Lutz (J.-C.). Suisse, n° 73 292
Lutz (J.-F.). France, n° 1380 34
Luykx (J.-F.). Pays-Bas, n° 361 258
Luz (F.). Wurtemberg, n° 51 441
Lyal et Cie. Inde, n° 107 506
Lyche (C.-A.). Norwége, n° 105 539
Lykkenspröve. Norwége, n° 60 538
Lyman (S.-J.). Canada, n° 179 498
Lyman (W.) et Cie. Canada, n° 102 .... 497 et 498
Lynen et Stoltenhoff. Prusse, n° 656 404
Lyon (A.). Royaume-Uni, n° 717 331
Lyon-Anglas (P.). France, n° 8835 185
Lyons (G.). France, n° 5454 122
Lyons (M.). Royaume-Uni, n° 508 328
Lyons (Mlle). Guyane anglaise, n° 38 503

M

MAC

Maack (P.). Hambourg, n° 43 363
Maas (J.). Pays-Bas, n° 386 259
Maas (C.) et fils. Pays-Bas, n° 173 382
Mabee (G.). États-Unis, n° 117 222
Mabilde-Plettinck (Mme). Belgique, n° 584 285
Mabire (L.-P.). France, n° 549 15
Mabru (A.). France, n° 3121 73
Mabru (G.). France, n° 3621 81
Mabrun (P.). France, n° 1981 48
Mac-Arthur. Inde, n° 13 504
Mac-Arthur (A.). Nouvelle-Galles du Sud, n° 112. 489, 491 et 492
Mac-Arthur (Colonel). N.-Galles du Sud, n° 200. 493
Mac-Arthur (J. et W.). N.-Galles du Sud, n° 88. 490 et 491
Mac-Arthur (Lieutenant). Inde, n° 46 505
Mac-Arthur (D.) et Cie. Royaume-Uni, n° 1598. 345
Mac-Bride et Coy. Royaume-Uni, n° 1283 340
Mac-Carthy (Mme). Ile de Ceylan, n° 38 502
Mac-Cormick. États-Unis, n° 118 222
Mac-Cowan (J.). Canada, n° 103 497
Mac-Crea (H.-C.) et Cie. Royaume-Uni, n° 1371. 342
Mac-Culloch. Ile de Ceylan, n° 30 .... 501 et 502
Mac-Culloch (Capitaine). Inde, n° 75 505

Mac-Culloch (Mme M.). Canada, n° 214 498
Mac-Culloch, Dalton et Holyroyd (Capit.). Inde, n° 47 505
Mac-Cullum et Hodson. Royaume-Uni, n° 1859 A. 488
Mac-Daniel et Cie. Royaume-Uni, n° 963 487
Mac-Donald. Canada, n° 241 498
Mac-Donald (A.). Royaume-Uni, n° 1651 346
Mac-Donald et frères. États-Unis, n° 91 222
Mac-Donald (D.-J.) et Cie. Royaume-Uni, n° 1284 340
Mac-Donald (D. et J.) et Cie. Roy.-Uni, n° 1599. 345
Mac-Dougall (J.). Canada, n° 196 498
Mac-Farland (A.). Canada, n° 180 498
Mac-Farlane (Mlle). Guyane anglaise, n° 51 503
Mac-Farlane (D.) et Cie. Royaume-Uni, n° 1398. 342
Mac-Garvey (O.). Canada, n° 287 499
Mac-Gibbon (W.). Canada, n° 69 496
Mac-Grégor (A. et D.). Canada, n° 270 499
Mac-Intosh (Mme). Nouvelle-Galles du Sud, n° 39 489
Mac-Kay (H.-T.). Canada, n° 25 496
Mac-Keig (G.-A.). Van-Diémen, n° 66 495
Mac-Laughlin (D.). Canada, n° 242 498
Mac-Lean (J.). Canada, n° 26 496
Mac-Leay (G.). Nouvelle-Galles du Sud, n° 40 .. 489
Mac-Leay (Mme). Nouvelle-Galles du Sud, n° 146 491

Pages.

Mac-Lellan (J.-W.). Canada, n° 150.......... 497
Mac-Lennan (D.). Nouvelle-Galles du Sud, n° 41. 490
Mac-Lerie (Capitaine). N.-Galles du Sud, n° 186. 492
Mac-Mannis (J.). Canada, n° 27.......... 496
Mac-Millan (J.) et Cie. Royaume-Uni, n° 1360.. 342
Mac-Naughton (A.). Van-Diémen, n° 59........ 495
Mac-Naughton, Barton et Thom. Royaume-Uni, n° 1296 B.......... 487
Mac-Queen (W.-H.). Royaume-Uni, n° 1961. 351 et 488
Mac-Quirton (Sophia-F.). Guyane anglaise, n° 59 503
Macaigne neveux et Macaigne (J.). France, n° 6381 141
Macaire (D.). France, n° 3509.......... 79
Macarez frères. France, n° 3393.......... 77
Maccaud (E.-A.). France, n° 2230.......... 53
Macdona (G.). Royaume-Uni, n° 457...... 327 et 341
Macdonald (H.). Royaume-Uni, n° 32.......... 485
Mace (M.-H.). États-Unis, n° 14.......... 219
Macé (J.). France, n° 8266.......... 468
Macé (L.-A.-C.). France, n° 10294.......... 463
Macé-Chalier. France, n° 935.......... 23
Macé et Boulanger. France, n° 10394.......... 470
Macedo (J.-P.). Portugal, n° 267.......... 518
Macedo (J.-P.). Mexique, n°s 18, 68 et 91.. 371, 373, 374 et 225
Mach. Autriche, n° 866.......... 246
Mach (M.) Autriche, n° 572.......... 240
Machabée (L.). France, n° 10150.......... 460
Machado (E.-J.). Portugal, n° 326.......... 519
Machado (J.-J. de S.). Portugal, n° 140.... 515 et 518
Machado (L.-M.). Portugal, n° 327.......... 519
Machenbach (E.) et Cie. Prusse, n° 570.......... 402
Machet-Marotte et Paroissien. France, n° 6382. 141 et 464
Machiavelli. Algérie, n° 168.......... 205
Machuel. Algérie, n° 428.......... 474
Macia (P.). Nouvelle-Grenade, n° 10.......... 224
Mack (B.). Wurtemberg, n° 130.......... 443
Mack (J.-F.-D.). Norwége, n° 48.......... 538
Mackay (Mme W.-S.). Canada, n° 322.......... 500
Mackey (J.). Nouvelle-Galles du Sud, n° 89..... 490
Mackintosh (T.^s). Belgique, n° 174.......... 275
Macklin (O.-J.). Canada, n° 163.......... 497 et 498
Mackworth (H.). Royaume-Uni, n° 257.......... 324
Macle et Méraux. France, n° 3122.......... 73
Macques (A.-L.). France, n° 5202.......... 117
Macquet-Duwel. France, n° 7586.......... 162
Macrydakis (A.). Grèce, n° 126.......... 509
Madeira (F.-A.). Portugal, n° 836.......... 520
Madeira (B.-D.) et Ferreira (J.). Portugal, n° 30. 513
Madeleine (L.-E.). France, n° 9006.......... 189
Madeline (A.). France, n° 2513.......... 60
Maderböch (M.). Autriche, n° 623.......... 241
Madinier-Bouvier. France, n° 5874.......... 132
Madinier et Mattray. France, n° 5875.......... 132
Madrolle-Lacoste. Réunion, n° 121.......... 478
Madrugas (Mmes). Açores, n° 402 B.......... 521
Maës (H.). France, n° 1677.......... 41
Maës (L.-J.). France, n° 5330.......... 120
Maffio et Rossi frères. Autriche, n° 961.......... 247
Mage aîné (A.). France, n° 4881.......... 110
Maggi (A.-T.). France, n° 8289.......... 176
Magill (G.). Royaume-Uni, n° 205.......... 323
Magis (E.). Belgique, n° 318.......... 279
Magistrat de la ville de Bartfeld. Autriche, n° 556. 239
Magistrat de la ville de Schweibler. Autriche, n° 203.......... 232
Magistris (P.). Autriche, n° 962.......... 247
Magnani (E.). Toscane, n° 129.......... 437
Magnant (L.). France, n° 3200.......... 456
Magnard (L.). France, n° 1565.......... 39
Magné (A.). France, n° 3792.......... 84
Magnée (F.). Belgique, n° 657.......... 287
Magniadas (F.). France, n° 5100.......... 115
Magniadas et Cie. France, n° 2070.......... 50
Magnié (L.-A.). France, n° 9544.......... 200
Magnien (C.-M.-N.). France, n° 936.......... 23
Magnier (F.-E.). France, n° 6605.......... 465
Magnin (J.-V.). France, n° 3292.......... 75 et 456
Magnin père et fils. France, n° 84 et 550...... 5 et 15
Magnol-Dumas (J.). France, n° 3713.......... 83
Magnus (G.-E.). Royaume-Uni, n° 1652.......... 346
Magny-Boivin jeune. France, n° 8220.......... 175
Magrinas (L.). Espagne, n° 188.......... 210
Maguin (J.-M.). France, n° 1620.......... 40
Maharajah Goll ab Sing. Inde, n° 50.......... 505
Maharadja, Goulab, Sing. Inde, n°s 77 et 100. 505 et 506
Maharajah de Jyapore et de Jodhpore. Inde, n° 48. 505
Maharajah de Jyepore. Inde, n° 76.......... 505
Maharajah de Oudypore. Inde, n° 49.......... 505
Mahieu-Delangre (A.). France, n° 7375.......... 157
Mahr (F.). Hesse Grand-Ducale, n° 75.......... 366
Mahrt et Mengelbier. Prusse, n° 1253.......... 525
Mahut (C.). France, n° 9845.......... 449
Main (F.-S.). Portugal, n° 375.......... 520
Maier (G.). Wurtemberg, n° 30.......... 441
Maignet (L.-J.). France, n° 5404.......... 122
Mailhebiau père et fils. France, n° 6383.......... 141
Mailland, Caillon et Formigli. Toscane, n° 3.... 433
Maillard (A.) et Cie. France, n° 6745.......... 148
Maillard et Cie. France, n° 9438.......... 199
Maille et Segond. France, n° 3622.......... 81
Mailles (B.). France, n° 4557.......... 102
Maillet (A.). France, n° 2231.......... 53
Maillet (E.). France, n° 762.......... 448
Maillet (H.). France, n° 10425.......... 472
Maillet fils aîné (J.-L.). France, n° 3293.......... 75
Maillet frères. France, n° 8701.......... 470
Maillot (Mlle E.). France, n° 7587.......... 162
Maillot (N.-G.). France, n° 8176.......... 175
Maillot et Ferrary. France, n° 7052.......... 151
Maillot et Oldknow. France, n° 5876.......... 132
Mailly (F.). France, n° 2514.......... 60
Mainfroy (C.). France, n° 8022.......... 171
Maire (P.). France, n° 8160.......... 468
Maire de la commune de Maçao. Portugal, n° 141. 515 et 518
Maire (J.) et fils. France, n° 1381.......... 34
Mairet (F.-A.). France, n° 8089.......... 172
Mairet (S.). Suisse, n° 74.......... 292
Maisch (C.-J.). Wurtemberg, n° 155.......... 444
Maison (J.). France, n° 4643.......... 104
Maison (L.). France, n° 9282.......... 196
Maisonneuve (J.). Ile Maurice, n° 37.......... 509
Maître (E.). France, n° 683.......... 18
Majer (L.-G.). Wurtemberg, n° 69.......... 442
Majesté (J.). France, n° 8596.......... 181
Malacatès (J.). Grèce, n° 95.......... 357
Maladinsky (C.). France, n° 1802.......... 44
Malaise fils (B.). Belgique, n° 616.......... 286
Malandrinos (L. et Drosos.). Grèce, n° 26....... 356
Malaper (C.). France, n° 7771.......... 166
Malapert (P.-P.). France, n° 3959.......... 87
Malartic (M.). France, n° 3021.......... 78
Malartre (E.). France, n° 8648.......... 182
Malbec (A.). France, n° 177.......... 7
Malbec (J.-E.). France, n° 937.......... 23
Maldant (A.). France, n° 1065.......... 26
Maldant et Cie. France, n° 874.......... 22
Malègue. France, n° 10426.......... 472
Malet (M.). Espagne, n° 404.......... 314
Malétra et fils. France, n° 2386.......... 57
Maleval. Algérie, n° 702.......... 474
Malézieux fils, Lefebvre et Cie. France, n° 7641.. 163
Malheiro (M.-A.). Portugal, n° 269.......... 518
Malherbe (P.-J.) et Cie. Belgique, n° 319.......... 279
Malhère (E.). France, n° 5877.......... 132
Malibrand et Cie. Espagne, n° 235.......... 311
Malineau (N.) et Cie. France, n° 3623.......... 81
Malingié (C.). France, n° 684.......... 18
Malingié (P.). France, n° 685.......... 18
Malingre (P.-A.). France, n° 8877.......... 186
Mall (H.). Autriche, n° 624.......... 241

Pages.

Mallat. France, n° 1006 25
Mallat (J.-B.). France, n° 4882 ..... 110 et 461
Mallé (L.-F.). France, n°s 2071 et 5405 ..... 50 et 122
Mallen (F.). France, n° 4863 110
Mallet (J.-A.). France, n° 7984 170
Mallet (L.). France, n° 2232 ..... 53 et 27
Mallet (L.). France, n° 8386 178
Mallet-Bachelier (A.-L.-J.). France, n° 9283 196
Mallet frères. France, n° 5878 132
Mallet frères. France, n° 5879 132
Mallet et Cie. France, n° 2387 57
Mallett (H.). Royaume-Uni, n° 1624 346
Malleval. Algérie, n° 91 203
Malleville (J.-B.). France, n° 3294 75
Malliavin fils. France, n° 5880 132
Mallinckrod (G.) et Cie. Prusse, n° 390 398
Mallinckrodt et Cie. Prusse, n° 849 409
Malling (P.-F.). Norwége, n° 119 540
Mallory (G.). États-Unis, n° 34 220
Malmajö (J.-G.). Suède, n° 412 537
Malmquist (J.-A.). Suède, n° 200 533
Malo (Abbé). Canada, n° 303 499
Malo, Dikson et Cie. France, n° 7376 157
Maloiseau-Guérineau. France, n° 405 13
Malsang (G.). France, n° 3124 73
Malteau (A.). France, n° 1636 40
Mame (A.) et Cie. France, n° 9284 196
Mananian (M.). France, n° 10263 462
Manca (S.). États-Sardes, n° 20 A 526
Mancardi (A.) et frères. États-Sardes, n° 137. 422 et 526
Manceaux (P.-J.). France, n° 3022 78
Manceau (C.). France, n° 1803 44
Mancelle-Brécheux. France, n° 8683 182
Manchester Print Works. États-Unis, n° 134 223
Mander frères. Royaume-Uni, n° 572 329
Mandet (P.-J.-A.). France, n° 3960 87
Manégat. Algérie, n° 253 206
Maneglia et Bando. États-Sardes, n° 175 423
Manetotti (G.). Toscane, n° 130 437
Manès. Réunion, n° 68 ..... 477 et 478
Manès. Réunion, n° 77 477
Manès (G.). Réunion, n° 98 478
Manetti frères. Toscane, n° 115 ..... 436 et 540
Manganotti (A.). Autriche, n° 963 248
Mangeot (H.). Belgique, n° 320 279
Mangeot (P.-H.). France, n° 9545 200
Mangeot, Loyer et Cie. France, n° 2515 60
Manget (Mme). Guyane anglaise, n° 23 502
Mangin (F.-L.). France, n° 2516 60
Mangold (C.-F.). Bade, n° 58 262
Maniez frères. France, n° 5881 132
Manique (D.). Portugal, n° 142 515
Mankiewicz et Frohm. Hambourg, n° 13 362
Manlove, Alliott et Seyrig. Royaume-Uni, n° 144. 322
Manloves et Livesey. Royaume-Uni, n° 1625 346
Mann (A.). Royaume-Uni, n° 1489 344
Mann (G.-K.). Nouvelle-Galles du Sud, n° 163. 492 et 490
Mannequin. Guatemala, n° 2 224
Mannequin (E.-F.). France, n° 9888 451
Mannerskantz (C.-A.). Suède, n° 58 530
Mannerstrale (G.). Suède, n° 241 534
Mannesmann (A.). Prusse, n° 590 403
Mannhardt (J.). Bavière, n°s 8, 12 et 64 ... 266, 268, 253 et 254
Mannheimer et Cie. Prusse, n° 850 409
Manning (E.). Nouvelle-Galles du Sud, n° 187 .. 492
Manning (J.). Royaume-Uni, n° 438 327
Manning (W.). Canada, n° 71 496
Mannings (G.). Royaume-Uni, n° 102 321
Mannucci (A.). Toscane, n° 182 ..... 438 et 541
Manoury (A.-H.). France, n° 5519 124
Manoury (P.-J.). France, n° 551 15
Mansard et fils. France, n° 5520 124
Mansart-Piggiani (J.-B.-L.-G.). France, n° 8522. 180
Mansfield (B.). Royaume-Uni, n° 537 329
Manson (E.). France, n° 2756 65

Pages.

Mansvelt (P.) et fils. Pays-Bas, n° 123 381
Manté (P.). Espagne, n° 375 313
Manteguès et Cie. France, n° 8390 178
Mantel (J.). Royaume-Uni, n° 1819 349
Mantelier (P.) et Cie. France, n° 6384 141
Mantin (V.). France, n° 7934 169
Mantois (Mme). France, n° 3201 456
Mantovani (P.). Autriche, n° 1152 251
Mantzarakis (P.). Grèce, n° 73 357
Manuel (C.). Autriche, n° 204 232
Manuel (C.). Cap de Bonne-Espérance, n° 38 ... 500
Manufact. de ciment de Portland. Prusse, n° 533. 401
Manufacture de dentelles. Wurtemberg, n° 175 ... 444
Manufacture de glaces de Manheim. Bade, n° 76. 263
Manufacture de glaces de Saint-Gobain, n° 5287. 119 et 58
Manufacture de tissus faits à la mécanique. Hanovre, n° 15 ..... 360 et 270
Manufacture impér. de Beauvais. France, n° 7510 .. 160
Manufact. impér. des Gobelins. France, n° 7509 .. 160
Manuf. impér. de Sèvres. France, n° 5537. 124 et 463
Manufacture royale de mosaïque de pierres dures. Toscane, n° 155 437
Manufacture royale de porcelaine. Prusse, n° 736. 406
Manuf. roy. de produits chimiques. Prusse, n° 313. 306
Manufacture royale de tapis. Belgique, n° 553 ... 285
Manz (S.). Wurtemberg, n° 95 442
Mappin (J.) et frères. Royaume-Uni, n° 943 335
Maquennehen oncle et neveu. France, n° 10209 .. 461
Maquet (C.). France, n° 8878 186
Maquet (H.). France, n° 8879 186
Marache (A.). France, n° 7985 170
Marais (P.-F.). France, n° 1678 41
Maraoghi. Algérie, n° 205 473
Marassy (P.). France, n° 2388 57
Maraval (F.-J.). France, n° 8523 180
Marbach et Weigel. Saxe, n° 46 425
Marbaise père et fils. Belgique, n° 473 283
Marcaire fils. France, n° 2757 65
Marçais (V.). France, n° 8387 178
Marçais (A.) et Cie. Soc. de l'Ouest. France, n° 2594 62
Marcard (C.). France, n° 8388 178
Marcel (L.) et Renauld (R.). France, n° 6385 .. 141
Marcelet (P.-E.). France, n° 1321 33
Marcelin (C.-J.-L.). France, n° 7986 170
Marcellino et Guglielmotti. États-Sardes, n° 55 .. 420
Marceron (T.) et Cie. France, n° 2517 60
Marchais frères. France, n° 8597 181
Marchal. France, n° 3296 75
Marchal (D.). Algérie, n° 92 203
Marchal (D.). Belgique, n° 44 et 343 ..... 272 et 280
Marchal (J.). France, n° 3297 75
Marchal (J.-A.). France, n° 3295 75
Marchal (J.-B.). France, n° 1511 37
Marchana frères (P.). France, n° 2518 60
Marchand (L.). France, n° 5203 117
Marchand (S.-D.). France, n° 9889 451
Marchand aîné. France, n° 686 ..... 19 et 148
Marchand et Cie. France, n° 5564 126
Marchandier)H.). France, n° 3883 85
Marchandin (J.-B.). France, n° 406 13
Marchandon jeune (J.). France, n° 5882 132
Marchant (W.). Royaume-Uni, n° 1991 351
Marchesson. France, n° 9285 196
Marchet (T.). France, n° 178 7
Marchi (S.). France, n° 9217 194
Marchionni (L.). Espagne, n° 93 308
Marcieu (Mlle A.-J.-E.-A. de). France, n° 85 .. 5 et 447
Marcille (A.). France, n° 2758 65
Marcin. Algérie, n° 295 207
Marco. Algérie, n° 93 203
Marconi frères. Toscane, n° 101 B 540
Marcot. Algérie, n° 613 ..... 211 et 212
Marcq et Coulan. France, n° 8023 172
Marcus (J.). Prusse, n° 591 403
Marcy (E.). Ile Maurice, n° 25 509

Pages.

Mardienne. France, n° 1512 37
Mardoché-Darmon. Algérie, n° 294 207
Marc (C.-J.) et Cie. Royaume-Uni, n° 817 333
Mâreau. France, n° 7377 .... 157 et 466
Maréchal (B.). France, n° 1322 33
Maréchal (J.-V.). Belgique, n° 132 274
Maréchal (N.-J.). France, n° 8839 185
Maréchal (F.) et Lemaire (A.). France, n° 3202 456
Mareine (L.-A.). France, n° 1041 26
Marcluis (C.-F.). Suède, n° 382 536
Mareschal (J.-H.-E.). France, n° 1323 33
Marette père et fils. France, n° 5565 126
Marey (F.). France, n° 3860 457
Marey (Mme A.). Ile Maurice, n° 26 509
Marey-Cassendi. France, n° 3861 457
Marey-Monge (A.). France, n° 3863 457
Marey-Monge (F.). France, n° 3865 457
Marey-Monge (Général). France, n° 3862 457
Marey-Monge (Ve E.). France, n° 3864 457
Marfoure (P.). France, n° 1566 39
Marga (E.). France, n° 4401 98
Margage et Trautmann (D.). France, n° 8770 184
Margaillan. Guadeloupe, n° 50 .... 476 et 477
Margarit (J.). Espagne, n° 390 314
Margarit y Lleonart (J.). Espagne, n° 511 484
Margarit (D.) et Cie. Espagne, n° 428 314
Margaritès (P.). Grèce, n° 128 509
Margnès. Algérie, n° 95 203
Margot (A.). Suisse, n° 435 300
Margottin (J.-T.). France, n° 1804 44
Margra (Vve). France, n° 1907 46
Marguerie. France, n° 8090 172
Marguerie (J.-L.). France, n° 5125 116
Margueritte-Lucy et Gillet. France, n° 5883 132
Marguery (C.). France, n° 10210 461
Marguery-Mathey. France, n° 3624 81
Mari (L.). Toscane, n° 33 434
Maria (J.-P.). France, n° 8389 178
Maria (P.-J.). France, n° 8024 171
Mariau (L.). France, n° 1962 47
Maricot et Marteau. France, n° 2903 68
Marie. France, n° 8309 .... 469, 448 et 459
Marie (A.-H.). France, n° 8290 170
Marie (A.-H.). France, n° 9332 197
Marie (C.-L.). France, n° 8818 470
Marie (J.-G.). France, n° 3298 75
Marie (Mlle). Réunion, n° 99 478
Marie frères. France, n° 4317 97
Marie (P.), Bretonnière et Cie. France, n° 7378 157
Marié-Davy (E.-H.). France, n° 9997 454
Marienval-Fiamet (L.). France, n° 10384 470
Mariette-Bosly (G.). Belgique, n° 321 .... 279 et 255
Marietti. Autriche, n° 750 243
Marin (J.). France, n° 1594 39
Marini (T.). Autriche, n° 1250 253
Marinoni, Chevalier et Bourlier. France, n° 1403 35
Marinovits (N.-N.). Autriche, n° 55 228
Mariolle-Pinguet (D.). France, n° 875 22
Marion (A.). France, n° 8880 186
Marion (F.). France, n° 3866 457
Marion (G.). France, n° 3867 457
Marion (J.). France, n° 1805 .... 44 et 23
Marion (J.). France, n° 6746 148
Marion (J.). France, n° 7642 163
Marion (P.). France, n° 3868 457
Marion et Maitland (Mmes). Roy.-Uni, n° 1736 348
Marion, Ouvrard et Cie. France, n° 3511 .... 79 et 457
Maris (J.-J.). France, n° 2233 54
Marissal (G.). France, n° 7379 157
Marius-Vidal (J.). France, n° 7722 165
Marix (M.). France, n° 9439 199
Marks (G.). Nouvelle-Galles du Sud, n° 42 490
Marle et Cie. France, n° 3625 81
Marlio-Pupinot. France, n° 6747 148
Marmelte (Dr). Canada, n° 181 498
Marmon (J.). Canada, n° 70 496

Pages.

Marmuse. France, n° 4558 102
Marnet. Algérie, n° 94 203
Marot aîné et Jolly. France, n° 7811 466
Marozzi (J.-E.). Autriche, n° 205 232
Marquant (J.-B.). France, n° 552 15
Marquart (L.-C.) Prusse, n° 321 396
Marquer (Jeanne-Marie). France, n° 7380 157
Marquez (C.). Espagne, n° 155 309
Marquis (F.). France, n° 4194 93
Marquis aîné (E.-H.). France, n° 3961 87
Marreiros (D.-M. da P.). Portugal, n° 351 520
Marrel aîné (J.-P.-N.). France, n° 5035 113
Marrel jeune (B.). France, n° 5036 113
Marrel frères. France, n° 86 5
Marret et Beaugrand. France, n° 5101 .... 115 et 462
Marret et Jarry frères. France, n° 5102 115
Marrian (J.-P.). Royaume-Uni, n° 795 333
Marsal (J.). France, n° 1551 .... 38 et 86
Marschall (H.). Autriche, n° 269 .... 233 et 228
Marsh (J.). Royaume-Uni, n° 1205 339
Marsh (M.-H.). Nouvelle-Galles du Sud, n° 113 491
Marsh (S.-N.). Nouvelle-Galles du Sud, n° 201 493
Marsh (Mme). Nouvelle-Galles du Sud, n° 43 490
Marsh (Mlles). Nouvelle-Galles du Sud, n° 90 490
Marsh et Steedman. Royaume-Uni, n° 1990 351
Marsille-Guilloteaux (J.). France, n° 2759 65
Marsillon (A.). France, n° 10151 460
Marstrand (T.). Danemark, n° 43 302
Martel. Algérie, n° 357 208
Martel (A.). France, n° 5566 126
Martel (J.-M.). France, n° 4402 98
Martel (Mme). Canada, n° 305 499
Martel (Mlle). Canada, n° 304 499
Martel, Geoffroy et Valansot. France, n° 7053 151
Martella (E.). France, n° 8091 172
Martens (F.). France, n° 9166 193
Martens (Johanne et Amélie). Prusse, n° 1035 412
Martès. Algérie, n° 96 203
Marteville (A.) et Oberthur. France, n° 9286 196
Marti (F.). Espagne, n° 301 312
Marti (S.) et Cie. France, n° 1806 44
Marti (S.) et Cie. France, n° 1807 44
Martial Ardant frères. France, n° 9287 196
Martin. Algérie, n° 169 205
Martin. Algérie, n° 296 207
Martin (A.). France, n° 687 19
Martin (A.). France, n° 9440 199
Martin (A.). France, n° 9998 .... 454 et 453
Martin (A.-E.-F.-M.). France, n° 3512 79
Martin (A.-J.-B.). France, n° 407 13
Martin (A.-L.). France, nos 876 .... 29 et 30
Martin (B.). France, n° 87 5
Martin (B.). France, n° 4559 102
Martin (E.). France, n° 1808 44
Martin (F.). France, n° 2760 65
Martin (F.). France, n° 4081 90
Martin (F.). France, n° 5567 126
Martin (J.). Royaume-Uni, n° 700 331
Martin (J.-B.). France, n° 2110 51
Martin (J. de F.). Nouvelle-Grenade, n° 4 224
Martin (J.-M.). Martinique, n° 25 476
Martin (L.). France, n° 9007 189
Martin (L.). Prusse, n° 501 B 524
Martin (L.-A.). France, n° 2234 54
Martin (M.-C.). Prusse, n° 355 397
Martin (M.-J.-B.). France, n° 788 20
Martin (M.) dit Souchon. France, n° 3627 81
Martin (P.-C.). France, n° 8598 181
Martin (R.). France, n° 10129 459
Martin (T.-J.). Belgique, n° 183 276
Martin (W.). Cap de Bonne-Espérance, n° 28 500
Martin (W.). France, n° 5884 132
Martin (W.-H.). Royaume-Uni, n° 178 322
Martin aîné (C.-A.). France, n° 7643 163
Martin fils aîné. France, n° 9546 200
Martin fils aîné (H.). France, n° 8702 470

Pages.

Martin jeune. France, n° 6386 141
Martin-Bouillon-Lagrange. France, n° 7723 165
Martin-Brey (F.). France, n° 5407 122
Martin de Corteuil. France, n° 9441 199
Martin-Delacroix (F.-E.-N.). France, n° 2595 62
Martin Goffinet. France, n° 7537 161
Martin de Lignac (J.-J.-B.). France, n° 3626 81
Martin Orejas (P.). Espagne, n° 236 .... 311 et 484
Martin-Renou. France, n° 1032 26
Martin-Riess. France, n° 2389 57
Martin-Rodde. France, n° 3315 .... 75 et 456
Martin-Rodriguez (G.). Espagne, n° 189 210
Martin-Rodriguez (P.). Espagne, n° 266 311
Martin de St-Semmera (A.-A.). France, n° 3123 73
Martin (E. et E.-K.). Royaume-Uni, n° 768 332
Martin frères. France, n° 5484 123
Martin frères. France, n° 5886 132
Martin frères. France, n° 9398 198
Martin et Desnoe. Algérie, n° 97 203
Martin (J.-B.-P.) et Casimir. France, n° 7054 152
Martin (A.) et sœur. France, n° 553 15
Martin (O.) et Viry (F.). France, n° 4884 110
Martin et Cie. France, n° 2596 .... 62 et 455
Martin et Cie. France, n° 3299 75
Martin (E.) et Cie. France, n° 10211 .... 461 et 460
Martin (L.) et Cie. France, n° 6748 148
Martin (M.) et Cie. France, n° 5406 122
Martin (V.) et Cie. États-Sardes, n° 56 .... 420 et 527
Martin-Duchat et Cie. France, n° 5885 132
Martin-Franklin (F.) et Cie. États-Sardes, n° 152. 422
Martindale (T.). Canada, n° 28 496
Martineau (E.-S.). France, n° 7671 164
Martinenghi (B.). France, n° 3513 119
Martinet (P.-J.). France, n° 5204 117
Martinet-Cornet (J.-T.). France, n° 4020 88
Martinet et Lacaze. France, n° 1595 39
Martinetti (J.) et Cie. Toscane, n° 55 .... 435 et 540
Martinez (F.). Espagne, n° 35 307
Martinez (J.). Espagne, n° 267 311
Martinez (J.-J.). Espagne, n° 459 315
Martinez de Arroyo (G.). Espagne, n° 376 313
Martinez Ballesteros (C.). Espagne, n° 194 210
Martinez-Ibor (O.). Cuba, n° 20 484
Martinez del Rio. Mexique, n° 82 .... 373 et 372
Martini (F.). Prusse, n° 224 398
Martini et Mechau. Prusse, n° 1126 415
Martini et Paulig. Prusse, n° 851 409
Martini (G.-W.) et fils. Hesse Gr.-Ducale, n° 64 366
Martinier fils (P.). France, n° 789 20
Martinori frères (P. et D.). États-Pontificaux, n° 1. .... 385 et 512
Martins (J.). Portugal, n° 143 .... 515 et 518
Martins (J.-S.). Portugal, n° 270 518
Martins (R.-J.). Portugal, n° 328 .... 519 et 520
Martorell frères. Espagne, n° 346 313
Martot. France, n° 180 7
Marx (H.). Prusse, n° 243 394
Marx (M.). Royaume-Uni, n° 1626 356
Marx (N.) et Lippmann. Prusse, n° 852 409
Mary (A.-A.). France, n° 1033 26
Mary (J.-D.). France, n° 8061 172
Mary dit Lepinne (Mlle Louise). France, n° 7772. 166
Mary (J.-B.) et Mary (T.). France, n° 1596 39
Marziali (R.). Toscane, n° 177 438
Marzolo (J.). Autriche, n° 1251 253
Mas (P.). Espagne, n° 416 374
Mas fils aîné. France, n° 1513 37
Masini (A.). Toscane, n° 181 438
Masini (N.). Toscane, n° 98 .... 436 et 540
Maskell (T.). États-Unis, n° 54 B 221
Mason (J.). États-Unis, n° 126 223
Mason (J.). Royaume-Uni, n° 321 325
Mason (J.). Royaume-Uni, n° 1009 336
Massabiau. Algérie, n° 153 204
Massabuau et Boissonade. France, n° 6387 141
Massange-Nicolay (J.-F.). Belgique, n° 248 278

Pages.

Massard (S.). France, n° 8025 141
Massardo (Mme Vve). Belgique, n° 649 .... 287 et 255
Massat (J.-B.). France, n° 4701 460
Masse (V.-H.). France, n° 1982 48
Massé frères. France, n° 6388 141
Masselin frères. France, n° 5887 132
Massemin (C.-L.). France, n° 2761 65
Massenot (J.-C.). France, n° 8393 178
Masset (L.). Suisse, n° 114 292
Massez. France, n° 8394 178
Massi (D.). Toscane, n° 131 .... 437 et 540
Massing frères, Hubert et Cie. France, n° 7055 152
Massiquot (G.). France, n° 1404 35
Masson (A.). France, n° 1809 44
Masson (Mme A.). Belgique, n° 627 286
Masson (E.). France, n° 10082 458
Masson (J.-F.-A.). France, n° 5126 116
Masson (J.-P.). France, n° 408 13
Masson (N.). France, n° 4885 110
Masson (P.). France, n° 5331 120
Masson (P.-J.). France, n° 8599 181
Masson (V.). France, n° 10427 472
Masson (Mme). Algérie, n° 98 203
Masson jeune (N.-J.). France, n° 10295 463
Masson-Lavocat. France, n° 7818 467
Masson (C.) et fils. Belgique, n° 249 278
Massoni (P.). France, n° 10 3
Massonnet fils (C.). France, n° 4886 110
Massot (E.). France, n° 718 19
Massot (P.). France, n° 1007 25
Massouille (E.). France, n° 4702 460
Massue (L.-J.). France, n° 8771 184
Master (H.-K.-N.). Nouvelle-Galles du Sud, n° 44. 490
Mastri (Dr A.). Autriche, n° 557 239
Masurier-Houdan. France, n° 6389 141
Matagrin (E.) et Cie. France, n° 5888 132
Matagrin, Stols et Cie. France, n° 5889 132
Matalène (P.). France, n° 2152 52
Matega (A.). Autriche, n° 1153 251
Maten (Vve de J.). Espagne, n° 205 210
Matern. Prusse, n° 182 B 523
Mateu (J.). Espagne, n° 422 314
Mateu (Vve de P.). Espagne, n° 405 314
Mathelin frères. France, n° 938 23
Mather (J.). Royaume-Uni, n° 1779 348
Mather (J.-A.). France, n° 4887 110
Mather et Piatt. Royaume-Uni, n° 342 326
Mathès (F.-G.). France, n° 3793 84
Matheus et Felmé. France, n° 5890 132
Mathevon et Bouvard. France, n° 7056 .... 152 et 465
Mathey dit Vaudois et Douce. France, n° 409 13
Mathez fils. France, n° 4888 110
Mathies (L.-F.). Hambourg, n° 60 510
Mathiesen (H.-C.) et Tostrupe. Norwége, n° 16 537
Mathieu (A.-P.). France, n° 10083 458
Mathieu (E.). France, n° 9008 189
Mathieu (J.). France, n° 6750 148
Mathieu (J.). France, n° 8772 184
Mathieu (L.). France, n° 6390 141
Mathieu (L. A.). France, n° 1908 46
Mathieu (L.-J.). France, n° 4021 88
Mathieu (V.). France, n° 3300 75
Mathieu frères. France, n° 1174 29
Mathis (A.). États-Sardes, n° 89 .... 420 et 527
Mathys (M.). Belgique, n° 231 277
Mathys aîné (J.). Belgique, n° 205 .... 276 et 281
Matignon (L.) et Cie. France, n° 1514 37
Maton-Constant. France, n° 7588 162
Matôso (J.-M.-B.). Portugal, n° 145 .... 515 et 518
Mattat (P. et C.). Danemark, n° 74 303
Mattau (J.). Belgique, n° 698 288
Mattes. Guyane française, n° 184 480
Matthei (F.). Pays-Bas, n° 374 258
Matthes (T.). Autriche, n° 1154 251
Matthes (E.) et Weber. Prusse, n° 322 396
Matthésius aîné (D.). Saxe, n° 47 425

Pages.

Matthésius (F.-L.) et fils. Prusse, n° 853........ 409
Matthey (O.). Suisse, n° 75.................. 292
Mattiuzi (J.-B.). Autriche, n° 964.............. 248
Mattschas (Vve de J.-G.-H.) et fils. Prusse, n° 731 406
Matuska (Vve F.). Autriche, n° 417............ 236
Maubec (F.-M.). France, n° 2519.............. 60
Maubert (H.). France, n° 1405................ 35
Mauchand (Henriette). France, n° 7724......... 165
Mauchant (Mme). France, n° 7725.............. 165
Mauclère-Prémont (L.). France, n° 8391........ 178
Maucotel (C.-A.). France, n° 9465............ 199
Mauduit (M.-L.-M.). France, n° 9201.......... 194
Mauduit aîné (J.-B.). France, n° 939.......... 23
Maugé fils. France, n° 5891.................. 132
Maugenet et Coudray. France, n° 2520.......... 60
Mauget. France, n° 688...................... 19
Maugin aîné et Cie. France, n° 6391............ 141
Mauhin (P.). France, n° 3301................. 75
Maulay (A.). Brésil, n° 1.................... 223
Maumené et Cie. France, n° 2390.............. 57
Maunoury (P.-A.). France, n° 2235............ 54
Mauny (L.-F.). France, n° 5408............... 122
Maupetit jeune (B.-C.). France, n° 554........ 15
Mauprivez (L.-C.). France, n° 3714........... 83
Maurel (T.). France, n° 4889................. 110
Maurel et Fenaille. France, n° 3203........... 456
Maurel (T.), Jayet et Cie. France, n° 1679...... 41
Maurer (F.). Bade, n° 4...................... 261
Maurice (J.-N.). France, n° 1324.............. 33
Maurice (J.-P.) et Cie. France, n° 7057......... 152
Maurier, Eymard (P.) et Cie. France, n° 7058... 152
Mauriès. Algérie, n° 358..................... 208
Maurin (J.-L.). France, n° 8392............... 178
Maurin, Bedin et Lefrère. France, n° 5892...... 132
Maury (Lieut. M.-F.). États-Unis, n° 55........ 221
Maury et Dumas. France, n° 9547.............. 200
Maury et Cie. Hesse, n° 24................... 365
Mautemps (L.-G.-C.). France, n° 6392.......... 141
Mautexier (J.-N.). France, n° 3869............ 437
Mauthé (J.). Wurtemberg, n° 147.............. 444
Mauverney (A.). France, n° 5567.............. 126
Mauvielle (Vve) et Rockenbach. France, n° 1325. 33
Mauzaize aîné. France, n° 1326............... 33
Maweletenne-Banda. Île de Ceylan, n° 26....... 501
Maxton (R.). France, n° 5893................. 132
May (H.-J.). France, n° 4195................. 93
May (C.). Autriche, n° 867................... 246
May (F.). Autriche, n° 1155.................. 251
May et Baker. Royaume-Uni, n° 745............ 332
May et Czerweny. Autriche, n° 796............. 245
Mayall (J.-E.). Royaume-Uni, n° 1930.......... 350
Mayer (C.). Autriche, n° 868................. 246
Mayer (E.). Wurtemberg, n° 131............... 443
Mayer (G.). France, n° 2391.................. 58
Mayer (L.). Autriche, n° 558................. 239
Mayer (L.-E.). Autriche, n° 291.............. 234
Mayer (M.). France, n° 5037.................. 113
Mayer (P.). Hesse, n° 25..................... 365
Mayer (T.-J. et J.). Royaume-Uni, n° 1239...... 339
Mayer (Vve T.). France, n° 8881............... 186
Mayer-Hartogs. Belgique, n° 250.............. 278
Mayer frères. Bade, n° 43.................... 262
Mayer frères. France, n° 9167................ 193
Mayer (A.) et fils. Autriche, n° 965........... 248
Mayer, Michel et Deninger. Hesse, n° 26........ 365
Mayer (C.) et Cie. Suisse, n° 199.............. 294
Mayerhofer (G.). Autriche, n° 56.............. 228
Mayet (C.-F.). France, n° 2521............... 60
Mayet (C.-F.). France, n° 10084.............. 458
Mayo (W.). Nouvelle-Galles du Sud, n° 147.... 491
Mayon (T.). France, n° 8267.................. 468
Mayr (F.). Autriche, n° 57................... 228
Mayr (G.). Bavière, n° 131................... 249
Mayr (H.). Autriche, n° 418.................. 236
Mayran (C.). France, n° 18................... 4
Mazade et Vivier. France, n° 7644............. 163

Pages.

Mazarin et Cie. France, n° 6393............... 142
Mazars (D.). France, n° 9999................. 454
Mazel (A.) et Cie. France, n° 7059............. 152
Mazelinne frères. France, n° 877............. 22
Mazellier (P.). France, n° 6751............... 148
Mazer (Mlle A.). Suède, n° 309............... 535
Mazères. Algérie, n° 99..................... 203
Mazères (J.). France, n° 6394................ 142
Mazery (L.). Maurice, n° 27.................. 509
Mazier (M.-P.-A.-F.). France, n° 1327.......... 33
Mazure-Mazure. France, n° 6395.............. 142
Mazza (Établissement de l'abbé N.). Autriche, n° 966........................ 248, 249 et 251
Mazzei (C.). Toscane, n° 175................. 438
Mazzetti (A). Toscane, n° 187........... 438 et 541
Mazzinghi (A.). Toscane, n° 164.............. 437
Mazziotti et Cie. Portugal, n° 271............. 518
Mazzola (C.). États-Sardes, n° 174............ 423
Mazzotti (F.). Toscane, n° 132............... 437
Mbarek-ben-Ahmed. Algérie, n° 614........... 211
M'barka-ben-Ahmed. Algérie, n° 678.......... 212
Meade frères. États-Unis, n° 85............... 222
Méan (C.-J.). Belgique, n° 609............... 286
Meany (C.). Guatemala, n° 6.................. 225
Menuzé fils et Pillet. France, n° 7060.......... 152
Meceta (M.) et Cie. Espagne, n° 120............ 309
Mechanische Flachs-Spinnerei. Wurtemberg, n° 132 443
Mechi (J.-J.). Roy.-Uni, nos 944 et 1859 B. 335, 486 et 488
Méchin (P.). France, n° 7935................ 169
Médard (P.). France, n° 7381................ 157
Meder. France, n° 10152..................... 460
Meder (L.). Prusse, n° 1012.................. 525
Medioni. Algérie, n° 359.................... 208
Medwint (J.) et Cie. Royaume-Uni, n° 1780..... 348
Meeus et Cie. France, n° 4890................ 110
Meeuws (I.-N.). Pays-Bas, n° 140........ 382 et 258
Meffray (E.-A.). France, n° 8026.............. 171
Mégard et Duval. France, n° 10321............ 468
Mège-Mouriès (H.). France, n° 3302........... 75
Mège et Cie. France, n° 3628................. 81
Mellet-Lugeon (Mme V.). Suisse, n° 165........ 294
Mégroz, allié Blache. États-Sardes, n° 57... 420 et 527
Méguin (G.). Prusse, n° 356.................. 397
Méhédin (L.-E.). France, n° 4453....... 100 et 459
Meier (F.). France, n° 8395.................. 178
Meignen (A.). Algérie, n° 100................ 203
Meigneux fils aîné. France, n° 8396........... 178
Meincke (W.-C.). Hambourg, n° 68............ 510
Meinecke (H.). Prusse, n° 657................ 404
Meinig (C.). Royaume-Uni, n° 508 A........... 486
Meinl (Les héritiers d'A). Autriche, n° 1056..... 249
Meisser (J.-W.). Hambourg, n° 12............. 362
Meissonier (C.). France, n° 3023.............. 70
Meissonier père et fils. France, n° 9009........ 189
Meiswinkel (F.-H.). Prusse, n° 949............ 410
Meiszlinger (B.). Autriche, n° 320............ 234
Méjean fils. France, n° 6752................. 148
Melas et Gernsheim. Hesse Grand-Ducale, n° 27.. 365
Melgares-Martinez (D.). Espagne, n° 156....... 309
Melhop (G.). Hambourg, n° 54................ 363
Méliès (J.-L.-S.). France, n° 8397............. 178
Melin et Doré. France, n° 1406............... 35
Mélinard. France, n° 9846................... 449
Mélinon. Guyane française, n° 180............ 479
Mélion (H.) et Cie. France, n° 6896........... 142
Meliquist (G.). Suède, n° 383................ 536
Mellan (J.-B.). France, n° 2762.............. 65
Mellerio, dits Meller, frères. France, n° 5103.... 115
Mellier (A.). France, n° 2763................ 65
Mellier et Ladet. France, n° 3204............. 456
Mello (J. d'A. e.). Portugal, n° 339....... 520 et 515
Mello (J.-C.). Portugal, n° 329............... 519
Melotte (E.). Belgique, n° 563............... 285
Melquiou, Mazillier et Cie. France, n° 7061..... 152
Ménager frères. France, n° 7062.............. 152

Pages.
Menand (F.-R.). France, n° 10322 468
Ménard (A.). France, n° 7382 157
Menard (C.). France, n° 9442 199
Ménard (P.). France, n° 940 23
Ménard-Babin. France, n° 8291 176
Moudel-Bour et Cie. Pays-Bas, n° 80 380
Mendes (R.-P.). Portugal, n° 272 ..... 518 et 515
Mendieta et Cie. Espagne, n° 316 312
Mendis (A.), Modliar. Ceylan, n° 24 501
Mendoza (Y.). Mexique, n° 93 374
Menet (J.). France, n° 6753 148
Menezes-Pitta (D.-F. da C. e. C.). Portugal, n° 146 ..... 515 et 518
Mengen (C.). Prusse, n° 855 409
Menghius frères. Prusse, n° 950 410
Menhardt (A.). Autriche, n° 625 241
Menier (T.-A.). France, n° 1680 41
Ménier et Cie. France, n° 3715 83
Mennechet (E.). France, n° 555 16
Menneganд (C.). Pays-Bas, n° 256 384
Mennet-Possoz. France, n° 5894 132
Méon (L.). France, n° 4196 93
Mequillet-Noblot et Cie. France, n° 5895 132
Mercader. France, n° 3917 86
Mercader (V. de N.). Espagne, n° 347 313
Merceron (J.-M.-H.). France, n° 1810 44
Mercey et Bouttarie. Algérie, n° 101 203
Mercié et fils. France, n° 1066 26
Mercier. France, n° 3629 81
Mercier (A.). France, n° 9933 452
Mercier (A.). Suisse, n° 78 292
Mercier (C.). France, n° 7936 169
Mercier (C.-H.). France, n° 3125 73
Mercier (C.-V.). France, n° 8773 184
Mercier (D.). Canada, n°s 72 et 306 ..... 496 et 499
Mercier (D.). France, n° 5205 127
Mercier (E.). France, n° 4318 97
Mercier (H.-V.). France, n° 8062 172
Mercier (J.-J.). Suisse, n° 132 293
Mercier (J.-M.). France, n° 2764 65
Mercier (J.-P.). France, n° 10428 472
Mercier (S.). France, n° 9548 200
Mercier (S.). Suisse, n° 79 292
Mercier, Vuillemot et Neyret. France, n° 7063 152
Mercier (T.) et Cie. France, n° 5896 132
Mercier (T.) et Cie. France, n° 7645 163
Merckel (Mme A. M.-M.). France, n° 2063 50
Merckenset Schiffers. Prusse, n° 856 409
Mercklein (E.). France, n° 1909 46
Mercurin. Algérie, n° 154 204
Mercurin. Algérie, n° 228 478
Mercurj-Mercurio. France, n° 689 19
Mérienne (E.-J.-J.). France, n° 7383 157
Merieux (M.). France, n° 7064 152
Meriggi (A.). Autriche, n° 1212 252
Meriwether (W.-H.). États-Unis, n° 19 219
Merk (G.). Bavière, n° 81 A ..... 254 et 268
Merk (J.). France, n° 410 13
Merklin, Schütze et Cie. Belgique, n° 688 288
Merklinghaus et Klingholz. Prusse, n° 391 398
Merkus et Cie. France, n° 3716 83
Merle. France, n° 6754 148
Merle de Massonneau (L.-A.-G.). France, n° 556 16
Merle frères et Lenoir. France, n° 7065 152
Merley-Delmont (J.-B.). France, n° 4197 93
Merley-Tamet (C.). France, n° 4198 93
Merlié, Lefèvre et Cie. France, n° 4082 90
Mériotte (Mme A.). France, n° 7819 467
Merma (D.-C.). France, n° 8398 178
Mermet (G.). France, n° 9549 200
Mermilliod frères. France, n° 4560 102
Mermod frères. Suisse, n° 80 292
Méro (J.-D.). France, n° 2522 60
Merriam Brower et Cie. États-Unis, n° 67 221
Merrifield et Sheridan. Canada, n° 307 499
Merryweather (M.). Royaume-Uni, n° 145 322
Pages.
Mertens (C.). Belgique, n° 186 276
Mertens (J.-J.). Prusse, n° 925 410
Mertz (J.-B.). Bavière, n° 143 270
Mertzdorff et frères. France, n° 3024 70
Merveille (P.-H.). France, n° 10212 461
Merville (J.-O.). France, n° 181 ..... 7 et 24
Merwast (J.). Pays-Bas, n° 221 383
Méry. Algérie, n° 360 208
Méry-Samson. France, n° 6897 142
Merz (C.). Wurtemberg, n° 125 ..... 443 et 444
Merz et fils. Bavière, n° 20 ..... 254 et 266
Mesas. Espagne, n° 391 314
Mesnier et Chenneval. France, n° 822 21
Messaoud-ben-Bel-Kassem. Algérie, n° 615 211
Messener et fils. France, n° 8092 172
Messenger et fils. Royaume-Uni, n° 484 328
Messerschmidt (E.). Danemark, n° 30 302
Messerschmidt (H.). Prusse, n° 1274 526
Messner et Cie. Autriche, n° 419 237
Meston (R.). Nouvelle-Galles du Sud, n° 45 490
Mesty. Guadeloupe, n° 59 477
Meszaros (J.). Autriche, n° 206 232
Met et Meylink. Pays-Bas, n° 253 384
Métairie (M.). France, n° 2765 65
Metcalfe (S.). France, n° 1541 38
Metcalfe, Bingley et Cie. Royaume-Uni, n° 1845 349
Métivier (A.-T.). France, n° 901 23
Méton (S.). France, n° 4095 91
Métral père (E.). France, n° 8774 184
Mette (F.). France, n° 9466 199
Mette (J.). Norwége, n° 49 538
Metz (C.). Bade, n° 63 ..... 262 et 261
Metz (G.). Autriche, n° 626 A 241
Metz-Kleutgen (Mme Vve). Luxembourg, n° 9 A 510
Metz et Luchboim. Saxe, n° 48 425
Metz (A.) et Cie. Luxembourg, n° 16 370
Metzentin (C.-G.-G.). France, n° 9550 200
Metzke (A.). Prusse, n° 857 409
Meugniot (F.). France, n° 411 13
Meunier (B.). France, n° 690 19
Meunier (J.-T.). France, n° 5038 113
Meunier (L.). Bavière, n° 132 270
Meunier fils et Cie. France, n° 3717 83
Meurant frères. France, n° 4891 110
Meurdreau-Varin et frère. France, n° 2766 65
Meurer (C.). France, n° 7066 152
Meurger-Lemanski. France, n° 3718 83
Meurice (H.). France, n° 3394 77
Meuring (J.-L. et H.). Pays-Bas, n° 199 383
Meurisse (A.). France, n° 7589 162
Meurisse (T.). Belgique, n° 442 282
Meurs (F.). France, n° 2111 51
Meurs (J.). France, n° 790 20
Mexia (M.-A.). Portugal, n° 147 515
Meves (A.). Prusse, n° 715 ..... 406 et 404
Mevissen (G.). Prusse, n° 995 411
Mevissen (H.). Prusse, n° 263 395
Mexico (Département de). Mexique, n°s 3, 8, 9, 23, 24, 25, 42, 53, 55, 58, 59, 65, 73, 87, 94, 95, 99, 100 et 101 ..... 371, 372, 373 et 374
Meyer (A.). France, n° 8268 468
Meyer (B.). France, n° 10429 472
Meyer (C.). Bavière, n° 77 ..... 268 et 254
Meyer (C.). Saxe, n° 61 426
Meyer (C.-H.). Hambourg, n°s 7 et 69 ..... 362 et 510
Meyer (C.-O.). Danemark, n° 28 302
Meyer (E.). France, n° 9288 196
Meyer (E.-E.) Schaunbourg-Lippe, n° 1 430
Meyer (F.). France, n° 8684 182
Meyer (G.). Suisse, n° 145 293
Meyer (J.). Prusse, n° 1071 413
Meyer (J.-E). Danemark, n° 27 ..... 302, 303 et 482
Meyer (J.-F.). Prusse, n° 854 409
Meyer (J.-J.). France, n° 1132 450
Meyer (L.-F.-A.). France, n° 5568 126
Meyer (T.). Norwége, n° 17 538

Pages.

Meyer-Wolf (M.). Prusse, n° 951 ... 410
Meyer frères. Brunswick, n° 12 ... 289
Meyer frères. Prusse, n° 1226 ... 524
Meyer frères (J.-L.). Suisse, n° 409 ... 299
Meyer (Neveux de). Autriche, n° 751 ... 244
Meyer et Ammann. Suisse, n° 133 ... 293
Meyer et Cie. Suisse, n° 278 ... 296
Meyer (J.-F.) et Cie. Suède, n° 407 ... 537
Meyer (M.) et Cie. Prusse, n° 858 ... 409
Meyer-Meriau (D.) et Cie. France, n° 7067 ... 152
Meyers (B.). Royaume-Uni, n° 1828 ... 349
Meyerson (L.). Suède, n° 278 ... 535
Meylan (J.-L.). Suisse, n° 6 ... 290
Meynadier (A.) et Cie. Suisse, n° 81 ... 292
Meynard (G.). France, n° 7937 ... 169
Meynard (H.) et Cie. France, n° 7068 ... 152
Meynier (P.). Algérie, n° 651 ... 211
Meynier frères (G.). France, n° 9010 ... 189
Meyns (H.). France, n° 5897 ... 132
Meyrac (V.). France, n° 2392 ... 58
Meyrueis frères. France, n° 7590 ... 162
Meys (C.-P.). Pays-Bas, n° 115 ... 381
Meysenburg (T.) et Cie. Prusse, n° 726 ... 406
Mezière (P.-L.). France, n° 1008 ... 25
Michalon (Mme M.-F.). France, n° 7820 ... 467
Michard, Girel et Cie. France, n° 7069 ... 152
Michaud (H.-F.). France, n° 2523 ... 60
Michaud (N.-F.). France, n° 9416 ... 198
Michaud-Jolly. France, n° 7727 ... 165
Michaud-Marmillon. France, n° 8775 ... 184
Michaud-Moreil. France, n° 10036 ... 457
Michaud-Pianet. France, n° 1910 ... 46
Michaud frère et sœurs. France, n° 7938 ... 169
Michaud (F.) et Devilleneuve. France, n° 10430 ... 472
Michaut frères. France, n° 2905 ... 68
Michaux (A.). France, n° 619 ... 17
Michaux (A.). France, n° 620 ... 17
Michaux (N.). France, n° 9847 ... 449
Michaux (P.). France, n° 621 ... 17
Michaux-Guillain et frères. France, n° 4892 ... 110
Michel. Algérie, n° 102 ... 203
Michel (A.). France, n° 2112 ... 50
Michel (A.). France, n° 6755 ... 148
Michel (A.-H.). France, n° 3025 ... 70
Michel (D.). Algérie, n° 103 ... 203
Michel (F.). France, n° 3126 ... 73 et 186
Michel (F.-A.-V.). France, n° 9289 ... 196
Michel (G.). France, n° 4893 ... 110
Michel (G.). Suisse, n° 396 ... 299
Michel (J.). France, n° 941 ... 23
Michel (J.). France, n° 3794 ... 84
Michel (J.-B.). France, n° 1597 ... 39
Michel (M.). France, n° 1567 ... 39
Michel (P.-C.-A.). France, n° 9890 ... 451
Michel (V.). France, n° 791 ... 20
Michel aîné. France, n° 6756 ... 148
Michel-Spiquel et Cie. France, n° 4199 ... 93
Michel-Ulrich. France, n° 7591 ... 162
Michel fils (A.). France, n° 10154 ... 460
Michel et Morell. Hesse Grand-Ducale, n° 30 ... 365
Michel fils, Cantiny et Cie. France, n° 4403 ... 99
Michel frères. France, n° 6398 ... 142
Michelez fils aîné (Mme Vve). France, n° 5898 ... 132
Michelin (T.). France, n° 7070 ... 152
Michelini (L.). États-Pontificaux, n° 51 ... 512
Michelini (L.). France, n° 5014 ... 113
Michels (P.). France, n° 3812 ... 84
Michels (T.). Nassau, n° 23 ... 510
Michelsen. Danemark, n° 47 A ... 482
Michelsen (A.). Danemark, n° 47 ... 302
Michieli (L.). Autriche, n° 967 ... 248
Michiels (J.-F.). Prusse, n° 1164 ... 415
Michoacan (Dép. de). Mexique, n° 26 ... 372
Michon. France, n° 7821 ... 467
Michon (A.). France, n. 5899 ... 132
Michuy (L.-J.-G.). France, nos 2236 et 3884. 54, 85 et 110

Pages.

Micolci (C.-L.). Hambourg, n° 78 ... 510
Micouin (J.-C.). France, n° 792 ... 20
Middlemore (W.). Royaume-Uni, n° 179 ... 322
Midocq (N.-E.) et Gaillard (E.-A.). France, n° 8882 ... 186
Midy (C.-F.-E.). France, n° 1598 ... 39 et 13
Mieg (C.). France, n° 5900 ... 132
Mieg (M.) et fils. France, n° 6399 ... 142
Mieling (C.-W.). Pays-Bas, n° 241 ... 384
Miers (A.-J.). Royaume-Uni, n° 1931 ... 350
Miers. Belgique, n° 93 ... 273
Miesbach (A.). Autriche, n° 752 ... 244 et 228
Miescher (J.) et fils. Suisse, n° 342 ... 297
Miescher et Cie. Suisse, n° 343 ... 297
Miette-Mabille. France, n° 4894 ... 110
Migeon et Viellard. France, n° 4895 ... 110
Mignard-Billinge et fils. France, n° 4896 ... 110
Mignard et Girin. France, n° 5901 ... 132
Mignart et Cie. France, n° 6400 ... 142
Mignet (A.-F.). France, n° 10264 ... 462
Mignol (E.). France, n° 5206 ... 117
Mignon (H.) fils. France, n° 8776 ... 184
Mignot (H.). France, n° 793 ... 20
Mignot frères. France, n° 6757 ... 148
Mignucci et Cie. France, n° 10000 ... 454
Miguel. Réunion, n° 83 ... 477
Miguel de Iglesias. Espagne, n° 6 ... 307
Mikyska. Autriche, n° 321 ... 234
Milakow (T.). Autriche, n° 1077 ... 250
Milbauer (J.). Bavière, n° 122 ... 269
Milde. Autriche, n° 869 ... 246
Mildé (C.-F.). France, n° 1811 ... 44
Miles, Eyra (C.-E.). Royaume-Uni, n° 227 A ... 485
Milesi (A.). Autriche, n° 58 ... 228
Miliani (Maison P.). États-Pontificaux, n° 12 ... 385
Millard (L.-N.). France, n° 5409 ... 122
Millardet frères. France, n° 4319 ... 97
Millaud. Guyane française, n° 181 ... 479
Mille-Gense (Vve), Delisle et Cie. France, n° 6606 ... 465
Miller (W.). Canada, n° 104 ... 497
Miller (W.-C.). Jamaïque, n° 6 ... 507
Miller (R. et A.). Canada, n° 323 ... 500
Miller fils (M.). Autriche, n° 626 B ... 241 et 253
Millerand (R.). France, n° 622 ... 17
Millerot père et fils. France, n° 4897 ... 110
Millescamps (J.). France, n° 9060 ... 190
Millet (C.). France, n° 2767 ... 65
Millet (D.-F.). France, n° 9168 ... 193
Millet (L.-E.-A.). France, n° 225 ... 9
Millet et Baulin. France, n° 7384 ... 157
Milliant et Ducluzel. France, n° 3027 ... 70
Milliau (D.-E.). France, n° 2524 ... 60
Milligan (J.). Van-Diémen, n° 67 ... 495 et 494
Milligan (W.) et fils. Royaume-Uni, n° 1372 ... 342
Milligard, Forbes et Cie. Royaume-Uni, n° 1373 ... 342
Million (J.-P.) et Cie. France, n° 7071 ... 152
Millioz (J.). États-Sardes, n° 110 ... 421
Millner (R.). Royaume-Uni, n° 103 ... 321 et 485
Millochau. France, n° 221 ... 447
Millon (A.) et Cie. France, n° 3395 ... 77
Millot (Vve) et fille. France, n° 8600 ... 181
Millou frères. France, n° 6401 ... 142
Mills (Rév. W.). Nouvelle-Galles du Sud, n° 188 ... 492
Milne (J.) et fils. Royaume-Uni, n° 111 ... 321
Milon aîné (P.-D.). France, n° 7592 ... 162
Milon-Marquant. France, n° 6402 ... 142
Milori (S.-J.). France, n° 3127 ... 73
Milward (H.) et fils. Royaume-Uni, n° 1010 ... 336
Minchin (J.). Inde, n° 36 ... 505
Mindor et Chatrousse. France, n° 3028 ... 71
Mine Angela. Espagne, n° 36 ... 307
Mine Barcelonesa. Espagne, n° 37 ... 307
Mine La Belleza. Espagne, n° 80 ... 308
Mine Beneficencia. Espagne, n° 38 ... 307
Mine Bilbao. Espagne, n° 81 ... 308
Mine la Cañada. Espagne, n° 39 ... 307
Mine la Constancia. Espagne, n° 40 ... 307

Pages.

Mine Descuido. Espagne, n° 83 308
Mine Dos Amigos. Espagne, n° 78 308
Mine de las Dos Aguas. Espagne, n° 7 307
Mine Encarnacion. Espagne, n° 41 307
Mine Enrique. Espagne, n° 42 307
Mine Española. Espagne, n° 43 307
Mine la Fortuna. Espagne, n° 44 307
Mine los Girondinos. Espagne, n° 45 307
Mine Gluckseifen. Prusse, n° 132 391
Mine Hermosa. Espagne, n° 46 307
Mine Indiana. Espagne, n° 84 308
Mine Josefita. Espagne, n° 47 308
Mines Lostrès. Espagne, n° 48 308
Mine Nueva-Carmen. Espagne, n° 49 308
Mine Pardon. Espagne, n° 50 308
Mine Precisa. Espagne, n° 51 308
Mine el Quijote. Espagne, n° 52 308
Mine Restaurada. Espagne, n° 85 308
Mine Saeta. Espagne, n° 53 308
Mine San-Antonio. Espagne, nos 8 et 54 .... 307 et 308
Mine San-Arturo. Espagne, n° 79 308
Mine San-Augustin. Espagne, n° 101 308
Mine San-Eloy. Espagne, n° 58 308
Mine San-Gregorio. Espagne, n° 59 308
Mine San-José. Espagne, n° 86 308
Mine San-Juan Bautista. Espagne, n° 60 308
Mine San-Marcos. Espagne, n° 102 308
Mine San-Vicente. Espagne, nos 61 et 62 .... 308 et 483
Mine Santa-Ana. Espagne, n° 55 308
Mine Santa-Barbara. Espagne, n° 56 308
Mine Santa-Clotilde. Espagne, n° 57 308
Mine el Soplo. Espagne, n° 87 388
Mine Trinitad. Espagne, n° 63 308
Mine Virgen del Pilar. Espagne, n° 103 308
Mines d'Abrudbanya (Adm. des). Autriche, n° 59. 228
Mines d'Agardo (Adm. imp. des). Autriche, n° 60 .. 228
Mines d'Auronzo (Adm. imp. des). Autriche, n° 62 .. 228
Mines de Bleiberg (Dir. imp. des). Autriche, n° 64 .. 228
Mines de Borgvik. Suède, n° 32 530
Mines de Brixlegg (Administration impériale des). Autriche, n° 63 .... 228 et 242
Mines de Dolina Lupkova (Adm. des). Autriche, n° 65 228
Mines d'Hollaubkau (Adm. imp. des). Autriche, n° 70 229
Mines d'Idria (Adm. imp. des). Autriche, n° 71. 229
Mines de Jouvenell et Marsson (Compagnie des). Nassau, n° 25 510
Mines de Kitzbühl (Adm. imp. des). Autriche, n° 72. 229
Mines de Klausen (Adm. imp. des). Autriche, n° 73. 229
Mines de Mascara. Algérie, n° 415 474
Mines de Mies (Adm. imp. des). Autriche, n° 74. 229
Mines de Nagyag (Adm. des). Autriche, n° 75 ... 229
Mines d'Oberbiberstollen (Direction impériale des). Autriche, n° 77 229
Mines de Raibl (Adm. imp. des). Autriche, n° 79. 229
Mines de Segengottes et Gegenstrumgrube (Société des). Autriche, n° 80 229
Mines de Szwoszowice (Administration impériale des). Autriche, n° 82 229
Mines d'argent de Kongsberg. Norwége, n° 2 537
Mines d'arg. et de plomb (Comp. des). Nassau, n° 24 510
Mines d'argent et de plomb du Birkenberg. Autriche, n° 61 228
Mines de cuivre de l'Oued Merdja. Algérie, n° 7 .. 202
Mines de cuivre de Röraas. Norwége, n° 3 537
Mines d'étain de Schlaggerwald (Administration impériale des). Autriche, n° 66 228
Mines de fer de Dobschau-Rosenau. Autriche, n° 67 228
Mines de fer de Zsidovar (Soc. des). Autriche, n° 68 229
Mines de houille de Magyar-Nagy-Sombor. Autriche, n° 69 229
Mines de nickel (Société des). Autriche, n° 76 ... 229
Mines de nickel de Ringerige. Norwége, n° 4 537
Mines de plomb de Pojana Moruluy (Société des). Autriche, n° 78 229
Mines de soufre (Adm. imp. des). Autriche, n° 81. 229
Mines impériales de Herrengrund. Autriche, n° 89. 229

Pages.

Mines impériales de Joachimsthal (Administration des). Autriche, n° 91 229
Mines impériales de houille. Autriche, n° 90 229
Mines impér. d'or et d'argent. Autriche, n° 88 ... 229
Mines impériales de plomb de Bleistadt (Administration des). Autriche, n° 92 229
Mines et fonderies de Pongibaud. France, n° 135. 6
Mines et fond. de la V.-Montagne. France, n° 4965. 111
Mines et fonderie impériale de cuivre de Oravicza. Autriche, n° 83 229
Mines et forges de Csik. Autriche, n° 84 229
Mines et forges de Jenbach. Autriche, n° 85 .. 229 et 241
Mines et forges de Mühlbach (Administration impériale des). Autriche, n° 86 229
Mines et forges de Stefanau (Direction des). Autriche, n° 87 229
Mines et usines suéd. (Adm. cent. des). Suède, n° 33 530
Minet (C.). Danemark, n° 80 303
Mineur (C.-G.). Suède, n° 123 531
Mineur (F.-J.). Belgique, n° 17 271
Maingaud père et fils, Seignourel et Cie. France, n° 6607 464
Minguet père et fils. France, n° 3303 75
Minier (L.-P.). France, n° 9891 451
Mining Record Office. Royaume-Uni, n° 8 319
Miniscloux-Huart. France, n° 4898 110
Ministère de l'agric., du commerce et des travaux publics. France, n° 4241 .... 48, 95 et 54
Ministère des colonies des Pays-Bas et le comité local de Java. Pays-Bas, n° 12 .... 378, 256 et 259
Ministère du commerce, départ. des sciences et arts. Royaume-Uni, n° 21 .... 319, 320, 327 et 330
Ministère d'État et de la maison de l'Empereur. France, n° 10265 462
Ministère de la guerre. Algérie, n° 750 475
Ministère de la guerre. France, n° 4110 .. 91, 92 et 459
Ministère de l'intérieur. France, n° 10323 468
Ministère de l'intérieur. Danemark, n° 8 301
Ministère de la marine. Pays-Bas, n° 346 258
Ministère de la mar. et des colon. France, n° 4070. 90
Ministre du commerce, de l'industrie et des travaux publics. Prusse, n° 1287 526
Ministre des finances des États-Pontificaux. États-Pontificaux, n° 2 385
Ministre de la marine des Pays-Bas, n° 122. 381 et 258
Minnaert-Gict (Mme Vve). Belgique, n° 585 285
Minniss (Mme). Nouvelle-Galles du Sud, n° 189. 492
Minotto (J.). États-Sardes, n° 21 B 526
Minton (H.) et Cie. Royaume-Uni, n° 1214 339
Minu Cruz. Espagne, n° 82 308
Miquel. Algérie, n° 104 203
Miquel fils (E.). France, n° 8525 180
Mirambeau. France, n° 7939 169
Mirand (A.). France, n° 2237 54
Mirand (J.). France, n° 2274 54
Mirand aîné (A.). France, n° 1911 46
Mirat (G.). Espagne, n° 252 311
Mirault (H.). France, n° 8403 178
Mireau père (J.-B.-M.). France, n° 4899 110
Miremont (J.). France, n° 4050 89
Mirmont (C.-A.). États-Unis, n° 92 222
Miruude (A. et L.). France, n° 1515 38
Miroux, Couvez et Cie. France, n° 3396 77
Miroy frères. France, n° 5207 .... 85, 118 et 461
Mirza Peer Buksh. Inde, n° 101 506
Missiaen (C.) et de Mulder (B.). Belgique, n° 61. 273
Missolunghi (Dème de). Grèce, n° 10 355
Mitaine (J.-B.). France, n° 2057 453
Mitchell (Docteur). Nouv.-Galles du Sud, n° 46 .. 490
Mitchell (J.). Royaume-Uni, n° 1011 336
Mitchell (J.-B.). Royaume-Uni, n° 817 A 486
Mitchell (Sir T.). Nouvelle-Galles du Sud, n° 160 .... 492, 490 et 491
Mitchell (W.-H.). États-Unis, n° 119 222
Mitterbacher (Vve C.). Autriche, n° 701 242
Mitterbacher (H.). Autriche, n° 93 229

Pages.

Mitton Vermare. France, n° 5902 132
Mont (E.). France, n° 4508 101
Moberg (S.-G.). Suède, n° 77 530
Moch (F.). France, n° 8524 180
Mochrie (G.). Canada, n° 197 498
Mockthar-el-Baroudi. Algérie, n° 404 209
Mocq frères. France, n° 3397 77
Modenel (J.-A.-G.-M.) et Briand (M.-V.). France, n° 4820 97
Moeesaud-ben-Oumbark. Algérie, n° 648 211
Moehring (F.-L.). Prusse, n° 703 405
Moerman Van Laere (J.). Belgique, n° 515 284
Moeser (U.). Prusse, n° 1154 415
Moglia (Chev. L.). États-Pontificaux, n° 37 386
Mohamed-Abba-el-Ahmou-Amour. Algér., n° 669 212
Mohamed-Abba et Ahmon-Amours. Algér., n° 482 209
Mohamed-Arab-ben-Boucetta. Algérie, n° 481 209
Mohamed-Boukhars. Algérie, n° 500 210
Mohamed-bel-Hadj. Algérie, n° 684 212
Mohamed-ben-Abbou. Algérie, n° 518 210
Mohamed-ben-Abdallah. Algérie, n° 711 212
Mohamed-ben-Amar. Algérie, n° 687 212
Mohamed-ben-Bou-Abban. Algérie, n° 646 211
Mohamed-ben-Bouziau. Algérie, n° 376 208
Mohamed-ben-Bouzid. Algérie, n° 528 211
Mohamed-ben-Brahim. Algérie, n° 499 210
Mohamed-ben-Chaba. Algérie, n° 647 .... 211 et 212
Mohamed-ben-Chaoula. Algérie, n° 234 473
Mohamed-ben-Dahman. Algérie, n° 475 209
Mohamed-ben-Hadj-Kaddour. Algérie, n° 186 205
Mohamed-ben-Hamou. Algérie, n° 519 210
Mohamed-ben-Hossein. Algérie, n° 505 210
Mohamed-ben-Karbouch. Algérie, n° 520 210
Mohamed-ben-Kroura. Algérie, n° 327 .... 207 et 208
Mohamed-ben-Maza. Algérie, n° 688 212
Mohamed-ben-Mezabeth. Algérie, n° 411 209
Mohamed-ben-Rebah. Algérie, n° 560 210
Mohamed-ben-Slama. Algérie, n° 697 212
Mohamed-ben-Turqin. Algérie, n° 506 210
Mohamed-ben-Zouaoui. Algérie, n° 521 210
Mohamed-ben-si-Hossaim. Algérie, n° 391 208
Mohamed-el-Gheribi. Algérie, n° 405 209
Mohamed-Knodja. Algérie, n° 689 212
Mohamed-Salah. Algérie, n° 501 210
Mohamed-Salah. Algérie, n° 690 212
Mohamed-Sghir. Algérie, n° 476 209
Mohamed-Srir-ben-Gannah. Algérie, n° 658 212
Mohamed-Syir. Algérie, n° 712 212
Mohamed-Syir-ben-Abd-Errahman. Algér., n° 713 212
Mohamet-ben-Abdérahman. Algérie, n° 197 205
Mohle (L.). Prusse, n° 1092 414
Mohler (A.). France, n° 5903 .... 132 et 38
Mohling et Klinke. Prusse, n° 592 403
Mohr (F.). Prusse, n° 289 395
Mohr (N.). France, n° 10085 458
Mohr (W.). Prusse, n° 1098 414
Mohr et Speyer. Prusse, n° 514 401
Moigno (Vve). France, n° 557 16
Moinet (P.-E.). France, n° 10431 472
Moiret (J.-L.). France, n° 8404 178
Moirez (J.-B.). France, n° 6608 465
Moisan (J.). France, n° 558 16
Moisan (Marie). France, n° 7385 157
Moïse Betia. Algérie, n° 379 208
Moïse-ben-Abraham-Tabet. Algérie, n° 240 474
Moiselet (C.-M.). France, n° 1571 39
Moison (F.-T). France, n° 794 20
Moisson (Mlle M.). France, n° 10324 468
Moisy (J.). France, n° 2768 65
Moitas (J.-P.). Portugal, n° 314 519
Moiton et Dulac. France, n° 2525 60
Moitrier. France, n° 292 447
Molard (J.-J.). France, n° 1175 29
Molé (D.). France, n° 559 16
Molière (J.-E.-S.-A.). France, n° 8399 178
Molin-Chauffour (L.-E.). France, n° 182 7

Pages.

Molines (L.). France, n° 6758 148
Molinier (F.). France, n° 4321 97
Moll (A.). Autriche, n° 559 239
Moll (C.). Prusse, n° 859 409
Mollard (E.). Prusse, n° 200 393
Mollard et Cie. États-Sardes, n° 192 493
Möllen et Cie. Wurtemberg, n° 67 442
Möllenbörg (G.). Suède, n° 251 534
Möller (G.). Danemark, n° 26 .... 302 et 482
Möller (J.-A.). Suède, n° 384 536
Möller (P.). Norwége, n° 38 .... 538 et 539
Möller (P.-D.). Suède, n° 385 537
Mollet-Warmé frères. France, n° 6609 465
Mollier (J.) et Chenally. France, n° 3304 75
Mollière (C.). France, n° 7072 159
Molnar (E.). Autriche, n° 207 232
Molteni (J.) et Cie. France, n° 1912 46
Molterer (G.). Autriche, n° 628 241
Molterer (M.). Autriche, n° 629 241
Molyn et Van-Wyk. Pays-Bas, n° 311 257
Mommer (C.). Prusse, n° 860 409
Monain (L.-V.). France, n° 623 17
Monard. France, n° 3514 79
Monard (F.). France, n° 7728 165
Monastère des Bénédictins d'Admont. Autriche, n° 630 241
Moncel (Vte T. du). France, n° 2275 54
Monchain (Z.) et Cie. France, n° 7386 157
Moncharmont (C.-B.). France, n° 183 7
Monchicourt frères. France, n° 4691 105
Mönck (J.) et Cie. Hesse Grand-Ducale, n° 71 366
Mondollot frères (A. et J.-A.). France, n° 3918 86
Mondron (J.). Belgique, n° 403 281
Monestel (J.-B.). France, n° 4106 91
Monestier aîné et Rochas aîné. France, n° 6759 148
Molina (J.). Espagne, n° 285 312
Monfray (J.). France, n° 3029 71
Monier. France, n° 5904 132
Monier (L.). France, n° 31 4
Monier (L.). France, n° 10001 454
Monier (A.) et Cie. France, n° 1034 26
Monin, Mottet et Laur. France, n° 7646 163
Monlaur (Mme Vve J. de). France, n° 6403 142
Monmouceau fils (J.). France, n° 4644 104
Monnaies (Administration impériale et royale des). Autriche, n° 94 229
Monncins fils. France, n° 2769 65
Monneret (C.-F.). France, n° 8883 186
Monnet et Renault. France, n° 7387 157
Monnier (J.-A.). France, n° 3870 457
Monnier (J.-B.). Belgique, n° 212 277
Monnot (E.-A.-M.). France, n° 1148 29
Monnot-Leroy (J.-B.). France, n° 560 .... 16 et 79
Monnot père et fils. France, n° 2394 58
Monnoyer (P.-J.). Belgique, n° 356 280
Monot et Cie. France, n° 5332 120
Monpelas. France, n° 2526 60
Monroy (P.-M.-A.). France, n° 7044 .... 151 et 455
Monsch-Jockerst (C.). Bade, n° 68 263
Monselet (C.-P.). France, n° 2238 54
Monsirbent (J.). France, n° 2239 54
Montagnat (D.). France, n° 7940 169
Montagne (J.). France, n° 6405 142
Montaguy (J.). Autriche, n° 969 48
Montaigne-Liénard. France, n° 1328 33
Montal (C.). France, n° 9616 473
Montaland (C.) et Cie. France, n° 2240 54
Montalti (E.). États-Pontificaux, n° 46 512
Montanari (N.). Royaume-Uni, n° 1876 350
Montanari (R.). Royaume-Uni, n° 1877 350
Montanari (Mme A.). Royaume-Uni, n° 1875 350
Montandon (H.). France, n° 1813 44
Montandon aîné. France, n° 1812 44
Montandon et Cie. France, n° 1814 44
Montarde. Algérie, n° 435 474
Montargon et Cie. France, n° 4404 98

Pages.

Montauban. Algérie, n° 392… 208
Montauriol (A.). France, n° 2527… 60
Monteith (H.) et Cie. Royaume-Uni, n° 653. 330 et 486
Monteith (J.) et Cie. Royaume-Uni, n° 1297… 341
Monteiro (A.). Royaume-Uni, n° 707… 331
Monteis et frères. Espagne, n° 348… 313
Montejo (L.). Espagne, n° 302… 312
Montel (J.-D.). France, n° 763… 448
Montel (P.-A.). France, n° 4900… 110
Montelatici (A.). Toscane, n° 95… 436
Montels (D.). France, n° 9202… 194
Montenot aîné (P.). France, n° 1329… 33
Monterey-Nuevo-Leon (Dép. de). Mexique, n° 14. 371
Monterola, Cardan et Cie. Espagne, n° 9… 307
Montessuy (A.) et Chomer (A.). France, n° 7073. 152
Monteyne (Amélie). Belgique, n° 586… 285
Montezon (Comte). Royaume-Uni, n° 1931 A… 488
Montfort (Vve). France, n° 3205… 456
Montfort et Charpentier. France, n° 1407… 35
Montgolfier. France, n° 2906… 68 et 455
Montgolfier (E.). France, n° 4496… 101
Monthuy (A.). Belgique, n° 121… 274
Monti (L.). Toscane, n° 133… 437
Montier-Huet (P.-A.). France, n° 5905… 132
Montigny (J.). Belgique, n° 322… 279
Montigny (P.-C.) et fils. Belgique, n° 323… 279
Montorselli (J.). Toscane, n° 156… 437
Montoya (F.). Nouvelle-Grenade, n° 5… 224
Montrinier-Monnet (T.). France, n° 4083… 90
Montroy et Morrell. Espagne, n° 221… 311
Moody (M.). Canada, n° 151… 497
Moon (J.). Royaume-Uni, n° 459… 327
Moore (B.). États-Unis, n° 21… 220
Moore (G.). Royaume-Uni, n° 1781… 348
Moore (T.). Canada, n° 73… 496
Moore (Mme). Canada, n° 274… 499
Moore (P.) et fils. Royaume-Uni, n° 1038… 336
Moore, Crumpton, et Cie. Roy.-Uni, n° 1613. 346 et 488
Moorsom (W.-S.). Royaume-Uni, n° 893… 334 et 322
Moos (G.). France, n° 8187… 465
Moquet (H.). France, n° 2907… 68
Mora (E.-A.). Portugal, n° 51… 514
Mora (J.-R.). Costa-Rica, n° 1… 224
Mora (L.-D.). France, n° 8601… 181
Mora junior (J.-B.). Portugal, n° 376… 521
Mora et Cie. Martinique, n° 27… 476
Moralt (J. de G.-S.). Autriche, n° 301… 234
Moran (C.). Espagne, n° 157… 309
Morand (J.-C.). France, n° 1133… 450
Morand et Cie. Reuss, branche cadette, n° 1… 417
Morange et Calentin. Réunion, n° 89… 477
Morange et Cie. Réunion, n° 100… 478
Morand et Boyd. Royaume-Uni, n° 1673… 347
Morao (F.-J.). Portugal, n° 149… 515
Morard (J.-E.). France, n° 10086… 458
Moras (A.). Autriche, n° 560… 239
Moras (F.). France, n° 7074… 152
Morat et Cie. France, n° 2395… 58
Morati (M.). France, n° 719… 19
Moratilla (F.). Espagne, n° 321… 312
Mordant (F.-T.-T.). France, n° 8884… 186
More (F.-V.). France, n° 1983… 48
More et fils. Royaume-Uni, n° 146… 322
Moreau. Algérie, n° 659… 212
Moreau. France, n° 562… 16 et 448
Moreau (A.). France, n° 561. Voyez Rousseau (A) 16
Moreau (A.). France, n° 2396… 58
Moreau (A.-G.). France, n° 10432… 472
Moreau (C.). France, n° 7388… 157
Moreau (D.-P.). France, n° 4703… 460
Moreau (E.). France, n° 3515… 79
Moreau (G.-N.). France, n° 3206… 456
Moreau (H.). France, n° 10297… 463
Moreau (J.-P.). Algérie, n° 616… 211
Moreau (L.). France, n° 10002… 454
Moreau (U.-A.). France, n° 8292… 176

Pages.

Moreau-Milet. France, n° 3719… 83
Moreau père et fils. France, n° 8840… 185
Moreau et Cie. France, n° 3516… 79
Moreau frères et Cie. France, n° 8221… 175, 466 et 468
Morejon (Mme F.-M.). Cuba, n° 47… 485
Morel. Algérie, n° 140… 204
Morel (A.). France, n° 1815… 44
Morel (A.). France, n° 6032… 464
Morel (A.). France, n° 10325… 468
Morel (C.). France, n° 1816… 44
Morel (F.). France, n° 7389… 157
Morel (F.-P.-F.). France, n° 1516… 38
Morel (G.). France, n° 4901… 110
Morel (H.-C.). France, n° 10326… 468
Morel (J.-V.). France, n° 5104… 115
Morel (L.-A.). France, n° 2058… 453
Morel (L.-J.). France, n° 1330… 33
Morel (V.). France, n° 1067… 26
Morel (Marie-Françoise). France, n° 7390… 157
Morel-Robert. France, n° 5906… 132
Morel (A.) et Cie. France, n° 3305… 75
Morel (J.-B.) et Cie. France, n° 7075… 152
Morel-Fatio et Cie. France, n° 3630… 81
Morelle et Cie. France, n° 3399… 77
Morelle-Cartignies et Cie. France, n° 3398… 77
Morelli. Algérie, n° 105… 203
Morelli (Comte C.). États-Sardes, n° 14… 418
Morenas (G.-L.). France, n° 943… 24
Moreno (M.). Espagne, n° 104… 308
Moreno (R.). Mexique, n° 47… 372
Moret (C.). France, n° 878… 22
Moret frères. France, n° 4902… 110
Moret-Bailly et Favre. France, n° 1913… 46
Moreton et Langley. Royaume-Uni, n° 1098… 337
Morett. France, n° 5907… 132
Morey (C.). États-Unis, n° 42… 220
Morgan (T.). Nouvelle-Galles du Sud, n° 91… 490
Morgan de Maricourt (E.-M.-J.). France, n° 764. 448
Morgan (R.) et fils. Royaume-Uni, n° 22… 319
Morgan (J.) et Cie. Royaume-Uni, n° 1399… 342
Morgant (E.). France, n° 8093… 172
Morgat (L.-J.). France, n° 7729… 165
Morgenroth et Wolff. Prusse, n° 862… 409
Morgenroth (W.) et Cie. Prusse, n° 749… 407
Morgenstern (H.) et fils. Prusse, n° 861… 409
Morhardt frères, Gondina et Cie. Suisse, n° 82… 292
Mori (Dr-J.). Toscane, n° 86… 435
Moriac (M.). France, n° 4903… 110
Moriceau (A.-J.). France, n° 275… 10
Moriceau (M.-P.-P.). France, n° 1517… 38
Moriceau (A.) et Blanchard. France, n° 273… 447
Moricet frères. France, n° 7391… 157
Moride (E.). France, n° 3919… 86
Moride et Raux. France, n° 2770… 65
Morier (E.-J.). France, n° 4704… 460
Morier, Camus et Cie. France, n° 7076… 152
Morillas-Gonzales (J.). Cuba, n° 43… 485
Morimont (J.-B.). Belgique, n° 45… 272
Morin. Algérie, n° 106… 203
Morin. Algérie, n° 297… 207
Morin. Martinique, n° 26… 476
Morin (Capitaine). Canada, n° 29… 496
Morin (A.). France, n° 9934… 452
Morin (J.-F.). France, n° 1331… 33
Morin (P.-T.-G.). France, n° 7077… 152
Morin (T.-G.). France, n° 7822… 467
Morin et Cie. France, n° 6406… 142
Morin et Cie. France, n° 10155… 460
Morin fils (Alexandre) et Cie. France, n° 9011… 189
Morineau. Algérie, n° 107… 203
Möring (C.). Autriche, n° 970… 248
Moris fils. France, n° 5208… 118
Morison (J.). Guyane anglaise, n° 61… 504
Morisot (J.-A.). France, n° 8027… 171
Morisseaux (J.-B.). Belgique, n° 324… 279
Morisseaux (L.). Belgique, n° 325… 279

Pages.

Morisset (F.) et Raymondière. France, n° 1332.. 33
Moritz (V.-E.). Saxe-Gotha, n° 10.......... 429
Moritz-Meyer. Pays-Bas, n° 200.......... 383
Morize (L.). France, n° 10087.......... 458
Morizot (N.-J.). France, n° 5209.......... 118
Morkel (P.-L.). Cap de Bonne-Espérance, n° 29.. 500
Morlacchi (Vve R.). États-Pontificaux, n° 54.... 512
Morley (F.) et Cie. Royaume-Uni, n° 1215.......... 339
Morlot (J.-P.). France, n° 7866.......... 167
Moro frères. Autriche, n° 870.......... 246
Morragan (J.). Espagne, n° 268.......... 311
Morris (A.). Canada, n° 30.......... 496
Morris (R.). Canada, n° 141.......... 497
Morrisson (A.). Terre de Van-Diémen, n° 21.... 494
Morros et Bros. Espagne, n° 406.......... 314
Mörsch (G.). Wurtemberg, n° 52.......... 441
Morson et fils. Royaume-Uni, n° 538.......... 329
Mort et Mitchell. Nouvelle-Galles du Sud, n° 164.. 492
Morse (L.). Canada, n° 105.......... 497
Morton. Victoria, n° 11.......... 493
Morton (A.). Royaume-Uni, n° 675.......... 331
Morton (G.). Royaume-Uni, n° 946.......... 335
Morton et fils. Royaume-Uni, n° 1557.......... 345
Mortreuil (J.-B.). France, n° 3631.......... 81
Mosca frères. États-Sardes, n° 138.......... 422 et 526
Moseley (J.) et fils. Royaume-Uni, n° 947.......... 335
Moser (A.). Autriche, n° 631.......... 241
Moser (F.). Autriche, n° 632.......... 241
Moser (J.). Autriche, n° 633.......... 241
Moser (J.). France, n° 1817.......... 44
Moser et Cie. Suisse, n° 330.......... 297
Moser (A.) et Cie. Prusse, n° 244.......... 394
Moses et Cie. Terre de Van-Diémen, n° 22.......... 494
Mosman (W.). Royaume-Uni, n° 1868.......... 346
Mosnier (J.-J.). France, n° 3962.......... 87
Moss (H.). Nouvelle-Galles du Sud, n° 47.. 490 et 491
Moss (J.) et Gamble frères. Royaume-Uni, n° 920. 334
Mosselly-Chavany. France, n° 5908.......... 132
Mosselman (A.). France, n° 3207.......... 456
Motard (A.). Prusse, n° 373 B.......... 524
Motheau (M.). France, n° 4904.......... 110
Motherin (L.-F.). France, n° 944.......... 24
Mothsch (J.). France, n° 9935.......... 452
Mothwurf (J.). Autriche, n° 971.......... 248
Motte (J.-P.). France, n° 1621.......... 40
Motte fils (J.-F.). France, n° 6407.......... 132 et 142
Motte, Bossut et Cie. France, n° 5909.......... 132
Mottet (C.-H.). France, n° 3030.......... 71
Mottin frères. France, n° 5910.......... 132
Motton père et fils. France, n° 1176.......... 29
Mouchel (P.-J.-F.). France, n° 10213.......... 461
Moucheron et Harmegnies. Belgique, n° 2.......... 271
Mouchi-Lhéraki. Algérie, n° 361.......... 208
Moufflet (A.). France, n° 412.......... 13
Mougenot (J.-B.-V.). France, n° 10385.......... 470
Mougin frères. France, n° 5314.......... 120
Mouilleron (J.-F.-V.). France, n° 1818.......... 44 et 55
Mouisse (J.-F.). France, n° 6408.......... 142
Mouley-Mohamed. Algérie, n° 298.......... 207
Moulin. France, n° 1333.......... 33
Moulin. France, n° 9169.......... 198 et 471
Moulin et Belliard. France, n° 8400.......... 178
Moulin et Mounier. France, n° 7078.......... 152
Moulin à vapeur de Pesth. Autriche, n° 515.......... 238
Moulin à vap. de Raab (Soc. du). Autriche, n° 516. 238
Moulins à vap. de Fiume (Soc. des). Autriche, n° 514 238
Moulins à vapeur, à Presbourg (Société des). Autriche, n° 512.......... 238
Moulins à vap. de Smichow et de Lobositz (Société des). Autriche, n° 517.......... 238
Moulins à vap., à Vienne (Soc. des). Autriche, n° 513 238
Moullé (J.-E.). France, n° 9551.......... 200
Moullon et Cie. France, n° 10035.......... 457
Mouloise (J.-B.). France, n° 8777.......... 184
Mouls (C.). France, n° 184.......... 7
Mounier père et fils. France, n° 7079.......... 152

Pages.

Mountford (J.). Royaume-Uni, n° 1240.......... 339
Mouquet (H.). France, n° 9892.......... 451
Mouraux (J.-B.). France, n° 1552.......... 38
Mourceau (H.). France, n° 7080.......... 152, 464 et 465
Mouret (L.-J.-N.). France, n° 902.......... 23
Mourgues (J.-B.). France, n° 3720.......... 83
Mourière (J.-F.-B.). France, n° 624.......... 17
Mourmant (J.). France, n° 6409.......... 142
Mourot aîné (N.). France, n° 1334.......... 33
Mourre (E.). France, n° 10380.......... 469
Mousquet et Jauffret. France, n° 1819.......... 44
Moussard (A.-H.). France, n° 1068.......... 26
Moussard (X.). France, n° 879.......... 22
Moussel (J.). France, n° 8401.......... 178
Mousset (P.). France, n° 7941.......... 169
Moussié et Bouland. France, n° 1914.......... 46
Moussier (R.-L.). France, n° 5063.......... 114
Moussillac (A.). France, n° 234.......... 9
Moussu (L.-V.). France, n° 3306.......... 75
Moustapha-Noury-Pacha (S. E.). Tripoli de Barbarie.......... 511
Moutian-Ansary. Inde, n° 78.......... 505
Moutier-Hufty (J.-J.). France, nos 89 et 4405. 5 et 98
Moutier-Hufty et Cie. France, n° 4645.......... 104
Moutiers (C.). France, n° 6033.......... 464
Mouton. Algérie, n° 155.......... 204
Mouton (L.-L.). Belgique, n° 348 A.......... 255
Mouton (N.-H.). France, n° 4322.......... 97
Mouton et fils. Pays-Bas, n° 60.......... 380
Moutte. Martinique, n° 35.......... 476
Mouveaux frères. France, n° 3632.......... 81
Moxon (C.). Royaume-Uni, n° 1674.......... 347
Moy (M.). France, n° 3795.......... 84
Moyer et Keatiny. Canada, n° 198.......... 498
Moynier frères et Cie. France, n° 1996.......... 48 et 453
Moyse (F.). France, n° 9849.......... 449
Moyse (C.) et Henry (L.-F.). France, n° 9203... 194
Moysen. France, n° 413.......... 13 et 448
Muck de Muckenthal (J.). Autriche, n° 1156.... 251
Mudget (B.). Canada, n° 31.......... 496
Muel-Wahl et Cie. France, n° 4905.......... 110 et 23
Mueller (C.-G.). États-Unis, n° 62.......... 221
Muerrle (G.-J.). Bade, n° 69.......... 263
Muesseler (M.-L.). Belgique, n° 6.......... 271
Mugnier (F.). France, n° 4906.......... 110
Mugnier (J.-P.). France, n° 4406.......... 99
Mugnier (M.). Algérie, n° 546.......... 210
Mugnier (T.). France, n° 6610.......... 465
Mühlbacher frères. France, n° 1069.......... 26
Mühlberger (P.). Autriche, n° 634.......... 241
Muir. Royaume-Uni, n° 322.......... 325
Muir (R.). Royaume-Uni, n° 1962.......... 351
Muir et Witcomb. Royaume-Uni, n° 1558.......... 345
Muir (W.) et Cie. Royaume-Uni, n° 246.......... 324
Muir, Brown et Cie. Royaume-Uni, n° 1298.......... 341
Muirhead (A.-F.). Guyane anglaise, n° 24.......... 502
Mulet (A) et Mas. Espagne, n° 269.......... 311
Müllender, Ulrick et fils. Prusse, n° 1254.......... 525
Müller. Prusse, n° 1219.......... 524
Müller (A.). Autriche, n° 420.......... 237
Muller (A.). France, n° 2397.......... 58
Müller (A.). Wurtemberg, n° 17.......... 440
Müller (A.-F.). Prusse, n° 863.......... 409
Müller (C.). Prusse, n° 1030.......... 412
Müller (C.-W.). Bavière, n° 90 B.......... 269
Müller (D.-E.). Bavière, n° 90 C.......... 269
Muller (E.-F.). France, n° 10433.......... 472
Muller (F.). Espagne, nos 203, 481 et 502. 310 et 484
Müller (F.). Autriche, n° 635.......... 241
Muller (H.-W.). Royaume-Uni, n° 539.......... 329
Müller (J.). Autriche, n° 95.......... 229
Muller (J.-B.). France, n° 8402.......... 178
Müller (J.-C.). Prusse, n° 78.......... 390
Muller (J.-C.). Prusse, n° 1196.......... 523
Müller (K.). Nassau, n° 50.......... 511
Muller (L.). France, n° 9417.......... 198

Pages.

Muller (L.-E.). France, n° 8885 ... 186
Muller (M.). Suisse, n° 22 ... 291
Müller (M.-W.). Prusse, n° 865 ... 409
Müller (R.). Autriche, n° 627 ... 241
Muller (R.). France, n° 10327 ... 468
Müller (T.-A.). France, n° 9443 ... 199
Müller aîné, Hesse grand-ducale, n°s 41, 3 B et 27 B. 260 et 365
Muller fils (L.). France, n° 9936 ... 452
Müller (T.). Prusse, n° 1109 ... 414
Müller jeune (J.). Autriche, n° 871 ... 246
Müller jeune (J.-G.). Wurtemberg, n° 119 ... 443
Muller junior (J.-M.). Prusse, n° 864 ... 409
Müller-Grenet (F.). Royaume-Uni, n° 540 ... 329
Müller frères. Prusse, n° 274 ... 395
Muller (F.-A.) et fils. Autriche, n° 350 ... 235
Müller (J.) et fils. Autriche, n° 797 ... 245
Müller et Cie. Prusse, n° 35 ... 389
Müller et Cie. Saxe-Gotha, n° 1 ... 429
Müller (J.-B.). et Cie. Suisse, n° 229 ... 295 et 481
Müller, Pluss et Cie. Suisse, n° 214 ... 295
Mullier (A.). France, n° 9552 ... 200 et 473
Mullier-Laurent (J.-B.). France, n° 2398 ... 58
Mulot père et fils. France, n° 1160 ... 29 et 450
Mulsow (L.) et Cie. Hambourg, n° 18 ... 362
Münker frères. Prusse, n° 323 ... 396
Munktell (J.-H.). Suède, n° 157 ... 532
Munktell (T.). Suède, n° 103 ... 531
Municipalité d'Albanille. Espagne, n°s 158 et 286. 309 et 312
Municipalité d'Alhama. Espagne, n° 287 ... 312
Municipalité d'Alicante. Espagne, n° 190 .. 310 et 309
Municipalité de Calasparra. Espagne, n° 159 ... 309
Municipalité de Cehegin. Espagne, n° 121 ... 309
Municipalité de Jumilla. Espagne, n°s 220 et 221 B. 311 et 483
Municipalité de Murcie. Espagne, n°s 160, 191, 288 et 417 ... 309, 310, 312 et 314
Munro (D.). Canada, n° 152 ... 495
Munroe (A.) et Cie. Canada, n° 32 ... 496
Munz (C.). France, n° 7942 ... 169
Münzberg (A.-J.) et Burckhard. Autriche, n° 1157. 251
Muquardt (C.). Belgique, n° 680 ... 288
Murat. Réunion, n° 101 ... 478

Pages.

Murat (C.). France, n° 5105 ... 115
Murati (N.). France, n° 765 ... 448
Muret (J.). France, n° 565 ... 16
Muret (P.), Solanet et Palaugié frères. France, n° 6410 ... 142
Murgia (A.). États-Sardes, n° 74 B ... 527
Murgues (F.). France, n° 4201 ... 93
Murley (W. et C.). Royaume-Uni, n° 1374 ... 342
Murphy (G.). Royaume-Uni, n° 2001 ... 351
Murphy (J.). Canada, n° 243 ... 449
Murphy (J.). Royaume-Uni, n° 1026 ... 336
Murphy (M.). Canada, n° 74 ... 496
Murray (B.-A.). Royaume-Uni, n° 334 B ... 486
Murray (J.). Royaume-Uni, n° 880 ... 334
Murray (W.). Royaume-Uni, n° 23 ... 319
Murray (W.). Terre de Van-Diémen, n° 44 ... 494
Murure (J.-J.). Espagne, n° 161 ... 309
Musée de l'ind. de l'Irlande. Roy.-Uni, n° 9. 319 et 321
Musée de Gothembourg. Suède, n° 185 ... 533
Musée de Melbourne. Victoria, n° 6 ... 493
Musée de minéralogie de Christiania. Norwége, n° 32. 538
Museur et Cie. France, n° 4907 ... 110
Mush (J.-L.). France, n° 4908 ... 110
Mussard frères. France, n° 9553 ... 200
Mussenot, Berne et Bernard. France, n° 6411 ... 464
Musset (J.). France, n° 10328 ... 468
Musson (Mme). Canada, n° 275 ... 499
Musson et Grammont. France, n° 5410 ... 122 et 463
Mustapha-Baitou. Algérie, n° 199 ... 205
Mustapha-ben-Arif-Kodja. Algérie, n° 198 ... 205
Mustapha-ben-Dif. Algérie, n° 339 ... 207
Mustapha-Ghaïaton. Algérie, n° 200 ... 205
Mustel (C.-V.). France, n° 9444 ... 199
Musy (A.-C.). États-Sardes, n° 139 ... 422
Musy et Galtier. France, n° 7081 ... 152
Muti-Pappazzurri-Savorelli (Mis A. et Cte A.). États-Pontificaux, n° 38 ... 386, 385 et 512
Muyderman (B.). Pays-Bas, n° 290 ... 256
Mycone (Dème de). Grèce, n° 88 ... 357
Myers et fils. Royaume-Uni, n° 1012 ... 336
Myers et Cie. Royaume-Uni, n° 24 ... 319
Mylius (H.) et Cie. Autriche, n° 968 ... 248
Mylne (R.-W.). Royaume-Uni, n° 10 ... 319
Myrhman et Cie. Suède, n° 34 ... 530 et 533

N

NAS

N... Brésil, n° 4 ... 223
N... Cap de Bonne-Espérance, n° 12 ... 500
N... Grèce, n°s 44 et 45 ... 356
N... Grèce, n°s 107, 108, 109 et 120 ... 358
Nachet et fils. France, n° 1915 ... 46
Nachmann (S.). France, n° 9333 ... 197
Nack (J.). Autriche, n° 421 ... 237
Nadal. France, n° 4561 ... 102
Nadal (E.). France, n° 133 ... 6
Naef (M.). Suisse, n° 242 ... 296 et 481
Naegely (C.) et Cie. France, n° 5911 ... 132
Nagel (J.-A.). France, n° 8293 ... 176
Nagel (J.-B.-A.). France, n° 691 ... 19 et 148
Nageotte (P.). France, n° 6412 ... 162
Nagl (L.). Autriche, n° 1158 ... 251
Nägli et Cie. Suisse, n° 280 ... 296
Nagy frères (L. et G.). Autriche, n° 270 ... 233
Nahman-ben-Debbac. Algérie, n° 652 ... 211
Nahman-ben-Embarek. Algérie, n° 714 ... 212
Naissant (J.-A.). France, n° 310 ... 11
Naoum (C.). Grèce, n° 122 ... 509
Napier (R.) et fils. Roy.-Uni, n°s 126 A et 817 B. 485 et 486
Narain. Inde anglaise, n° 69 ... 505
Nardo (D.). Autriche, n° 322 ... 234
Nascimento (J.-A.). Portugal, n° 377 ... 521

NAZ

Nash (Mme). Jamaïque, n° 19 ... 508
Nash (R.). Royaume-Uni, n° 989 ... 335
Nash jeune (T.). Royaume-Uni, n° 1846 ... 349
Nassan (G.). Algérie, n° 464 ... 209
Nathan-ben-Meyer. Algérie, n° 406 ... 209
Nattier (E.-F.-X.-P.). France, n° 8602 ... 181
Nau (P.). France, n° 4407 ... 99
Naudet et Dumas. France, n° 5912 ... 132
Naudin (L.-S.). France, n° 9849 ... 449
Naudin (Vve M.-A.). France, n° 5064 ... 114
Naudinat (B.). France, n° 1681 ... 41
Naudinat (P.). France, n° 10088 ... 458
Nault (Dr). Canada, n° 215 ... 498
Nauplie (Dème de). Grèce, n°s 15, 33 et 77. 355, 356 et 357
Nauroy (J.-N.). France, n° 944 B ... 24 et 110
Navarro Illescas (J.). Espagne, n° 162 ... 309
Navarrou (N.). France, n° 4562 ... 102
Nawab de Bavulpore. Inde, n° 79 ... 505
Nawab de Bhawalpore. Inde, n° 53 ... 505
Nawab Mohammed-Yaol-Klan. Inde, n° 51 ... 505
Nawab de Rampore. Inde, n° 52 ... 505
Nawab de Rohilound. Inde, n° 80 ... 505
Naylor, Vickers et Cie. Royaume-Uni, n° 921 ... 334
Naysmith (J.). Canada, n° 199 ... 498
Naze fils et Cie. France, n° 9012 ... 189

Pages.
Neal et Tonks. Royaume-Uni, nº 1730 ... 347
Neale (R.). Royaume-Uni, nº 300 ... 325
Neath (J.). Royaume-Uni, nº 213 ... 485
Nebesky (V.). Autriche, nº 872 ... 246
Nederkoorn (W.). Pays-Bas, nº 38 ... 379
Nédromah. Algérie, nº 436 ... 474
Nef (J.-J.). Suisse, nº 218 ... 295 et 481
Neff. États-Unis, nº 93 ... 222
Neff (M.). Prusse, nº 866 ... 409
Nègre (C.). France, nº 9170 ... 193
Nègre (J.). France, nº 3796 ... 84
Negri (Q.). Autriche, nº 209 ... 232
Neher (H.). Wurtemberg, nº 148 ... 444
Neie (F.-U.). Prusse, nº 1142 ... 415
Neilly. Algérie, nº 547 ... 210, 211 et 212
Neish (J). et Cie. Royaume-Uni, nº 1535 ... 344
Neitsch (E.-R.) et Knopf (F.). Bavière, nº 123 ... 269
Nèle (T.-A.). France, nº 3633 ... 81
Nelke (J.). Prusse, nº 1255 ... 525
Nellessen (C.). Prusse, nº 867 ... 409
Nelli (A.). Toscane, nº 48 ... 434
Nelme (A.). France, nº 6760 ... 148
Nelson de Lailhacar. France, nº 185 ... 7
Nelson et Bulters. Canada, nº 288 ... 499
Nentwich (J.) et Cie. Autriche, nº 422 ... 237
Nepveu et Cie. France, nº 903 ... 23, 27 et 110
Néraudau (J.-A.). France, nº 9334 ... 197
Néri. France, nº 1115 ... 450
Nesmond (P.-C.). France, nº 2168 ... 52
Nessi (F.). Autriche, nº 1057 A ... 249
Nessim-ben-Sousan. Algérie, nº 390 ... 208
Nethersole (J.). Jamaïque, nº 7 ... 507
Netrebski (J.). France, nº 9850 ... 449
Nettmann (H.-D.) et fils. Prusse, nº 868 ... 409
Netz (C.). Hesse grand-ducale, nº 9 ... 364
Neubert (C.-G.). Autriche, nº 798 ... 245
Neuburger (A.). France, nº 10003 ... 454, 453 et 458
Neuburger fils (H.). Wurtemberg, nº 156 ... 444
Neuenschwander (J.). Hambourg, nº 19 ... 362
Neuhauss (A.) et Cie. Suisse, nº 193 ... 294
Neukomm. France, nº 5411 ... 122
Neumann (F.-P.-F.-R.). France, nº 1820 ... 44
Neumann (N.-H.). Prusse, nº 952 ... 410 et 407
Neumann cadet (C.-F.). Saxe, nº 62 ... 426
Neumann et Esser. Prusse, nº 225 ... 393 et 395
Neumann frères. Suisse, nº 279 ... 296
Neumeister (J.). Autriche, nº 773 ... 246
Neumerdt et Cie. France, nº 8921 ... 187
Neutze (C.-P.). Hesse électorale, nº 3 ... 367
Neve et Cie. Royaume-Uni, nº 1068 ... 337
Neveu (E.-A.). France, nº 9937 ... 452
Neveu et Cie. France, nº 2072 ... 50
Neviandt et Pfleiderer. Prusse, nº 953 ... 411
Neville et Cie. Royaume-Uni, nº 1583 ... 345
Névot (Marie). France, nº 7393 ... 157
Newall (J.). Royaume-Uni, nº 228 ... 323
Newall (R.-S.) et Cie. Royaume-Uni, nº 509 ... 328
Newbery (J. et R.). Royaume-Uni, nº 629 ... 330
Newcomb et Jones. Royaume-Uni, nº 1559 ... 345
Newman (J.). Royaume-Uni, nº 1893 ... 350
Newton (T.). Royaume-Uni, nº 180 ... 323
Newton (W.). Canada, nº 33 ... 496
Newton et Fuller. Royaume-Uni, nº 127 ... 322
Ney (I.). Wurtemberg, nº 120 ... 443
Niaux et Chauvière, oncle et neveu. France, nº 5918 ... 132
Nibbs (J.-S.). Royaume-Uni, nº 485 ... 328
Nicaise. Algérie, nº 5 ... 202
Nicolai (T.). Toscane, nº 106 B ... 540
Nicholas (A.). Terre de Van-Diémen, nº 23 ... 494
Nicholls (R.-H.). Royaume-Uni, nº 77 ... 321
Nicholson (J.). Royaume-Uni, nº 947 A ... 486
Nick (H.-A.). France, nº 1009 ... 25
Nicklin et Sneath. Royaume-Uni, nº 1039 ... 337
Nicod (P.). France, nº 5569 ... 126
Nicod (V.) et fils. France, nos 692 et 2241 ... 19 et 54
Nicod père et fils. France, nº 4646 ... 104
Pages.
Nicolais (A.). France, nº 1408 ... 35
Nicolais fils (F.). France, nº 4107 ... 91
Nicolas (E.-E.). France, nº 9554 ... 200
Nicolas (C.). France, nº 4323 ... 97
Nicolas (P.). France, nº 9893 ... 451
Nicolas fils (A.). France, nº 6761 ... 148
Nicolas fils (D.-J.). France, nº 9467 ... 199
Nicolas père et fils. France, nº 2528 ... 61
Nicole (A.). Royaume-Uni, nº 128 ... 322
Nicole (A.). Royaume-Uni, nº 2002 ... 351
Nicole et Capt. Royaume-Uni, nº 380 ... 326
Nicolin (C.-E.). France, nº 566 ... 16
Nicoll (D.). Royaume-Uni, nº 1737 ... 348
Nicolle (F.). France, nº 9938 ... 452
Nicolle (J.-C.). France, nº 4909 ... 110
Nicolle frères. France, nº 1916 ... 46
Nicolle père et fils. France, nº 9939 ... 452
Nicols (A.). Espagne, nº 335 ... 313
Nicot (C.). France, nº 4324 ... 97
Nicoud (J.-P.). France, nº 4647 ... 104
Nidelay (F.). France, nº 5271 ... 119
Niderreither (F.). France, nº 9555 ... 200
Nieberg (J.-L.). Hambourg, nº 57 ... 510
Nielsen (H.-E.). Norwége, nº 107 ... 539
Niemann frères. Prusse, nº 1187 ... 416
Niepce. France, nº 3920 ... 86
Niepce de St-Victor (M.-C.-F.). France, nº 9171 ... 193
Niese (F.). Prusse, nº 1127 ... 415
Nieubuhr (D.-A.-C.). Hambourg, nº 53 ... 363
Nievergeld (J.-R.-F.). Pays-Bas, nº 55 ... 380
Nihoul frères (A. et C.). Belgique, nº 62 ... 273
Nillus (C.-M.). France, nº 9851 ... 449
Nillus (I.). France, nº 945 ... 24
Nilsson (O.). Suède, nº 59 ... 530
Niman (L.). Royaume-Uni, nº 1782 ... 348
Ninet. Algérie, nº 362 ... 208
Ninot aîné (P.). France, nº 946 ... 24
Niodet (A.) et Cie. France, nº 123 ... 6
Nion (E.). France, nº 1149 ... 29
Nip (E.) et Kluit (G.). Pays-Bas, nº 387 ... 259
Niquet (L.-J.). France, nos 7472 et 7473 ... 466
Nisard (T.). France, nº 9445 ... 199
Nissou (G.). France, nº 8886 ... 187, 470 et 471
Nivet (M.). France, nº 5521 ... 124
Nissen (N.-C.). Norwége, nº 108 ... 539
Nitschke (C.-G.). Prusse, nº 428 ... 399
Niubo (Vve) et Joquet. Espagne, nº 163 ... 309
Nixon (T.). Royaume-Uni, nos 573 et 1698 ... 329 et 347
Nizam de Hyderabad. Inde, nos 65 et 92 ... 505 et 506
Noak (W. et J.). Royaume-Uni, nº 44 ... 320
Nobert (F.-A.). Prusse, nº 283 ... 395
Noble père et fils. France, nº 10037 ... 457
Noblet (G.). France, nº 1821 ... 44
Nodot (M.-A.). France, nº 8405 ... 178
Noë (J.-B.). Algérie, nº 299 ... 207
Noé frères (C. et R.). États-Sardes, nº 140 ... 422
Noël (E.). France, nº 10038 ... 457
Noël (F.). France, nº 766 ... 448
Noël (F.). France, nº 4437 ... 99
Noel (F.-J.). France, nº 1177 ... 29
Noël (N.-B.). France, nº 7987 ... 170
Noel (Vve). France, nº 10089 ... 458
Noël-Aubert. France, nº 3797 ... 84
Noël frères (J. et F.). Belgique, nº 516 ... 284
Noel et Cie. France, nº 3517 ... 79
Noellat (H.). France, nº 1010 ... 25
Noess (H.-S.). Norwége, nº 106 ... 539
Nogarède (J.-L.). France, nº 6762 ... 148
Nogré. Guadeloupe, nº 54 ... 476
Nogues et Cie. Espagne, nº 377 ... 313
Noguès (R.) et Cie. Espagne, nº 349 ... 313
Noguez et Pompido. Espagne, nos 350 et 418 ... 313 et 314
Noir aîné. France, nº 4910 ... 110
Noirot (J.-A.). France, nº 2771 ... 65 et 178
Noisot (C.). France, nº 10039 ... 457
Noll (J.-B.). Hesse grand-ducale, nº 2 ... 364

Pages.
Noll et Cie. Prusse, n° 795 B. 525
Nollet (I.). France, n° 4911 110
Notten (M.-A.). Prusse, n° 269 395
Nom-de-Deu. Algérie, n° 300 207
Nonclère-Briquet. France, n° 5412 122
Nonnen (E.). Suède, n° 78 530
Nonon (J.). France, n° 9399 198
Norberto (P.-F.). Portugal, n° 205 .... 517 et 519
Nord (A.-H.). Norwége, n° 109 539
Norden (G.-M.). Prusse, n° 1018 412
Nording (Mme A.-W.). Suède, n° 158 532
Nordström (Mlle M.). Suède, n° 386 537
Norest (J.-F.). France, n° 8778 184
Norman (J.-E.). Suède, n° 95 531
Norman (S.-W. et E.-G.). Royaume-Uni, n° 1783. 348
Normand. France, n° 1409 35
Normand fils (C.-B.). France, n° 9894 451
Normandin (F.-A.). France, n° 8604 181
Normandin frères. France, n° 8603 181
Normant frères. France, n° 6413 142
Norrie (J.-S.). Nouvelle-Galles du Sud, n° 48 ... 490, 491 et 492
Norrie (C.) et fils. Royaume-Uni, n° 1472 343
Norstedt (H.-M.). Suède, n° 60 530
Norstedt (P.-A.) et fils. Suède, n° 408 537
Norton (Capitaine) pour la maison Nourse et Cie. Royaume-Uni, n° 840 333
Nortziglia (M.). Portugal, n° 206 .... 517 et 515
Nory-Dupar (J.-P.). France, n° 186 7
Nos d'Argence fils. France, n° 9940 452
Noss (C.). Prusse, n° 869 409
Nostitz (Comte A.). Autriche, n° 96 .... 229 et 238

Pages.
Notaux (C.). France, n° 1822 44
Notré (E.-P.). France, n° 8605 181
Nottebohm et Cie. Belgique, n° 279 278
Nottebohm et Cie. Prusse, n° 658 404
Nottmeyer (F.). Prusse, n° 36 .... 389 et 523
Nouel de Buzonnière (L.-L.-A.). France, n° 1178. 29 et 52
Noufflard (H.). Nouvelle-Galles du Sud, n° 114 .. 491
Nourrigat (E.). France, n° 6763 .... 148, 79 et 457
Nourtier et Cie. France, n° 6414 142
Nouvion aîné. France, n° 6415 142
Novak (J.). Autriche, n° 97 229
Novario (Mlle). France, n° 7823 467
Novelli (C.-G.). États-Sardes, n° 141 .... 422 et 526
Novotny (A.). Autriche, n° 519 238
Nowag (P.). Prusse, n° 201 393
Nowill (J.) et fils. Royaume-Uni, n° 948 ... 335 et 487
Nowitt (G.) et fils. Royaume-Uni, n° 1356 A 487
Nowotny (F.). Autriche, n° 1057 B 249
Noyer frères. France, n° 6764 148
Noyes (D.). États-Unis, n° 20 220
Noyon (L.). France, n° 3128 73
Noz et Diggelmann. Suisse, n° 281 296
Nummel-Krues. Hambourg, n° 29 .... 363 et 362
Nussbaum (Les fils de J.). Suisse, n° 215 295
Nyd (J.). France, n° 8606 181
Nye (S.) et Cie. Royaume-Uni, n° 718 331
Nygren (Mlle F.). Suède, n° 311 535
Nyrop (C.). Danemark, n° 39 .... 302 et 482
Nys et Cie. France, n° 2772 66
Nyssen Dhooghe. Belgique, n° 587 285

O

O... Brésil, n° 2 223
O'Connell (Capitaine M.). Nouvelle-Galles du Sud, n° 49 490
O'Connor (D.). Canada, n° 34 496
O'Donoghue (W.). Guyane anglaise, n° 15 502
O'Loughlin (Louisa). Royaume-Uni, n° 1738 348
O'Neill (J.). Royaume-Uni, n° 605 330
Oasis du sud de Biskra. Algérie, n° 617 .... 211 et 210
Oates (J.-P.). Royaume-Uni, n° 252 324
Oatsler et Palmer. Royaume-Uni, n° 604 330
Obach (N.). Belgique, n° 117 274
Oberconz (J.-B.) et Cie. Prusse, n° 392 398
Oberdorffer (A.). Hambourg, n° 24 362
Oberg (C.-O.). Suède, n° 220 534
Oberg (Mlle L.). Suède, n° 312 535
Oberhaeuser (J.) et Hartnack (E.). France, n° 1917. 46
Oberleithner (Les fils de E.). Autriche, n° 1025. 249
Oberthur (F.-C.). France, n° 9061 190
Obet (A.) et Tellier. France, n° 8721 83
Oblin (V.). France, n° 5914 132
Obré (J.-M.). France, n° 8887 187
Obry (L.). France, n° 9617 473
Obry (P.-A.). France, n° 5915 132
Obry fils, Bernard (J.) et Cie. France, n° 3208 .. 456
Observatoire de Kew. Royaume-Uni, n° 426 327
Observatoire royal d'Écosse. Roy.-Uni, n° 406 ... 326
Observatoire royal de Greenwich. Royaume-Uni, n° 405 326
Ochs (J.). Oldenbourg, n° 7 .... 376 et 270
Ochsner (G.) et Cie. Pays-Bas, n° 92 380
Ochtman (J.-H.) et Johz-Zu. Pays-Bas, n° 265 .. 256
Odent (X.), ses fils et Cie. France, n° 2908 68
Odérieu (C.) et Chardon (L.). France, n° 5916. 132
Odeurs (J.-M.). Belgique, n° 63 273
Odin (J.). France, n° 1918 46
Oechelhaeuser (A.). Prusse, n° 252 394
Oechslin (J.-J.). Suisse, n° 189 294
Oehler (K. et R.). Toscane, n° 27 C 260
Oehmigke et Riemschneider. Prusse, n° 1146 415
Oertling (A.). Prusse, n° 1205 524
Oertling (L.). Royaume-Uni, n° 365 326
Oeschger (L.), Mesdach et Cie. France, n° 124 .. 6
Oettl (Curé J.-N.). Autriche, n° 210 232
OEuf (M.). France, n° 4045 89
Offenbacher (J.). Bavière, n° 86 B 269
Offermann (J.-H.). Autriche, n° 874 246
Officiers. Algérie, n° 301 207
Offner (J.-M.). Autriche, n° 636 241
Oger (J.-L.-M.). France, n° 2529 61
Oger (Mlle). Algérie, n° 618 211
Ogez-Vasseur. France, n° 6611 465
Oggioni (C.). Autriche, n° 1078 250
Ogilvie (Capitaine). Inde, n° 120 506
Ognard (C.-J.-B.). France, n° 1823 44
Ohle (E.-F.). Prusse, n° 659 404
Ohm et Cie. Prusse, n° 226 B 523
Ohman (Mme A.-W.). Suède, n° 176 533
Ohmayer (J.-M.). Autriche, n° 799 245
Ojardias-Célérier (L.). France, n° 4563 102
Ojero (S.). Espagne, n° 105 308
Ojero (S.). Espagne, nos 165 et 253 .... 309 et 311
Olander (J.-H.). Suède, n° 212 533
Oldenhove (F.), Eisenstück et Cie. Belgiq., n° 517. 284
Olifier (N.). Pays-Bas, n° 155 .... 382 et 258
Oliva. Algérie, n° 302 207
Olivé (J.). Espagne, n° 407 314
Oliveira (A. da C.). Portugal, n° 52 514
Olivès. Algérie, n° 108 203
Olivier. Algérie, n° 465 209
Olivier (F.-C.). France, n° 567 16
Olivier (J.). France, n° 4051 89
Olivier (J.-B.). Belgique, n° 359 280
Olivier (M.-E.). France, n° 8063 172
Olivier fils (J.). France, n° 414 13

Pages.

Olivier (J.-J.) et Cie. Belgique, n° 474 283
Olivieri. États-Pontificaux, n° 22 386
Olland (H.) et Cie. Pays-Bas, n° 285 256
Ollbrich (A.). Autriche, n° 1252 253
Oller (S.) et Roca. Espagne, n° 164 309
Ollier père et fils. France, n° 6613 465
Ollion (E.). France, n° 10434 472
Olliveaux (Vve J.). France, n° 7394 158
Olombel frères. France, n° 6416 142
Olsen (J.). Norwége, n° 94 539
Olsen (O.-F.). Danemark, n° 55 303
Olsson (B.). Suède, n° 221 534
Omboni (C.). Autriche, n° 875 246
Ondaatje (W.). Ile de Ceylan, n° 7 501
Onions (J.-C.). Royaume-Uni, n° 460 327
Oom (T.). Açores, n° 401 521
Oom (T.). Portugal, n° 154 515
Oomen (A.-M.). Pays-Bas, n° 61 380
Oomkens, Van Bakkenes et Danisté. Pays-Bas, n° 248 384
Opigez aîné (J.). France, n° 9218 194
Opigez-Gagelin et Cie. France, n° 8294 .... 176 et 165
Oppenheim Weill. France, n° 8237 175
Oppenheimer (V.). Autriche, n° 1058 249
Oppi (G.). États-Pontificaux, n° 29 386
Orad-Blatin (H.). France, n° 1035 26
Ord (A.). Royaume-Uni, n° 606 330
Ordonnez (E.). Grenade, n° 13 224
Ordoñez (J. de D.). Cuba, n° 38 485
Orendi (J.). Autriche, n° 351 235
Orfèvres de Barcelone. Espagne, n° 504 484
Orgidan (R.). Autriche, n° 148 230
Oriental Waterproof Co. Royaume-Uni, n° 1749 348
Ormerod, Wall et Cie. Royaume-Uni, n° 1298 A. 487
Ormesby. Nouvelle-Galles du Sud, n° 92 490
Ornellas (F. da C.-C.). Portugal, n° 155 516
Orobis de Castro et Cie. Pays-Bas, n° 298 257
Oropos (Dème d'.). Grèce, n° 11 355
Orphelinat de Miserghin. Algérie, n° 303 207
Or (W.). Royaume-Uni, n° 285 325
Orsat de Clichy (T.) et Cie. France, n° 3129 73
Orselli (Cte E.). Toscane, n° 38 434
Orsi (A.). Toscane, n° 83 435
Orsini (A.). États-Pontificaux, n° 3 385
Orssand. Algérie, n° 109 203
Ortet (F.) et Cie. France, n° 8028 171
Orthaber (A.). Autriche, n° 323 234
Ortigue (P.). France, n° 8526 180
Ortmans père et fils. France, n° 6612 465
Ortolle fils et Cie. France, n° 6417 142
Orval-Regnier (N.-J.). Belgique, n° 355 280
Ory (Vve) et Lefebvre. France, n° 1518 38
Osborn et Cie. France, n° 3634 81
Oschatz (A.-F.). Prusse, n° 296 395
Oschwald (H. et G.). Suisse, n° 203 295
Osler Follet. Royaume-Uni, n° 112 321
Osler et Cie. Royaume-Uni, n° 1192 339
Osmann. Algérie, n° 619 211
Osmond (A.) et Leroux (T.). France, n° 6418 142
Osmont (L.-P.). France, n° 10329 468
Osmont (Vve). France, n° 8029 171

Pages.

Ossaye (F.-M.). Canada, n° 106 497
Osselin et Convents. France, n° 9895 451
Ossoli frères (Mis A. et J.). États-Pontificaux, n° 23. 386
Oswald (A.). Prusse, n° 479 400
Oswald et Hesse. Prusse, n° 483 400
Ostell (J.) et Cie. Canada, n° 244 499
Oster (A.). France, n° 8406 178
Osterberg (L.-G.). Suède, n° 222 534
Osterholm (C.-E.). Suède, n° 336 536
Ostermann (W.). Prusse, n° 1049 413
Osterroth (W.) et fils. Prusse, n° 1031 412
Ostertag (P.). Wurtemberg, n° 133 444
Ostyn-Breyne. Belgique, n° 95 273
Ostyn-Reynaert. Belgique, n° 96 273
Osty-Taupe. Belgique, n° 97 273
Oswald (J.). Canada, n° 107 497
Oswald et Warnod frères. France, n° 4912 110
Oswald (M.) et Cie. Suisse, n° 331 297
Oswin et Cie. France, n° 5917 132
Othman-ben-Sliman. Algérie, n° 674 212
Otte (C.-J.). Belgique, n° 46 272
Ottenheim (L.-E.) France, n° 2773 66
Ottensteiner (G.). Bavière, n° 148 270
Otterbach (J.). Wurtemberg, n° 5 440
Otto (F.-W.). Prusse, n° 169 392
Otto (T.). Prusse, n° 170 392
Ouarnier (M.). France, n° 7395 158
Ouchterlony (J.). Inde, n° 27 504
Oudar et Bruché. États-Sardes, n° 74 C .... 420 et 527
Oudart et Camas. France, n° 10435 472
Oudin (J.-A.-F.-V.). France, n° 10090 458
Oudiné (L.). France, n° 2530 61
Oudinot (A.). France, n° 5570 126
Oudinot-Lutel (Vve). France, n° 6419 142
Oudinot (E.) et Harpignies (H.). France, n° 5571. 126
Oudry (L.). France, nos 4913 et 5210 .... 110 et 118
Ouellery (R.). France, n° 10330 468
Ouin (M.-F.-A.). France, n° 8779 184
Oulad-el-Nahavet-Oulad-Ali-ben-Amel. Algérie, n° 384 208
Oulad-Kiah. Algérie, n° 246 206
Oulad-Klélas. Algérie, n° 620 211
Oulad-Mimoum. Algérie, n° 245 206
Ouled-Mohamed. Algérie, n° 548 210
Oulhassa. Algérie, n° 414 474
Oulmainn (Vve) et Cie. France, n° 8455 469
Outhenin, Chalandre fils et Cie. France, n° 2909. 68
Ouvière (F.). France, n° 1042 .... 26 et 46
Ouvrier (F.). France, n° 4914 110
Ouvrier (F.). France, n° 8780 184
Ouvroir des pauvres d'Aurillac. France, n° 7824 467
Oven (J.). Danemark, n° 5 301
Overbeck et Löding. Prusse, n° 870 409
Overlack (P.). Prusse, n° 1147 415
Owert (E.) et Cie. Hambourg, n° 61 510
Oxley (G. et J.). Royaume-Uni, n° 950 335
Oyler (S.). Royaume-Uni, n° 746 332
Ozaneau (C.). France, n° 4202 .... 93 et 469
Ozenne (P.-A.-F.). France, n° 10156 460
Ozonne-Mouginot. France, n° 4648 104
Ozouf (G.-H.). France, n° 3921 86

P

PAC

P .... Brésil, n° 3 223
Paauwels (W.) et fils. Pays-Bas, n° 125 .... 381 et 383
Pacheco (A.-C.). Espagne, n° 378 313
Pacheco (J. da S.). Portugal, n° 209 517
Pachernegg (J.). Autriche, n° 637 241
Pacilly (A.). France, n° 1824 44
Pacini (D.). Toscane, n° 39 434

PAD

Packer (J.-F-A.). Terre de Van-Diémen, n° 80. 495
Paddon et Ford. Royaume-Uni, n° 113 321
Padernello (J.). Autriche, n° 302 234
Padewet (C.). Bavière, n° 151 270
Padewet (J.). Bade, n° 96 264
Padoa (G.). États-Pontificaux, n° 34 386
Padovan (H.). Autriche, n° 573 240

Pages.

Padreddii (F.). Toscane, n° 116… 436 et 540
Pageot fils (F.). France, n° 8407… 178
Pagès (C.) et Hantich. France, n° 8222… 175
Pagès. Algérie, n° 304… 207
Pagès fils (D.). France, n° 7593… 162
Paget (Elémore). France, n° 2059… 453
Paget (L.). France, n° 1825… 44
Paget-Morel (A.). France, n° 1826… 44 et 84
Pagez-Baligot. France, n° 6420… 142
Pagèze de Lavernède. France, n° 125… 6
Pagliacci (A.). États-Pontificaux, n° 64… 512
Pagny (A.). France, n° 7773… 166
Pagny aîné. France, n° 7774… 166
Paidly (F.). Autriche, n° 212… 232
Paige (B.-P.). Canada, n° 153… 497
Pailhas. Algérie, n° 363… 208
Pailhasson (C.). France, n° 3722… 83
Poilla (R.). France, n° 6421… 142
Paillard (E.). France, n° 5211… 118
Paillard (J.-M.). France, n° 3130… 73
Paillard (V.). France, n° 5212… 118
Paillard frères (E. et A.). Suisse, n° 83… 292
Paillard, Vaucher et fils. Suisse, n° 84… 292
Paillart (C.). France, n° 2774… 66
Paillette père et fils aîné. France, n° 8781… 184
Pailleu (J.). France, n° 10447… 472
Paillier (P.). France, n° 7647… 163
Paillieux-Salats (N.-A.). France, n° 10298… 463
Paillon-Crépinge. France, n° 4915… 110
Paisant fils (L.). France, n° 2399… 58 et 75
Paix de Beauvoys (C.). France, n° 693… 19
Pajet (F.). Autriche, n° 271… 233
Pajot fils. France, n° 9587… 201
Pajot-Ruant. France, n° 5485… 123
Pala (F.). Espagne, n° 351… 313
Palacios (R.). Guatemala, n° 4… 225
Palanoz. États-Pontificaux, n° 58… 512
Palatini (S.). Autriche, n° 1160… 251
Palau (J.). France, n° 3723… 83
Palayon (F.). Espagne, n° 166… 309
Palazzi (F.). France, n° 10157… 460
Palbroy. Algérie, n° 145… 204
Palerme (D.-M.-D. d'A.). Portugal, n° 156… 516
Palesa (A.). Autriche, n° 1213… 252
Palhuber (V.). Autriche, n° 1079… 250
Pallard (Mme). Canada, n° 277… 499
Pallard aîné. France, n° 5413… 122
Palle (J.). France, n° 1519… 38
Palle (J.). France, n° 1599… 39
Palle (J.). France, n° 4916… 111
Pallestrini frères. États-Sardes, n° 69… 420
Palm (E.). Suède, n° 337… 536
Palm (R.). Autriche, n° 754 A… 244
Palme (J. et S.). Toscane, n° 110… 436 et 540
Palmer (E.). Royaume-Uni, n° 229… 323
Palmer (E.-J.). Canada, n° 324… 500
Palmer (G.). France, n° 880… 22
Palmer (H.-A.). Nouvelle-Galles du Sud, n° 50… 490
Palmer (W.). Royaume-Uni, n° 1560… 345
Palmer (Mme E.-C.). Suède, n° 313… 535
Palmerole (M.) et Sobrinos. Espagne, n° 352… 313
Palmgren (P.-F.). Suède, n° 252… 534
Palmstedt (C.). Suède, n° 413… 537 et 530
Panagiotakis. Grèce, n° 129… 509
Pancas (J.-M.-D.). Portugal, n° 357… 520
Panceira (B.). Autriche, n° 589 A… 240
Panciatichi-Ximenès d'Aragon (Marquis). Toscane, n° 157… 437
Panhorst (G.-P.). Pays-Bas, n° 174… 382
Panhorst, Prins et Cie. Pays-Bas, n° 11… 378
Panisset et Meffre fils. France, n° 6765… 148
Panjan (J.). Autriche, n° 520… 238
Panlehner (F.). Autriche, n° 638… 241
Pannekoek frères. Pays-Bas, n° 78… 380 et 257
Pannier (A.). France, n° 7648… 163
Pannott (C.) et Cie. Prusse, n° 871… 409

Pages.

Pansa frères. États-Sardes, n° 107… 421
Panseron (A.-L.-M.). France, n° 10436… 472
Pantin (H.). France, n° 4408… 98
Panton (Sir J.). Royaume-Uni, n° 833… 486
Panton (G.-A.) et autres. Victoria, n° 5… 493
Pantotsek (Dr L.-V.). Autriche, n° 754 B… 244
Pantz et Sorel. France, n° 7884… 168
Paoletti (F.). Toscane, n° 69… 435 et 540
Paoletti (J.). Toscane, n° 70… 435
Paoli (A.-L.). France, n° 235… 9
Paoli frères. France, n° 90… 5 et 86
Pape (J.-H.). France, n° 9556… 201
Pape fils. France, n° 9557… 201
Pape neveu. France, n° 9558… 201
Papeterie de Dahlhausen. Prusse, n° 412… 398
Pap. du Marais et de Ste Marie. France, n° 2920… 68
Papeteries du Souche. France, n° 2921… 68
Papety (C.) et Cie. France, n° 2400… 58
Papi (C.). Toscane, n° 99… 436 et 540
Papin fils. France, n° 948… 24
Pappe (Dr) et Zeyher. Cap de B.-Espérance, n° 13… 500
Paquerée (P.). France, n° 1134… 450
Paquet (P.-N.). France, n° 1827… 44
Paraf-Javal frères et Cie. France, n° 3031… 71
Paraïta (Le régent). Océanie française, n° 203… 480
Parant (A.-F.). France, n° 4203… 93
Parant (E.-L.). France, n° 6422… 142
Paravicini (L.). Suisse, n° 4… 290
Pardoe, Hoomans et Pardoe. Roy.-Uni, n° 1561… 345
Pardoux (J.). France, n° 415… 13
Pareau et Cie. France, n° 4917… 110
Parejo (A.). Cuba, n° 39… 485
Parent (J.-J.-F.). Belgique, n° 681… 288
Parent (P.). France, n° 6423… 142
Parent aîné. France, n° 6424… 142
Parent (A.) et Dounay. France, n° 2401… 58
Parenthou (G.) et Cie. France, n° 9941… 452
Paret (E.). France, n° 947… 24
Paret (M.). France, n° 6425… 142
Paret et Morel. France, n° 3032… 71
Parey (C.-F.-W.). Prusse, n° 1036… 412
Pareydt. France, n° 7396… 158
Parfait (A.), Huot (A.) et Lepreux (P.). France, n° 8030… 171
Parger (J.). Autriche, n° 423… 237
Parguez (A.). France, n° 9013… 189
Parhaut (Vve) et Cie. France, n° 5106… 115
Paridant-Van-den-Cammen (E.). Belgique, n° 588… 285
Parigi (D.-P.). Toscane, n° 107… 436
Pariot-Laurent. France, n° 7649… 163
Paris (C.-E.). France, n° 4918… 110
Paris (C.-J.). France, n° 416… 13 et 448
Paris (J.-R.). France, n° 3635… 81
Paris et Beretta. Autriche, n° 574… 240
Paris frères. France, n° 7527… 161
Paris-Bouvier. France, n° 8408… 178
Paris-Corroyer. France, n° 10004… 454
Parisot (J.). France, n° 2402… 58
Parisot-Lhuilière (E.). France, n° 7730… 165
Parissis (E.-M.). Grèce, n° 63… 356
Parker (R.-D.). Inde, n° 54… 505
Parker (C.) et fils. Royaume-Uni, n° 343… 326
Parkes (H.-P.). Royaume-Uni, n° 1069… 337
Parkin et Marshall. Royaume-Uni, n° 951… 335 et 338
Parkinson (C.-F.-D.). N.-Galles du Sud, n° 93… 490
Parkyn (W.). Canada, n° 258… 499
Parlant. France, n° 7397… 158 et 461
Parlanti (H.). Toscane, n° 150… 437 et 540
Parmentier (L.). France, n° 4454… 100
Parmentier (P.). Belgique, n° 518… 284
Parmentier et Cie. France, n° 4409… 99
Parmly (L.). États-Unis, n° 129… 223 et 221
Parnell et Puckridge. Royaume-Uni, n° 1099… 337
Parod (J.-A.). France, n° 3813… 84
Parod (J.-E.). France, n° 4649… 104
Parodi frères. États-Sardes, n° 111 B… 527

Pages.

Parodi frères. France, n° 254 9
Paroissien (A.). France, n° 8607 181
Parola (L.). États-Sardes, n° 45 A .... 419 et 527
Parpaite aîné (J.-B.). France, n° 694 19
Parquin (L.-P.). France, n° 1150 29
Parquin (L.-V.). France, n° 417 13
Parquin, Legueux, Zagorowski et Sonnet. France, n° 3131 A .... 73 et 455
Parran (E.). France, n° 8782 184
Parreira (E.-F.). Portugal, n° 54 .... 514 et 516
Parri (F.). Toscane, n° 165 437
Parrot (E.-L.). France, n° 2910 68
Parrot (H.). France, n° 3518 79
Parson (J.). Canada, n° 154 497
Parsons (P. M.). Royaume-Uni, n° 230 323
Partagas (J.). Cuba, n° 26 485
Partenais (Dlle P.). Canada, n° 276 499
Partsch (J.). Autriche, n° 755 244
Parzudaki père et fils. France, n° 10091 458
Pascal (A.). France, n° 949 24
Pascal (A.). France, n° 6426 142
Pascal (P.-E.). France, n° 1963 .... 47 et 30
Pascal fils. France, n° 8409 178
Pascal (J.-B.) et Cie. France, n° 881 22
Pasques (A.-F.). France, n° 5315 .... 120 et 463
Pasquet (L.-P.). France, n° 1335 33
Pasquier (C.-A.). France, n° 6766 148
Pasquier (H.-R.). France, n° 1828 44
Pasquier (V.). France, n° 2776 66
Pasquini (G.). Toscane, n° 47 434
Passel (C.). France, n° 4204 94
Passerat fils et Cie. France, n° 7082 152
Passeron. Algérie, n° 466 209
Passieux (J.). France, n° 9942 452
Pastor (G.). Prusse, n° 872 409
Pastor (L.-M.). Espagne, n° 471 483
Pastor fils (P.-H.). Prusse, n° 548 B 524
Pastor (C.-H. et C.). Prusse, n° 604 403
Pastor et Cie. Espagne, n° 379 313
Pastorelli (D.). Toscane, n° 31 434
Pate (T.) et fils. Toscane, n° 9 433
Patek, Philippe et Cie. Suisse, n° 85 292
Patent railway sleeper Co. Royaume-Uni, n° 231 323
Paterson (H.). Nouvelle-Galles du Sud, n° 157 492
Paterson (J.). Canada, n° 108 497
Paterson (R.). Royaume-Uni, n° 728 331
Patin (J.-R.). France, n° 3636 81
Patisson (E.). Royaume-Uni, n° 1784 348
Patoau (J.-B.) dit Joly. Belgique, n° 286 278
Patoux (A.), Drion et Cie. France, n° 5284 119
Patriau. France, n° 6427 142
Patris (G.). États-Sardes, n° 159 422
Patry (C.). France, n° 10266 462
Patry (V.). France, n° 2775 66
Patsch (F.). Bavière, n° 13 266
Patten (W.). Nouvelle-Galles du Sud, n° 165 492
Patterson (J.-M.). Royaume-Uni, n° 1473 343
Patural. France, n° 10267 462
Paturel aîné. France, n° 4919 110
Paturel et Boyer. France, n° 1011 25
Paturet (G.) et Parvy. France, n° 5572 126
Patzelt (A.). Autriche, n° 756 244
Patzelt (A.). Prusse, n° 873 409
Pau (M.) et Cie. France, n° 1572 39
Paublan (J.). France, n° 4920 111
Paucher. Océanie française, n° 200 480
Pauchet (T.). France, n° 2073 50
Paul-Gresset (C.-E.-M.). France, n° 8222 175
Paul-Poliot. France, n° 10005 454
Paul (A.) et frères. France, n° 10268 462
Paul (A.) et Cie. Royaume-Uni, nos 1303 et 1361. .... 341 et 342
Paulet (A.). France, n° 4650 104
Paulet frères. France, n° 1520 38
Pauli (F.). Suède, n° 159 532
Pauli (H.) et Buchholz. Prusse, n° 876 B 625

Pages.

Paulick (A.). Autriche, n° 876 246
Paulig et Weise. Prusse, n° 874 409
Paulin (C.) et Martin. France, n° 7398 158
Pauliny (J.-J.). Autriche, n° 324 234
Paullet (L.). France, n° 10437 472
Paulon (G.) et Bail. France, n° 9062 190
Paulsen (Mme). Hambourg, n° 73 510
Paulus (Vve H.) et fils. Pays-Bas, n° 222 383
Pauly (C.). Bavière, n° 65 268
Pauly (L.). France, n° 9014 189
Pauly, Gros et Cie. France, n° 2403 58
Paumier. France, n° 8177 174
Paur (C.-A.). Wurtemberg, n° 176 444
Pauris (L.) et Cie. France, n° 2598 62
Pauson fils et Martin. Royaume-Uni, n° 1330 341
Pauwels (F.). Belgique, n° 145 274
Pavard (E.-G.). France, n° 3307 75
Pavesi (C.). Autriche, n° 1214 252
Pavin de Lafarge et Regny (L.). France, n° 4325 97
Paxton et Jennings. Canada, n° 75 496
Payan (J.-C.). France, n° 9559 201
Payan (Mme L.). France, n° 7731 165
Payat (A.) et Gennary (H.). France, n° 4326 97
Payen (A.-R.). France, n° 5107 115
Payen (J.-B.). France, n° 7650 163
Payen (L.-A.). France, n° 10299 463
Payen et Cie. France, n° 6614 465
Payerne (P.-A.). France, n° 4089 91
Payne-Newman et Cie. Royaume-Uni, n° 232 323
Payoud (T.-E.). France, n° 7651 163
Payoux et Le Conte. France, n° 2777 66
Payre (F.). France, n° 9943 452
Pays (C.). France, n° 1135 450
Paysant. Algérie, n° 110 203
Paysant et Cie. France, n° 4327 97
Payssé (Héritiers de Mme Vve). France, n° 4921 110
Peacock (G.). Canada, n° 76 496
Peal (N). Royaume-Uni, n° 1785 348
Péan. Algérie, n° 111 203
Péan frères. France, n° 7399 158
Pearce (J.). Guyane anglaise, n° 25 .... 502 et 503
Pearsall (Ch.). États-Unis, n° 1 219
Pease (H.) et Cie. Royaume-Uni, n° 1362 342
Pech (J.). France, n° 418 13
Pêcheurs de Saint-Denis. Réunion, n° 108 478
Péchin (P.-J.-P.). France, n° 8094 172
Péchiney (M.). France, n° 10269 462
Pechten (E.). France, n° 5285 119
Pechüle (C.-W.). Danemark, n° 43 302
Peck (T.) et Cie. Canada, n° 259 499
Peckel (J.-N.). France, n° 7943 169
Pecker. Réunion, n° 109 478
Pécoul (A.). France, n° 4084 90
Pecoul (A.). Martinique, n° 9 470
Pecqueux (N.-F.) et Lefébure. France, n° 10158 460
Pecsteen de Vrière (Baron G.). Belgique, n° 98 273
Pedrôso (N.-J.). Portugal, n° 157 516
Peek frères. Pays-Bas, n° 272 256
Peel (J.). Royaume-Uni, n° 1688 347
Peers (Baron C.). Belgique, n° 99 273
Pegler (C.). Royaume-Uni, n° 1530 344
Pehrsson (A.) et Cie. Suède, n° 387 537
Peigné (V.-J.). France, n° 4410 93
Peill et Cie. Prusse, n° 875 409
Peillard et Cie. France, n° 10040 457
Peillon (G.) fils et Cie. France, n° 7083 152
Pelaez (M.). Espagne, n° 254 311
Pelcoq et Lespinasse (Vve). France, n° 6767 148
Peldrian (Les héritiers de F.). Autriche, n° 1026 249
Pelegrin (M.). France, n° 6768 148
Pelet (J.-P.). France, n° 8224 175
Pelicier (J.-T.). France, n° 2911 68
Pelikan fils (F.). Autriche, n° 757 244
Pelikan neveu (J.). Autriche, n° 758 244
Pelisseri (L.). États-Sardes, n° 142 .... 422 et 526
Pelitti (J.). Autriche, n° 1254 253

Pages.
Pellegrin frères. France, n° 695. 19
Pellerin. France, n° 720. 19
Pellerin et Cie. France, n° 1216. 31
Pellet (J.-P.). France, n° 10006. 454
Pelletier. Algérie, n° 467. 209
Pelletier (H.-F.). France, n° 7400. 158
Pelletier (J.-F.). Canada, n° 109. 497
Pelletier (P.-F.-J.). France, n° 4651. 104
Pelletier et Cie. France, n° 3209. 456
Pelletier (L.-E.) et Cie. France, n° 3724. 83
Pelley, Hurst et Cie. Royaume-Uni, n° 1585. 345
Pellier frères. France, n° 3637. 81 et 457
Pellionisz (J.). Autriche, n° 561. 239 et 229
Pellissery (F.). France, n° 8310. 469
Pellissier fils. France, n° 7084. 152
Pellorjas-Viala. France, n° 7594. 162
Pelluci frères. Toscane, n° 183. 438 et 541
Peltereau (A.). France, n° 2778. 66
Peltereau-Lejeune frère (P.). France, n° 2779. 66
Peltier et Mailly. France, n° 5522. 124
Penant (J.). France, n° 4922. 110
Pendrié et Cie. France, n° 6769. 148
Peneau (J.). France, n° 3638. 81
Pengeot frères. France, n° 4652. 104
Pénin fils (A.). France, n° 419. 13
Pénin père (F.-A.). France, n° 1336. 33
Penissou. France, n° 187. 7
Pénitencier général. Jamaïque, n° 15. 508 et 507
Penn (J.). Royaume-Uni, n° 128 A. 485
Pennee frères. France, n° 4328. 97
Pennequin (C.). Belgique, n° 682. 288
Penney (C.). Royaume-Uni, n° 541. 329
Penny (J.). Royaume-Uni, n° 181. 323
Penot et Cie. France, n° 8410. 178
Pepin (E.). France, n° 5918. 132
Pépin (F.-R.). France, n° 2780. 66
Pepin-Veillard. France, n° 6428. 142
Pépinière de Batna. Algérie, n° 621. 211 et 212
Pépinière de Bône. Algérie, n° 622. 211
Pépinière du Gouvt à Constantine. Algérie, n° 468. 209
Pépinière du Gouvt au Hamma. Algérie, n° 112. 203
Pépinière du Gouvt à Mascara. Algérie, n° 305. 207
Pépinière de Mostaganem. Algérie, n° 421. 474
Peponis (G.). Grèce, n° 75. 357
Pepper (E.). Royaume-Uni, n° 1216. 339
Pequin et Cie. France, n° 6429. 142
Perancini (E.). États-Sardes, n° 29. 419
Perathon père et fils. France, n° 2781. 66
Perbost (A. et I.). France, n° 6770. 148
Percepied-Maisonneuve (M.-G.). France, n° 9219. 194
Percerou (V.). France, n° 255. 9
Perdigao (J.-E.). Portugal, n° 158. 516
Perdry et Cie. France, n° 3400. 77
Pereira (A.-I.). Portugal, n° 159. 516
Pereira (A.-J.-D.). Portugal, n° 278. 518
Pereira (A. de Sa). Portugal, n° 378. 521
Pereira (F.-M.). Portugal, n° 185. 516
Pereira (J.-A.). Portugal, n° 379. 521
Pereira (J.-A.). Portugal, n° 380. 521
Pereira (J. dos S.). Portugal, n° 280. 518
Pereira Leitao (B.). Portugal, n° 279. 518
Pereles et Pollak. Autriche, n° 213. 232
Peremans. Algérie, n° 12. 202
Pérérat (Mlle). Martinique, n° 41. 476
Peret. France, n° 10395. 470
Peret (G.). France, n° 10159. 460
Perez (J.). Espagne, n° 167. 309
Perez-Altamirano (B.). Espagne, n° 458. 315
Perez (C.) de los Robos Belluga. Espagne, n° 270. 311
Périchon (E.). Réunion, n° 102. 478
Perichon aîné (S.). France, n° 9560. 201
Périé (R.). France, n° 3725. 83 et 85
Périer (A.). France, n° 3401. 77
Périer (C.-J.-P.). France, n° 10438. 472
Périer (F.). France, n° 1573. 39
Périer (S.) et Cie. France, n° 8031. 171

Pages.
Périgneaux (J.). France, n° 2782. 66
Perillieux-Michelez et Ackermann (H.). France, n° 6430. 142
Perin (J.-L.). France, n° 1225. 31
Périn frères. France, n° 3726. 83
Perinel aîné (C.-J.). France, n° 91. 5
Périollat. Guadeloupe, n° 55. 476
Peris (M.). Espagne, n° 64. 308
Perk (A.). Pays-Bas, n° 93. 380
Perks (S.). Royaume-Uni, n° 574. 329
Perla (C.). États-Sardes, n° 75. 421
Perla (F.). Espagne, n° 212. 310 et 311
Permanent Way Company. Royaume-Uni, n° 233. 323
Pernier-Coco (J.-M.). France, n° 8783. 184
Pernollet (J.). France, n° 1337. 33
Pernot (J.). Belgique, n° 686. 288
Pernot-Minne (A.). Belgique, n° 386. 281
Péron. France, n° 5919. 132
Peronet, dit Candy. France, n° 8412. 178
Péroni (M.). France, n° 236. 9
Perot (G.-J.). France, n° 5142. 116
Pérou (A.). Guadeloupe, n° 58. 477
Perra (B.). France, n° 3210. 456
Perrault (A.-E.). France, n° 4923. 110
Perrault (Z.). Canada, n° 35. 496
Perraut (P.-C.). France, n° 568. 16
Perreaux (L.-G.). France, n° 1682. 41 et 24
Perregaux et Brunet-le-Comte. France, n° 3033. 71
Perrens et Harrison. Royaume-Uni, nos 1206 et 62 A. 339 et 485
Perret (A.). Suisse, n° 87. 292
Perret (B.). France, n° 420. 13
Perret (C.). France, n° 1136. 450
Perret (J.). Suisse, n° 88. 292
Perret-Jeanneret (Mme J.). Suisse, n° 371. 298
Perret et ses fils. France, n° 2404. 58 et 455
Perret frères et Cie. France, n° 5920. 132
Perret, Bigot et Cie. France, n° 7085. 152
Perretier (J.-F.-E.). France, n° 3132. 73
Perreux (H.-M.). France, n° 2242. 54
Perreux (T.). France, n° 7401. 158
Perreyon (B.). France, n° 8188. 465
Perrium (W.-H.). Royaume-Uni, n° 1070. 337
Perrichon (L.-T.). France, n° 5414. 122
Perrier (J.). Espagne, nos 238 et 443. 311 et 314
Perrier (J.-C.). France, n° 6771. 148
Perrier (P.-A.). France, n° 2405. 58
Perrier (P.-L.). France, n° 7775. 166
Perrier et Rochevable. France, n° 6772. 148
Perrier et Salmon. France, n° 7402. 158
Perrin (C.). Suisse, n° 89. 292
Perrin (F.). France, n° 4924. 111
Perrin (J.-F.-X.). France, n° 950. 24
Perrin (L.). France, n° 4205. 94
Perrin (L.). France, n° 9290. 196
Perrin fils (J.). France, n° 9335. 197
Perrin frères et Cie. France, n° 6431. 142
Perrine et Cie. Réunion, n° 78. 477
Perron (F.-E.). France, n° 11. 3
Perron (P.-E.). France, n° 3727. 83
Perron de Kernoël. France, n° 3639. 81
Perronet-Gourdon (F.). France, n° 4329. 97
Perrot (A.). France, n° 569. 16
Perrot (B.-P.). France, n° 8114. 173
Perrot (H.). France, n° 5213. 118
Perrot (J.). France, n° 1521. 38
Perrot-Bergeras. Algérie, n° 113. 204
Perrot (S.), Petit et Cie. France, n° 8608. 181
Perrotin (C.-A.). France, n° 9291. 196
Perrottet. Inde française, n° 149. 479
Perry (A.). Canada, n° 110. 497
Perry (E.). Canada, n° 245. 499
Perry (E.). Royaume-Uni, n° 1050. 336
Perry (G.). Canada, n° 130. 497
Perry (T.) et fils. Royaume-Uni, n° 258. 324
Perry (J.) et Cie. Royaume-Uni, n° 1013. 336 et 349

Pages.

Persue (N.). France, n° 9173 193
Persyn (A.). Belgique, n° 167 275
Perthes (J.). Saxe-Gotha, n° 11 429
Pescheloche-Vivin. France, n° 1829 44
Pescodd et Sino. Terre de Van-Diémen, n° 51 494
Pesel et Menuet. France, n° 6432 142
Pesier (E.). France, n° 1964 48
Pesle-Vernois et fils. France, n° 6433 142
Pesnel (G.). France, n° 767 448
Pesquet (C.-B.). France, n° 4653 104
Pessanha (D.-F.-d'A.). Portugal, n° 55 .... 514 et 516
Pessi (J.). Autriche, n° 214 232
Pessi (V.). Autriche, n° 215 232
Pessl (J.). Autriche, n° 1027 249
Pessoa (J.-J.). Portugal, n° 323 519
Pestillat (A.). France, n° 4206 94
Pétard fils (L.-A.). France, n° 10439 472
Petel (L.-E.). France, n° 5415 122
Peter (A.), Guinon et Cie. France, n° 3034 71
Petermann (G.-E.). Saxe, n° 82 426
Peters (A.). Autriche, n° 1253 253
Peters (D.). Prusse, n° 750 407
Peters (F.). Prusse, n° 540 401
Peters (J.-A.). Francfort-sur-le-Mein, n° 5 317
Peters (J.-G.). Belgique, n° 207 276
Peters et fils. Royaume-Uni, n° 206 323
Petersen (F.). France, n° 3211 456
Petersen (F.-C.). Norwége, n° 95 539
Petersen (J.). Norwége, n° 74 538
Petersen (J.-L.). Danemark, n° 24 301
Petin (A.-C.-J.-B.). France, n° 9293 196
Petin (N.-E.-T.). France, n° 10007 .... 454 et 461
Petiniaud-Dubos fils (G.). France, n° 6434 142
Petit (A.-B.). France, n° 10440 472
Petit (A.-H.). France, n° 10214 461
Petit (C.). France, n° 7595 162
Petit (F.-J.-B.). France, n° 1338 33
Petit (J.-A.). France, n° 8456 469
Petit (J.-B.). France, n° 1339 33
Petit (L.). France, n° 10331 468
Petit (L.-C.). France, n° 9588 201
Petit fils (D.). France, n° 6435 142
Petit-Gérard (J.-B.). France, n° 5573 126
Petit-Huguenin (C.-M.). France, n° 283 10
Petit-Leclerc (C.). France, n° 1522 38
Petit et Biziaux. France, n° 8032 171
Petit et Edelbrock (J.). Prusse, n° 660 404
Petit et Lemoult. France, n° 2243 .... 54 et 61
Petit (E.) et Quavez (E.). France, n° 5922 132
Petit, Barbe, Coutel et Cie. France, n° 8685 182
Petit frères. France, n° 4564 102
Petiteau (M.-A.). France, n° 1830 44
Petitbon et Longien. France, n° 9292 196
Petitcolin (M.-J.). France, n° 9109 191
Petitdidier (A.). France, n° 2783 66
Petitdidier (F.). France, n° 3035 71
Petiteau (E.). France, n° 5108 115
Petitjean (H.). France, n° 4565 102
Petitpierre (Mme C.). Suisse, n° 372 298
Petitpierre (D.-L.). Suisse, n° 187 294
Peto (J.) et Bryan (J.-S.). Royaume-Uni, n° 607. 330
Petré (H.). Suède, n° 35 530
Pétrément (F.). France, n° 4925 111
Pétrément (V.-P.). France, n° 2153 52
Petri (C.-A.). Autriche, n° 216 232
Petrin (J.). Autriche, n° 1080 250
Petrucci (C.). Toscane, n° 134 .... 437 et 540
Pétry (J.-A.). Belgique, n° 326 279
Pétry père et fils. France, n° 1831 44
Petschke (L.). Suède, n° 388 537
Petschler et Cie. France, n° 4450 99
Pettersen (L.-J.). Norwége, n° 50 538
Pettersson (M.). Suède, n° 389 537
Pettersson (P.-E.). Suède, n° 390 537
Pettitt (E.). France, n° 311 11
Pety (C.) et Cie. France, n° 3519 79

Pages.

Petzoldt (F.). Saxe, n° 49 425
Peuchant (J.). France, n° 4411 99
Peugeot aîné et Jackson frères. France, n° 4654. 104
Peugeot (C.) et Cie. France, n° 1523 38
Peuteuil (C.). France, n° 421 13
Pexera, Modliar. Ceylan, n° 13 501
Peynaud (A.). France, n° 5923 132
Peynaud (E.). France, n° 5924 132
Peyot (F.). France, n° 6773 148
Peyrat (J.-B.). France, n° 8413 178
Peyraud aîné. Martinique, n° 10 476
Peyre (F.). France, n° 2169 52
Peyre, Dolques et Cie. France, n° 9944 452
Peyron (A.). France, n° 2912 68
Peyron fils. France, n° 4655 104
Peyronnet (J.-B.). France, n° 10215 461
Peyronnont (A.). France, n° 8784 184
Peroulx. France, n° 2406 58
Peyrounine (J.-B.-A.). France, n° 5416 122
Peyruzat. Réunion, n° 79 477
Peyton et Iles. Royaume-Uni, n° 1012 A 487
Pezé (E.-P.). France, n° 6615 465
Pfaff (A.). Hesse, n° 46 260
Pfaff (G.-M.). Bavière, n° 149 270
Pfeifer (E.). Prusse, n° 469 399
Pfeifer (J.). Autriche, n° 639 241
Pfeiffer (C.). Hesse, n° 28 365
Pfeiffer (G.). France, n° 8296 176
Pfeiffer (J.-D.). France, n° 9336 197
Pfeiffer (L.). Autriche, n° 1161 251
Pfeiffer (P.-H.). Pays-Bas, n° 19 378
Pfeiffer, Schwartzemberg et Cie. Hesse, n° 4 367
Pfeil (C.-A.). Prusse, n° 442 399
Pferdmenges frères. Prusse, n° 751 407
Pferdmenges (J.-H.) et fils. Prusse, n° 752 407
Pfister (C.-E.). Prusse, n° 498 400
Pfützenreiter (J.) et Cie. Prusse, n° 217 393
Pflaum (N.). Prusse, n° 1220 524
Pforte (C.-W.). Hambourg, n° 74 510
Pfrimer (J.-B.). Wurtemberg, n° 8 440
Pfurtscheller (M.). Autriche, n° 640 241
Philipp (J.). Autriche, n° 1162 251
Philipp (L.-M.). Prusse, n° 500 400
Philippe (J.-B.-R.). France, n° 10092 458
Philippe (J.-P.). France, n° 3814 84
Philippe (M.-C.-E.). France, n° 1226 31
Philippe (T.). France, n° 2060 453
Philippe et Canaud. France, n° 3640 81
Philippi (Dr C.-W.). Hesse, n° 35 365
Philippon. Algérie, n° 306 207
Philippot. France, n° 4330 97
Philippot (J.-M.). France, n° 6616 465
Phillips (S.). Royaume-Uni, n° 1161 338
Phillips (S.). Royaume-Uni, n° 1653 346
Phillips et King. Cap de Bonne-Espérance, n° 5 .. 500
Phillp (C.-J.). Royaume-Uni, n° 486 328
Philp (J.) et Cie. Belgique, n° 392 281
Phlogaites (N.). Grèce, n° 2 355
Photinos (P.). Grèce, n° 74 357
Pinget (A.). France, n° 7944 169
Piat (J.-J.-D.). France, n° 1201 30
Piat (J.-L.-F.). France, n° 7945 169
Piattet (P.). France, n° 9418 198
Piatti (B.). États-Sardes, n° 33 B 527
Piatti (T.). États-Sardes, n° 22 A .... 526 et 527
Piazzoni (J.-B.) et frères Autriche, n° 972 248
Picard (E.). France, n° 9015 189
Picard (J.-A.). France, n° 2244 54
Picard (J.-B.). France, n° 4022 88
Picard (A.) et Cie. France, n° 5455 123
Picart (J.-B.-P.). France, n° 1594 38
Picault (J.-R.). France, n° 8609 181
Picault (S.-E.). France, n° 422 13
Picchianti (C.). Toscane, n° 158 .... 437 et 540
Picciotto (D.). Royaume-Uni, n° 676 331
Pichard (A.). France, n° 2784 66

Pages.

Pichard (P.). France, n° 6436................ 142
Pichard (C.) et Punant (A.). France, n° 5214.. 118
Pichenat (Vve J.-P.). France, n° 5456.......... 123
Pichler (L.). Autriche, n° 724.............. 243
Pichon (A.). France, n° 2785................ 66
Pichon (J.-P.). France, n° 3728................ 83
Pichot (A.). France, n° 2913................ 68
Pichot (A.) et Fradélézi. France, n° 2113........ 51
Pichot (A.) et Cie. France, n° 2914............ 68
Pick (I.-D.). Autriche, n° 1028 A............ 249
Pickel (M.). Autriche, n° 641.............. 241
Pickhardt (G.). Prusse, n° 593.............. 403
Picot (C.). France, n° 1227.............. 31 et 454
Picot (P.-J.). France, n° 4096.............. 91
Picot-Chartier (J.). France, n° 2786.......... 66
Picquefeu (V.-A.). France, n° 6774.......... 148
Picquot fils (E.). France, n° 6437.......... 142
Pidault (M.). France, n° 4207.............. 94
Piddington (H.). Inde, n° 2.............. 504 et 505
Piderit (F.). Prusse, n° 996................ 411
Piece (Mme L.). Suisse, n° 411...... 299, 293 et 482
Piedalu. France, n° 10008.................. 454
Piednoir et Gontier. France, n° 7403.......... 158
Piednoir et Cie. France, n° 32................ 4
Piel (E.-A.). France, n° 1340.............. 33
Piella frères. Autriche, n° 424.............. 237
Piepenstock (C.-D.). Prusse, n° 661.......... 404
Piepersberg et Vom Baum. Prusse, n° 218........ 393
Pierce (H.). États-Unis, n° 120.............. 222
Pierce (W.). Royaume-Uni, n° 286.............. 325
Pierce (W.). Royaume-Uni, n° 461.............. 327
Pieris. Ile de Ceylan, n° 21.............. 501 et 502
Piéron (L.-A.). France, n° 4926.............. 111
Pierrard-Parpaite et Copin fils. France, n° 9945.. 451
Pierre. Algérie, n° 272.................. 206
Pierre (A.). France, n° 1432................ 36
Pierre (J.). Algérie, n° 114................ 204
Pierre (J.). Royaume-Uni, n° 1739.............. 348
Pierre-Jacques. France, n° 1228.............. 31
Pierret (C.-C.). France, n° 10441.............. 472
Pierret (F.-V.). France, n° 4023.............. 88
Pierret (V.-A.). France, n° 1832.............. 45
Pierri (Comte J.). Toscane, n° 135........ 437 et 540
Pierron (A.). France, n° 9110.............. 191
Pierron (E.-G.). France, n° 8411.............. 178
Pierron et Cie. France, n° 5316.............. 120
Pierrot-Grisard. France, n° 4927.............. 111
Pierru (F.). France, n° 9896.............. 451
Pierson (J.). France, n° 1202.............. 30
Pierson (P.-L.). France, n° 9174.............. 193
Pierson (J.) fils. France, n° 8889.............. 187
Pierson père (C.). France, n° 8888.............. 187
Pierucci (M.). Toscane, n° 53.............. 434
Pieton (F.-J.). France, n° 7596.............. 162
Pietschmann (J.). Autriche, n° 1163.......... 251
Piette (J.-B.-A.). France, n° 2074.......... 50
Piette (L.). Belgique, n° 263.............. 278
Pigache (C.). France, n° 9111.............. 191
Pigache et Mallat. France, n° 7732.......... 165
Pigalle (J.-R.). France, n° 8295.............. 176
Pigé et Cie. France, n° 4928.............. 111
Pigelet (P.). France, n° 5925.............. 132
Piget (A.-O.). France, n° 5317.............. 120
Pignant (G.). France, n° 5417.............. 122
Pignol. Martinique, n° 17.............. 476
Pigoury (A.). France, n° 4656.............. 104
Pignet (E.). Suisse, n° 91.............. 292
Piguet frères. Suisse, n° 90.............. 292
Piban (J.-E.). France, n° 3729.............. 83
Pike (W. et J.). Royaume-Uni, n° 45.......... 320
Pikoulakis (D.). Grèce, n° 41.............. 356
Pilger (L.). Pays-Bas, n° 231.............. 384
Pilkmann et Cie. Espagne, n° 330.............. 313
Pillard frères. France, n° 8527.............. 180
Pillaut (Ve A.-N.). France, n° 8225.......... 175
Piller et Lung. France, n° 7404......158, 133 et 142
Piller (G.) et fils. Autriche, n° 425.......... 237
Pilleron (P.). France, n° 9337.............. 197
Pillioud aîné. France, n° 10270.............. 463
Pillischer. Royaume-Uni, n° 407.............. 326
Pillivuyt, Dupuis et Cie. France, n° 5523........ 124
Pillon. France, n° 3402.................. 77
Pillot (J.-B.-C.). France, n° 8414.............. 178
Pilon (J.-E.). France, n° 5342.............. 120
Pilon (M.-A.). France, n° 1070.............. 27
Pilon (P.-A.). France, n° 10442.............. 472
Pilot (E.). France, n° 1012.............. 25
Pim frères et Cie. Royaume-Uni, n° 1375........ 342
Pimentel (J.-M.). Portugal, n° 340.............. 520
Pimentel (V.). Espagne, n° 271.............. 311
Pimont (H.). France, n° 5926.............. 133
Pimont (P.). France, n° 2170.............. 52
Pin-Bayart. France, n° 6438.............. 142
Pinart frères. France, n° 223........ 447, 450 et 461
Pinaud (E.) et Meyer (E.). France, n° 2531.... 61
Pinault (N.). Canada, n° 111.............. 497
Pincoffs et Cie. Royaume-Uni, n° 654 A.......... 486
Pinder, Bourne et Hope. Royaume-Uni, n° 1217. 339
Pineau jeune. France, n° 7405.............. 158
Pineda (F.). Espagne, n° 168.............. 309
Pinel (B.). France, n° 423.............. 13
Pinel-Pagès. France, n° 6439.............. 142 et 75
Pinet (T.). France, n° 6440.............. 142
Pinet de Maupas (J.-J.). France, n° 570........ 16
Pinet fils. France, n° 9897.............. 451
Pinel fils (J.). France, n° 1341.............. 38
Pinfat. Algérie, n° 115.............. 204
Pinga (J.-C.). Portugal, n° 281.............. 518
Pinguet. France, n° 7825.............. 467
Pinguet (Mme). France, n° 8654.............. 470
Pinheiro (J.-H.). Portugal, n° 160........ 516 et 518
Pini (A.). Toscane, n° 108.............. 436
Pins (Mis Odon de). France, n° 3520........ 79 et 86
Pinson frères. France, n° 8785.............. 184
Pintner. Autriche, n° 877.............. 246
Pinto (A.-J.). Portugal, n° 358.............. 520
Pinto (J.-R.). Portugal, n° 282.............. 518
Pinto Bastos (E.-F.). Portugal, n° 161.......... 516
Pinto da Silva (J.-J.) et frères. Portugal, n° 210. 517
Pinto e Souza. Portugal, n° 315.............. 519
Pintus (J.) et Cie. Prusse, n° 275.............. 395
Pioche-Bayerque et Cie. États-Unis, n° 104...... 222
Pionneau (A.). France, n° 8686.............. 182
Piot (A.). France, n° 188.............. 7 et 447
Piot (J.-B.-E.). France, n° 10443.............. 472
Piper (Comte C.). Suède, n° 36.............. 530
Piper frères. Canada, n° 142.............. 497
Piquard. Algérie, n° 623.............. 211
Piques aîné et cadet. France, n° 2915.......... 68
Pirault. Algérie, n° 6.............. 202
Pirazzi (G.) et fils. Hesse, n° 79.............. 566
Pires (A. de J.). Portugal, n° 162.............. 516
Pirot-Pauchet (E.). Belgique, n° 251.......... 278
Pirie (A.) et fils. Royaume-Uni, n° 630........ 330
Piron (J.). Belgique, n° 444.............. 282
Pirron (L.). France, n° 4566.............. 102
Pissot (A.). France, n° 4024.............. 88
Pistorius (C.) et fils. Autriche, n° 1164........ 251
Pitas (J.). France, n° 2532.............. 61
Pitet aîné. France, n° 9016.............. 189
Pitois (E.-E.). France, n° 1013.............. 25
Pitoux (V.). France, n° 2407.............. 58
Pitrat (M.). France, n° 8610.............. 181
Pitrel (A.). France, n° 10130.............. 459
Pitt (W.). Terre de Van-Diémen, n° 68........ 495
Pitts (J.-A.). États-Unis, n° 23.......... 220 et 219
Pivato (J.). Autriche, n° 426.............. 237
Piver (L.-T.). France, n° 2533.......... 61 et 455
Pizieux (J.-B.-A.). France, n° 571.............. 16
Pizzoccheri (J.). Autriche, n° 325.............. 234
Place (M.). France, n° 326.............. 11
Place-Vieillard. France, n° 4567.............. 102

Pages.

Placquet-Vandersmissen. Belgique, n° 519 284
Pladys (C.). France, n° 8415 178
Plagemann (C.-F.). Suède, n° 160 532
Plagniol (A.-A.). France, n° 1919 46
Plailly (N.-P.). France, n° 7157 465
Plager (A.). Autriche, n° 1028 B 249
Plambeck (C.-F.-H.). Hambourg, n° 41 363
Plancher (C.-P.). France, n° 10444 472
Planchon (M.). France, n° 1217 31
Plancol (A.). France, n° 4568 102
Plançon (J.). France, n° 8189 465
Planier (L.-E.). France, n° 10332 468
Plank (G.) Autriche, n° 272 233
Planque-Durteste. France, n°s 3308 et 3641 .. 75 et 81
Planson (J.-A.). France, n° 7988 170
Plantefor-Gariel. France, n° 6441 142
Plantié et fils. France, n° 5272 119
Plantier et Cady. Algérie, n° 364 208
Plantrou frères. France, n° 5927 133
Planus neveu. France, n° 5928 133
Plasman (F.-J.) et Cie. Prusse, n° 413 398
Plasse. France, n° 5929 133
Plasse (S.). France, n° 4929 111
Plasson (E.). France, n° 7406 158
Plataret et Cie. France, n° 6775 148
Platt (S.). Canada, n° 200 498
Platt frères et Cie. Royaume-Uni, n° 324 325
Plattet (A.). France, n° 2787 66
Plaut (C.-H.). France, n° 10445 472
Plaute et Schreiber. Prusse, n° 877 B 525
Plazzoli (A.). Autriche, n° 303 234
Plé-Horain (Mme). France, n° 10381 469
Pleischl (A.) et fils. Autriche, n° 702 242
Plenier (Marie-Josèphe). France, n° 7407 158
Plenty (E.). Royaume-Uni, n° 808 333
Pleyel et Cie. France, n° 9561 201
Plichon (V.). France, n° 5127 116
Plichon (Vve). France, n° 4980 111
Plique et Jullien. France, n° 10271 .... 463 et 470
Plischke (J.). Autriche, n° 1029 249
Plisson fils (D.). France, n° 2408 58
Plomdeur fils (J.). Belgique, n° 327 .... 279 et 255
Plon (H.-P.). France, n° 9294 .... 196, 471 et 450
Ploss (J.-N.). Autriche, n° 1059 249
Pluchet (E.). France, n° 3730 83
Pluchet (E.-V.). France, n° 696 19
Plumier (A.). Belgique, n° 672 287
Plumier (V.). France, n° 9175 193
Plummer et fils. France, n° 2788 .... 66 et 455
Pluss (S.). Suisse, n° 243 296
Pluys (J.-F.). Belgique, n° 420 282
Pochet (E.). France, n° 2245 54
Pochet (H.-P.). France, n° 5318 120
Podany (F.). Autriche, n° 589 B 240
Podestà (J.). France, n° 3521 79
Podiebrad (A.). Autriche, n° 725 243
Podroskis. Grèce, n° 64 356
Pœhle (C.-A.). Prusse, n° 727 406
Poelman (I.). France, n° 3133 73
Poensgen (A.). Prusse, n° 662 404
Poensgen (C.). Prusse, n° 80 390
Poensgen (R.). Prusse, n° 81 390
Pœnsgen frères. Prusse, n° 1235 525
Poetz frères. Nassau, n° 26 511
Poggi (C.). États-Pontificaux, n° 59 512
Poggi (F.). France, n°s 189 et 10446 .... 8 et 472
Poggi (Vve). États-Pontificaux, n° 52 512
Poggio (F.). Autriche, n° 217 232
Pohl (G.). Prusse, n° 184 392
Pohl (H.). Prusse, n° 663 404
Pohl et Cie. Prusse, n° 1256 525
Pohle (F.). Anhalt, Dessau et Cothen, n° 5 226
Pohle (J.). Anhalt, Dessau et Cothen, n° 6 226
Pohly (M.). Autriche, n° 1030 249
Poifol (A.). France, n° 8528 180
Poiger (F.). Autriche, n° 642 241
Poignand (F.-X.). France, n° 768 448
Poilly (De), de Fitz-James et Labarbe. France, n° 5319 120
Poinat (G.). France, n° 7826 467
Poincelet (L.). France, n° 3134 73
Poincignon (D.). France, n° 8048 171
Poincinet. Algérie, n° 116 204
Poinsard (C.-E.). France, n° 7946 169
Poinsignon (J.-D.). France, n° 8786 184
Point (C.). France, n° 7652 163
Pointner (J.). Autriche, n° 973 248
Poirel (P.-J.). France, n° 3885 85
Poiret frères et neveu. France, n° 6617 .... 465 et 464
Poirier (L.). France, n° 1151 29
Poirier (P.). France, n° 8416 178
Poirier-Legeay fils. France, n° 2789 66
Poirier de Saint-Charles (P.). France, n° 1410 .. 35
Poirier-Chappuis et Cie. France, n° 2916 68
Poisac (L.). France, n° 8529 180
Poisat oncle et Cie. France, n° 2534 61
Poisson (P.-L.-M.). France, n° 8787 184
Poisson (T.-F.). France, n° 769 448
Poitevin et fils. France, n° 6442 143
Poitou (J.-B.) et Cie. France, n° 190 8
Poitrasson (P.). France, n° 1071 27
Poivet. France, n° 1164 29
Poivret (J.-N.). France, n° 7597 .... 162 et 40
Poix, Coste et Gonnet. France, n° 6443 143
Pokorny (A.). Prusse, n° 1206 524
Pol (L.). France, n° 9562 201
Polacci (E.). Toscane, n° 82 435
Polak (Flora). Belgique, n° 658 287
Polborn (L.). Prusse, n° 443 399
Polidor (A.). France, n° 4503 101
Polak (D.-M.). Belgique, n° 589 286
Poliot jeune (P.). France, n° 10009 454
Pollak. Autriche, n° 878 246
Pollak (A.). Autriche, n° 218 232
Pollak (A.-M.). Autriche, n° 352 235
Pollak (L.). Autriche, n° 99 229
Pollak (L.). Autriche, n° 149 230
Pollak (J.-J.) et fils. Autriche, n° 427 .... 237 et 251
Pollard (G.). Royaume-Uni, n° 1869 366
Pollart (G.-A.). France, n° 3731 83
Pollet (J.). France, n° 6444 143
Pollet-Delobel. France, n° 5930 133
Polli (F.). Toscane, n° 166 .... 437 et 540
Pollitzer (S.-A.). Autriche, n° 879 246
Polloni (J.). Autriche, n° 219 232
Polo (J.). Espagne, n° 169 309
Polomul, Soodrej, Bhor, etc. Inde, n° 102 508
Polonceau (C.). France, n° 1106 27
Pöls jeune (J.). Prusse, n° 1043 413
Polson (H.). Nouvelle-Galles du Sud, n° 115 491
Poly-Labesse (A.-F.). France, n° 9898 451
Polycarpo (A.). Portugal, n° 304 B 519
Polyzogopoulos (T.). Grèce, n° 112 358
Pomaré (La reine). Océanie française, n° 204 480
Pomart (J.-B.). France, n° 5457 123
Pomie (M.). Autriche, n° 1165 251
Pommer et Cie. Wurtemberg, n° 134 444
Pommier (C.). France, n° 2535 61
Pommier (L.-F.). France, n° 3036 71
Pommier (P.). France, n° 3212 456
Pommier et Cie. Royaume-Uni, n° 654 330
Pommiès. France, n° 4657 104
Pompidor (L.). France, n° 8530 180
Pompon (L.-S.). France, n° 5215 118
Ponce-Corbu. France, n° 2790 67
Poncel. Algérie, n° 117 204
Poncel (A.). Algérie, n° 221 473
Poncelet (Mme). France, n° 3213 456
Poncet (Mlle C.-A.). France, n° 4413 99
Poncet (P.-F.). France, n° 4412 99
Poncet-Vermorel. France, n° 7088 152
Poncet frères. France, n° 6445 143

Pages.

Poncet et Ardant. France, n° 5524............ 124
Ponche-Bellet (L.-B.). France, n° 6618........ 465
Ponchon (A.). France, n° 1637.............. 40
Ponchon fils aîné. France, n° 6446............ 143
Poncini (T.). France, n° 2114................ 51
Poncy (F.) et Cie. Suisse, n° 491............. 299
Pondeorde (L.). Espagne, n° 307............. 312
Pondevaux et Jussy. France, n° 4208.......... 94
Pons. Algérie, n° 118...................... 204
Pons (J.). Espagne, n° 170.................. 210
Pons (M.). Algérie, n° 625.................. 211
Ponsard (E.). France, n° 572................. 16
Ponsard (E.). Nouvelle-Galles du Sud, n° 179... 492
Ponsard (L.-L.). France, n° 12................ 3
Ponson (C.). France, n° 7089............... 152
Ponte (P.). France, n° 6776................ 148
Ponteba (Colonie agricole de). Algérie, n° 214... 473
Pontenier (F.-E.). France, n° 9112........... 191
Ponthieure de Berlaere (Chev.). Belgique, n° 100. 273 et 254
Ponticelli (G.). Toscane, n° 24...... 433, 434 et 435
Pontois (A.). France, n° 6447............... 143
Ponzio (C.). États-Sardes, n° 37............. 419
Poole (J.). Royaume-Uni, n° 382............. 326
Popelin (A.). France, n° 4331.............. 97
Popelin-Ducarre et Cie. France, n° 2075........ 50
Popineau (J.-B.-M.). France, n° 9113......... 192
Popon (N.). France, n° 10272................ 463
Popp (C.). Autriche, n° 428.................. 237
Popper frères. Autriche, n° 880................ 246
Poquet (E.). France, n° 4414................ 99
Porcher (L.). France, n° 795................. 20
Porcile (A.) et fils. États-Sardes, n° 157 B...... 527
Porinet. Algérie, n° 119..................... 204
Porlier (J.-A.). France, n° 2917.......... 68 et 455
Poroi et sa fille Téina. Océanie française, n° 205.. 480
Poron frères. France, n° 7598................ 162
Porquet (L.). France, n° 770................ 448
Porquier (A.). N° 5486..................... 123
Porro (I.). États-Sardes, n° 34 B............. 527
Porro (J.). France, n° 1920................. 46
Portal (W.-S.). Royaume-Uni, n° 631.......... 330
Portal de Moux (C.). France, n° 424.......... 13
Portalès et Cie. Espagne, n° 392............. 314
Portanier. Algérie, n° 120.................. 204
Porte (C.-F.). France, n° 4332.............. 97
Porte (J.). France, n° 10131................ 459
Portelli. Algérie, n° 121.......... 204, 209 et 473
Portelli. Algérie, n° 469.................... 209
Portelli. Algérie, n° 624.................... 211
Porter (C.-T.). États-Unis, n° 16............ 219
Porter junior (T.). Guyane anglaise, n° 52..... 503
Porter, Hinde et Gorter. Royaume-Uni, n° 255.. 485
Porter (G.) et Cie. Canada, n° 36............. 496
Porteries (P.-P.). France, n° 4497........... 100
Portès. Algérie, n° 13...................... 202
Porteu aîné. France, n° 7408................ 158
Portheim et fils. Autriche, n° 759............ 244
Portier aîné (V.-M.). France, n° 3403......... 77
Posselt fils (A.). Autriche, n° 881............ 246
Possenbacher (J.) et Steinmetz (M.). Bavière, n° 104.................................. 269
Possessions royales de Toscane. Toscane, n° 19. 433, 434, 435 et 437
Post (J.-D.). Prusse, n° 571................. 402
Potalier (F.) et Cie. France, n° 5128........... 116
Potel-Langlois (L.-N.). France, n° 1525.... 38 et 452
Potelune (P.-M.). France, n° 1179........... 30
Pothman (J.-H.). Pays-Bas, n° 25............ 379
Les Potiers de Sars-Poteries. France, n° 5418. 122 et 463
Potoine aîné. France, n° 4931............... 111
Pototschnigg (J.-L.). Autriche, n° 703........ 242
Potteau (P.-J.). France, n° 2006............ 49
Pottecher (B.). France, n° 4932............. 111
Potter (E.) et Cie. Royaume-Uni, n° 1298 B..... 487
Pottet (C.). France, n° 4209................ 94

Pages.

Pottier (S.). France, n° 4025................ 88
Pottier frères. France, n° 1036.............. 26
Pottin (Vve) et fils. France, n° 9838.......... 197
Pottohff (W.). Prusse, n° 79............... 390 et 523
Potton (F.), Rodier (T.) et Cie. France, n° 7090. 152
Pouchain (V.). France, n° 7409.............. 158
Pouey (J.). France, n° 2276................ 55
Pouey (J.). France, n° 8033................ 171
Pouey et Cie. France, n° 2791................ 66
Pougeois (G.-G.). France, n° 1688............. 41
Pouget. Guyane française, n° 167............ 479
Pouget (L.-A.). France, n° 2246............. 54
Pougnet. France, n° 33...................... 4
Pouillart (H.). France, n° 2007.............. 49
Pouillien (B.). France, n° 4026.............. 88
Poujoulat. Algérie, n° 122.................. 204
Poulain (L.-L.). France, n° 4415............. 99
Poulain père. France, n° 7410............... 158
Poulain-Bourgogne (Mlle A.). France, n° 8226.. 175
Poulain (C.) père et fils. France, n° 6449...... 143
Poulain frères et Cie. France, n° 6450......... 143
Poulakos (P.-A.). Grèce, n° 13...........355 et 356
Poulat (J.-A.-M.). France, n° 1833........... 44
Poulenc (A.). France, n° 2792.............. 66
Poulet (J.-B.-V.). France, n° 8788........... 184
Poulin (A.). France, n° 10300............... 463
Poulit (P.). France, n° 8417................ 178
Poullain (F.). France, n° 8687.............. 182
Poullain (H.-J.). France, n° 9339............ 197
Poullain-Beurier (P.-J.-E.). France, n° 2793... 66
Poullet (V.-N.). France, n° 1921............ 46
Poullier-Delerue (L.). France, n° 6451........ 143
Poulsen (H.). Danemark, n° 19.............. 301
Poumaroux (D.) et Cie. France, n° 8531....... 180
Poumeyrol-Peyrat (P.-A.). France, n° 2536.... 61
Poupar. Algérie, n° 470..................... 209
Poupel (L.-G.). France, n° 8789............. 184
Pouplier (A.) et frères. France, n° 796......... 20
Poupon (Marie-Anne). France, n° 7411........ 158
Poupy (B.) et Floret. France, n° 7091......... 152
Pourcherol et Cie. France, n° 6452........... 143
Pourchier (J.-B.). France, n° 3732........... 83
Poure et Cie. France, n° 8178................ 174
Pourrez (B.-A.). France, n° 5931............ 133
Poussard (J.). France, n° 8064.............. 172
Poussard-Domont (A.). France, n° 6034........ 464
Poussielgue-Rusand (P.). France, n° 5039..... 113
Poussin (D.-J.). France, n° 10333........... 468
Pouten (A.-P.). France, n° 3963............. 87
Poutrel. France, n° 697.................... 19
Pouyat (J.). France, n° 5525 ....124 et 447
Pouyat (L.) et Lebrun (P.). France, n° 5526... 124
Pouyer (A.) et Quertier fils. France, n° 5932. 133 et 143
Pouzot (A.). France, n° 3214................ 456
Powell (T.). France, n° 9852................ 449
Powell (T.). Royaume-Uni, n° 217............ 323
Power. Ile de Ceylan, n° 39...............502 et 501
Poydenot frères et Cie. France, n° 2537....... 61
Poyet fils. France, n° 6453 143
Poynter (J.). Royaume-Uni, n° 542........... 329
Pozzi (V.). États-Pontificaux, n° 21.......... 386
Praetorius et Protzen. Prusse, n° 1017........ 412
Prade-Foule. France, n° 6454................ 143
Pradeau, Poumaroux et Raynal. France, n° 293. 447
Pradel-Huet fils aîné et Cie. France, n° 8457..... 469
Prader. Algérie, n° 123 204
Pradier (J.). France, n° 6777................ 148
Pradier-Faurot. France, n° 6455............. 143
Pradine et Cie. France, n° 6456.............. 143
Praetorius et Cie. Toscane, n° 28 B........... 260
Praetzsch (M.). Bavière, n° 99 A............. 269
Pramondon et Cie. France, n° 7092........... 152
Prang (J.-B.). Prusse, n° 1072.............. 413
Prat aîné. France, n° 6457.................. 143
Prat aîné (M.-A.). France, n° 7599........... 162

Pages.
Prat (F.) et Cie. France, n° 7093 ... 152
Pratt (F.-R.) et Cie. Royaume-Uni ... 339
Préaubert (J.). France, n° 2115 ... 51 et 19
Prediger (J.) et Cie. Autriche, n° 760 ... 244
Préfecture d'Alger. Algérie, n° 184 ... 205
Préfecture de Constantine. Algérie, n° 662 ... 212
Préfecture d'Oran. Algérie, n° 389 ... 208
Préfet de Beja. Portugal, n° 56 ... 514
Préfet de Vianna de Castello. Portug., n° 163. 516 et 518
Prégaldino (P.). Belgique, n° 101 ... 273
Preinsler (L.-J.-B.). France, n° 8688 ... 182
Preiss (F.). Belgique, n° 694 ... 288
Preiswerk (L.). Suisse, n° 333 ... 297 et 482
Preiswerk (D.) et Cie. Suisse, n° 332 ... 297
Prelat (J.-F.). France, n° 4210 ... 94
Prelenthner (J.). Autriche, n° 726 ... 243
Preller (C.-A.). Royaume-Uni, nos 608 et 655 ... 330
Premier routoir de lin. Autriche, n° 1031 ... 249
Première société silésienne pour le rouissage du lin. Autriche, n° 1032 ... 249
Prenat jeune (Vve). France, n° 7094 ... 152
Prenken (D.). Pays-Bas, n° 279 ... 256
Prentice et Brown. États-Unis, n° 72 ... 221
Preshel (J.). Autriche, n° 353 ... 235
Presson (A.). France, n° 10334 ... 468
Pressprich jeune (E.). Saxe, n° 50 ... 425
Presteau. France, n° 9400 ... 198
Preston-Cumingo. Iles d'Hawaï, n° 4 ... 360
Preston (J.). et Cie. Royaume-Uni, n° 1531 ... 344
Prevel (H.-L.-V.). France, n° 3135 ... 73
Prével (P.-F.). France, n° 3215 ... 456
Prevel et Lachartre (H.). France, n° 2538 ... 61
Préville (D.-L.-A.) France, n° 8418 ... 178
Prévinaire et Cie. Pays-Bas, n° 171 ... 382 et 258
Prévost (J.-R.). France, n° 10301 ... 463
Prevost (P.-F.). France, n° 2539 ... 61
Prevost-Bernard. (A.). France, n° 8611 ... 181
Prévotière et Cie. France, n° 10041 ... 457
Preyer (B.). Pays-Bas, n° 34 ... 379
Preynat, Rosier et Cie. France, n° 7095 ... 152
Price (A.-P.). Royaume-Uni, n° 98 ... 321 et 329
Price (A.-P.). Royaume-Uni, nos 293 et 543. 325 et 329
Price (D.). Canada, n° 308 ... 499
Price's patent candle Co. Royaume-Uni, n° 487 ... 328
Prideaux (T.-S.). Royaume-Uni, n° 462 ... 327
Priestley. Royaume-Uni, n° 335 ... 325
Prieur. France, n° 10404 ... 470
Prieur (A.-H.). France, n° 6778 ... 148
Prieur (A.). France, n° 4933 ... 111
Prilliez (A). France, n° 5933 ... 133
Prime (T.) et fils. Royaume-Uni, n° 1140 ... 338
Primmerman (J.). Canada, n° 246 ... 499
Prin aîné (A.). France, n° 2794 ... 66
Prince Charles (S. A. R. le). Suède, n° 108 ... 531
Prince et la Princesse de Prusse (LL. AA. RR. le). Prusse, n° 1176 ... 476
Prince, Collison et Cie et Thomson Watson et Cie. Cap de Bonne-Espérance, n° 6 ... 500
Prini (J.). Toscane, n° 40 ... 434 et 540
Prin (Vve L.-J.) Pays-Bas, n° 187 ... 383
Printz et Cie. Prusse, n° 105 ... 403
Prinzen (W.). Prusse, n° 878 ... 409
Priou-Robot (I.). France, n° 5934 ... 133
Prison de la forteresse d'Akershuus. Norwége, n° 61 ... 538
Prisons de Saint-Paul. Réunion, n° 123 ... 478
Pritchard (A.). Royaume-Uni, n° 408 ... 326
Pritchard et Seddon. Royaume-Uni, n° 1721 ... 347
Priuli (A.). Autriche, n° 1255 ... 253
Privat-Ribot. France, n° 6779 ... 148
Privilegios (N.). Grèce, n° 65 ... 356
Probst (J.-J.). Hambourg, n° 75 ... 510

Pages.
Procter junior (W.). Terre de Van-Diémen, n° 24. 494
Proctor (J.-D.). Canada, n° 201 ... 498
Prodhomme (F.). France, n° 10448 ... 472
Prodon-Pouzet (C.). France, n° 4569 ... 102
Produits de l'archipel Indien, de la péninsule Malaise, de la Cochinchine et de Siam. Singapour. 507
Proels aîné (Les fils de feu). Saxe, n° 63 ... 426
Proença (F.-T. d'A.). Portugal, n° 164 ... 516
Profumo (G.). États-Sardes, n° 63 ... 420
Prohaska (V.). Autriche, n° 1060 ... 249
Prom (J.-L.). France, n° 698 ... 19
Propsting (G.). Terre de Van-Diémen, n° 25 ... 494
Prosperini (P.). Autriche, n° 100 ... 229
Prost (C.). France, n° 10042 ... 457
Prostdame (H.). France, n° 8790 ... 184
Protte (L.). France, n° 9899 ... 451
Prouff (J.-M.). France, n° 7412 ... 158
Proust (H.). France, n° 8227 ... 175
Proust (J.). France, n° 8419 ... 178
Proust (P.-E.). France, n° 1107 ... 28
Proust frères et Noirot fils. France, n° 6458 ... 143
Prout (H.-G.). France, n° 8458 ... 469
Proutat. France, n° 10216 ... 461
Prouvost (H.). France, n° 6459 ... 143
Prouvost (A.) et Cie. France, n° 6460 ... 143
Prouvot jeune. France, n° 646 ... 143
Provence. (J.-F.). France, n° 2247 ... 54
Providence (La) de Montbrison. France, n° 6780. 148
Prowse (C.-F.). Canada, n° 164 ... 497
Proyart (A.). France, n° 573 ... 16
Prudhomme (A.). France, n° 5109 ... 115
Prudhomme (C.-E.). France, n° 9295 ... 196
Prudhomme (Mme). France, n° 7733 ... 165
Prud'homme (P.-D.). France., n° 2277 ... 55
Prudhomme-Englard. France, n° 2795 ... 66
Prudhon (C.-B.). France, n° 1382 ... 84
Prunier. Martinique, n° 11 ... 476
Prunint (J.). France, n° 1014 ... 25
Pruvost (A.). France, n° 485 ... 13
Prütte (E.) et Cie. France, n° 6619 ... 465
Pruvost-Coudroy et Cie. France, n° 9853 ... 449
Prytz et Wiencken. Suède, n° 161 ... 532
Przyalgoshski (J.). France, n° 1834 ... 44
Ptack (J.). Autriche, n° 1215 ... 252
Puccinelli (J.). Toscane, n° 49 ... 434
Puccio (A.). États-Sardes, n° 45 B ... 527
Puche (P.). Espagne, nos 272 et 273 ... 311
Pucher (J.). Autriche, n° 1217 ... 252
Pucker (J.-W.). États-Unis, n° 66 ... 221
Puckridge (F.). Royaume-Uni, n° 609 ... 330
Puebla (Département de la). Mexique, nos 10, 36, 92, 102 ... 371, 372 et 374
Puech. Guyane française, n° 182 ... 479
Puech (L.). France, n° 2409 ... 58 et 193
Puel (P.). France, n° 2796 ... 66
Puig (F.). Espagne, n° 419 ... 374
Puissant frères. France, n° 4333 ... 97
Puissant frères. Belgique, n° 412 ... 282
Puissant frères. Belgique, n° 344 ... 280
Pujol (P). France, n° 3733 ... 83
Pujol et Buxeda. Espagne, n° 380 ... 313
Puliti (D.-C.). Toscane, n° 112 ... 436 et 540
Pullan (Mme M.). Royaume-Uni, n° 1627 ... 346
Pulvermacher (J.-L.). France, n° 2278 ... 55
Pupier (F.). France, n° 1984 ... 48
Pupil et Forissier. France, n° 7096 ... 152
Pupo aîné. France, n° 5935 ... 133
Pupunat (F.-M.). Suisse, n° 424 ... 299
Purger (J.-B.). Autriche, n° 1166 ... 251
Purget (F.-M.) et Cie. France, n° 2797 ... 66
Puricelli frères. Prusse, n° 82 ... 390
Pynaker (P.). Pays-Bas, n° 214 ... 383

Q

Pages.

Quaddour-ben-Marrir. Algérie, n° 447........... 209
Quaglieni (Héritiers de). Autriche, n° 429....... 237
Quantin-Bezard (Vve). France, n° 6035......... 464
Quast (J.). Autriche, n° 761.................. 244
Queilhe (A.). France, n° 1922................. 46
Queimado (I.-M.). Portugal, nos 58 et 165. 514, 516 et 518
Quenessen (F.-A.) et Cie. France, n° 4934....... 111
Quentin jeune (Vve). France, n° 5937....... 132 et 464
Quentin-Durand père et fils. France, n° 9808.... 448
Querelle fils (J.-C.-A.). France, n° 4570......... 103
Querenet. Algérie, n° 124..................... 204
Queretaro (Dép. de). Mexique, nos 27, 28, 29... 372
Querin (J.). Autriche, n° 974.................. 248
Querret (J.-I.-J.-H.). France, n° 574........... 16
Querruel (A.). France, n° 3734................ 83
Querry (L.-F.). France, n° 3735............... 83
Quertier (P.-T.). France, n° 8532.............. 180
Quesnel (H.). Belgique, n° 141................ 274
Quesnot du Lompré (P.-C.). France, n° 4027.... 88
Quesoyer. Algérie, n° 125..................... 204
Quétard (A.-A.). France, n° 8922.............. 187

Pages.

Quetel-Trémois (J.-F.). France, n° 9900......... 451
Qugapil (J.). Autriche, n° 882................. 246
Quicou. France, n° 3037...................... 71
Quignon (N.-J.). France, n° 7947.............. 169
Quillard (M.). France, n° 5936................ 133
Quillet (L.-E.). France, n° 5216............... 118
Quillet (P.-F.). France, n° 9809............... 448
Quincarlet (A.-F.). France, n° 7601............ 162
Quincarlet (L.-A.). France, n° 7600............ 162
Quincke et Opderbeck. Prusse, n° 664.......... 404
Quinet (A.-M.). France, n° 9176............... 193
Quinet (F.). Belgique, n° 659................. 287
Quinke (J.-H.) et Cie. Prusse, nos 406 et 1236. 403 et 525
Quinones (C.). Nouvelle-Grenade, n° 11........ 224
Quintaine. Algérie, n° 307.................... 207
Quintas (G. da R.). Portugal, n° 381........... 521
Quintin (J.). France, n° 951.................. 24
Quion. Algérie, n° 308....................... 207
Quiret (L.). France, n° 426................... 13
Quivy (H.). France, n° 4334.................. 97
Quivy-Legaye, Vert et Cie. France, n° 6462..... 143

R

RAG

Raab (L.). Prusse, n° 83...................... 390
Raache (F.). Danemark, n° 75.................. 303
Raballé et Betig. France, n° 1383.............. 34
Rabasse. France, n° 10094..................... 458
Rabatel (C.). France, n° 4416.................. 99
Rabbé (E.). France, n° 7413................... 158
Rabé et Cardon sœurs. France, n° 8612......... 181
Rabeau (J.-A.). France, n° 1218............... 31
Raboisson (G.). France, n° 3309............... 75
Rabourdin (H.-F.). France, n° 2918............ 68
Rabourdin (M.). France, n° 8228.............. 175
Raboutet. Martinique, n° 12.................. 476
Rabus (C.). Saxe-Gotha, n° 7................ 429
Rabus (F.). Saxe-Gotha, n° 3................ 429
Raby (L.-P.). France, n° 1835................ 44
Racapé. France, n° 1836..................... 44
Rache et Simonet. France, n° 7989............ 170
Rachiller (G.). Espagne, n° 130.............. 309
Racopoulos (N.). Grèce, n° 58............... 356
Rademacher (A. et P.). Prusse, n° 270........ 395
Radiguet et fils. France, n° 1923............. 46
Radiguet, Homon, Goury et Leroux, société linière. France, n° 7414............ 158
Radley. Royaume-Uni, n° 1599 A.............. 488
Radmeister (Société des). Autriche, n° 101..... 229
Radouan (A.). France, n° 3922................ 86
Radowicz-Owiezimski (T.). Prusse, n° 502..... 400
Raemsdonck (M.). Belgique, nos 102 et 520. 273 et 284
Rafael (B.-E.). Portugal, n° 382.............. 521
Raffard (E.). France, n° 7776................. 166
Raffelsperger (F.). Autriche, n° 326........... 234
Raffin (C.-M.). France, n° 5938............... 133
Raffin-Fauron. France, n° 4571............... 102
Raffinerie de sucre. Hambourg, n° 16.......... 362
Raffinerie de sucre de Arnstein et Eskeles. Autriche, n° 522................................ 238
Raffinerie de sucre de Bedehosch. Autriche, n° 523 239
Raffinerie de sucre Néerlandaise. Pays-Bas, n° 98. 380
Ratiard (L.) et Cie. France, n° 3038........... 71
Ragan (J.). États-Unis, n° 49................. 221
Ragareux (F.-J.). France, n° 10043............ 457
Raguzzoni (J.) et Gerardi (Dr B.). Autriche, n° 102. 229
Ragni (C.). États-Sardes, n° 143.......... 422 et 526
Ragueneau (P.). France, n° 1152.......... 29 et 450

RAM

Rahlenbeck et Cie. Belgique, n° 475........... 283
Rahon (J.-D.). France, n° 7948................ 169
Rahsskopff (J.-C.). Prusse, n° 280........ 395 et 524
Raibaud-l'Ange (A.). France, nos 575 et 3522. 16 et 79
Raible (J.). Autriche, n° 1167................ 251
Raichlen (L.). Suisse, n° 134................. 293
Raick et fils. Belgique, n° 328................ 279
Raillard (N.). France, n° 1229................ 31
Raille (J.). France, n° 4028.................. 88
Raimbaut (A.-E.). France, n° 10217........... 461
Raingo frères. France, n° 5217................ 118
Rainusso (G.-B.). États-Sardes, n° 161........ 422
Raitou. Algérie, n° 704 A.................... 474
Rajah de Cochin. Inde, n° 67................. 505
Rajah de Coorg. Inde, n° 55.................. 505
Rajah de Jheend. Inde, nos 56 et 82........... 505
Rajah de Jodhpore. Inde, n° 57............... 505
Rajah de Kotah. Inde, n° 28.......... 504, 505 et 506
Rajah de Maudé. Inde, n° 3.................. 504
Rajah d'Oodypore. Inde, n° 66................ 505
Rajah d'Oudeypore. Inde, n° 10............... 504
Rajah de Pertaubgurh. Inde, n° 81............ 505
Rajah Runjeet Singh. Inde, n° 121............ 505
Rajah de Travancore. Inde, n° 14.......... 504 et 505
Rajah de Vizianagrum. Inde, nos 58 et 83... 505 et 506
Rajapaxa, Modliar. Ile de Ceylan, n° 14....... 501
Raland (G.-A.). Pays-Bas, n° 111............. 381
Rallis (L.). Grèce, n° 80..................... 357
Rallu (J.) et Rallu (H.). France, n° 5939...... 133
Rama (J.). France, n° 4935.................. 111
Ramalho (J.-M.). Portugal, n° 59............. 514
Ramazzotti (H.). France, n° 1137............. 450
Rambaux (V.). France, n° 9468............... 199
Rambervillers (Ville de). France, n° 9810...... 448
Rambourg frères. France, n° 2540............. 61
Ramchunder. Inde anglaise, n° 69............. 505
Ramdohr. Brunswick, n° 11................... 289
Ramgot. France, n° 427...................... 13
Ramirez (B.). Guatemala, n° 7................ 225
Ramirez (J.). Mexique, n° 81................. 373
Ramirez de Arellano (J.). Espagne, n° 318..... 312
Ramonales. Espagne, n° 353.................. 313
Ramondine (D.). France, n° 7949.............. 169
Ramos (J. de S.). Portugal, n° 166............ 516

Pages.

Rampal (M.). France, n° 2541 61
Rampeltin (C.-G.). Suède, n° 162 532
Rampendahl (H.-F.-C.). Hambourg, n° 70 510
Ramsauer-Achli (J.-A.). Suisse, n° 220 ..... 295 et 481
Ramsay (G.-H.). Royaume-Uni, n° 1203 A 487
Ramsay (G.-M.). États-Unis, n° 2 ..... 219 et 220
Ramsay (Major). Inde, nos 59 et 84 ..... 505 et 506
Ramstedt (Mlle F.). Suède, n° 392 537
Rancé (F.). France, n° 2542 61
Ranch (C.). Danemark, n° 17 301
Randal jeune (J.). États-Unis, n° 58 221
Randoing (J.) et Cie. France, n° 6620 465
Ranger (Mme). Canada, n° 309 499
Rankin (G.). Nouv.-Galles du Sud, n° 166 . 492 et 491
Ransome (T.). Terre de Van-Diémen, n° 69 495
Ransomes et Sims. Royaume-Uni, n° 78 . 321, 322 et 325
Rao de Cutch, Inde, nos 17, 85 et 95 ..... 504 et 506
Raoul fils aîné (S.). France, n° 4658 104
Raoux (M.-A.). France, n° 9419 198
Raphanel (A.). France, n° 2543 61
Rapp (C.). Wurtemberg, n° 172 444
Rapp (F.) Wurtemberg, n° 6 440
Rappard et Riepe frères. Belgique, n° 490 283
Rappe (La baronne E.). Suède, n° 338 536
Rosalinga Ansary Warriorè. Inde, n° 86 506
Rasmussen (H.). Danemark, n° 69 ..... 303 et 482
Rasquilho (F. da S.-L.). Portugal, n° 167 516
Raschle (J.-R.) et Cie. Suisse, n° 230 293
Rassat et Divat. France, n° 6463 143
Rastouin (V.). France, n° 4304 101
Rat (C.-A.). France, n° 5420 122
Ratchi. Réunion, n° 80 477
Ratcliff (J. et E.). Royaume-Uni, n° 1100 337
Ratel (P.-C.). France, n° 265 10
Ratisseau et Sion. France, n° 4936 111
Rativeau (N.-A.). France, n° 1342 33
Ratte. France, n° 1622 40
Rattich (J.). Autriche, n° 430 237
Rattier et Cie. France, n° 3216 456
Rattray (C.). Guyane anglaise, n° 26 502
Ratzersdorfer (A.). Autriche, n° 727 243
Rau (C.-F.). Saxe, n° 2 424
Rau et Cie. Wurtemberg, n° 102 ..... 443, 441 et 445
Rauch (D.). Prusse, n° 572 402
Rauch frères. Wurtemberg, n° 70 ..... 442 et 542
Raucourt (J.-J.). France, n° 3310 75
Raubaus (H.). Prusse, n° 665 404
Raulin (O.). France, n° 2798 66
Raulin (P.). France, n° 5218 118
Raullet (Noëlle). France, n° 7415 158
Raupp (A.). France, n° 5940 183
Rauschenbach (C.). Suisse, n° 194 ..... 294 et 481
Rauscher (Compagnie). Autriche, n° 104 229
Ravagli (P.). Toscane, n° 136 ..... 437 et 540
Ravaillier (Mme). France, n° 10377 469
Ravaut et Cie. France, n° 8297 176
Rave aîné (N.). Belgique, n° 267 278
Ravel (M.). France, n° 3642 81
Ravel frères. France, n° 6464 143
Ravené junior (L.). Prusse, n° 1128 415
Ravensteyn frères. Pays-Bas, n° 370 258
Ravenstin (L.-F.) et Châtel (C.). France, n° 10335. 468
Raverdy (F.-J.). France, n° 2410 58
Ravetier (H.-G.). France, n° 1433 36
Ravoisier fils. France, n° 2799 66
Ray (J.). France, n° 5110 115
Raya (D.). Espagne, n° 303 312
Rayé. France, n° 3311 75
Rayet (A.). France, n° 428 13
Raymond (E.). France, n° 2800 66
Raymond aîné (B.). France, n° 2801 66
Raynaud. Algérie, n° 126 204
Rayon sœurs (Mmes). Mexique, n° 98 374
Rea et Webb. Royaume-Uni, n° 1051 336
Réal (L.-H.). France, n° 10095 458
Réal aîné. France, n° 6465 143

Pages.

Reali (J.). Autriche, n° 431 ..... 237 et 239
Rebah-ben-Mohamed. Algérie, n° 653 211
Rebaud-Montillet (P.). France, n° 4211 94
Rebel (B.-P.). France, n° 1343 33
Rebeliotis. Grèce, n° 28 356
Reber (J.-G.). France, n° 3039 71
Rebeyre (S.). France, n° 6466 143
Rebbolz et Berger. Bavière, n° 88 269
Rebhun. Algérie, n° 422 474
Rebier et Valois. France, n° 5941 133
Reboul (J.-J.-A.). France, n° 6781 . 148, 19, 39 et 122
Rebous (N.). Belgique, n° 387 281
Rebut (J.-G.). France, n° 4212 94
Rech et Cie. France, n° 6467 143
Rechenberger et fils. Saxe, n° 86 426
Reichsteiner (J.-B.). Saxe, n° 29 425
Reckless et Hickling. Royaume-Uni, n° 1628 346
Récy. France, n° 3523 79
Redard (A.). Suisse, n° 92 292
Rédélix (C.-H.). France, n° 10218 461
Rédelix (J.-H.). France, n° 8179 174
Reder (F.). Autriche, n° 975 248
Redier (A.). France, n° 1337 ..... 44 et 453
Redlhammer (W.-E.). Autriche, n° 800 245
Redlich (M.). Autriche, n° 883 246
Redman (J.-B.). Royaume-Uni, n° 881 334
Redmer (J.). France, n° 9618 473
Redon frères. France, n° 8420 178
Redondo (J.). Espagne, n° 334 ..... 313 et 484
Redourtier (F.). France, n° 1344 33
Redpash (J.). Canada, n° 202 498
Reed (J.-A.). États-Unis, n° 6 219
Reed et Pardon. Royaume-Uni, n° 1963 351
Reese et Wichmann. Hambourg, n° 21 362
Reesing (W.-E.). Hambourg, n° 63 510
Reess (L.-F.-C.). France, n° 10450 472
Reeves (C.). Royaume-Uni, n° 841 333
Reeves (J.). Norwége, n° 5 537
Regad (J.-M.). France, n° 5343 120
Regad (J.-M.). France, n° 8791 184
Regard frères. France, n° 6782 148
Regeer (H.-J.). Pays-Bas, n° 425 259
Régel (C. de). France, n° 2802 66
Régent (F.) et Cie. France, n° 5219 118
Regimbeau (J.) et Conor (A.). France, n° 721 19
Regnard (E.). France, n° 2279 55
Regnard (L.-A.). France, n° 1838 44
Regnard-Germain. Espagne, n° 233 311
Régniaud (J.). France, n° 4937 111
Regnier. Algérie, n° 170 205
Regout (P.). Pays-Bas, n° 371 258
Rehaag. Prusse, n° 183 B 523
Rehnitz (A.). Prusse, n° 393 398
Rehorst (F.). Prusse, n° 1030 413
Reich (B.). Danemark, n° 70 303
Reich (G.). Autriche, n° 1033 249
Reichardt (F.). Saxe, n° 84 426
Reichel (H.-H.). Saxe, n° 85 426
Reichenbach (C.). Bavière, n° 10 ..... 266 et 254
Reichert (F.) et fils. Autriche, n° 976 248
Reichmann (A.). France, n° 9017 189
Reid (R.). Royaume-Uni, nos 287 et 87 ..... 325 et 485
Reid (S.-J.). Royaume-Uni, n° 14 319
Reid et Whiteman. Royaume-Uni, n° 1299 341
Reidel frères et Cie. Pays-Bas, n° 379 258
Reidon (E.). France, n° 6783 148
Reiff (H.). Prusse, n° 1110 414
Reiff (P.). Prusse, n° 324 396
Reiffenstein (G.) et Boesch. Autriche, n° 1216 252
Reilly (E.-M.). Royaume-Uni, n° 853 333
Reim (E.-G.). Saxe, n° 75 426
Reimer (D.). Prusse, n° 1155 415
Reimers (C.) et Cie. Suède, n° 339 536
Rein (C.-F.). Royaume-Uni, n° 769 486
Reina-Marin (J.). Espagne, n° 171 210
Reinaud (C.). États-Sardes, n° 12 C 526

Pages.

Reine (S. M. la). Espagne, n° 107....... 308 et 310
Reine (A.-L.). France, n° 1924.............. 46
Reine père et fils. France, n° 5487.............. 123
Reinecker (G.-A.). Prusse, n° 667.............. 404
Reinisch (F.). Autriche, n° 1168.............. 251
Reinshagen (G.). Prusse, n° 594.............. 403
Reis (J. V. d'O.). Portugal, n° 365.............. 520
Reiss (A.). Autriche, n° 704.............. 242
Reisse (V.). Saxe-Weimar, n° 1.......... 431 et 528
Reissenberger (G.). Autriche, n° 524.............. 239
Reissmann (G.). Saxe-Gotha, n° 5.............. 429
Reitner (G.). Autriche, n° 643.............. 241
Rélaf (A.) et Cie. France, n° 6468.............. 143
Relandin (C.). France, n° 9177.............. 193
Religieuses portugaises de l'Amérique du Sud. Portugal, n° 359.............. 520
Religieuses du couvent de Sainte-Claire. Portugal, n° 384.............. 521
Religieuses du monastère de Saint-Constantin. Grèce, n° 79.............. 355
Religieux méchitaristes arméniens, à Venise. Autriche, n° 1218.............. 252
Remacle frères. France, n° 8533.............. 180
Remacle (J.) et Pérard fils aîné. Belgique, n° 16. 271
Remond (C.-J.-N.). France, n° 9114.............. 192
Rémond fils (E.). France, n° 4659.............. 104
Rémont (J.-P.). France, n° 576.............. 16
Rempal (M.). France, n° 2544.............. 61
Rémy (C.). France, n° 9469.............. 199
Remy-Deruesnes. France, n° 3404.............. 77
Remy frères. Prusse, n° 84.............. 390
Remy, Hoffmann et Cie. Nassau, n° 27.............. 511
Renard (A.). France, n° 6469.............. 143
Renard (A.). France, n° 9178.............. 193
Renard (E.). France, n° 10451.............. 472
Renard (J.-A.). France, n° 10180.............. 460
Renard (L.). France, n° 429.............. 13
Renard (L.). France, n° 2545.............. 61
Renard (L.). France, n° 5942.............. 133 et 158
Renard (Direction des forges du comte). Prusse, n° 85.............. 390
Renard-Gaillet (P.). France, n° 7416..... 158 et 466
Renard (G.) et Charpentier. France, n° 1108... 28
Renard frères et Cie. France, n° 7097.............. 152
Renard père et fils. France, n° 5286.............. 119
Renardeux et Claude. France, n° 10273.............. 463
Renardias-Tarpoux (R.). France, n° 4572.............. 102
Renaud. France, n° 10219.............. 461
Renaud (M.-H.). France, n° 2803.............. 66
Renaud et Lotz. France, n° 1345.............. 33
Renaud (P.) et Lotz. France, n° 882.............. 22
Renaud père et fils. France, n° 5344....... 120 et 20
Renaudin (P.). France, n° 8890.............. 187
Renault (C.). France, n° 2546.............. 61
Renault (J.). France, n° 10044.............. 457
Renault (Mme L.). France, n° 8653.............. 470
Renault et Robcis. France, n° 10452.............. 472
Rendel (J.-M.). Royaume-Uni, n° 882.............. 334
Réné. Algérie, n° 432.............. 474
Renfrees (T.). Royaume-Uni, n° 11.............. 319
Reni (J.). Espagne, n° 408.............. 314
Rennes (A.-J.-M.). France, n° 8792....... 184 et 451
Rennie (G.-B.). Royaume-Uni, n° 896.............. 334
Rennie (J.) et fils. Royaume-Uni, n° 129.............. 322
Renodier père et fils. France, n° 4573.............. 102
Renon (J.-P.). France, n° 3736.............. 83
Renou. France, n° 7417.............. 158
Renouard (J.) et Cie. France, n° 9296.............. 196
Renouf-Bordier (G.). France, n° 1839.............. 44
Renout (H.-J.). France, n° 1434.............. 36
Renoux. Algérie, n° 180.............. 205
Rensburg (J.). Pays-Bas, n° 190.............. 353
Rentavol (C.). Espagne, n° 122.............. 309
Rentrop et Kunne. Prusse, n° 697.............. 405
Renzoni frères. Toscane, n° 111.......... 436 et 540
Repiquet et Silvent. France, n° 7098.............. 152

Pages.

Réponty et Cie. France, n° 294.......... 448 et 452
Repos (E.). France, n° 9297.............. 196
Reppert (F.). Nassau, n° 28.............. 511
Repta (P.). Autriche, n° 884.............. 246
Réquédat et Cie. France, n° 8689.............. 182
Requilé et Pecqueur. Belgique, n° 388.............. 281
Requillart fils (F.). France, n° 6470.............. 143
Requillart-Roussel et Chocqueel. France, nos 7528 et 7529.............. 161 et 466
Rérolle (G.) et Cie. France, n° 7099.............. 152
Rescalli (C.). Autriche, n° 590.............. 240
Rescher (J.). France, n° 7653.............. 163
Respaut (J.). France, n° 2804.............. 66
Ress (M.). Bavière, n° 157.............. 270
Ressegaire (G.). France, n° 6784.............. 148
Ressegueire (E.) et Cie. Suisse, n° 135.............. 293
Rétif (J.-B.). France, n° 6471.............. 143
Rettenbacher (F.) et de Schwind (Chevalier). Autriche, n° 327.............. 234
Rettie (M.) et fils. Royaume-Uni, n° 1168.............. 338
Rettig (C.-A.). Suède, n° 37.............. 530
Retzinopoulos. Grèce, n° 66.............. 356
Retzuis (A.). Suède, n° 186.............. 533
Reulos père et fils. France, n° 2805.............. 66
Réunion pour le perfectionnement des métiers. Bavière, n° 146 A.............. 270
Reusens (P.-F.). Belgique, n° 233.............. 277
Reuss frères. Wurtemberg, n° 47.............. 441
Reuter (W.). Hesse grand-ducale, n° 76.............. 366
Reuters (F.). Pays-Bas, n° 408.............. 259
Reutlinger (C.). France, n° 9179.............. 193
Reuzner (C.-H.). Suède, n° 266.............. 534
Réveillac (B.). France, n° 1340.............. 33
Revel-Moreau (J.). Algérie, n° 660.............. 212
Revellin frères. France, n° 1347.............. 33
Révérends pères de Santa-Maria-Novella. Toscane, n° 76.............. 435 et 540
Reverseau. France, n° 699.............. 19
Reverchon. Algérie, n° 127.............. 204
Révil (C.). France, n° 4056.............. 89
Révil (C.) et Cie. France, n° 6785.............. 148
Revilliod (F.). France, n° 3040.............. 71
Revillon (L.). France, n° 9018.............. 189
Revoire. Algérie, n° 365.............. 208
Revollier jeune et Cie. France, n° 92.............. 5 et 22
Rexer (K.). Wurtemberg, n° 158.............. 444
Rey (C.-M.). États-Sardes, n° 95.............. 421
Rey (F.-A.). France, n° 3798.............. 84
Rey (F.-J.-A.). France, n° 3923.............. 86
Rey aîné (H.). Belgique, n° 521 A.......... 284 et 255
Rey (J.-P.). France, n° 6786.............. 148
Rey (L.). France, n° 3525.............. 79
Rey (M.-E.). France, n° 9019.............. 189
Rey-Épitalon. France, n° 7100.............. 152
Rey (M.) et frères. États-Sardes, n° 144.............. 422
Reybaud. France, n° 700.............. 19
Reybaud (J.). France, n° 7101.............. 152
Reydellet et Cie. France, n° 8095.......... 172 et 467
Reydor (Vve J.) et fils aîné. France, n° 1841..... 44
Reydor frères et Colin. France, n° 1840..... 44 et 453
Reygasse (G.-D.). France, n° 10096.............. 458
Reymond (H.). Suisse, n° 136.............. 293
Reymond (J.). France, n° 9619.............. 473
Reymond jeune (L.). France, n° 6472.............. 143
Reymond et Bayard-Baron. France, n° 6473..... 143
Reymondon (F.-J.). France, n° 3924.............. 86
Reymondon (J.). France, n° 797.............. 20 et 31
Reynaert (A.). France, n° 7418.............. 158
Reynaert Van Elslande. Belgique, n° 521 B..... 255
Reynal frères et Cie. France, n° 10097.............. 459
Reynaud (H.). France, n° 3405.............. 77
Reynaud (P.). France, n° 1180.............. 30
Reynaud-Borel. France, n° 5421.............. 122
Reynaud et Michel-Ange. France, n° 8269.............. 468
Reynier cousins et Drevet. France, n° 7102..... 152
Reynold (T.). Portugal, n° 60.............. 514

Pages.

Reynolds (J.) et Cie. France, n° 4938.......... 111
Reynvaan (A.-J.). Pays-Bas, n° 88.......... 380
Rezeg-ben-el-Hadj-Abdalla. Algérie, n° 522.......... 210
Rheinen (H.-J.). Prusse, n° 414.......... 398
Rheins (D.). France, n° 3217.......... 456 et 469
Rheinwald (C.-F.). Wurtemberg, n° 135.......... 444
Rhem aîné (J.). France, n° 5943.......... 133
Rhodes (Major). Canada, n° 289.......... 499
Rhodes (Mme). Canada, n° 310.......... 499
Rhodius frères. Prusse, nos 133 et 444.......... 391 et 399
Riba (J.). Espagne, n° 472.......... 483
Ribaillier (P.). France, n° 7990.......... 170
Ribaillier jeune (L.). France, n° 7991.......... 170
Ribaillier aîné et Mazaroz (P.). France, n° 7992.......... 170
Ribal (J.-F.). France, n° 7950.......... 169
Ribard et Perrier. France, n° 6787.......... 148
Ribaut (P.). France, n° 577.......... 16
Ribeiro (J.-M. da S.). Portugal, n° 316.......... 519
Ribeiro (P. da S.). Portugal, n° 169.......... 516 et 518
Ribes et Roux. France, n° 6474.......... 143
Rible (A.). Wurtemberg, n° 96.......... 443
Ribollet frères. France, n° 3042.......... 71
Ribot (A.-M.). France, n° 2248.......... 54
Ricard. France, n° 5422.......... 122
Ricart (J.). Espagne, n° 354.......... 313
Ricasoli (Baron B.). Toscane, n° 41.. 434, 435 et 540
Ricci (M.). Toscane, n° 117.......... 436 et 540
Riccio (G.). États-Pontificaux, n° 69.......... 512
Riccius (A.-E.). Prusse, n° 879.......... 409
Rice (W.-H.). Canada, n° 155.......... 497 et 499
Richard. France, n° 578.......... 16
Richard. Luxembourg, n° 6.......... 369
Richard (A.). France, n° 579.......... 16
Richard (B.). France, n° 4417.......... 99
Richard (E.). France, n° 3312.......... 75
Richard (F.-V.). France, n° 10453.......... 472
Richard (J.-F.). France, n° 2806.......... 66
Richard (J.-J.). France, n° 4939.......... 111
Richard (J.-M.-F.). France, n° 4940.......... 111
Richard (L.). Suisse, n° 94.......... 292 et 481
Richard (L.-F.-H.). France, n° 3136.......... 73
Richard (L.-J.). France, n° 9340.......... 197
Richard (P.-C.). France, n° 4574.......... 102
Richard (T.). Suisse, n° 282.......... 296
Richard aîné. France, n° 10220.......... 461
Richard fils. France, n° 5944.......... 133
Richard frères. France, n° 1138.......... 450
Richard frères. France, n° 7654.......... 163 et 62
Richard et Cie. France, n° 2597.......... 62 et 455
Richard (J.) et Cie. Autriche, n° 762.......... 244
Richards (W.). Royaume-Uni, n° 842.......... 333
Richardson (T. et C.). Royaume-Uni, n° 1511.......... 344
Richardson et Leech. Nouvelle-Galles du Sud, n° 167.......... 492
Richardson frères. Royaume-Uni, n° 686.......... 331
Richarson fils et Owden. Royaume-Uni, n° 1532. 344
Richaud (Mme). France, n° 8703.......... 470
Riché-Goda. France, n° 4335.......... 97
Richer (F.). France, n° 9811.......... 448
Richer (L.-F.). France, n° 1925.......... 46
Richer (L.-T.). France, n° 9563.......... 201
Richer-Levêque et Grélé. France, n° 7419.......... 158
Richer-Levêque, Grélé et Thoury. France, n° 7420.......... 158 et 466
Richer-Levêque et Marigné. France, n° 7421.......... 158
Richetti (F.). Hambourg, n° 27.......... 362
Richez (H.). France, n° 5945.......... 133
Richez (J.). France, n° 8613.......... 181
Richez (Mme M.). France, n° 8229.......... 175
Richez et Cie. France, n° 10098.......... 459 et 456
Richier (J.-F.). France, n° 7734.......... 165 et 181
Richmond (E.). États-Unis, n° 17.......... 219
Richstaedt (F.). France, n° 10336.......... 468
Richter (A.). Autriche, n° 254... 233, 237, 239 et 244
Richter (A.). Autriche, n° 1061.......... 249
Richter (E.). Autriche, n° 221.......... 232

Pages.

Richter (F.). Autriche, n° 801.......... 245
Richter (J.-C.). Saxe, n° 25.......... 425
Richter (J.-F.). Prusse, n° 445.......... 399
Richter-Linder. Suisse, n° 334.......... 297
Richter et Schwetasch. Prusse, n° 880.......... 409
Richter, Rigaud et Brune. Prusse, n° 1257.......... 525
Richter (L.) et fils. Autriche, n° 802.......... 245
Ricken (L.). Pays-Bas, n° 409.......... 259
Rickl et Dragota. Autriche, n° 525.......... 239
Rickli (A.-F.). Suisse, n° 146.......... 293
Rickmers (R.-C.). Brême, n° 4 B.......... 509
Ricou-Coudrais. France, n° 5946.......... 133
Ricoul. Océanie française, n° 194.......... 480
Ricroch (C.) et Cie. France, n° 5527.......... 124
Riddell (J.-H.) et Cie. Royaume-Uni, n° 1786.......... 348
Ridgway (J.) et Cie. Royaume-Uni, n° 1220.......... 339
Ridler (F.). Autriche, n° 575.......... 240
Ridolfi (Marquis C.). Toscane, n° 30.......... 434
Riéder et Chambige. France, n° 10302.......... 464
Riedinger (F.-A.). Bavière, n° 158.......... 270
Riedl (J.). Autriche, n° 1256.......... 253
Riedl (J.-B.). Autriche, n° 432.......... 237
Rieffel (Mélanie). France, n° 9020.......... 189
Riegel (F.). Prusse, n° 1288.......... 526
Riego de la Branchardière (Mme E.). Royaume-Uni, n° 1629.......... 346
Riener (M.). Autriche, n° 273.......... 233
Riera (M.). Espagne, n° 501.......... 484
Ries (C.). Bade, n° 19.......... 261
Riese (G.). Prusse, n° 1093.......... 414
Riester (M.). France, n° 9115.......... 192
Rieter (J.-J.) et Cie. Suisse, n° 206.......... 295
Rietmann (J.). Suisse, n° 422.......... 299
Rietsch (F.-G.). Autriche, n° 526.......... 239
Rietstapp (J.-A.) et fils. Pays-Bas, n° 156.......... 382
Rieupeirous (J.-L.-A.). France, n° 2599.......... 62
Rieupeyroux. France, n° 8298.......... 176
Rieussec (N.-M.). France, n° 1842.......... 44
Riffaut (A.). France, n° 9116.......... 192
Rigal. France, n° 5458.......... 123 et 463
Rigaud. France, n° 7422.......... 158
Rigaud frères. France, n° 2807.......... 66
Rigault fils. France, n° 3643.......... 81
Rigaux (P.). France, n° 10274.......... 463
Rigby (W. et J.). Royaume-Uni, n° 843.......... 333
Rigby et Robinson. Royaume-Uni, n° 207.......... 323
Rignon (F.) et Cie. États-Sardes, n° 145.... 422 et 526
Rigny et Mayeur. France, n° 1189.......... 30
Rigotti (P.). Autriche, n° 564.......... 239
Rihouet le Rosey. France, n° 5528.......... 124
Rikli frères. Autriche, n° 433.......... 237
Riley (A.-R.). Nouvelle-Galles du Sud, n° 51.......... 490
Rimboud (J.-M.). États-Sardes, n° 64.......... 420
Rime et Renard. France, n° 6475.......... 143
Rimmel (E.). Royaume-Uni, n° 575.......... 329
Rimmer (J.) et fils. Royaume-Uni, n° 1013 A.......... 487
Rinaldi (Vve). France, n° 9564.......... 201
Ringard (A.-A.). France, n° 6621.......... 465
Ringard (P.-A.). France, n° 1926.......... 46
Rinkleben (J.-C.). Prusse, n° 997.......... 411
Ringbord (J.). Suède, n° 61.......... 530
Ringel (P.). France, n° 8923.......... 187
Ringner (A.). Suède, n° 136.......... 532
Ringuet-Leprince. France, n° 5220.......... 118
Ringuet-Leprince, Marcotte et Cie. États-Unis, n° 73. 221
Rink (F.-W.). Pays-Bas, nos 237 et 426... 384 et 259
Rint (J.). Autriche, n° 1219.......... 252
Rinzi (J.). Autriche, n° 576.......... 240
Riottot (L.-C.). France, n° 10454.......... 472
Riottot-Chardon (J.) et Pacon. France, n° 8096. 172
Rioux (P.-F.). France, n° 8097.......... 172
Ripamonti-Carpano (P.). Autriche, n° 1220.......... 252
Ripka (J.-M.) et Cie. Autriche, n° 527..... 239 et 237
Ripley, Edward et fils. Royaume-Uni, n° 659.......... 486
Riquier (F.). France, n° 9901.......... 452
Riquier (H.). France, n° 3964.......... 87

Pages.
Riquier-Mauborgne. France, n° 10221 ... 461
Riquier et Delavallée. France, n° 5947 ... 133
Risbourg (E.). France, n° 3313 ... 75
Rischboth (H.). Brunswick, n° 7 ... 289
Rischgitz (P.). Suisse, n° 200 ... 294
Risler (G.-A.). France, n° 9946 ... 452
Risler (J.). Bade, n° 25 ... 261
Risler et Kerner. Prusse, n° 954 ... 411
Risler (M.) et Cie. France, n° 5948 ... 133
Rissack (J.-J.). Belgique, n° 329 ... 279
Ristori (T.-H.). France, n° 5459 ... 123
Ritter (W.). Hambourg, n° 33 ... 363
Rittinghaus et Braus. Prusse, n° 881 ... 409
Rittir (F.). Autriche, n° 1169 ... 251
Ritzel (Vve L.). Prusse, n° 1082 ... 414
Ritzinger (G.). Autriche, n° 644 ... 241
Riva (A.). Autriche, n° 222 ... 232
Rivart (J.-N.). France, n° 7993 ... 170
Rivas (T.) et Cie. Espagne, n° 355 ... 313
Rivat (J.-C.). France, n° 7423 ... 158
Rivaud. Algérie, n° 626 ... 211
Rivaud (P.). France, n° 10275 ... 463
Rivault (J.-A.). France, n° 6476 ... 143
Rivero (A.). Espagne, n° 114 ... 309
Rives (J.). France, n° 10099 ... 459
Rives (U.). France, n° 6477 ... 143
Rives frères. France, n° 4498 ... 101
Rivet jeune (C.-M.). France, n° 3524 ... 79
Rivet et Pasquier. France, n° 10382 ... 469
Rivier (P.-J.). France, n° 8793 ... 184
Rivière (A.). France, n° 6478 ... 143
Rivière (J.). France, n° 1435 ... 36
Rivière (J.). France, n° 5460 ... 123
Rivière (J.-B.). France, n° 8614 ... 181
Rivière (R.). Royaume-Uni, n° 1974 ... 351
Rivière et Texier. France, n° 3041 ... 71
Rivières aîné (J.-B.). France, n° 8421 ... 178
Rixon (J.). Nouvelle-Galles du Sud, n° 158 A ... 492
Robaut (A.). France, n° 1985 ... 48
Robaut (L.). France, n° 2808 ... 66
Robb (J.). Canada, n° 203 ... 498
Robby et Simonis. Belgique, n° 32 ... 272
Robeck (C.). Wurtemberg, n° 157 ... 444
Robelet (P.). France, n° 4941 ... 111
Robert. France, n° 10390 ... 470
Robert (A.). France, n° 4029 ... 88
Robert (H.). France, n° 1843 ... 44
Robert (J.). Belgique, n° 176 ... 275 et 254
Robert (L.-M.-A.). France, n° 1844 ... 44
Robert (R.). France, n° 7777 ... 166
Robert (V.). France, n° 2809 ... 66
Robert-Faure (C.). France, n° 7827 ... 467
Robert-Galland. France, n° 6479 ... 143
Robert de Massy (L.-B.). France, n° 3527 ... 79 et 58
Robert-Mathieu. France, n° 6480 ... 143
Robert et Barri. France, n° 5015 ... 113 et 462
Robert-Beauchamp frères. France, n° 93 ... 5
Robert et Cie. Autriche, nos 105 et 528 ... 229 et 239
Robert et Cie. France, n° 3526 ... 79
Robert-Belin et Cie. France, n° 5949 ... 133 et 165
Roberts (D.-W. et I.). Royaume-Uni, n° 610 ... 330
Robertson. Royaume-Uni, n° 1932 ... 350
Robertson (J.). Canada, n° 113 ... 497
Robertson (J.). Canada, n° 112 ... 497
Robertson (J.). Royaume-Uni, n° 1474 ... 343
Robertson (L.-J.). Lippe-Detmold, n° 2 ... 368
Robichond (L.) et Cie. France, n° 7105 ... 152
Robillard (N.-L.). France, n° 7778 ... 166
Robin (C.). France, n° 430 ... 13
Robin (F.). France, n° 580 ... 16
Robin (L.-P.). France, n° 2249 ... 54
Robin (M.). France, n° 581 ... 16
Robin (J.) et Cie. France, n° 10045 ... 457
Robineau-Sorin frères. France, n° 5111 ... 115
Robinot. France, n° 9902 ... 452 et 464
Robinot (A.-C.). France, n° 10455 ... 472
Robinson (R.). Royaume-Uni, n° 79 ... 321
Robinson et Cie. Royaume-Uni, n° 1561 A ... 488
Robiquet (E.). France, n° 2411 ... 58
Roblin (L.-J.-B.). France, n° 1845 ... 45
Robson, Byrne et Goodall. Royaume-Uni, n° 313 ... 486
Robyns (D.-F.). Belgique, n° 522 ... 284
Roca (C.). Cuba, n° 21 ... 484
Rocca (G.). États-Sardes, n° 203 ... 423
Roccaserra (J.). France, n° 276 ... 10
Roccaserra (Mme Vve A.-M.). France, n° 191 ... 8 et 19
Rocchetti (P.). Autriche, n° 328 ... 235
Rocco frères. Autriche, n° 728 ... 243
Roch (G.). Suisse, n° 95 ... 292
Rochat (C.). France, n° 4213 ... 94
Rochat (L.) et Durgy (J.-B.). France, n° 9446 ... 199
Roche et Dime. France, n° 7108 ... 152
Roche père et fils. France, n° 3314 ... 75
Roche (A.) et Cie. France, n° 7106 ... 152
Rocher (A.-F.). France, n° 6481 ... 143
Rocher (B.). France, n° 7779 ... 166
Rocher (M.). France, n° 2171 ... 52
Rocher jeune. France, n° 312 ... 11
Rocher frères. France, n° 3528 ... 79
Rocher cousins et Cie. France, n° 5273 ... 119
Rochet (L.-T.-M.). France, n° 10303 ... 464
Rochetti (J.). Autriche, n° 223 ... 232
Rochulé (L.). France, n° 582 ... 16
Rock et Graner. Wurtemberg, n° 189 ... 444
Rock et fils. Royaume-Uni, n° 209 ... 323
Rockel (A). France, n° 4660 ... 104
Röckel (L.). France, n° 2250 ... 54
Rodanet (H.). France, n° 1846 ... 45
Rodd. Van-Diémen, n° 53 ... 494
Rodd (B.-C.). Nouvelle-Galles du Sud, n° 148 ... 491
Rodde sœurs. France, n° 5950 ... 133
Rodden (W.). Canada, n° 156 ... 497 et 499
Rode (C.). Suisse, n° 14 A ... 481
Rodel et fils frères. France, n° 3644 ... 81
Rodemann (J.-H.-L.-A.). Hambourg, n° 1 ... 362
Rodenbach-Mergaert (E.). Belgique, n° 523 ... 284
Rodet. France, n° 701 ... 19
Rodger (W.). Royaume-Uni, n° 796 ... 333
Rodie (R.). Guyane anglaise, n° 27 ... 502
Rodier (E.). France, n° 6482 ... 143
Rodolphe (P.-L.-A.). France, n° 9447 ... 199
Rodrigues (D.-J.). Portugal, n° 303 ... 519
Rodrigues Bahia (A.-J.). Portugal, n° 385 ... 521
Rodriguez (E.). Espagne, n° 274 ... 312
Rodriguez (F.). Espagne, n° 172 ... 210
Rodriguez Avella (F.). Espagne, n° 239 ... 311
Rodriguez-Uchu (Mme R.). Espagne, n° 451 ... 315
Roduwart (J.). France, n° 1015 ... 25
Roëck (L.). France, n° 702 ... 19
Roeckx (H.-G.). Pays-Bas, n° 274 ... 256
Rœdecke (F.-H.). Suède, n° 137 ... 532
Roeder (J.-A.). Prusse, n° 489 ... 401
Roederer (J.). France, n° 6483 ... 143
Roehrig. Brunswick, n° 8 B ... 289 et 481
Roeller et Husie. Saxe, n° 19 ... 425
Rœper (C.) et fils. Prusse, n° 668 ... 404
Roerig (C.). Brunswick, n° 8 ... 289
Roeser (C.-G.). Bavière, n° 107 B ... 269
Rœthmann et Kissmeyer. Danemark, n° 48 ... 302 et 482
Rogé (L.-H.-M.). France, n° 3965 ... 87
Rogeat (J.-L.). France, n° 2172 ... 52
Rogeat (J.-L.). France, n° 6640 ... 146
Rogeat frères. France, n° 2116 ... 51
Rogelet (V.) et Cie. France, n° 6484 ... 143
Roger (A.). Belgique, n° 293 ... 281
Roger (F.). France, n° 4030 ... 88
Roger (F.-S.). France, n° 6788 ... 148
Roger (G.). France, n° 1349 ... 38
Roger (J.-G.). France, n° 7951 ... 169
Roger (L.-W.-K.). Pays-Bas, n° 291 ... 256
Roger (M.). France, n° 6485 ... 143
Roger (Vve) et Aubry. France, n° 3043 ... 71

Pages.
Roger et Cie. France, n° 1348 ... 33
Roger fils et Cie. France, n° 192 ... 8 et 447
Roger frères et Cie. France, n° 6486 ... 143
Roggiero (G.-A.). États-Sardes, n° 76 A ... 420 et 527
Rogier et Mothes. France, n° 10100 ... 459
Rogissé (G.-T.). France, n° 8180 ... 174
Rogler (J.). Bavière, n° 124 ... 269
Rognon (D.-A.). France, n° 1574 ... 39
Rohlfs, Seyrig et Cie. France, n° 1350 ... 33
Röhr (F.). Nassau, n° 41 ... 511
Rohr-Regnier (F.). Suisse, n° 115 ... 292
Rohrbeck. Prusse, n° 1207 ... 524
Röhrs (F.) et fils. Autriche, n° 1081 ... 250
Roi (Le) de Burma. Inde, n° 104 ... 506
Roi (S. M. le) de Suède et de Norwége. Suède, n° 324 ... 535
Roif. Algérie, n° 171 ... 205
Roig (S.). Espagne, n° 240 ... 311
Roignot (J.-B.-B.). France, n° 1230 ... 31
Rois. Algérie, n° 128 ... 204
Rojon (J.-L.). France, n° 3137 ... 73
Roland-Aveline (J.). France, n° 3645 ... 81
Roldan (J.). Cuba, n° 22 ... 485
Roll (J.). France, n° 7952 ... 169
Rolland. Algérie, n° 479 ... 209
Rolland. France, n° 4942 ... 111
Rolland (C.). France, n° 10337 ... 468
Rolland (E.). France, n° 2173 ... 52
Rolland (F.-P.). France, n° 3737 ... 83
Rolland (J.-H.). France, n° 703 ... 19 et 79
Rolland (T.). France, n° 813 ... 11 et 58
Rolland-Leroux. France, n° 5951 ... 133
Rolland (T.) et Herpin. France, n° 3646 ... 81
Rollet-Pinchon. France, n° 2919 ... 68
Rollin (F.-G.). France, n° 5221 ... 118
Rollinger (C.). Autriche, n° 1221 ... 252
Rollwegan (G.). Van-Diémen, n° 78 ... 495 et 494
Romagnac (F.). France, n° 3316 ... 75
Romagnani (B.). Toscane, n° 161 ... 437
Romain (A.). Espagne, n° 243 ... 311
Romain (C.). Algérie, n° 703 ... 474 et 473
Romain (D.). Pays-Bas, n° 367 ... 258
Romaine (R.). Canada, n° 114 ... 497
Roman et Séon. France, n° 9854 ... 449
Romancey (J.-M.). France, n° 8798 ... 184
Romanet du Caillaud (E.). France, n° 7530 ... 161
Romanet (H.) et Cie. France, n° 1847 ... 45
Romanson (Mlle M.). Suède, n° 314 ... 535
Rombach (M.). Bade, n° 32 ... 262
Rome, Jourdan et Cie. France, n° 277 ... 10 et 19
Romedenne (A.-J.). Belgique, n° 64 ... 273
Romen (J.). Espagne, n° 275 ... 311
Romer (Capit.). Ceylan, n° 40 ... 502
Römer (C.). Prusse, n° 357 ... 397
Römer (S.). Autriche, n° 354 ... 235
Römer frères. Hanovre, n° 3 ... 359
Romero (B.). Espagne, n° 195 ... 210
Rometsch (C.). Wurtemberg, n° 42 ... 441
Romisch (C.). Autriche, n° 1170 A ... 251
Rommens (R.). Belgique, n° 103 ... 273 et 254
Ronacel frères. Espagne, n° 304 ... 312
Ronat. Guyane française, n° 177 ... 479
Ronchard-Siauve (F.). France, n° 4214 ... 94
Ronchetti (P.). Autriche, n° 977 ... 248
Ronconi frères. Toscane, n° 137 ... 437
Roud (T.). France, n° 8422 ... 178
Rondeau et Chauveau. France, n° 193 ... 8
Rondel (L.-G.). France, n° 3647 ... 81
Rongel frères. France, n° 7655 ... 163 et 152
Ronnet (A.). France, n° 6487 ... 143 et 38
Röngvist (F.). Suède, n° 202 ... 533
Ronsin (P.-A.-M.). France, n° 7424 ... 158
Rönigen (C.-A.). Pays-Bas, nos 238 et 427. 384 et 259
Ronze (R.). France, n° 1602 ... 40 et 452
Ronzeray et Durand. France, n° 2810 ... 66
Roos (G.). Suisse, n° 383 ... 298
Rooster (J.-H.). Pays-Bas, n° 343 ... 257
Roosevelt (Clinton). États-Unis, n° 127 ... 223
Roquancourt (L.-N.). France, n° 1016 ... 25
Roque-Niel frères. France, n° 6789 ... 148
Roque et frères. Confédération argentine, n° 4 ... 223
Roquebrune (F.). France, n° 431 ... 13
Roquefère. Algérie, n° 433 ... 474
Roquemartine et Godot. France, n° 2811 ... 66
Roquemont (Félicie). France, n° 6488 ... 143
Roques (A.). France, n° 2812 ... 66
Roret. France, n° 1351 ... 34
Roret (N.-E.). France, n° 9298 ... 196
Ros de Olano. Espagne, n° 65 ... 308
Rosa (T.-J. de S.). Portugal, n° 31 ... 513
Rosani frères (P. et B.). Autriche, n° 1082 ... 250
Rose (C.-A.). France, n° 2547 ... 61
Rose (J.-T.). Royaume-Uni, n° 897 ... 334
Rose (H. et G.-M.). Canada, n° 326 ... 500
Rose (Vve) et fils. Pays-Bas, n° 372 ... 258
Rose (J.) et Cie et Mess. Daniell. Royaume-Uni, n° 1242 ... 339
Rosello. Algérie, n° 129 ... 204
Rosellen (F.-E.). France, n° 9565 ... 201
Rosenberg (S.). Autriche, n° 729 ... 243
Rosendahl (N.-P.). Suède, n° 96 ... 531
Rosenkranz (H.). Prusse, n° 882 ... 409
Rosenthal (C.). Prusse, n° 164 ... 392
Rosenthal (C.-A.). Prusse, n° 237 ... 394
Rosenquist (F.). Suède, n° 177 ... 533
Rosenthal (C.). Anhalt, n° 12 ... 226
Rosenthal (M.). France, n° 9970 ... 453
Rosenthal, Steinhart et Cie. Wurtemberg, n° 168. 444
Rosenwall (P.). Suède, n° 414 ... 537
Rosey et Lebée (C.). France, n° 7735 ... 165
Rosing (C.-W.). Norwége, n° 66 ... 539
Ross (A.). Royaume-Uni, n° 409 ... 327
Ross (A.-H.). Royaume-Uni, n° 488 ... 328
Ross (G.). Guyane anglaise, n° 53 ... 503, 502 et 504
Ross (J.). États-Unis, n° 50 ... 221
Ross (Capt. R.-N.). Victoria, n° 7 ... 493
Ross (Mlle). Guyane anglaise, n° 39 ... 503 et 504
Ross et Thomson. Royaume-Uni, n° 1938 ... 350
Ross (A.) et Cie. Royaume-Uni, n° 611 ... 330
Rosseel et Cie. Belgique, n° 445 ... 282
Rosseels aîné. Belgique, n° 353 ... 280
Rossel (A.). Suisse, n° 96 ... 292
Rossel (Y.). France, n° 4446 ... 99
Rossel, Boutte et Cie. Suisse, n° 29 ... 291, 294 et 481
Rosselet (Vve). France, n° 2548 ... 61 et 455
Rossell. Espagne, n° 505 ... 484
Rosser et Godson. Royaume-Uni, n° 46 ... 320
Rosset et Normand. Belgique, n° 590 ... 280
Rosset et Normand. France, n° 7780 ... 166
Rossi (A.). Autriche, n° 1083 ... 250
Rossi (A.). France, n° 3317 ... 75
Rossi (A.). Toscane, n° 167 ... 437 et 540
Rossi (F.). Autriche, n° 886 ... 246
Rossi (G.). États-Sardes, n° 162 ... 422
Rossigneux (C.). France, n° 5040 ... 113
Rossignol. Prusse, n° 1229 ... 524
Rossignol (P.). France, n° 1037 ... 26
Rossignol-Dolléans (J.). France, n° 2813 ... 66
Rossignol fils et Cie. France, n° 4943 ... 111
Rossing (J.-A.). Suède, n° 279 ... 535
Rosselin frères. France, n° 8098 ... 172
Rosses (D.). Grèce, n° 130 ... 409
Rossy. France, n° 8925 ... 187
Rostan et Cie. France, n° 10160 ... 460 et 468
Rostborn et Dickmann. Autriche, n° 274 ... 233
Rosway (C.). Espagne, n° 88 ... 308
Rosway (A.) et fils. France, n° 4944 ... 111
Roth (E.). Nassau, n° 36 ... 511
Roth (C.). Suisse, n° 283 ... 296
Roth (G.-A.). Hambourg, n° 66 ... 510
Roth (J.). Suisse, n° 379 ... 298
Roth (J.-C.). France, n° 9401 ... 198

8.

Pages.

Rothschild (J.). France, n° 1072 ... 27
Rotru (C.-L.). France, n° 4418 ... 99
Rotsch (F.). Autriche, n° 224 ... 232
Rotschild (S. et E.). Prusse, n° 402 B ... 524
Rott (A.-H.). Autriche, n° 1257 ... 253
Rott (V.-J.). Autriche, n° 107 ... 229
Rottée (R.-A.). France, n° 1553 ... 38
Rottenschweiler-Huni. Suisse, n° 284 ... 296
Roubien (L.). France, n° 2814 ... 66
Roublin (L.). France, n° 5952 ... 133
Roudier fils aîné (F.). France, n° 3648 ... 81
Roucou (J.). France, n° 5007 ... 113
Roudaire (J.-F.). France, n° 6790 ... 148
Roudaud (M.). France, n° 8924 ... 187
Roudière (L.-V.). France, n° 8423 ... 178
Roudil (J.-E.). France, n° 2815 ... 66
Roudillon (E.). France, n° 10338 ... 468
Rouet fils frères. France, n° 3966 ... 87
Rouet, Clermont et Cie. France, n° 2816 ... 66
Rouez père et fils. France, n° 6489 ... 143
Rouffet aîné (A.). France, n° 883 ... 22
Rougé et fils. France, n° 8690 ... 183
Rougemont (J.-A.). France, n° 5041 ... 113
Rougemont (J.-C.). France, n° 7867 ... 167
Rouget (A.). France, n° 1927 ... 47
Rouget (S.). France, n° 4419 ... 99 et 85
Rouget-Delisle (A.). France, n° 10222 ... 461 et 456
Rougier (J.-D.). France, n° 2549 ... 61
Rougier et Bonnet neveu. France, n° 7109 ... 153
Rougot. France, n° 9812 ... 448
Rouillé-Besnard. France, n° 8230 ... 175
Rouiller (C.-M.). France, n° 2817 ... 66 et 178
Rouillier (F.-A.). France, n° 1181 ... 30
Rouillon (F.). France, n° 8424 ... 178
Rouin. Martinique, n° 28 ... 476
Roulé fils aîné (J.-A.). France, n° 6490 ... 143
Roulet, Gilly et Chaponnière. France, n° 2550 ... 61
Roullet (F.). France, n° 2251 ... 54
Roumengan (V.-J.). France, n° 10456 ... 472
Round (J.). Royaume-Uni, n° 1148 ... 338
Rouot père et fils. France, n° 1352 ... 34
Rouques (A.). France, n° 3044 ... 71
Rouquette (V.). France, n° 8425 ... 178
Rouquette fils. France, n° 6491 ... 143
Roure (A.). France, n° 9063 ... 190
Roure-Aguillon. France, n° 4945 ... 111
Roure-Dubost. France, n° 5953 ... 133
Roure-Girkler. France, n° 4946 ... 111
Roure-Malagrin. France, n° 5954 ... 133
Roureau (J.-C.). France, n° 6492 ... 143
Rousée (E.). France, n° 5955 ... 133
Rousseau. Martinique, n° 29 ... 476
Rousseau (A.). Belgique, n° 133 ... 274
Rousseau (A.) et non Moreau (A.). France, n° 561 ... 16
Rousseau (A.). France, n° 4947 ... 111
Rousseau (A.-A.). France, n° 2551 ... 61
Rousseau (E.-T.). France, n° 3738 ... 83
Rousseau (J.). Pays-Bas, n° 362 ... 258
Rousseau (J.-J.-N.-E.). France, n° 2117 ... 51
Rousseau (L.). France, n° 10457 ... 472
Rousseau aîné (J.). France, n° 5320 ... 120
Rousseau-Pallez. France, n° 9299 ... 196
Rousseau frères. France, n° 3218 ... 456 et 457
Rousseau et Laurens. France, n° 3799 ... 84
Rousseau et Prat. France, n° 8034 ... 171
Rousseau jeune et Loonen (G.). Bade, n° 71 B ... 480
Rousseau jeune (H.) et Loonen. France, n° 4948 ... 111
Rousseau-Lafarge (L.) et Cie. France, n° 2600 ... 62
Roussel. France, n° 94 ... 5
Roussel (A.). France, n° 5956 ... 133
Roussel (A.). France, n° 10339 ... 468
Roussel (C.). France, n° 3529 ... 79
Roussel (C.). France, n° 6493 ... 143
Roussel (F.). France, n° 4215 ... 94
Roussel (F.). France, n° 6494 ... 143
Roussel (J.-B.). France, n° 9855 ... 449 et 450

Pages.

Roussel (M.). France, n° 9971 ... 453
Roussel-Dazin. France, n° 6495 ... 144
Roussel-Galle (J.-B.). France, n° 4949 ... 111
Roussel-Mustière (L.). France, n° 7657 ... 163
Roussel-Pilatrie. France, n° 5957 ... 133
Roussel de Livry fils. France, n° 2552 ... 61
Roussel frères. Belgique, n° 252 ... 278
Roussel, Ewald et Cie. France, n° 8534 ... 180
Rousselot (E.). France, n° 704 ... 19
Rousselet (A.) et fils. France, n° 6496 ... 144
Rousselle (F.-E.). France, n° 3925 ... 86
Rousselle et Privat. France, n° 1353 ... 34
Rousselot (E.). France, n° 1623 ... 40
Rousset (L.-E.). France, n° 6791 ... 148
Rousset et Journoux. France, n° 3045 ... 71
Roussille frères. France, n° 2252 ... 54 et 58
Roussin (E.). France, n° 3318 ... 75
Roussy (P.). France, n° 1600 ... 39
Roussy et Bernard. France n° 6792 ... 148 et 162
Roustic (Mme Vve A.). France, n° 6497 ... 144
Rout (W.). Van-Diémen, n° 26 ... 494
Rouvenat (L.). France, n° 5112 ... 115
Rouveure aîné (M.). France, n° 2818 ... 66
Rouveure frère et Montméant. France, n° 8426 ... 178
Rouvière-Cabane. France, n° 6499 ... 144
Roux. Algérie, n° 366 ... 208
Roux (A.). France, n° 3649 ... 81
Roux (A.). France, n° 6793 ... 148
Roux (C.-E.) France, n° 964 ... 24
Roux (E.-L.-A.). France, n° 4047 ... 89
Roux (F.-L.). États-Unis, n° 121 ... 222
Roux (F.-M.) France, n° 7657 ... 163
Roux (J.-B.). France, n° 2280 ... 55
Roux (J.-J.). France, n° 965 ... 24
Roux (M.). France, n° 3967 ... 87
Roux (P.-A.). France, n° 9220 ... 194
Roux (S.). France, n° 6498 ... 144
Roux (Mme Vve A.) France, n° 1848 ... 45
Roux fils (C.). France, n° 2553 ... 61
Roux-Cuny. Algérie. n° 130 ... 204
Roux-Mollard (A.). France, n° 9064 ... 190
Roux frères (L.-V.). France, n° 7110 ... 153
Roux et Voinier aîné. France, n° 1601 ... 39
Roux et Cie. France, n° 1354 ... 34
Rouxel (F.). France, n° 7425 ... 158
Rouxel (L.). France, n° 2023 ... 49
Rouy-Thiriet. France, n° 4950 ... 111
Rouze (R.). France, n° 1602 ... 40 et 452
Rouzé (H.). France, n° 3800 ... 84
Rouzé-Aviat (J.-P.). France, n° 3319 ... 75
Rowe (H.-R.). Nouvelle-Galles du Sud, n° 52 ... 490
Rowney (G.) et Cie. Royaume-Uni, n° 677 ... 331 et 350
Roy (J.-B.-A.). France, n° 3968 ... 87
Roy (P.). France, n° 7111 ... 153
Roy et Laurent. France, n° 1355 ... 34 et 21
Roy et Cie. France, n° 4951 ... 111
Roy (B.) et Cie. Suisse, n° 19 ... 291
Roy (S.) et Cie. France, n° 4952 ... 111
Royaards et Cie. Pays-Bas, n° 373 ... 258
Royal flax Society. Royaume-Uni, n° 1460 ... 343
Royel. Espagne, n° 66 ... 308
Royer. Algérie, n° 309 ... 207
Royer. Algérie, n° 206 ... 473
Royer (D.-A.). France, n° 10101 ... 459
Royer (L.). France, n° 10102 ... 459
Royer (L.-J.). France, n° 3739 ... 83
Royer (M.). France, n° 7953 ... 169
Royer (P.-E). France, n° 8615 ... 181
Royle (Mme). Inde, n° 93 et 96 ... 506
Royo (M.). Espagne, n° 248 et 331 ... 311 et 313
Rozan (F.) père et fils. France, n° 5321 ... 120
Roze-Abraham frères. France, n° 7531 ... 161 et 466
Rozés frères. France, n° 237 ... 9
Rozet et de Menisson. France, n° 95 ... 5
Ruard (Usine de V.). Autriche, n° 645 ... 241
Ruas (F.) et Cie. France, n° 6794 ... 148

Pages.

Rust (A.). France, n° 9021 ... 189
Rubé. France, n° 10132 ... 459
Rubelli (F.). Autriche, n° 886 ... 246
Rubens et Low. Prusse, n° 1258 ... 525
Rubenzucker (M.). Autriche, n° 705 ... 242
Rubino (A.). États-Sardes, n° 78 ... 420 et 527
Rubio (C.). Mexique, n° 85 ... 373 et 374
Rubio (J.-S.). Espagne, n° 196 ... 210
Rubio de Vélarguez (M.). Espagne, n° 276 ... 311
Rubio Velasquez. Espagne, n° 498 ... 484
Ruchet (L.). France, n° 3046 ... 71
Rudden (F.-W.). Nouvelle-Galles du Sud, n° 131 ... 491
Rudel (A.). Prusse, n° 415 ... 398
Rudiger (P.). Prusse, n° 883 ... 409
Rudolphi (F.-J.). France, n° 5042 ... 114
Rudzinski de Rudno (C.). Prusse, n° 204 ... 393
Rué-Jacquet (J.-J.). France, n° 432 ... 13
Rueda (A.). Espagne, n° 192 ... 210
Ruef et Bicard. France, n° 6500 ... 144
Rueff (D^{r}.). Wurtemberg, n° 7 ... 440
Ruellan (Mme P.-J.). France, n° 7426 ... 158
Ruez-Delsaux. France, n° 3530 ... 79
Ruffat (J.). Algérie, n° 222 ... 473
Ruffer (G.-H.). Prusse, n° 229 ... 393 et 394
Ruffer (S.-B.) et fils. Prusse, n° 884 ... 409
Ruffer et Cie. Prusse, n° 666 et 92 B ... 404 et 523
Ruffier (F.-L.). France, n° 8616 ... 181
Ruffier-Leutner. France, n° 5958 ... 133
Ruffin (A.). Prusse, n° 214 ... 393
Rufin (A.). Prusse, n° 185 ... 392 et 523
Rufz de Lavizon. Martinique, n° 1 ... 476
Ruggieri (E.-F.-D.). France, n° 4230 ... 94

Pages.

Ruhmkorff (H.). France, n° 1965 ... 48
Ruiz (F.). Espagne, n° 173 ... 210
Rummel (E.-G.). France, n° 10340 ... 368
Rummel (V.). Wurtemberg, n°s 13 et 103 ... 440 et 443
Rummel et Philippi. Prusse, n° 669 ... 404
Rump (F.-W.) et fils. Prusse, n° 525 ... 402
Rumpe (J.-G. et G.). Prusse, n° 124 ... 391 et 403
Rumpf. Prusse, n° 595 ... 403
Rundström (E.-W.). Suède, n° 340 ... 536
Runge (F.-F.-D.). Prusse, n° 325 ... 396
Rungger (J.-U.). Suisse, n° 285 ... 296
Ruping (C.-W.). Prusse, n° 87 ... 390
Rupp et Bechstein. Francfort-sur-le-Mein, n° 3 ... 317
Ruprecht (J.). Suisse, n° 389 ... 299
Ruschi frères. Toscane, n° 42 ... 434 et 437
Russel (J.-S.). Royaume-Uni, n° 818 ... 333
Russel et fils. Royaume-Uni, n° 1040 ... 336 et 487
Russell-Bourn. Nouvelle-Galles du Sud, n° 53 ... 490
Russell (J.) et Cie. Royaume-Uni, n° 1039 ... 336
Russell (P.-N.) et Cie. N.-Galles du Sud, n° 126. 491 et 490
Russery, Lacombe et Cie. France, n° 96 ... 5 et 447
Russier-Brewer. France, n° 4953 ... 111
Russuljoo. Inde, n° 117 ... 506
Rütschi (S.) et Cie. Suisse, n° 286 ... 296
Ryffell et Cie. Suisse, n° 287 ... 297
Ryhiner (C.). Suisse, n° 335 ... 297
Ryhiner et fils. Suisse, n° 253 ... 296
Ryland (J.-H.). Canada, n° 327 ... 500
Rylander et Cie et Lundquist (A.). Suède, n° 409 ... 537
Ryo-Catteau. France, n° 1603 ... 40
Rzebitschek (F.). Autriche, n° 1258 ... 253

S

SAH SAL

Saad-ben-Delbèche. Algérie, n° 627 ... 211
Saad-el-Houssin. Algérie, n° 523 ... 210
Saadi-bou-el-Nar. Algérie, n° 628 ... 211
Saakes (P.). Pays-Bas, n°s 157 et 368 ... 382 et 258
Saatweber et Cie. Prusse, n° 1032 ... 412
Sabarot et Cie. France, n° 3320 ... 75
Sabatier (B.). France, n° 9180 ... 193
Sabatier (F.). Bavière, n° 44 ... 267
Sabatier (H.). France, n° 9181 ... 193
Sabatier (J.-A.). France, n° 4576 ... 102
Sabatier frères. France, n° 4575 ... 102
Sabin (F.). France, n° 1356 ... 34
Sabonadière. Ile de Ceylan, n° 15 ... 501
Sabot (J.) et Chavanon (J.). France, n° 1526 ... 38
Sabran (V.) et Jessé (G.). France, n° 6501 ... 144
Sacchi (L.). Autriche, n° 1222 ... 252
Sac-Épée (A.-A.). France, n° 8794 ... 184
Sachs (G.). France, n° 3140 ... 73
Sachsse (G.-M.) et Cie. Saxe, n° 16 ... 425
Sack (F.). Prusse, n° 88 ... 390
Sacré (E.). Belgique, n° 193 ... 276
Sacré aîné (A.-C.). Belgique, n° 177 ... 275
Saddok-ben-Charsa. Algérie, n° 629 ... 211
Sadi. Algérie, n° 471 ... 209
Sadler (J.-H.). Royaume-Uni, n° 248 ... 485
Sado (J.). Espagne, n° 356 ... 313
Sadon et Cie. France, n° 6502 ... 144
Saez Gonzalez (A.). Espagne, n° 174 ... 210
Sagebien. France, n° 9856 ... 449
Saget (Vve). France, n° 2253 ... 54
Sagey (G.). France, n° 2118 ... 51
Sagnier-Teulon. France, n° 7112 ... 153
Sagnier (L.) et Cie. France, n° 9972 ... 453
Sagot (F.). France, n° 433 ... 13
Sagot (E.) et Courvoisin. France, n° 7602 ... 162
Saguy. Algérie, n° 131 ... 204
Sahler frères. Prusse, n° 89 ... 390

Saïd-ben-Boucetta. Algérie, n° 483 ... 209
Saïd-ben-Khaled. Algérie, n° 524 ... 210
Saïd-ou-Ferraths. Algérie, n° 484 ... 209
Saïd-Pacha (S. A.), vice-roi d'Égypte. Égypte, n° 1 ... 482 et 483
Saillard (C.-J.). France, n° 8795 ... 184
Saillard (P.-F.). France, n° 1849 ... 45
Sailler (J.). Autriche, n° 646 ... 241
Saillot (L.-J.-B.). France, n° 8796 ... 184
Sainsère (L.). France, n° 5959 ... 133
Saint-Aime (A.). Ile Maurice, n° 10 ... 503
Saint-Amand (M.). Canada, n° 77 ... 496
Saint-Amant (P.). France, n° 4337 ... 97
Saint-Amant (P.). France, n° 7868 ... 167
Saint-André (L.). France, n° 97 ... 5
Saint-Arnau (M.). Canada, n° 78 ... 496
Saint-Denis (J.). France, n° 5222 ... 118
Saint-Denis-Petit. France, n° 6503 ... 144
Saint-Étienne père et fils et Cie. France, n° 9903 ... 452
Saint-Jean (H.) et Cie. Confédération Argentine, n° 5 ... 223
Saint-Martin (J.-B.). France, n° 4031 ... 88
Saint-Paul (E.) et Roswag (J.-B.). France, n° 4954 ... 111
Saint-Pierre (J.). Canada, n° 115 ... 497
Saint-Remi-Estivant fils aîné. Belgique, n° 222 ... 277
Saint-Ubéry (D.). France, n° 7954 ... 169
Sainte-Colombe frères. Réunion, n° 104 ... 478
Sainte-Marie (Maison de). France, n° 7781 ... 166
Sainte-Marie-Dupré et Cie. France, n° 3531 ... 79
Saintin (A.). France, n° 8099 ... 172
Saintoin frères. France, n° 3740 ... 83
Saive (J.-B.-A.). France, n° 10161 ... 460
Sajou (J.-S.). France, n° 9022 ... 189 et 471
Sala (C.). Autriche, n° 275 ... 233
Saladin-Degranthe (E.). France, n° 1527 ... 38
Salafat et Frombeim. Ile Maurice, n° 28 ... 509
Salamera de Barberia (Mme D.). Espagne, n° 424 ... 314

Pages.
Salamoni (A.). Autriche, n° 434 237
Salamons (B.) et fils. Royaume-Uni, n°s 1401 et 1600 .... 342 et 346
Salari (D.). États-Pontificaux, n° 30 380
Salas (J.-M.). Espagne, n° 277 311
Saldaña (J.). Cuba, n° 23 485
Sale (J.-N.). Royaume-Uni, n° 1300 487
Salem-ben-Ichou. Algérie, n° 380 208
Salès. Algérie, n° 310 207
Sales (F.). France, n° 8535 180
Salès (J. et J.). France, n° 10010 454
Salès-Senn. France, n° 9947 453
Salgado (F.). Espagne, n° 499 484
Salichon. Algérie, n° 679 212
Salin, Magne et Cie. France, n° 99 6
Salines royales de l'île d'Elbe. Toscane, n° 20 433
Salines royales de Prusse (Administration des). Prusse, n° 154 .... 392 et 523
Salines royales de Volterra. Toscane, n° 21 433
Sallandrouze (A.). France, n° 7532 161
Sallandrouze-Lemoullec (C. et J.-J.). France, n° 7533 .... 161 et 466
Sallandrouze de la Mornaix (C.). France, n° 7534 .... 161 et 466
Salle (E.). France, n° 9117 192
Sallé (M.). France, n° 2819 66
Salleron (J.). France, n° 3532 79
Salles (A.). France, n° 3650 81
Salles (F.). France, n° 1528 38
Salles père et fils. France, n° 6504 144
Salles (J.) et Cie. France, n° 7603 162
Sallet (J.-B.). France, n° 7955 169
Sallier (J.-A.). France, n° 9948 453
Sallustrios (E.). Grèce, n° 50 356
Salmon (J.-J.). France, n° 5488 123
Salmon (L.-G.-A.). France, n° 4438 99
Salmon père et fils. France, n° 9813 448
Salmon (A.) et Guillot (M.). France, n° 3219 456
Salmonsen (J.). Danemark, n° 52 302
Salomé (H.). France, n° 2820 .... 66 et 34
Salomon (J.). France, n° 10341 368
Salomon (J.). Royaume-Uni, n° 411 .... 326 et 486
Salomon (L.). France, n° 5423 122
Salomon (M.). États-Sardes, n° 205 527
Salomon (Mme) et Cie. France, n° 1411 35
Salomons (A.). Royaume-Uni, n° 1847 349
Saloy (A.). France, n° 6505 144
Salpêtrière de l'État. Algérie, n° 549 210
Salt et Lloyd. Royaume-Uni, n° 489 486
Salt (M.) et fils. Royaume-Uni, n° 770 332
Salt (T.) fils et Cie. Royaume-Uni, n° 1379 342
Saltarés (J.). Espagne, n° 381 313
Salter et Ross. Canada, n° 328 500
Salter et Cie. Royaume-Uni, n° 1345 341
Salthiel (M.), Goldmann (M.) et Fscher (J.). Autriche, n° 1170 B 251
Saluce (F.). États-Sardes, n° 38 419
Salvado et Cie. Espagne, n° 382 313
Salvagnoli (A.). Toscane, n° 77 435
Salvan (J.-H.). France, n° 8299 176
Salvanig jeune. France, n° 6506 144
Salzmann (J.). Autriche, n° 276 233
Samanos (M.). France, n° 1231 31
Samassa (A.). Autriche, n° 706 242
Sammet (J.-B.). Bade, n° 40 262
Samorri (M.). Toscane, n° 138 437
Sampaio (A. de M.-V.), Portugal, n° 285 519
Sampieri (Marquise). États-Pontificaux, n° 60 512
Samson. Algérie, n° 630 211
Samson. Canada, n° 37 496
Samson (L.). France, n° 10304 464
Samson aîné (L.). France, n° 9857 449
Samson jeune. France, n° 7427 158
Samson jeune (E.). France, n° 5223 118
Samson (C.) et Commercy (A.). France, n° 10458 472
Samson (H.) et fils. Royaume-Uni, n° 1490 344
Pages.
Samuda frères. Royaume-Uni, n° 819 333
Samuel (S.). Nouvelle-Galles du Sud, n° 54 490
Samuel aîné. France, n° 3220 456
Samuel Sotto. Algérie, n° 330 207
Samuels (M.). Pays-Bas, n° 314 257
Sanchez (F.). Espagne, n° 175 210
Sanchez (F.). Mexique, n° 51 372
Sanchez (R.). Espagne, n° 333 313
San-Luis (Dép. de). Mexique, n° 90 374
Sandberger (Dr G.). Nassau, n°s 37 et 58 511
Sander (J.-A.). Hambourg, n° 46 363
Sanders (H.). France, n° 5066 114
Sandfort (G.). Pays-Bas, n° 410 259
Sandherr (J.). Wurtemberg, n° 198 444
Sandon (C. et N.). Nouv.-Galles du Sud, n° 55 490
Sandoz (V.). Belgique, n° 394 281
Sandoz-Nardin. France, n° 1850 45
Sandoz (P.) et fils. Suisse, n° 97 292
Sandoz (U.) et Cie. France, n° 7113 153
Sandri (C.). Autriche, n° 108 229
Sandvoss (J.). Prusse, n° 1114 414
Sangant (Marguerite). France, n° 7498 158
Sanger (C.-L.-H.). Pays-Bas, n° 193 .... 383 et 259
Sangler (F.). États-Sardes, n° 23 A .... 419 et 526
Sangouard (C.). France, n° 7114 153
Sangster (W. et J.). Royaume-Uni, n° 1829 349
Sanguinède (A.). France, n° 8231 175
Sanial. France, n° 7115 153
Sanis (J.-L.). France, n° 1986 48
Sanner (A.-V. et G.). Hesse, n° 5 B 260
Sans (E.). France, n° 798 20
Sansom et Davenport. Royaume-Uni, n° 1149 338
Sanson (E.). France, n° 7429 158
Sanson père et fils et Bobée. France, n° 5960 133
Santa-Clara (Comte de). Espagne, n° 176 210
Santallier sœurs. France, n° 7828 467
Santelli (D.). France, n° 126 6
Santerne (H.-P.). France, n° 8035 171
Santesson (J.). France, n° 8065 172
Santhonax-Gros. France, n° 8797 184
Santi (C.). Toscane, n° 109 436
Santi-Talamucci et fils. Toscane, n° 45 434
Santonge (F.). Espagne, n° 409 314
Santonja (F.). Espagne, n° 521 484
Santonnax (E.). France, n° 2254 .... 54 et 71
Santos (F.). Espagne, n° 777 210
Santy (A.). France, n° 1928 47
Sapey (C.). France, n° 4420 99
Saphary (J.). France, n° 10103 459
Sapicha (Le prince L.). Autriche, n° 150 231
Sapin et Cie. France, n° 3801 84
Sarasin (J.-F.). Suisse, n° 336 297
Sarasin et Cie. Suisse, n° 337 297
Saratsopoulos. Grèce, n° 69 356
Sarda (A.). France, n° 7116 153
Sargent (F.) et Cie. France, n° 4955 111
Sark (L.). Pays-Bas, n° 35 .... 379 et 256
Sarkany (J.). Autriche, n° 109 229
Saron (C.) et Pichon. France, n° 2154 52
Sarra (A.). France, n° 9605 201
Sarrailh (E.) et Cie. France, n° 5961 133
Sarran (H.) et Dufour. France, n° 434 13
Sarrault (F.). France, n° 2255 54
Sarrazin de Montferrier (A.-A.-V.). France, n° 884 22
Sarre (E.). Prusse, n° 446 399
Sarre (J.-H.). Prusse, n° 358 397
Sartre. Réunion, n° 117 473
Sasse (E.-W.). Suède, n° 203 533
Sassé (C.-J.). Prusse, n° 955 411
Sätherberg (A.-F.). Suède, n° 415 537
Satherberg (H.). Suède, n° 187 533
Sattler (G.). Bavière, n° 41 .... 267 et 254
Sauerbrey (V.). Suisse, n° 173 294
Saugey et Ferrand. Algérie, n° 172 205
Saugnier (E.-F.). France, n° 8036 171
Saullière (J.) père et fils. France, n° 1017 .... 25 et 94

Pages.

Saunders (T.-H.). Royaume-Uni, n° 633 330
Saunders et Mitchell. Royaume-Uni, n° 870. 334 et 323
Saunderson (C.). Royaume-Uni, n° 366.... 326 et 486
Saunier (C.). France, n° 9973 453
Saunier (S.). France, n° 9023 189
Saunier (T.-M.). France, n° 9118 192
Saunnders (C.). Royaume-Uni, n° 1787 348
Saurel (A.). France, n° 6507 192
Saurel fils aîné. France, n° 6508 144
Sauret (V.). France, n° 1987 48
Saurin (M.-C.). France, n° 705 19
Saurin (J.). Canada, n° 143 497
Saury (L.). France, n° 9566 201
Sautelli (D.-F.). France, n° 14 3
Santo (A). Cuba, n° 27 485
Sautret fils. France, n° 6509 144
Sautreuil (P.-A.). France, n° 1232 .... 31 et 450
Sautter (J.). Wurtemberg, n° 19 440
Sautter (L.) et Cie. France, n° 2261 54
Sauvage (A.-J.). Belgique, n° 476 283
Sauvage (C.-A.). France, n° 584 16
Sauvage et Caffort. France, n° 9221 ...... 194 et 471
Sauvage et Cie. France, n° 7658 163
Sauvage (R.) et Cie. France, n° 7117 103
Sauvagnat-Chaize. France, n° 4577 102
Sauvagnat-Sauvagnat. France, n° 4578 102
Sauvaige-Fretin. France, n° 585 16
Sauvan (C.). France, n° 3969 .... 87 et 458
Sauvé (B.). France, n° 1966 .... 48 et 458
Sauvestre-Bourgonneau. France, n° 5962 133
Sauvenzy (A.-H.). France, n° 7394 170
Sauzèle (F.). France, n° 239 9
Savalle (R.-A.). Pays-Bas, n° 68 .... 380 et 257
Savard (A.). France, n° 5139 116
Savarèse (P.). France, n° 3926 86
Savaresse (H.). France, n° 9606 201
Savaresse fils. France, n° 9507 201
Savarin (J.-M.-B.). France, n° 9974 453
Savary (A.). France, n° 8100 172
Savary (J.-V.-E.). France, n° 10342 368
Savary (L.). France, n° 8427 179
Savary et Mosbach. France, n° 5130 ..... 116 et 444
Savelly. Algérie, n° 367 208
Savin-Lapinte (J.-N.). France, n° 6510 144
Savoir (J.). Belgique, n° 653 287
Savonniers (Première association des). Autriche, n° 435 .... 237 et 235
Savonniers (Les) de Marseille. France, n° 3221 .. 456
Savouré (J.). France, n° 7604 162
Savoye, Ravier et Chanu. France, n° 7118 .. 153 et 465
Savreux (Vve) et filles. France, n° 7430 158
Savy. France, n° 9975 453
Sawootee. Inde anglaise, n° 69 505
Say (L.). France, n° 1624 40
Sayen. Algérie, n° 173 205
Saynor et Cooke. Royaume-Uni, n° 991 335
Sazerat (L.-P.-E.). France, n° 5529 124
Scaglia (J.). Autriche, n° 530 239
Scales et Herbert. Royaume-Uni, n° 1512 ... 344 et 362
Scamps (P.). France, n° 6511 144
Scariano (B.). États-Pontificaux, n° 65 512
Scates (J.). Royaume-Uni, n° 1984 331
Sceurat (A.) et Cebert. France, n° 8459 469
Schaaffhausen et Dietz. Prusse, n° 1057 413
Schabas (J.). Autriche, n° 436 237
Schaboe (H.). Norwége, n° 57 538
Schaefer (J.-H.). Saxe, n° 20 425
Schuenleber (A.). Wurtemberg, n° 122 443
Schaerff (R.). Prusse, n° 1033 412
Schaerff (W.-A.). Prusse, n° 394 398
Schafer (J.). Francfort-sur-le-Mein, n° 19 ... 318
Schaffenberger (F.). Autriche, n° 647 241
Schaffer et Budenberg. Prusse, n° 219 393
Schaffer et Walcker. Prusse, n° 1237 525
Schäffer frères et Goldschmied. Autriche, n° 887. 246
Schafft et Trautmann. Saxe-Gotha, n° 8 429

Pages.

Schamal (V.). Autriche, n° 1259 253
Schamberger (F.-R.). Autriche, n° 110 229
Schamberger (J.-E.). Autriche, n° 648 241
Schanche (Mlle A.) et Schanche (N.-J.). Norwége, n° 110 .... 539 et 538
Scharp (J.). Royaume-Uni, n° 345 326
Scharpenberg (W.). Prusse, n° 417 398
Schartner (G.). Autriche, n° 649 241
Schattenmann (C.-H.). France, n° 586 16
Schauer-Nachfolger (C.). Prusse, n° 1275 526
Schaüffelen (G.). Wurtemberg, n° 71 442
Schaupenlechner (J.-G.). Autriche, n° 707 242
Schavye (P.-C.). Belgique, n° 687 288
Schedé (L.). Prusse, n° 492 400
Scheder (J.-B.). Autriche, n° 1084 250
Schedin (P.-A.). Suède, n° 163 532
Scheefhals (P.). Pays-Bas, n° 411 259
Scheeren (W.). Prusse, n° 264 395
Scheffers (J.). Pays-Bas, n° 292 256
Scheggi (V. et J.). Toscane, n° 159 ...... 437 et 540
Scheibler (F.-J.). Prusse, n° 885 409
Scheibler fils (L.). Prusse, n° 886 409
Scheibler et Cie. Prusse, n° 956 411
Scheidl (J.). Autriche, n° 1171 251
Scheidler frères. Autriche, n° 730 243
Scheidt et Beckerath. Prusse, n° 957 411
Scheler (J.-F.-F.). Saxe-Cobourg, n° 6 428
Schellenberg (A.). Nassau, n° 59 511
Scheller, Weber et Wittich. Hesse, n° 11 367
Schellhas (F.). Prusse, n° 1156 415
Schelstraete (L.). Belgique, n° 446 282
Scheltema (J.). Pays-Bas, n° 380 258
Schepers (F.). Belgique, n° 330 279
Scheppers (F.). Belgique, n° 477 283
Scherer. Algérie, n° 312 207
Scherg (C.). Autriche, n° 437 237
Schering (E.). Prusse, n° 495 400
Scherrer (C.). France, n° 9024 189
Schertz (L.). France, n° 6795 .... 148, 28 et 91
Scherzer (J.-G.). Autriche, n° 531 239
Schestak (F.). Autriche, n° 1172 251
Scheuble et Cie. Cap de Bonne-Espérance, n° 33.. 500
Scheurer-Rott (A.). France, n° 3047 71
Scheutz (G. et E.). Suède, n° 124 531
Schiavon frères. Autriche, n° 577 240
Schickhardt et Gortler. Wurtemberg, n° 190 ... 444
Schiedmayer (J. et P.). Wurtemberg, n° 196 ... 444
Schiedmayer (J.-L.) et fils. Wurtemberg, n° 200. 444
Schiele (C.). Royaume-Uni, n° 247 324
Schier (C.-F.). Hambourg, n° 71 510
Schier (O.). Prusse, n° 493 400
Schiertz (J.-G.). France, n° 9182 193
Schiervel (L.). Belgique, n° 389 281
Schiffner et Zimmermann. Saxe, n° 51 245
Schilde (A.) et Cie. Prusse, n° 462 399
Schilde (F.) et Cie. Prusse, n° 1228 524
Schill et Wagner. Wurtemberg, n° 121 443
Schiller (G.) et fils. Autriche, n° 763 244
Schilling (V.-C.). Prusse, n° 515 401
Schimmel et Cie. Saxe, n° 17 245
Schiner (A.). France, n° 2155 52
Schinka (J.). Autriche, n° 888 246
Schirow (C.-A.) et Cie. Prusse, n° 1063 413
Schirrmann (E.). Bade, n° 33 262
Schlager (M.). Autriche, n° 651 241
Schlapfer (J.-J.). Suisse, n° 362 298
Schlapfer, Schlatter et Kursteiner. Suisse, n° 363 .... 298 et 482
Schlapfer (J.-U.) et Cie. Suisse, n° 364 298
Schlechta et Pachmann. Autriche, n° 731 243
Schlee (A.). Autriche, n° 978 248
Schleicher (C.). Prusse, n° 556 402
Schleifenbaum (E). Prusse, n° 671 405
Schlenker (E.). Wurtemberg, n° 31 441
Schlenker (J.). Wurtemberg, n° 32 441
Schlenker (M.). Wurtemberg, n° 33 441

Pages.

Schlesing (F.). Prusse, n° 534 401
Schlesinger (J.). Royaume-Uni, n° 854 333
Schlick (B.). Danemark, n° 47 C 482
Schlick (F.). Autriche, n° 979 248
Schlief (E.-P.). Prusse, n° 887 409
Schlief (E.-W.) et fils. Prusse, n° 889 409
Schlief (C.) et Schlief (S.). Prusse, n° 888 409
Schliekeysen (C.). Prusse, n° 253 394
Schlieper (H.) et fils. Prusse, n° 672 405
Schlieper et Baum. Prusse, n° 753 407
Schlinder (Mme M.). France, n° 6796 148
Schlischer. Algérie, n° 132 204
Schlobach (G.). Belgique, n° 630 287
Schlobach et Morgenstern. Saxe, n° 4 424
Schlose (Ve H.) et frère. France, n° 8891 187
Schloss (M.-G.). Autriche, n° 652 241
Schlosser (F.-X.). France, n° 1183 30
Schlossmacher (J.) et Cie. France, n° 2256 54
Schlumberger (F.-M.). France, n° 5963 133
Schlumberger (G.). France, n° 5964 133
Schlumberger (R.). Autriche, n° 532 239
Schlumberger frères. France, n° 3049 71
Schlumberger et Hofer. France, n° 5965 133
Schlumberger (G.) et Cie. France, n° 6512 144
Schlumberger (N.) et Cie. France, n° 5967 .. 133, 452 464 et 465
Schlumberger jeune et Cie. France, n° 3050 71
Schlumberger-Steiner et Cie. France, n° 5968 ... 133
Schmalger-Weiss. France, n° 6513 144
Schmaltz (J.-B.). France, n° 7119 153
Schmalzlein (J.-A.). Bavière, n° 127 269
Schmautz aîné (C.). France, n° 1412 .... 35 et 450
Schmelz (C.). Prusse, n° 890 409
Schmerbauch (H.). Prusse, n° 1136 415
Schmerber (E.). France, n° 4956 111
Schmerber et Bouillé. France, n° 9025 189
Schmerber (J.) père et fils. France, nos 4957 et 9904 .... 111, 452, 453 et 462
Schmid (C.). Suisse, n° 288 297
Schmid (H.-D.). Autriche, n° 255 .... 233 et 242
Schmid (J.-B.). Toscane, n° 102 .... 436 et 540
Schmid (J.-G.). Bavière, n° 58 .... 268 et 254
Schmid et Binder. Wurtemberg, n° 136 444
Schmid frères. France, n° 5322 120
Schmid (H.) et Cie. Suisse, n° 207 295
Schmidmayer (Léopoldine). Autriche, n° 304 ... 334
Schmidt. Saxe-Cobourg, n° 5 B 528
Schmidt (C.). Bavière, n° 47 267
Schmidt (C.). Bavière, n° 91 A 269
Schmidt (C.). Hesse, n° 5 A .... 367 et 260
Schmidt (C.). Prusse, n° 1238 525
Schmidt (C.-J.-H.). France, n° 9567 201
Schmidt (C.-W.). Prusse, n° 1157 415
Schmidt (E.). Prusse, nos 90 et 1239 ...... 390 et 525
Schmidt (F.). Autriche, n° 225 232
Schmidt (F.-J.). Brême, n° 3 361
Schmidt (H.). Nassau, n° 29 511
Schmidt (H.). Suisse, n° 289 297
Schmidt (J.). Bavière, n° 30 .... 267 et 254
Schmidt (J.). Prusse, n° 91 390
Schmidt (J.-A.). Prusse, n° 1111 414
Schmidt (J.-P.). Autriche, n° 891 246
Schmidt (J.-W.). Pays-Bas, nos 17 et 158 382
Schmidt (P.). Autriche, n° 764 244
Schmidt (P.-L.). Prusse, n° 597 403
Schmidt frères. Suisse, n° 344 298
Schmidt et Beck. France, n° 2008 49
Schmidt (F.) et fils. Autriche, n° 889 246
Schmidt et Guéride. France, n° 4032 88
Schmidt et Harzdof. Saxe, n° 72 426
Schmidt et Mœllenhoff. Prusse, n° 596 403
Schmidt et Mueller. Saxe, n° 80 426
Schmidt (A) et Cie. Luxembourg, n° 20 370
Schmidt (F.) et Cie. Prusse, n° 891 409
Schmidt (L.) et Cie. Prusse, n° 447 399
Schmidt, Goldenberg et Cie. Belgique, n° 558 ... 285

Pages.

Schmieger (J.). Autriche, n° 892 240
Schmits et Marx. Prusse, n° 266 B 524
Schmits (J.) et Cie. Prusse, n° 892 409
Schmitt (A.). Autriche, n° 980 248
Schmitt (F.). Autriche, n° 893 246
Schmitt (F.). Hesse, n° 18 365
Schmitt (Les héritiers de J.-M.). Autriche, n° 894 246
Schmitt-Krombach (G.). Luxembourg, n° 9 369
Schmitt et Cie. France, n° 4661 104
Schmitz (F.). Prusse, n° 1240 525
Schmitz (F.-A.). Belgique, n° 643 287
Schmitz (G.). France, n° 4421 99
Schmitz (H.). Prusse, n° 239 394
Schmitz (M.-H.). Prusse, nos 737 et 1248 .. 526 et 406
Schmitz frères. Prusse, n° 1221 524
Schnitz et Jarosson. États-Unis, n° 122 222
Schmöle (C.). Prusse, n° 674 405
Schmole (R. et G.). Prusse, n° 675 405
Schmöle fils (T.). Prusse, n° 673 405
Schmöle, Wiemann et Cie. Prusse, n° 676 405
Schmolz (G.) et Cie. Prusse, n° 516 .... 501 et 502
Schnabel (Dr C.). Prusse, n° 1208 524
Schnabel (C. et F.). Prusse, n° 893 409
Schnabl (G.). Autriche, n° 653 241
Schnéider (B.). France, n° 1684 41
Schneider (C.-F.). Suisse, n° 179 294
Schneider (F.). Autriche, n° 1034 .... 249 et 235
Schneider (F.). Prusse, n° 1247 .... 526 et 524
Schneider (H.-D.-F.). Prusse, n° 93 390
Schneider (P.). Bavière, n° 144 A 270
Schneider (R.). Prusse, n° 677 405
Schneider et Banzinger. Autriche, n° 1062 249
Schneider (E. et A.) et Legrand. France, n° 1638. 40
Schneider et Cie. France, n° 9858 ...... 449, 447, 450, 460 et 469
Schneitler (Dr C.) et Andree (J.). Prusse, n° 171. 392
Schnell (J.). France, n° 1190 30
Schniewindt (C.). Prusse, n° 598 403
Schnorpfeil (R.). Prusse, n° 359 397
Schoeffel (Vve). France, n° 3051 71
Schœller (A.). Autriche, n° 708 .... 243 et 230
Schoeller (H.-A.). Prusse, n° 416 398
Schoeller (J.-P.). Prusse, n° 894 409
Schoeller (L.) et fils. Prusse, n° 895 409
Schœller, Mevissen et Bücklers. Prusse, n° 998 ... 412
Schoen (G.) fils. France, n° 5969 133
Schœnewerk (L.). France, n° 9568 201
Schoening (T.-H.). Prusse, n° 1179 416
Schœnfeld (J.). France, n° 8300 176
Schöffel (F.). Autriche, n° 112 230
Schoffer, Lehner et Ellenberger. Autriche, n° 438 A. 237 et 240
Scholder (H.). Pays-Bas, n° 29 379
Scholefield (D.). Royaume-Uni, n° 2009 351
Scholefield et Cie. France, n° 1967 48
Schöll (A.). Autriche, n° 895 246
Schöll (C.-A.). Suisse, n° 109 292
Schöller (A.). Autriche, n° 896 246
Schöller (J.-P.). Prusse, n° 898 B 525
Schöller (A. et F.). Prusse, n° 754 407
Schöller frères. Autriche, n° 897 246
Schölnhammer (D.). Autriche, n° 654 241
Schölnhammer (S.). Autriche, n° 655 241
Schollus (P.). France, n° 9569 201
Scholtz (F.). France, n° 8238 175
Scholz (J.). Prusse, n° 1276 526
Schomburgk (Sir R.-H.). Saint-Domingue, république dominicaine, n° 1 305
Schön (G.) et Cie. Hesse, n° 54 366
Schouchen (H.) Prusse, n° 1094 414
Schouenberger. France, n° 9129 192
Schoneweld et Westerhaen. Pays-Bas, n° 94. 380 et 257
Schoneweld, Westerhaen et Cie. Pays-Bas, n° 54. 380
Schöninger (L.). Bavière, n° 138 270
Schoofs (J.-B.-C.). Belgique, n° 287 .... 278 et 255

Pages.

Schooling et Cie. Royaume-Uni, n° 711 ... 331
Schopperlé. Pays-Bas, n° 43 ... 379
Schorg (F.). Bavière, n° 66 ... 268 et 254
Schott fils (B.). Hesse, n° 78 ... 366
Schou (H.). Norwége, n° 79 ... 539
Schouten (J.) Pays-Bas, n° 120 ... 381
Schraidt et Hoffman. Saxe-Cobourg, n° 3 ... 428 et 458
Schram (G.). Autriche, n° 305 ... 234
Schramboeck (S). Autriche, n° 709 ... 243
Schramm (A.). Guadeloupe, n° 51 ... 476
Schramm (J.-L.-F.). Prusse, n° 1222 ... 524
Schramm (J.-L.-F.). Anhalt, n° 1 ... 226
Schramm (P. et J.) frères. Prusse, n° 463 ... 399
Schramm et Van-Lumm. Prusse, n° 958 ... 411
Schreiber (A.-M.). Autriche, n° 227 ... 232
Schreiber (A.-T.). France, n° 885 ... 22 et 471
Schreiber (H.). Autriche, n° 981 ... 248
Schreiber (R.). Autriche, n° 113 ... 230
Schreiber jeune (G.). Anhalt, n° 7 ... 226
Schreil (Mlle L.). Suède, n° 316 ... 535
Schreiner et Winter. Bavière, n° 137 ... 270
Schroder (H.-K.). Pays-Bas, n° 412 ... 259
Schroder (P.-A.) et Cie. Prusse, n° 959 ... 411
Schroeder (C.). Prusse, n° 1099 ... 414
Schroeder (C.-P.). Prusse, n° 1100 ... 414
Schroeder (Mme D.). Prusse, n° 1088 ... 414
Schroers (G. et H.). Prusse, n° 960 ... 411
Schroetter (E.). Prusse, n° 284 ... 395
Schroll (A.). Autriche, n° 1085 ... 250
Schrops (C.). Bavière, n° 100 ... 269
Schropp (S.) et Cie. Prusse, n° 1158 ... 415
Schtazler (G.-E.). Bavière, n° 78 ... 268 et 254
Schubert (R.). Prusse, n° 1159 ... 415
Schuhard, Lerch et Diehm. Hesse, n° 65 ... 366
Schuldheis (A.-E.). Suède, n° 393 ... 537
Schulhof (E.). France, n° 1384 ... 34
Schulhof (Rosalie). Autriche, n° 1063 ... 249
Schull (F.-C.). Pays-Bas, n° 413 ... 259
Schüll (L.). Prusse, n° 418 ... 398
Schüll (W.). Prusse, n° 896 ... 409
Schuller (F.). Autriche, n° 710 ... 243
Schulte (C.-H.). Prusse, n° 1188 ... 416
Schulte (D.-W.). Prusse, n° 678 ... 405 et 524
Schulte et Schemmann. Hambourg, n° 65 ... 510
Schultheiss (J.-G.) et Buhl (G.). Bade, n° 41 B. ... 480
Schulthess frères. Suisse, n° 290 ... 297
Schultz (F.-G.). Wurtemberg, n° 186 ... 444
Schultze (C.-G.). Hambourg, n° 44 ... 363
Schulz (C.). Prusse, n° 1120 ... 414
Schulz (P.). Bavière, n° 152 ... 270
Schulz frères et Béraud. France, n° 7120 ... 153
Schulze (G.-A.). Prusse, n° 290 ... 395
Schulze (H.). Prusse, n° 1148 ... 413
Schulze (H.-G.). Prusse, n° 1058 ... 415
Schulze et Gruner. Saxe, n° 52 ... 425
Schülze (J.-F.) et fils. Schwarzbourg-Rudolstadt, n° 1 ... 430
Schumacher (G.-H.). France, n° 8552 ... 470
Schumacher fils (J.). Hesse, n° 63 ... 366 et 260
Schumacher'sche Fabrik. Wurtemberg, n° 2 ... 440
Schupbach (F.). Suisse, n° 153 ... 293
Schüppler (J.). Autriche, n° 1173 ... 251
Schürmann (E. et W.). Prusse, n° 1083 ... 414
Schürmann et Schroeder. Prusse, n° 897 ... 409
Schürmer (W.). Autriche, 650 ... 241
Schürr. France, n° 3534 ... 79
Schurz (J.). Autriche, n° 656 ... 241
Schuss (J.-P.). Prusse, n° 1259 A ... 525
Schütt (A.). Bade, n° 59 ... 262
Schutte frères. Pays-Bas, n° 22 ... 379 et 257
Schuttelaar (A.). Pays-Bas, n° 363 ... 258
Schutter (J.-D.). Pays-Bas, n° 159 ... 382 et 258
Schüz (F.-G.). France, n° 1529 ... 38
Schuzenbach (S.). France, n° 1357 ... 34
Schuzmann (A.). Bavière, n° 97 ... 269
Schwars (B.-C.). Hesse, n° 12 ... 367

Pages.

Schwartz et Huguenin. France, n° 3052 ... 71
Schwartz, Trapp et Cie. France, n° 6514 ... 144
Schwartz (J.-J.), Shöne et Cie. Prusse, n° 755 ... 407
Schwartzer (A.). Autriche, n° 533 ... 239
Schwartzkop (L.). Prusse, n° 246 ... 394
Schwarz (A.). Autriche, n° 765 ... 244
Schwarz (A.). Autriche, n° 898 ... 246
Schwarz (F.). Anhalt, Dessau et Cothen, n° 9 ... 226
Schwarz (J.-F.). Wurtemberg, n° 53 ... 441
Schwarz (S.). Autriche, n° 438 B ... 237
Schwarz (Ve de J.). Autriche, n° 1174 ... 251 et 243
Schwarzenbach (J.-J.). Suisse, n° 292 ... 297
Schwarzenbach-Landis (J.). Suisse, n° 293 ... 297
Schwarzenbach frères. Suisse, n° 318 ... 297 et 481
Schwarzmann. Bavière, n° 33 ... 267 et 254
Schway (J.-G.). Prusse, n° 448 ... 399
Schwebel et Schmidt. France, n° 6515 ... 144
Schwedt et Markstein. Prusse, n° 716 ... 406
Schweich (M.-B.). France, n° 8536 ... 180
Schweinberger (C.). Bavière, n° 99 B ... 269
Schweizer (A.). Bavière, n° 59 ... 268 et 254
Schweizerbarth (E.). Wurtemberg, n° 193 ... 444
Schwenck (F.). Autriche, n° 711 ... 243
Schwiening (J.-D.). Danemark, n° 77 ... 303
Schwiertz (T.). Prusse, n° 326 ... 396
Schwilgné (J.-B.). France, n° 1851 ... 45
Schwinghammer (T.). Autriche, n° 657 ... 241
Sciadopoulos. Grèce, n° 131 ... 509
Sclopis frères. États-Sardes, n° 46 ... 419 et 418
Scobell (J.). Canada, n° 38 ... 496
Scola (B.). États-Sardes, n° 82 ... 420
Scoti (A.). Toscane, n° 178 ... 438 et 540
Scott (G.-A.). Nouvelle-Galles du Sud, n° 56 ... 490
Scott (Capitaine H.-Y.-D.). Royaume-Uni, n° 871 ... 334
Scott (R.). Canada, n° 255 ... 499
Scott (T.). France, n° 9859 ... 449
Scrépel (C.). France, n° 6516 ... 144
Scrépel-Roussel. France, n° 6517 ... 144
Scriba (E.) et Pfersdorff (C.). France, n° 10343 ... 368
Scrive frères. France, n° 1530 ... 38 et 158
Scrive frères et Danset. France, n° 7431 ... 158
Sculfort (E.-D.). France, n° 7605 ... 162
Sculfort et Meurisse. France, n° 4958 ... 111
Scyros (Dème de). Grèce, n° 21 ... 356
Seaber (T.) et Cie. Royaume-Uni, n° 1731 ... 347
Seabra (E.-M.). Portugal, n° 297 ... 519
Seal (C.). Van-Diémen, n° 28 ... 494
Seal (Mme). Van-Diémen, n° 27 ... 494
Seanbirth et Robinson. Canada, n° 311 ... 499
Searle (G.) et fils. Royaume-Uni, n° 820 ... 333
Seaton (W.-B.). Royaume-Uni, n° 234 ... 323
Seaward et Capel. Royaume-Uni, n° 130 ... 322
Sebart et Roos. Suède, n° 274 ... 535
Sebire (A.). France, n° 626 ... 17
Secchi (F.). Autriche, n° 982 ... 248
Secret (E.). France, n° 1358 ... 34
Secretan (M.). France, n° 1929 ... 47
Sederholm (J.). Suède, n° 38 ... 530 et 532
Sedlaczek (J.). Autriche, n° 329 ... 235
Sedo (J.). Espagne, nos 420 et 421 ... 374
Seebass (A.-R.) et Cie. Hesse, n° 53 ... 365
Seegers (A.). France, n° 8101 ... 172
Seel (G.). Prusse, n° 1115 ... 414
Seel (R.). Prusse, n° 670 ... 405
Seelig (D.). Prusse, n° 457 ... 399
Seeliger (A.-T.). Prusse, n° 300 ... 396
Seemann (C. et H.). Wurtemberg, n° 137 ... 444
Segitz (Vve Paul) et fils. Bavière, n° 79 ... 268 et 254
Segre (S.). États-Sardes, n° 146 ... 422
Séguier (Baron A.-P.). France, n° 1685 ... 41 et 90
Séguin (A.). France, n° 10162 ... 460
Séguin (F.-E.). France, n° 4959 ... 111
Seguin (J.). France, n° 7782 ... 166
Seguin (J.). France, n° 7829 ... 467
Seguin (P.). France, n° 10305 ... 464
Seguin (P.-F.). France, n° 4216 ... 94

Pages.

Seguin (F.) et Cie. France, n° 7606........ 162
Segura (S.). Espagne, n° 178........ 210
Segura et Cie. Confédération argentine, n° 6........ 223
Seguso (A.). Autriche, n° 330........ 235
Seguy (J.). France, n° 435........ 13
Seib (J.-A.). France, n° 2554........ 61
Seidl (A.). Autriche, n° 658........ 241
Seidl (A.-I.). Autriche, n° 766........ 244
Seigle et Charois. France, n° 5530........ 124
Seignette (P.-R.). France, n° 436........ 18
Seiler, Indermuhle et Weyermann. Suisse, n° 177 B. 481
Seiler, Muhlemann et Cie. France, n° 4422........ 99
Seillan (J.). France, n° 587........ 16 et 79
Seillier (E.). France, n° 1696........ 40
Seillière (E.) et Cie. France, n° 5970........ 133
Seitz (E.). France, n° 3802........ 84
Seixas (E.-A.-B. de). Portugal, n° 353........ 520
Seixas (M.-J.) et Seixas (M.-F.-A.). Portugal, n° 360........ 520
Séjournant, Cardon et Cie. France, n° 8799........ 184
Séjourné (J.-B.). France, n° 1554........ 38
Selim-Pacha. Égypte, n° 2........ 482
Seller (F.-E.). Prusse, n° 1289........ 526
Seller (J.). Espagne, n° 507........ 484
Sellés (S.). Cuba, n° 44........ 485
Sellier (A.). France, n° 7432........ 158
Sellier (L.-J.). France, n° 1436........ 36
Sellier et Bellot. Autriche, n° 578 A........ 240
Selner (J.). Prusse, n° 490........ 400 et 524
Selner fils (J.). Prusse, n° 981........ 411
Sement (J.-G.). France, n° 194........ 8
Semey (E.-C.). France, n° 10344........ 368
Sénamaud (P.-A.-F.). France, n° 8428........ 178
Sénéchal. Réunion, n° 114........ 478
Senechaud (L.). Suisse, n° 168........ 294
Sénéclauze (A.). France, n° 706........ 19
Senkler (Mlles). Canada, n° 312........ 499
Senn (J.-A.) et Suter. Suisse, n° 316........ 297 et 482
Senne (J.-F.). Prusse, n° 299........ 396
Sennequier (P.-P.). France, n° 7956........ 169 et 187
Sens-Caszalot (J.-M.). France, n° 7659........ 163
Sentis père, fils et Cie. France, n° 6518........ 144
Seny et Leclère. Belgique, n° 447........ 282
Sérallée (E.). France, n° 8102........ 172
Serant (C.-F.). France, n° 4662........ 104
Serbar (L.). France, n° 2174........ 52
Serbat et Jacqmar. France, n° 2555........ 61
Sergent (P.-F.) et fils. France, n° 9448........ 199
Serigiers (H.). France, n° 3222........ 456
Sermensan (P.). France, n° 4217........ 94
Serodio (J.-A.-G.). Portugal, n° 287........ 519
Seroin-Assegond. France, n° 2821........ 66
Serpa (J.-P.). Portugal, n° 175........ 516
Serpette (H.) et Lourmand. France, n° 2556........ 61
Serra (L. et E.). Espagne, n° 357........ 313
Serrano (C.). Espagne, n° 303........ 312
Serre (C.). France, n° 10047........ 457
Serre (J.-A.-N.). France, n° 1203........ 30
Serre (L.). France, n° 4960........ 111
Serre (P.). France, n° 10046........ 457
Serre et Cie. France, n° 7121........ 153
Serré (D.) femme Le Prince. France, n° 8270........ 468
Serres-Duvignau (B.-A.). France, n° 3223........ 456
Serret, Hamoir, Duquesne et Cie. France, n° 3535. 79
Serrigny (D.). France, n° 10048........ 457
Sert (J.). France, n° 10459........ 472
Sertier, Lébert et Cie. France, n° 5424........ 122
Serusclat. France, n° 6797........ 148
Servajeau. Algérie, n° 311........ 207
Servant, Devienne et Cie. France, n° 7122........ 153
Servant et fils. France, n° 5294........ 118
Service des forêts à Aumale. Algérie, n° 14........ 202
Service des forêts à Constantine. Algérie, n° 448. 209
Service des forêts à Mascara. Algérie, n° 254........ 206
Service des forêts de la province d'Alger. Algérie, n° 207........ 473
Service des mines. Algérie, n° 445........ 209
Service maritime des Messageries impériales. France, n° 4101........ 1
Serzedello (J.-B.-V.) et Cie. Portugal, n° 211........ 517
Sessler (Les héritiers de F.-V.). Autriche, n° 115. 230 et 241
Sester. France, n° 3586........ 79
Sester (C.). France, n° 9905........ 452
Sestier (P.). France, n° 2822........ 66
Setzer (H.). Prusse, n° 94........ 390
Seuget (J.-E.). France, n° 5113........ 115
Seutin (H.-J.). France, n° 2823........ 66
Sévène, Borral et Cie. France, n° 7158........ 465
Severeyns (G.). Belgique, n° 660........ 287
Severin (C.). Prusse, n° 419........ 398
Sewell (E.). Royaume-Uni, n° 908........ 334
Sewen (P.-N.). Suède, n° 39........ 530
Seybold jeune (A.). Bavière, n° 91 B........ 269
Seybold et Cie. Suède, n° 178........ 533
Seyfarth (G.). Bade, n° 73........ 263
Seykorn (V.). Autriche, n° 803........ 245
Seymour. Canada, n° 39........ 496
Seytre (C.-F.). France, nos 2076, 4663. 51, 104 et 4
Shale. Portugal, n° 411........ 519 et 520
Shanks (A.) et fils. Royaume-Uni, n° 80........ 321
Sharples (G.). Canada, n° 79........ 496
Shaw (A.). Canada, n° 205........ 498
Shaw (B.). États-Unis, n° 77........ 221
Shaw et Fisher. Royaume-Uni, n° 1150........ 338
Shaw et fils. Royaume-Uni, n° 1207........ 339
Sheather (S.). Nouvelle-Galles du Sud, n° 116........ 491
Sheepshanks (R.). Royaume-Uni, n° 367........ 326
Sheperd (C.). Royaume-Uni, n° 510........ 328
Shepherd (G.). Canada, n° 116........ 497
Shepherd (Mlle). Canada, n° 329........ 500
Shepherd (T.). Nouvelle-Galles du Sud, n° 117. 491
Shepherd, Hill et Spinck. Royaume-Uni, n° 263. 324
Sherer (G.). Nouvelle-Galles du Sud, n° 208........ 493
Shier (D.). Guyane anglaise, n° 42........ 503 et 502
Shipley (J.-G.). Royaume-Uni, n° 182........ 323
Shoobert (J.). Nouvelle-Galles du Sud, n° 57........ 490
Shoolbred et Cie. Royaume-Uni, n° 1052........ 336
Si-Ahmed-Bey-ben-Chenouf. Algérie, n° 670........ 212
Si-Ali-ben-Mohammed. Algérie, n° 550........ 210
Si-Amara-ben-Lala. Algérie, n° 698........ 212
Siber (J.). Suisse, n° 173 B........ 481
Sibillat. France, n° 10011........ 454
Sibille (J.). France, n° 2824........ 65
Sibille (D.). France, n° 3651........ 81
Sibille (G.). France, n° 9906........ 452 et 457
Si-bou-d'Ilinf. Algérie, n° 632........ 211
Si-bou-Khalfa. Algérie, n° 631........ 211
Sibour. Algérie, n° 313........ 207
Sibson (Dr). Royaume-Uni, n° 771........ 332
Sibuet, Raphaël et Cie. France, nos 6798 et 7159. 465
Sicard. France, n° 7957........ 169
Sicard (A.). France, n° 588........ 16
Sicard (C.). France, n° 9120........ 192
Sicard et Vignier. France, n° 10049........ 457
Sicardi (L.). États-Sardes, n° 147........ 422 et 526
Sichel (M.). Hesse, n° 42........ 365
Sichel-Javal (J.). France, n° 2557........ 61
Sichel et Planard. France, n° 8232........ 175
Sicre (F.). France, n° 8429........ 178
Sicre (Vve). Réunion, n° 105........ 478
Sidelly-Bertaud (A.). France, n° 1930........ 47
Siebe (A.). Royaume-Uni, n° 809........ 333
Sieben (J.-W.). Prusse, n° 429........ 399
Sieber (J.-F.). Suisse, n° 294........ 297
Siebert (F.). Autriche, n° 983........ 248
Siegel (F.). Wurtemberg, n° 123........ 443
Siegeler (J.-H.). Hambourg, n° 30........ 363
Sieger (E.). Autriche, n° 1224........ 252
Siégert (Adélaïde). Guyane française, n° 183........ 480
Siegert (C.). Prusse, n° 254........ 394
Siegl (J.). Autriche, n° 578 B........ 240

Pages.

… 40
… 442
…899 246
…C 260
…6 208
…) 212
…ni, n° 131 322
…1212 524
… 433 et 434
…que, n° 33 372
… 241
…) 269
… 355
…n° 638 211
… 207
…11 75
…91 470
… 234
… 394
… 221
… 123
…686 41
…) 144
…3430 178
…n° 385 208
… 207
… 211
…lgérie, n° 671 212
…Sahrooni. Algérie,
… 474
…19 51
…n° 634 211
…ce, n° 9300 196
…ance, n° 2009 49
…5 393 et 400
…rg, n° 15 362
… 537
…139 175
…7123 153
… 516
…288 519
… 88
…278 499
…0 199
…e, n° 116 230
… 204
…317 535
…, n° 1562 345
…41 197
…n° 612 330
…87 521
…-Barkelt. Algérie,
… 212
…ie, n° 700 212
…e, n° 635 211
…d-Khodja. Algérie,
… 210
…n-Guindounben-Ga-
… 212
…an-Hakem. Algérie,
… 211
…60 164
… 201
… 190 et 35
… 111
… 144
… 269
…5 398
…B 270
… 201
…4 439
…325 67
… 24
…n° 5425 122
…ce, n° 7607 162
…, n° 127 6

Pages.

Simon-Roy et Cie. France, n° 10223 462
Simond-Grenon. France, n° 8617 181 et 469
Simoneau (A.-C.). France, n° 4340 97
Simonetti (Prince A.). États-Pontificaux, n° 55 512
Simoni frères. Autriche, n° 984 248
Simonin (C.). France, n° 9471 199
Simonin (F.-X.). France, n° 1852 45
Simonin, Blanchard et Cie. France, n° 10181 460
Simonis (I.). Belgique, n° 478 283
Simounet (P.-A.). France, n° 195 8 et 447
Simonot et Langosky. France, n° 3970 87
Simounet. Algérie, n° 174 205 et 206
Simounet (P.). Algérie, n° 175 205
Simpson (F.). Royaume-Uni, n° 797 333
Simpson et Young. Royaume-Uni, n° 1301 487
Sindel (P.). Autriche, n° 277 233
Sinet (H.). France, n° 9026 189
Singer et Green. Royaume-Uni, nos 876 et 1226. 334 et 487
Singer (I.-M.) et Cie. États-Unis, n° 35 220
Sinigaglia (S.) et frères. États-Sardes, n° 148 422 et 526
Sinner (A.). Suisse, n° 104 B 481
Siben (J.-L.). Belgique, n° 48 272
Si-Otman. Algérie, n° 637 211
Si-Quaddour-ben-Mrir. Algérie, n° 715 212
Siret (Mme). Réunion, n° 124 478
Sirganesis (G.). Grèce, n° 117 358
Sirillard (L.-N.). France, nos 2120 et 2412 51 et 58
Sirker (M.). Prusse, n° 396 398
Sirmakesis (G.). Grèce, n° 93 357 et 358
Sirot-Wagret. France, n° 2538 61
Sirot père (Les héritiers de). France, n° 4962 111
Sirrasse (C.-A.). France, n° 9301 196
Sirtaine (F.). Belgique, n° 479 283
Siry, Lizars et Cie (A.). France, n° 2175 52 et 20
Sisco et Cie. France, n° 4218 94, 452 et 460
Si-Sebti-ben-Djoudi. Algérie, n° 525 A 210
Six-Duluve. France, n° 6521 144
Sixthor (A.). Prusse, n° 1064 413
Sjögren (Mme S.). Suède, n° 280 535
Sjögren (Mlle E.). Suède, n° 318 535
Sjölund (C.). Suède, n° 179 533
Sjösteen (B.-F.). Suède, n° 97 531
Sjosteen (Mlle C.). Suède, n° 394 537
Skelton (S.). Royaume-Uni, n° 81 321 et 323
Skene et Cie. Autriche, n° 890 246
Skinner, Coulson et Branson. Roy.-Uni, n° 1151 338
Slade (F.). Royaume-Uni, n° 1975 351
Slade (W.). Royaume-Uni, n° 634 330
Slater (D.). Royaume-Uni, n° 1169 338
Slaters et Smith. Royaume-Uni, n° 1264 340
Sleeper (L.). Canada, n° 40 496
Sloane (A.). Canada, n° 117 497
Smal-Werpin. Belgique, n° 413 282
Smead (C.). États-Unis, n° 11 219
Smel (W.) et fils. Royaume-Uni, n° 1675 347
Smet et Cie. Belgique, n° 146 274, 271 et 254
Smieton (J.) et fils. Royaume-Uni, n° 1491 344
Smiley (R.). Canada, n° 313 499
Smit (T.). Pays-Bas, n° 348 258
Smith. Ceylan, n° 16 501
Smith. Royaume-Uni, n° 1788 348
Smith (A.). Royaume-Uni, n° 1848 349
Smith (D. et J.). Canada, n° 80 496
Smith (F.-H.). États-Unis, n° 36 220
Smith (H.-A.). Royaume-Uni, n° 1699 488
Smith (H.-L.). Canada, n° 41 496
Smith (J.). France, n° 5971 133
Smith (J.). Nouvelle-Galles du Sud, n° 58 490
Smith (J.). Royaume-Uni, n° 312 486
Smith (J.-A.). Nouvelle-Zélande, n° 1 509
Smith (J. et H.). Royaume-Uni, n° 544 329
Smith (J.-O.). Cap de Bonne-Espérance, n° 7 500
Smith (R.). Royaume-Uni, n° 576 329
Smith (R.). Royaume-Uni, n° 810 333
Smith (S.). Royaume-Uni, n° 656 331

Pages.
Smith (T.). Royaume-Uni, n° 1703 347
Smith (T.-J. et J.). Royaume-Uni, n° 1870 349
Smith (W.). France, n° 5972 133
Smith (W.). Royaume-Uni, n° 82 321
Smith (W. et A.). Royaume-Uni, n° 1863 488
Smith (W.-S.). Royaume-Uni, n° 2000 488
Smith (W.-W.). Canada, n° 330 500
Smith (Mme C.). Royaume-Uni, n° 1740 348
Smith (Mlle). Van-Diémen, n° 81 495
Smith et Beck. Royaume-Uni, n° 412 327
Smith et Hawkes. Royaume-Uni, n° 1071 487
Smith et Meynier. Autriche, n° 439 237
Smith et fils. Royaume-Uni, n° 772 332
Smith (J.) et fils. Royaume-Uni, n° 1101 487
Smith (W.) et fils. Royaume-Uni, n° 1331 341
Smith et frères. Royaume-Uni, n° 346 326
Smith, Kemp et Wright. Royaume-Uni, n° 1732 347
Smith, Parfrey et Smith. Royaume-Uni, n° 194 323
Smith, Peacock et Jannett. Roy.-Uni, n° 264 324
Smith et Cie. Canada, n° 314 499
Smith (E.) et Cie. Nouv.-Galles du Sud, n° 118 491
Smith (J.) et Cie. Royaume-Uni, n° 1976 351
Smithers (G.). Cap de Bonne-Espérance, n° 23 500
Smits (Vve P.). Pays-Bas, n°s 62 et 315 .... 380 et 257
Smyth et Ashby. Royaume-Uni, n° 84 .... 321 et 485
Smyth (J.) et fils. Royaume-Uni, n° 83 321
Smyth, Weir et Cie. Royaume-Uni, n° 1513 344
Snelgrave et Thompson. N.-Galles du Sud, n° 202 493
Soanou (H.). Grèce, n° 94 357
Sobotka (S.-L.). Autriche, n° 804 245
Sobrinho (J.-B.). Portugal, n° 180 516
Sobrinho (R.-B.). Portugal, n° 289 A 519
Société Arguelles, Ordonez et Cie. Espagne, n° 67 308
Société Asturiana. Espagne, n° 10 307
Société Buena-Fé. Espagne, n° 68 308
Société Concordia et Amistad. Espagne, n° 69 308
Société la Constancia. Espagne, n° 312 312
Société Dabbene. États-Sardes, n° 22 B .... 419 et 526
Société Desengano. Espagne, n° 89 308
Société Divina-Pastora. Espagne, n° 11 307
Société El Veterano. Espagne, n° 15 307
Société Franco-Italienne. Toscane, n° 78 435
Société Jacquet et d'Eichthal. Espagne, n° 12 307
Société Lencasa Asturiana. Espagne, n° 13 307
Société Manchega Industrial. Espagne, n° 222 311
Société Marte Zamorana. Espagne, n° 90 308
Société Negra Lumbre. Espagne, n° 14 307
Société Palentina Leonesa. Espagne, n°s 28 et 325 .... 307 et 313
Société Pobreza. Espagne, n° 73 308
Société Positiva Zamorana. Espagne, n° 74 308
Société Purissima Concepcion. Espagne, n° 223 311
Société Santa-Clara. Espagne, n° 92 308
Société Union et Constancia. Espagne, n° 75 308
Société Van den Brande et Cie. Belgique, n° 130 .... 274, 281, 254 et 255
Société Vulcano. Espagne, n° 16 307
Société d'agriculture d'Ajaccio. France, n° 6799 148
Société d'agriculture de l'Australie. Nouvelle-Galles du Sud, n° 59 490
Société d'agr. de Bologne. États-Pontificaux, n° 4 385
Société d'agr. du district de Saint-Polten. Autriche, n° 151 .... 231 et 232
Société d'agr., de comm. et d'industrie de Karikal. Inde française, n° 141 .... 478 et 479
Société d'agr. de Transylvanie. Autriche, n° 535 239
Société d'encour. pour l'industrie des lins et des chanvres en Prusse. Prusse, n° 186 392
Société d'exploitation du ciment de Pouilly. France, n° 10163 460
Société d'expl. des mines d'antimoine de Goesdorff. Luxembourg, n° 1 369
Société de J. Cokerill. Belgique, n° 149 .... 275, 272 et 279
Société de constr. de machines. Bade, n° 23 A 480
Soc. de filat. de la rivière Vizella. Portugal, n° 330 519
Soc. de Giebelwald D. Hèuser et Cie. Prusse, n° 139 391
Pages.
Société de Gilberg et Putzhoven. Prusse, n° 99 390
Société de Haine-Saint-Pierre. Belgique, n° 65 273
Société de Herford pour la fabric. de toiles en lin filé à la main. Prusse, n° 999 412
Société de Hüsten. Prusse, n° 679 405
Société de Junkernberg. Prusse, n° 103 390
Société de librairie néerlandaise. Pays-Bas, n° 249 .... 384 et 259
Société de Romilly. France, n° 10224 462
Société de Saint-Éloi. France, n° 4966 et 5225 .... 112 et 118
Société de Saint-Léonard. Belgique, n° 147 .... 274 et 280
Société de Stadtberge. Prusse, n° 141 391
Société de Védrin. Belgique, n° 223 .... 277 et 272
Société de Werlau. Prusse, n° 153 392
Société de la Aulencia. Espagne, n° 332 313
Soc. de la fabr. de bougies de Milly. Autriche, n° 355 235
Soc. de la fabr. de chrôme de Leeren. Norwége, n° 40 538
Soc. de la filat. de coton de Trumau. Autriche, n° 805 245
Société de la filat. de laine peignée de Vöslau. Autriche, n° 900 246
Société de la houill. Capellenbank. Prusse, n° 42 389
Société de la houill. Carolus-Magnus. Prusse, n° 43 389
Société de la houillère Constantin-der-Grosse. Prusse, n° 44 389
Société de la Lys. Belgique, n° 526 284
Société de la manufacture d'Annecy et Pont. États-Sardes, n° 112 421
Société de la mine de Pont-Péan. France, n° 136 6
Société de la mine Reichenstein. Prusse, n° 150 391
Société de la mine Silberart. Prusse, n° 151 391
Soc. de la papeterie de Beutse-Brug. Norwége, n° 39 538
Société de la Providence. France, n° 103 6
Société de la Sambre. France, n° 104 6
Société de la Vieille-Montagne. Bade, n° 1 B 480
Société de la Vieille-Montagne. Prusse, n° 142 .... 391 et 524
Société de l'usine de Sagmyre. Suède, n° 40 530
Société du Grand-Hornu. Belgique, n° 148 275
Société du guano sarde, Valera, Selmi et Cie. États-Sardes, n° 15 C 526
Société des charbonnages du Levant de Flénu. Belgique, n° 9 271
Société des fabr. du verre unies. Autriche, n° 767 244
Société des forges d'Audincourt. France, n° 100 5
Société des forges de la Lenne-Supérieure. Prusse, n° 98 390
Société des forges de Montataire. France, n° 101 5
Soc. des hauts fourneaux du Bas-Rhin. Prusse, n° 100 390
Soc. des hauts fourneaux de Bône. Algérie, n° 551 210
Soc. des hauts fourneaux d'Eintracht. Prusse, n° 101 390
Société des hauts fourneaux et des usines dites Fonderie de Frédéric-Guillaume. Prusse, n° 102 390
Société des hauts fourneaux et usines de la haute vallée d'Aoste. États-Sardes, n° 8 418
Société des houillères de Decize. France, n° 36 4
Société des houillères de Gittersée. Saxe, n° 3 424
Soc. des marais de Vix, Maillé, etc. France, n° 7433 158
Société des médecins suédois. Suède, n° 188 533
Société des meules belges. Belgique, n° 47 272
Société des mines Cani. États-Sardes, n° 3 418
Société des mines Eisenzeche, Morgenrothe, Neuer-Rosengarten et Anna. Prusse, n° 105 390
Société des mines de Largentière. France, n° 137 6
Société des mines de la Loire. France, n° 224 447
Société des mines du Kinzigthal. Bade, n° 1 A 261
Société des mines d'Ollomont. États-Sardes, n° 11 A .... 418 et 526
Société des mines de plomb de Masbourg. Belgique, n° 36 272
Société des mines Stahlberg et Beilehn. Prusse, n° 106 390
Société des mines de plomb de Meyenstein. Prusse, n° 140 391
Société des mines et fonderies d'Eschweiler. Prusse, n° 152 392
Société des mines et fonderies de zinc de la Silésie, n° 680 405

Pages.
Société des mines et usines de Bonn. Prusse, n° 5. 388 et 396
Soc. des mines et usines de Hœrde. Prusse, n° 108 390
Société des mineurs. Prusse, n° 107............ 390
Société des moulins d'Alby. France, n° 3322..... 75
Société des Quatre-Jean. Belgique, n° 8......... 271
Société des salines. Autriche, n° 117........... 230
Société des salines de Bayonne. France, n° 196.... 8
Société des sources minérales de Valdieri. États-Sardes, n° 80........ 420
Société des papeteries de Lasarraz, Clarens, la Bâtie et Genève. Suisse, n° 140......... 293 et 481
Société des ponts de fer. France, n° 4447....... 99
Société des usines et mines de Wissen et de Nisterthal. Prusse, n° 109.................... 390
Société pour améliorer la production de la laine en Bohême. Autriche, n° 238................ 232
Société pour l'encouragement de l'industrie des mines en Bohême. Autriche, n° 129.......... 230
Société pour l'encouragement de la sériciculture en Suède, n° 281.......................... 535
Société pour filature et tissage. Bade, n° 80...... 263
Société pour la filature et le tissage du coton. Prusse, n° 756.................................. 407
Société pour la navigation à vapeur du Danube. Autriche, n° 579........................ 240
Société pour la production de la soie en Styrie. Autriche, n° 985.......................... 248
Société pour propager la culture du tabac. Pays-Bas, n° 266............................. 256
Société pour la teinture au rouge d'Andrinople et pour l'impression sur coton. Prusse, n° 430... 399
Société agron. d'Oldenbourg. Oldenbourg, n° 4. 376
Société agr. d'Altenbourg. Saxe-Altenbourg, n° 1.. 528
Société agricole de Saguenay. Canada, n° 118.... 497
Société anglo-prussienne, pour l'exploitation des mines. Prusse, n° 37.................... 389
Société anonyme l'Alliance. Prusse, n° 134...... 391
Société anonyme Concordia. Prusse, n° 39...... 389
Société anonyme de Cologne, pour l'exploitation des mines. Prusse, n° 38..................... 389
Société anonyme de Corphalie. Belgique, n° 33... 272
Soc. anonyme Eschweiler-Bergwerksverein. Prusse, n° 40.................................... 389
Société anonyme de Grivegnée. Belgique, n° 27 B. 272 et 281
Société anonyme d'Herbatte. Belgique, n° 405.... 281
Société anonyme de la manufacture de glaces. Prusse, n° 718..................... 406 et 396
Société anonyme de la papeterie d'Essone. France, n° 2889.................... 34, 68 et 450
Société anonyme des charbonnages de Boussu et de Sainte-Croix-Sainte-Claire. Belgique, n° 7..... 271
Société anonyme des charbonnages et hauts fourneaux de l'Espérance. Belgique, n° 19......... 271
Société anonyme des charbonnages et hauts fourneaux d'Ougrée. Belgique, n° 20........... 271
Société anonyme de la fabrique de fer d'Ougrée. Belgique, n° 18......................... 271
Société anonyme de filature de lin et d'étoupe. Belgique, n° 525........................... 284
Société anonyme des forges et laminoirs de l'Heure. Belgique, n° 21........................ 271
Société anonyme des forges et usines de Dillingen. Prusse, n° 95...................... 390 et 593
Société anonyme des hauts fourneaux de Châtelineau. Belgique, n° 22..................... 271
Société anonyme des hauts fourneaux de Monceau-sur-Sambre. Belgique, n° 23............. 271
Société anonyme des hauts fourneaux de Pommerœul. Belgique, n° 24.................... 271
Société anonyme des hauts fourneaux et laminoirs de Montigny-sur-Sambre. Belgique, n° 25..... 271
Société anonyme des hauts fourneaux, usines et charbonnages de Marcinelle et Couillet. Belgique, n° 26.................................... 272
Société anonyme des hauts fourneaux, usines et charbonnages de Sclessin. Belgique, n° 27 A... 272
Société anonyme des mines de zinc et de plomb de Membach. Belgique, n° 35................. 272
Société anonyme des mines et fonderies d'acier. Prusse, n° 557.......................... 402
Société anonyme des mines et fonderies de cuivre du Rhin. Prusse, n° 135.................. 391
Société anonyme des mines et fonderies de plomb et de zinc de Stolberg et de Westphalie. Prusse, n° 136.................................. 391
Société anonyme des mines et fonderies de zinc de la Vieille-Montagne. Belgique, n° 37..... 272 et 281
Société anonyme des mines et fonderies de zinc de la Vieille-Montagne. Prusse, n° 137........... 391
Société anonyme des mines réunies de Westphalie et de la Mark. Prusse, n° 138............ 391
Société anonyme des terres plastiques et produits réfractaires d'Andenne. Belgique, n° 417....... 282
Société anonyme de la Nouvelle-Montagne. Belgique, n° 34........................... 272 et 275
Société anonyme du Phénix. Prusse, n° 96...... 390
Société anonyme de la Vieille-Montagne. France, n° 4965........................ 111 et 461
Société anonyme rhénane pour l'exploitation des mines. Prusse, n° 97.................... 390
Société anonyme pour l'exploitation des carrières Rombaux. Belgique, n° 345............... 280
Société anonyme pour l'exploitation des houillères réunies de la Wurm. Prusse, n° 41......... 389
Société anonyme pour l'exploitation des marbres. Prusse, n° 538.......................... 401
Société anonyme pour la filature de la laine peignée. Saxe, n° 53........................ 426
Société astronomique de Londres. Royaume-Uni, n° 413.................................. 327
Société centrale pour la culture du lin et du chanvre. Autriche, n° 231....................... 232
Société civile de Roquefort. France, n° 723...... 19
Société économique de Guatemala. Rép. de Guatemala, n° 3............................. 225
Soc. imp. d'agriculture. Autriche, n° 232........ 232
Soc. imp. d'agriculture de Carinthie, n° 233..... 232
Soc. imp. d'agr. de la Carniole. Autriche, n° 234. 232
Soc. imp. d'agriculture de la Gallicie, n° 235.... 232
Soc. imp. d'agr. de la Styrie. Autriche, n° 236... 232
Société industrielle de Bergame, n° 120......... 230
Société industrielle du royaume de Hanovre. Hanovre, n° 16............................... 360
Société industrielle sucrière de betterave du Zollverein. Prusse, n° 470.......................... 399
Société lainière Ouin et Cie. France, n° 6522.... 144
Société linière gantoise. Belgique, n° 527....... 284
Société linière de Saint-Léonard pour la filature du lin et de l'étoupe. Belgique, n° 528.......... 284
Société marbrière du Maine. France, n° 7869. 167 et 97
Société marbrière de la Sarthe. France, n° 10164. 460
Société médicale de Chambéry. États-Sardes, n° 79.................................... 420
Société métallurgique. Prusse, n° 104.......... 390
Société métallurgique Maremmane. Toscane, n° 10. 433
Société métallurgique de Michelstadt. Hesse, n° 49 B................................. 260
Société métallurgique de San-Juan-d'Alcazar. Espagne, n° 70.............................. 308
Société minéralurgique florentine. Toscane, n° 11. 433
Société minéralurgique de Pise. Toscane, n° 12... 433
Société minière. Autriche, n° 712.............. 243
Société minière la Alta Montana. Espagne, n° 91. 308
Société minière la Fraternidad. Espagne, n° 473.. 483
Société minière la Linaresa. Espagne, n° 474.. 483
Société minière la Makrina. Espagne, n° 71..... 308
Soc. minière los Nuevos-Fenicios. Espagne, n° 72.. 308
Société minière la Oriental. Espagne, n° 475..... 483
Société minière la Paz. Espagne, n° 476......... 483
Société montanistique vénitienne. Autriche, n° 121. 230

Pages.

Société nationale d'économie rurale. Autriche, n° 237 ... 232
Soc. néerlandaise du commerce. Pays-Bas, n° 13. ... 378
Société nouvelle d'éclairage de Hambourg, n° 8... ... 362
Société photographique de Londres. Royaume-Uni, n° 1934 ... 350
Société royale anglo-sarde. États-Sardes, n° 10 et 10 B. ... 418 et 526
Société royale économique. Cuba, n° 12 ... 484 et 485
Société vinicole de Cognac. France, n° 10050 ... 457
Société zélandaise pour la préparation de la garancine. Pays-Bas, n° 316 ... 257
Söderberg (J.). Suède, n° 319 ... 535
Söderberg (V.). Suède, n° 125 ... 531
Söderberg (L.-J.) et Arosenius. Suède, n° 275 ... 535
Söderstedt (Mlle). Suède, n° 164 ... 532
Söderström (A.-J.). Suède, n° 342 ... 536
Soeders (G.-B.). Pays-Bas, n° 56 ... 380
Soeders (J.-B.). Pays-Bas, n° 293 ... 256
Soeders (T.). Pays-Bas, n° 275 ... 256
Sœhnée frères. France, n° 2559 ... 61 et 455
Soelberg (N.). Norwége, n° 111 ... 540
Sœmann (L.). France, n° 2010 ... 49
Soenens (Chev. E.). Belgique, n° 116 ... 274 et 254
Soetenaey. France, n° 278 ... 10
Soetens (C.). Pays-Bas, n° 132 ... 381
Sœurs (Les) de la Charité. Canada, n° 271 ... 499
Sœurs (Les) de la Providence. Canada, n° 315 ... 499
Sœurs (Les) de Saint-Joseph. Guyane française, n° 178 ... 479
Sohier (G.-W.). Canada, n° 331 ... 500
Söhlke (G.). Prusse, n° 1140 ... 415
Sohn. Algérie, n° 316 ... 207
Sohr (F.). Autriche, n° 565 ... 239
Soiderquelk (F.-O.). France, n° 7124 ... 153
Solal (H.-C.). Algérie, n° 181 ... 205 et 474
Solano (J.-C.). Portugal, n° 388 ... 521
Solassier (N.). France, n° 4967 ... 112
Soldaini (L.). Toscane, n° 56 ... 435
Soleil (H.-J.-J.). France, n° 1931 ... 47
Solem (F.). Norwége, n° 23 ... 538
Soler. Espagne, n° 358 ... 313
Soler (J.). Espagne, n° 444 ... 315
Solferino (Duc de). Espagne, n° 500 ... 484
Solichon (J.-M.-A.). France, n° 7125 ... 153
Soliman-ben-Hadji. Algérie, n° 407 ... 209
Solis (M.). Espagne, n° 255 ... 311
Soller et Cie. Suisse, n° 338 ... 297
Sollier (C.). France, n° 10276 ... 463
Sollier (C.-H.). France, n° 7885 ... 168
Sollier (F.). France, n° 2601 ... 62
Sollier (H.). France, n° 4579 ... 103
Solon (J.-F.). France, n° 9222 ... 194
Solze et Brouillet. France, n° 2826 ... 67
Sombart (A.-L.) et Cie. Prusse, n° 471 ... 399
Somborn et Cie. France, n° 4968 ... 112
Sommelet-Dantan et Cie. France, n° 4664 ... 104
Sommelius (G.). Suède, n° 138 ... 532
Sommer. Algérie, n° 317 ... 207
Sommerfeld (B.). Prusse, n° 1037 ... 412
Sommermeyer et Cie. Prusse, n° 681 ... 405 et 524
Sommerville (J.) et fils. Royaume-Uni, n° 1285 ... 340
Somogyi (C.). Autriche, n° 239 A ... 232
Somzé-Mahy (H.-M.). Belgique, n° 648 ... 287
Somzé-Cadet (H.). Belgique, n° 617 ... 286
Sonnery cousins. France, n° 5973 ... 133
Sonnleitner (A.). Autriche, n° 661 ... 241
Sonnleitner (A.). Autriche, n° 562 ... 241
Sonnois (E.) et Cie. France, n° 5067 ... 114
Sonthonnax (J.-C.). France, n° 886 ... 22
Soper (H.). Royaume-Uni, n° 1436 ... 343
Sopwith (T.). Royaume-Uni, n° 39 ... 320
Sorbinet (F.). France, n° 10277 ... 463
Sorby (J.) et fils. Royaume-Uni, n° 993 ... 335
Sorel (S.). France, n° 9223 ... 194
Sorel (V.-E.). France, n° 5227 ... 118

Pages.

Sorel frères (H. et E.). France, n° 2560 ... 61
Sorel et Cie. France, n° 2827 ... 67
Sorel-Pomme et Cie. France, n° 2561 ... 61
Sörensen (C.). Danemark, n° 76 ... 303
Sörensen (C.). Danemark, n° 82 ... 304 et 482
Sörensen (J.-P.). Danemark, n° 90 ... 304
Sorin (G.). France, n° 10051 ... 457
Sorin (F.) fils. France, n° 7434 ... 158
Sörli (A.) Endresdatter. Norwége, n° 112 ... 540
Sormani (A.). France, n° 6523 ... 144
Sormani (P.). France, n° 8841 ... 185
Sorré (E.). France, n° 3053 ... 71
Sorré-Delisle et Limousin. France, n° 7126 ... 153
Soualle (A.). France, n° 9589 ... 201
Soubeyran frères. France, n° 6801 ... 149
Soubeyrand (L.). France, n° 6800 ... 149
Soubigou (J.-L.). France, n° 7435 ... 158
Soubrayapoullé. Inde française, n° 146 ... 478 et 479
Soudan (J.-A.). France, n° 10052 ... 458
Soufléto (F.). France, n° 9570 ... 201
Souffrant (B.). France, n° 1038 ... 26
Soulès (Vve H.). France, n° 8233 ... 175
Soulié. Algérie, n° 368 ... 208
Soulier (P.). France, n° 10386 ... 470
Soulier et Clouyard. France, n° 9183 ... 193
Soulier père et fils. France, n° 7127 ... 153
Soupé (C.-R.). France, n° 1018 ... 25
Souplet (C.-J.). France, n° 10105 ... 459
Souplet fils (A.-E.). France, n° 3224 ... 456
Sourd (A.). France, n° 6622 ... 465
Sousa (J.-P. de C. e). Portugal, n° 181 ... 516
Sous-directeur des mines ducales à Diez. Nassau, n° 18 ... 510
Sous-directeur des mines ducales à Dillenbourg. Nassau, n° 19 ... 510
Sous-directeur des mines ducales à Weilbourg. Nassau, n° 20 ... 510
Southeastern railway Co. Royaume-Uni, n° 511 ... 328
Southall (C.). Royaume-Uni, n° 1712 ... 347
Southwich (M.-O.). Canada, n° 119 ... 497
Southwick (M.-B.). Canada, n° 204 ... 498
Southon et Guigoz. France, n° 1531 ... 38
Soutter (G.). Suisse, n° 154 ... 293 et 294
Souty fils (P.-P.). France, n° 8037 ... 171
Souvay. Algérie, n° 472 ... 209
Soxhlet (H.-F. et E.). Autriche, n° 901 ... 246
Soyer (C.-A.). France, n° 1073 ... 27
Soyer-Vasseur et fils. France, n° 6524 ... 144
Spaapen (H.). Pays-Bas, n° 217 ... 383
Spagna (P.-P.). États-Pontificaux, n° 20 ... 386
Spakler et Tetterode. Pays-Bas, n° 99 ... 380 et 257
Spanier (C.). Pays-Bas, n° 242 ... 384 et 259
Spano (Chevalier R.). États-Sardes, n° 76 B ... 527
Spanraft (F.-M.). Autriche, n° 986 ... 248
Sparkes. Canada, n° 42 ... 496
Sparks (Capitaine). Inde, nos 60 et 87 ... 505 et 506
Sparre (Mlle H.). Norwége, n° 113 ... 540
Sparte (Dème de). Grèce, nos 34, 78 et 82 ... 356 et 357
Spear et Jackson. Royaume-Uni, n° 994 ... 335
Specht (J.) et fils. Autriche, n° 987 ... 248
Sperken et Weyermann. Prusse, n° 962 ... 411
Speidel (A.-G.). Wurtemberg, n° 68 ... 442
Speiser (A.). France, n° 9027 ... 189
Spelty (J.-A.). Danemark, n° 71 ... 303
Spence. Nouv.-Galles du Sud, n° 94 ... 490
Spence (J.-C.). Canada, n° 261 ... 499
Spencer (T.). Royaume-Uni, n° 236 ... 324
Spencer et fils. Roy.-Uni, nos 955 et 1014 ... 335 et 336
Spencer et Cie. Royaume-Uni, n° 992 ... 487
Spencer (G.) et Cie. Royaume-Uni, n° 235 ... 324
Spengel (J.-F.). Bavière, n° 133 ... 270
Spengler (C.). Saxe, n° 54 ... 426
Spatz (J.-B.). France, n° 5974 ... 133 et 464
Spetziotes (N.). Grèce, n° 127 ... 509
Speyer et Cie. Prusse, n° 1265 ... 525
Spiers et fils. Royaume-Uni, n° 1591 ... 345

Pages.

Spiers et fils. Royaume-Uni, n° 1860 349
Spiller (J.). Suisse, n° 390 299
Spina (C.-A.). Autriche, n° 1225 252
Spinn (J.-C.). Prusse, n° 717 406
Spittaeller (Vve E.). Autriche, n° 714 243
Spitzer (L.). Autriche, n° 806 245
Spiquel (M.). France, n° 7672 164
Spitzbarth (A.). Bavière, n° 128 269
Spitzbarth (G.). France, n° 4969 112
Spitzmüller et Armbruster. Bade, n° 60 262
Spoerlin et Zimmermann. Autriche, n° 1086 250
Spottiswood et Reynolds. Canada, n° 43 ....
Spouy. France, n° 1039 26
Spratt (W.-H.). Royaume-Uni, n° 773 332
Sprecher et Cie. Suisse, n° 428 300
Sprenger (G.-J.) et Salomonson (M.). Pays-Bas, n° 317 257
Sprengtporten (Baron J.-W.). Suède, n° 80 530
Springmann et Cie. Prusse, n° 1000 412
Spruiyt et Wernink. Pays-Bas, n° 79 380
Spuhler-Denéréaz (L.). Suisse, n° 410 299
Spurin (E.-C.). Royaume-Uni, n° 1878 350
Spurrier (W.). Royaume-Uni, n° 1152 338
Spyker (G.-J.), Pays-Bas, n° 250 384
Squire (P.). Royaume-Uni, n° 545 329
Staadt (A.). Belgique, n° 156 275
Stah senior (C.-G.). Prusse, n° 1137 415
Stach (F.). Autriche, n° 592 .... 240 et 235
Stackler et Cie. France, n° 5975 133
Staegemann (J.-W.-R.). Prusse, n° 963 411
Staehr (H.-L.). Danemark, n° 37 .... 302 et 482
Stages et Cie. France, n° 4970 112
Stäheli-Wild. Suisse, n° 365 298
Stähelin (B. de B.). Suisse, n° 339 297
Stahl (J.-B.). France, n° 9224 194
Stahlberg (L.-F.). Suède, n° 223 534
Stahlschmidt (A.). Prusse, n° 420 .... 398 et 391
Stahlschmidt (J.). Prusse, n° 573 402
Staib (L.-F.). Suisse, n° 118 .... 292 et 481
Stainier (G.-D.). Belgique, n° 638 287
Stake (H.-G.). Prusse, n° 1095 414
Stam (J.). Pays-Bas, n° 32 379
Stamm (J.). France, n° 9949 453
Stamm (M.). Autriche, n° 239 B 232
Stammbach (B.). Wurtemberg, n° 83 442
Stammer et Breul. Autriche, n° 1175 A .... 252 et 243
Stancomb (W. et J.). Royaume-Uni, n° 1334 341
Stancomb (J.) et fils. Royaume-Uni, n° 1333 341
Stanek (V.). Autriche, n° 256 233
Stanley (W.-P.). Royaume-Uni, n° 85 .... 321 et 325
Stanowitch (A.). France, n° 3054 71
Stapfer (Les fils de J.). Suisse, n° 295 297
Stapfer-Kölla. Suisse, n° 297 297
Stapfer-Huni et Cie. Suisse, n° 296 297
Starck. Prusse, n° 1209 524
Starck (J.-D.). Autriche, n° 440 237
Starey (T.-R.). Royaume-Uni, n° 208 323
Starke (F.). Autriche, n° 331 235
Starke et Cie. Canada, n° 332 500
Statistique administrative (Direction impériale de la). Autriche, n° 332 235
Staub (F.). Suisse, n° 298 297
Staub (J.). France, n° 9571 201
Staub (J.). Ile Maurice, n° 29 509
Staub (F.) et Cie. Suisse, n° 147 293
Stäubli (J.). Suisse, n° 300 297
Stausse et Leuschner. Saxe, n° 55 426
Steedman (D.). Cap de Bonne-Espérance, n° 14. 500
Steffelbauer (J.). Prusse, n° 1121 414
Steegmüller (F.). France, n° 9572 201
Steen (J.-P.). Danemark, n° 9 301
Steenbergen (J.-F.-F.). Pays-Bas, n° 254 384
Stefani (G.). États-Sardes, n° 189 423
Steffen (J.-B.). Prusse, n° 110 391
Stegmüller (C.-C.). France, n° 8892 187
Stehelin et Cie. France, n° 9860 .... 449, 450 et 453

Pages.

Stehelin (A.) et Schœnauer (D.). France, n° 6525 144
Steiff (G.-F.-A.). Prusse, n° 480 400
Steiger. Algérie, n° 176 205
Steiger (J.-G.). Autriche, n° 1226 252
Steigerwald (F.). Bavière, n° 89 269
Steimmig (R.) jeune. Prusse, n° 255 394
Stein. Prusse, n° 202 B 523
Stein (J.-P.). Hesse, n° 48 365
Stein (M.). France, n° 7436 158
Stein aîné fils. Prusse, n° 111 390
Stein frères. Prusse, n° 899 409
Stein (P.) et Cie. France, n° 9449 199
Steinbach (J.-J.). France, n° 3055 71
Steinbach (J.-J.). France, n° 3323 75
Steinbach, Kœchlin et Cie. France, n° 5976 133
Steinberg (F.). Prusse, n° 900 409
Steinberger (Vve du neveu de). Autriche, n° 1064. 249
Steinberger et Feldmann. France, n° 8691 182
Steiner (C.). France, n° 3056 .... 71 et 455
Steiner (D.-C.-H.). Suisse, n° 122 .... 293 et 481
Steiner (J.). Bavière, n° 9 .... 266 et 254
Steiner (J.). Prusse, n° 1020 B 525
Steiner (V.-L.). France, n° 5977 134
Steiner (J.) et fils. Autriche, n° 988 248
Steinheil (Dr C.-A.). Bavière, n° 21 267
Steinheil (G.), Dieterlen et Cie. France, n° 5978. 134
Steinhoff (J.). Prusse, n° 165 .... 392 et 523
Steinholz (O.). Suède, n° 214 533
Steinkauler et Cie. Prusse, n° 964 411
Stellingwerff (J.) et Cie. Belgique, n° 264 278
Stellpflug. Portugal, n° 213 517
Stellpflug et fils. Portugal, n° 389 521
Stenberg (Vve G.). Suède, n° 286 535
Stender (G.-F.). Prusse, n° 517 B 524
Stenersen (J.). Norwége, n° 27 538
Stenhouse (Dr J.). Royaume-Uni, n° 729 331
Stenmann (C.-E.). Suède, n° 224 534
Stephan (A.). Prusse, n° 431 399
Stephen (Sir A.). Nouvelle-Galles du Sud, n° 95. 490
Stephen (W.-H.). Nouvelle-Galles du Sud, n° 190. 492
Stephens (J.). Nouvelle-Galles du Sud, n° 149 ... 491
Stephenson (Dr). Nouvelle-Galles du Sud, n° 96. 490
Stephenson (R.) et Cie. Royaume-Uni, n° 237 ... 324
Sterrken (H.). Prusse, n° 901 409
Sterckx-Carlier (L.). Belgique, n° 275 .... 278 et 255
Sterkman (Vve A.) et fils. Pays-Bas, n° 20 378
Sterlingue (E.). France, n° 2828 67
Stern (J.). Oldenbourg, n° 9 376
Sternberg (L.). Belgique, n° 695 288
Sterne (R.) et Cie. Bavière, n° 106 269
Sternenberg (R.). Prusse, n° 1002 .... 412 et 407
Sternenberg (J.-H.) et fils. Prusse, n° 1001 412
Steuerwald (J.-H.). Pays-Bas, n° 243 384
Stevart (Capt. J.). Ile de Ceylan, n° 9 501
Stevens (E.-Y.). États-Unis, n° 63 221
Stevens (G.). Canada, n° 44 496
Stevens (G.-H.). Royaume-Uni, n° 1654 346
Stevens (J.). Royaume-Uni, n° 238 .... 324 et 328
Stevens (W.). Canada, n° 120 497
Stevens (W.). Royaume-Uni, n° 444 327
Stevens (W.-H.). États-Unis, n° 105 222
Stevenson (P.). Royaume-Uni, n° 427 327
Steward (D.-T.) et Cie. Royaume-Uni, n° 1041 ... 336
Stewart (F.-H.). Guyane anglaise, n° 40 503
Stewart (H.-F.). Guyane anglaise, n° 28 503
Stewart (W.). France, n° 1932 .... 47 et 460
Stibbe frères. Pays-Bas, n° 335 257
Stichling (A.). Toscane, n° 64 .... 435 et 450
Stichter (J.-G.). France, n° 8181 174
Stideler (Joséphine). France, n° 7608 162
Stiebel (A.-J.). Francfort-sur-le-Mein, n° 12. 317 et 260
Stiegele (C.). Bavière, n° 81 B 254
Stieglitz (F.-L.). Van-Diémen, n° 48 .... 494 et 495
Stieglitz (Mme). Van-Diémen, n° 70 495
Stieltjes (T.). Pays-Bas, n° 352 258
Stiérnard frères. France, n° 3407 77

Pages.

Stiévenard (A.). France, n° 3406 .... 77 et 457
Stiévenard (L.) et Cie. France, n° 3537 79
Stiffel (Mme). Canada, n° 279 499
Still. Algérie, n° 189 205
Still (A.). Suède, n° 225 534
Stinnes (G.-G.). Prusse, n° 449 399
Stinville (J.-M.). France, n° 7661 164
Stirling (W.) et fils. Royaume-Uni, n° 657 331
Stirn (S.). Nassau, n° 42 511
Stirn fils (M.). Nassau, n° 55 511
Stirner (J.-A.). Bavière, n° 22 267
Stjernsvärd (G.-M.). Suède, n° 82 530
Stjernsvärd (R.). Suède, n° 81 530
Stöber (C.). Anhalt, Dessau et Göthen, n° 3 216
Stober (L.) fils. Bavière, n° 80 .... 268 et 254
Stobwasser (G.). Prusse, n° 644 404
Stocken (C.). Royaume-Uni, n° 1871 350
Stocker frères. Royaume-Uni, n° 1118. 337, 325 et 487
Stocker (J.-C.). Suisse, n° 299 297
Stockil (W.). Royaume-Uni, n° 613 330
Stockinger (Ve M.). Autriche, n° 663 241
Stocquart frères. Belgique, n° 591 286
Stoecklin fils (J.). France, n° 5979 134
Stœhr (F.). Autriche, n° 1260 253
Stoehr (H.). France, n° 3538 79
Stoffela (A.-D.). Autriche, n° 989 A 248
Stoffers (J.-G.). Pays-Bas, n° 89 380
Stoffregen (C.) et Cie. Saxe, n° 32 425
Stohrer (J.-F.). Wurtemberg, n° 100 443
Stokell. Van-Diémen, n° 29 494
Stokes (J.-C.). Royaume-Uni, n° 737 332
Stoll (J.-F.). Wurtemberg, n° 16 440
Stollé (Héritiers d'E.). Prusse, n° 1210 524
Stollwerk (F.). Prusse, n° 360 .... 397 et 400
Stoltz fils (G.-M.-E.). France, n° 887 .... 22 et 34
Stoltz père (J.-G.). France, n° 1359 34
Stoltz et Schaaff. France, n° 9450 199
Stoltzenberg (F.). Pays-Bas, n° 393 259
Stolz (J.-L.). France, n° 3539 79
Stölzle (C.). Autriche, n° 768 244
Stoney (Capitaine). Van-Diémen, n° 71 495
Stoppel (C.). États-Sardes, n° 173 493
Storch et Kramer. Prusse, n° 1149 415
Storkan (W.-K.). Autriche, n° 441 237
Storms frères. États-Unis, n° 109 222
Stow frères et Cie. Royaume-Uni, n° 1346 341
Stowasser (I.). Autriche, n° 1261 253
Straatmann (J.). Pays-Bas, n° 318 257
Strachan. Ile de Ceylan, n° 17 501
Strachers et Love. Royaume-Uni, n° 25 320
Strahl (O.). Prusse, n° 732 406
Straker (S.). Royaume-Uni, n° 301 325
Strakosch frères. Autriche, n° 902 246
Strang, Brown et Cie. Royaume-Uni, n° 1404 342
Straube (C.) et Cie. Prusse, n° 1241 525
Strauss et Cie. Wurtemberg, n° 44 441
Strein (D.). Autriche, n° 442 237
Strieber. Algérie, n° 134 204
Stroehlin (F.-L.) et Stoeser (C.-R.). France, n° 5980 134
Strohl (G.). France, n° 5981 134
Strohschneider (S.). Autriche, n° 1175 B 252
Strokirk (J.). Suède, n° 242 534
Stromberg (A.-G.) et fils. Suède, n° 165 532
Stroof (J.-T.). Prusse, n° 683 405
Strouvelle (J.-B.) et fils. Prusse, n° 684 405
Strozzi (Marquis C.). Toscane, n° 84 435
Strunz (P.). Autriche, n° 1262 253
Strupp (J.). Bade, n° 21 261
Strutt (G.). Van-Diémen, n° 72 495

Pages.

Strutt (W.). Van-Diémen, n° 60 495
Struve (W.-P.). Royaume-Uni, n° 730 332
Strybosch (C.-L.) sœurs. Pays-Pas, n° 394 259
Strybosch (J.-H.) et Cie. Pays-Bas, n° 319 257
Stuart (A.-F.). Van-Diémen, n° 38 494
Stuchbury (G.). Nouvelle-Galles du Sud, n° 60 496
Stuchlick (J.). Autriche, n° 903 246
Stuckhardt (J.). Autriche, n° 664 241
Stuebecke (A.-M.). Suède, n° 395 537
Stumm frères. Prusse, n° 112 390
Stumpf (C.-J.). Nassau, n° 38 511
Sturges (R.-F.). Royaume-Uni, n° 1152 A 487
Sturm (C.). Autriche, n° 257 .... 233 et 243
Sturm (S.). Royaume-Uni, n° 414 327
Stutson-Oramel. Canada, n° 45 496
Stutterheim frères. Pays-Bas, n° 201 383
Stuurman (J.). Pays-Bas, n° 336 257
Suant (Mme). Ile Maurice, n° 34 509
Suarez-Cordero (M.). Espagne, n° 179 210
Suarez de Deza (A.). Espagne, n° 24 307
Suc aîné et Robier. France, n° 7128 153
Suchard (P.). Suisse, n° 163 293
Suchel-Damas. France, n° 8240 175
Suchy (J.). Autriche, n° 333 235
Suchy (C.) et fils. Autriche, n° 334 235
Suckau. Prusse, n° 188 B 523
Suda (W.) et Cie. Autriche, n° 356 235
Sudmann (Mlle). Norwége, n° 87 539
Sudre (L.-A.). France, n° 9800 447
Suess (A.-H.). Autriche, n° 443 237
Sugden (J.) et frères. Royaume-Uni, n° 1380 A. 487
Suhr (F.). Prusse, n° 1277 526
Sulger et Stückelberger. Suisse, n° 340 297
Sullos (E.-P.). France, n° 2829 67
Sully (T.) et fils. Royaume-Uni, n° 1789 348
Supérieure (La) du couvent de Lorette. Ile Maurice, n° 7 508
Sulzer (H.). Suisse, n° 148 298
Sundberg (C.-F.). Suède, n° 90 .... 531 et 533
Sundell (Mlle S.-B.). Suède, n° 396 537
Suremann et Cie. Suisse, n° 301 297
Suret. Algérie, n° 318 207
Suret (M.-A.-L.). France, n° 9451 199
Sürmondt (B.) et Cie. Prusse, n° 143 391
Surmont. France, n° 4971 112
Suschny (A.-D.). Autriche, n° 444 237
Suser (H.-B.). France, n° 2830 469
Susse frères. France, n° 5228 118
Sussmann et Wiesenthal. Prusse, n° 902 409
Sutherland, Camozzi et Cie. Pays-Bas, n° 86. 380 et 657
Sutter (I.). France, n° 5982 134
Sutter (I.). France, n° 10345 368
Suttor (J.-C.). Nouvelle-Galles du Sud, n° 61 490
Svengren (J.). Suède, n° 204 538
Svensson (J.-S.). Suède, n° 139 232
Svensson (N.) et Nilsson (S.). Suède, n° 243 534
Swaine et Adeney. Royaume-Uni, n° 183 323
Swarte (N.). Pays-Bas, n° 116 381
Swinbourne et Cie. Royaume-Uni, n° 1200 487
Sy et Wagner. Prusse, n° 698 405
Syfrig (J.-J.). Suisse, n° 302 297
Sykes et Ogden. Royaume-Uni, n° 332 325
Sykes, Debergue et Cie. Canada, n° 46 496
Sylvester et Cie. Royaume-Uni, n° 731 332
Syme. Royaume-Uni, n° 773 A 486
Symington (R.-B.) et Cie. Royaume-Uni, n° 1276 340
Szathmari (M.). Autriche, n° 1176 252
Szele (E.). Autriche, n° 278 233
Sznayder (J.). Autriche, n° 989 B 248
Szumrak (J.-F.). Autriche, n° 123 230

T

Pages.
Taamu (Le grand juge). Océanie française, n° 206. 480
Taar-ben-Achour. Algérie, n° 639 211
Taar-ben-Ali. Algérie, n° 502 210
Tabacs de Cahors (Magn des). France, n° 761 448
Tabacs (Service des) de la province d'Alger. Algérie, n° 223 473
Tabacs (Service des) de la province d'Oran. Algérie, n° 423 474
Tabar (N.-F.-V.). France, n° 8842 185
Tabarié (L.-E.). France, nos 2282 et 3927 ... 55 et 86
Tabasco (Dép. de). Mexique, n° 40 372
Taborda (L.-A. de M.). Portugal, n° 291. 519, 514 et 516
Taborin (P.-F.). France, n° 4665 104
Tabourdeau (P.). France, n° 4580 103
Tabourel-Lesage. France, n° 6526 144
Tacchi (G.-B.). Autriche, n° 990 248
Taccioni et Cianferoni. Toscane, n° 61 ..... 435 et 450
Taché (H.). Canada, n° 316 500
Taché (J.-C.) et Michaud (T.). Canada, n° 170 ... 497
Tacheira (T.). Guyane anglaise, n° 41 503
Tachet (C.-F.). France, n° 256 9
Tachy (A.) et Cie. France, n° 8650 182
Tacquenier frères (A.-C.). Belgique, n° 334 280
Tahan (A.). France, n° 8843 .... 185 et 169
Tahar-ben-Boucetta. Algérie, n° 485 209
Tahar el Sellaoui. Algérie, n° 525 B 210
Tailbouis (E.). France, n° 7609 162
Tailbouis (E.). France, n° 7610 162
Tailfer-Paget. France, nos 10225 et 2012 .... 462 et 454
Tailfer (A.) et Cie. France, n° 4972 112
Tailfer (J.-B.) et Cie. France, n° 888 22
Taillandier père et fils. France, n° 5983 134
Taillefer frères. France, n° 9907 452
Taillet (V.), Boone (J.) et Cie. Belgique, n° 253. 278
Tainturier (P.). France, n° 3652 81
Taisne-Lamouret (J.-M.-V.). France, n° 6527 144
Tajan (J.-D.). France, n° 1360 34
Talabot (L.) et Cie. France, n° 4499 101
Talabot (L.) et Cie. France, n° 4666 104
Talbot (P.). Royaume-Uni, n° 1563 345
Talbot (S.). France, n° 6528 144
Talbot jeune (E.). France, n° 437 13
Talibon (J.-B.). France, n° 3896 85
Tallereau (P.-N.). France, n° 589 16
Tambon. France, n° 4667 .... 104 et 471
Tambon (A.). France, n° 4667 .... 104 et 460
Tamborini (J.). Autriche, n° 279 233
Tamelier et Jeban (C.). France, n° 10460 472
Tamm (Bon P.-A.). Suède, n° 41 .... 530 et 534
Tampied (P.-E.). France, n° 7437 158
Tanchon (R.). France, n° 3815 84
Tancrède aîné. France, n° 3225 456
Tancrède et Cie. France, n° 3408 77
Tandel (J.). Luxembourg, n° 10 369
Tangres (C.-V.). France, n° 10226 462
Tanguay (Abbé). Canada, nos 161 et 317 ... 497 et 500
Tani (P.). Toscane, n° 139 .... 437 et 540
Tann (J.). Royaume-Uni, n° 1101 A 487
Taunenbaum, Pariser et Cie. Prusse, n° 903 409
Tanner (B.). Suisse, n° 366 298
Tanner et Koller. Suisse, n° 221. 295, 298, 481 et 482
Tanner et Schiess. Suisse, n° 367 298
Tanner (C.-D.) et fils. Hanovre, n° 11 359
Tannich père et fils. France, n° 5984 134
Tant-Verlinde. Belgique, n° 529 284
Tantenstein et Cordel. France, n° 9121 192
Tantini (J.). Toscane, n° 62 .... 435 et 450
Tapiau (J.-P.). N° 2024 49
Tapling et Cie. Royaume-Uni, n° 1564 345
Taquet et Dassonville. France, n° 3409 77
Taravaud (S.). France, n° 438 13
Pages.
Tardat (Mme). France, n° 10461 472
Tardieu. Algérie, n° 369 208
Tardieu de Virète. France, n° 707 19
Tardieu (L.) et Cie. France, n° 10462 473
Tardif (J.). Canada, n° 247 449
Tardif (E.) et Lecoq. Belgique, n° 151 275
Tardif (G.) et Cie. France, n° 2602 62
Tardivel (Marie-Julienne). France, n° 7438 158
Tardu. Algérie, n° 135 204
Target (J.-L.). France, n° 4085 90
Tarin (A.-J.). France, n° 439 .... 13 et 448
Tarlier (J.) et Cie. France, n° 2414 58
Tartarin (E.-L.). France, n° 1853 .... 45 et 453
Tartler (M.). Autriche, n° 904 246
Tassart (A.). France, n° 3742 83
Tastemain (E.). France, n° 5426 122
Tauirua. Océanie française, n° 207 480
Taulez-Bottelier (C.). Belgique, n° 530 284
Taurin (P.). France, n° 2257 54
Tauiz (A.). Autriche, n° 1177 252
Tavarès (D.-M. de J.). Portugal, n° 361 520
Taveaux. France, n° 8692 182
Tavernier (A.-J.-F.). France, n° 2831 67
Taylor (H.). Royaume-Uni, n° 996 336
Taylor (J.). Canada, n° 206 498
Taylor (J.). Nouvelle-Galles du Sud, n° 191 492
Taylor (J.). Royaume-Uni, n° 1677 347
Taylor (P.). France, n° 1204 30
Taylor (R.-H.). Royaume-Uni, n° 1742 348
Taylor (W.). Royaume-Uni, n° 1102 337
Taylor (W.). Royaume-Uni, n° 195 323
Taylor junior (S.). Royaume-Uni, n° 872 334
Taylor frères. Royaume-Uni, n° 995 336
Taylor et Allen. Royaume-Uni, n° 1103 337
Taylor et Dockrill. Canada, n° 158 497
Taylor (J.) et Cie. Royaume-Uni, n° 1446 343
Techner (F.). Prusse, n° 1116 414
Teichelmann (A.). Prusse, n° 1129 415
Teichmann (F.). Belgique, n° 696 288
Teigne (F.-V.). France, n° 1933 47
Teill et Cie. Inde, n° 29 504
Teillard (C.-M.). France, n° 7129 153
Teissier du Cros (E.). France, n° 6802 149
Teissier et Cie. France, n° 6529 144
Teixeira de Mello (A.-J.). Portugal, n° 214. 517 et 516
Teller (M.-B.). Autriche, n° 537 239
Telles Jordao (F.-J.). Portugal, n° 292 519
Tellier (F.). France, n° 10054 458
Tello (J.). Espagne, n° 76 308
Tempele (H.). Autriche, n° 1263 253
Templeton (J.) et Cie. Royaume-Uni, n° 1565 ... 345
Templier (P.-F.). France, n° 4668 104
Tengstedt (C.). Suède, n° 253 534
Tennant. Royaume-Uni, n° 52 485
Tennant (C.) et Cie. Royaume-Uni, n° 577 329
Tenten (P.). France, n° 2832 67
Terlaak (G.). Pays-Bas, n° 141 382
Ter Meer (A.). Prusse, n° 965 411
Ter Meer, Kemer et Machler. Prusse, n° 967 ... 411
Ter Meer et Cie. Prusse, n° 966 411
Ternisien (A.-A.). France, n° 6530 144
Ternynck frères. France, n° 6531 144
Terrasson de Montleau (A.). France, n° 708 19
Terrasson (L.) père et fils. France, n° 6532 144
Terrat (P.). France, n° 4973 112
Terré (J.-L.). Ile Maurice, n° 30 509
Terrell (W.) et fils. Royaume-Uni, n° 798 333
Terrier. France, n° 1854 45
Terrier (C.-E.). France, n° 7474 466
Terrier (J.-G.). France, n° 3324 75
Terrier et Cie. France, n° 3057 71
Terrieri (G.). Toscane, n° 172 .... 438 et 540

Pages.

Terrillon-Fort. France, n° 8066 .... 172 et 149
Terrisse (J.) et Cie. États-Sardes, n° 9 418
Terrolle (J.). France, n° 1361 34
Terry (F.-C.). Nouvelle-Galles du Sud, n° 203 493
Tersmeden (Baron W.-F.). Suède, n° 42 530
Terson-Garrée, Benezech et fils. France, n° 6533. 144
Tertre (F.). France, n° 3653 81
Terzer (G.). Bavière, n° 14 .... 266 et 254
Tescheu (A.). Prusse, n° 1112 414
Teschenmacher (J.-E.) et Kattenbusch. Prusse, n° 904 410
Teschner (G.). Prusse, n° 525 B 524
Tosi (L.). Toscane, n° 79 435
Tessada (F.). États-Sardes, n° 158 422
Tesse-Petit et fils. France, n° 5985 134
Tessier (C.-H.). France, n° 7886 168
Tessier (H.). France, n° 2415 .... 58 et 11
Tessier (J.). France, n° 10227 462
Tessier-Lecocq (J.-G.). France, n° 5986 134
Tessier et Cie, France, n° 10107 459
Tessier, Damas et Maizonnobe. France, n° 2562 .. 61
Tessler (C.-L.). Prusse, n° 1130 415
Tesson (A.). France, n° 3803 84
Tesson (J.-B.-M.). France, n° 2563 61
Testard (Louise). France, n° 8927 187
Testelin-Montaigne (P.-L.). France, n° 6534 144
Testelin et Cie. France, n° 2077 50
Testut. Algérie, n° 15 .... 202 et 205
Tetterode (N.). Pays-Bas, n° 428 259
Tetu (C.-H.). Canada, n° 182 498
Tetzner (C.-A.) et fils. Saxe, n° 33 425
Teubner (B.-G.). Saxe, n° 97 427
Teulon, Latour et Nadal. France, n° 6803 149
Teutenberg (L.). Prusse, n° 508 .... 400 et 524
Teutsch (J.). Autriche, n° 445 237
Tévanne (C.). France, n° 7736 165
Texier (J.-M.). France, n° 799 20
Texier (V.). France, n° 9122 .... 192 et 471
Texier fils. France, n° 2833 .... 67 et 178
Teysonneau jeune (C.-M.). France, n° 3654 82
Teyssères. France, n° 440 13
Thaer (A.-P.). Prusse, n° 207 393
Thaler aîné (G.). France, n° 4090 91
Tham (G.). Suède, n° 43 530
Thamer (F.-W.). Prusse, n° 397 398
Tharaud (Y.-P.). France, n° 5532 124
Thayer (J.). Canada, n° 121 497
Théagène (L.). Martinique, n° 36 476
Thébaud (H.) et frères. France, n° 3325 75
Theill (J.). France, n° 197 8
Theill et Cie, France, n° 198 8
Thénard (A.). France, n° 4439 99
Thénard (F.). France, n° 5114 115
Théra (Dème de). Grèce, n° 22 356
Therèse (J.). France, n° 9472 199
Thermænius (J.). Suède, n° 244 534
Theroude (A.-N.). France, n° 8926 187
Théry (A.). Belgique, n° 134 .... 274 et 254
Théry (C.-V.). France, n° 10055 458
Théry aîné (J.-L.-F.). France, n° 590 16
Théry-Privat (C.-A.). France, n° 3743 83
Theunissen (J.). Pays-Bas, n° 388 259
Theunissen (P.). Pays-Bas, n° 414 259
Thévenet (B.). France, n° 1532 38
Thevenet, Raffin et Roux. France, n° 7130 153
Thévenin fils. France, n° 7439 158
Thévenin-Blanchard (Ve M.-A.-G.). France, n° 7737 165
Thewalt (J.). Nassau, nos 30 et 54 511
Thez (G.-A.). France, n° 9066 190
Thibaud (E.). France, n° 10306 464
Thibaudeau et fils. France, n° 6535 144
Thibault-Boilesve. France, n° 199 8
Thibault frères (H. et F.). France, n° 2258 .. 54 et 103
Thibault et Defaye. France, n° 2922 68
Thibaut (F.). France, n° 709 19

Pages.

Thibaut (L.-F.). France, n° 3540 79
Thibaut (G.) et Chabert jeune. France, n° 6536. 144
Thibert, Adam et Cie. France, n° 7131 153
Thibierge (G.). France, n° 8618 181
Thibierge (J.). France, n° 8619 181
Thiboust (L.-A.). France, n° 7611 162
Thibout (A.-J.). France, n° 9573 201
Thibout (G.-A.). France, n° 9473 199
Thibouville (E.). France, n° 9402 198
Thibouville aîné (M.). France, n° 9403 198
Thiébault (J.-B.). France, n° 4423 99
Thiébaut (J.-P.). France, n° 2283 55
Thiébaut (V.). France, n° 4974 112
Thiede (G.). Prusse, n° 1266 525
Thiedey. Algérie, n° 319 207
Thiel (C.) et Schledehaux (R.). Hansa. Hambourg, n° 14 362
Thielens-Janssen. Belgique, n° 235 277
Thiellay (A.). France, n° 1687 41
Thienet et Pingot. France, n° 8844 185
Thienpont (J.). Belgique, n° 618 286
Thier (P.-L.-T.). France, n° 10108 459
Thierry (J.-P.). France, n° 9184 193
Thierry (L.-R.). France, n° 10346 468
Thierry frères. France, n° 9067 190
Thierry et Cakzanowski. Algérie, n° 177 205
Thierry père et fils. France, n° 5575 126
Thierry-Mieg et Cie. France, n° 3026 .... 70 et 455
Thiéry (A.-M.). France, n° 5043 114
Thiessé (P.-A.). France, n° 3971 87
Thieux (P.). France, n° 3226 456
Thillard (C.-H.-J.). France, n° 10109 459
Thimeroix fils. France, n° 4669 104
Thimonnier (J.-F.). France, n° 2564 61
Thinault-Mercieul. France, n° 3972 87
Thiolier fils aîné. France, n° 6537 144
Thiollier (A.). France, n° 809 20
Thiraubois. France, n° 1205 30
Thiret. France, n° 9028 189
Thirion (J.-F.). France, n° 5229 118
Thiry-Auric et Cie. France, n° 7870 167
Thiry-Bourcy et Cie. France, n° 4975 112
This (G.-P.). France, n° 4219 94
Thisse (P.) et frères. France, n° 9620 473
Thivel-Michon. France, n° 5987 134
Tholin-Bost. France, n° 5988 134
Tholozan et Cie. France, n° 7132 153
Thomann (F.-M.). France, n° 4670 104
Thomas (A.). France, n° 3744 83
Thomas (A.). France, n° 9123 192
Thomas (C.). France, n° 9029 189
Thomas (C.-E.). France, n° 8804 185
Thomas (Capitaine). Canada, n° 221 498
Thomas (E.). France, n° 3804 84
Thomas (Félicité). France, n° 7440 158
Thomas (F.-S.). Royaume-Uni, n° 239 324
Thomas (H.). Norwége, n° 6 .... 537 et 538
Thomas (H). Prusse, n° 278 395
Thomas (J.). France, n° 9621 473
Thomas (J.-P.). France, n° 441 13
Thomas (P.). France, n° 6538 144
Thomas (R.). Canada, n° 207 498
Thomas (W.). Canada, n° 248 499
Thomas (Y.-M.). France, n° 1855 45
Thomas de Colmar (C.-X.). France, nos 1688 et 9976 .... 41 et 453
Thomas-Baptiste. France, n° 1074 27
Thomas frères. France, n° 3058 .... 71 et 149
Thomas frères (I. et E.). Belgique, n° 138 274
Thomas (R.) et fils. Royaume-Uni, n° 1791 348
Thomas, Vayeron et Cie. France, n° 3410 77
Thomée (F.). Prusse, n° 685 405
Thomine (A.). France, n° 2834 67
Thompson (C.). Jamaïque, n° 3 507
Thompson (C.). Royaume-Uni, n° 1935 350
Thompson (Dr). Inde, n° 88 506

Pages.

Thompson (H.). Royaume-Uni, n° 821 333
Thompson (J.). Nouvelle-Galles du Sud, n° 125 .. 491
Thompson (S.). Royaume-Uni, n° 1792 348
Thompson (W.). France, n° 9185 193
Thompson jeune (N.). États-Unis, n° 56 221
Thompson et Cie. Royaume-Uni, n° 1437 A 488
Thomson (D. et T.). Royaume-Uni, n° 1536 344
Thomson (G.). Royaume-Uni, n° 210 323
Thomsons (G.) et Cie. Royaume-Uni, n° 1567 345
Thonet frères. Autriche, n° 1087 250
Thonet (J.) et frères. Belgique, n° 331 279
Thonet (L.) et Cie. Belgique, n° 397 281
Thonnerieux (E.). France, n° 8431 178
Thorel (H.). France, n° 3655 82
Thoresen (E.). Norwége, n° 7 537
Thorey et Virey frères. France, n° 9302 196
Thorn (W. et F.). Royaume-Uni, n° 211 323
Thorne (C.-A.). Norwége, n° 41 538
Thorne (G.). Nouvelle-Galles du Sud, n° 62 490
Thorne (G.-H.). Nouvelle-Galles du Sud, n° 132. 491
Thorneycroft et Cie. Royaume-Uni, n° 1072 337
Thornhill (W.). Royaume-Uni, n° 957 335
Thornton (J.) et fils. Royaume-Uni, n° 495. 328 et 322
Thorsen (A.). Norwége, n° 96 539
Thos (F. de P.). Espagne, n° 425 314
Thoumin (F.-A.). France, n° 5230 118
Thouret (F.-A.). France, n° 10279 463
Thouvenin père et fils. France, n° 3138 73
Thraen. Wurtemberg, n° 104 443
Thrupp (C.) et Cie. Royaume-Uni, n° 212 323
Thubert (P.). France, n° 7612 162
Thunberg (L.-G.). Suède, n° 226 534
Thunot (V.) et Cie. France, n° 6804 149
Thurneysen (F.) et Christ. Suisse, n° 341 297
Thury (M.-A.). France, n° 1988 48
Thuvien (T.). France, n° 1413 35
Thwaites. Ile de Ceylan, n° 10 501
Thys frères. Belgique, n° 487 283
Thywissen frères. Prusse, n° 905 410
Tièche (C.). France, n° 1019 26
Tiedemann (G.). Wurtemberg, n° 88 442
Tiefenbrunner (G.). Bavière, n° 153 270
Tiegel de Lindenkron (Chev. G.). Autriche, n° 243. 232
Tiénard (C.-B.). France, n° 10278 463
Tierce. Algérie, n° 640 211
Tiffereau (C.-T.). France, n° 1689 41
Tihy (H.). France, n° 8845 186
Till (T.) et fils. Royaume-Uni, n° 1231 339
Tillemann (J.-B.). France, n° 8802 185
Tilley-Delaune. France, n° 3541 79
Tillgner (E.). Prusse, n° 208 393
Tilloye (H.-F.). France, n° 9861 449
Timmins (R.) et fils. Royaume-Uni, n° 997 336
Timon frères. France, n° 9303 196
Timsonet (G.) et Dartel. Belgique, n° 398 281
Tinet (C.). France, n° 5533 124
Tinot (J.-B.). France, n° 9342 197
Tintillier et Mayer. France, n° 2603 62
Tipp et Graff. Bavière, n° 26 267
Tipp (J.-J.) et Cie. Bavière, n° 45 .... 267 et 254
Tiquet (C.). France, n° 442 13
Tirant (P.-J.). France, n° 1182 30
Tirel. France, n° 2416 58
Tiret (J.-B.). France, n° 2835 67
Tiret-Bognet (C.). France, n° 3326 75
Tirion. Algérie, n° 320 207
Tirrart (A.-C.-X.). France, n° 8038 171
Tisserand (Mme). France, n° 10347 468
Tisserant (A.). France, n° 6539 144
Tissier. Algérie, n° 370 208
Tissier (F.). France, n° 4108 91
Tissier aîné (F.-B.). France, n° 2417 58
Tissot (A.). France, n° 8803 185
Tissot (C.-F.). France, n° 3059 71
Titard (J.-L.). France, n° 2565 61
Titreville (H.). France, n° 4424 99

Pages.

Titus (W.-D.). États-Unis, n° 9 219
Titz (G.). Autriche, n° 446 237
Tivet (C.). France, n° 7133 153
Tivoly (E.) et Cie. France, n° 10165 460
Tixhon (J.). Belgique, n° 66 273
Tixier-Goyon frères. France, n° 4581 103
T'kindt (C.). Belgique, n° 354 A .... 280 et 255
Tober (J.). Autriche, n° 258 233
Tobias (T.). Prusse, n° 906 410
Tobias et Tolesano. Espagne, n° 454 315
Tobiesen (A.-B.). Norwége, n° 62 538
Toché (A.). Maurice, n° 31 509
Tocknell (W.-J.). Royaume-Uni, n° 1162 338
Todd (W. et G.). Royaume-Uni, n° 341 ... 325 et 486
Todd et Mac-Gregor. Royaume-Uni, n° 132. 322 et 485
Toepffer (G.-A.). Prusse, n° 924 410
Toepoel (A.-M.). Pays-Bas, n° 195 383
Tollin (L.) frères. France, n° 5989 .... 134 et 166
Toft (C.). Autriche, n° 280 233
Tognietti-Weiss (Mme J.-A.). Suisse, n° 98 292
Tollard frères. France, n° 592 16
Tollay et Martin. France, n° 4034 88
Tolosa et Cie. France, n° 2025 49
Tolson (J.) et fils. Royaume-Uni, n° 1335 341
Tölzer (J.). Bavière, n° 55 268
Tom aîné (W.). Nouvelle-Galles du Sud, n° 63 .. 490
Tombe (L.-C.-F.). France, n° 3060 71
Tomei (J.-B.). France, n° 4346 .... 97 et 17
Tomlin et Cie. Royaume-Uni, n° 998 336
Tommasi (J.). Autriche, n° 770 244
Tomson (A.-F.). Nouvelle-Galles du Sud, n° 64 .. 490
Tondeux. Algérie, n° 136 204
Tonkin (Sir W.-H.). Royaume-Uni, n° 774 485
Tonks (W.) et fils. Royaume-Uni, n° 1104 337
Tous (N.) et Soler. Espagne, n° 359 313
Tönsberg (C.). Norwége, n° 120 540
Tonti (L.). Toscane, n° 88 .... 436 et 540
Toovey (T.). Royaume-Uni, n° 1964 488
Topart frères. France, n° 8621 181
Toperczer (C.). Autriche, n° 244 233
Toperczer (D.-T.). Autriche, n° 245 233
Topp (A.-L.). Danemark, n° 31 302
Topper (A.). Autriche, n° 125 230
Topping (C.-M.). Royaume-Uni, n° 415 327
Torchu (C.). France, n° 10348 468
Tordeux (A.-J.). France, n° 2418 58
Torley (W.). Prusse, n° 686 405
Torne (C.). France, n° 6805 149
Torrekens (F.). France, n° 810 21
Torrents (M.) et Barguera. Espagne, n° 213 310
Torres-Caicedo (J.-M.). Grenade, n° 6 224
Torrey (L.). Canada, n° 267 499
Tortelli (B.). Toscane, n° 91 436
Toscanelli (J.-B.). Toscane, n° 43 434
Tosi (C.). Autriche, n° 447 237
Tosi (P.). Autriche, n° 566 239
Touaillon jeune et Cie. France, n° 9908 452
Toublanc fils. France, n° 3656 82
Touboulic (P.). France, n° 4086 90
Touche (A.) et Cie. Belgique, n° 236 277
Toucke (C.). Pays-Bas, n° 403 259
Toudy (N.). France, n° 9574 201
Toulorge. Réunion, n° 81 .... 477 et 478
Toulouse (A.). France, n° 8537 180
Toulza (F.). France, n° 4220 94
Toupillier et Dehamme. France, n° 8693 182
Tourasse (P.-J.-B.-J.). France, n° 1109 .... 28 et 450
Tourbières de France. France, n° 37 4
Tourel fils et Cie. France, n° 6806 149
Tournachon-Nadar jeune et Cie. France, n° 10463. 473
Tournadre (A). France, n° 8432 178
Tournal (P.). France, n° 3973 .... 87, 4 et 97
Tournay et Munerelle. France, n° 5333 120
Tourneur (L.). France, n° 2026 49
Tourneur (P.-T.-F.). France, n° 3745 83
Tourneur-Lefebvre. France, n° 5990 134

Pages.

Tournier (C.). France, n° 8620 ... 181
Tournois (M.). France, n° 8103 ... 173
Touron-Parisot. France, n° 10280 ... 463
Tourtoulou. France, n° 9814 ... 448
Toussaint. France, n° 10392 ... 470
Toussaint (A.). France, n° 5427 ... 122
Toussaint (D.-L.-H.). France, n° 9420 ... 198
Toussaint (H.-F.). France, n° 5115 ... 115
Toussaint (J.). France, n° 9225 ... 194
Toussaint et Mayer. France, n° 5991 ... 134
Toutain (J.-M.). France, n° 7441 ... 159
Touzé (A.). France, n° 6540 ... 144
Touzé (Marie-Y.). France, n° 7442 ... 159
Touzé (Mathurine). France, n° 7443 ... 159
Touzé et Cie. France, n° 10464 ... 473
Touzet (A.). France, n° 443 ... 13
Towne (J.). Royaume-Uni, n° 785 ... 332
Townend frères. Royaume-Uni, n° 1380 ... 487
Townley (Mme). Canada, n° 249 ... 499
Townsend (J.). Royaume-Uni, n° 65 ... 321
Townsend (T.-H.). Canada, n° 183 ... 498
Trabit (M.-C.). France, n° 3746 ... 83
Tracol (F.-X.). France, n° 2836 ... 67
Tracol (H.). France, n° 2837 ... 67
Train (B.). Belgique, n° 168 ... 275
Train (L.). France, n° 8182 ... 174
Tramblay (E.-N.). France, n° 4091 ... 91
Trambouze aîné. France, n° 6541 ... 144
Tramu. Algérie, n° 137 ... 204
Trancart (A.-A.). France, n° 8800 ... 185
Tranchart fils (F.-G.) et Tranchart-Froment (Vve). France, n° 6542 ... 144
Tranchet. France, n° 9950 ... 453
Trané (F.). Suède, n° 397 ... 537
Trannin (L.-D.). France, n° 2566 ... 61
Trapet fils (A.). France, n° 7535 ... 161
Trapmann et Spitz. Prusse, n° 1075 ... 413
Trapp-Rosseler. France, n° 5992 ... 134
Traumann et Cie. Bade, n° 44 ... 262
Traus (N.). Luxembourg, n° 13 ... 369
Traut (E.). France, n° 3657 ... 82
Travaglino (J.-A.) et fils. Pays-Bas, n° 175. 382 et 258
Travers (P.-L.). France, n° 4455 ... 100
Travers-Jansen. France, n° 2156 ... 152
Traverses (J.). France, n° 8538 ... 180
Traxler (F.-X.). France, n° 9909 ... 452
Trayvoux (F.). France, n° 7538 ... 161
Treadurn (C.-E.). Royaume-Uni, n° 1631 ... 346
Trebitsch (A.). Autriche, n° 1178 ... 252
Tréhand (J.-P.-X.). France, n° 710 ... 19
Treifous (C.). France, n° 10371 ... 468
Treillard (Mlle). France, n° 10372 ... 468
Trelkeld (J.). Canada, n° 144 ... 497
Tréloar (T.). Royaume-Uni, n° 1537 ... 344
Trémeau (E.). France, n° 105 ... 6
Tremerie (J.). Belgique, n° 185 ... 276
Trempé oncle et Cie. France, n° 3061 ... 71
Trénel (P.). France, n° 9304 ... 196
Trénis fils et Cie. France, n° 3327 ... 75
Trenner (J.). Autriche, n° 1179 ... 252
Trentsensky (M.). Autriche, n° 1227 ... 252
Trépardoux (P.-C.). France, n° 4048 ... 89
Trerenfels (J.). Prusse, n° 346 ... 397
Tresca (J.-E.) et Cie. France, n° 7134 ... 153
Treschow (M.). Norwége, n° 8 ... 537
Trésel (A.). France, n° 890 ... 22
Tress et Cie. Royaume-Uni, n° 1810 ... 349
Tressing (J.-L.). Danemark, n° 78 ... 303
Trezain (R.). France, n° 7444 ... 159
Tribouillard (L.). France, n° 5993 ... 134
Tribouillet (V.). France, n° 9910 ... 452
Tribouillet fils (A. et J.). France, n° 2567 ... 61
Tribu des Azedj. Algérie, n° 426 ... 474
Tribu des Djafiras. Algérie, n° 430 ... 474
Tribu des Mahadjas. Algérie, n° 440 ... 474
Tribu des Ouled-Ali. Algérie, n° 425 ... 474

Pages.

Tribu des Ouled-Brahim. Algérie, n° 721 ... 474
Tribus de Djijelly. Algérie, n° 641 ... 211
Trichet (P.). France, n° 953 ... 24
Tricoche et Cie. France, n° 10013 ... 454
Tricot frères. France, n° 5994 ... 134
Tricout-Drexel. France, n° 4035 ... 88
Triébert et Cie. France, n° 9404 ... 198
Triefus et Ettlinger. France, n° 8801 ... 185
Triguso (S.-F. de L.-M.). Portugal, n° 293 ... 519
Trillet fils. Guyane française, n° 168 ... 479
Trimborn (C.). Bavière, n° 145 ... 270
Trinity-House (La corporation de). Royaume-Uni, n° 884 ... 334
Trinkkeller (W.) et Cie. Prusse, n° 1066 ... 413
Trinquelle aîné. France, n° 3542 ... 79
Triouillier (C.-E.). France, n° 5044 ... 114
Tripier-Bradel (C.). France, n° 9343 ... 197
Tripolis (Dème de). Grèce, nos 47 et 52 ... 356
Tripon (J.-B.). France, n° 9030 ... 189
Triquet (C.). France, n° 1605 ... 40
Tritschler (J.-M.). France, n° 9911 ... 452
Trobatas frères. France, n° 6543 ... 144
Troccon (A.). France, n° 7135 ... 153
Troccon (P.). France, n° 10228 ... 462
Trochu (J.-L.-A.-S.). France, n° 593 ... 16
Trocmé et Baudoin. France, n° 5995 ... 134
Trocsanyi (L.). Autriche, n° 1180 ... 252
Troeger (J.). Prusse, n° 1059 ... 413
Troitsch (F.-W.). Prusse, n° 1004 ... 412
Trolle (C.). Danemark, n° 3 ... 301
Trolley (J.). France, n° 5996 ... 134
Trolley (M.). France, n° 5997 ... 134
Trolliet. France, n° 2568 ... 61
Trollope (G.) et fils. Royaume-Uni, n° 1689 ... 347
Trommsdorf (H.). Prusse, n° 327 ... 396
Trompette (F.-L.). France, n° 594 ... 17
Tron frères. France, n° 1020 ... 26
Tronchon (N.). France, n° 7887 ... 168
Tronquoy (A.). France, n° 9031 ... 189 et 471
Troostenberghe (D.). Belgique, n° 639 ... 287
Trosley frères. France, n° 9951 ... 453
Trossaert-Buudervoet (P.). France, n° 4425 ... 99
Trostorff (G.). Autriche, n° 905 ... 246
Trotabas. Algérie, n° 255 ... 206
Trotry-Latouche (L.-J.). France, n° 7613 ... 162
Trotté (H.). France, n° 7614 ... 163
Trottier (H.-T.). France, n° 3897 ... 85
Trottier (H.), Schweppé et Cie. France, n° 4451 ... 100
Trouau (L.). France, n° 5998 ... 134
Troubat. France, n° 1362 ... 34
Trouilhet (P.). France, n° 904 ... 23
Trouillet (P.). France, n° 5428 ... 122
Trouin. Algérie, n° 321 ... 207
Troupeau (C.-M.). France, n° 2262 ... 54
Troupin (J.-L.). Belgique, n° 190 ... 276
Troupin (J.-P.). Belgique, n° 191 ... 276
Trousset (A.). France, n° 1385 ... 34
Trouvé (M.) et Cie. États-Pontificaux, n° 35 ... 386
Trouvet (J.-L.), dit Dupont. France, n° 2157 ... 52
Truand. France, n° 2419 ... 58
Truc (C.). France, n° 5231 ... 118
Truchelut (J.-N.). France, n° 9186 ... 193
Truchy (C.-E.). France, n° 8622 ... 181
Truci (E.). Toscane, n° 168 ... 437
Trudin et Cie. France, n° 7445 ... 159
Truc (J.-M.). Danemark, n° 61 ... 308 et 482
Truloch et Harris. Royaume-Uni, n° 839 ... 333
Trumpy jeune et Cie. Suisse, n° 254 ... 296
Truscott (C.). Royaume-Uni, n° 49 ... 485
Truter (H.-A.-O.). Cap de Bonne-Espérance, n° 30. 500
Tsantilas (C.). Grèce, n° 106 ... 358
Tsaoutsopouli frères. Grèce, n° 113 ... 258
Tscheligi (R.) et Cie. Autriche, n° 448 ... 237
Tschinkel (A.) et fils. Autriche, n° 538 ... 239
Tschorn et Buergel. Prusse, n° 1005 ... 412
Tschudi et Cie. Suisse, n° 149 ... 293

Pages.

Tsitsimpacos (A.). Grèce, n° 39 356
Tuberville, Smith, Boyle et Cie. Roy.-Uni, n° 1568. 345
Tuchband (S.). Prusse, n° 1068 413
Tucker et Revees. Royaume-Uni, n° 1105 337
Tudot. (E.). France, n° 9032 189
Tullistes (Les) de Saint-Pierre. France, n° 1609. 40
Tulou (J.-L.). France, n° 9405 198
Tulpin aîné. France, n° 9912 .... 452, 453 et 455
Tuma (J.). Autriche, n° 335 235
Tumerel (C.). France, n° 6544 144
Turchini (R.). Toscane, n° 50 434
Turck (M.). France, n° 811 .... 20 et 29
Turck (Vve P.-G.). Prusse, n° 1278 .... 526 et 525
Turenne frères. France, n° 6623 465
Turley (R.). Royaume-Uni, n° 1861 349
Turnbull (A.). Mexique, n° 78 873
Turnbull (J.). Terre de Van-Diémen, n° 39 494
Turnbull et Cie. Royaume-Uni, n° 546 329
Turnbull (J.) et Cie. Royaume-Uni, n° 1601 346
Turner (B.-B.). Royaume-Uni, n° 1936 351

Pages.

Turner (H.). États-Unis, n° 69 221
Turner (H. et W.). Royaume-Uni, n° 463 327
Turner (R.). Royaume-Uni, n° 635 330
Turner (J. et R.) et Cie. Royaume-Uni, n° 1015 .. 336
Turon gold ridge quartz Crushing Company. Nouvelle-Galles du Sud, n° 65 490
Turpin (R.-J.). Pays-Bas, n° 182 382
Turquais-Drutel (C.). France, n° 711 19
Turquais fils (C.-J.). France, n° 4582 103
Turquand-Courbe (J.-L.). France, n° 7615 163
Turton et fils. Royaume-Uni, n° 999 336
Tussaud (F.). France, n° 3816 .... 84 et 30
Tuvache (P.). France, n° 257 9
Tuvée et Cie. France, n° 7160 465
Tweedy (T.-H.). Royaume-Uni, n° 1849 488
Twiss (E.). Pays-Bas, n° 100 381
Tyler et Manning. Royaume-Uni, n° 1965 351
Tyler (J.) et fils. Royaume-Uni, n° 288 .... 325 et 333
Tyndall. Royaume-Uni, n° 428 327
Typographie galiléenne. Toscane, n° 192 ... 438 et 541

U

UNG — UTZ

Ubel (J.-E.). France, n° 5045 114
Ucciani (D.). France, n° 2838 67
Ugarte frères. Espagne, n° 393 314
Uhlendorf (L.-W.). Prusse, n° 464 399
Uhlhorn (D.). Prusse, n° 265 395
Uhlhorn (G.). Prusse, n° 221 393
Uhr (W.-C.). Nouvelle-Galles du Sud, n° 170 ... 492
Ulander (S.). Suède, n° 245 534
Ulcoq (C.-J.). Ile Maurice, n° 35 509
Ulenberg et Schnitzler. Prusse, n° 907 450
Ulenberg et Cie. Prusse, n° 687 605
Ulff (C.-R.). Suède, n° 44 530
Ullander (Mlle M.). Suède, n° 398 537
Ullathorne et Cie. Royaume-Uni, n° 1475 343
Ullmann (A.-A.). France, n° 5576 126
Ulrich (C.-C.). Prusse, n° 599 403
Ulrich (J.). Prusse, n° 600 403
Ulrich (J.-S. et C.). Pays-Bas, n° 337 257
Ulrich (T.). Prusse, n° 113 390
Ulrich-Vivien. France, n° 8241 175
Umfahrer (F.). Autriche, n° 580 .... 240 et 243
Underberg (A.). Prusse, n° 491 .... 400 et 397
Underhill (A.). Royaume-Uni, n° 1895 488
Underwoo (W.-E.). Inde, n° 11 504
Underwood (E.). Inde, n° 30 504
Underwood (T.). Royaume-Uni, n° 1904 350
Unger (F.-W.). Hanovre, n° 20 270
Unger frères (F. et C.). Prusse, n° 1174 476

Union des arts de Londres. Royaume-Uni, n° 1176. 338 et 350
Union agricole de Saint-Denis-du-Sig. Algérie, n° 322 207
Unzeitig (F.), senior et junior. Autriche, n° 665. 241
Upmann et Cie. Cuba, n° 24 485
Urbain Adam. France, n° 1856 45
Urgellès (T.) et fils. Espagne, n° 224 311
Urner (J.-D.) jeune. France, n° 5399 134
Urtis (A.). États-Pontificaux, n° 39 386
Usher (J.). Royaume-Uni, n° 86 321
Usine de Finspong. Suède, n° 45 .... 530 et 533
Usine de Graffenstaden. France, n° 1206 30
Usine de Hohenrhein. Nassau, n° 31 511
Usine de Kiefer (Administration impériale de l'). Autriche, n° 126 230
Usine de Kiefva. Suède, n° 46 530
Usines de Lennartsforss. Suède, n° 48 530
Usine de Säiboda. Suède, n° 47 530
Usines royales de Frédérikswærk. Danemark, n° 13. 301 et 482
Usines et forges d'Innerberg (Direction impériale des). Autriche, n° 128 .... 230 et 241
Usines et forges de Kessen (Administration impériale des). Autriche, n° 127 230
Usines et forges imp. de Pillersee. Autriche, n° 129. 230
Usteri frères. Suisse, n° 303 297
Utzschneider et Cie. France, n° 5463 123

V

VAI — VAL

Vabasse (L.-N.). France, n° 4221 94
Vacheront (J.). France, n° 2839 .... 69 et 92
Vachette (F.-L.) et Cuss (L.-J.-S.). France, n° 1075. 27
Vachon (C.). France, n° 6545 .... 144 et 149
Vachon père, fils et Cie. France, n° 1363 34
Vacossains (J.-C.). France, n° 7475 466
Vacquier (J.). France, n° 5429 122
Vaerst et Cüppers. Prusse, n° 481 400
Vaesen (P.-F.). Pays-Bas, n° 268 256
Vagnone frères. États-Sardes, n° 149 .... 422 et 526
Vaillant (J.). France, n° 8694 183
Vaillant (J.-L.-F.). France, n° 10014 455
Vaillant fils aîné. Algérie, n° 141 204
Vaillant frères. France, n° 9033 189

Vaillant (H.) et Cie. France, n° 3658 .... 82 et 457
Vaillat (A.-C.-E.). France, n° 9187 193
Vaïsse fils (P.). France, n° 8433 178
Vaissier aîné. France, n° 4976 112
Valadier (E.). France, n° 4583 103
Valansot (M.). France, n° 7136 153
Valant (T.). France, n° 8893 187
Valat (J.). France, n° 4977 112
Valdetaro (G.). États-Sardes, n° 70 420
Valentine et Wheelock. États-Unis, n° 107 222
Valazzi (L.). États-Pontificaux, n° 31 386
Valdelièvre fils et Cie. France, n° 7446 .... 159 et 466
Valencogne fils. France, n° 7137 153
Valentin frères. France, n° 6000 134

Pages.

Valeri, Dondi et Magni. États-Pontificaux, n° 14. 385 et 512
Valès (C.) et Cie. France, n° 8623 ... 181
Valette (E.). France, n° 7783 ... 166
Valette (P.). France, n° 4978 ... 112
Valette (I.) et Cie. France, n° 6001 ... 134
Valgimigli (C.). Toscane, n° 141 ... 437
Valgoma (F.-A.). Espagne, n° 181 ... 210
Valin et Berthoud. France, n° 5534 ... 124
Valin-Teraillon. France, n° 7447 ... 159
Valiquet et Cie. France, n° 4347 ... 97
Valkenberg (J.-G.). Hesse grand-ducale, n° 43 .. 365
Vallangin (E.). France, n° 1857 ... 45
Vallangin (Vve L.). France, n° 4671 ... 104
Vallarino cadet. France, n° 3543 ... 80 et 16
Valle (P.). Toscane, n° 23 ... 433
Vallée (J.-H.-V.). France, n° 712 ... 19
Vallée et Roy. France, n° 1555 ... 38
Valleiion frères et Cie. France, n° 6807 ... 149
Vallerand et Cie. France, n° 3062 ... 71
Vallès (P.). Espagne, n° 182 ... 210
Vallès (J.) et Futnach. Espagne, n° 249 ... 312
Vallesi (Y.-A.). France, n° 595 ... 16
Vallet (F.). France, n° 9977 ... 453
Vallet (L.). France, n° 1858 ... 45
Vallet (L.-A.). France, n° 10229 ... 462
Vallet et Cie. France, n° 5288 ... 119
Vallette aîné. France, n° 8492 ... 179
Vallier. Algérie, n° 178 ... 205
Vallier (J.-B.). France, n° 2121 ... 51
Vallod frères. France, n° 9862 ... 449
Valois (N.). Canada, n° 184 ... 498 et 499
Valory-Loisel (J.-A.). France, n° 7830 ... 467
Valpy (L.-R.). Jamaïque, n° 1 ... 507 et 508
Valsemey (P.-R.). France, n° 10015 ... 455
Valtiez-Légée. France, n° 8434 ... 178
Valuet (C.-L.). France, n° 9204 ... 194
Vamcamp (J.-J.). France, n° 1110 ... 28
Van Acker (J.-B.). Belgique, n° 274 ... 278 et 255
Van Ackere (J.-C.). Belgique, n° 531 ... 284
Van Aken (J.). Belgique, n° 414 ... 282
Van Aken frères. Belgique, n° 142 ... 274
Vanalleynes-Schockel. Belgique, n° 254 ... 278 et 255
Van Alphen (G.). Pays-Bas, n° 188 ... 383
Van Arcken (C.). Pays-Bas, n° 44 ... 379
Van Assche (A.). Belgique, n° 354 B ... 255
Van Balthoven (P.). France, n° 7958 ... 169
Van Baumhauer (E.-H.). Pays-Bas, n° 50 .. 379 et 256
Van Beesten (J.). Nassau, n° 57 ... 511
Van Beneden (Vve). Belgique, n° 629 ... 286
Van Beneden-Bruers (J.-B.). Belgique, n° 628 .. 286 et 255
Van Bergen (C.-G.). Pays-Bas, n° 429 ... 259
Van Berkel (J.). Pays-Bas, n° 142 ... 382
Van Berlo (J. et A.). Prusse, n° 1101 ... 414
Van Beugen (B.-J.-A.). Pays-Bas, n° 402 ... 259
Van Brabander (F.). Belgique, n° 532 ... 284
Van Bréda (D.-G.). Cap de Bonne-Espérance, n° 19. 500
Van Bréda (Mlle A.). Cap de Bonne-Espérance, n° 31. 500
Van Bréda (M. et H.). Cap de Bonne-Esp., n° 20. 500
Van Bréda fils (A.-J.). Cap de Bonne-Esp., n° 39. 500
Van Bruynbrock (J.-B.). Belgique, n° 169 ... 275
Van Caillie (D.). Belgique, n° 255 ... 278
Van-Calker (P.-C.). Pays-Bas, n° 297 ... 257
Van Campenhoudt (C.) et Cie. Belgique, n° 214 .. 277
Van Caulaert-Stienon (Mme). Belgique, n° 592 ... 286
Van-Cauwelaert, Wagret et Cie. France, n° 5289. 119 et 100
Van-Couwenberg (J.-B.). Belgique, n° 533 ... 284
Vance (R.-N.). États-Unis, n° 86 ... 222
Vancelow (Mme). Canada, n° 280 ... 499
Van Cleemputte (A.). Belgique, n° 50 ... 272
Van Cutsem, Van Neurdingen. Belgique, n° 200. 276 et 254
Van Dam (J.). Pays-Bas, n° 209 ... 383
Vandamme (A.). Île Maurice, n° 36 ... 509

Pages.

Van Damme (G.). Belgique, n° 415 ... 282
Vandamme-Maieur. Belgique, n° 593 ... 286
Van Damme frères et Cie. Belgique, n° 534 ... 284
Vandejaude (A.) et Sagary. France, n° 4102 ... 91
Vandel aîné et Cie. N° 4979 ... 112
Van Delden et Zoonen. Prusse, n° 1213 B ... 524
Vandenbergh (D.). Belgique, n° 170 ... 275
Van den Berge (E.). Belgique, n° 448 ... 282
Vandenberghe de Surmont. Belg., n° 535 ... 284 et 255
Vanden Bos-Poelman (G.). Belgique, n° 640 ... 287
Vanden-Brande (J.-A.) et frère. Belgique, n° 610. 286
Van den Brandhoff sœurs. Pays-Bas, n° 260 ... 256
Vandenbroucke. France, n° 10016 ... 455
Vandenbroucke (E.). France, n° 10230 ... 462
Vandenbulcke (L.) et Desmet. Belgique, n° 538 .. 284
Vandenbulcke et Cie. Belgique, n° 537 ... 284
Vandendorpel fils (A.-G.). France, n° 8104 . 173 et 467
Vandenhaut (E.). France, n° 10378 ... 469
Vandensteen (C.). Belgique, n° 536 ... 284
Vandeputte-Ragé. Belgique, n° 449 ... 282 et 255
Van der Becke (J.-G.). Prusse, n° 690 ... 405 et 523
Vander-Buecken (F.). Belgique, n° 293 ... 279
Vandercamer (J.-A.). Belgique, n° 390 ... 281
Van der Chys (P.-O.). Pays-Bas, n° 420 ... 259
Vandercolme (A.). France, n° 596 ... 16
Vander-Dussen (B.-J.). Belgique, n° 661 ... 287
Van der Elst et Matthes. Pays-Bas, n° 63 ... 380
Van der Elst, de Dorlodot (L.) et Cie. Belgique, n° 404 ... 281
Vandereyken (H.). France, n° 8624 ... 181
Vander-Gon-Netscher (A.-D.). Guyane angl., n° 29. 502
Van der Groen (M.). Pays-Bas, n° 225 ... 384
Van der Heuvel frères. Pays-Bas, n° 255 ... 384
Vander Hoogen (J.). Pays-Bas, n° 183 ... 381
Vanderkelen-Bresson. Belgique, n° 594 ... 286
Van der Kerkhoff et Kreitz. Prusse, n° 968 ... 412
Vanderlinden (J.). Belgique, n° 135 ... 274
Van der Loo (P.). Pays-Bas, n° 117 ... 381 et 258
Van der Marck (G.). Prusse, n° 523 ... 401
Van der Moolen (H.). Prusse, n° 361 ... 397
Vanderoost (M.). Belgique, n° 641 ... 287
Van der Os (W.). Pays-Bas, n° 271 ... 256
Vander-Plancke sœurs. Belgique, n° 595 ... 286
Vanderschrieck frères. Belgique, n° 480 ... 283
Vanderstraeten-Dumont (F.). Belgique, n° 539 .. 284
Vandersyp (F.). Belgique, n° 662 ... 287
Van der Vaart (J.-A.-M.). Pays-Bas, n° 389 ... 259
Vanderveen (I.). France, n° 8435 ... 178
Van der Vies (A.-B.). Pays-Bas, n° 228 ... 384 et 382
Van der Voort (H.). Pays-Bas, n° 391 ... 259
Van der Want (P.-J.). Pays-Bas, n° 166 ... 382
Van der Westen et Cie. Prusse, n° 969 ... 411
Van de Sandt de Villiers. Cap de B.-Espér., n° 40. 500
Van de Ven (P.-C.) et fils. Pays-Bas, n° 390 ... 259
Van de Wiele (P.-J.). Belgique, n° 108 ... 273 et 254
Van de Wynckèle-Fonson. France, n° 3227 ... 456
Vandewynckele (H.) père et fils. Belgique, n° 268. 278
Van Doosselaere (I.-S.). Belgique, n° 683 ... 288
Van Dorst (A.). Pays-Bas, n° 8 ... 378, 256 et 258
Van Dulken, Weiland et Cie. Pays-Bas, n° 327 ... 257
Vane. Île de Ceylan, n° 28 ... 501
Van Eeckout (H.) et Cie. Belgique, n° 596 ... 286
Van Eeckhout et Cie. France, n° 7784 ... 166
Vanel (L.). France, n° 7138 ... 153
Van Eiden (J.). Pays-Bas, n° 15 ... 378
Van Enst et Dyk. Pays-Bas, n° 64 ... 380
Van Erden (A.-J.-H.). Pays-Bas, n° 185 ... 383
Van Es (P.). Pays-Bas, n° 244 ... 384
Van Esschen (N.-G.-C.-F.). Belgique, n° 347 .. 280, 275 et 276
Van Eysden (J.), Blankenbyo. Pays-Bas, n° 328. 257
Van Galen (B.). Pays-Bas, n° 9 ... 378, 256 et 258
Van Geeteruyen-Everaert. Belgique, n° 280 ... 278
Van Gemund (J.-C.) et fils. Pays-Bas, n° 202 . 383 et 259
Van Gennep et Huysman. Pays-Bas, n° 194 ... 383
Van Gheel (A.-H.-D.). Pays-Bas, n° 10 ... 378 et 256

Pages.

Van Gheluwe-Lenoir (J.). Belgique, n° 450..... 282
Vangorp (A.). France, n° 8805..... 185
Van Gülpen (J.). Prusse, n° 803 B..... 525
Van Hacken (C.-L.). Belgique, n° 104..... 273
Vanhaelen (Mme E.) et sœurs. Belgique, n° 597. 286
Van Halle (J.-A.-A.). Belgique, n° 564..... 285
Van Harencarspel (A.). Guyane anglaise, n° 19.. 502
Van Haver (P.-B.). Belgique, n° 298 A..... 255
Van Hecke (L.). Pays-Bas, n° 339..... 257
Van Hees (B.-H.). Pays-Bas, n° 90..... 380
Van Heukelom (M.). Pays-Bas, n° 163..... 382
Van Heuverswyn et Cie. Belgique, n° 451..... 282
Van Heynsbergen (J.). Pays-Bas, n° 191... 383 et 258
Vanhille et frères. Belgique, n° 288..... 279
Van Hoey de Bruyne (J.). Belgique, n° 559..... 285
Vanhoey frère et sœur. Belgique, n° 560..... 285
Van Hondorff, Blocke et Braet (Vve). Pays-Bas, n° 303..... 257
Van Hoogerwou (W.-J.) et fils. Pays-Bas, n° 384. 258
Van Houte-Segers (E.-J.). Belgique, n° 619..... 286
Van Hulle (H.-J.). Belgique, n° 52..... 272
Van Hulst (V.). Pays-Bas, n° 270..... 256
Vanirua. Océanie française, n° 195..... 480
Vankalech et Cie. France, n° 4980..... 112
Van Laethum (A.) et Van Hasselt. Pays-Bas, n° 26. 379
Van Langenhove (A.). France, n° 444..... 14
Van Langenhuizen (C.-L.). Pays-Bas, n° 251..... 384
Van Leempoël (V.), de Colnet et Cie. France, n° 5323..... 120
Vanlerberghe (A.-B.). France, n° 1606..... 40
Van Leyden (D.) et fils. Pays-Bas, n° 385..... 259
Von Liefland (J.). Pays-Bas, n° 345..... 258
Van Lipp (F.). Prusse, n° 362..... 397
Van Lipp (G.). Prusse, n° 328..... 396
Van Loo (P.). France, n° 10349..... 468
Van Loo sœurs. Belgique, n° 598..... 286
Vanloy (F.). Belgique, n° 289..... 279
Van Maele (E.). Belgique, n° 67..... 273
Van Manshoven (J.) Belgique, n° 105..... 273
Van Meeteren. Pays-Bas, n° 95..... 380
Van Molle (E.-J.). Belgique, n° 136..... 274
Vanner (J.) et fils. Royaume-Uni, n° 1437..... 343
Van Neste frères. Belgique, n° 452..... 283
Van Oordt (H.) et Cie. Pays-Bas, n° 278..... 256
Van Oost (P.). Belgique, n° 542..... 284
Vanorman (B.). Canada, n° 47..... 496
Vanossi (A.). Autriche, n° 1181..... 252
Vanoutryve frères et Cie. France, n° 1533..... 38
Van Overbergh (P.-J.). France, n° 9575..... 201
Vanoy et Cie. France, n° 3411..... 77
Van Pelt (J.-F.). Belgique, n° 106..... 273
Van Remoortère, Marrbem et Cie. France, n° 7448. 159
Van Renterghem (Mme M.). Belgique, n° 599..... 286
Vanrobays (A.-J.). Belgique, n° 541..... 284
Van Rooyen (H.). Pays-Bas, n° 312..... 257
Van Rossem (G.) et Cie. Pays-Bas, n° 313..... 257
Van Ryswyk (B.-F.). Pays-Bas, n° 30..... 379
Vansanten-Vandewiel (A.-J.). Belgique, n° 453.. 283 et 255
Van Schendel. Belgique, n° 122...... 274, 275, 276 et 254
Van Schouwenburg (C.-D.). Pays-Bas, n° 210... 383
Van Son (L.). Pays-Bas, n° 69..... 380 et 257
Van Soomeren (Vve H.). Pays-Bas, n° 31..... 379
Van Sponje (F.). Pays-Bas, n° 45..... 379
Van Steenkiste (J.-B.). France, n° 3328..... 75
Van Stoke frères. Pays-Bas, n° 267..... 256
Van Troostenberghe (C.). Belgique, n° 646..... 287
Van Velsen (E.-F.). Belgique, n° 684..... 288
Van Vive (L.-C.). Pays-Bas, n° 415..... 259
Van Vlissingen (P.) et Dudok van Heel. Pays-Bas, n° 23..... 379 et 256
Van Vlissingen (P.) et Dudok, van Heel et Derosne, Cail et Cie. Pays-Bas, n° 39..... 379
Van Voorst (I.). Royaume-Uni, n° 1965 A..... 488
Van Wetter-Cottiels (F.). Belgique, n° 454..... 283

Pages

Van Wetteren frères. Pays-Bas, n° 40..... 379 et 256
Van Wetteren (G.). Pays-Bas, n° 133..... 381
Van Woerden (H.). Pays-Bas, n° 322..... 257
Van Vollenhoven et Cie. Pays-Bas, n° 103..... 381
Van Vollenhoven et Cie. Pays-Bas, n° 276..... 256
Van Wonterghem (J.-B.). Belgique, n° 109..... 273
Van Wyk (D.). Pays-Bas, n° 96..... 380
Van Zuylekom, Levert et Cie. Pays-Bas, n° 104.. 381
Varges (C.-A.). Prusse, n° 1044..... 413
Varillat (W.-J.-J.). France, n° 3063..... 71
Varin (A.). France, n° 3228..... 456
Varin (B.). France, n° 2840..... 67
Varin (F.-L.). France, n° 713..... 19
Varinay (H.) et Laforge. France, n° 6002... 134 et 165
Varkevisser (P. et F.). Pays-Bas, n° 121..... 381
Varlet père et fils. France, n° 10017..... 455
Varlet (P.) et Bouchez. France, n° 1639..... 40
Varley (C.-J.). Royaume-Uni, n° 512..... 328
Varley (Mme E.). Royaume-Uni, n° 464..... 327
Varrall, Middleton et Elwell. France, n° 891.... 22
Varvello (F.). États-Sardes, n° 77..... 420
Vasconcellos (L. da V.-C.-F.-N.). Portugal, n° 182. 516
Vasselle (A.). France, n° 954..... 24
Vasseur (P.-N.). France, n° 4049..... 89
Vasseur (V.). France, n° 3747..... 83 et 17
Vatar (H.) et Vatar (J.-M.). France, n° 9305.... 196
Vaternelle frères et Bellanger. France, n° 10393. 470
Vatin (L.-C.-G.). France, n° 4692..... 105
Vatin jeune (F.) et Cie. France, n° 7139..... 153
Vauban et Duriez. France, n° 6003..... 134
Vaucher (E.). France, n° 6004..... 134
Vaucher (J.-G.). France, n° 7449..... 159
Vaucher (L.-A.-H.). France, n° 6624..... 465
Vaucher-Jeanneret (G.). Suisse, n° 99..... 292
Vaudaine et Aguitton. France, n° 6625..... 465
Vaudry-Bazin. France, n° 6546..... 145
Vaugeois et Truchy. France, n° 7673..... 164 et 466
Vaulogé (Mme veuve M.). France, n° 6005..... 134
Vaultier (Mme). France, n° 8242..... 175
Vaultrin (C.-J.-B.-J.). France, n° 5430..... 122
Vaurabourg (J.-L.). France, n° 1021..... 26
Vaussard (F.). France, n° 6006..... 134
Vautherin (A.-J.-J.). France, n° 4981..... 112
Vauthier (J.-B.). France, n° 4584..... 103
Vauthier et Gibour. France, n° 966..... 24
Vauthier et Guyot. France, n° 905..... 23
Vautier (S.). Suisse, n° 188..... 294
Vauvray jeune (A.-A.). France, n° 2259..... 54
Vauvray frères. France, n° 5232..... 118
Vayson (J.-A.). France, n° 7831..... 467
Veck (P.). Oldenbourg, n° 10..... 376 et 270
Vecq (A.) et Cie. France, n° 3069..... 71
Vedel. Algérie, n° 138..... 204
Vedel (S.-A.). France, n° 4440..... 99 et 459
Vedy (F.-L.). France, n° 1934..... 47
Véga (N.). France, n° 3544..... 80
Veiel (G.) et Cie. Wurtemberg, n° 165..... 444
Veil. (A.). France, n° 1859..... 45
Veil (L.). France, n° 6547..... 145
Veillon (J.). France, n° 892..... 22
Veirier (J.). France, n° 4585..... 103
Veissière (A.). France, n° 3064..... 71
Veissière père et fils. France, n° 5577..... 126
Velard (A.). France, n° 1640..... 40
Velez-Talor (F.). Espagne, n° 290..... 312
Velghe fils. Belgique, n° 543..... 284
Vellard aîné. France, n° 6548..... 165
Vellard (Vve). France, n° 2569..... 61
Velly (A.). Algérie, n° 179..... 205
Vendreil (M.). Espagne, n° 383..... 313
Vendrell (C.). Espagne, n° 294..... 312
Véné-Houlés et Cie. France, n° 6549..... 145
Venelle (J.-C.). France, n° 4036..... 88
Veneman (E.). Pays-Bas, n° 401..... 259
Vennemann (Vve W.). Prusse, n° 688..... 605
Vennin-Derégniaux (F.-J.). France, n° 1544... 38

Pages.

Venter (G.). Prusse, n° 908 410
Ventray. Océanie française, n° 196 480
Ventujol et Chassang. France, n° 2841 67
Venturini (L.). Autriche, n° 1264 253
Venus (J.). Nouvelle-Galles du Sud, n° 119 491
Venzano (S.). États-Sardes, n° 65 420
Vera-Cruz (Dépt de). Mexique, nos 2, 4, 5, 6, 11, 12, 13, 15, 19, 21, 30, 31, 32, 37, 38, 43, 56, 57, 60, 61, 64, 66, 70, 72, 76 et 96 .... 371, 372, 373 et 374
Vérani (J.). France, n° 9576 201
Verbeck (P.-J.). Belgique, n° 544 284
Verbist (E.). Belgique, n° 68 273
Vercauteren (J.-L.). Belgique, n° 545 284
Vercellin (G.-F.). États-Sardes, n° 32 419
Vercruysse-Bracq (F.). Belgique, n° 110 .... 273 et 254
Vercruysse-Bruneel (H.). Belgique, n° 546 285
Vercruysse (D.) et sœurs. Belgique, n° 600 286
Verdavainne (H.). France, n° 8928 187
Verdet et Cie. France, n° 3065 .... 71 et 149
Verdié (F.-F.) et Cie. France, n° 4672 104
Verdier (A.). Danemark, n° 79 303
Verdier (H.). France, n° 7476 466
Verdier (J.-E.). France, n° 3545 80
Verdier-Chavaroche. France, n° 4586 103
Verdier-David. France, n° 7450 159
Verdure-Bergé. Belgique, n° 556 .... 285 et 255
Verellen-Rodrigo (E.). Belgique, n° 455 283
Verenoche-Serbys. France, n° 8493 179
Veret (E.). Suisse, n° 160 293
Veret (J.). Suisse, n° 161 293
Veret (Colonel J.). Suisse, n° 174 294
Vergennes Scale manufacturing Company. États-Unis, n° 3 219
Vergeron frères, Martinique, n° 30 476
Vergnaud-Romagnési (C.-F.). France, n° 3229 .... 75 et 68
Vergne (A.) et Lejard. France, n° 6550 145
Verhaeghe (I.). Belgique, n° 111 273
Verhagen (O.). Pays-Bas, n° 83 380
Verheyen (M.-J.-H.). Pays-Bas, n° 344 257
Verheyen (P.-J.). Belgique, n° 547 285
Verheyen, Marynen-Vues et Vve P. Vandoreen. Belgique, n° 548 .... 285 et 255
Verhoeven (J.). Pays-Bas, n° 395 259
Vérité (A.-L.). France, n° 1860 45
Vérité-Steffan, Trousselle (J.) et Cie. France, n° 3066 71
Verjus-Baud. France, n° 6007 134
Verken (J.-B.). Prusse, n° 271 395
Verlacque (A.-B.). France, n° 4429 .... 99 et 459
Verleye (Vve R.). Belgique, n° 549 285
Verlingue. Algérie, n° 323 207
Vermant et Cie. Belgique, n° 647 287
Vermeil et Cie. Réunion, n° 106 478
Vernaud (E.). France, n° 3805 84
Vernazobres frères. France, n° 6552 145
Vernazobres (J.) et fils. France, n° 6551 145
Vernazobres jeune et Cie. France, n° 6553 145
Vernet (J.). France, n° 5431 122
Verney. France, n° 4222 94
Verney-Caron (C.). France, n° 4223 94
Vernier (J.). France, n° 10465 473
Vernier sœurs. France, n° 7738 165
Verniol (F.). France, nos 445 et 4982 .... 14 et 112
Vernis et Cie. Espagne, n° 509 484
Vernon père et fils. France, n° 5464 123
Véron (H.). France, n° 1153 .... 29 et 85
Véron frères. France, n° 2923 68
Véron et Fontaine. France, n° 2420 58
Véron, Roy et Berger. France, n° 3330 75
Veruugstraete (F.). Belgique, n° 112 273
Verpoorten (A.-B.) Vve et fils. Pays-Bas, n° 70 380
Verreaux. Nouvelle-Galles du Sud, n° 192 492
Verrerie de Bromö. Suède, n° 260 534
Verrier. France, n° 3806 84
Verrier (G.). France, n° 4983 112
Verry (F.-T.). France, n° 8806 185
Verschaeve (L.). Belgique, n° 113 273
Verscheure. France, n° 7832 467
Verschuur (A.-D.). Pays-Bas, n° 160 382
Verset et Forest. France, n° 7140 153
Versnel (J.-S.). Pays-Bas, n° 353 258
Verstaen. France, n° 10231 462
Verstraete (L.). Belgique, n° 550 285
Verstraëte frères. France, n° 7451 859
Vervins (La ville de). France, n° 8049 171
Véry (H.). France, n° 10307 464
Verza frères. Autriche, n° 991 248
Verzier et Cie. France, n° 7141 153
Vesseron (C.) aîné et jeune. France, n° 6554 145
Vestraeten (E.). Belgique, n° 224 277
Vétillard père et fils. France, n° 7477 467
Vétillart (M.). France, n° 1556 38
Vetter (C.). Wurtemberg, n° 162 444
Vetter (C.-W.). Prusse, n° 1045 413
Vetter (F.). Wurtemberg, n° 105 443
Veyrat (A.). France, n° 5046 114
Veyre aîné. France, n° 6808 149
Veyrier (J.) et Pornin (L.). France, n° 8436 178
Veyron frères. France, n° 4224 94
Veyrun fils et Cie. France, n° 3067 71
Veys-Pavot (F.). Belgique, n° 601 286
Veyssère (C.). France, n° 7616 163
Veysseyre (J.-P.-E.). France, n° 2842 67
Veyssière (A.). France, n° 3928 86
Vialat et Cie. France, n° 9306 196
Vialard (A.). France, n° 8460 469
Vialleton et Durieu. France, n° 7142 153
Vialleton et Sanglard. France, n° 7143 153
Vialon (A.). France, n° 9124 192
Vianna junior (J.-A.). Portugal, n° 305 519
Vianna (F.-J.) et Mazzioti (V.). Portugal, n° 344 520
Viardos frères et Cie. France, n° 7995 170
Viau (R.). France, n° 3659 82
Viault (J.-I.-J.-B.). France, n° 8437 179
Vicat. France, n° 9805 448
Vicat (J.-B.). France, n° 4348 97
Viccars junior (R.). Royaume-Uni, n° 1632 346
Vicedo. Algérie, nos 324 et 371 .... 207 et 208
Vicente (F.) et Largo. Espagne, n° 183 310
Vicente (F.) et Sargo. Espagne, n° 278 311
Vichy (H.-F.). France, n° 9034 189
Vick (R.). Royaume-Uni, n° 184 323
Vickers (W.). Royaume-Uni, n° 1683 .... 346 et 488
Victoria carpet Company. Royaume-Uni, n° 1574 488
Vidal. France, n° 9205 194
Vidal (C.). Hambourg, n° 31 363
Vidal (J.-G.). France, n° 5233 118
Vidal (V.). Espagne, n° 480 484
Vidal-Abarca et Manrondi. Espagne, n° 226 311
Videbout (F.-B.). France, n° 2158 52
Videcoq et Simon. France, n° 7785 166
Videcoq et Simon. France, n° 7786 166
Vié (J.-J.). France, n° 4037 88
Vieira (D.). Portugal, n° 390 521
Vieira (J.-M.). Portugal, n° 391 521
Vieira d'Abreu (D.-M.-M. de S.-N.). Portugal, n° 354 520
Viel (C.). France, n° 6809 149
Viel (J.). France, nos 3974 et 9206 .... 87 et 194
Vielhaber (G.) et Cie. Prusse, n° 329 396
Vieillard (J.) et Cie. France, n° 5535 124
Viennay (C.). France, n° 9344 197
Viennot (Mlles C. et C.). France, n° 7833 467
Viénot (C.). France, n° 10056 458
Vierling (M.). Pays-Bas, n° 204 383
Vieux (D.). France, n° 1607 40
Vieux (E.). France, n° 10350 468
Viéville. France, n° 7739 165
Viéville (F.). France, n° 258 9
Viéville et Cie. France, n° 6555 145

Pages.

Vieweg (F.) et fils. Brunswick, n° 13 289
Viet (C.) et Gibot (F.). France, n° 10018 455
Viey (C.) et Gibot. France, n° 10281 463
Vigerie aîné (A.) et Cie. France, n° 2570 .... 61 et 455
Vigier (A.). France, n° 8438 179
Viginet (V.) et Cie. France, n° 8695 183
Vignais-Buteaux. France, n° 7452 159
Vignat frères. France, n° 7144 153
Vignaux. Espagne, n° 490 484
Vigne et Sarry. France, n° 955 24
Vignoboul jeune et Cie. France, n° 3331 75
Vigoulète (J.) et Pérès. Algérie, n° 661 212
Vigoureux (S.). France, n° 1076 27
Vigoureux (S.). France, n° 6626 465
Viguerie et Cie. Réunion, n° 107 478
Vila, Renard et Cie. Espagne, n° 244 312
Vilanesan (J.). Espagne, n° 410 314
Vilasèque père et fils (L.). France, n° 1364 34
Vilcocq (F.-H.). France, n° 1365 34
Vilcox (Mme). Nouvelle-Galles du Sud, n° 152 . 491 et 490
Villanueva (J.). Espagne, n° 306 et 461 .... 312 et 315
Villard (C.). France, n° 4984 112
Villard (J.) et Gigodot (L.). France, n° 1608 40
Villardell (A.). Espagne, n° 445 315
Villas-Boas (A.-C.). Portugal, n° 183 526
Villas-Boas (A.-C.) et da Fonseca (F.-J.). Portugal, n° 64 514
Villaumez (J.-L.). France, n° 3660 82
Villavicencio y Correa (J.). Cuba, n° 25 485
Ville (J.). France, n° 8439 179
Villeblanche (P.). France, n° 2078 50
Villebonnet et Martin. France, n° 1935 47
Villemer (E.-V.). France, n° 9035 189
Villemin (J.). France, n° 5432 122
Villeminot-Huard et Cie. France, n° 9952 453
Villeminot-Neuville (C.-E.). France, n° 1534 38
Villemoite (J.-P.). France, n° 4985 112
Villemont. France, n° 5131 116
Villemsens (F.) et Lethimonnier. France, n° 5234. .... 118 et 462
Villeneuve (Abbé). Canada, n° 122 497
Villerey (N.-A.). France, n° 9125 192
Villeroy (J.). France, n° 6008 134
Villeroy et Boch. Prusse, n° 730 406
Villesorte. Algérie, n° 139 204
Villette frères. France, n° 5536 124
Villiers-Saukey (W.-H.). Suisse, n° 17 .... 290 et 481
Villiet et Cie. France, n° 3929 86
Villoresi (P.). Toscane, n° 54 .... 435 et 540
Vilmorin, Andrieux et Cie. France, n° 597 16
Vilmot (J.). France, n° 5433 122
Viluman frères et Cie. Espagne, n° 411 314
Vimal-Vialis jeune et fils. France, n° 6557 145
Vimal-Vimal et fils aîné. France, n° 6556 145
Vimont (A.). France, n° 1557 39
Vimont frères. France, n° 6558 145
Vinas (P.). Espagne, n° 225 311
Vinberg et Esverdt. France, n° 3546 80
Vincendon fils. France, n° 8494 179
Vincent. Algérie, n° 325 207
Vincent. Guyane française, n° 169 479
Vincent. Réunion, n° 125 478
Vincent (E.). France, n° 8118 173
Vincent (F.-C.). France, n° 3898 85
Vincent (H.). France, n° 9226 194
Vincent (H.-L.). France, n° 9188 193
Vincent (J.). France, n° 2843 67
Vincent (J.). France, n° 6810 149
Vincent (J.-L.). France, n° 3068 71
Vincent (P.). France, n° 6811 .... 149 et 145
Vincent (L.). Portugal, n° 186 516
Vincent (V.-A.). France, n° 7617 163
Vincent-Genod (H.). France, n° 8808 185
Vincent-Larcher (L.-G.). France, n° 10467 473
Vincent-Van Paemel (P.-V.). Belgique, n° 256. 278 et 255
Vincent et Pelle-Desforges. France, n° 3332 75

Pages.

Vincent et Tisserant. France, n° 3139 73
Vincent père et fils et Frécon. France, n° 6559 145
Vindin (S.) et Cie. Nouvelle-Galles du Sud, n° 150. 491
Vindry (P.) et Cie. France, n° 7145 153
Vinet, Odelin et Cie. France, n° 10019 455
Vingtrinier aîné. France, n° 9307 196
Violard (G.). France, n° 7787 166
Violes (C.). France, n° 6812 149
Violet (J.-A.). France, n° 8696 183
Viraux (H.) et Cie. France, n° 4986 .... 112 et 36
Virebent frères. France, n° 10308 464
Virey (Mme). France, n° 7740 165
Virlouvet (C.-F.). France, n° 8440 185
Viruly (T.-P.) et Cie. Pays-Bas, n° 71 380
Visconti et Bracci. Toscane, n° 160 .... 437 et 540
Vissenaire (L.). France, n° 9610 201
Visser (B.) et fils. Pays-Bas, n° 118 381
Visser (E.-E.) et fils. Pays-Bas, n° 72 .... 380 et 382
Vissière (S.). France, n° 1861 45
Vitalis frères. France, n° 6560 145
Vitout-Joubert. France, n° 6009 134
Vitse-Allaert (J.). Belgique, n° 602 286
Vittard (B.). France, n° 4426 99
Vittorelli (P.). Autriche, n° 294 234
Vivat (B.). Autriche, n° 771 244
Vivian et fils. Royaume-Uni, n° 479 328
Viviani et Bourgeois. Suisse, n° 180 294
Vivien (B.). France, n° 2844 67
Vivier (J.). France, n° 6561 145
Vivier fils (E.). France, n° 6562 145
Vivier jeune. France, n° 7959 169
Vizet-Camus (L.-P.). France, n° 4673 104
Vloeberghs (J.-G.). Belgique, n° 269 278
Voelcker (D.). France, n° 3749 83
Voet (W.). Pays-Bas, n° 161 382
Voets frères. France, n° 1535 38
Vogel (A.). Suisse, n° 373 .... 298, 481 et 482
Vogel (F.-B.). France, n° 3547 80
Vogel (J.). France, n° 1207 30
Vogel (Dr A.). Bavière, n° 27 267
Vögeli et Cie. Wurtemberg, n° 54 441
Vogelsand (J.-H.). Suisse, n° 109 B 481
Vogelsangs (J.-F.). Belgique, n° 697 288
Vogeno (J.-H.). Prusse, n° 700 405
Vogien (J.) et fils. France, n° 6563 145
Vogl (R.). Autriche, n° 295 234
Vogler (L.). Nassau, n° 32 511
Vogler frères. Nassau, n° 33 511
Vogt (H.-G.) et fils. Suède, n° 254 534
Voight (H.). Danemark, n° 59 303
Voigt (C.). France, n° 9577 201
Voigt et Wirde. Prusse, n° 374 397
Voinnot (J.-B.). France, n° 1862 45
Voirin (H.). France, n° 1414 35
Voisard (J.-F.). France, n° 4103 91
Voisin (A.). France, n° 3807 84
Voisin (A.). France, n° 8929 187
Voisin (P.). France, n° 1936 47
Voisin (P.). Guyane française, n° 157 479
Voisin-Vanier (A.). France, n° 8697 .... 183 et 61
Voisin fils (H.) et Cie. France, n° 9345 197
Voisin frères et Cie. France, n° 3229 456
Voit (A.). Saxe-Meiningen, n° 3 431
Volderauer (F.). Autriche, n° 131 230
Volderauer (G.). Autriche, n° 130 .... 230 et 231
Volf. Algérie, n° 642 211
Volkert (M.). France, n° 10351 468
Volkmann (A.). Prusse, n° 518 401
Vollant (C.-E.). France, n° 5434 122
Vollgold (D.) et fils. Prusse, n° 699 405
Volpato. États-Pontificaux, n° 70 512
Volpini (A.) et fils. Autriche, n° 1182 252
Volsteedt (J.-P.). Cap de Bonne-Espérance, n° 32. 500
Völter fils. Wurtemberg, n° 72 442
Vom Baur fils (J.-H.). Prusse, n° 1034 412
Vom Hofe et Kottenhoff. Prusse, n° 691 405

Pages.
Von Beckerath et Cie. Prusse, n° 1260 525
Von Born, Lehrkind et Cie. Prusse, n° 114 390
Von der Becke (A.). Prusse, n° 689 405
Von-Helden-Sarnowski (L.). Prusse, n° 1168 416
Vonkihh-Grossmann. Suisse, n° 381 298
Von Leesen (J.). Suède, n° 174 533
Von Mülmann (A.). Prusse, n° 728 406
Von Oosten (S.-L.). Hambourg, n° 25 362
Von Plonnies et Cie. Hesse grand-ducale, n° 32 365
Von Post (H.). Suède, n° 259 534
Von Schéele (F.). Suède, n° 341 536
Vonseel et Ott. France, n° 7618 163
Vonwiller et Cie. Autriche, nos 906 et 1035. 246, 245 et 249
Voogt (Catherine). Pays-Bas, n° 416 259
Voos (J.-J.). Belgique, n° 481 283
Vopel (C.-F.). Prusse, n° 1279 526
Voreux-Lemaire. France, n° 6554 145
Vorster (A.). France, n° 2924 68
Vorster (F.). Prusse, n° 421 398
Voruz aîné. France, n° 9863 449
Voss (C.). Hambourg, n° 79 510

Pages.
Voss (C.). Prusse, n° 692 405
Voss (F.). Prusse, n° 1103 414
Voss (H.). Prusse, n° 1175 476
Vosseler (M.). Wurtemberg, n° 34 441
Vosseler (M.). Wurtemberg, n° 35 441
Vossy (P.-M.). France, n° 7871 167
Votteler (J.). Wurtemberg, n° 148 C 542
Vuacheux (E.-S.). France, n° 10352 468
Vual (J.). Espagne, n° 241 311
Vuidard (A.-M.). France, n° 9611 201
Vuillaume (D.). France, n° 8441 179
Vuillaume (N.). France, n° 9474 199
Vuillaume (N.-F.). Belgique, n° 689 288
Vuillerme-Dunand (F.). France, n° 2027 49
Vuilleumier et de la Reusille. Suisse, n° 100 292
Vukassinovich (A.). Autriche, n° 992 248
Vullierme (J.). France, n° 10468 473
Vullyamoz-Testuz (Mme H.). Suisse, n° 166 294
Vurtheim (J.-J.). Pays-Bas, n° 320 257
Vygen (L.-P.-J.). France, n° 9578 201
Vygen père (H.). France, n° 9579 201
Vyse et fils. Toscane, n° 184 .... 438 et 541

W

WAL

Waaser (C.-A.). France, n° 7996 170
Wachtmeister (Comte H.-G.-T.). Suède, n° 83 530
Wackernie et fils. France, n° 5435 122
Waddington frères. France, n° 823 21
Wade (R.). Canada, n° 123 497
Wade (W.). Royaume-Uni, n° 187 485
Waentig et Cie. Saxe, n° 64 426
Waentig (C.-D.) et Cie. Saxe, n° 65 426
Wagener (J.-A.). États-Unis, n° 24 220
Wagenfuhr (J.-J.). Prusse, n° 1242 525
Wagenmann, Seybel et Cie. Autriche, n° 449 237
Wagner (A.). Prusse, n° 719 406
Wagner (C.). France, n° 5235 118
Wagner (C.-A.). Hanovre, n° 18 .... 359 et 270
Wagner (F.). Autriche, n° 132 230
Wagner (G.). Wurtemberg, n° 106 443
Wagner (J.). Hesse grand-ducale, n° 52 365
Wagner (J.-G.). Autriche, n° 1183 252
Wagner (P.). Prusse, n° 720 406
Wagner junior (E.-G.). Prusse, n° 116 415
Wagner neveu (J.). France, n° 1863 45
Wagner et fils. Prusse, n° 911 410
Wagner (C.) et Wurster. Bavière, n° 92 269
Wagner (F.) et Cie. Wurtemberg, n° 92 .... 442 et 440
Wahl (J.-V.). Suède, n° 417 537
Wakefield (F.). Royaume-Uni, n° 474 327
Wakefield (J.-T.). Royaume-Uni, n° 1042 336
Wall (G.). Hesse grand-ducale, n° 47 365
Walbaum (L.) et Cie. France, n° 6627 465
Wald (H.-T.). Suisse, n° 397 299
Waldthausen (C). Prusse, n° 910 410
Waldthausen (W.-O.). Prusse, n° 450 399
Walen (J.). Suède, n° 246 535
Walen et Cie. Pays-Bas, n° 321 257
Walerius (G.). Suède, n° 343 536
Wales (J.). Royaume-Uni, n° 15 319
Walferdin (F.-T.). France, n° 1969 48
Walford, Fairer et Harrisson. Royaume-Uni, n° 1453 343
Walker (J.). Royaume-Uni, n° 885 334
Walker (J.). Nouvelle-Galles du Sud, n° 120 491
Walker (R.). Canada, n° 268 499
Walker (T.). Royaume-Uni, nos 133 et 2011. 322 et 351
Walker (W.). Royaume-Uni, n° 614 330
Walker (J.) et fils. Terre de Van-Diémen, n° 52 494
Walker (E.-F.) et Cie. Wurtemberg, n° 197 444
Walker (J.) et Cie. Royaume-Uni, n° 1336 341
Walker (S.) et Cie. Royaume-Uni, n° 858 333

WAR

Walker, Podmere et Cie. Royaume-Uni, n° 1221 339
Wall (J.-S.). Nouvelle-Galles du Sud, n° 204 493
Wall et fils. Royaume-Uni, n° 1348 341
Wallace (W.). Canada, n° 256 499
Wallace (J. et W.). Royaume-Uni, n° 1602 346
Wallbridge (E.-A.). Guyane anglaise, n° 56 503
Waller (J.). France, n° 6010 134
Wallerstein (B.). Autriche, n° 1088 250
Wallerstein (E.) et Low. Autriche, n° 1089 250
Wallinger (F.-C.). Autriche, n° 450 237
Wallis (G.). États-Unis, n° 64 221
Wallis (T.-W.). Royaume-Uni, n° 1690 347
Wallis (G. et T.). Royaume-Uni, n° 578 329
Walniczek (G.). Autriche, n° 539 239
Walsh (W.). Royaume-Uni, n° 1793 348
Walsh (J.-R.) et Cie. Royaume-Uni, n° 775 486
Walter (A.). Autriche, n° 540 239
Walter (F.). Suisse, n° 137 293
Walter (V.). Autriche, n° 1036 249
Walter aîné (Vve) et Cie. France, n° 7146 153
Walther (R.). Wurtemberg, n° 149 444
Walton (F.) et Cie. Royaume-Uni, n° 1862. 349 et 336
Wamosy (D.). Hambourg, n° 11 362
Wamosy, Borntärger et Cie. Hanovre, n° 7 359
Wancke (Mlle C.). Suède, n° 399 537
Wancke (Mlle M.). Suède, n° 320 535
Wanka (F.). Autriche, n° 541 239
Wannebroucq (L.). France, n° 7454 159
Wansbrough (J.). Royaume-Uni, n° 1750 348
Want (R.-S.). Nouvelle-Galles du Sud, n° 66 490
Wantiez-Deresme. France, n° 8809 185
Waral et Cie. France, n° 3230 456
Warbach (L.-D.). Bavière, n° 134 270
Ward (J.). France, n° 1545 38
Ward (J.). Royaume-Uni, n° 200 A 485
Ward (N.-B.). Royaume-Uni, n° 99 321
Ward (T.). Royaume-Uni, n° 959 335
Ward (J.). Royaume-Uni, n° 1704 347
Warde (Le capit.). Nouvelle-Galles du Sud, n° 67 490
Wardle et Cie. Royaume-Uni, n° 1438 343
Warée (B.-T.). France, n° 1970 48
Waring (C.). Royaume-Uni, n° 253 324
Warken (J.-E.). Prusse, n° 535 401
Warm (T.). Royaume-Uni, n° 1794 348
Warming (E.). Danemark, n° 56 303
Warmont (E.-V.). France, n° 3070 72
Warnecke. Prusse, n° 1211 524

Pages.

Warner (J.-S.). Royaume-Uni, n° 1000 336
Warner (Mlle). Nouvelle-Galles du Sud, n° 177 492
Warocqué (A.). Belgique, n° 155 275
Warry (T.). Nouvelle-Galles du Sud, n° 151 491
Warschak. Autriche, n° 907 246
Wart, Van fils et Cie. Royaume-Uni, n° 801 486
Wartmann (E.-F.). Suisse, n° 121 .... 293 et 481
Waschka (T.). Autriche, n° 993 248
Washburn, Schabod et Cie. États-Unis, n° 94 222
Washer (V.). Belgique, n° 603 286
Washington et Daviss. Royaume-Uni, n° 1440 343
Wasmus (H.). France, n° 7960 169
Wassermann (E.). Bavière, n° 24 .... 267 et 254
Watchorn et Perkins. Terre de Van-Diémen, n° 45 494
Wateau (J.). France, n° 10057 458
Waterhouse et Cie. Royaume-Uni, n° 1163 338
Waterlow et fils. Royaume-Uni, n° 302 .... 325 et 350
Waterston. Royaume-Uni, n° 579 329
Watherston et Brogden. Royaume-Uni, n° 1163 A. 487
Wathier (D.-M.). France, n° 2491 58
Watier (J.-B.). France, n° 4987 112
Watkins (A.). Royaume-Uni, n° 383 .... 326 et 486
Watkins (W. et T.). Royaume-Uni, n° 211 325
Watkins et Hill. Royaume-Uni, n° 429 327
Watlé (E.-J.). Belgique, n° 395 281
Watrelot-Delespaul. France, n° 3750 83
Watson (G.). Guyane anglaise, n° 30 .... 502 et 503
Watson (J.). Jamaïque, n° 20 508
Watson (Mme). Victoria, n° 8 493
Watson (J. et R.). Inde, n° 108 506
Watson et Palmer. Royaume-Uni, n° 547 329
Watson, Lowe et Bell. Royaume-Uni, n° 1569 345
Wattel (F.). France, n° 6565 145
Watelier-Cateaux. France, n° 6566 145
Watteyne-Deltenre. Belgique, n° 551 285
Watts (W.-M.). Royaume-Uni, n° 1966 351
Watts (A.-J.) et Cie. États-Unis, n° 51 221
Waugh (Mlle). N.-Galles du Sud, nos 153 et 178. 491 et 492
Waugh et Cox. Nouvelle-Galles du Sud, n° 205 493
Wauteleers (J.-E.). Belgique, n° 236 D 255
Wauters (A. et A.). Belgique, n° 482 283
Weaver (W.). Nouvelle-Galles du Sud, n° 206 493
Weavon (Mme). Royaume-Uni, n° 1631 A 488
Weartherley (H.). Royaume-Uni, n° 712 331
Webb (E.). Royaume-Uni, n° 1416 342
Webb (J.). Royaume-Uni, n° 1691 347
Weber. Autriche, n° 451 237
Weber. Grèce, n° 67 356
Weber (C.). Autriche, n° 567 239
Weber (C.). Saxe, n° 89 426
Weber (C.-F.). Prusse, n° 398 398
Weber (F.). Bavière, n° 105 269
Weber (G.). Saxe, n° 66 426
Weber (G.-P.-F.). France, n° 1154 29
Weber (H.). Autriche, n° 152 231
Weber (I.). France, n° 4988 112
Weber Bloch (E.). France, n° 6813 149
Weber frères. France, n° 6011 134
Weber frères. Prusse, n° 115 390
Weber frères. Prusse, n° 912 410
Weber (C.) et Cie. Belgique, n° 483 283
Weber (G.) et Cie. Wurtemberg, n° 185 444
Webers (M.). Prusse, n° 1243 .... 525 et 523
Webster (F. et W.). Royaume-Uni, n° 1492 344
Webster (R.). Royaume-Uni, n° 384 326
Webster (J.) et fils. Royaume-Uni, n° 922 486
Weckler (G.). Wurtemberg, n° 9 440
Weddelink (B.) et Mauritz (C.). Pays-Bas, n° 153. 382
Weddigen et Keller. Prusse, n° 757 407
Wedel (F.). Prusse, n° 1267 526
Wedel-Farsberg (Baron H. de). Norwége, n° 9. 537 et 539
Wedgwood (J.) et fils. Royaume-Uni, n° 1222 339
Wedler (B.). Autriche, n° 133 230
Werth et Cie. Prusse, n° 465 399
Wegelen (D.). Suisse, n° 398 299
Wegener (F.-W.). Prusse, n° 920 525

Pages.

Wegener (S.). Prusse, n° 1280 526
Wegner (F.). Prusse, n° 162 392
Wehlte (J.-G.). Prusse, n° 1281 526
Wehmann (T.). Prusse, n° 144 391
Wehner (F.). Saxe, n° 73 426
Weiber-Pitetti et Cie. France, n° 7961 169
Weigelt (C.-H.). Danemark, n° 32 302
Weigert frères. Prusse, n° 913 410
Weigert et Cie. Prusse, n° 914 410
Weigl. (J.). Autriche, n° 1065 249
Weigle (W.). Wurtemberg, n° 125 B. 542
Weil (V.). Wurtemberg, n° 55 .... 441 et 440
Weil (S.) et neveu. France, n° 2422 58
Weil, Meyer et Cie. Belgique, n° 567 285
Weilbach (J.). Danemark, n° 20 301
Weill (M.) et Cie. France, n° 2571 61
Weille (L.). France, n° 4039 88
Weiller (M.). France, n° 1386 .... 34 et 450
Weinknecht (T.). Belgique, n° 557 285
Weinmeister (C.). Autriche, n° 666 242
Weinmeister (F.). Autriche, n° 667 242
Weinmeister (J.). Autriche, n° 668 242
Weinmester (T.). Autriche, n° 669 242
Weintraud jeune (C.). Hesse grand-ducale, n° 73. 366
Weir (J.) et Cie. Royaume-Uni, n° 1337 341
Weisgerber et fils. France, n° 6012 134
Weiss (A.). Autriche, n° 1184 252
Weiss (C.). Autriche, n° 670 242
Weiss (C.). Prusse, n° 281 395
Weiss (E.). Brunswick, n° 2 289
Weiss (J.-F.). France, n° 8651 182
Weiss (J.-J.). Suisse, n° 412 299
Weiss (L.) et Cie. Autriche, n° 452 237
Weissandt (G.-L.-E.). France, n° 2011 49
Weissenberger (J.). Autriche, n° 994 248
Weissenhofer (A.). Autriche, n° 671 242
Weissenhofer (I.). Autriche, n° 672 242
Weissenhofer (J.). Autriche, n° 673 242
Weisser (Mme A). Norwége, n° 80 539
Weisskopf (E.). Autriche, n° 134 230
Weitling (W.). États-Unis, n° 68 221
Weitze (C.-L.). Prusse, n° 363 397
Welch et Margetson. Royaume-Uni, n° 1494 488
Welcker et Woelcker. Prusse, n° 466 399
Weldon et Weil. France, n° 8183 174
Wells (W.). France, n° 1366 84
Welsch et Janssen. Pays-Bas, n° 338 257
Wemmer (J.). Luxembourg, n° 21 370
Wendecki. France, n° 8846 .... 186 et 462
Wenderling (J.). France, n° 4350 97
Wendl (Vve de A.-C.). Autriche, n° 908 246
Wendrich (F.). Danemark, n° 72 303
Wentzel (F.-H.). Prusse, n° 145 391
Wentzel (H.-L.). Prusse, n° 721 406
Wergeland (Capitaine O.). Norwége, n° 33 538
Wergeland (Mme H.-M.). Norwége, n° 81 539
Werblin (C.-T.). France, n° 1536 .... 39 et 75
Werl (A.). Suisse, n° 384 299
Werly (R.) et Cie. France, n° 8243 175
Werner (A.-U.-C.). Francfort-sur-le-Mein, n° 25. 318
Werner (H.). Prusse, n° 916 410
Werner (J.). Prusse, n° 915 410
Werner (J.). Prusse, n° 1138 415
Werner (C.-F.) et Pigllein (L.). Hambourg, n° 40. 363
Werner, Pein et Cie. Prusse, n° 1113 414
Werth (L.). France, n° 6013 .... 134 et 71
Wertheim (F.). Autriche, n° 674 242
Wertheim (F.) et Wiese (F.). Autriche, n° 715 243
Wescher frères et Strasmann. Prusse, n° 1085 414
Wesenfeld et Cie. Prusse, n° 330 396
Wesmael-Legros. Belgique, n° 685 288
Wessel (J.-H.). Norwége, n° 114 540
Wessel-Berg. Norwége, n° 10 537
Wessely (C.). Autriche, n° 593 240
West (E.). Royaume-Uni, n° 1878 488
West et Gregson. Royaume-Uni, n° 114 321

Pages.

West of England China stone and Clay Company. Royaume-Uni, n° 50 ... 485
Westerberg (J.-A.). Suède, n° 166 ... 532
Westergren (Mlle M.-W.). Suède, n° 321 ... 535
Westerling (Mlle L.). Suède, n° 400 ... 537
Westermann (G.). Brunswick, n° 14 ... 289
Westermann et Cie. Prusse, n° 1189 ... 410
Westhausser (J.). Autriche, n° 807 ... 245
Westphal (C.-J.). Prusse, n° 1131 ... 415
Wetherell et frères. États-Unis, n° 7 ... 219
Wetlesen (J.). Norwége, n° 42 ... 538
Wettendorff (J.-W.). Prusse, n° 189 ... 398
Wetteroth (A.). Autriche, n° 1228 ... 252
Wettinger (W.). Prusse, n° 233 ... 394
Wetzel (C.-J.). Wurtemberg, n° 111 B ... 542
Wetzel et Cie. Prusse, n° 1084 ... 414
Wetzels (J.-G.-J.). France, n° 9580 ... 201
Wex et Lindner. Saxe, n° 74 ... 426
Weyersberg et Cie. Prusse, n° 1060 ... 413
Weygand (A.). France, n° 5236 ... 118
Weygold (A.). Prusse, n° 1038 ... 412
Weytz (S.-F.). France, n° 2122 ... 51
Wharton (Rév. T.). Jamaïque, n° 12 ... 508
Wheatstone. Royaume-Uni, n° 513 ... 328
Wheeler (A.). États-Unis, n° 106 ... 222
Wheeler (J.). Canada, n° 185 ... 498
Wheeler (T.). Canada, n° 318 ... 500
Whewell. Royaume-Uni, n° 431 ... 486
Whipple (C.). États-Unis, n° 31 ... 220
Whipple (M.-D.). États-Unis, n° 32 ... 220
Whitaker fils et Cie. France, n° 1537 ... 38
Whitchead (C.). Mexique, n° 75 ... 373 et 225
Whitcomb (J.). Canada, n° 48 ... 496
White (C.). Royaume-Uni, n° 185 ... 323
White (G.-B.). Royaume-Uni, n° 708 ... 331
White (H.). Royaume-Uni, n° 1937 ... 351
White (J.). Royaume-Uni, n° 909 ... 334
White (J.). Nouvelle-Galles du Sud, n° 158 B ... 492
White (J.-J.). Royaume-Uni, n° 548 ... 329
White (P.). Canada, n° 251 ... 499
White junior (J.). Royaume-Uni, n° 1074 ... 337
White junior (T.). Royaume-Uni, n° 1073 ... 337
White et Gallopp. Canada, n° 49 ... 496
Whitchall (S.). Royaume-Uni, n° 347 ... 326
Whitehead (J.). Royaume-Uni, n° 254 ... 324
Whiteway, Watts et Cie. Royaume-Uni, n° 47 ... 320
Whitworth (J.) et Cie. Royaume-Uni, n° 265. ... 324 et 332
Whitfield. Canada, n° 333 ... 500
Whittingham. Royaume-Uni, n° 1967 ... 488
Whitwell et Cie. Royaume-Uni, n° 1570 ... 345
Wibaux-Florin (D.). France, n° 6014 ... 134
Wiborg (N.-L.). Norwége, n° 11 ... 537
Wiché (C.) et Cie. Maurice, n° 32 ... 509
Wickham et Hart. France, n° 4040 ... 88
Widder (Dlle). Canada, n° 290 ... 499
Widenmann (G.). Prusse, n° 1007 ... 412
Widenmann frères. Prusse, n° 1008 ... 412
Widerkehr (L.-X.). France, n° 1077 ... 27
Widgren (H.). Suède, n° 247 ... 535
Widmer et Nägeli. Suisse, n° 305 ... 297
Widmer (U.) et Cie. Suisse, n° 231 ... 295
Wiechel (G.). Suède, n° 322 ... 535
Wiedemann, Pferdmenges et Schmoelder. Prusse, n° 758 ... 407
Wiedemann et Cie. Autriche, n° 543 ... 239
Wiedenmann (G.-F.). Wurtemberg, n° 124 ... 443
Wiefel et Cie. Prusse, n° 970 ... 411
Wiegmann (R.). Prusse, n° 541 ... 401
Wieland, Schmid et Cie. Suisse, n° 208 ... 295 et 481
Wien (L.). Autriche, n° 732 ... 243
Wiengreen frères et Firjahn (J.). Danemark, n° 33. ... 302
Wiering (G.). France, n° 9581 ... 201
Wiese (J.), dit Wiset. France, n° 5116 ... 115
Wiesehahn (J.). Prusse, n° 146 ... 391
Wieseuer (P.-F.). France, n° 10466 ... 473

Pages.

Wiesmann et Vorlander. Prusse, n° 917 ... 410
Wiesmann et Cie. Prusse, n° 301 ... 396
Wiesnegg (J.-G.). France, n° 4989 ... 112
Wigel (J. et C.). Suisse, n° 222 ... 295 et 481
Wiger (J.-F.). Suède, n° 49 ... 530
Wight (R.) et fils. Royaume-Uni, n° 800 ... 333
Wihl (D.). Prusse, n° 432 ... 399 et 405
Wijkmann (Mme A.-E.). Suède, n° 323 ... 535
Wikström (J.). Suède, n° 85 ... 531
Wilckens (C.-O.). Danemark, n° 14 ... 301
Wilcock (B. et J.). Royaume-Uni, n° 1001 ... 336
Wilcox (J.). Nouvelle-Galles du Sud, n° 159 ... 492
Wild (C.). Oldenbourg, n° 5 ... 376
Wild (P.). Oldenbourg, n° 11 ... 376
Wild et Bradbury. Royaume-Uni, n° 1603 ... 345
Wildermann (Adm. de la fonderie). Prusse, n° 147. ... 391
Wildey et Cie. Royaume-Uni, n° 1707 ... 347
Wildsmith (M.). Royaume-Uni, n° 1795 ... 348
Wiley (W.-E.) et Cie. Royaume-Uni, n° 1125 ... 338
Wilford (W.). Belgique, n° 552 ... 285
Wilford et fils. Royaume-Uni, n° 1514 ... 344
Wilhelm (A.). Autriche, n° 453 ... 237
Wilhelm (J.). Prusse, n° 519 ... 401
Wilhermot. France, n° 10373 ... 468
Wilhinson (W.-J.). Jamaïque, n° 8 ... 507
Wilke (H.-D.). Prusse, n° 694 B ... 524
Wilkie et Cie. Nouvelle-Galles du Sud, n° 154 ... 491
Wilkins (J.). Victoria, n° 29 ... 493
Wilkinson (M.). Terre de Van-Diémen, n° 73 ... 495
Wilkinson (T.) et fils. Royaume-Uni, n° 962 ... 335
Wilkinson (T.) et Cie. Royaume-Uni, n° 1153 ... 338
Willaeys (A.). France, n° 3071 ... 72
Willats (R.). Royaume-Uni, n° 445 ... 327
Willaume (J.). France, n° 7455 ... 159
Willerme (J.-M.). France, n° 5016 ... 112
Williams (H.). France, n° 8105 ... 173
Williams (H.-R.). Royaume-Uni, n° 1938 ... 351
Williams (J.). Royaume-Uni, n° 134 ... 322
Williams (S.). Inde, n° 112 ... 506
Williams, Cooper et Cie. Royaume-Uni, n° 1713. ... 347
Willis. Royaume-Uni, n° 446 ... 327
Willmann (A. et W.). Prusse, n° 1009 ... 412
Willmann sœurs. Bade, n° 91 ... 264
Willmann et Weber. Prusse, nos 1010 et 1006 B. ... 412 et 525
Wilm (H.-J.). Prusse, n° 701 ... 405
Wilmes (H.-B.). Pays-Bas, n° 294 ... 256 et 258
Wilmot (F.). Suisse, n° 101 ... 292
Wilsch (J.). Autriche, n° 909 ... 246
Wilson. Mexique, n° 48 ... 372
Wilson. Victoria, n° 12 ... 493
Wilson (D.). Canada, n° 124 ... 497
Wilson (G.). Royaume-Uni, n° 1659 ... 346
Wilson (J.). Royaume-Uni, n° 368 ... 486
Wilson (J.). Royaume-Uni, n° 1408 ... 342
Wilson (J.). Canada, n° 50 ... 496
Wilson (J.). Nouvelle-Galles du Sud, n° 97 ... 490
Wilson (J.). Nouvelle-Galles du Sud, n° 121 ... 491
Wilson (J.-L.). Royaume-Uni, n° 1977 ... 351
Wilson (N.). Jamaïque, n° 9 ... 508
Wilson (T.). Pays-Bas, n° 172 ... 382
Wilson (Sir T.-M.). Royaume-Uni, n° 48 ... 320
Wilson (W.). Nouvelle-Galles du Sud, n° 68. 490, 491 et 492
Wilson (J. et W.). Royaume-Uni, n° 1347 ... 341
Wilson (R. et W.). Royaume-Uni, n° 1114 ... 337
Wilson (J.) et fils. Royaume-Uni, n° 1515 ... 344
Wilson et Armstrong. Royaume-Uni, n° 1410 ... 342
Wilson et Frith. Royaume-Uni, n° 964 ... 335
Wilson et Mackinnon. Victoria, n° 30 ... 493
Wilson (J.) et Cie. Royaume-Uni, n° 549 ... 329
Wilson, Casey et Cie. Royaume-Uni, n° 1439 ... 343
Wilson, Richie et Cie. Ile de Ceylan, n° 18 ... 501
Wilson, Walker et Cie. Royaume-Uni, n° 615 ... 330
Wilton (Rév. C.P.). Nouv.-Galles du Sud, n° 69. ... 490
Wiltse (J.). Canada, n° 145 ... 497

Pages.

Wimmer (J.). Autriche, n° 454 237
Winblad (Mlle U.). Suède, n° 180 533
Winckelmann et fils. Prusse, n° 1150 415
Winckler (F.). Prusse, n° 168 392
Wincqz (P.-J.). Belgique, n° 336 280
Winderling (L.-N.) et Cie. France, n° 2604 62
Windle (B.) et Windle. Royaume-Uni, n° 1108 337
Windsor frères. France, n° 1546 38
Windt (C.-H.). Pays-Bas, n° 215 383
Wingaard et Bouilly. Norwége, n° 67 539
Wingate fils et Cie. Royaume-Uni, n° 1411 342
Wingerworth Iron Co. Royaume-Uni, n° 32 A 485
Winiker (C.). Autriche, n° 1229 252
Winkelman (J.). Prusse, n° 704 405
Winkler (J.-J.). Suisse, n° 306 297
Winkler (M.). Autriche, n° 1230 252
Winkworth et Proctors. Royaume-Uni, n° 1442 488
Winter (A.). Guyane anglaise, n° 54 503
Winter (F.). Hambourg, n° 49 363
Winter (J.). Autriche, n° 1185 252
Winterfeld (J.-A.). Prusse, n° 1132 415
Winterlig. Algérie, n° 372 208
Wintermantel (G.). Bade, n° 75 263
Winternitz (C.). Autriche, n° 336 235
Winton (E.-V.). Royaume-Uni, n° 118 321
Winton (E.-W.). Royaume-Uni, n° 186 328
Wirbel (R.-A.) et Cie. Prusse, n° 1102 414
Wirth (F.). Wurtemberg, n° 160 444
Wirth frères. France, n° 7997 .... 170 et 185
Wirz et Cie. Suisse, n° 307 297
Wise (Dr). Inde, n° 89 506
Wiseman (C.). Terre de Van-Diémen, n° 41 494
Wissenbach (C.). Francfort-sur-le-Mein, n° 6 317
Wissner (M.). France, n° 10110 459
Wisznieski jeune (Vve de F.). Prusse, n° 1190 416
Witkowski (M.). France, n° 6567 145
Witte (C.). Prusse, n° 1223 524
Witte (E.) et Cie. Prusse, n° 607 403
Wittekind et Cie. Francfort-sur-le-Mein, n° 10 317
Wittekop et Cie. Brunswick, n° 5 289
Wittgenstein (H.-M.). Prusse, n° 1011 412
Wittich (A.) et Cie. Wurtemberg, n° 183 444
Wittlinger (H.). Wurtemberg, n° 195 444
Wittmann et Poulenc jeune. France, n° 2423 58
Wittram et Rose. Hanovre, n° 8 .... 359 et 270
Witz (H.). France, n° 6015 134
Witz, Greuter et Cie. France, n° 6568 .... 145 et 72
Wlcock (A.). Autriche, n° 1186 252
Wobcke (H.). Hambourg, n° 51 363
Woeffert (C.). Saxe, n° 87 426
Woeringsaasen (H.). Norwége, n° 64 538
Woern (J.). Suède, n° 51 530
Woern senior (C.-F.). Suède, n° 50 .... 530 et 534
Wohlrab (A.-L.). Autriche, n° 1231 253
Woitech (F.). Autriche, n° 995 248
Woitech (J.). Autriche, n° 1187 252
Wolbers (D.). Pays-Bas, n° 52 379
Wolf (M.). Pays-Bas, n° 73 380
Wolf (M.-M.). Prusse, n° 971 525
Wolf (P.). Autriche, n° 135 230
Wolf (Les héritiers de). Cuba, n° 40 485
Wolf frères. Autriche, n° 306 234
Wolff. Algérie, n° 237 474
Wolff (F.). Autriche, n° 455 237
Wolff (H.). Terre de Van-Diémen, n° 29 B 494
Wolff (J.-F.). Prusse, n° 759 407
Wolff et fils. Royaume-Uni, n° 678 331
Wolff (F.-A.) et fils. Wurtemberg, n° 45 .... 441 et 443
Wolff et Erbslöh. Prusse, n° 693 405
Wolff et Schlafhorst. Prusse, n° 760 407
Wolf et Cie. Hesse grand-ducale, n° 72 366
Wolfhill spinning Company. Royaume-Uni, n° 1476 343

Pages.

Wolfmüller (L.). Bavière, n° 5 .... 266 et 253
Wölfrum (C.). Autriche, n° 808 245
Wolfsoh (M.). France, n° 9612 201
Wolle (F. et A.). États-Unis, n° 29 220
Wollowicz (A.). France, n° 4225 94
Wolston (R.-W.). Royaume-Uni, n° 679 331
Wolter (C.). États-Unis, n° 57 221
Wolter (G.-C.). Prusse, n° 1282 526
Wood (E.). Royaume-Uni, n° 549 A 486
Wood (R.). États-Unis, n° 65 221
Wood (W.). Royaume-Uni, n° 348 326
Wood (Dr W.-R.). Iles d'Hawaï, nos 1 et 5 360
Woodward (H.). Canada, n° 51 496
Woodward (H.) et Cie. Royaume-Uni, n° 1571 345
Woolcot et Clarke. Nouvelle-Galles du Sud, n° 207 493
Wooldridge (J.). Royaume-Uni, n° 1027 336
Woollams (J.) et Cie. Royaume-Uni, n° 1714 347
Woollams (W.) et Cie. Royaume-Uni, n° 1715 347
Woolley (A.). Terre de Van-Diémen, n° 30 494
Woolley (H.). Nouvelle-Galles du Sud, n° 180 492
Workman (J.). Royaume-Uni, n° 873 486
Worms. Ile de Ceylan, n° 22 501
Wormser (U.). France, n° 6016 134
Worth (S.-L.). Royaume-Uni, n° 719 331
Worth (W.-H. et J.). Royaume-Uni, n° 1572 345
Worthington (W.). Royaume-Uni, n° 51 485
Woschitz (E.). Autriche, n° 544 239
Wosswinkel (A.). Prusse, n° 909 B 525
Wöste (G.) et Cie. Prusse, n° 574 402
Wostenholm. Royaume-Uni, n° 965 335
Wotherspoon (W.). Royaume-Uni, n° 693 331
Wotherspoon (J.) et Cie. Royaume-Uni, n° 713 331
Wouters (J.-F.). Belgique, n° 69 273
Wouters et Stauthamer fils. Belgique, n° 257 278
Wouwermans aîné (J.). Belgique, n° 237 277
Wrangel (Comte F.-U.). Suède, n° 52 530
Wrdwovzky (F.). Autriche, n° 456 237
Wriedt (C.). Norwége, n° 75 538
Wright (H.). Royaume-Uni, n° 550 329
Wright (J.-S.). États-Unis, n° 123 222
Wright (J.-G.). Hambourg, n° 22 362
Wright, Cramp et Crane. Royaume-Uni, n° 1573 245
Wright (S.-J.) et Cie. Royaume-Uni, n° 1490 343
Wrigley (J. et T.-C.) et Cie. Royaume-Uni, n° 1338 341
Wrottesley (Lord). Royaume-Uni, n° 439 327
Wudy junior (J.). Autriche, n° 1188 252
Wuichet (H.). France, n° 3548 80
Wuillot-Lheureux (J.-B.-V.). France, n° 8894 187
Wulff (L.-J.). Danemark, n° 34 302
Wulff (W.). Prusse, n° 1197 523
Wulff (J.) et fils. Danemark, n° 57 .... 303 et 482
Wulff et Cie. France, n° 9189 193
Wulveryck et Couturié. France, n° 6569 145
Wunder (L.). Prusse, n° 364 397
Wunderli et Nussbaumer. Suisse, n° 308 297
Wunderlich. Autriche, n° 910 246
Wunderly (I.). Suisse, n° 138 293
Wünsche (A.). Autriche, n° 1090 250
Wüsche (C.-E.). Prusse, n° 918 410
Wunster (H.). Prusse, n° 926 410
Wurmbach (J.-H.). Prusse, n° 148 391
Wurster (J.) et Cie. Suisse, n° 109 C 481
Würtel (Mme) et Piéfort. France, n° 1864 45
Wüst (C.-L.). Francfort-sur-le-Mein, n° 18 318
Wüstenfeld (J.) et Cie. Hambourg, n° 62 510
Wyatt (M.-D.). Royaume-Uni, n° 1905 350
Wyld. Royaume-Uni, n° 440 486
Wynants (C.). Belgique, n° 175 275
Wynyard (Colonel C.-B.). Nouvelle-Zélande, n° 2 509
Wyon (B.). Royaume-Uni, n° 40 485
Wyss (F.-R.). Suisse, n° 139 293

X

Pages.

Xafredo (J.-A.). Portugal, n° 392.............. 521
Xardel (A.-D.). France, n° 2424.............. 58
Xhibitte (E.). Belgique, n° 484.............. 283
Xhoffray (C), Bruls et Cie. Belgique, n° 485. 283 276 et 255
Ximenez et Cie. Espagne, n° 234.............. 311

Y

YOR — YVO

Yager fils aîné (P.). France, n° 5436.......... 122
Yarborough (Comte de). Royaume-Uni, n° 822... 333
Yarz (F.). France, n° 956.............. 24 et 112
Yates (H.-T.). Royaume-Uni, n° 1894.......... 350
Yates (W.). Canada, n° 52.............. 496
Yates et Nightingale. Royaume-Uni, n°s 658 et 1364.............. 331 et 487
Yates, Brown et Howatt. Royaume-Uni, n° 1277.. 340
Yéméniz. France, n° 7147.............. 153
Yeomans (A.). Canada, n° 53.............. 496
Yersin (C.-G.). France, n° 4427.............. 99
Yngström (C.-J.). Suède, n° 53.............. 530
York street flax spinning Co. Roy.-Uni, n° 1516.. 344
Yot (E.), Schreck (P.) et Cie. France, n° 9582.. 201
Youl (D.-R.). France, n° 1155.............. 29
Young (A.). Canada, n° 334.............. 500
Young (H.). Nouvelle-Galles du Sud, n° 172..... 492
Young (J.-A.). Royaume-Uni, n° 551..... 329 et 332
Young (J.-H.) et Cie. Royaume-Uni, n° 1278.... 340
Youssef-Akuin. Algérie, n° 408.............. 209
Yserman et fils. Pays-Bas, n° 143.............. 382
Yucatan (Département de). Mexique, n°s 16, 20 et 74.............. 371 et 373
Yver de la Bruchollerie. France, n° 598........ 16
Yvernault frères (L. et C.). France, n° 108..... 6
Yvon (F.-J.). France, n° 2425.............. 58

Z

ZEI — ZUB

Zaalberg (J.C.). Pays-Bas, n° 381.............. 258
Zacarias (Forge d'Ant.). Autriche, n° 136....... 230
Zach (A.). Autriche, n° 1189.............. 252
Zacharias. Autriche, n° 911.............. 246
Zadig (J.-B.). France, n° 6570.............. 145
Zagouyi (J.). Autriche, n° 1190.............. 252
Zahn (J.-G.). Autriche, n° 772.............. 244
Zahn (W.-H.). États-Unis, n° 112.............. 222
Zaiouïa, Ouled-si-Ahmed-ben-Bouzil. Algérie, n° 691.............. 212
Zaman et Cie. Belgique, n° 346.............. 280
Zaman, Sabatier et Cie. Belgique, n° 152....... 275
Zambaux (J.). France, n° 7663.............. 164
Zambona frères. Prusse, n° 919.............. 410
Zampini (L.). Toscane, n° 173.............. 438 et 540
Zander (C.). Suède, n° 167.............. 532
Zanders (J.-W.). Prusse, n° 422.............. 398
Zandra (J.). Autriche, n° 1191.............. 252
Zanetti (E.). États-Sardes, n° 150.............. 422
Zanoli (C.-A.). Prusse, n° 365.............. 397
Zanoli (C.-A.). Prusse, n° 366.............. 397
Zanon (A.). Autriche, n° 581.............. 240
Zapp (H.-A.). Prusse, n° 733.............. 406
Zauli et Signali. Toscane, n° 142.............. 437
Zavagli (P.). Toscane, n° 143.............. 437 et 540
Zecchini (J.). Autriche, n° 773.............. 244
Zecchini (J.-M.). Autriche, n° 457.............. 237
Zeeger (F.). Pays-Bas, n° 229.............. 384
Zégelaar jeune (E.). France, n° 2572.............. 61
Zeilingen (C.). Autriche, n° 675.............. 242
Zeilinger (A.-J.). Autriche, n° 676.............. 242
Zeiller (K.). Wurtemberg, n° 192.............. 444
Zeiller (P.). Bavière, n° 52.......... 268, 270 et 254
Zeiller (Mme F.). Bavière, n° 53.......... 268 et 254
Zeisel et Blümel. Autriche, n° 912 A.............. 246
Zeising et Walther. Prusse, n° 482.............. 400
Zeitler (J.). Autriche, n° 1192.............. 252
Zeitlinger (J.). Autriche, n° 678.............. 242
Zeitlinger (J.-G.). Autriche, n° 679.............. 242
Zeitlinger fils (F.). Autriche, n° 677.............. 242
Zeitter-Teissier. France, n° 7457.............. 159
Zeitter et Winkelmann. Brunswick, n° 15....... 289
Zelger (T.). Autriche, n° 1066.............. 249
Zeller (F.). Wurtemberg, n° 3.............. 440
Zeller (J.). Autriche, n° 680.............. 242
Zeller frères. France, n° 6017.............. 134
Zeller et Cie. France, n° 5437.............. 122
Zengerlin fils et Goulon. France, n° 9036........ 190
Zeppenfeld (H.). Prusse, n° 1151.......... 415 et 526
Zéréga (J.-C.). France, n° 1078.............. 27
Zerr (A.). France, n° 8461.............. 469 et 465
Zervas (D.). Prusse, n° 536.............. 401
Zethelius (C.). Suède, n° 248.............. 535
Zethelius (W.). Suède, n° 54.......... 530 et 534
Zetter-Teissier. France, n° 6018.......... 134 et 455
Zevaco (P.). France, n° 3141.............. 73
Ziegher (J.). France, n° 893.............. 22
Ziégler (J.-F.). France, n° 9583.............. 201
Ziegler (Dr A.). Bade, n° 69 B.............. 480
Ziegler-Pellis (J.). Suisse, n° 204.............. 295
Ziegler et fils (J.). Autriche, n° 1265.............. 253
Ziegler et Cie. France, n° 2064.............. 50
Ziegler (J.) et Cie. Suisse, n° 150.............. 293
Zier (A.). France, n° 5237.............. 118
Zimmer (C.). Autriche, n° 809.............. 245
Zimmermann (E.-G.). Francfort-sur-le-Mein, n° 9. 317
Zimmermann (J.). Prusse, n° 608.............. 403
Zimmermann et Jolibois. France, n° 10232..... 462
Zinggeler frères. Suisse, n° 309.............. 297
Zinkernagel (J.). France, n° 7998.............. 170
Zirps (A.). Autriche, n° 912 B.............. 247
Zischka. Autriche, n° 810.............. 245
Zitterbarth (M.). Autriche, n° 546.............. 239
Zobel (J.). Prusse, n° 1117.............. 414
Zoeller (J.). France, n° 7674.............. 164
Zöppritz frères. Wurtemberg, n° 125.............. 443
Zöppritz et Cie. Wurtemberg, n° 56....... 441 et 440
Zopff (A.) et fils. France, n° 8625.............. 181
Zora (G.). États-Sardes, n° 166.......... 422 et 526
Zschille (O.-C. et T.). Prusse, n° 1259 B....... 525
Zschille frères. Saxe, n° 56.............. 426
Zschille (F.) et Cie. Saxe, n° 57.............. 426
Zuasnavar. Cuba, n° 41.............. 485
Zuber et Rieder. France, n° 2925.............. 68

Pages.
Zuber (J.) et Cie. France, n° 8106........ 173 et 456
Zuccani (L.). France, n° 2426.................. 58
Zuidboek (P.). Pays-Bas, n° 74.................. 380
Zuloaga (E.). Espagne, n°s 309 et 322.......... 312
Zuloaga (P.-P.). Espagne, n° 323............. 312
Zuppinger (J.). Suisse, n° 310................. 297
Zuppinger (N. de G.) et Cie. Suisse, n° 255..... 296
Zurrer (J.). Suisse, n° 311................... 297
Zwahlen (H.). France, n° 714.................. 19
Zwanck (J.-H.-G.). Hambourg, n° 64.......... 510
Zwirner (E.-F.). Prusse, n° 1231.............. 524

La présente liste comprend les noms des Exposants qui sont inscrits dans la deuxième édition du Catalogue officiel. Depuis que cette édition a paru (12 août), le Service du Catalogue a reçu 200 bulletins d'admission français, 25 bulletins étrangers et 32 demandes de rectification.

15 septembre 1855.

Zeitfracht Medien GmbH
Ferdinand-Jühlke-Straße 7
99095 Erfurt, Deutschland
produktsicherheit@kolibri360.de